Der Zypressengarten

Die Autorin

Santa Montefiore, 1970 im englischen Winchester geboren, studierte nach einem langen Argentinien-Aufenthalt an der Universität von Exeter Spanisch und Italienisch. Sie ist mit dem Schriftsteller Simon Sebag-Montefiore verheiratet und Mutter zweier Kinder. Inzwischen sind in Deutschland sechs Romane von ihr erschienen und ihre Bücher wurden in mehr als 25 Sprachen übersetzt. Mehr über die Autorin erfahren Sie unter www.santamontefiore.co.uk

Meinem Sebag, in Liebe

Danksagung

Ohne die Hilfe zweier ganz besonderer Menschen hätte ich dieses Buch nicht schreiben können.

Zuerst ist da mein Ehemann, Sebag. Ich wusste schon, welche Geschichte ich schreiben wollte, doch ich hatte keine Ahnung, wie ich all die Teile meines Handlungsentwurfs zusammenfügen sollte. Sebag schritt in der kleinen Küche unseres Cottages auf und ab, während ich mit einem Teebecher am Tisch saß und mir Notizen machte.

So tauschten wir Ideen aus, bis es Abend wurde und alles Form anzunehmen begann.

Der Mond stand schon hoch am Himmel, und die Eulen schrien, als wir völlig erledigt Schluss machten. Ein Problem gab es allerdings noch, denn so gut, wie wir beide das Grundgerüst auch fanden, wussten wir partout nicht, wie wir die zentrale Verwicklung in die Geschichte einbauen wollten.

Für ein solch technisches Problem brauchte ich einen Fachmann.

Also rief ich meinen alten Freund aus Studientagen, Charlie Carr, an. Danke, Charlie, dass du den gordischen Knoten durchschnitten hast. Im Nachhinein sieht es so simpel aus, aber das ist ja bei den besten Plots so. Ohne dich hätte ich es nicht geschafft!

Und danke, Sebag, dass du wieder einmal mein Sherlock Holmes warst.

Ein großer Teil der Geschichte spielt in der Toskana. Zwar habe ich mit Anfang zwanzig eine Weile in Italien gelebt, aber das heißt natürlich nicht, dass ich keine schrecklichen Fehler mache. Hier durfte ich auf die Hilfe meiner lieben italienischen Freunde zurückgreifen, denen ich herzlich danken möchte:

Eduardo Teodorani Fabbri, Stefano Bonfiglio und Sofia Barattieri di San Pietro.

Als ich überlegte, wo ich meine Geschichte ansiedeln möchte, besuchte ich Olga Polizzi in ihrem bezaubernden Landgasthaus Endsleigh. Dieses kleine Hotel im ländlichen Devon, umgeben von uralten Bäumen und oberhalb eines mäandernden Flusses gelegen, hat etwas Magisches.

Dank Olgas feinem Gespür und ihrem herzlichen Naturell fühlt sich Endsleigh eher wie ein Zuhause an als ein Hotel. Ich jedenfalls fühlte mich dort sofort heimisch. Es war Herbst, gigantische Kaminfeuer wärmten die Zimmer, und Teelichte in lila Gläsern brannten auf sämtlichen Tischchen und Kommoden.

Die Atmosphäre war so einladend und angenehm, dass ich gar nicht wieder wegwollte.

Und so kam es, dass ich mein Hotel, das Polzanze, an Endsleigh orientierte. Ich hoffe, dass ich ein wenig von der einmaligen Stimmung vermitteln konnte. Mein Dank an Olga für ihre Inspiration.

Mit zwei kleinen Kindern ist es naturgemäß schwierig für mich, viel zu reisen, und entsprechend rar sind Anregungen von außen. Ich muss mich größtenteils auf meine Erinnerungen verlassen. Und dennoch ist nichts belebender, als neue schöne Orte zu entdecken.

Alles, was ich schreibe, entspringt dem großen Hexenkessel meiner Erfahrungen. Und dass der so reich gefüllt ist, verdanke ich meinen Eltern, Charles und Patty Palmer-Tomkinson. Ohne ihre Weisheit, Anleitung und Liebe hätte ich kein einziges Wort zu Papier gebracht.

Besonders danken möchte ich meiner Agentin Sheila Crowley. Mit ihrer unermüdlichen Unterstützung und Zuversicht ist sie mir eine wertvolle Verbündete und gute Freundin. Das Team bei Curtis Brown quillt über vor Energie und Begeisterung, und ich danke allen dort, dass sie so hart für mich arbeiten.

Ich habe das Glück, von Simon & Schuster auf beiden Seiten des Atlantiks verlegt und von zwei wunderbaren Lektorinnen betreut zu werden: Suzanne Baboneau in England und Trish Todd in den USA. Beide lenken mich in die richtige Richtung und kitzeln das Beste aus mir heraus. Ich bin so dankbar für ihren Glauben an mich und ihre klugen und feinen Korrekturen.

Auch möchte ich Libby Yevtushenko danken, dass sie so fleißig an meinem Manuskript arbeitete und es intelligent und taktvoll verbesserte.

Prolog

Toskana 1966

Das kleine Mädchen stand vor den imposanten Toren der Villa La Magdalena und blickte die Einfahrt hinauf. Eine lange Zypressenallee durchschnitt das Anwesen und gab am Ende einen verlockenden Blick auf den primelgelben Palazzo frei. La Magdalena strahlte die Würde und Eleganz einer großen Kaiserin aus. Ihre hohen Fenster mit den geschlossenen Läden waren in einem vornehmen Smaragdgrün gehalten, und ihre Krone bildete eine Schmuckbalustrade entlang der Fassade oben. Die Mauern waren glatt wie Seide. Ja, diese Villa entsprang einer Welt, die so bezaubernd und unzugänglich war wie ein Märchen.

Die helle Toskanasonne warf tintige Schatten auf die Einfahrt, und das kleine Mädchen konnte die süßen Gartendüfte riechen, die in der Hitze aufstiegen und die Luft aromatisierten. Das Mädchen trug Sandalen und ein schmutziges Sommerkleid. Das lange braune Haar war matt von Staub und Salzwasser, hing der Kleinen über den Rücken und ins Gesicht, das dunkel, ängstlich und voller Sehnsucht war. An ihrem Hals baumelte eine Kette mit einem Bild der Jungfrau Maria, die ihre Mutter ihr schenkte, bevor sie mit einem Mann davonlief, den sie am Tomatenstand auf der Piazza Laconda kennenlernte. Den jüngeren Bruder des Mädchens nahmen sie mit.

Das kleine Mädchen kam oft zur Villa La Magdalena. Es kletterte gerne auf jenes Stück Mauer, wo einige der oberen Steine weggebrochen waren, sodass es niedriger war als der Rest. Dort hockte es und sah in den schönen Garten mit den steinernen Springbrunnen, den hübschen Pinien und den Marmorstatuen von vornehmen Damen und halb nackten Männern in theatralischen Posen der Liebe und der Sehnsucht. Das Mädchen malte sich gerne aus, es würde in all dieser Pracht leben – eine junge Dame mit teuren Kleidern, glänzenden Schuhen, geliebt von einer Mutter, die ihm Bänder ins Haar flocht, und einem Vater, der es mit Geschenken überhäufte und es in die Luft warf, um es sogleich in seinen starken, schützenden Armen aufzufangen. Es kam her, um den betrunkenen Vater und die kleine Wohnung in der Via Roma zu vergessen, die sauber zu halten es sich vergebens abmühte.

Die kleinen Hände umfassten die Gitterstäbe, und das Mädchen steckte sein Gesicht hindurch, um den Jungen besser zu sehen, der in Begleitung eines Mischlingshundes auf das Tor zukam. Sicher würde er sagen, sie solle weggehen, und bevor sie den Weg hinunter zum Strand zurücklief, wollte sie ihn wenigstens richtig gesehen haben.

Der Junge sah gut aus, viel älter als sie. Sein helles Haar war aus der Stirn gekämmt, und sein Gesicht wirkte freundlich. Er musterte sie mit seinen hellen, lächelnden Augen, und bei näherem Hinsehen erkannte sie, dass seine Augen grün waren. Sie blieb stehen, nahm sich vor, es bis zum allerletzten Moment auszukosten. Trotzig biss sie die Zähne zusammen, doch sein Grinsen entwaffnete sie. So guckte niemand, der jemanden verscheuchen wollte.

Er steckte die Hände in seine Taschen und betrachtete sie durch die Pforte.

»Hallo.«

Sie schwieg. Ihr Kopf befahl ihr zu fliehen, doch ihre Beine wollten nicht gehorchen. Sie starrte ihn an, unfähig, den Blick von ihm abzuwenden.

»Möchtest du reinkommen?« Seine Einladung überraschte sie und machte sie misstrauisch. »Du bist offensichtlich neugierig.«

»Ich bin bloß hier vorbeigekommen«, erwiderte sie.

»Ah, du kannst also doch sprechen.«

»Natürlich kann ich sprechen.«

»Tja, ich war mir nicht sicher. Du hast so ängstlich geguckt.«

»Ich habe keine Angst vor dir, falls du das meinst.«

»Schön.«

»Ich war nur auf dem Weg wohin.«

»Komisch, hier geht's eigentlich nirgends hin. Wir wohnen ziemlich abgelegen.«

»Weiß ich. Ich war am Strand.« Wenigstens das stimmte.

»Und da bist du zufällig hier heraufgewandert, um mal zu gucken?«

»Es ist ein hübsches Haus, und das wollte ich mir ansehen.« Ihr Gesicht erhellte sich gleich, und sie blickte sehnsüchtig zur Einfahrt.

»Dann komm rein. Ich zeige dir den Garten. Meine Familie ist nicht hier. Ich bin allein, und es ist netter, wenn man jemanden zum Reden hat.«

»Ich weiß nicht ...« Ihre Miene verfinsterte sich wieder, doch er öffnete bereits das Tor.

»Hab keine Angst. Ich tue dir nichts.«

»Ich hab keine Angst! Ich kann nämlich gut auf mich selbst aufpassen.«

»Ja, das glaube ich dir.«

Sie ging durch die Pforte. Während sie beobachtete, wie er das Tor hinter ihr abschloss, wurde ihr für einen Moment doch mulmig, aber dann fiel ihr Blick wieder auf die Villa, und sie vergaß ihre Furcht. »Wohnst du hier?«

»Nicht immer. Meistens wohne ich in Mailand, aber wir kommen jeden Sommer her.«

»Dann habe ich dich schon mal gesehen.«

»Ach ja?«

Ihre Aufregung machte sie kühner. »Ja, ich gucke heimlich über die Mauer.«

»Du kleiner Teufel.«

»Ich sehe mir nur gerne den Garten an. Die Leute interessieren mich nicht so.«

»Dann ist es ja umso besser, dir den Garten einmal richtig zu zeigen, damit du nicht mehr spionieren musst.«

Sie ging neben ihm her. Ihr quoll das Herz fast über vor Freude. »Gehört das wirklich alles dir?«

»Na ja, meinem Vater.«

»Wenn dies euer Sommerhaus ist, muss euer Haus in Mailand ja wie ein Palast für einen König sein.«

Lachend warf er den Kopf in den Nacken. »Es ist groß, aber nicht groß genug für einen König. Dies hier ist größer. Auf dem Land ist mehr Platz.«

»Es ist schon alt, nicht?«

»Fünfzehntes Jahrhundert. Es wurde von der Medici-Familie gebaut, 1452 entworfen von Leon Battista Alberti. Weißt du, wer er war?«

»Selbstverständlich weiß ich das.«

»Wie alt bist du?«

»Zehn und zehn Monate. Ich habe im August Geburtstag. Da werde ich eine große Feier machen.«

»Ja, gewiss wirst du das.«

Sie sah hinunter auf ihre Füße. Für sie gab es nie eine Feier. Seit ihre Mutter fort war, dachte überhaupt keiner mehr an ihren Geburtstag. »Wie heißt dein Hund?«

»Gute-Nacht.«

»Das ist ein komischer Name.«

»Er ist ein Streuner, und ich habe ihn mitten in der Nacht auf der Straße gefunden. Also habe ich ihn Gute-Nacht genannt, weil es eine gute Nacht war, denn ich fand ihn.«

Sie bückte sich, um den Hund zu streicheln. »Was ist er?«

»Weiß ich nicht. Eine Mischung aus lauter verschiedenen Rassen.«

»Er ist süß.« Sie kicherte, als der Hund ihr das Gesicht ableckte. »Hey, vorsichtig, Hundchen!«

»Er mag dich.«

»Ich weiß. Streuner mögen mich immer.«

Weil du selbst wie einer aussiehst, dachte er, während er zuschaute, wie sie ihre Arme um Gute-Nacht schlang und den Kopf in sein Fell neigte.

»Ich habe einen neuen Freund«, sagte sie mit einem triumphierenden Lächeln.

Er lachte. »Nein, du hast zwei. Komm mit.«

Nebeneinander gingen sie die Einfahrt entlang, und mit jedem Schritt gewann das Mädchen mehr Vertrauen. Der Junge erklärte ihr die Architektur, prahlte mit seinem Wissen, und sie lauschte fasziniert. Sie wollte sich jede noch so kleine Kleinigkeit merken, um sie später ihrer Freundin Costanza zu erzählen. Die Villa war sogar noch größer, als sie gedacht hatte. Vom Tor aus konnte man nur den mittleren Teil zwischen den Bäumen am Ende der Einfahrt sehen. Von diesem Teil gingen noch zwei Flügel links und rechts ab, nicht ganz so hoch, aber genauso breit. Mit den klassischen Proportionen und der schlichten Fassade strahlte die Villa eine unaufdringliche Eleganz aus, und die gelbe Farbe verlieh ihr ein fröhliches, gefälliges Aussehen, als wüsste sie, dass sie sich nicht anstrengen müsste, schön zu sein. Das Mädchen sehnte sich danach, durch die Zimmer zu schlendern und die Gemälde anzusehen, die dort an den Wänden hingen. Es war sicher, dass das Haus von innen noch wundervoller war als von außen. Aber der Junge brachte sie um das Haus herum nach hinten, wo eine geschwungene Steintreppe von der Terrasse in den Garten voller Statuen, Terrakottatöpfen mit in Form geschnittenen Sträuchern und hohen Pinien hinabführte. Dem Mädchen war, als wäre es gestorben und ins Paradies gekommen, denn der Himmel könnte unmöglich schöner sein als dies hier.

Vom großen Garten ging es durch eine kleine Pforte in der Mauer in einen hübschen Schmuckgarten, der von einem gemauerten Laubengang eingerahmt wurde. In der Mitte stand ein herrlicher Brunnen mit Meerjungfrauen, die Wasserfontänen in die Luft warfen. Um den Brunnen herum war der Weg hie und da mit Thymian gesäumt, und hübsche schmiedeeiserne Bänke standen auf allen vier Seiten an den niedrigen Hecken, die vier glatte Rasenflächen mit Blumenbeeten in der Mitte voneinander trennten. Das Mädchen brauchte einen Moment, all das in sich aufzunehmen. In seinen Sandalen stand es da und hielt sich eine Hand aufs Herz. Noch nie hatte es eine solche Pracht gesehen.

»Dies ist der Garten meiner Mutter«, erzählte der Junge. »Sie wollte ein Plätzchen, wo sie in Ruhe lesen kann, ohne heimlich beobachtet zu werden.« Er zwinkerte ihr zu und lachte wieder. »Du müsstest schon eine sehr begabte Spionin sein, um hier hereinzukommen.«

»Ich wette, deine Mutter ist hübsch«, sagte sie, wobei sie an ihre eigene Mutter dachte und überlegte, wie sie ausgesehen hatte.

»Ist sie, nehme ich an. Bei seiner eigenen Mutter achtet man wohl nicht so darauf.«

»Wo liest sie?«

»Ich denke, dass sie auf einer der Bänke am Springbrunnen sitzt. Aber ich weiß es nicht. Ich habe nie nachgesehen.« Er schlenderte hin. Das Staunen des kleinen Mädchens steckte ihn an. »Es ist wirklich hübsch, nicht?«

»Stell dir vor, du sitzt hier in der Sonne, hörst das Wasserplätschern und guckst den Vögeln zu, wie sie im Brunnen baden.«

»Es ist sehr friedlich.«

»Ich mag Vögel. Ihr habt hier bestimmt viele, andere sicher als die bei uns in der Stadt.«

Er lachte ungläubig. »Ich denke, du findest hier die gleichen wie in Herba.«

»Nein, ihr habt hier besondere.« Sie war so sicher, dass er sich unweigerlich umschaute und beinahe damit rechnete, Papageien in den Pinien zu entdecken. »Sitzt du manchmal hier?«

»Nein.«

»Warum nicht?«

Er zuckte mit den Schultern. »Warum sollte ich?«

»Hier gibt es doch so viel anzugucken. Ich könnte stundenlang, nein, tagelang hier sitzen. Für immer könnte ich hier sitzen und würde nie weggehen wollen.« Sehr vorsichtig, als wäre die Bank ein scheues Wesen, das sie nicht verschrecken wollte, setzte sie sich hin. Dann sah sie zum Wasser und malte sich aus, sie hätte einen eigenen Garten, in dem sie dem wechselnden Licht vom Morgengrauen bis zur Abenddämmerung zusehen könnte.

»Hier ist Gott«, sagte sie leise, und eine seltsame Ehrfurcht ergriff sie, strich einem Engelshauch gleich über ihre Haut.

Er setzte sich neben sie, streckte die Beine aus und verschränkte die Hände hinter dem Kopf. »Glaubst du?«

»Oh, ich weiß es, denn ich kann ihn fühlen.«

Sie saßen lange Zeit dort, lauschten dem Wind in den Zypressen und den zufrieden gurrenden Tauben auf dem Dach der Villa. Gute-Nacht schnüffelte entlang der Rasenkanten und hob das Bein an den Hecken.

»Das ist der schönste Tag meines Lebens«, sagte sie nach einer Weile. »Ich glaube nicht, dass ich schon einmal so glücklich war.«

Er betrachtete sie interessiert und lächelte freundlich. »Wie heißt du, *Piccolina?*«

Sie sah ihn voller Dankbarkeit und Vertrauen an. »Floriana. Und du?«

Irgendwie war ihnen beiden klar, dass der Austausch der Namen etwas *bedeutete*. Er zögerte, blickte ihr in die Augen, die weit offen und kein bisschen ängstlich mehr waren, und streckte ihr seine Hand hin. Ihre sah klein und dunkel in seiner großen blassen Hand aus.

»Dante Alberto Massimo«, sagte er leise. »Aber du darfst mich Dante nennen.«

1

Devon 2009

Künstler gesucht, der den Sommer über Malkurse für
Gäste im Hotel Polzanze, Devon, erteilt
Freie Kost & Logis
Telefon: 07972 859 301

Der Morris Minor rumpelte über die schmale Landstraße auf das Dorf Shelton zu. Zu beiden Seiten der Straße standen hohe, üppige Hecken, durchwoben von hübschem weißem Wiesenkerbel und blauen Vergissmeinnicht. Eine kleine Spatzenschar flog gen Himmel auf, wo fedrige Wolken im salzigen Wind landeinwärts trieben. Der Wagen bewegte sich vorsichtig, wich in eine Seitenbucht aus, um einen entgegenkommenden Lastwagen vorbeizulassen, und fuhr durch das niedliche Dorf mit den weiß gekalkten Cottages, deren grau gedeckte Ziegeldächer in der Morgensonne golden schimmerten.

Im Herzen von Shelton stand eine Kirche aus grauem Sandstein inmitten einer Gruppe herrlicher Platanen, und unten schlich eine geschmeidige schwarze Katze träge an der Kirchenmauer entlang, allem Anschein nach auf dem Heimweg nach einer erfolgreichen nächtlichen Jagd. Am Dorfende, wo die Straße scharf nach links hinunter Richtung Meer führte, öffneten sich ein eindrucksvolles schmiedeeisernes Tor zu einer Einfahrt, die sich in einer eleganten Kurve durch bereits blühende Rhododendren schwang. Hier bog das Auto ein und fuhr an den rosa Blüten vorbei zu dem grauen Herrenhaus am Ende. In friedlicher Abgeschiedenheit lag es hier und bot freien Blick aufs Meer.

Das Polzanze war ein wohlproportioniertes Herrenhaus, 1814 von dem Duke of Somerland für seine kränkelnde Ehefrau Alice erbaut, deren Asthmaleiden nach Seeluft verlangte. Er hatte das alte Haus auf dem Anwesen abreißen lassen, bei dem es sich um einen unansehnlichen Ziegelsteinhaufen aus dem sechzehnten Jahrhundert gehandelt hatte, und das jetzige Haus zusammen mit seiner talentierten Frau entworfen. Sie hatte recht klare Vorstellungen davon gehabt, was sie wollte. Heraus kam ein Herrenhaus, das sich drinnen wie ein großes Cottage anfühlte: holzvertäfelte Wände, Blumentapeten, Kamine und große Sprossenfenster, durch die man auf den Rasen und den Ozean dahinter blickte.

Die Duchess liebte ihren Garten und verbrachte ihre Sommer mit der Rosenzucht, dem Pflanzen exotischer Bäume und der Anlage eines raffinierten Wegelabyrinths im dichten Wald. Vor ihrem Studierzimmer gestaltete sie einen kleinen Garten für die Kinder, in dem sie Gemüse und Blumen zogen, und umgab ihn mit einem Miniaturwassergraben, in dem die Kleinen ihre Boote schwimmen lassen konnten, während sie ihre Korrespondenz erledigte. Italienbegeistert wie sie war, hatte sie ihre Terrasse mit schweren Terrakottatöpfen voller Rosmarin und Lavendel geschmückt und Wein im Wintergarten gepflanzt, den sie darauf trimmte, an den Fenstersprossen nach oben zu ranken, sodass die Trauben in staubigen Büscheln von der Decke hingen.

Von ihren Nachfahren wurde wenig geändert und vieles erweitert. Deren eigenes Flair war in die Schönheit des Anwesens eingeflossen, bis die Familie durch unglückliche Umstände genötigt war, ihren Besitz in den frühen 1990ern zu verkaufen. Das Polzanze wurde in ein Hotel verwandelt, was Alice zweifellos das Herz gebrochen hätte, wäre sie noch am Leben gewesen. Dennoch blieb ihr Vermächtnis, genauso wie die Originaltapeten mit handgemalten Vögeln und Schmetterlingen.

Die Zeder an der Ostseite, die jenen Hausteil schützte, war angeblich fünfhundert Jahre alt. Und das Anwesen durfte sich ummauerter Gemüsegärten rühmen, die schon lange vor der Duchess mit ihrem gezüchteten Rhabarber und ihren Himbeeren da gewesen waren. Übrigens auch eines uralten Gärtners, der schon länger dort arbeitete, als es irgendwer erinnerte.

Marina hörte einen Wagen auf dem Kies draußen und eilte zum Fenster im ersten Stock. Sie erblickte einen schmutzigen alten Morris Minor, vollgestopft mit Leinwänden und farbbefleckten Tüchern, der wie ein erschöpfter Muli vor dem Hotel hielt. Ihr Herz pochte schneller vor Aufregung, und sie guckte rasch in den Spiegel auf dem Treppenabsatz. Mit Anfang fünfzig stand sie in der Blüte ihrer Schönheit, als wäre die Zeit extraleichtfüßig über ihr Gesicht hinweggetänzelt, um ja keine zu starken Spuren zu hinterlassen. Ihr dichtes honigbraunes Haar fiel ihr in großen Wellen über die Schultern, und ihre tief liegenden, einnehmenden Augen waren von der Farbe verrauchten Quarzes. Sie war zierlich mit zarten Knochen und einer schmalen Taille, besaß jedoch breite Hüften und einen großen Busen. Nachdem sie ihr Kleid glatt gestrichen und ihr Haar aufgeplustert hatte, lief sie in der Hoffnung nach unten, einen guten Eindruck zu machen.

»Marina, Schatz, ich glaube, dein erster potenzieller Hauskünstler ist eingetroffen«, rief ihr Mann. Grey Turner sah aus dem Fenster und kicherte, als er einen älteren Mann in einer langen Brokatjacke und schwarzen Kniebundhosen aus dem Morris steigen sah. Die großen Messingschnallen an den abgewetzten Schuhen blinkten in der schwachen Frühlingssonne.

»Gütiger Himmel, es ist Captain Hook!«, bemerkte Clementine, Greys dreiundzwanzigjährige Tochter, die sich zu ihm gesellte. Sie rümpfte verächtlich die Nase. »Wieso Submarine jeden Sommer einen Maler einlädt, der sich bei uns durchschnorrt, ist mir schleierhaft. Einen Hauskünstler zu haben, ist total affig.«

Grey ignorierte den despektierlichen Spitznamen, den seine Kinder für ihre Stiefmutter verwandten. »Marina hat einen guten Riecher fürs Geschäftliche«, sagte er. »Paul Lockwood war letztes Jahr ein Riesenerfolg. Unsere Gäste haben ihn geliebt. Da ist es nur verständlich, dass sie das wiederholen will.«

»Vielleicht ändert sie ihre Meinung, wenn sie diesen abgetakelten Typen sieht.«

»Meinst du, er hat einen Papagei in diesem Haufen Gepäck?« Grey beobachtete, wie der alte Mann steifbeinig zum Kofferraum ging und eine schäbige Zeichenmappe herausnahm.

»Unbedingt, Dad. Und er hat ein Schiff unten am Hafen vor Anker liegen. Wenigstens hat er noch zwei Hände, nicht eine und einen Haken.«

»Marina wird entzückt sein. Sie liebt ausgefallene Typen.«

»Glaubst du, dass sie dich deshalb geheiratet hat?«

Grey machte sich gerade und steckte die Hände in die Taschen. Er war sehr groß, hatte lockiges graues Haar und ein längliches Gesicht, das stets verständnisvoll wirkte. Nun blickte er kopfschüttelnd auf seine Tochter herab. »Vergiss nicht, dass du meine Gene trägst, Clemmie. Falls ich exzentrisch bin, stehen die Chancen recht gut, dass du diesen Makel geerbt hast.«

»Ich würde es nicht als Makel bezeichnen, Dad. Nichts ist langweiliger, als normal zu sein. Trotzdem«, ergänzte sie, als der Künstler seine Kofferraumklappe zuschlug, »kann es auch zu viel des Guten sein.«

»Er ist da! Wie aufregend!« Marina kam zu ihrem Mann und ihrer Stieftochter ans Fenster gelaufen. Clementine sah, wie ihre Aufregung verpuffte, als sie ihren ersten Kandidaten erblickte, der mit der Zeichenmappe unter den mottenzerfressenen Ärmel geklemmt auf die Haustür zustakste, und grinste schadenfroh.

»Mein Gott!«, rief Marina und warf beide Hände in die Höhe. »Was mache ich bloß?«

»Das zu überlegen, hast du keine Zeit, Schatz. Bitte ihn lieber herein, ehe er sein Schwert zückt.« Marina warf ihrem Mann einen flehenden Blick zu, doch er schüttelte lachend den Kopf und sah sie liebevoll an. »Das ist dein Projekt. Ich weiß doch, wie du es hasst, wenn ich mich einmische.«

»Möchtest du nicht bei dem Gespräch dabei sein?«, schlug sie mit einem zuckersüßen Lächeln vor.

»Oh nein, Schatz, er gehört ganz dir.«

»Du bist ein verschlagener, gemeiner Mann, Grey Turner«, entgegnete sie, allerdings bogen sich ihre Lippen zu einem Grinsen, als sie in der Mitte der Diele, am runden Tisch mit dem extravaganten Blumengesteck Position einnahm. Derweil half Shane Black, der Page, dem alten Mann mit der Zeichenmappe herein.

Marina ignorierte die amüsierten Gesichter am Fenster – inzwischen hatten nämlich auch Jennifer, eine der Empfangsdamen, und Heather, eine Kellnerin, einen Vorwand gefunden, in die Diele zu kommen – und streckte ihrem ersten Bewerber lächelnd die Hand entgegen. Seine war rau und rissig, und alte Farbe hatte sich tief in die Fingernägel gegraben. Er drückte ihre Hand fest. Dazu verschlang er sie mit dem Blick eines Mannes, der viele Monate auf See gewesen war. Ihm schienen die Worte zu fehlen. »Es ist sehr nett von Ihnen, dass Sie hergekommen sind, Mr Bascobalena. Gehen wir in mein Büro, wo wir einen Kaffee trinken und in Ruhe plaudern können. Oder hätten Sie lieber Tee?«

»Oder ein Fass Rum?«, flüsterte Clementine ihrem Vater zu.

Mr Bascobalena räusperte sich und schluckte. »Schwarzer Kaffee, kein Zucker, und nennen Sie mich bitte Balthazar.«

Sein Bariton erschrak Marina, sodass sie unwillkürlich ihre Hand zurückzog. Aus dem Augenwinkel sah sie ihre Stieftochter in der Ecke kichern und reckte trotzig ihr Kinn.

»Shane, bitte Heather, Mr Bascobalena ein Kännchen schwarzen Kaffee zu bringen und einen Cappuccino für mich.«

»Wird gemacht, Mrs Turner«, sagte Shane, der sich ein Grinsen verkneifen musste.

Er nahm dem Gast die Zeichenmappe ab und folgte ihnen durch die Diele, den Salon, wo einige Gäste saßen und Zeitung lasen, und das hübsche grüne Zimmer zu Marinas Büro, von dem aus man auf den Kindergarten mit dem kleinen Wassergraben und dahinter das Meer blickte. Sie bedeutete dem Pagen, die Mappe auf den Couchtisch zu legen, und sah ihm nach, als er hinausging und die Tür hinter sich schloss.

Marina bat Balthazar, auf dem Sofa Platz zu nehmen, und litt ein bisschen, als seine schmutzige Kleidung mit dem blassgrünen Chenille in Kontakt kam. Sie selbst setzte sich in einen Sessel, das Gesicht zum offenen Fenster. Es war offen, sodass mit der Seeluft der süßliche Geruch von gemähtem Gras und Ozon ins Zimmer wehte. Man konnte das ferne Meeresrauschen und die Klageschreie der Möwen hören, die hoch über den Wellen segelten. Marina sehnte sich danach, unten am Strand zu sein, die Füße im Wasser und das Haar im Wind fliegend. Widerwillig drängte sie diesen Gedanken fort. Sie wusste bereits, dass Balthazar Bascobolena den Sommer nicht im Polzanze verbringen würde, sollte ihm aber dennoch die Höflichkeit erweisen, ein wenig mit ihm zu plaudern.

»Sie haben einen wundervollen Namen – Bascobalena. Klingt spanisch.« Ihr war bewusst, dass er sie mit leicht offenem Mund anstarrte, als hätte er noch nie zuvor eine Frau gesehen. Trotz des geöffneten Fensters begann sein Körpergeruch den Raum zu füllen. Marina wünschte, Heather würde sich mit dem Kaffee beeilen, schätzte allerdings, dass Shane noch in der Diele war und mit dem restlichen Personal über den Besucher herzog. Hoffentlich hatten die anderen Gäste ihn nicht kommen gesehen.

»Mag sein, dass es irgendwo in früheren Zeiten mal einen Spanier in der Familie gab, aber wir sind seit Generationen allesamt aus Devon und stolz darauf.«

Marina zog verwundert die Brauen hoch. Er hatte den dunklen Teint und die Augen eines Spaniers. Und die Zähne, die er beim Lächeln zeigte, waren braun und faulig wie die eines Seemannes mit Skorbut. »Und Balthazar, so heißen eigentlich Romanhelden.«

»Meine Mutter hatte eine blühende Fantasie.«

»War sie auch Künstlerin?«

»Nein, aber eine Träumerin. Gott hab sie selig.«

»Also, Balthazar, erzählen Sie mir, was Sie malen?«

»Boote«, antwortete er und beugte sich vor, um seine Mappe zu öffnen.

»Boote«, wiederholte Marina und bemühte sich, ein kleines bisschen begeistert zu klingen. »Wie interessant ... wenn auch nicht überraschend«, ergänzte sie schmunzelnd.

Mr Bascobalena ging nicht auf ihre Anspielung auf seine Piratenkleidung ein.

»Oh, mich faszinieren Boote schon, seit ich ein kleiner Junge war.«

»Dann sind Sie an der Küste aufgewachsen?«

»Ja, genau wie mein Vater und mein Großvater vor ihm.« Er war durch ein paar Bilder an der Wand abgelenkt. »Das sind schöne Landschaften. Sind Sie Sammlerin, Mrs Turner?«

»Leider nein. Und ich male auch nicht. Ich bewundere allerdings Leute wie Sie, die es können. Also, sehen wir uns einige Ihrer Arbeiten an.«

Er zog eine Zeichnung von einem Fischerboot in aufgewühlter See aus der Mappe. Für einen Moment vergaß Marina seinen Geruch und den ungewöhnlichen Aufzug und starrte ungläubig auf das Bild.

»Das ist wunderschön«, hauchte sie und rutschte nach vorn auf die Sesselkante. »Sie sind begabt.«

»Dann sehen Sie sich diese hier an.« Er zog ein anderes hervor. Der wehmütige Charme seiner Arbeiten verblüffte Marina. Er hatte alle erdenklichen Arten von Schiffen und Booten gezeichnet: von elisabethanischen Flotten bis hin zu modernen Jachten und Barkassen; manche im Morgengrauen auf ruhiger See, andere im Mondschein auf endlosem Meer, und allesamt von dieser seltsamen Melancholie erfüllt. »Ich male auch in Öl, aber die Bilder sind zu groß, als dass ich sie mitbringen konnte. Sie dürfen aber jederzeit zu mir kommen und sie sich ansehen, wenn Sie mögen. Ich wohne in der Nähe von Salcombe.«

»Danke. Ich bin sicher, dass sie genauso reizend sind wie Ihre

Zeichnungen.« Sie sah ihn ernst an. »Sie haben ein außerordentliches Talent.«

»Könnte ich Menschen malen, würde ich Sie porträtieren.« Marina beachtete seinen anzüglichen Blick nicht.

»Sie malen keine Menschen?« Sie tat enttäuscht.

»Niemals.« Er fuhr sich durch sein ausdünnendes graues Haar, das ihm bis zu den goldenen Epauletten auf den Schultern hing. »Habe ich auch noch nie. Ich bekomme sie nicht richtig hin. Egal, wen ich male, hinterher sehen alle wie Affen aus.«

»Wie schade. Es ist leider so, Balthazar, dass ich einen Künstler brauche, der meinen Gästen beibringt, alles zu malen, nicht bloß Schiffe und Affen. Tut mir leid.«

Als Balthazar die Schultern hängen ließ, erschien Heather mit einem Tablett, auf dem ein silbernes Kaffeekännchen und ein Cappuccino standen. Marina sah sie tadelnd an, weil es so lange gedauert hatte, und Heather errötete. Sie stellte das Tablett auf den Schreibtisch. Marina hoffte, er würde gleich gehen, doch er blickte gierig zu den Ingwerplätzchen und wirkte sogleich munterer. Folglich blieb Marina nichts anderes übrig, als ihm Kaffee einzuschenken und die Plätzchen zu reichen, während er sich entspannt auf dem Sofa zurücklehnte.

Clementine stieg in ihren roten Mini Cooper und fuhr die gewundenen engen Landstraßen hinunter zum Städtchen Dawcomb-Devlish. Luftige Felder wellten sich in einem Patchworkmuster aus unterschiedlichen Grüntönen unter einem klaren hellblauen Himmel. Schwalben huschten hin und her, Möwen schrien, und hie und da waren Ausschnitte des blau glitzernden Meeres zu sehen, das sich am Horizont in milchigem Dunst verlor. Doch all der Schönheit zum Trotz war Clementines Stimmung finster.

Elend starrte sie auf den grauen Asphalt und dachte über ihr Schicksal nach. Sie wünschte, sie würde wieder durch Indien reisen, die Freiheit genießen, die ihr drei Jahre und ein anständiger Abschluss an der Universität eintrugen, statt jeden Morgen nach Dawcomb-Devlish zu fahren und sich als Sekretärin für den entsetzlich öden Mr Atwood und dessen verschlafenes Maklerbüro in der Hauptstraße herumzuschlagen.

Es war ein ziemlicher Schock gewesen, als ihr Vater ihr erklärte, dass ihm das Geld fehlte, ihren Lebensstil weiterzufinanzieren. Sie hatte gehofft, die Arbeit wenigstens noch ein Jahr länger aufschieben zu können. Er bot ihr einen Job im Hotel an, wie Jake, der sich inzwischen zum Manager hochgearbeitet hatte. Doch Clementine starb lieber, als unter ihrer Stiefmutter zu arbeiten. Also fand er die Stelle bei Mr Atwood, wo sie sechs Monate lang die Sekretärin Polly vertrat, solange die in Mutterschaftsurlaub war. Falls sie sechs Wochen durchhielt, wäre das schon ein Wunder, und das nicht bloß, weil sie kaum tippen konnte, sondern auch noch sehr desorganisiert war. Clementine musste sich voll und ganz auf Sylvia verlassen, die Sekretärin des Geschäftspartners, dass sie die meiste Arbeit für sie erledigte. Ihr war bewusst, dass Mr Atwoods Geduld aufs Übelste strapaziert wurde, aber da er ihrem Vater verpflichtet war, weil der ihm viele Klienten schickte, konnte er nicht viel tun.

In Devon zu sein war per se schon öde. Wäre ihre Mutter nicht genötigt gewesen, ihr Londoner Haus zu verkaufen und nach Schottland zu ziehen, hätte Clementine jetzt einen viel spannenderen Job in Chelsea und würde ihre Abende mit Freunden im »Boujis« verbringen. Stattdessen hing sie in Devon fest, das sie schon wegen der unzähligen Sommerferien ihrer Kinderzeit hasste, in denen sie an kalte Strände gezerrt wurde und auf Felsen bibberte, während ihr Bruder und ihr Vater auf Krebsfang waren. Marina machte ihnen opulente Picknicks und wanderte mit Clementine den Strand ab, um Muscheln zu suchen, doch Clementine wollte nie ihre Hand nehmen. Aus Trotz nicht. Neben dem wunderschönen Geschöpf, das ihrem Vater das Herz raubte, hatte sie sich immer unzulänglich gefühlt. Sie bemerkte, wie seine Augen aufleuchteten, wenn er sie ansah, als hätte er einen Engel vor sich, und wie sich sein Blick wieder verdunkelte, wenn er Clementine sah, als würde sie stören. Sie zweifelte nicht an seiner Liebe; er liebte Marina eben nur mehr.

Kurz vor der Stadt fiel Clementine etwas Schwarzes mitten auf der Straße auf. Zuerst dachte sie, es wäre ein altes Spielzeugboot, und fuhr langsamer. Bei näherem Hinsehen jedoch entpuppte sich das schwarze Etwas als Igel, der sehr gemächlich über die Straße kroch. Im Rückspiegel sah sie, dass mehrere Autos hinter ihr waren. Wenn sie nicht hielt, würde der Igel ohne Frage überfahren. Die Notlage des Tiers lenkte Clementine von sich selbst ab. Sie bremste abrupt, warf die Autotür auf und eilte dem Igel zu Hilfe. Der Mann im Wagen hinter ihr hupte wütend. Clementine beachtete ihn nicht und bückte sich, um den Igel zur Seite zu bugsieren. Leider war er sehr stachelig und voller Flöhe. Sie überlegte. Ein paar Autos kamen aus der entgegengesetzten Richtung, daher musste sie schnell eine Lösung finden. Hastig zog sie ihre Schuhe aus. Damit hob sie den Igel hoch und trug ihn zum Gras am Straßenrand. Es war niedlich, ihm zuzugucken, wie er in den Büschen verschwand. Bis sie wieder in ihr Auto stieg, hatte sich eine kleine Schlange vor und hinter ihr gebildet. Sie winkte den mürrisch dreinblickenden Fahrern.

Es war weit nach zehn, bis sie, eine Entschuldigung murmelnd, ins Büro kam. Sylvia Helvin war eine lebhafte, geschiedene Rothaarige mit großen Brüsten, die nur knapp von ihrem engen grünen V-Ausschnittpullover und dem Seidenschal gehalten wurden. Sie legte eine Hand auf die Telefonmuschel und grinste breit. »Keine Panik, Süße, sie sind heute Morgen beide zu einem Meeting. Wir haben das Büro für uns. Sei so lieb und hol mir einen Latte.« Sie hob die scharlachroten Krallen wieder und lachte kehlig ins Telefon. »Uh, Freddie, du furchtbar ungezogener Junge! Benimm dich, oder ich muss dir wieder den Hintern versohlen.« Clementine trottete zum Black Bean Coffee Shop. Als sie zurückkam, war Sylvia immer noch am Telefon, hatte sich den Hörer zwischen Kinn und Schulter geklemmt und feilte nebenbei ihre Nägel.

Clementine knallte ihr den Pappbecher hin und warf ihre Tasche auf den Boden. »Mieser Morgen?«, fragte Sylvia, während sie auflegte.

»Submarine guckt sich Künstler an.«

»Ah, der Hauskünstler. Sehr vornehm.«

»Nein, das ist es ja gerade. Es ist ganz und gar nicht vornehm, sondern affig.«

»Macht das was, solange er gut aussieht?«

»Gut aussieht? Von wegen! Du hättest mal diesen Möchtegernpiraten sehen sollen, der bei Sonnenaufgang anrückte. Alt, müffelnd und eindeutig irre. Das Einzige, was fehlte, war sein Schiff.«

Sylvia nippte mit gespitztem Mund an ihrem Latte, darauf bedacht, ihren Lippenstift nicht zu ruinieren. »Wenn du mich fragst, ist sie entweder mutig oder bekloppt, einen Fremden zu sich nach Hause einzuladen.«

»Es ist kein Zuhause, sondern ein Hotel. Und genau das ist es ja: Den ganzen Tag latschen Fremde rein und raus. Schrecklich!«

»Nein, ich meine wegen der Einbrüche. Sie nennen ihn jetzt schon Baffles, den Gentleman-Räuber. Er nimmt sich Hotels wie das von deinem Vater vor, auch größere Häuser. Hast du heute noch keine Zeitung gelesen?«

»Ich lese die *Dawcomb-Devlish Gazette* nicht.«

»Da verpasst du was. Das Blatt ist eine wahre Fundgrube an Lokalnachrichten. Und die Geschichte wird allmählich richtig bizarr. Zuletzt hat er sich ein großes Haus gleich außerhalb von Thurlestone vorgenommen. Er ist nachts rein, als alle geschlafen haben, und mit haufenweise Bargeld und einem sehr teuren Kunstwerk wieder raus. Das Komische ist, dass er anscheinend wusste, wo alles war, als wäre er schon vorher dort gewesen und hätte alles ausgekundschaftet.«

»Woher wissen sie, dass es ein Er ist?«

Sylvia zuckte mit den Schultern. »Na ja, er unterschreibt mit Raffles, nach einer Romanfigur, und die ist männlich. Deshalb haben sie ihn Baffles getauft.« Sie lachte nasal. »Typisch Journalisten. Die lieben Wortspiele! Aber stell dir vor: Er lässt nichts zurück bis auf einen kleinen Zettel, auf dem ›Vielen Dank‹ in sauberer Handschrift steht.«

»Das ist ein Witz.«

»Würde ich mir bei so einer ernsten Sachen Scherze erlauben?« Sie sog ihre Wangen ein. »Ich verkackeier dich nicht, Clemmie. Ein Räuber mit Manieren. Aber sich vorzustellen, dass er vor nicht mal einer Woche das Palace Hotel ausgeraubt hat. Hoffentlich kommt er nicht hierher.«

Clementine lachte und sackte auf ihren Stuhl. »Tja, mir ist egal, ob er das Polzanze ausraubt und Submarines ganze kostbare Gemäldesammlung klaut. Er würde mir einen Gefallen tun, wenn er sie gleich mit wegschleppt.«

»Du bist unfair. Ich mag sie. Sie ist bezaubernd.«

»Sie ist billig.«

»Sei nicht so ein Snob.«

»Ich bin kein Snob. Mich interessiert nicht, woher die Leute kommen, solange sie nett sind.«

»Sie ist von hier, genau wie ich.«

»Ja, nur merkt man es nicht. Sie strengt sich mächtig an, nach besserer Herkunft zu klingen, hat so gut wie keinen hiesigen Akzent mehr.« Clementine kicherte. »Das Blöde ist, dass sie sich darüber einen echt schrägen Akzent angeeignet hat, der weder das eine noch das andere ist. Manchmal hört sie sich wie eine Ausländerin an!«

»Du bist echt gemein, Clemmie. Dann hat sie eben einige kleine Macken. Sei ein bisschen toleranter.«

»Sie hat nun mal diesen Dünkel, und ich kann Leute nicht leiden, die sich einbilden, was Besseres zu sein. Sie soll bloß aufhören, dauernd auf vornehm zu tun.«

Sylvia sah sie verärgert an. »Du behauptest, dass du kein Snob bist, Clementine, dabei hörst du dich genau wie einer an. Was hat dir denn deine teure Privatschule gebracht? Einen Schnöselakzent und das Gefühl, über allen andern zu stehen. Und sonst? Du arbeitest im selben Büro wie ich, nur für viel weniger Geld. Ehrlich, dein Vater hätte sich das Geld für deine Schulen sparen können.«

»Ich wollte dich doch nicht beleidigen, Sylvia! Gemeint ist meine Stiefmutter. Ich glaube eben nicht, dass sie gut für meinen Vater ist, das ist alles. Er könnte es besser haben. In London war er ein sehr erfolgreicher Anwalt. Wie in aller Welt kommt er auf die Schnapsidee, hier runterzuziehen und ein Hotel zu führen?«

»Durch seine Frau.«

»Sag ich ja. Er könnte inzwischen Richter sein.«

»Vielleicht wollte er das gar nicht. Vielleicht ist er glücklich damit, wie er sich entschieden hat. So oder so, keiner verlangt von dir, dass du deine Stiefmutter liebst. Sie könnte die Tochter eines Königs sein, und du würdest sie trotzdem nicht gut genug für ihn finden.«

»Ich glaube, sie wollte das Haus, weil es früher dem Duke of Somerland gehört hat. Sie sitzt in ihrem Büro, das früher das Schreibzimmer der Duchess war, und kommt sich wichtig vor. Dad stand so weit über ihr in der Nahrungskette, dass mich wundert, wie sie ihn überhaupt ins Auge fassen konnte.«

»Ich finde sie wunderschön. Da ist etwas Tiefes und Trauriges in ihrem Blick.«

»Glaub mir, sie hat nichts, weswegen sie traurig sein muss. Sie hat doch durch pure Manipulation alles gekriegt, was sie wollte.«

»Dann kannst du ja ihre Taktik übernehmen und deine Schönheit klug einsetzen.«

»Ich bin nicht schön.«

Sylvia schüttelte grinsend den Kopf. »Bist du wohl, wenn du lächelst.«

Marina beobachtete erleichtert, wie Balthazars Wagen endlich die Einfahrt hinunterrumpelte. Sie fand Grey auf einer Leiter in der Bibliothek nebenan vor, wo er ein Buch suchte, das er dem Brigadier leihen wollte. Letzterer kam jeden Morgen zu Eiern und Toast ins Polzanze, seit seine Frau vor fünf Jahren starb.

»Du meine Güte«, sagte er. »Das war offenbar nicht gut.«

Sie hob die Hände gen Himmel und atmete übertrieben tief ein. »Ich wurde ihn nicht wieder los. Jetzt riecht mein Büro wie ein Obdachlosenasyl, und ich habe gleich die nächste Bewerberin.«

»Warum setzt du dich nicht mit ihr nach draußen?«

»Falls Elizabeth Pembridge-Hughes vorzeigbar ist, werde ich das. Aber wenn sie auch eine Verrückte ist, setze ich mich nicht mit ihr nach draußen, sonst verschreckt sie uns die Gäste. Ich habe eine Duftkerze angezündet, auch wenn ich fürchte, dass die allein nicht viel hilft.«

»Ich hätte gedacht, dass er dir gefällt. Du magst doch exzentrische Gestalten.«

Sie lächelte unglücklich. »Keine Exzentriker mit schwarzen Zähnen und Mundgeruch, von langen fettigen Haaren und lächerlicher Kleidung ganz zu schweigen.«

»Du erstaunst mich.« Er kam die Leiter herunter.

»Ich mag *vorzeigbare* Exzentriker. Solche, die nach Limone duften, saubere Hemden tragen und sich die Zähne putzen.«

»Aha.« Er lüpfte eine Braue.

Dann küsste er sie auf die Stirn. »Hauptsache, es macht dir Spaß, Marina. Schließlich war es deine Idee. Genieße es.«

»Aber was ist, wenn ich niemand Passenden finde?«

»Du musst ja keinen Hauskünstler haben.«

»Doch, muss ich wohl. Wir brauchen etwas, das uns von den anderen unterscheidet, um Leute anzulocken. Ich brauche dich gewiss nicht daran zu erinnern, in welchen Schwierigkeiten wir stecken. Wir müssen uns neue Sachen ausdenken, damit wir mehr Buchungen bekommen, sonst schlittern wir in die nächste Kreditklemme. Wir verdienen kein Geld, Grey. Genau genommen verlieren wir Geld. Denk dran, dass die Hälfte der Sommergäste zum Malen herkommt. Meine Londoner Frauen haben ihre Woche im Juni nur gebucht, weil sie es wieder so wie letztes Jahr haben wollen. Ich versuche, etwas aufzubauen, das die Leute jedes Jahr wieder hierherlockt.«

»Dann müssen wir eben die richtige Person auftreiben, sofern sie nicht bei den Bewerbern ist.«

Marina rang die Hände. »Clementine findet, dass es geschmacklos ist.«

»Sie ist jung.«

»Und unverschämt.«

»Achte nicht auf sie. Sie will dich nur auf die Palme bringen.«

»Und ich bin kein Affe! Sie kann ruhig etwas mehr Respekt zeigen. Ich bin ihre Stiefmutter.« Sie wandte sich ruckartig ab, und das Wort »Mutter« verharrte auf ihren Lippen wie ein Affront.

»Möchtest du, dass ich mit ihr rede?«

»Nein, lass nur. Möglicherweise bin ich schlecht in der Rolle.«

»Du hast dich bemüht, Schatz. Ich weiß, wie sehr du dich angestrengt hast, und ich bin dir überaus dankbar dafür. Es ist eine unmögliche Situation.« Auf einmal war die Luft schwer von Worten, die keiner laut sagen wollte.

Als Marina sprach, war ihre Stimme leise. »Reden wir nicht mehr davon, Grey. Elizabeth Dingsda kann jede Minute hier sei, und da will ich nicht gestresst aussehen.«

»Du siehst wunderschön aus.«

»Nur in deinen Augen.«

»Und das ist entscheidend.«

Sie lächelte. »Du bist mein Held, Grey.«

»Jederzeit, mein Schatz.«

Shane kam linkisch zur Tür herein und tat, als hätte er nichts gehört. Er wischte sich die große Nase mit dem Handrücken, ehe er sich kerzengerade hinstellte, als er einen Wagen draußen vorfahren hörte. Jennifer überließ Rose den Empfangstresen, lief zum Fenster und presste ihre Nase an das Glas, um zu sehen, wie diese Kandidatin war.

2

Elizabeth Pembridge-Hughes war äußerst vorzeigbar: groß, gertenschlank mit feinen, aristokratischen Zügen, Porzellanhaut und empfindsamen blauen Augen. Ja, sie war der Inbegriff dessen, wie eine Künstlerin aussehen *sollte*. Marina schüttelte ihr die Hand und bemerkte, dass Elizabeths sehr kalt war.

Sie führte sie durch das Hotel auf die Terrasse, wobei sie unterwegs am Wintergarten Halt machte, damit Elizabeth die Zitronenbäume in den hohen Töpfen und die Weinranken an den Fensterstreben bewundern konnte, die hübschen Tintenfischen gleich ihre Tentakeln über das Glasdach streckten. Elizabeth entging nichts, und sie schien hocherfreut, weshalb Marina schon im Geiste frohlockte, dass sie ihre Hauskünstlerin gefunden hatte.

Sie setzten sich an einen der runden Tische draußen, umgeben von großen Tontöpfen mit Rosmarin und Lavendel, die erst noch blühen mussten. Elizabeth schlug ein Bein über das andere und wickelte ihren breiten blasslila Schal fester um ihre Schultern, denn hier draußen wehte ein frischer Wind. Ihr naturblondes Haar war hie und da grau gestreift, und die Strähnen, die ihrem Pferdeschwanz entwichen, tanzten in der Brise. Sie war nicht mit Schönheit gesegnet, doch ihr Gesicht besaß eine gewisse Hochmut, die faszinierend war.

»Stört es Sie, wenn ich rauche?«

Marina hasste Zigaretten und war ein bisschen enttäuscht. Aber Elizabeth hatte so höflich gefragt und einen solch vornehmen Akzent, dass Marina es nicht gegen sie verwenden wollte. Niemand war vollkommen.

Elizabeth griff in ihre Tasche und wühlte nach ihren Zigaretten und dem Feuerzeug. Das dauerte eine Weile, in der Marina einen Kräutertee für ihren Gast und einen Fruchtsaft für sich selbst bestellte. Endlich tauchten Elizabeths lange Finger mit einer Schachtel Marlboro Lights wieder auf, von denen sie sich eine zwischen die schmalen Lippen steckte und sich mit dem Rücken zum Wind drehte, um sie anzuzünden.

»Sie haben hier ein wunderschönes Fleckchen, Marina«, sagte sie und blies den Rauch aus dem Mundwinkel. »Es ist richtig inspirierend, das Meer zu sehen.«

»Ich habe immer am Meer gelebt«, antwortete Marina, die zum glitzernden Wasser sah. »Es war stets eine verlässliche Konstante in meinem Leben.«

»Ja, es tut der Seele gut. Ich reiste früher mal mit einem bekannten Schauspieler – die Diskretion verbietet mir, seinen Namen zu nennen –, der am Meer meditiert. Ich schätze, ich war so etwas wie seine Begleitkünstlerin. Und er war meine Inspiration. Ich habe auch versucht, zu meditieren, aber mein Kopf ist viel zu rastlos. Ich kann meine Gedanken einfach nicht abschalten.«

»Reisen Sie viel bei Ihrer Arbeit?«

»Immerzu. Ich habe schon Könige, Königinnen und Prinzen durch die ganze Welt begleitet. Ein wahres Glück, wirklich.«

Marina bekam ein ungutes Gefühl. Sogar sie war realistisch genug, zu erkennen, dass die Stelle als Hauskünstlerin im Polzanze nicht der Traumjob schlechthin war. Falls Elizabeth Pembridge-Hughes gewöhnlich für Könige malte, wollte sie sicher nicht den Sommer in Dawcomb-Devlish alten Damen gegen Kost und Logis Malen beibringen. »Wie faszinierend, Elizabeth. Erzählen Sie mir, für welche Königshäuser Sie gemalt haben? Ich würde zu gerne Ihre Geschichten hören.«

Elizabeth schürzte die Lippen. »Nun, das ist der springende Punkt. Genießt man das Privileg, auf ihre Fernreisen eingeladen zu werden, muss man zusichern, absolutes Stillschweigen zu wahren. Das verstehen Sie sicher, nicht?« Sie lachte rauchig durch die Nase. »Vielleicht verrate ich Ihnen das eine oder andere Kleinod, wenn wir uns besser kennen.«

»Natürlich.« Allerdings bezweifelte Marina, dass sie irgendwelche Kleinode zu erzählen hatte.

Als sie gerade jede Zuversicht verlor, trat Grey heraus auf die Terrasse. »Ah, mein Mann«, sagte sie und lächelte ihm zu.

Elizabeth musterte seine breiten Schultern, sein dichtes, lockiges Haar und sein kluges Gesicht und stellte fest, dass er unglaublich attraktiv war. Ein Intellektueller, keine Frage, und aus besserem Hause, das sah man sofort. »Sehr erfreut«, sagte sie und reichte ihm ihre Hand.

»Ich dachte, ich geselle mich ein wenig dazu«, erwiderte er und schüttelte ihr die Hand. Ihr schwacher Händedruck und die kalten, dünnen Finger fielen ihm gleich auf. »Ist es Ihnen hier draußen warm genug?«

»Absolut«, antwortete sie. Grey zog sich einen Stuhl heran und setzte sich. Ein Kellner eilte in die Küche, um ihm einen Kaffee zu holen. »Wir sagten gerade, wie reizend es ist, das Meer zu sehen.«

»Dem stimme ich zu. Die Aussicht ist grandios.«

»Ich würde sie zu gerne malen.«

»Na, das sollen Sie ja vielleicht auch«, sagte er. Dann bemerkte er den Blick seiner Frau und kam zu dem Schluss, dass Elizabeth Pembridge-Hughes wohl nicht wiederkam, um irgendetwas zu malen.

»Also, was genau beinhaltet die Stelle des Artist-in-residence?«

Marina spürte das vertraute Ziehen in ihrem Bauch: ein inneres Frühwarnsystem, das sie nie täuschte. Sie wollte Elizabeth Pembridge-Hughes nicht in ihrem Hotel, wo sie den ganzen Sommer über mit berühmten Namen um sich werfen würde. Und wieder einmal musste sie die übliche Routine durchlaufen, um nicht unhöflich zu sein. »Im letzten Jahr luden wir einen charmanten Herrn ein, der für drei Monate bei uns wohnte und den Hotelgästen Malunterricht gab. Es ist mal was anderes, das ich unseren Gästen bieten möchte.«

»Was für eine brillante Idee – und solch eine entzückende Umgebung zum Malen!«

»Ja, ist es. Letzten Sommer brachte Paul uns allen das Malen bei.«

»Ihnen auch?«

Diese Frage richtete sie direkt an Grey.

»Mir nicht, nein. Ich bin kein Künstler. Marina hat es versucht, nicht wahr, Schatz?«

»Ja, obwohl ich auch nicht gut darin bin. Es hat Spaß gemacht, herumzuprobieren, und er war ein so netter Mann. Es war eine Freude, ihn den Sommer über bei uns zu haben. Er hat uns richtig gefehlt, als er wieder weg war. In den Monaten war er praktisch ein Teil der Familie geworden.«

»Wie ich es ebenfalls möchte. Nichts ist besser, als die Ärmel aufzukrempeln und loszulegen. Volle Kraft voraus.«

»Unbedingt«, sagte Grey, der ihre Herzlichkeit amüsant fand. Der Kellner brachte ihm seinen Kaffee zusammen mit dem Kräutertee und einem Glas Grapefruitsaft.

Elizabeth legte ihre Zigarette in den Aschenbecher. »Lassen Sie mich Ihnen jetzt zeigen, was ich mache.« Abermals tauchte sie in ihre Tasche und förderte ein schwarzes Fotoalbum zutage. »Leider sind meine Arbeiten zu groß, als dass ich sie mitnehmen konnte. Außerdem hängen einige meiner Gemälde in Königshäusern, und Sie werden verstehen, dass ich nicht einfach hingehen und fragen kann, ob ich sie ausleihen darf, nicht? Aber die Fotos liefern Ihnen einen recht klaren Eindruck.« Sie reichte Grey das Album. Marina rückte ihren Stuhl näher zu ihrem Mann und stupste ihn mit dem Ellbogen an. »Ich kann richtig gut mit Leuten umgehen«, fuhr Elizabeth fort. »Sie wissen ja, es ist eine Sache, malen zu können, aber eine ganz andere, zu unterrichten. Ich habe das Glück, in beidem begabt zu sein.« Grey stupste zurück.

Sie blätterten die Fotografien durch, die von Pferden in Kohle gezeichnet bis hin zu Stillleben in Öl reichten. Es bestand kein Zweifel, dass Elizabeth Talent hatte, auch wenn ihre Arbeit nicht jene Seele besaß, die Balthazar Bascobalenas melancholische Boote zeigten, oder sein Flair. Sie war extrem gut, aber seelenlos. »Sie sind sehr talentiert, Elizabeth«, sagte Marina bemüht enthusiastisch.

»Danke. Man liebt, was man tut, und ich denke, das sieht man, nicht?«

»Oh ja, sieht man wirklich«, bestätigte Grey, wohingegen Marina keinerlei Spur von Freude in den Arbeiten erkennen konnte.

Elizabeth beendete eine Zigarette und steckte sich die nächste an. Während sie an ihrem Tee nippte, fiel Marina auf, dass sich ihre Gesichtszüge entspannten. Plötzlich sah sie alt und traurig aus, wie eine Schauspielerin, die es leid war, ihre Rolle zu spielen. Marina empfand einen Hauch von Mitleid, obwohl sie es nicht erwarten konnte, Elizabeth loszuwerden.

»Sie war furchtbar«, sagte sie zu ihrem Mann, sowie Elizabeths Wagen die Einfahrt hinunter verschwunden war.

»Man muss viele Frösche küssen, ehe man seinen Prinzen findet. Vielleicht gilt dasselbe für deine Künstler.«

»Also ehrlich, Grey. Ich nehme an, du findest das alles sehr witzig.«

»Ich bin amüsiert.«

»Na, wenigstens einer von uns.«

Er legte seinen Arm um sie und drückte sie liebevoll. »Schatz, du musst es mit Humor nehmen. Die Welt ist voll von wunderbaren Menschen – wunderbar schrecklichen und wunderbar angenehmen. Elizabeth Pembridge-Hughes war auf jeden Fall unterhaltsam.«

»Ich könnte es genauso genießen wie du, wäre ich nicht so besorgt.«

»Es gibt nichts, worum du dir Sorgen machen musst. Am Ende wird alles gut. Betrachte es als Studium der menschlichen Natur.«

Sie grinste. »Woraus ich schließe, dass Gott ebenfalls Humor hat.«

»Ja, aber ich denke, dass er es ernst meinte, als er dich schuf.«

Er lachte, und Marina konnte nicht anders, sie musste mit ihm lachen.

Mittags schlenderte Harvey Dovecote in die Empfangshalle. Der überzeugte Junggeselle arbeitete schon von Anfang an für Grey und Marina. Er war der Verwalter des letzten und betrüblicherweise so gar nicht begüterten Duke of Somerland gewesen. Mit seinen inzwischen fünfundsiebzig Jahren erledigte er heute nur noch Kleinigkeiten für Marina, was ihn indes nicht daran hinderte, ausnahmslos in einem Blaumann und einer Tweed-Schirmmütze herumzulaufen. Die Stammgäste waren entzückt von ihm, weil er seiner Arbeit mit unverwüstlichem Optimismus und Charme nachging. Er war so etwas wie ein Faktotum, gehörte genauso fest zum Gebäude wie die Ziegelsteine und der Mörtel, und Marina verließ sich vollkommen auf seinen geerdeten Verstand. Er harkte Laub, füllte Kaminkörbe, flickte kaputte Rohre und reparierte Lichtschalter. Es gab nichts, was er nicht konnte, und er besaß die Energie eines mindestens zwanzig Jahre jüngeren Mannes.

Harvey war drahtig und fit, hatte schütteres graues Haar und ein längliches, klug dreinblickendes Gesicht, das immerzu lächelte. Tiefe Lachfalten hatten sich in die Haut gegraben, doch seine Augen blitzten, was auf einen wachen Geist hindeutete, dem nichts entging, und der alles Gesehene mit Humor nahm. Er kam, als Elizabeth Pembridge-Hughes in ihrem Range Rover davonbrauste.

»Noch eine, die ins Gras beißt!«

»Ach, Harvey, wie schön, dass du wieder da bist!«, rief Marina aus. Bei Harveys Worten wurden ihre Zweifel von einer angenehmen Ruhe überspült. »Du glaubst nicht, was ich heute für Leute hier hatte. Einen Piraten und eine angebliche Freundin von Königen und Stars. Wenn der dritte Kandidat genauso wird, weiß ich nicht mehr, was ich machen soll.«

»Du wartest, dass der Richtige kommt.«

»Und wird er das?«

»Oh ja, wird er.« Dass Harvey überzeugt war, beruhigte Marina.

»Wie geht es deiner Mutter? Entschuldige, ich war so angespannt, dass ich ganz vergessen habe zu fragen.« Sie legte eine Hand auf seinen Arm. Seine Mutter war in letzter Zeit sehr gebrechlich geworden und musste in ein Heim. Sie war achtundneunzig, und Harvey liebte sie über alles. Er besuchte sie bis zu dreimal die Woche.

»Sie hält sich tapfer. Im Sun Valley Nursing Home ist es ziemlich langweilig, aber mein Neffe Steve und ich unterhalten sie, so oft wir können. Zur Zeit ist sie ganz aus dem Häuschen, weil Steve sich einen gebrauchten Jaguar gekauft hat. Ein Traumwagen, schnurrt wie ein Kätzchen. Er ist damit zum Altersheim und hat Mutter in ihrem Rollstuhl mit raus genommen, damit sie sich den Schlitten angucken kann.«

»Von Steve höre ich zum allererstern Mal. Ich wusste gar nicht, dass du einen Neffen hast, und noch dazu einen erfolgreichen, wie es klingt.«

»Ist er. Er hat ein großes Haus gleich außerhalb von Salisbury, das mit lauter schönen Sachen vollsteht. Ist ein Sammler. Du würdest staunen, was der alles hat! Mein Bruder Tony hat es nie weit gebracht, aber sein Junge Steve ist ein ganz anderes Kaliber. Er würde mir seinen Jaguar leihen, wenn ich ihn frage, so klasse ist er. Vielleicht fahre ich damit mal hier vor, ein bisschen angeben.«

Marina lachte. »Du hinterm Steuer von solch einem Schlitten? Also das würde ich wirklich zu gerne mal sehen.«

»Und ich möchte gerne mal sehen, wie du guckst, wenn ich dich mit dem Ding ausfahre!« Er strahlte von einem Ohr zum anderen.

»Oh, das wäre wunderbar, Harvey! Es ist Jahre her, seit ich in einem schönen Sportwagen gesessen habe.«

Auf einmal wurde sie ernst. »Hast du heute Morgen die Nachrichten gehört?«

»Habe ich. Er ist wie Macavity der Kater.«

»Nein, im Ernst, Harvey ...«

»Macavity der Kater ist ein krimineller Fall, man nennt ihn auch die unsichtbare Pfote überall«, zitierte er aus dem Musical und brachte Marina wieder zum Schmunzeln.

»Darüber macht man sich nicht lustig, Harvey.«

»Nein, eigentlich nicht, aber ich will nicht, dass du dich sorgst.«

»Es besteht aller Grund zur Sorge. Wir müssen aufpassen und hoffen, dass er sich uns nicht aussucht. Andererseits sind wir klein verglichen mit den Hotels, die er bisher ausgeraubt hat, und ich hoffe sehr, dass er uns überhaupt nicht wahrnimmt.«

»Wird er nicht. Hier ist ja sowieso nicht viel zu stehlen, nicht?«

»Nichts richtig Wertvolles.«

»Na, siehst du? Du brauchst dir keine Sorgen zu machen.«

»Erst wenn die Polizei ihn hat.«

»Eine Kommission von Scotland Yard sucht in einem fort, sie eilt an jeden Tatort, doch Macavity ist nicht dort!«, sang Harvey leise.

»Du hast anscheinend keine Angst vor ihm.«

»Angst kann ihn auch nicht aufhalten, falls er sich das Polzanze vornimmt.«

»Was dann?«

»Ich kann mit einem Gewehr draußen Wache stehen.«

»Ich weiß nicht, ob ich mich sicherer fühlen würde, wenn du mit einer Waffe herumfuchtelst, Harvey. Wir brauchen etwas anderes.«

Er kratzte sich am Kinn. »Einen Hund?«

»Du weißt, dass ich Hunde im Hotel verbiete.«

»Aber du wärst sicherer mit einem. Katzen wie Macavity rauben ungern Häuser aus, in denen Hunde wohnen.«

Sie drehte sich weg und verschränkte die Arme vorm Oberkörper. »Ich ertrage keinen Hund. Das kann ich einfach nicht.«

»Hunde sind freundliche Tiere.«

»Ich weiß ... aber ich könnte es nicht ...«

»Dann denken wir uns etwas anderes aus«, sagte er ruhig. Sie lächelte. »Ja, bitte. Alles, nur keinen Hund.«

Marinas dritter und letzter Kandidat kam spät. Es war ein linkischer Hochschulabsolvent in Jeans und beiger Cordjacke, gockelhaft mit langem blonden Haar und einem rundlichen Jungengesicht. Er sah kaum alt genug aus, um die Schule hinter sich zu haben. Sie tranken Tee im Wintergarten, weil der Wind zugenommen hatte, und er erzählte Marina von sich, während sie versuchte, sich zu konzentrieren und interessiert auszusehen. Harvey war draußen auf der Terrasse, wo er einen wackligen Tisch reparierte, und als Marina hinsah, zog er eine Grimasse. Sie brauchte seine Bestätigung eigentlich nicht, aber es war gut zu wissen, dass er ihr zustimmte. George Quigley würde auch nicht den Sommer hier verbringen.

Es war schwierig, ihn wieder loszuwerden. Er trank Unmengen Tee und aß vier Stücke Kuchen sowie unzählige kleine Eier-Sandwiches. Marina lauschte geduldig seinen Geschichten von der Exeter University, seiner Freundin und den recht optimistischen Zukunftsplänen von weltweiten Ausstellungen. Seine Arbeiten waren abstrakt, wie Marina sich schon gedacht hatte. Sie lachte ihre Enttäuschung fort, indem sie sich vorstellte, was ihre alten Damen dazu sagen würden.

Marina erklärte ihm, dass er schlicht zu modern für ihre Gäste wäre, und schnitt ihm brüsk das Wort ab, als er ihr zu sagen versuchte, dass er alles malen könnte, was sie wollte. Wenn es nach ihr ginge, könnte er wie David Hockneey malen und es wäre ihr egal, weil sie ihn nicht mochte. Als er gerade gehen wollte, kam Clementine in die Empfangshalle. Sie warf einen Blick auf ihn, und ihr Gesicht erblühte zu einem Lächeln. Auch er lächelte und schien sichtlich angetan von ihr. Clementine sah ihm nach. Kaum war er draußen, wandte sie sich aufgeregt zu ihrer Stiefmutter.

»Ist *der* den Sommer hier?«
»Bedaure, nein, er ist vollkommen ungeeignet.«

Clementines Miene verfinsterte sich wieder. »Was ist denn an dem ungeeignet? Wenn du mich fragst, ist er genau das, was du brauchst.«

»Und deshalb frage ich dich nicht.«

»Du bist viel zu anspruchsvoll. Und deine verstaubten alten Tanten wären verzückt, so einen gutaussehenden jungen Mann hier zu haben.«

»Seine Arbeiten sind viel zu modern.«

»Falls er Talent hat, kann er wahrscheinlich langweilige Landschaftsbilder malen, bis der Arzt kommt.«

»Ich wurde nicht warm mit ihm.«

»Ich schon.«

»Dann geh raus und rede mit ihm. Guck mal, er steht noch bei seinem Wagen. Und er war eindeutig angetan von dir.«

»Nein«, erwiderte Clementine scharf.

»Kein Interesse?«

Clementine schnalzte mit der Zunge und stakste von dannen. »Das verstehst du nicht.«

Marina seufzte. »Ich gehe spazieren«, sagte sie zu Jennifer. »Nach diesem Tag brauche ich dringend frische Luft. Hast du Jake gesehen?«

»Er ist noch nicht wieder zurück.«

»Wie lange dauert denn ein normaler Zahnarzttermin? Na ja, ich bin kurz weg. Grey ist hier, falls irgendwas sein sollte.«

Marina marschierte geradewegs zu den Klippen, die Arme vor sich verschränkt und die Schultern gegen den Wind gebeugt. Das Meer zu sehen, erfüllte sie jedes Mal mit einer tiefen Sehnsucht, besonders an klaren Tagen wie diesem, wenn die untergehende Sonne an ihrer Seele zurrte, bis sie wehtat.

Sie eilte den ausgetretenen Pfad hinunter zum Strand, wo die letzten Sonnenstrahlen vom Schatten verschluckt wurden, und streifte ihre Schuhe ab, um barfuß über den Sand zu laufen. Die frische Salzluft füllte ihre Lunge, und ihre Brust weitete sich angesichts der Schönheit des sterbenden Tages. Sie hatte sich so lange zusammengenommen, den Kummer tief in sich vergraben, wo sie hoffte, ihn nie wiederzufinden. Aber jetzt, da sie auf Mitte fünfzig zuging, holte er sie ein, brodelte in den Rissen ihres alternden Körpers auf, und sie konnte ihn nicht mehr ignorieren.

Die heutigen Enttäuschungen und die Sorgen um ihr Hotel überwältigten sie. Marina begann zu weinen. Warum war keiner dieser Künstler passend gewesen? Warum waren sie alle so völlig ungeeignet? Warum hatte sie das Gefühl, ihr Leben wäre plötzlich sinnlos und ohne jede Richtung? Warum öffnete sich jetzt, nach fast vierzig Jahren, auf einmal ihre Vergangenheit hinter ihr wie ein Damm, der sie mit schmerzlichen Erinnerungen überflutete? Sie sank auf die Knie, hielt sich den Bauch und wiegte sich vor und zurück, um den Schmerz in ihrem Innern zu lindern.

So entdeckte Grey sie. Er rannte hinunter zum Strand und schloss Marina in seine Arme. Sie wehrte sich nicht, vergrub das Gesicht an seiner Brust und sperrte auf die Weise das Meer aus. Keiner von ihnen sagte etwas. Was gab es auch schon zu sagen?

Keine noch so fürsorglichen Worte könnten sie über den unerfüllten Kinderwunsch hinwegtrösten.

Sie hielten einander fest. Marina schüttete ihr Herz aus und hörte schließlich auf zu weinen. Sie schloss die Augen, beruhigt von Greys Hand, die über ihr Haar strich, und seinen Lippen, die ihre Schläfe küssten. Nachdem sie einige Mal tief eingeatmet hatte, merkte sie, wie Ruhe über sie hinwegfloss wie warmer Honig, der die Wunden in ihrem Herzen heilte. Ihr Kummer wich einer tiefen Dankbarkeit für Grey, der sie trotz all ihrer Fehler bedingungslos liebte.

»Ich bin hier runtergekommen, weil ich dir sagen wollte, dass sich noch ein Bewerber angekündigt hat. Er heißt Rafael Santoro und hat eben angerufen, um zu fragen, ob die Stelle noch zu haben ist. Er klang sehr erfreut, als ich ihm sagte, dass wir noch niemanden haben.«

»Ich glaube nicht, dass ich die Kraft habe, mir noch jemanden anzusehen«, schniefte Marina.

»Es ist erst morgen. Jetzt bist du müde und musst nicht darüber nachdenken.«

»Woher ist er? Italien?«

»Argentinien.«

»Klang er ... normal?«

Grey lachte leise. »Wie klingt normal?«

»Na, ist er kein irrer Tangotänzer oder überdrehter Polospieler?« Sie hob den Kopf, wischte sich die Augen und lächelte zaghaft.

»Weiß ich nicht. Aber soweit ich es beurteilen kann, klang er ziemlich normal.«

»Wann kommt er?«

»Um zehn.«

Sie seufzte. Allmählich kam sie wieder zu Kräften. »Okay, es ist also noch nicht alles verloren.«

»Nichts ist verloren, solange du nicht sagst, dass es das ist, Schatz.«

»Ich wünschte, Paul würde wieder herkommen.«

»Wir finden einen neuen Paul. Dieser Rafa, wie er genannt werden will, könnte sogar noch besser sein als Paul.«

»Du bist genauso optimistisch wie Harvey.« Sie lachte, und da war wieder das Blitzen in ihren Augen. »Wenn du mich fragst, hört sich Rafa Santoro wie eine Hundekeksmarke an.«

Clementine war mit Sylvia, deren Freund Freddie und Freddies Freund Joe im Dizzy Mariner in Shelton verabredet. In dem Pub standen überall Schiffsmodelle und Sachen, die wie rostige Überbleibsel der *Mary Rose* aussahen.

»Shelton muss das verschlafenste Dorf in ganz Devon sein«, stellte Clementine fest, als sie sich umblickte und reichlich leere Tische sah. Ein älteres Ehepaar saß in einer Ecke und aß Steak-and-Kidney-Pie, ohne ein Wort zu wechseln. Ein alter Mann in einem schäbigen Tweedanzug und mit einer Schirmmütze auf dem Kopf hockte an der Bar und plauderte mit der Kellnerin, die sich auf den Tresen lehnte und sichtlich froh war, etwas Unterhaltung zu haben.

»Die meisten Leute gehen ins Wayfarer in Dawcomb, aber mir gefällt es hier. Es ist gemütlich und weniger laut«, sagte Sylvia.

»Ich mag's auch lieber ruhig«, pflichtete Freddie ihr bei und legte einen Arm um Sylvias Taille. »Da muss ich dich mit keinem teilen.«

»Oder riskieren, deiner Frau über den Weg zu laufen«, ergänzte Sylvia und zog eine gezupfte Braue hoch.

»Ich wette, es ist ein Kulturschock, von London hierherzukommen«, sagte Joe, der Clementine bewundernd ansah.

»Ist es. Ich wollte auch gar nicht, weil ich die Frau von meinem Vater nicht leiden kann.«

»Und warum bist du trotzdem hier?«

»Weil ich Geld verdienen muss.«

»Ich dachte, jemand wie du hat einen Treuhandfonds oder so.«

Clementine lachte verbittert. »Es gab mal Zeiten, in denen Dad uns mit Geld zugeschmissen hat. Du weißt, die klassische Nummer mit dem Vater, der seine Kinder mit Geschenken besticht, damit sie ihm die Scheidung verzeihen. Aber inzwischen ist er nicht mehr reich. Submarine – das ist seine zweite Frau – ist sehr kostspielig, und ich weiß, dass es es ihnen finanziell beschissen geht, denn ich schnappe dann und wann was auf, wenn sie nicht ahnen, dass ich sie höre. Dann ist da Mum, die mit ihrem zweiten Mann Michael verheiratet ist und überhaupt nicht mit Geld umgehen kann. Sie mussten ihr Haus in London verkaufen und rauf nach Edinburgh ziehen, damit er in dem Familienunternehmen arbeiten kann. Er hat tonnenweise Geld in der Bankenkrise verloren. Aber wenn du mich fragst, wäre ich lieber arm in London, als in Edinburgh zu wohnen.«

»In Edinburgh ist mehr los als in Dawcomb und Shelton zusammen!«, sagte Sylvia.

»Kann sein, aber es ist saukalt. Hier unten ist es wenigstens sonnig.«

»Manchmal. Du hast eine günstige Zeit erwischt.« Sylvia richtete ihr Kleid und zog es vorn ein bisschen nach unten, um ihr Dekolleté zu betonen. Freddie war für einen Moment weggetreten. »Ich könnte nie in der Stadt leben. Das ist mir viel zu laut, und die vielen Leute. Nee, ich fänd's furchtbar, auf dem Gehweg um Platz kämpfen zu müssen. Mir reicht es schon im Sommer in Dawcomb, wenn die Touristen scharenweise einfallen und die Stadt aus allen Nähten platzt. Ich mag es so lieber, wenn es ruhig ist. Nur wir, die Einheimischen, leere Strände, leeres Meer, lange, leere Tage.« Sie kicherte, als Freddie seine Hand auf ihren Oberschenkel legte. »Und du, süßer Freddie, mit dem leeren Schädel!«

»Nicht leer. Voll mit dir, Sylvia.«

Sie wand sich kichernd. »Wollen wir rausgehen, eine rauchen?«

Sylvia schlenderte langsam durch den Pub. Ihre Wespentaille und die großen Brüste waren in ein hautenges blaues Kleid gequetscht, was zur Folge hatte, dass der Mann in dem Tweedanzug sein Bier verschüttete, als er sich auf dem Barhocker lüstern nach ihr umdrehte. »Mach den Mund zu, du bist viel zu alt«, schalt ihn die Kellnerin lachend und griff nach einem Lappen, um den Tresen abzuwischen.

»Die ist eine Marke«, sagte Joe kopfschüttelnd. »Ein echtes Hammerweib.«

»Wie lange sind die zwei schon zusammen?«

»Zusammen würde ich nicht sagen. Sie haben ein Verhältnis, mehr nicht. Er ist verheiratet und hat Kinder, sie ist geschieden. Das wird noch unschön. Circa ein halbes Jahr, um deine Frage zu beantworten. Heimliche Treffen, und ich bin der Alibimann, der im Notfall einspringt und sich als ihr Freund ausgibt.«

»Nett von dir.«

»Er ist mein Kumpel. Ich würde alles für Freddie tun. Das

Problem ist, dass er verliebt ist. Und ein verliebter Mann denkt nicht mit dem Kopf.«

»Ich war noch klein, als meine Eltern sich scheiden ließen, aber ich weiß, dass es bei mir einen Knacks hinterlassen hat. Ich meine, wie auch nicht? Jeder, der denkt, Kinder können eine Scheidung unbeschadet überstehen, macht sich was vor. Meine ganze Kindheit über habe ich davon geträumt, dass sie wieder zusammenkommen. Sogar als Dad Submarine geheiratet hat und hier runtergezogen ist, habe ich es mir noch gewünscht.« Sie lehnte sich halb über den Tisch und senkte die Stimme. »Ich wünschte mir, dass Submarine einen Unfall hat.«

»Du ungezogenes Mädchen.«

»Oh ja!«

»Es klingt allerdings ganz so, als wäre sie noch gesund und munter.«

»Leider. Wenigstens hat sie keine Kinder gekriegt. Also existiert doch so was wie Gerechtigkeit.« Sie stürzte ihren Wodka-Tonic hinunter. »Ich bin immer noch Dads einzige Tochter, was ein gewisser Trost ist.«

Joe lachte. »Du bist witzig.«

»Galgenhumor.«

»Kann ich dir noch etwas zu trinken holen?«

»Und ob du das kannst, Joe. Danke.«

Er ging hinüber zur Bar. Clementine lehnte sich auf der Bank zurück und beobachtete ihn schläfrig. Er war hübsch anzusehen; ein bisschen grobschlächtig vielleicht, aber sie mochte es, wie er über ihre Scherze lachte und sie anguckte. Als er mit ihrem Wodka zurückkam, grinste er.

»Was ist so lustig?«

»Wir.«

»Was meinst du?«

»Tja, Sylvia und Freddie haben uns versetzt.«

»Tatsächlich?«

»Ja, klar.«

»Ich dachte, sie wollten nur rauchen gehen.«

»Nein, sie sind vögeln gegangen. Und sie haben uns absichtlich alleine zurückgelassen.«

»Das würde Sylvia nie machen, ohne mir vorher Bescheid zu sagen.«

»Irrtum, sie hat es extra gemacht. So ist sie eben, Sylvia mit dem großen Herzen. Sie will, dass jeder so glücklich ist wie sie.«

»Na dann, Joe, wenn du mein Date bist, können wir uns genauso gut etwas zu essen bestellen. Ich bin am Verhungern.«

Er sah sie interessiert an, und sein einer Mundwinkel zuckte vor Vorfreude. »Heute Nacht stehen weniger Sterne am Himmel.«

»Ach ja?«

»Ja, weil der strahlendste hier bei mir am Tisch sitzt.«

Es mochte der Alkohol sein – oder ihre Einsamkeit – die sie verführte, seinen mehr als lahmen Spruch mit einem herzlichen Lachen zu quittieren und noch einen Schluck Wodka zu trinken.

Bis Sylvia und Freddie zuückkamen – Sylvia strich sich ihr Kleid glatt und zupfte an ihrem Haar –, saßen Clementine und Joe bei zwei Portionen Cottage-Pie und lachten albern über alles, was der jeweils andere sagte.

»Wie es aussieht, versteht ihr zwei euch bestens«, konstatierte Sylvia, rutschte auf die Bank und verströmte eine Wolke Hyazinthenduft.

»Wo wart ihr?«, fragte Clementine.

»Wir haben eine Zigarette geraucht.«

»Eine lange Zigarette.«

»Ja, wir haben sie bis zum Schluss ausgekostet.« Sie lachte rauchig.

»Lass uns bestellen«, schlug Freddie vor. »Das riecht lecker.«

»Es ist lecker«, bestätigte Joe mit vollem Mund.

»Sylvia, willst du uns verkuppeln?«

»Das würde ich doch nie tun, ohne es dir vorher zu sagen, Clemmie«, antwortete sie entsetzt.

»Ich meine nur, weil Joe sagte ...«

»Hör nicht auf ihn. Er ist ein schrecklicher Schwerenöter. Also versteht ihr zwei euch gut?« Sie wartete nicht ab, dass jemand antwortete. »Falls ja, dürft ihr euch später mal bei mir bedanken.«

»Du findest keinen Besseren als Joe.«

»Freddie hat recht. Zweiunddreißig, unverheiratet, keine Kinder, guter Job – und das will heutzutage einiges heißen.«

»Was machst du denn, Joe?«, fragte Clementine.

»Alles, was du willst.« Er lachte über seinen Scherz.

»Nein, im Ernst.«

»Ja, im Ernst, ich bin ein Allround-Handwerker.«

»Wie Harvey«, murmelte sie und kicherte bei der Vorstellung von Joe in einem Overall und mit Schirmmütze.

»Ich kann alles.« Er zog grienend die Brauen hoch. »Absolut alles.«

3

Am nächsten Morgen saß Marina mit Grey am Frühstückstisch ihres Privathauses. Es war der ausgebaute alte Stall gegenüber dem Hotel.

»Ich bin froh, dass Jake heute Morgen da ist«, sagte sie angespannt. »Sein Zahnarzttermin gestern hat ewig gedauert. Was hat der Zahnarzt gemacht? Ihm alle Zähne gezogen und wieder eingesetzt?«

»Er war in Thurlestone.«

»Wieso? Er ist hier der Manager, nicht in Thurlestone.«

»Er wollte mehr über diesen Einbrecher erfahren.«

»Will er ein bisschen Detektiv spielen?«

»Genau.«

»Schön. Da können wir doch alle gleich besser schlafen.« Sie trank von ihrem Kaffee.

»Ich glaube nicht, dass Jakes Anwesenheit eine große Hilfe bei der Suche nach dem Einbrecher ist.«

»Er denkt offenbar anders.«

»Amateurdetektiv.«

»Er sollte seine Energie lieber auf seinen Job hier verwenden, sonst muss ich jemand anderen einstellen.«

Grey sah zur Wanduhr. »Ich denke, du weckst Clementine lieber, ehe sie dich auch noch um einen Job bitten darf.«

»Das Mädchen muss lernen, Verantwortung für sich zu übernehmen.«

»Und oft muss die Not erst groß genug sein, damit man lernt.«

»Es ist ein bisschen spät, ihr beizubringen, auf eigenen Beinen zu stehen. Sie weiß, dass du ihr immer aus der Patsche helfen wirst.«

»Wenn sie wieder nach Indien will, soll sie sich das Geld selbst verdienen.«

»Grey, Schatz, ich halte es nicht für gut, dass sie wieder nach Indien fährt. Sie sollte sich lieber einen anständigen Job suchen. Indien ist doch nichts als eine Flucht vor dem Rest ihres Lebens.«

»Sie reist sehr gern.«

»In ihrem Alter musste ich für mich selbst sorgen. Ich hatte keine reichen Eltern, die mich unterstützten.«

»Und ist es nicht schön für Clementine, dass sie welche hat?«

»*Hatte.* Wir haben nichts mehr, was wir großzügig verteilen können.«

»Ich weiß nicht, was daran verkehrt ist, zu reisen und die Welt zu sehen, solange man noch jung und ungebunden ist.«

»Nichts ist daran verkehrt. Nur sie tut es aus den falschen Gründen. Sie wird nicht erwachsen werden, ehe sie nicht anfängt, die Verantwortung für ihr Leben zu übernehmen. Du bist zu nachsichtig mit ihr, warst du schon immer.«

»Ich bin ein von Schuldgefühlen getriebener Vater.«

»Du hast keinen Grund, dich schuldig zu fühlen. Du hast deinen Kindern alles gegeben, was sie sich jemals wünschen konnten. Jake lebt und arbeitet hier, Clementine ist in jeden Ferien durch die Weltgeschichte gereist. Sie musste noch nicht mal jobben, um sich die Studiengebühren zu verdienen. Sie hatten es beide sehr gut, und das Resultat ist, dass sie unsagbar verwöhnt sind. Aber sie sind nicht meine Kinder, also ...«, sie zuckte mit den Schultern, »darf ich nicht meckern.«

»Tust es aber.« Er sah sie lächelnd an.

»Weil mir an ihnen liegt.«

»Ich weiß.«

»Sie nicht. Für sie bin ich der Feind.«

»Das ist nicht wahr. Im Grunde ihres Herzens mögen sie dich.«

»Was sie gut zu tarnen wissen.«

»Du auch.«

Sie seufzte. »Schachmatt.«
»Nimm ein Croissant.«
»Du lenkst vom Thema ab.«
Er grinste. »Ja, mit Absicht.«
»Na gut, ich nehme ein Croissant. Bald ist es Zeit für mein Treffen mit dem ›Hundekuchen‹.«
»Und meine Tochter zu wecken.«
»Wofür sie mir nicht danken wird.«
»Trotzdem ist es ein gutes Werk.«
Marina trank ihren Rest Kaffee. »Ich nehme an, du gehst heute Vormittag angeln.«
»Es ist ein guter Tag zum Angeln.«
»Herrlich. Manchmal wünsche ich mir, ich könnte mit dir kommen.«
»Ich würde mich freuen. Es wäre gut für dich, mal ein wenig raus und auf andere Gedanken zu kommen.«
»Ich wüsste gar, an was ich denken sollte. Dieses Hotel füllt meinen Kopf vollständig aus.«
»Das meine ich ja gerade.« Er stand auf. »Ich bin zum Mittagessen zurück. Viel Glück mit dem Hundekuchen.«

Sie verzog das Gesicht und seufzte hilflos. Als Grey an ihrem Stuhl vorbeiging, bückte er sich und küsste sie aufs Haar. Dort verharrte er einen Moment. Er fühlte ihre Sorge und wollte ihr zu gerne etwas von ihrer Last abnehmen. Genüsslich sog er ihren warmen Vanilleduft ein. »Was auch passiert, Schatz, wir stehen es zusammen durch.«

Sie legte eine Hand auf seine, als er ihre Schulter drückte. In seiner Berührung waren so viele unausgesprochene Worte, auf die sie keine Antwort wagen würde. In dieser Haltung blieben sie beide, ließen sich von ihrer gegenseitigen Liebe trösten. Dann küsste er sie wieder und ging.

Clementine wachte mit einer Horde sich bekriegender Nashörner im Kopf auf. Sie hielt sich eine Hand an die Stirn und wollte sie wegreiben. Vergebens. Während sie langsam zu sich kam, erschienen Fragmente der letzten Nacht vor ihrem geistigen Auge, bis ein höchst unerwünschtes Bild entstanden war. Sie stöhnte über ihre Idiotie. Nicht bloß hatte sie Joe erlaubt, sie zu küssen, was zu dem Zeitpunkt recht nett gewesen war, sondern sie hatte ihm auch noch alle möglichen *anderen* Dinge gestattet, an die sie sich nur noch vage und mit einem Anflug von Scham erinnerte. Sie rollte sich herum und zog sich ein Kissen über den Kopf. Waren sie wirklich aufs Ganze gegangen? Beschämenderweise wusste sie es nicht mehr.

Die Tür ging auf, und Marina kam herein. »Clementine, du musst aufstehen. Es ist Viertel nach acht.« Clementine gab vor, nichts zu hören, und rührte sich nicht. Marina trat ans Fenster und zog die Vorhänge zurück. Grelles Sonnenlicht knallte ins Zimmer. »Es ist wieder ein herrlicher Tag. Keine einzige Wolke am Himmel.« Sie näherte sich dem Bett und hob das Kissen an. »Ich weiß, dass du wach bist. War's ein wilder Abend?«

»Zu viel Wodka im Dizzy Mariner«, murmelte Clementine.

»Ich mache dir einen starken Kaffee. Nimm eine kalte Dusche, dann fühlst du dich besser.«

»Ich will schlafen!«

»Ich rufe nicht an und sage, dass du krank bist.«

»Bitte!«

»Nein, keine Chance. Los, sonst kommst du zu spät.«

Clementine schlurfte ins Bad und guckte in den Spiegel überm Waschbecken. Ihr Gesicht war grau, und sie hatte Augenringe in der Farbe von Gewitterwolken. Noch dazu war ein hässlicher Fleck auf ihrem Kinn. Ihr schulterlanges Haar war wirr und verzistelt, als hätte darin ein Vogel genistet und versucht, sich freizukratzen. Vom zu intensiven Küssen waren ihre Lippen geschwollen. Gegen die roten Augen würden auch mehrere Ampullen Tropfen nicht helfen, und ihre Selbstachtung – sie tastete nach den Paracetamol – war durch nichts wiederherzustellen.

Einige Zeit später kam sie nach unten in die Küche, wo der Duft von frischem Kaffee und warmen Croissants ihre halb toten Lebensgeister ein wenig aufmunterte. Marina saß am Tisch und las die *Vogue*. In ihrer beigen Hose, der bunt geblümten Bluse und mit den hohen Schuhen mit Keilabsatz an ihren kleinen Füßen sah sie elegant und selbstsicher aus. Sie blickte von ihrer Zeitschrift auf und lächelte mitfühlend. »So ist es besser.« Aber nur rudimentär. Clementine hatte mit reichlich Grundierung und Kajal gearbeitet.

»Ich hätte nicht so viel trinken dürfen.«

»Wir alle machen mal blöde Sachen.«

»Ach, ich weiß nicht, Marina. Du siehst nicht aus, als hättest du in deinem Leben schon mal was Dämliches gemacht.«

»Du würdest dich wundern.«

»Ja, würde ich.« Clementine konnte sich nicht vorstellen, dass ihre Stiefmutter sich jemals betrunken von einem vierschrötigen Handwerker befummeln ließ. Sie schenkte sich selbst Kaffee ein und knabberte am Zipfel eines Croissants. Ihr war schlecht vor Scham. Gerne hätte sie darüber geredet, doch Marina war der letzte Mensch auf dem Planeten, der das verstehen würde. Während sie kaute, befiel sie eine neue Angst. Was, wenn er kein Kondom benutzt hatte? Was, wenn sie schwanger wurde? Was, wenn er irgendeine Geschlechtskrankheit hatte? Sollte sie zum Arzt gehen?

Marina schien ihr Elend zu bemerken. »Ist alles in Ordnung? Du siehst nicht gut aus.«

»Doch, bestens. Ich bin nur verkatert.«

Marina war nicht überzeugt. »Wenn es dir wirklich schlecht geht, bleibst du lieber zu Hause. Vor allem solltest du nicht fahren. Ich rufe Mr Atwood an und sage ihm Bescheid.«

»Hör auf. Ich hab doch gesagt, dass es mir gut geht.« Clementine wollte nicht so schroff klingen, fühlte sich aber auch zu erschüttert, um sich zu entschuldigen. Sie sah auf ihre Uhr. »Ich muss los.«

»Du hast kaum was gegessen.«

»Ich habe keinen Hunger.« Sie stand auf.

»Nimm das Croissant mit und iss es unterwegs.«

»Ich hole mir in der Stadt etwas.«

Marina wollte ihr nicht auf die Nerven gehen, also sagte sie nichts. Sie blickte zu dem angeknabberten Croissant auf dem Tisch und wurde von mütterlicher Sorge gepackt. Es war ungesund, den Tag mit leerem Magen zu beginnen.

»Bis später dann. Ich wünsche dir einen schönen Tag.«

Clementine schwieg. Sie verließ den Raum und nahm ihre finstere Stimmung mit. Kurz darauf fiel die Haustür ins Schloss. Ein Windstoß wehte in die Küche, bevor alles ruhig wurde und sich das Haus wieder unbeschwert anfühlte.

Marina lenkte ihre Gedanken zu Rafa Santoro. Sie freute sich nicht, ihn kennenzulernen. Vielmehr fürchtete sie, wieder enttäuscht zu werden. Könnte doch Paul Lockwood wiederkommen, dann wäre alles bestens. Sie trank ihren Kaffee aus und räumte den Tisch ab. Als sie die Teller stapelte, hörte sie die Tür wieder aufgehen und das laute, typische Stöhnen, mit dem Bertha stets hereinkam.

»Morgen«, ächzte Bertha. »Wieder ein sonniger Tag im Polzanze.« Sie kam schwerfällig in die Küche geschlurft. Bertha war eine füllige Frau mit fleckigem schweinchenrosa Teint und blassblondem Haar, das sie immer zum Pferdeschwanz gebunden trug. Sie arbeitete im Hotel, putzte aber auch jeden Morgen ein paar Stunden für Marina im umgebauten Stall.

»Guten Morgen, Bertha. Wie geht es dir heute?«

»Tja, meine Erkältung klingt langsam ab, aber mein Kreuz. Na ja ...« Sie reichte Marina eine Postkarte, sackte auf einen Stuhl und nahm sich Clementines angebissenes Croissant. »Kommt ganz aus Kanada. Hübsche Schrift.«

»Katherine Bridges«, sagte Marina lächelnd. »Meine alte Lehrerin.«

»Komisch, sich mit einer Lehrerin von früher zu schreiben.«

»Sie war mehr als eine Lehrerin. Sie war besonders.«

Bertha verzog das Gesicht. »Der Doktor sagt, ich soll's mit den Nadeldingern probieren. Wie heißen die noch?«

»Akupunktur«, antwortete Marina geistesabwesend, denn sie las die Karte.

»Hört sich schmerzhaft an, lauter kleine Nadeln reingestochen kriegen. Ich glaub nicht, dass das was für mich ist. Ich hab eine ganz niedrige Schmerzschwelle. Die Entbindungen haben mich schon fast umgebracht. Hätten die mir nicht jedes Mal die Epidurale gegeben, ich wär glatt gestorben.«

Marina verkrampfte sich. »Ich gehe lieber rüber. Kannst du bitte Clementines Zimmer heute gründlich machen?«

»Ich hab sie wegfahren gesehen. Sah nicht so klasse aus. Ich hab nicht mal ein Lächeln gekriegt.«

»Ich auch nicht, Bertha.«

»Ein Lächeln kostet ja wohl nix.«

»Oh doch, wenn man übel verkatert ist wie sie. Denk bitte an ihr Zimmer, ja?«

»Ich tu mein Bestes.« Eine Hand unten in ihren Rücken gestemmt, stand sie auf und humpelte zum Geschirrspüler.

Marina steckte die Postkarte in ihre Tasche und ging über den Kiesplatz zum Hotel. Bertha vergewisserte sich, dass sie weg war, ehe sie den Kessel anstellte, sich wieder hinsetzte und die *Daily Mail* aus ihrer Handtasche zog. Dann vertiefte sie sich in einen ergreifenden Artikel über ein Katzenjunges, das im Klo runtergespült wurde und überlebte.

Jennifer und Rose unterhielten sich am Empfangstresen mit Jake, als Marina hereinkam. Im Gegensatz zu seiner Schwester war Jake ein freundlicher junger Mann, der stets ein Lächeln parat hatte und sehr charmant sein konnte. Er war so groß wie sein Vater und sah mit seinen blauen Augen und der geraden Nase auf klassische Weise gut aus. Was seinen Reiz ein wenig dämpfte, war der Mangel an Charakter in seinem Gesicht. Es hatte jenen seichten Ausdruck, wie ihn viele gut aussehende Engländer besaßen, die in ihrem Leben nichts als Angenehmes erlebt hatten.

Auf seine joviale Begrüßung hin konnte Marina nicht anders, als sein Lächeln zu erwidern. »Ich sollte dir eigentlich böse sein.«

»Ich weiß, tut mir leid. Ich hätte dir sagen müssen, dass ich noch in Thurlestone vorbeifahren wollte. Aber ich dachte nicht, dass es so lange dauert.«

»Und was konntest du über den Einbrecher erfahren?«

»Außer dass er Dankesschreiben dalässt?«

»Die sind sein Markenzeichen, nicht?«

»Ich glaube, er genießt es, Baffles der Gentleman-Gangster genannt zu werden. Vermutlich ist er auf Raffles, die Figur aus dem alten Film, fixiert. Du weißt schon, der, den David Niven gespielt hat.«

»Ursprünglich war es ein Roman von E. W. Hornung, dem Schwager von Arthur Conan Doyle, der Sherlock Holmes erfunden hat. Das hat Grey mir erzählt. Er kennt sich in der Literatur aus. Wie auch immer, Baffles sollte lieber nicht zu eitel werden. Den Fehler machen sie alle über kurz oder lang.«

»Wahrscheinlich hast du recht, aber zur Zeit sind noch alle baff.« Er lachte über sein Wortspiel. »Fest steht, dass er die Hotels und die Privathäuser, in die er einbricht, gut kennt, und keiner hat einen Schimmer, wie.«

»Ich bin keine Detektivin, aber ich würde sagen, dass er vorher als Gast dort war.«

»Kann sein. Aber wie verschafft sich ein Gast Zugang zu allen Zimmern?«

»Er steigt aus dem Fenster und springt von Sims zu Sims, wie eine Katze.« Sie schmunzelte bei dem Gedanken an Harveys geträllertes »Macavity«-Lied aus »Cats«.

»Oder er war beruflich in den Hotels – ein Gasmann oder Teppichreiniger zum Beispiel.«

»Sie kriegen ihn schon noch«, sagte Marina voller Zuversicht. »Diese Leute kommen nie ungeschoren davon.«

»Dann hört er lieber auf, solange er vorne liegt.«

»Wenn er kleine Dankesbriefe dalässt, dann macht es ihm Spaß. Er kommt erst richtig in Fahrt.«

Jake schüttelte den Kopf. »Er wird sich vergaloppieren, sag ich dir. Irgendwann wird er zu frech und macht was Dummes.«

»Hoffen wir, dass das bald passiert.«

Jake folgte ihr, als sie weiterging. »Und, wie ich höre, waren die Bewerbungsgespräche gestern nicht so toll.«

»Ich bin reichlich gefrustet.« Sie ließ die Schultern hängen.

»Dad sagt, heute Morgen kommt ein Argentinier.«

»Rafa Santoro. Der Name klingt wie ein Hundekuchen.«

»Hoffen wir, dass er weniger krümelig ist.«

»Ich wünsche mir einfach nur, dass er ein normaler Maler ist. Ich verlange ja gar nicht nach jemand Besonderem. Ich will keine Exzentriker. Die haben wir hier schon zur Genüge.«

»Apropos, Mr Potter will dich dringend sprechen. Wegen Wicken oder so.«

»Später.« Sie sah auf ihre Uhr. »Ich gehe mal schnell ein bisschen mit dem Brigadier plaudern, ehe der Keks kommt. Falls er zu früh ist, bin ich im Speisesaal. Bring ihn in mein Büro und sag mir Bescheid, wenn er komisch ist. Ich kann heute Morgen nichts Komisches ertragen.«

Der Brigadier saß an seinem üblichen Tisch am Ende des Speisesaals, am Fenster. Er trug einen Tweed-Dreiteiler und eine hellgelbe Krawatte, trank Tee und las *The Times,* wobei er die Absurdität des Weltgeschehens mit lautem »Tss-Tss« und Kichern kommentierte. Der Raum hatte eine hohe Decke und riesige Fenster, vor denen eine majestätische Zeder stand. Die Morgensonne flutete alles mit ihrem Licht und malte einen Heiligenschein um den Brigadierskopf. Als er Marina sah, richtete er sich mühsam auf, obwohl sie ihm schon oft gesagt hatte, dass er ihretwegen nicht aufstehen müsste, und begrüßte sie mit seiner dröhnenden Stimme.

»Was für ein herrlicher Anblick so früh am Morgen!« Sein Gesicht war von roter Haut und geplatzten Adern übersät, verziert von sauber geschnittenen Koteletten und einem Schnauzer sowie einem dichten Schopf weißen Haars. Seine Augen mochten klein wie Rosinen sein, aber er sah noch verteufelt gut und musterte Marina, als wäre sie eine hübsche Stute. »Sie sind die Schönheit in Person, Marina.«

»Danke«, sagte sie und setzte sich zu ihm.

»Grey lieh mir gestern ein äußerst interessantes Buch. Ich fing spät am Abend an zu lesen und konnte nicht aufhören.«

»Welches Buch war es?«

»*Masters and Commanders* von Andrew Roberts. Ein großartiges Buch, hervorragend geschrieben. Reinstes Vergnügen. Manchmal wünschte ich, ich könnte die Zeit zurückdrehen. Das waren die besten Tage meines Lebens.«

»Ich bin sehr froh, dass wir das nicht können.«

»Schimpfen Sie mich einen alten Narren, aber mein Leben hatte damals einen Sinn. Ich hatte etwas, wofür ich kämpfte, und nichts war seitdem wieder so gut in meinem Leben. Ich bin wie ein alter Zug auf dem Schrottplatz, der sich an glücklichere Zeiten erinnert.«

»Ihr Leben hat durchaus noch einen Sinn, Brigadier. Sie haben Kinder, Enkel und Ihren Urenkel Albert. Sie stehen wahrlich nicht auf dem Schrottplatz.«

Er lachte. »Ach ja, Kinder sind ein Segen! Man kann gar nicht das Gefühl haben, wirklich auf der Welt gewesen zu sein, wenn man keine Nachkommen gezeugt hat. Ich sterbe in der Gewissheit, dass mein Stammbaum weiterwächst. Wir haben nicht umsonst gekämpft, obwohl die meisten jungen Leute nicht zu schätzen wissen, dass wir es für sie taten. Ohne uns würden die heute Deutsch sprechen und vor einem Haufen Hunnen katzbuckeln! Gott verdammt!« Er verschluckte sich an seinem Lachen, hustete laut und räusperte sich mehrmals. »Wo wir bei Kindern sind, wie geht es Ihren? Dieser Jake wird immer größer.« Marina brachte es nicht übers Herz, ihm zu sagen, dass es nicht ihre Kinder waren.

Das Gespräch mit dem Brigadier hatte sie von der bevorstehenden Ankunft ihres Bewerbers abgelenkt. Als Jake durch den Saal auf sie zukam, hatte sie es schon fast vergessen. »Ah, wenn man vom Teufel spricht!«, sagte der Brigadier.

Marina bemerkte Jakes seltsamen Gesichtsausdruck: eine Mischung aus Amüsement und Begeisterung.

»Guten Morgen, Brigadier. Marina, der Keks ist da.«

»Was soll dieser komische Blick?«, fragte sie, während sich ihr Magen zusammenkrampfte.

»Welcher komische Blick? Er ist in deinem Büro.«

»Und? Ist er ... normal?«

»Nein, ich würde sagen, kein bisschen normal.«

»Du willst mich ärgern.«

»Geh rein und guck ihn dir an.«

»Was ist das mit dem Keks?«, unterbrach der Brigadier.

»Hört sich gut an, würde ich sagen, vor allem mit ein bisschen Vollmilchschokolade obendrauf.«

Marina kam in die Halle, um Shane, Jennifer, Rose, Heather und Bertha in einer Traube zusammenstehen und wie die Schulkinder kichern zu sehen. Sowie sie Marina bemerkten, stoben sie schuldbewusst auseinander. Es herrschte eindeutig allgemeine Aufregung, als wäre der Weihnachtsmann sieben Monate zu früh eingetrudelt und hätte es sich in Marinas Büro bequem gemacht.

»Soll ich Kaffee bringen?«, fragte Heather, deren Wangen glühten.

Marina runzelte die Stirn. »Nein, warten wir ab, was er möchte.«

»Für mich sieht der wie'n Kaffeetrinker aus«, sagte Bertha.

»Und was führt dich hier rüber, Bertha?«, fragte Marina.

»Viss ist alle«, antwortete sie selbstzufrieden. »Und wie zufällig gerade jetzt.«

»Dann holst du dir am besten neues aus der Kammer. Heather, kommt bitte mit mir, und ihr anderen dürft wieder an eure Arbeit gehen.«

Marina war ein wenig optimistischer, als sie in ihr Büro ging. Die geröteten Wangen ihres Personals ließen auf jeden Fall den Schluss zu, dass der Künstler gut aussah. Was Marina nicht weiter verwunderte, denn argentinische Männer waren berühmt für ihr gutes Aussehen. Allerdings war sie nicht auf die stille Anziehungskraft von Rafael Santoro vorbereitet.

Er stand am Fenster, die Hände in den Taschen, und blickte gedankenverloren hinaus aufs Meer. In seiner hellen Wildlederjacke, dem blauen Hemd und der ausgeblichenen Jeans wirkte der mittelgroße, breitschultrige Mann athletisch. Seinem Profil nach schloss Marina, dass er in den Dreißigern sein musste. Seine Haut war wettergegerbt, das Kinn streng, und das hellbraune Haar fiel ihm in die breite, von Längslinien gezeichnete Stirn. Als er sie hereinkommen hörte, schien er für einen Moment zu zögern, sich sammeln zu müssen, ehe er sich umdrehte. Marina fielen seine Patriziernase und die kantigen Züge auf, und sie war voller Bewunderung. Er war zweifellos gut aussehend. Und als er sie ansah, war sie sofort gebannt von seinen Augen. Sie waren toffee-braun und tief liegend, doch der Ausdruck in ihnen bewirkte, dass Marina der Atem stockte. Dieser Blick war beinahe vertraut und brachte Marina ins Stammeln.

»Es ... Es freut mich, Sie kennenzulernen.«

»Ich bin sehr erfreut, Sie kennenzulernen«, sagte er und reichte ihr die Hand. Sein Akzent war so weich und warm wie karamellisierte Milch.

Marina nahm seine Hand, worauf die Hitze seiner Haut ihren Arm hinaufströmte.

»Ich glaube, Sie sind der erste Argentinier im Polzanze.« Etwas Besseres wollte ihr nicht einfallen.

»Das wundert mich. Südamerikaner reisen gern und viel.«

»Nun, es ist jedenfalls schön, dass Sie hergekommen sind«, sagte sie und wandte das Gesicht ein wenig ab. Sein Blick war zu schwer zu ertragen. »Es ist nett, zur Abwechslung mal einen fremden Akzent zu hören.«

»Ich hätte gedacht, dass ein solch schöner Ort Leute aus der ganzen Welt anlockt.«

»Sie schmeicheln mir.«

»Das war meine Absicht«, erwiderte er mit einer Gelassenheit, dass sie es nicht als Flirtversuch auffassen konnte.

Sie lächelte höflich. »Danke.« Schon jetzt mochte sie ihn. Er hatte nicht das leere gute Aussehen von Jake, sondern die Falten und Unvollkommenheit eines Mannes, der das Leben in all seinen Schattierungen kannte.

»Sie wollen hoffentlich nicht nur *englische* Künstler.«

»Ganz und gar nicht. Ich bin überhaupt nicht auf Nationalitäten festgelegt, solange die betreffende Person richtig für die Stelle ist.« Ihr fiel seine silberne Gürtelschnalle mit den eingravierten Initialen R. D. S. auf.

Er grinste, sodass sich kleine Lachfältchen in seinen Mund- und Augenwinkeln zeigten. »Ein Geschenk von meinem Vater.«

»Sehr hübsch. Setzen wir uns.«

Er nahm auf dem Sofa Platz, und Marina sank verträumt in ihren Sessel. Sie hatte Heather vergessen, die wie gelähmt an der Tür stand und ziemlich rote Wangen hatte.

»Möchten Sie Tee oder Kaffee?«, fragte Marina rasch, nachdem sie sich wieder halbwegs im Griff hatte.

»Ein Fruchtsaft wäre sehr nett.«

»Den nehme ich auch. Bring uns bitte frisch gepressten Orangensaft«, sagte sie zu Heather.

Heather sah erschrocken aus. »Soll ich auch Kekse bringen?«

»Eine gute Idee, Heather.«

»Möchten Sie Eis in Ihrem Saft?«

»Nein danke«, antwortete er.

Heather wurde noch röter. »Sonst noch etwas?« Sie machte keinerlei Anstalten zu gehen.

»Nur die Tür, Heather«, sagte Marina. »Schließ sie bitte hinter dir. Also, was verschlägt einen Argentinier nach Devon?«

»Eine berechtigte Frage. Ich bin weit weg von zu Hause.«

»Sehr weit.«

»Ich arbeite für eine Werbeagentur in Buenos Aires, als Künstler und Illustrator. Nachdem mein Vater gestorben war, beschloss ich, ein Sabbatjahr zu machen.«

»Tut mir leid, das zu hören.«

»Er war sehr alt. Ich bin das jüngste von fünf Kindern und zwanzig Jahre jünger als das älteste.«

»Ein Nachzügler, verstehe.«

»Ja, könnte man sagen. Jedenfalls wollte ich reisen, und so bin ich die letzten paar Monate durch Europa gereist.«

»Malend?«

»Ja. Es ist eine gute Art, sich Zeit zu nehmen und Orte richtig zu sehen.«

»Dann dürften Sie inzwischen eine beachtliche Sammlung haben.«

»Stimmt. Aber leider kann ich nicht alle Bilder behalten. Es ist unpraktisch, mit zu viel Gepäck zu reisen.«

»Ja, natürlich. Und was fangen Sie mit den Bildern an, die Sie nicht behalten? Sagen Sie bitte nicht, dass Sie sie wegwerfen.«

»Nein, das wäre zu schmerzlich. Ich hänge an jedem einzelnen. Ich lasse sie in Hotels, Restaurants ... oder verschenke sie.«

»Wie großzügig.«

»Eigentlich nicht, denn sie kosten mich ja nichts.« Er zuckte mit den Schultern. »Und sie sind auch nicht viel wert. Ich bin nicht berühmt, nicht einmal bekannt.«

»Nein, dann wären Sie wohl nicht hier.«

»Mag sein. Ich kam zufällig nach Devon und finde es hier so wunderbar, dass ich entschieden habe, länger zu bleiben. Und als ich überlegte, wie das am besten ginge, stieß ich auf Ihre Annonce in der Zeitung. Ich würde gerne den Sommer über hierbleiben.«

»Und danach kehren Sie nach Argentinien zurück?«

»Ja, zurück nach Buenos Aires.«

»Ich war noch nie in Argentinien.«

»Es ist auch sehr schön. Und dem guten Geschmack nach zu urteilen, den Sie bei der Einrichtung dieses Hotels bewiesen haben, denke ich, dass Sie sich sofort in das Land verlieben würden.«

»Man sagt, es wäre voller Italiener, die Spanisch sprechen und Engländer sein wollen.« Sie lachte und lehnte sich entspannt zurück. Er hatte eine solch gewinnende Ausstrahlung, dass Marina wünschte, dieses Vorstellungsgespräch würde nie enden. Sie wusste bereits, dass Rafa Santoro den Sommer im Polzanze verbringen würde, egal ob er malen konnte oder nicht.

»Ich nehme an, das ist zutreffend, zumindest was meine Person angeht. Obwohl ich nicht unbedingt Engländer sein möchte. Ich bin recht zufrieden mit dem, was ich bin.«

Nun ging die Tür auf, und Heather brachte Saft und Kekse auf einem Tablett, gefolgt von Harvey, der sehen wollte, was die ganze Aufregung verursachte. Er hatte dem Quartett in der Halle befohlen, wieder an die Arbeit zu gehen, wohlwissend, dass Marina es hasste, wenn sie tatenlos herumstanden, insbesondere Bertha, die so faul wie eine Sau in der Sonne war.

»Darf ich Ihnen Harvey vorstellen«, sagte Marina, deren Augen bei seinem Anblick aufleuchteten. Er schüttelte Rafa die Hand und grinste ihn an. Marina erkannte mit Freuden, dass er mit dem Künstler einverstanden war. »Harvey ist bei uns, seit wir dieses Anwesen vor achtzehn Jahren kauften. Er ist unser Mann für alles, ohne den hier gar nichts geht.«

»Hören Sie nicht auf sie«, widersprach Harvey schmunzelnd. »Es gibt bloß keinen anderen, der Glühbirnen wechseln kann wie ich – trotz meiner fünfundsiebzig Jahre.«

»Sie sehen nicht aus wie fünfundsiebzig, Harvey.«

Er zwinkerte Rafa zu. »Das ist genau die Sorte Schmeichelei, die mich bis heute auf die Leiter treibt und Regenrinnen putzen lässt.«

»Haben Sie Arbeiten von sich mitgebracht, die wir uns ansehen können?«, fragte Marina.

»Selbstverständlich.« Rafa zog eine braune Ledertasche auf seine Knie und öffnete den Reißverschluss. Er holte einen Skizzenblock hervor, den er auf den Couchtisch legte.

Marina lehnte sich neugierig vor. »Darf ich?«

»Ich bitte darum.«

Sie schlug die erste Seite auf. »Perfekt«, hauchte sie, als sie das Aquarell von einem Fluss sah. Es war voller Licht und Wärme. Ein Vogelschwarm stieg in die Luft auf, manche noch auf dem Wasser, andere bereits hoch darüber, und Marina glaubte fast, die Wasserspritzer von ihren Füßen zu spüren. Auf dem nächsten Bild standen alte Frauen tratschend auf einem Marktplatz, die Gesichter ausdrucksstark zwischen Verbitterung und Stolz changierend. »Sie sind ausgesprochen vielseitig.«

»Das muss ich in meinem Beruf sein. Da zeichne ich an einem Tag eine Colaflasche, am nächsten eine Landschaft und am übernächsten eine Karikatur. Es ist nie eintönig.«

»Wo haben Sie Zeichnen gelernt?«

»Nirgends und überall.«

»Ihr Talent ist also angeboren.«

»Kann sein.«

»Sie Glücklicher.«

Er grinste Harvey zu. »Aber ich bin gar nicht gut im Regenrinnenreinigen.«

Marina blätterte den ganzen Block durch. Mit jedem Blatt wuchs ihre Bewunderung. »Wir hätten Sie sehr gerne über den Sommer bei uns«, sagte sie schließlich und lehnte sich wieder zurück.

Rafa sah erfreut aus. »Das wäre wirklich schön.«

Ein wenig verlegen sagte Marina: »Leider können wir Ihnen nichts bezahlen. Sie haben Kost und Unterkunft frei, und wir erwarten von Ihnen, dass Sie unsere Gäste im Zeichnen und Malen unterrichten. Das Material stellen wir natürlich.«

»Wann soll ich anfangen?«

Sie klatschte begeistert in die Hände. »Nächsten Monat. Sagen wir, am ersten Juni?«

»Erster Juni.«

»Kommen Sie einen Tag früher, damit Sie sich in Ruhe einrichten können.«

»Ich freue mich schon darauf.«

»Ich mich auch«, antwortete sie. Es war beruhigend, dass ihm das Arrangement zu gefallen schien. »Sie ahnen nicht, wie schwierig es war, Sie zu finden.« Dann schweiften ihre Gedanken zu Clementine ab. Endlich hatte das Mädchen etwas, wofür es ihr dankbar sein musste.

4

Clementine kam in einer hautengen Jeans, Pumps und einem dicken grauen Pulli, der ihr fast bis zu den Knien ging, ins Büro gestakst. Es war Frühling, aber ihr war eiskalt, und sie wusste nicht, welchem Teil von ihr es miserabler ging, ihrer Selbstachtung oder ihrem Kopf. Sylvia saß in einem engen Kleid und Stilettos an ihrem Schreibtisch und lackierte ihre Fingernägel. Mr Atwoods Partner, Mr Fisher, telefonierte in seinem Büro. Zum Glück war ihr Boss noch nicht da, denn sie wäre heute sicher nicht zu viel zu gebrauchen.

»Ach du meine Güte«, sagte Sylvia kopfschüttelnd. »Du siehst aber nicht gut aus.«

»Ich fühle mich furchtbar.«

»Geh und hol einen Kaffee.«

»Ich hatte schon zu Hause einen.«

»Dann hol noch einen. Mr Atwood kommt gleich und wird einen Magermilch-Latte und einen Blaubeermuffin wollen. Wenn du die schon für ihn auf dem Schreibtisch hast, verzeiht er dir das grüne Gesicht.«

»Sehe ich so schlimm aus?«

»Ja, Süße, siehst du. In deinem Alter darfst du keine Grundierung tragen. Wenn du gegen die Dreißig gehst, wie ich, kannst du dir das Zeug kellenweise aufklatschen, aber nicht mit Anfang zwanzig.«

Clementine ließ sich auf ihren Stuhl fallen und schaltete ihren Computer an. »Ich erinnere mich nur noch schemenhaft an gestern Abend.«

»Was weißt du denn noch?«

»Joe.« Sie schloss die Augen, um ihn aus ihrem Kopf zu verbannen.

»Ist der nicht schnucklig? Und er sieht so gut aus. Zwischen euch beiden hat's richtig gefunkt. Ich war ganz stolz auf mich heute Morgen, weil ich euch zwei zusammengebracht habe. Er ist total verknallt in dich, jede Wette. So habe ich ihn jedenfalls noch nie gesehen.«

»Wie?«

»Na, der konnte doch gar nicht die Finger von dir lassen.«

»Ach nein?«

»Nein!« Sylvia grinste. »Normalerweise ist es andersrum, dass er die Weiber abwimmeln muss.«

»Ist ja super.«

»Du klingst nicht besonders froh. Dabei ist er wirklich ein guter Fang.«

»Ja, ist er sicherlich. Ein großer Fisch in einem kleinen Teich.«

»Na und? Immer noch besser als ein kleiner Fisch in einem großen Teich.«

»Meinetwegen, aber ich bin mir trotzdem nicht sicher, was den Fisch betrifft.«

Sylvia zog die Brauen zusammen. »Jetzt komm ich nicht mehr mit.«

»Ich erinnere mich, dass wir bei ihm waren. Und ich erinnere mich, wie du mit Freddie getanzt hast.«

»Freddie ist ganz wild aufs Tanzen.«

»Dann erinnere ich mich an sein Sofa.«

Sylvia lachte kehlig. »Klar tust du das. Auf dem Sofa war ja auch schon eine Menge los.«

»Da fühle ich mich doch gleich viel besser. Danke.«

»Du weißt schon, was ich meine. Er ist ja kein Mönch.« Sylvia hielt ihre Nägel in die Höhe und wedelte sie, um den Lack zu trocknen. »Und du bist kein Engel.«

»Daran will ich jetzt nicht denken.«

»Du bereust es doch nicht, oder? Der Trick im Leben ist der, nichts zu bereuen. Reine Zeitverschwendung. Du hattest doch deinen Spaß.«

»Weiß ich nicht mehr.«

»Jedenfalls sahst du so aus, als wir gegangen sind.«

Clementines Stimmung verfinsterte sich um einige Nuancen. »Das hatte ich schon befürchtet.«

»Ich bin ja keine Voyeurin, Clemmie. Außerdem hatten Freddie und ich auch noch was vor. Mmm, also der Mann weiß, wie man eine Frau glücklich macht, und das ohne ein Navi zu brauchen.«

Die Tür ging auf, und Mr Atwood kam herein. »Guten Morgen, die Damen«, sagte er munter. Dann sah er Clementine zusammengesunken auf ihrem Stuhl hocken, die Handtasche auf ihren Knien. »Verlassen Sie uns schon wieder, Clementine?«

»Ich wollte Ihnen nur Ihren Magermilch-Latte und einen Muffin holen«, antwortete sie und stand auf.

»Sehr gut. Bringen Sie mir bitte auch die *Gazette* und den *Telegraph* mit? Ach, und wenn Sie schon unterwegs sind, meine Frau hat morgen Geburtstag. Besorgen Sie ihr doch bitte eine passende Kleinigkeit.«

»Passend?«

»Eine Duftkerze oder so. Sie sind eine Frau. Sie wissen, was Frauen mögen. Ich habe keine Ahnung und kaufe immer das Falsche.«

»Ich weiß auch nicht, was Ihre Frau mag.«

»Aber ich«, sagte Sylvia, während sie ihr Nagellackfläschchen zuschraubte. »Geh zu Kitchen Delights und kauf ihr irgendwas von da. Das ist ihr Lieblingsladen.«

»Und wenn sie das schon hat, was ich kaufe?«

»Es ist der Gedanke, der zählt«, sagte Mr Atwood. »Der Gedanke reicht, damit sie glücklich ist.«

»Ich werde mir Mühe geben.« Clementine fand die Aussicht, für eine Weile aus dem Büro zu kommen, ziemlich reizvoll.

»Und sei so lieb und bring mir einen Schokoladen-Brownie und einen Tee mit, mit Milch, ohne Zucker«, sagte Sylvia. »Und einen schwarzen Kaffee für Mr Fisher.« Das Telefon klingelte. Vorsichtig, um nicht den frischen Lack zu beschädigen, hob Sylvia den Hörer hoch und meldete sich mit ihrer Singsangstimme: »Atwood und Fisher, Sylvia am Apparat. Sie wünschen bitte?«

Mr Atwood marschierte in sein Büro, ordnete auf dem Weg die Zeitschriften im Wartebereich und schloss die Tür hinter sich. Clementine ging hinaus und blinzelte im grellen Sonnenlicht. Am liebsten wollte sie loslaufen und nicht mehr stehen bleiben, bis sie vergessen hatte, wer sie war.

Als Erstes ging sie zu Kitchen Delights, wo sie absichtlich so viel Zeit wie möglich mit dem Aussuchen eines geeigneten Geschenks verbrachte. Sie stellte sich die arme Mrs Atwood in einer Schürze vor, wie sie sich am Herd für einen Mann abrackerte, der sich nicht einmal bemüßigt fühlte, ihr selbst ein Geburtstagsgeschenk auszusuchen. Was war das denn für ein Ehemann? Clementine konnte sich nicht vorstellen, dass die Frau sich über einen Satz Rührschüsseln freute. Wieso keine hübsche Kette oder eine Handtasche? Mr Atwood hatte keinen Schimmer, und Sylvia offensichtlich auch nicht. Provinzler eben, dachte Clementine verächtlich und sah sich einige Puddingformen an. Nach einer guten Viertelstunde entschied sie sich für einen leuchtend pinken Pürierstab.

Sehr schick, dachte sie zufrieden mit sich. Sie blickte auf das Preisschild und zog unwillkürlich die Schultern ein. *Teuer, aber Faulheit hat halt ihren Preis.*

Vom Küchenladen aus ging sie zum Black Bean Coffee Shop und besorgte unterwegs die Zeitungen, eine Geburtstagskarte und Geschenkpapier: für die Karte nahm sie sich zehn Minuten und wählte die unpassendste, die sie finden konnte, um sich ein wenig aufzumuntern.

Bis sie beim Coffeeshop ankam, fühlte Clementine sich schon deutlich besser. Mit einem Latte und einem Brötchen machte sie es sich auf einem der Samtsofas gemütlich und las das Neueste über die Einbrüche in der *Gazette*. So vergingen weitere zwanzig Minuten auf höchst angenehme Weise. Clementine atmete tief durch und blickte sich unter den anderen

Gästen um: ein paar Mütter mit Kleinkindern, ein Trio von Geschäftsmännern, die hier eine Besprechung abhielten, Schulmädchen, die den Unterricht schwänzten. Allerdings durfte sie nicht den ganzen Vormittag wegbleiben. Widerwillig leerte sie ihren Becher und stellte sich in die Schlange, um die Bestellungen aus dem Büro zu erledigen. Sie dachte an Joe, und prompt kehrten ihre Ängste zurück, dass ihr aufs Neue schlecht wurde. Im selben Moment schwang die Tür auf und ein Mann in einer Wildlederjacke und Jeans trat herein. Clementine drehte sich um. Doch statt gleich wieder wegzusehen, starrte sie ihn entgeistert an. Er schaute sich im Café um und stellte sich hinter Clementine in die Schlange.

Mit einiger Mühe gelang es ihr, den Blick von ihm zu lösen, wenn auch erst, nachdem er sie angelächelt hatte. Sie fühlte, wie ihre Wangen heiß wurden, vergaß Joe und ihre Scham und nahm nur noch den Sandelholzgeruchs seines Aftershaves wahr. Genüsslich inhalierte sie den Duft, der sie an ferne Orte denken ließ. Er war offensichtlich kein Engländer. An Engländern saßen Jeans nie so gut, und sie legten gemeinhin keinen Wert auf solche edlen Gürtelschnallen. Sie blickte zu seinen Füßen: braune Wildlederslipper. Solche hatte sie nicht mehr gesehen, seit sie aus London wegzog. Die Schlange bewegte sich schnell, sodass Clementine bald die Theke erreichte und ihre Bestellung aufgab. Während die Bedienung den Muffin und den Brownie in eine Tüte packte und den Tee und Kaffee holen ging, wich Clementine zur Seite, um dem Fremden Platz zu machen.

»Sind die Kuchen beide für Sie?«, fragte er.

Clementine erschrak. Sie hatte nicht erwartet, dass er sie ansprechen würde. Ihr Herz tanzte wie verrückt in ihrem Brustkorb, doch sie ermahnte sich, cool zu bleiben. »Meinen Sie, ich sollte die lieber nicht essen?«

»Oh nein, ganz im Gegenteil! Für junge Frauen ist es wichtig, gut zu essen«, entgegnete er grinsend.

»Nehmen Sie auch etwas Unanständiges?«

»Wenn Sie es so formulieren, ja, das werde ich wohl besser.«

»Alles andere wäre auch unhöflich. Woher sind Sie?«

»Aus Argentinien.«

»Argentinien? Das Land des Polosports.«

»Sie kennen sich aus.«

Sie lachte und kam sich schrecklich albern vor. »Ich kenne mich weder mit Argentinien noch mit Polo aus. Ich war mal beim Cartier Polo Match und habe gesehen, wie die Argentinier die Briten plattgemacht haben, und ich habe *Evita* gesehen, aber das war's auch schon.«

»Kein schlechter Anfang.«

»Sie kommen von weit her.«

»Eigentlich nicht. Die Welt wird beständig kleiner.«

Die Bedienung hinterm Tresen wurde ungeduldig. »Kann ich Ihnen helfen?« Clementine entging nicht, dass sie ebenfalls ein Auge auf ihn geworfen hatte.

»Einen Schokoladen-Brownie und einen Espresso bitte.« Er wandte sich wieder Clementine zu. »Wie Sie sagten, es wäre unhöflich, wenn nicht.«

Sie lachte. »Ja, wäre es. Wenn Sie aus Argentinien sind, müssen Sie zu Devil's gehen und unsere Scones mit extrafetter Sahne und Marmelade probieren. Die sind astronomisch gut.«

»Das nächste Mal, das wir uns begegnen, gehen Sie mit mir hin.«

»Abgemacht«, sagte sie, inständig hoffend, dass es ein nächstes Mal gab.

Sie bezahlte. Er lud sie nicht ein, ihm Gesellschaft zu leisten. Vielleicht blieb er auch nicht. »Also dann, bis irgendwann, Fremder.«

»Bis dann. Genießen Sie Ihren unanständigen Muffin.«

»Der ist nicht für mich, sondern für meinen Chef.«

»Glücklicher Chef.«

»Und ob. Er hat ihn jedenfalls nicht verdient.« Ihr blieb nichts anderes übrig, als zu gehen. Hinter ihnen hatte sich eine längere Schlange gebildet, und die Leute sahen nicht froh aus, dass sie den Tresen blockierten. Clementine warf dem Fremden ein lässiges Lächeln zu – so lässig, wie es ihr möglich war, obwohl sie vor Freude platzen wollte – und ging.

Aufgeregt eilte sie ins Büro zurück, wo sie sich mit ihren Tüten gegen die Tür warf und praktisch hineinflog. »Oh mein Gott!«, rief sie Sylvia zu, die ihre Nagelhäute mit Öl einrieb.

»Du siehst besser aus. Was hast du gemacht? Hast du ein Geschenk?«

»Einen rosa Pürierstab.«

»Klasse!«

»Ja, finde ich auch. Und ich habe Geschenkpapier und eine Karte besorgt.«

»Lass mal sehen.« Clementine stellte die Tüte auf Sylvias Schreibtisch. »Nein, pack du aus, Süße, meine Nägel sind noch zu empfindlich.«

»Ich bin eben über den umwerfendsten Mann gestolpert, den ich je gesehen habe!«

»Umwerfender als Joe?«, fragte Sylvia geknickt.

»Vergiss Joe. Joe ist nun echt kein Renner.«

»Schade. Er hat dir gerade einen Strauß Rosen geschickt.« Sie nickte zu Clementines Schreibtisch.

Clementine fühlte sich mies, als sie die zehn dicken Rosen in der Klarsichtfolie mit Schleife sah. »Oh Gott!«

»Der kann dir nicht helfen.«

»Aber fragen darf ich ja wohl.«

»Jetzt raus damit. Erzähl mir von ihm.«

»Dieser göttliche Fremde aus Argentinien kam einfach so in den Black Bean Coffee Shop und sprach mich an.«

»Ist das dein Ernst? Bei dem ganzen Make-up, das du dir ins Gesicht gekleistert hast?«

»Ja.«

»Ausländer. Und?«

»Das ist alles.«

»Hast du ihm deine Telefonnummer gegeben?«

»Natürlich nicht.«

»Hat er dir seine gegeben?«

»Nein.«

»Weiß er, wo du arbeitest?«

»Sylvia, er weiß nichts über mich. Wir haben kurz gequatscht, mehr nicht.«

»Was ist das denn für eine lahme Geschichte? Du lässt Joe also abblitzen wegen einem Typen, mit dem du fünf Minuten lang geredet hast und den du nie wiedersiehst?«

»Ich schwebe auf Wolke sieben.«

Sylvia war perplex. »Du bist echt schräg, Clemmie. Welches Sternzeichen bist du?«

»Widder.«

»Mit Wassermann-Aszendent, wette ich.«

»Kann sein. Mein Kater ist jedenfalls kuriert.« Sie strahlte.

»Na, danken wir dem Himmel dafür.«

Clemmie reichte ihr die Karte. Sylvia betrachtete der Schwarz-Weiß-Foto aus den 1950ern von einer Frau mit Schürze, die lächelnd einen Holzlöffel schwang. Die Bildunterschrift lautete: »Kannst du dir vorstellen, wo ich den hinstecken möchte?«

»Findest du die passend?«

»Er erfährt ja nichts, ehe sie die aufmacht.«

»Er wird sie nicht lustig finden.«

»Aber die Mrs.«

Sylvia gab ihr die Karte lachend zurück. »Ja, das glaube ich auch. Jetzt gib mir das Geschenk und das Papier. Sowie meine Nägel trocken sind, pack ich es für dich ein, denn wenn du so Einpacken kannst, wie du dich anziehst, haut Mr Atwood es dir hochkant um die Ohren.«

Den Großteil des Vormittags verbrachte Clementine damit, Dokumente in die nächsten greifbaren Ordner zu stopfen, ohne einen Gedanken an diejenige Person zu verschwenden, die sie später einmal wiederfinden müsste. Derweil träumte sie von dem gut aussehenden Argentinier. Sie fragte sich, was er hier in Dawcomb machte, falls er überhaupt in der Stadt blieb, oder ob er nicht schon im Zug zurück nach London saß, für immer fort. Zwar glaubte sie nicht, dass sie ihn wiedersehen würde, konnte aber dennoch nicht aufhören, sich auszumalen, wie sie mit ihm ins Devil's zum Cream Tea ging. Wenn sie irgendwann genug Geld verdient hatte, könnte sie vielleicht nach Argentinien reisen statt nach Indien. Sie wünschte sich, er wäre hier, um ein Haus über den Sommer zu mieten, und ärgerte sich die Krätze, dass sie Atwood und Fisher nicht ins Gespräch eingeflochten hatte. Es wäre ein Leichtes gewesen, den Firmennamen fallen zu lassen, und das Büro war schließlich gleich um die Ecke. Er wäre womöglich nach seinem Kaffee dort vorbeigeschlendert und hätte sie zum Mittagessen eingeladen.

Leider war es nicht der Argentinier, der um halb eins ins Büro geschlendert kam, sondern Joe. Er schlug vor, dass sie auf einen Happen in die Brasserie am Wasser gingen. Clementine gaukelte Entzücken vor, hielt sich bedauernd den Bauch – auch um das Knurren zu stoppen – und bedankte sich für die Blumen. Und die ganze Zeit wagte sie nicht, ihm in die Augen zu sehen, weil sie fürchtete, dass noch mehr Erinnerungen an den Abend zuvor wach würden. Sie beschloss, dass es das Beste war, nichts zu wissen, denn so blieb die Möglichkeit, dass nichts passiert war.

Verglichen mit dem Fremden wirkte Joe wie ein Trampel. Seine Züge waren kräftig und gewöhnlich, und in seiner schlecht geschnittenen Jeans und dem V-Ausschnittpulli konnte er nicht einmal ansatzweise mit jenem Mann mithalten, den sie nie wiedersehen würde. Sie roch noch den Sandelholzduft seiner Haut, sah sein außergewöhnliches Grinsen und die tiefen Augen vor sich. An Joe war rein gar nichts Tiefes, abgesehen von dem Loch, das sie sich gerade unabsichtlich grub, indem sie seine Einladung zum Mittagessen annahm.

Mr Atwood gestattete ihr eine Stunde, solange Sylvia da war und die Stellung hielt. Er war sehr zufrieden mit dem Geschenk für seine Frau, das hübsch eingewickelt und mit einer Schleife verziert war. Es sah aus, als hätte er sich große Mühe gegeben, das perfekte Geschenk zu finden. Sie wäre begeistert von dem Pürierer, und Rosa war ihre Lieblingsfarbe. Er unterschrieb die Karte, ohne sie sich anzusehen, und steckte sie zu dem Geschenk in die Tüte, ehe er nach dem Telefon griff und seine Geliebte anrief.

Im Hotel war der Speisesaal fast leer bis auf wenige Gäste, die am Fenster beim Essen saßen, und ein alte Ehepaar, das aus der Stadt gekommen war, um seine goldene Hochzeit mit einem teuren Mittagessen zu feiern. Heather bediente schläfrig, während Arnaud, der Sommelier, seinen gewaltigen Leib pompös durch den Raum bewegte und die silberne *Tasse de dégustation* schwenkte, die er an einer edlen Kette um den Hals trug.

Marina war viel zu glücklich, als dass sie sich über die leeren Tische beklagte. Sie hatte ihren Hauskünstler gefunden, der charmant, talentiert und nett war. Vor allem mochte Harvey ihn, und Harvey hatte eine gute Nase für Leute. Sie setzte sich an ihren Schreibtisch und begann, eine Liste von Dingen zusammenzustellen, die sie kaufen musste – trotz der wenigen Mittel, die ihr zur Verfügung standen. Sicher würde Rafa in Scharen Gäste anlocken, wenn sie ihn erst auf die Website gesetzt hatte. Shelton war für seine Schönheit und die vielfältige Vogelwelt berühmt, und könnte sie Leute von überallher gewinnen, die gerne all das malen lernen wollten, gelang es ihr sicher, das Hotel vor dem Bankrott zu retten.

Durch die offenen Fenster wehten Meeresrauschen und Möwenschreie herein, die Marinas Gedanken aufs Wasser lenkten. Ihr geheimer Schmerz wohnte verstreut in den Wellen und dem Wind. Für einen Moment empfand sie einen überwältigenden Kummer. Ihre Hand mit dem Stift erstarrte, und Marina war drauf und dran aufzugeben. Doch dann erinnerte sie sich an ihr geliebtes Polzanze, an das Haus, das sie zu einem wunderschönen Hotel umgebaut hatte. Es hatte die Entschlossenheit und die Energie einer Frau gebraucht, die mit ihren Händen schaffen wollte, was ihr Körper nicht schaffen konnte. Das

Polzanze hielt sie am Leben, als ihr Kummer sie zu zerbrechen drohte. All ihre Liebe hatte sie in den Entwurf und den Umbau gesteckt. Ohne die wäre sie verloren gewesen. Nun schrieb sie weiter, bis das Tosen des Ozeans und die Schreie der Möwen zu einem dumpfen Klagen verblassten.

Sie wurde durch ein zartes Klopfen am Fenster unterbrochen und sah auf. Dort stand Mr Potter, der Gärtner, der sein Rauschebartgesicht an die Scheibe presste. Als er sah, dass sie ihn bemerkt hatte, nahm er seine Schirmmütze ab, schenkte ihr ein zahnloses Grinsen und bedeutete ihr, zu ihm nach draußen zu kommen. Seufzend stand Marina auf.

»Tut mir leid, ich habe es total vergessen«, sagte sie und lehnte sich aus dem Fenster. »Die Wicken.«

»Genau die, Mrs Turner.«

»Warten Sie eine Minute, bis ich mir die Stiefel angezogen haben, dann bin ich bei Ihnen.«

»Entschuldigen Sie die Störung. Sie sahen ziemlich beschäftigt aus.«

»Nein, schon gut. Der Garten ist genauso wichtig wie das Haus.«

Seine grauen Augen unter den weißen Zuckerwattebrauen blitzten. »Und ob er das ist.«

»Ich treffe Sie beim Gewächshaus.« Sie zog sich vom Fenster zurück und beobachtete mit einem Anflug von Zuneigung, wie der alte Mann seine Mütze wieder aufsetzte und losstapfte. Seine steife Hüfte ließ ihn ein wenig humpeln.

Als sie gerade hinausgehen wollte, fiel Marina die Postkarte von Katherine Bridges wieder ein, und sie zog sie aus ihrer Tasche. Während sie den Text nochmals las, stahl sich ein Lächeln auf ihr Gesicht. Sie dachte an die alte Freundin, die inzwischen in den späten Sechzigern war und nun am Rande des Lake Windermere in British Columbia lebte. Die Liebe hatte sie ans andere Ende der Welt verschlagen, und Marina konnte es ihr nicht verübeln. Trotzdem vermisste sie die einzige Frau, auf die sie sich jemals richtig verlassen konnte. Sie zog eine geblümte Schachtel aus dem Regal und öffnete sie. Darin waren Dutzende Briefe von Katherine, die Marina im Laufe der Jahre bekommen hatte und ausnahmslos aufbewahrte. Sie legte die Postkarte hinein und stellte die Schachtel zurück. Dann ging sie zu Mr Potter nach draußen.

»Tja, jetzt hat sie ihren Künstler«, sagte Bertha, die mit Heather am Küchentisch saß. Das Mittagessen war vorbei, die wenigen Gästen waren gegangen, und die drei Köche hatten ihre Schürzen abgenommen und sich für den Nachmittag zurückgezogen.

»Er ist wunderbar«, seufzte Heather, deren breiter Devon-Akzent sich um die Worte schlängelte wie der Dampf von ihrer heißen Schokolade.

»Glaubst du, was sie über Ausländer sagen?«

»Was sagen sie?«

»Dass sie tolle Liebhaber sind.«

Heather kicherte. »Wie soll ich das wissen?«

»Warum sollen die besser sein? Was machen die, was Engländer nicht machen?«

»Länger durchhalten?«

Bertha grunzte. »Das ist ja wohl nix Gutes.«

Heather umfasste ihren Kakaobecher mit beiden Händen. »Denkst du, sie wird jetzt ruhiger, wo sie ihren Künstler hat?«

»Hoffentlich. Sie ist schrecklich gereizt. Ich glaube, sie ist in der Midlife-Krise.«

»Meinst du?«

»Ja, und ob. Sie ist über fünfzig und hat keine Kinder. Das tut weh.«

»Die Arme. Jede Frau verdient, Kinder zu kriegen.«

»Das kann einen irre machen, sag ich dir, keine Kinder zu kriegen. Hat was mit dem Schoß zu tun, der vertrocknet.«

»Ehrlich?«

»Ja, wenn ich's dir sage. Da unten vertrocknet alles, und das macht was mit dem Gehirn.«

»Und was?«

»Weiß nicht.« Bertha schüttelte den Kopf und blickte finster. »Vielleicht muntert ihr Künstler sie auf.« Ihr voller Busen wippte, als sie lachte. »Mich muntert der garantiert auf!«

Clementine bestand darauf, die Hälfte der Rechnung zu übernehmen. Es war nicht sehr viel, und Joe wollte sie unbedingt einladen, aber sie legte zwölf Pfund auf die Untertasse und weigerte sich, sie zurückzunehmen. »Du hast mir schon Rosen geschenkt. Ich erlaube nicht, dass du auch noch mein Mittagessen bezahlst.«

»Freut mich, dass du sie hübsch findest.«

»Finde ich. Sie sind ein Lichtblick im grauen Büro.«

»Du bist ein Lichtblick in meinem Tag.«

»Schön.« Sie hörte, wie angespannt sie klang, und rang sich ein Lächeln ab.

»Gestern Abend war es fantastisch.«

»Prima. Schön.« Wo blieb der Kellner?

»Du klingst nicht so begeistert. Fandest du es nicht nett?«

Sie blickte zu den kleinen Fischerbooten, die auf dem Wasser tanzten, und wünschte, sie könnte einfach mit einem von ihnen davonsegeln. »Ich erinnere mich nicht mehr an viel«, murmelte sie. »Ich hatte zu viel Wodka getrunken. Mir ging es elend heute Morgen. Also, nein, es war nicht so super für mich.«

Joe zog zerknirscht die Schultern ein. »Tut mir leid.«

»Mir auch.«

»Ich hätte dich nicht so viel trinken lassen dürfen.«

»Ich bin nicht daran gewöhnt«, log sie.

»Aber du warst witzig.«

»Ja, bestimmt.« Sie sah ihn an. »Normalerweise schlafe ich nicht beim ersten Date mit jemandem.«

Joe guckte sie verdutzt an. »Denkst du, dass du mit mir geschlafen hast?«

»Hab ich nicht?« Nun war sie es, die beschämt den Kopf einzog.

»Für wen hältst du mich? Denkst du, ich fülle dich ab und schlepp dich in die Kiste?«

»Hast du nicht?«

»Selbstverständlich nicht.«

»Dann haben wir nur ein bisschen rumgeknutscht?«

»So würde ich es nicht nennen. Du warst ziemlich wild. Und du hast gemaunzt vor Vergnügen.«

»Erspare mir Einzelheiten.«

Er grinste. »Geht es dir jetzt besser?«

»Viel besser, danke. Als ich wach wurde, habe ich mich furchtbar geschämt. Ich bin nicht so eine.«

»Das weiß ich. Deshalb mag ich dich ja.«

Es würde nicht leicht, sich zurückzuziehen, wenn sie ihm dankbar sein sollte. »Danke.«

»Du bist anders, das mag ich.«

»Bin ich?«

»Ich mag deinen Überbiss. Der ist sexy.«

»Mein Überbiss?«

»Ja, wie deine oberen Zähne ...«

»Bei dir höre ich mich an wie Goofy!«

»Wann sehe ich dich wieder? Heute Abend?«

»Nein, heute Abend nicht, Joe.«

»Dann morgen?«

»Mal sehen.«

Er grinste. »Ich mag Frauen, die schwer zu kriegen sind.«

Clementine kehrte frustriert ins Büro zurück. Dass sie doch nichts angestellt hatte, war ein kleiner Trost. Sie hatte vorgehabt, die Sache mit Joe zu beenden; stattdessen schien die Geschichte eine unheimliche Eigendynamik zu entwickeln, ohne Rücksicht auf Clementine.

5

Grey verankerte sein Fischerboot in der Captain's Cove und warf die Angel aus. Unter ihm hob und senkte sich das Meer sanft. Möwen stürzten aus dem Himmel und schwammen um sein Boot herum, gierig nach den Brotkrumen, die Grey ihnen zuwarf. Die Sonne schien ihm auf den Rücken, die Meeresbrise strich ihm übers Gesicht, und er genoss den Frieden. Samtige grüne Wiesen stießen auf raue Klippen, an denen Vögel nisteten, und nur ein oder zwei Häuser stemmten sich tapfer gegen die Küstenwinde. Ein gelber Strand lag verborgen in der Bucht. Grey hatte noch nie jemanden dort spazieren gehen gesehen, obwohl ein schmaler Pfad zwischen den Felsen nach unten führte. Es sah verlockend aus, und er stellte sich vor, eine Picknickdecke auf dem Sand auszubreiten und mit Marina in der Sonne zu liegen, die ungestörte Ruhe genießend.

Natürlich waren seine Gedanken dauernd bei seiner Frau, denn sie schien zunehmend ängstlicher zu werden. Und er verstand ihre Sorge. Keiner liebte das Polzanze mehr als sie. Als sie sich kennenlernten, war es ihr Traum gewesen, ein wunderschönes Heim zu schaffen. Hätte er das Geld gehabt, er hätte es ihr sofort gekauft, aber sein Anwaltsgehalt reichte bestenfalls für einen Flügel von der Art Haus, das ihm für sie vorschwebte. Also hatte er stattdessen das heruntergekommene Herrenhaus gekauft und erfreut zugesehen, wie sie es langsam und mühevoll in den Palast ihrer Träume verwandelte. Anfangs hatte er es ihr überlassen, war über die Wochenenden mit dem Zug von London hergekommen und bewunderte, was sie über die Woche geschafft hatte. Harvey half ihr, und gemeinsam renovierten sie und strichen, während Mr Potter mit seinen Söhnen Ted und Daniel im Garten schuftete. Sie alle arbeiteten voller Hingabe – Marina mit ihrem Traum und Harvey und Mr Potter mit ihren Erinnerungen an glorreiche Tage, als das Haus noch ein herrschaftlicher Familiensitz gewesen war.

Grey verließ London, als sie das Polzanze eröffneten. Ein Hotel zu leiten, war ein Ganztagsjob, und Marina wollte alles familiär gestalten, wie ein Zuhause, in dem sie zahlende Gäste empfing. Sie begrüßte jeden an der Tür. Bald wurden sie in den einschlägigen Zeitschriften erwähnt, und die Leute kamen herbei, um Marinas hübsche Einrichtung und die wunderschöne Gartenanlage zu bestaunen. Es gab reichlich zu tun. Unweit vom Hotel lag ein Golfplatz, und auf den sechs Tennisplätzen fanden jeden Sommer die Shelton-Turniere für die jüngeren Gäste statt. Grey veranstaltete Angelausflüge, versorgte das Hotel mit frischen Muscheln, Hummer und Krebsen sowie einer großen Auswahl an Fisch. Über einen schmalen Weg konnten die Gäste an den Klippen entlang nach Dawcomb-Devlish gelangen, wo es klassische Boutiquen und Restaurants gab. Im Ort standen die Kinder für Flechtfrisuren und aufgesprühte Tattoos an, während ihre Mütter einkauften und die Väter Speedboat fuhren oder Tagestouren nach Salcombe machten.

Seit dem Tag, an dem sie heirateten, wünschte Marina sich Kinder. Mit dreiunddreißig Jahren war sie viel jünger als Grey. Er war zweiundvierzig, hatte eine zerbrochene Ehe hinter sich und zwei Kinder im Alter von drei und fünf Jahren, die hin und wieder übers Wochenende oder in den Ferien zu ihnen kamen. So sehr Marina auch Clementine und Jake vergötterte, sehnte sie sich nach einem eigenen Baby. Grey spielte mit Freuden mit, und das nicht, weil er dringend mehr Nachwuchs wollte, sondern weil Marina glücklich sein sollte. Er war sich des Altersunterschieds wohlbewusst und versuchte, ihn zu überbrücken, indem er seiner Frau jeden Wunsch erfüllte, ganz so wie es ein Vater bei seiner geliebten Tochter halten würde. Marina fing an, in die Kirche zu gehen, Gott zu bitten, er möge sie mit einem Kind segnen, doch es kam keines. Hörte er sie nicht, oder fand er, sie verdiente kein Kind? Mit dieser Frage quälte Marina sich.

Heute ging sie nicht mehr in die Kirche. Sie betete nicht mehr, und ihre Augen wurden nicht mehr feucht, wenn von Kindern die Rede war. Gott hatte sie im Stich gelassen, und seine kalte Zurückweisung erfüllte sie mit einem überwältigenden Schamgefühl. Das Polzanze hielt sie über viele Jahre aufrecht. Jetzt allerdings senkte sich ein Vorhang über ihren Traum von der Mutterschaft. Sie verbrachte mehr Zeit am Strand, starrte hinaus aufs Meer, als erwartete sie, dass es ihr ein Kind brachte. Grey wusste, dass ihr die Zukunft leer und düster erschien, nicht strahlend vor Kinderlachen und schließlich Enkelkindern, die es eigentlich geben sollte. Noch dazu steckten sie in ernsten finanziellen Schwierigkeiten und zahlten hohe Kredite ab. Marina war klar, dass sie das Polzanze zu verlieren drohte, auch wenn sie es nicht über die Lippen brachte. In jenen trübsinnigen Stunden am Strand fragte sie sich gewiss, was sie außer ihm und ihrem kostbaren Hotel hatte, und zweifellos glaubte sie, es wäre nichts.

Er fühlte ein Ziehen an der Schnur und zwang seine Gedanken zurück ins Hier und Jetzt. Mit viel Geduld und Können holte er die Angel ein. Er spürte, dass es ein großer Fisch war. Ein Jammer, dass sie keinen vollbesetzten Speisesaal hatten, ihn zu genießen. Grey war stolz darauf, die Küche täglich mit frischem Fang zu versorgen. Manchmal fuhr er mit Dan Boyle und Bill Hedley raus, zwei Fischern aus dem Ort, die seit über fünfzig Jahren hier fischten. Dann brachte Grey genug für eine ganze Woche nach Hause.

Endlich tauchte der Fisch aus dem Wasser. Es war ein großer, glitschiger Wolfsbarsch, der sich hektisch freizuwinden versuchte. Grey vergaß Marina und ihren Kummer um das Kind, das sie nicht haben konnten, und ließ den Fisch ins Boot fallen. Er öffnete das weiche Maul und löste den Haken. Eine Welle von Freude überrollte ihn, als er den Fang bewunderte. Er musste wenigstens vier Pfund schwer sein.

Nachdem er den Köder erneuert hatte, warf er die Angel ein weiteres Mal aus. Er würde den ganzen Vormittag hier draußen verbringen, losgelöst von der Welt und ihren Sorgen. Solange er in seinem Boot saß, schien das Polzanze weit entfernt. Er wollte sich lieber nicht fragen, wie es Marina mit Rafa Santoro ergangen war. Glaubte er an die Macht des Gebets, hätte er eines für sie gesprochen. Er wusste, wie viel es ihr bedeutete, und was ihr wichtig war, war Grey noch wichtiger.

Rafa Santoro kehrte in sein Hotel zurück und suchte sich einen Tisch draußen an der Wand. Die Sonne war warm, und er saß im Windschatten. Eine kühne Möwe landete auf seinem Tisch, doch da er ihr nichts geben konnte, reckte der Vogel den Schnabel und flog weg, um jemand anderen zu belästigen. Rafa bemerkte zwei Mädchen an einem anderen Tisch, kichernd über ihrem Mittagessen sitzend. Er sah wieder weg. Schließlich wollte er die zwei nicht ermuntern, noch mehr zu gackern. Der Kellner nahm seine Bestellung auf – Cola, Steak und Pommes – und schlug die *Gazette* auf, die örtliche Klatschquelle Nummer eins.

Er war also angekommen. Nur wusste er nicht recht, wie er sich dabei fühlte. Teils war er freudig erregt, teils traurig, und Letzteres wohl, weil der wesentliche Teil von ihm überhaupt nichts empfand. Darüber wollte er ungern nachdenken. Der Kellner brachte sein Essen und die Cola, von der Rafa einen Schluck trank. Ihm entging nicht, dass ihn die beiden jungen Mädchen beobachteten, und ihre Bewunderung war ihm lästig. An jedem anderen Tag hätte er sie eingeladen, sich zu ihm zu setzen, hätte sie vielleicht sogar später mit auf sein Zimmer genommen und mit ihnen geschlafen. An jedem anderen Tag hätte allein dieser Gedanke genügt, dass er sich heiterer und für den Rest des Nachmittags beschwingter fühlte. Aber nicht heute. Er vergrub sein Gesicht in der *Gazette* und aß sein Mittagessen allein.

Die Mädchen gingen, wobei sie absichtlich an seinem Tisch vorbeischlenderten und ihm ihr hübschestes Lächeln zuwarfen. Er nickte höflich, verwehrte ihnen jedoch einen zweiten Blick.

Die Möwe stürzte sich auf ihren verlassenen Tisch und stahl ein halb gegessenes Brötchen. Rafa sah auf seine Uhr. Jetzt war es in Argentinien früher Morgen, trotzdem wollte er mit jemandem reden. Also nahm er sein BlackBerry hervor und drückte die Kurzwahltaste. Lange musste er nicht warten.

»Rafa?«

»*Hola, Mamá.*«

»Gott sei Dank! Du hast dich seit einer Woche nicht gemeldet, und ich war krank vor Sorge. Geht es dir gut?«

»Ich bin angekommen.«

»Verstehe.« Ihre Stimme klang angespannt, und er konnte hören, dass sie sich hinsetzte, einen tiefen Seufzer ausstieß und mit dem Schlimmsten rechnete. »Und?«

»Es ist ein wunderschönes Herrenhaus mit Meerblick. Ich werde den Sommer dort wohnen und den Gästen Malkurse geben.« Er lachte zynisch. »Ich weiß selbst nicht, was ich erwartet hatte.«

»Du solltest gar nicht dort sein.«

»Beruhige dich, *Mamá.*«

»Was würde dein Vater sagen? *Dios mío,* was würde er nur sagen?«

»Er würde es verstehen.«

»Das glaube ich nicht.«

»Wie auch immer, er erfährt es nie.«

»Denk nicht, dass er dich nicht von da oben sieht. Nach allem, was er für dich getan hat, Rafa. Du solltest dich schämen.«

»Du brauchst mir kein schlechtes Gewissen zu machen. Das habe ich schon. Du hast gesagt, dass du es verstehst und mir helfen willst.«

»Weil ich dich liebe, mein Sohn.«

Prompt wallten Gefühle in ihm auf, und er stützte seinen Kopf in die Hand. »Ich liebe dich auch, *Mamá.*«

Eine Weile schwiegen sie beide. Er konnte sie am anderen Ende atmen hören. Dieses vertraute Geräusch hatte in seiner Kindheit stets Geborgenheit und bedingungslose Liebe bedeutet. Heute aber klang es angestrengt, alt und ängstlich. Schließlich sagte sie mit kippelnder Stimme: »Komm nach Hause, *hijo*. Vergiss diese alberne Idee.«

»Kann ich nicht.«

»Dann vergiss mich zumindestens nicht.«

»Ich rufe dich in ein paar Tagen wieder an, versprochen.«

»Hast du alles, was du brauchst?«

»Alles.«

»Sei vorsichtig.«

»Bin ich.«

»Und denk an sie.«

»Natürlich, *Mamá*. Ich will niemanden verletzen.«

Mich verletzt du, dachte sie, als sie den Hörer auflegte und sich die Augen mit einem sauberen weißen *Pañuelo* wischte. Maria Carmela Santoro hievte sich aus dem Sessel und wanderte den Flur hinunter zu Rafas Zimmer. Dieser Tage war es sehr ruhig im Haus. Ihr Ehemann war bei Jesus, und ihre vier älteren Kinder hatten das Nest vor langer Zeit verlassen. Rafa, ihr Jüngster, war ein Geschenk Gottes, als sie eigentlich zu alt war, um noch Kinder zu bekommen. Ihre anderen Kinder hatten einen dunklen Teint und dunkles Haar wie ihr Vater, aber Rafa war ein sehr blondes Kind gewesen. Mit seinem hellen Haar und dem natürlichen Charme war er etwas Besonderes.

Sie stand in der offenen Tür und blickte sich in dem Zimmer um, in dem so viele Erinnerungen wohnten. Liebevoll hielt sie alles hier sauber und ordentlich. Als die Kinder noch klein waren, hatten sie sich zu zweit ein Zimmer teilen müssen, denn das Farmhaus mitten in der Pampa war klein. Rafa als letztes Kind im Haus hatte ein Zimmer ganz für sich gehabt.

Jetzt wohnte er natürlich in Buenos Aires, wo er eine elegante Wohnung in einer Seitenstraße der Avenida del Libertador besaß. Doch er kam oft her, viel öfter als die anderen. Er war ein guter Sohn. Und seit sein Vater nicht mehr lebte, kümmerte er sich um seine Mutter. Solange sie ihn hatte, fühlte sie sich sicher. Er hatte ihr gesagt, dass sie zu ihm ziehen sollte, doch sie konnte den Lärm und den Schmutz in der Großstadt nicht leiden. Ihr ganzes Leben hatte sie auf der Farm verbracht, als Magd für Señora Luisa gearbeitet und später, nach deren Tod, für ihre Schwiegertochter Marcela. Über fünfzig Jahre hatte sie ihre Wurzeln in denselben fruchtbaren Boden geschlagen, in dem ihr lieber Mann nun unter einem schlichten Stein begraben lag. Jede Woche brachte sie ihm frische Blumen, um sein Andenken zu ehren.

Sie trat ans Fenster und öffnete die grünen Läden. Genüsslich inhalierte sie den eindringenden Herbstgeruch. Die Sonne war schon warm, und erste trockene Blätter lagen braun und zusammengerollt im Gras wie wehmütige Botschaften des Windes. Draußen säumten hohe Platanen die lange Zufahrt, die das Anwesen durchschnitt und zum Haupthaus führte, jenem großen Haus, in dem Marias Herrschaft die Wochenenden und Ferien mit nichts als Müßiggang und Luxus verbrachten. Fleckiges Licht fiel auf die staubige Straße, und ein Hund bellte laut, woraufhin ihn die Köchin Angelina in wütendem Spanisch beschimpfte.

Maria Carmela erinnerte sich, wie sein Vater dem kleinen Rafa das Reiten beibrachte. Das Bild entlockte ihr ein verträumtes Lächeln: von dem großen, schwarzhaarigen Lorenzo mit seiner Baskenmütze, den roten Schal lose um den Hals geschlungen, einen glitzernden Prägegürtel um die weiten *Bombachas,* die in ausgetretenen Lederstiefeln steckten. Der kleine blonde Junge hatte weiße Espadrilles getragen, sodass man seine braunen Fesseln unter den olivgrünen *Bombachas* sah, und ein rot besticktes Tuch um die Hüften. Er hatte ebenfalls eine Baskenmütze auf, saß an seinen Vater geschmiegt auf dem Pferd und lachte laut, als sie über die Steppe galoppierten. Wie auffallend hell und glatt die Haut ihres Sohnes neben der alten wettergegerbten ihres Mannes ausgesehen hatte. Und welche Freude er ihnen allen gebracht hatte.

Es war sein engelsgleicher Charme, der Señora Luisa auf Rafa aufmerksam machte. Sein Vater hatte ihn eines Morgens ihr Pony holen lassen, als Rafa erst sechs Jahre alt war. Voller Stolz, dass ihm diese wichtige Aufgabe übertragen wurde, hatte er das Tier vor das Haupthaus gebracht und hocherhobenen Hauptes im Schatten eines Eukalyptusbaumes gewartet. Als sie ihn ansprach, hatte er ihr ins Gesicht gesehen und strahlend gelächelt. Dass er kein bisschen Scheu vor ihr hatte, brachte sie zum Lachen. Diese Kühnheit bei einem solch kleinen Jungen hatte sie fasziniert, sodass sie sich mit ihm unterhielt. Er bezauberte sie mit seinem Ernst und seinem Wissen. Es war unübersehbar, dass seine Intelligenz der seiner Eltern weit überlegen war.

Von jenem Tag an hatte sie ihn persönlich gefördert, sich für seine Fortschritte in der Schule und seine Hobbys interessiert. Als sie von seiner Liebe zur Kunst erfuhr, sorgte sie dafür, dass er alles an Material bekam, was er brauchte, und half ihm sogar selbst mit dem spärlichen Wissen, das sie besaß, bis sie schließlich einen jungen Mann aus Buenos Aires einstellte, der ihn einen Sommer lang unterrichten sollte. Lorenzo und Maria Carmela waren stolz und dankbar, auch wenn Maria Carmela schreckliche Angst hatte, dass man ihr Rafa wegnehmen könnte. Nichts ängstigte sie mehr als der Gedanke, dieses Geschenk von einem Kind würde ihr nicht für immer gehören.

Sie ging nach draußen, um den Papagei Panchito zu füttern. Er hockte auf seiner Stange im Sonnenschein und putzte sich das grüne Gefieder. Maria Carmela hielt ihm eine Handvoll Nüsse hin, die er eine nach der anderen mit Schnabel und Kralle aufnahm. Beim Frühstück ließ er sich nicht gerne hetzen. Señora Luisa hatte Rafa ein Leben ermöglicht, von dem jemand seiner Herkunft nicht einmal träumen durfte. Heute hatte er eine gute Arbeit, verdiente viel, hatte ein nettes Leben … Warum war er drauf und dran, all das wegzuwerfen?

Clementine kam frühzeitig aus dem Büro. Sylvia hatte Mr Atwood überredet, seine Frau zum Abendessen auszuführen, und Clementine hatte im Incoming Tide reserviert und ihm einen Strauß Rosen besorgt, den er seiner Frau zusammen mit dem Geschenk überreichen konnte. Sie hätte ihm ja ihren Strauß gegeben, könnte sie sicher sein, dass es niemand bemerkte, aber Sylvia hatte die Blumen bereits in eine Vase gesteckt und auf Clementines Schreibtisch gestellt.

So blieb ihr nichts anderes übrig, als sie mitzunehmen. Sie klemmte sie sich unter den Arm, wo sie ihr die Jacke durchnässten, und verließ das Büro um fünf. Sie freute sich darauf, früh ins Bett zu gehen, fernzusehen und Joe und das Wiedersehen mit ihm am morgigen Abend zu vergessen. Wenigstens war sie nicht schwanger, wofür sie unendlich dankbar war. Joe mochte ein bisschen ungehobelt sein, aber er hatte ihre Betrunkenheit nicht ausgenutzt. Vielleicht war er ein Rohdiamant, ein Gentleman in einem Arbeiter-Overall. Sie lächelte bei dem Gedanken an ihre Mutter und was sie von ihm hielte. Ihre Mutter war wahnsinnig versnobt und sortierte alle Leute in vier Kategorien – Anständige, Handwerker, Gewöhnliche und Ausländer. Und natürlich waren nur die in der ersten Kategorie akzeptabel.

Zu Hause saßen ihr Vater und Marina in der Küche beim Tee. Ihr Vater hatte rote Wangen, nachdem er den größten Teil des Tages zum Angeln draußen gewesen war, und Marina strahlte vor Glück.

»Clementine«, sagte sie lächelnd, »komm, setz dich zu uns.«

»Wie war dein Tag?«, fragte ihr Vater.

»Öde.« Clementine nahm sich einen Becher vom Regalhaken und einen Teebeutel aus der Dose.

»Du verdienst Geld und sammelst Erfahrung, das ist sehr wichtig.«

»Ja, Dad, super, danke.«

»Wir haben unseren Künstler«, verkündete Marina.

»Hurra!«

Sie ignorierten Clementines Sarkasmus. »Ich denke, er wird dir gefallen. Er sieht sehr gut aus.«

»Kein Interesse. Das ist *dein* Projekt, und ich habe nichts mit ihm zu tun. Schließlich kann ich nicht malen, und Kunst geht mir am Hintern vorbei.« Sie goss Wasser in ihren Becher und gab einen Schuss Milch dazu.

»Isst du heute Abend mit uns?«

»Ich esse beim Fernsehen.«

»Es gibt Wolfsbarsch. Dein Vater hat heute Morgen einen geangelt.«

»Na gut, wenn genug da ist, nehme ich was.«

»Natürlich ist genug da«, sagte Grey voller Stolz. »Es ist ein Vierpfünder – mindestens.«

»Wow, gut gemacht, Dad.«

»Hast du Lust, am Wochenende mit mir rauszufahren?«

Clementine zog eine Grimasse. »Wieso?«

»Ich dachte bloß, du hast vielleicht Lust, mit mir zu kommen, mal gucken, wie seefest du noch bist.«

»Ich war nie seefest, Dad. Ich hasse Boote, weil mir in denen schlecht wird. Schon vergessen?«

»Das ist Jahre her.«

»Ich glaube nicht, dass sich Seekrankheit verwächst.«

»Einstellungen hingegen durchaus«, mischte Marina sich gelassen ein. »Wäre es nicht nett, ein wenig Zeit mit deinem Vater zu verbringen?«

»Okay, ich soll mir also wieder mal einen Vortrag anhören, und mitten auf dem Wasser kann ich nicht weglaufen.«

»Kein Vortrag, Ehrenwort. Ich habe dich nur in letzter Zeit wenig gesehen.«

»Ja, weil ich arbeite, Dad. Willkommen in der realen Welt.«

Marinas gute Stimmung verflog, als hätte Clementine sie aus dem Raum gesaugt und durch ihre finstere Gegenwart ersetzt. Sie sah zu ihrem Mann und empfand nichts als Verachtung für ihre Stieftochter, die ihn immerzu von sich stieß.

»Dann eben ein andermal«, sagte Grey und bemühte sich merklich, nicht enttäuscht auszusehen.

6

Am nächsten Morgen stolzierte der ansonsten stets gut gelaunte Mr Atwood außergewöhnlich mieser Stimmung ins Büro. Clementine, die sich nach einer Nacht mit ausgiebig Schlaf sehr viel besser fühlte, saß schon an ihrem Schreibtisch und sah sich im Internet Bilder von Buenos Aires an. Sylvia war noch nicht da.

»Wäre meine Frau nicht so begeistert von dem rosa Pürierstab gewesen, würde ich Sie für diese Karte feuern.«

Clementine klickte hastig die Google-Maske weg und guckte ihn betont unschuldig an. »Ich weiß nicht, was Sie meinen, Mr Atwood.«

»Versuchen Sie nicht, mich auf den Arm zu nehmen. Sie wissen sehr wohl, was ich meine. Die Karte war unpassend, um nicht zu sagen, eine Beleidigung.«

»Doch sicher nicht für Ihre Frau.«

»Natürlich nicht, Sie albernes Ding.«

»Ich fand sie witzig.«

»Sie auch – auf meine Kosten.«

»Na, wenigstens hatte sie an ihrem Geburtstag etwas zu lachen.«

Er verengte die Augen. »Sie sind ziemlich keck heute Morgen.«

»Ich hatte Porridge zum Frühstück. Das macht mich schnell mal ein bisschen übermütig.«

»Dann frühstücken Sie morgen lieber Ei. Ich erwarte von meiner Sekretärin, dass sie mir keine Widerworte gibt.«

»Sie hätten die Karte angucken können, als Sie sie unterschrieben haben.«

»Ich bezahle Sie dafür, solche Sachen auszusuchen.«

Sie zuckte mit den Schultern. »War das Abendessen nett?«
»Ja.«
»Schön.«
Er schnaubte verärgert und stapfte in sein Büro. Wieder richtete er die Zeitschriften im Wartebereich, ehe er hinter seiner Tür verschwand. Clementine fragte sich, ob er die Sorte Mann war, die vor dem Sex ihre Kleidung ordentlich zusammenlegte. Vermutlich ja.

Sylvia kam herein und sah auffällig zerzaust aus.

»Bist du gerade rückwärts aus dem Bett gekrabbelt?«, fragte Clementine.

»Ungefähr«, antwortete sie mit einem vielsagenden Grinsen. »Freddie ist zum Frühstück vorbeigekommen, deshalb bin ich spät dran.«

»Das ist die beste Ausrede, die ich jemals gehört habe.« Clementine klickte die Buenos-Aires-Bilder wieder an. »Ich glaube, ich fahre als Nächstes nach Südamerika statt nach Indien.«

»Spukt dir etwa immer noch dieser Argentinier im Kopf rum?«

»Träumen kostet nix.«

»Und umsonst ist nicht automatisch gut.« Sylvia lief zum Klo, um sich herzurichten. Als sie wieder herauskam, war ihr Haar ordentlich gekämmt und wie üblich aufgesteckt, ihr Make-up makellos und ihr geblümtes Kleid ohne die kleinste Knautschfalte. Clementine staunte, wie man all das in einer Winztoilette bewerkstelligte.

»Ich treffe heute Abend ein paar Freunde zum Dinner. Hast du Lust, zu uns zu stoßen?«, fragte Sylvia.

»Klar, gerne.«

»Wie wär's, wenn du Joe mitbringst?«

Clementine knickte ein wenig in sich zusammen. »Na ja, ich habe ihm sowieso irgendwie den Eindruck vermittelt, dass wir uns heute sehen, also ja, ich bringe ihn wohl lieber mit.«

»Gib ihm eine Chance. Ich kapier nicht, was du eigentlich

willst. Obwohl, im Grunde schon – Herzflattern, Schmetterlinge im Bauch und so, nehme ich an. Aber so läuft es im richtigen Leben nicht. Entscheidend ist, bringt er dich zum Lachen und ist er ein guter Liebhaber? Alles darüber hinaus ist ein Bonus oder kommt nur in Schmachtromanen vor. Falls du auf die Sorte wartest, wirst du alleine alt.«

»Welch erheiternde Weisheit am Morgen!«

»Bedaure, Süße, aber ich verabreiche dir lediglich eine gesunde Dosis Realismus.«

»In letzter Zeit wird mir der Realismus ein bisschen viel. Ich fahre nach Buenos Aires und träume mich durch die Tage.«

»Argentinier sollen die Schlimmsten sein.«

»Woher willst du das wissen?«

»Jeder weiß es. Die sind berüchtigt für ihren unwiderstehlichen Charme und ihre zwanghafte Untreue.«

»Du denkst an Polospieler, aber nur zu, wenn du an Klischees glaubst.«

»Sie geben gute Liebhaber ab, aber schlechte Ehemänner.«

»Ich habe nicht vor, einen Argentinier zu heiraten. Ich will gar nicht heiraten, nie.«

Sylvia war perplex. »Wieso nicht?«

»Ich komme aus einer kaputten Familie. Das würde ich einem Kind nie antun.«

»Wie bescheuert. Nur weil es bei deinen Eltern nicht funktioniert hat, muss es doch nicht bei dir genauso laufen.«

»Das will ich gar nicht erst ausprobieren.«

»Ich bin geschieden, und trotzdem würde ich es noch mal versuchen. Ich würde Freddie heiraten, sollte er je seine Frau verlassen. Aber das machen sie selten.«

»Mein Vater hat meine Mutter verlassen«, sagte Clementine verbittert. »Ich will nie der Keil sein, der eine Familie auseinandertreibt wie Submarine.«

»Vielleicht war ihre Liebe so stark ...«

»Hast du nicht eben noch gesagt, dass es so eine Liebe bloß in Romanen gibt?«

»Und für wenige besonders Glückliche.«

»Ah, dann glaubst du doch an die Liebe?«

»Ja, natürlich. Aber ich glaube nicht, dass sie jedem von uns vergönnt ist. Das ist alles. Du verliebst dich womöglich in Joe, wenn du ihm eine Chance gibst.«

»Liebst du Freddie?«

»Ich liebe die Art, wie er mich anfasst, mich küsst, mich zum Lachen bringt. Ich liebe es, wer ich bin, wenn ich mit ihm zusammen bin. Aber liebe ich ihn? In dem Sinne, dass ich ohne ihn nicht leben kann? Es wäre schade, klar, aber mir würde nicht gleich das Herz brechen.«

»Willst du nicht mehr?«

»Doch, selbstverständlich. Jedes kleine Mädchen will seinen Prinzen finden. Aber was bringt es, sich etwas zu wünschen, was man nicht haben kann. Ich bin realistisch genug zu wissen, dass ich nicht zu den wenigen Glücklichen gehöre.« Sylvia griff nach ihrer Handtasche. »Ich gehe mal eine rauchen. Passt du auf mein Telefon auf?«

Clementine sah ihr nach. Sie konnte sich nicht vorstellen, dass sie zu den Glücklichen gehörte. Trotzdem hoffte sie tief im Innern, dass die Liebe ihr mehr bieten konnte als Joe.

»Ich dachte, dass wir Rafa in der Suite oben unterbringen«, sagte Marina, die an ihrem Schreibtisch saß und nachdenklich an ihrem Espresso nippte. »Die ist seit Monaten nicht gebucht worden, und es ist eine Schande, so schöne Zimmer ungenutzt zu lassen.«

Harvey stand in seinem blauen Overall und mit Schirmmütze auf dem Kopf auf der Leiter und schraubte die Gardinenstange fest, die sich an einem Ende gelockert hatte. »Das hübscheste Schlafzimmer im ganzen Haus«, sagte er und unterbrach sein Schrauben. »War früher mal das Zimmer vom jungen William.«

Harvey erinnerte sich immer wieder gerne an die Kinder des Dukes of Somerland: drei ungestüme Jungen mit großen blauen Augen und einem Lächeln, hinter dem sich jede Menge Schalk verbarg. Harvey war selbst noch ein Junge gewesen, als er eingestellt wurde, um dem Verwalter Mr Phelps beim Holzhacken und Laubharken zu helfen. Bis heute wurde er ganz nostalgisch, wenn Mr Potter im Herbst Laub verbrannte. Es versetzte ihn zurück in eine Zeit der Unschuld, als die Dinge weniger kompliziert waren.

Ted und Daniel erledigten dieser Tage die schweren Arbeiten, für die Mr Potter zu alt war. Immerhin war der noch älter als Harvey, und er war schon steinalt. Deshalb überließ Mr Potter seinen Söhnen das Umgraben, Pflanzen und Heckenschneiden. Harvey vermutete, dass Marina ihn nur aus Mitleid behielt, weil sie wusste, wie viel ihm das Anwesen bedeutete, und verstand, dass man sein Alter so lange wie möglich leugnen wollte. Schickte man Mr Potter in den Ruhestand, wäre es für ihn dasselbe, als steckte man ihn in einen Sarg und verbuddelte ihn.

Heute sahen die Gärten genauso hübsch aus wie zu Zeiten des Dukes, sogar noch besser, denn Marina hatte eine völlig klare Vorstellung, was sie wollte, und sorgte dafür, dass es auch so gemacht wurde. Er blickte liebevoll zu ihr hinüber. Sie war immer adrett gekleidet, mit weißer Bluse und Stoffhose oder hübschen Kleidern im Sommer, nie in Jeans. Und da sie klein war, trug sie stets Schuhe mit Absatz. Harvey empfand eine väterliche Zuneigung zu ihr, die er sehr genoss, hatte er doch nie geheiratet und keine eigenen Kinder. Das Komische war, dass sie richtig aufblühte, wenn er sie lobte, und das fühlte sich gut an. Diese wunderbare Frau, der die Welt zu Füßen zu liegen schien, *brauchte* ihn.

»Ist das eine neue Uhr, Harvey?«, fragte Marina, der das silberne Blinken an seinem Handgelenk auffiel.

Er schüttelte seinen Arm, sodass sie weiter aus dem Ärmel rutschte. »Ist die nicht schick?«

»Sehr groß.«

»Ja, deshalb mag ich sie.«

»Und sie sieht sehr teuer aus.«

»Ist eine Omega.«

»Klingt ausgefallen.«

Er wurde von einem feuchten Fleck abgelenkt, den er in der Zimmerecke entdeckte. »Sieht aus, als wenn da ein Leck ist«, sagte er stirnrunzelnd.

»Ein Leck?«

»Könnte eine verstopfte Regenrinne sein; nichts, was ich nicht wieder hinkriege.«

Sie lächelte ihm zu. »Du hast für alles immer das Richtige in deinem Schuppen. Der ist besser ausgestattet als ein Baumarkt.«

»Ja, ich werfe ja auch nie was weg. Ich habe noch ein Radio aus den Fünfzigern und den ersten Schwarz-Weiß-Fernseher, den ich mir in den Sechzigern gekauft habe.«

»Nebst einem anständigen Vorrat an Gewebeband und Erntegarn«, ergänzte Marina lachend, denn es war ein Standardwitz, dass das Polzanze nur von Gewebeklebeband und Erntegarn zusammengehalten wurde.

»Und, wo soll Mr Santoro jetzt wohnen?«, fragte er und stemmte sich wieder gegen seinen Schraubenzieher.

»Paul hatte im letzten Jahr das blaue Zimmer, aber das ist ein bisschen runtergewohnt und müsste renoviert werden. Die Suite hat noch die Originaltapete, die so hübsch ist, und ein kleines Wohnzimmer, in dem er malen kann. Die Aussicht aufs Meer ist herrlich, und wenn der Wind übers Dach weht, hört man es pfeifen. Dort oben herrscht eine ganz besondere Energie.«

»Weil William ein sehr fröhlicher Junge war. Er und seine Brüder haben früher immer oben gespielt. Es war die Kinderetage.«

Marina trank ihren Kaffee aus und malte sich für einen flüchtigen Moment aus, wie ihre eigenen Kinder dort gespielt hätten, wäre sie mit welchen gesegnet gewesen. »Er kommt aus Argentinien, und ich möchte, dass er England von seiner besten Seite sieht.«

»Tja, die sieht er hier allemal, keine Frage.« Harvey ruckelte an der Vorhangstange, um sich zu vergewissern, dass sie fest saß.

»Ich halte ihn für perfekt, du nicht? Meine alten Damen werden gar nicht wissen, wie ihnen geschieht, wenn sie für ihre Woche herkommen. Ich hoffe nur, es spricht sich schnell herum und bringt uns mehr Buchungen.«

»Das wird es«, versicherte Harvey ihr. »Das Leben hat seine Hochs und Tiefs, aber eines kann ich dir sagen, nach einem Tief geht es immer wieder nach oben.«

Marina senkte den Blick zu ihrer leeren Tasse. »Bin ich blöd, all meine Hoffnung auf Rafa Santoro zu setzen? Ich weiß nichts über ihn. Er könnte ein Axtmörder sein.«

»Du musst deinem Gefühl vertrauen. Ich spüre, dass er ein guter Mensch ist.«

»Ach ja?« Sie sah zu ihm auf.

»Ja, auch wenn ich natürlich nicht versprechen kann, dass er das Hotel wieder auf die Füße bringt.«

»Bisher sind wir nur in die Knie gezwungen, Harvey.«

Harvey ließ die Gardinenstange los und guckte zu ihr hinunter. »Weiß ich.«

»Ich rede ungern darüber. Irgendwie hoffe ich, solange ich nicht darüber spreche, passiert es auch nicht.«

»Es ist ruhig, stimmt, aber das ist bloß vorübergehend.«

»Ich hoffe sehr, Harvey. Wir brauchen Geld, und zwar schnell.«

Er stieg von der Leiter und blieb unten stehen, den Schraubenzieher lose in seiner Hand haltend. »Jetzt hör mir mal zu, Marina. Du musst weitermachen. Es ist wie ein Gang über ein Drahtseil: Sieh nach vorne, oder du verlierst das Gleichgewicht. Es wird schon wieder. Wir kriegen mehr Gäste. Diese Rezession überstehen wir genauso wie andere, und sie geht vorbei wie ein übles Gewitter.«

»Erkennst du denn einen Lichtstreif am Horizont?«

»Und ob, jedenfalls mit meinem geistigen Auge.«

»Ich mag deine Art zu denken, Harvey. Am liebsten würde ich mich in deine Gewissheit einkuscheln, bis es vorbei ist.«

Er lächelte. »Ich denke, Williams Etage ist ideal für Mr Santoro. Was hältst du davon, wenn ich dem blauen Zimmer einen neuen Anstrich gönne?«

»Gute Idee.«

»Wollen wir gleich mal hingehen und es uns ansehen?«

»Ja.« Sie sprang sofort auf.

»Und sehen wir uns auch gleich Williams Stockwerk an, ob noch irgendwas zu machen ist.«

»Ja, das machen wir.« Sie klang schon munterer. »Das Leck kannst du später reparieren.«

Als Marina und Harvey an der Rezeption vorbeikamen, unterbrach Jennifer ihr Telefonat und grinste die beiden schuldbewusst an. Harvey bedachte sie mit einem strengen Blick, weil sie eindeutig mal wieder privat telefonierte.

»Ich muss Schluss machen, Cowboy«, zischte Jennifer, kaum dass die beiden weg waren. »Ich darf nicht während der Arbeitszeit mit dir reden, sonst werde ich noch gefeuert.«

Die Stimme am anderen Ende lachte amüsiert. »Die sollen sich trauen, dir dumm zu kommen, dann kriegt es ihre Tochter von mir auf den Schädel. Die ist sowieso schon nichts als eine Last.«

»Ach, Nigel, das ist nicht fair.«

»Als Sekretärin ist sie eine Niete, und dazu noch verlottert. Sylvia ist wenigstens gut angezogen und gepflegt.«

»Clemmie ist jung.«

»Bist du auch, Jen, und du achtest auf dein Äußeres.«

»Weil ich nie weiß, wann du hier wie John Wayne reinspaziert kommst, deine Waffe in der Hand.«

»Ich hätte gerne *deine* Hand an meiner Waffe.«

»Ist sie geladen?«, kicherte sie.

»Die ist immer geladen und bereit, bei der kleinsten Berührung loszugehen.«

»Oh, du verdorbener Junge. Zurück auf dein Pferd!«

»Kann ich dich heute Abend sehen?«

»Ja.«

»Dann rufe ich auch nicht wieder an.«

»Schreib mir eine SMS. Ich mag sexy Nachrichten.«

»Machen die dich scharf?«, flüsterte er.

»Ja«, hauchte sie.

»Wie heiß?«

»Richtig.«

»Und feucht?«

»Schämen Sie sich, Mr Atwood!«

»Du liebst das.«

»Bis später.«

»Selbe Zeit, selber Ort. Ich gehe meine Waffe polieren.«

»Immer mit der Ruhe, Cowboy. Polier sie nicht zu doll.«

»Keine Bange, mein Schnuckelchen. Ich lass dir das Beste nach.«

Grey war in der Bibliothek und las die *Times*, als Jake zu ihm kam. Wenn er entspannt war, sah er alt und müde aus, und Traurigkeit schwebte über ihm gleich einer dunklen Wolke. Die hob sich, sobald er seinen Sohn bemerkte.

»Ah, Jake«, sagte er und legte seine Zeitung zur Seite.

»Dad, ich habe überlegt, wie man das Geschäft beleben könnte.«

»Aha?«

Jake setzte sich in den großen Ledersessel gegenüber von Grey. »Wir sollten Events veranstalten, Leute herbringen, die gemeinsame Interessen verbinden.«

»An was hattest du gedacht?«

»An literarische Dinner oder so was in der Richtung. Eine Art Club. Die Leute zahlen, um zu Lesungen herzukommen. Hier ist es so ruhig, dass es viele abschreckt. Wir müssen irgendwie für Leben sorgen.«

»Ja, da hast du sicher recht.«

»Ich weiß, dass Submarine ihren Hauskünstler hat.« Er grinste schelmisch. »Eine Woche, wette ich, und er verführt jede Frau in Dawcomb. Das wird ihr eine Lehre sein!«

»Sei nicht so gehässig, Jake. Sie macht gerade eine schwere Zeit durch. Hab ein bisschen Mitgefühl.«

»Entschuldige, aber er ist so offensichtlich ein Playboy.«

»Ich kann mir nicht vorstellen, dass ein Playboy den ganzen Sommer hier sein will.«

»Okay, also kein Playboy, aber ein Weiberheld.«

»Deine Idee finde ich gut«, sagte sein Vater. »Ich schlage vor, dass wir mit einer Lesung anfangen. Überlegen wir, welchen Autor wir einladen könnten, und ich wende mich an den Verleger.« Grey war wirklich angetan von der Idee, denn er liebte Bücher, und es gab viele Autoren, die er gerne kennenlernen würde. »Prima, Jake. Das ist ein genialer Einfall.«

»Ich will nur helfen, Dad.«

»Danke, das weiß ich zu schätzen.« Er sah seinem Sohn nach, als der die Bibliothek verließ, und empfand eine tiefe Dankbarkeit. Könnte doch seine Tochter sich ein Beispiel an ihrem Bruder nehmen und zur Abwechslung mal an jemand anderen als sich selbst denken.

Clementine fühlte sich schlecht behandelt und benachteiligt, dabei gab es so vieles, für das sie dankbar sein sollte. Grey sah allerdings auch ein, dass es sein Fehler war, denn er hatte sie viel zu sehr verwöhnt. Könnte sie bloß einmal über den eigenen Tellerrand schauen, würde sie die Menschen, die sie liebten, vielleicht ein bisschen besser verstehen. Die Dinge waren nicht immer so, wie sie sich oberflächlich darstellten. Er hatte ihre Mutter nicht verlassen, um mit einer Verführerin durchzubrennen, wie Clementine glaubte. Vielmehr hatte er die Hand ergriffen, die sich ihm in seiner tiefen Verzweiflung entgegenstreckte. Sein Unglück war so groß gewesen, dass er beschloss, fortzugehen. Das bedeutete, dass er seine kleinen Kinder zurückließ, doch was hätte er ihnen damals genützt, eingeschüchtert und gebrochen, wie er war? Marina hatte ihn gerettet und ihm neues Leben eingehaucht. Natürlich würde Clementine das nie erfahren, es sei denn, sie fragte ihn nach seiner Version der Geschichte. Dazu würde es wahrscheinlich nicht kommen, und dennoch konnte er bis dahin nichts tun, als ihr seine Hand zu reichen und geduldig abzuwarten, bis seine Tochter sie ergriff.

An jenem Abend saß Clementine mit Joe, Sylvia, Freddie und Sylvias langweiligen Freunden Stewart und Margaret im Dizzy Mariner. Sylvia beherrschte die Unterhaltung, erzählte lustige Geschichten auf ihre schrille Art, wackelte mit ihren Brüsten vor Freddie und ließ niemanden im Zweifel darüber, dass seine Hand unterm Tisch weit oben auf ihrem Oberschenkel war und sich beständig weiter vorwagte. Clementine stürzte ihren Wein hinunter und tat gar nicht erst so, als wollte sie nicht, dass Joe ihr das Glas zum dritten Mal nachfüllte.

Sie beobachtete die Leute um sich herum wie durch eine Glasscheibe. Sylvia benahm sich nur peinlich, Freddie sabberte fast, und Margaret war totenstill. Womöglich war sie tot, denn die Frau saß da, ohne mit der Wimper zu zucken oder einen Mucks von sich zu geben. Wäre sie in London, hätte sie ihresgleichen um sich. Aber hier, in dieser obskuren Einöde, könnte sie, was den Unterhaltungswert betraf, ebenso in einem Kuhstall hocken.

Bis zum Dessert war Clementine richtig abgefüllt. Sie hatte gewollt, dass ihr der Alkohol die Sinne vernebelte. Nun steuerte sie ihre eigenen Geschichten bei, mit denen sie alle noch viel mehr zum Lachen brachte als Sylvia, was der natürlich nicht auffiel, weil sie sich weit mehr für Freddies Wanderhand interessierte. Irgendwann hatte Letztere es so weit nach oben geschafft, wie sie nur konnte. Sylvia sprang auf und schlug vor, dass sie zum Rauchen nach draußen gingen. Clementine wollte nicht mit Joe, Stewart und Margaret zurückbleiben, also stand sie auch auf und legte einen 20-Pfund-Schein auf den Tisch.

Draußen belebte die frische Luft sie ein wenig. Leider kam Joe ihr nachgelaufen und gab ihr das Geld zurück.

»Wieso gibst du mir das?«

»Das Essen geht auf mich.«

»Du musst mich nicht einladen.«

»Möchte ich aber.«

Clementine seufzte. Sie wollte sich ihm nicht noch mehr verpflichtet fühlen als ohnehin schon. »Danke«, antwortete sie verkniffen.

Er nahm sie in die Arme und küsste sie auf den Mund. Es war netter, als sie es erinnerte. »Weißt du noch, dass du gesagt hast, du wärst nicht so eine?«

»Ja.«

Er küsste sie wieder. »Denkst du, du kannst es jetzt sein?«

Sie lachte. »Ich weiß nicht, Joe ...«

»Komm mit zu mir.«

»Ich bin nicht in dich verliebt, das ist dir klar, oder?«

»Ja.«

»Bist du in mich verliebt?«

»Ich mag dich richtig gerne.«

»Tja, das ist immerhin ein Anfang. Aber vielleicht verliebe ich mich nie in dich, und ich will dir nicht das Herz brechen.«

»Lass mein Herz ruhig meine Sorge sein.«

»Na gut. Ich komme mit zu dir.«

»Dann darf ich machen, was du dachtest, das ich gemacht habe?«

Sie lachte träge. »Mal sehen.«

Bei Joe schliefen sie miteinander Clementine war nicht zu betrunken, um es zu genießen. Die Erde bebte nicht, aber es war ziemlich angenehm. Joe schlief noch, als Clementine in den frühen Morgenstunden nach Hause fuhr. Bis dahin war sie hinreichend nüchtern, die engen Landstraßen unfallfrei zu bewältigen. Der Anblick des umgebauten Stallblocks erfüllte sie nicht mit Freude, also ging sie den Weg hinunter zum Strand, wie es Marina so oft tat. Im fahlen Licht sah der Sand golden aus. So weit das Auge reichte hob und senkte sich das Meer, ehe sich sein Glitzern am fernen Horizont mit den Sternen am Himmel vermischte. Clementine stapfte zur Wasserkante, bis die Wellen beinahe ihre Füße erreichten.

Die Schönheit der Nacht machte sie melancholisch. Sie

wollte heulen angesichts der unzähligen Sterne. Etwas zurrte sanft an ihrem Herzen, sodass sie eine Hand an ihre Brust hielt. Es war kein physischer Schmerz, eher ein merkwürdiges Gefühl, das sie nicht erklären konnte.

Sie dachte an Joe. Vielleicht war er das Beste, das sie kriegen konnte. Sylvia hatte vielleicht recht, dass sie nicht auf die große Liebe warten sollte, weil es die nicht gab – zumindest nicht für sie. Und dennoch fühlte es sich heute Nacht an, als ginge ihr das Herz auf und wollte, dass etwas, jemand sich hineinschlich. Sie setzte sich in den Sand und ließ ihre Gedanken in die friedliche Abgeschiedenheit der Bucht treiben. Bald vergaß sie Joe und sank über dem Meeresrauschen in den Schlaf.

7

Toskana 1966

Zum ersten Mal in ihrem jungen Leben war Floriana verliebt. Sie wusste, dass es Liebe war, weil sie so hoch oben schwebte, dass sie fast die Wolken berühren konnte. Sicherlich könnte sie, würde sie die Arme ausbreiten, wie ein Vogel fliegen, geradewegs hinaus übers Meer, wo sie sorglos im Wind segelte. Ach, könnte sie doch fliegen, dann würde sie ein Nest in einer der Pinien von La Magdalena bauen und es für immer zu ihrem Zuhause machen.

Was für einen Tag sie erlebt hatte. Sie konnte es nicht erwarten, Costanza alles zu erzählen. Es war egal, dass ihre Mutter mit ihrem kleinen Bruder fortgegangen und sie bei ihrem hoffnungslosen Vater Elio zurückgelassen hatte. Es war egal, dass er meistens betrunken war und sie auf ihn aufpassen musste, als wäre sie die Erwachsene und er das Kind. Es war egal, dass sie arm war, denn heute waren ihr Reichtümer geschenkt worden, die ihre kühnsten Träume übertrafen. Sie hatte einen Zipfel vom Paradies gesehen, und jetzt wusste sie, ganz gleich, wie unsicher ihr Leben sein mochte, eines stand fest: Sie würde Dante heiraten und in La Magdalena wohnen.

Sie hüpfte den ganzen Weg nach oben zwischen den Wiesen hindurch und freute sich an dem leuchtend roten Klatschmohn, der weich ausschwang, um sie vorbeizulassen. Das Meer war ruhig und so blau wie der Himmel über ihm. Kleine Grillen zirpten fröhlich, unsichtbar im hohen Gras, und Floriana lächelte, weil ihr das Herz überging vor Glück. Schließlich erreichte sie das etruskische Dorf Herba, in dem sie mit ihrem Vater lebte. Vertraute Geräusche klangen durch die Hitze: Das

Bellen eines Hundes, die hohen Kreischlaute spielender Kinder, die Stakkato-Rufe einer Mutter, die mit ihrem Kind schimpfte. Es roch nach uralten Mauern und gebratenen Zwiebeln.

Bald lief sie über die Pflastersteine, vorbei an gelben Häusern mit dunkelgrünen Läden, breiten Torbögen und roten Ziegeldächern auf die Ortsmitte zu. Witwen in schwarzen Kleidern saßen wie fette Krähen in Hauseingängen, tratschten oder hielten ihre Rosenkränze, die Augen geschlossen und unverständliche Gebete murmelnd. Knochige Hunde trotteten durch die Mauerschatten, blieben hie und da stehen, um etwas Interessantes zu beschnüffeln, und lungerten vor der Metzgerei herum in der Hoffnung, einen Bissen zugeworfen zu bekommen.

Floriana bog in die schmale Gasse, die steil den Hügel hinaufführte, und eilte unter den Reihen voller Wäscheleinen hindurch. Eine Frau lehnte sich aus dem Fenster, um ihren tropfnassen Unterrock aufzuhängen, und rief nach Floriana, doch die war zu beschäftigt, um zu winken, und lief weiter, bis sie die Piazza Laconda erreichte, die sich einer riesigen Sonnenblume gleich im Herzen des Dorfes öffnete. Dort, mitten auf dem Platz, stand ein Gotteshaus, das schönste Gebäude von allen, die Chiesa di Santo Spirito.

Inzwischen war Floriana aus der Puste und verlangsamte ihre Schritte auf ein hastiges Gehen. Die Sonne flutete den Platz mit leuchtend goldenem Licht, und Taubenschwärme pickten zwischen den Pflastersteinen nach Krumen oder wuschen sich ihr staubiges Gefieder im Springbrunnen. Ein Restaurant hatte Tische draußen stehen und würzte die Luft mit dem Duft von Olivenöl und Basilikum. Touristen saßen an den kleinen Tischen unter gestreiften Sonnenschirmen, rauchten und tranken Kaffee, während die einheimischen alten Käuze in Westen und mit Schirmmützen auf den Köpfen *Briscola* spielten.

Floriana blieb nicht stehen, um mit irgendjemandem zu plaudern, obgleich sie wegen ihrer berüchtigten Mutter jeder kannte und sie mit derselben Freundlichkeit behandelte wie einen streunenden Hund. Sie ging direkt zur Kirche, um mit dem einzigen Vater zu sprechen, der sie bedingungslos liebte und immer für sie da war, was auch geschah. Sie musste ihm für ihr Glück danken, denn sie fürchtete, dass es ihr sonst genauso wieder weggenommen werden könnte wie ihre Mutter.

Leise schritt sie über den blanken Steinfußboden und inhalierte den schweren Geruch von Weihrauch, gemischt mit dem klebrigen Aroma von schmelzendem Kerzenwachs. Einige Leute knieten betend im Dämmerschatten der Kirchenbänke. Touristen wanderten in T-Shirts umher und unterhielten sich flüsternd über die schönen Fresken und Bilder. Blattgold schimmerte im Kerzenlicht und verlieh den Heiligenscheinen um die Köpfe der Jungfrau Maria, Christus und der Heiligen einen überirdischen Glanz. Floriana fühlte sich hier zu Hause, denn sie kam schon in die Kirche, solange sie denken konnte. Ihre Mutter war sehr religiös gewesen, bis sie sündigte und sich aus Scham von Gott abwandte. Begriff sie denn nicht, dass Jesus die Sünder mit offenen Armen empfing? Floriana sündigte immerzu, zum Beispiel wenn sie heimlich über die Mauer von La Magdalena sah, und sie war stolz und eitel, aber sie wusste, dass Gott sie trotzdem liebte. Vielleicht liebte er sie sogar *deswegen,* denn es war ja bekannt, dass Sein Sohn die Sünder am liebsten hatte. Und Pater Ascanio erst recht, weil er ohne sie keine Arbeit hätte.

Floriana tapste den Seitengang hinunter zum Tisch mit den Kerzen, der an einer Wand rechts vom Kirchenschiff stand. Sie zündete jeden Tag eine Kerze an und betete, dass ihr Vater auch jemanden zum Weglaufen fand, denn sie war es leid, auf ihn aufzupassen. Bisher hörte der liebe Gott ihr nicht zu. Sie hätte gedacht, dass die Jungfrau Maria sie besser verstand, die war sie ja selbst Mutter, doch auch sie schien ihr nicht zuzuhören. Oder die beiden erkannten nicht, dass Florianas Vater völlig nutzlos und eine große Last war. Floriana wäre ohne ihn besser dran, dann könnte sie zu ihrer Tante Zita gehen und bei ihr wohnen. Tante Zita war die Schwester ihrer Mutter, mit Vincente verheiratet und hatte schon fünf Kinder, sodass ein weiteres gar nicht auffallen würde. Sicher würden sie nicht einmal merken, dass sie noch ein Maul zu stopfen hatten, weil Floriana klein war und nicht viel aß.

Mit diesem Gedanken zündete sie ihre Kerze an, um Gott für Dante und La Magdalena zu danken. Sie betete, dass er warten möge, bis sie groß war und ihn heiraten konnte. Dann rutschte sie seitlich in eine Kirchenbank und kniete sich zum Gebet hin. Sie blickte sich zu den anderen Leuten um und wünschte, sie würden gehen, damit Gott hören konnte was *sie* zu sagen hatte. Es musste ihn furchtbar ablenken, wenn so viele Leute auf einmal redeten. Aber die anderen blieben, und so hatte sie keine andere Wahl, als so laut und deutlich zu denken, wie sie konnte.

Sie blieb eine ganze Weile dort, dankte Gott für jeden Baum, jede Blume, jeden Vogel und jede Grille, die sie vormittags gesehen hatte. Sie war sicher, wenn sie ihm ein bisschen schmeichelte, wäre er eher geneigt, sie anzuhören, sobald sie zu ihren Bitten kam. Schließlich betete sie ihre Liste herunter. Sie bat nicht darum, dass ihre Mutter zurückkam, wie sie es sich sonst am meisten wünschte, weil sie das Gefühl hatte, sie dürfte nicht zu viel verlangen, und heute wollte sie viel lieber Dante heiraten als ihre Mutter wiederhaben. Allerdings hoffte sie, dass ihre Mutter das niemals erfuhr.

Als sie fertig war, bekreuzigte sie sich vor dem Altar und lächelte mitleidig zu Christus am Kreuz. Der Arme musste es so leid sein, die ganze Zeit dort zu hängen. Dann ging Floriana.

Sie fand Costanza im Hof ihres Hauses, wo sie im Schatten auf einem Schaukelstuhl saß und las. Costanza wohnte in einem großen Haus auf dem Hügel gleich außerhalb des Dorfs, doch es war genauso heruntergekommen wie ihre einst vornehme Familie. Costanzas Eltern waren Adlige, ein *Conte* und eine *Contessa*, was Floriana, deren Vater ihr Chauffeur war, mächtig beeindruckte. Ihnen gehörte früher einmal ein großer Palazzo in der Via del Corso in Rom und eine Villa am Meer an der Amalfi-Küste, die bei den reichen Leuten so beliebt war. Aber Costanzas

Vater hatte viel Geld verloren, wie, verstand Floriana nicht, und deshalb mussten sie nach Herba ziehen, als Costanza drei Jahre alt war, in das Ferienhaus, in dem sie früher nur einige Wochen lang im Sommer wohnten. Hier lebten sie sehr zurückgezogen und gingen kaum unter Leute. Costanze jedoch war einsam in dem Hügelpalast, und sogar ihre eingebildete Mutter erkannte, dass sie mit Kindern in ihrem Alter zusammen sein sollte. Und so gab die Contessa irgendwann nach und schickte sie zur örtlichen Schule, als Costanza sechs war.

Ihre Freundin mochte ein prächtiges Haus und einen Titel haben, doch Floriana war die Charismatischere von beiden. Nicht nur war sie mit ihrem zarten, kecken Gesicht und den großen Augen hübscher, sie war auch selbstbewusster und klug. Sie hatte stets die besten Ideen, was sie spielen könnten, und schien vollkommen furchtlos, wenn ihre Spiele ein bisschen gefährlich wurden, etwa am Meer oder auf den Klippen.

Costanza war leider nicht mit hübschem Aussehen gesegnet. Ihre Züge waren grob, ihr Körper massig. Sie hatte Angst vor Höhen und vorm Ertrinken, und sie bewunderte den Mut ihrer Freundin, guckte ihr zu, wenn sie alle vor Staunen die Luft anhalten ließ, indem sie etwas Waghalsiges machte, für das die anderen Mütter ihre Kinder schlagen würden. Aber sie war auch neidisch auf Florianas sorgloses Leben. Costanzas Mutter zwang sie, für die Schule zu lernen, ihr Zimmer aufzuräumen und auf ihre Manieren zu achten, während Floriana keiner sagte, was sie machen sollte, und sie tun konnte, was ihr gefiel. Sie hatte Costanza leidgetan, als ihre Mutter davongelaufen war, aber Floriana hatte ihr Mitleid nicht gewollt, ihre sechsjährige Brust gebläht und gesagt: »Wer braucht denn eine Mutter?« Also beneidete Costanza sie stattdessen; sie war zu jung, um das gebrochene Herz hinter der trotzigen Kleinmädchenmiene zu erkennen.

»*Ciao*«, sagte Floriana fröhlich, als sie in den Innenhof kam, wo Zitronenbäume in großen Töpfen wuchsen und Tomaten an der Südmauer reiften.

Costanza blickte von ihrem Buch auf. »*Ciao.*« Dann bemerkte sie Florianas zufriedenes Grinsen und fragte: »Was hast du angestellt?«

»Ich bin verliebt«, antwortete Floriana ungerührt.

»In wen?«

Floriana setzte sich neben sie und stemmte die Fußspitzen ab, um den Stuhl ins Schaukeln zu bringen. »Er heißt Dante.«

»Meinst du Dante Bonfanti aus der Villa La Magdalena?«

»Kennst du ihn?« Floriana wirkte ein bisschen beleidigt.

»Irgendwie ja.« Costanza rümpfte die Nase. In Wahrheit war sie ihm noch nie begegnet, aber ihre Eltern kannten seine, und das zählte beinahe.

»Er hat mir gerade die Gärten gezeigt. Ach, Costanza, das sind die schönsten Gärten, die ich kenne! Ehrlich, schönere gibt's nicht.«

»Klar sind die schön, die haben ja viele Gärtner. Früher in Rom hatte Mamma auch einen großen Garten.«

»Ihr habt hier doch auch einen hübschen Garten.«

»Aber der ist nicht so hübsch gepflegt. Wir haben kein Geld für solche Extravaganzen.« Sie wusste nicht genau, was das Wort bedeutete, aber ihre Mutter sagte es immerzu, normalerweise mit einem Seufzer.

»Die Gärten da sind sehr gepflegt.«

»Weißt du, dass sie eine der reichsten Familien in Italien sind?«

»Wirklich?«

»Dantes Vater, Beppe, ist einer der mächtigsten Männer im ganzen Land.«

Floriana war nicht sicher, wie sie darauf reagieren sollte, daher schwieg sie und wartete, dass Costanza mehr erzählte.

Costanza genoss es, mehr über ihn zu wissen als ihre Freundin. »Dante ist der Älteste«, fuhr sie fort. Dann siegte ihr Neid, und sie ergänzte bösartig: »Er ist so was wie ein Prinz und muss später mal eine Prinzessin heiraten. Es ist zwecklos, dass du dich in ihn verliebst.«

Ihre Worte waren ein Dolchstoß in Florianas Herz. Sie presste eine Hand auf die Stelle, um das Bluten zu stoppen. Im nächsten Moment erinnerte sie sich wieder an Gott und die Kerze, die sie angezündet hatte, und ein kleiner Hoffnungsschimmer linderte den Schmerz.

»Ich will ihn ja gar nicht heiraten«, sagte sie schnippisch und kicherte ein wenig, damit es überzeugender war. Sie war eine Meisterin im Heucheln. »Er sagt, dass ich so oft kommen darf, wie ich will. Seine Eltern sind verreist.«

»Wie alt ist er?«

»Fast achtzehn.«

»Und was will er mit einem Mädchen, das erst zehn ist?«

»Beinahe elf, und er will gar nichts. Ich glaube, er hatte Mitleid mit mir.«

»Wie jeder andere auch. Die haben keine Ahnung, wie stark du bist.« Costanza knuffte sie spielerisch, weil sie sich auf einmal schlecht fühlte, dass sie Florianas Freude gedämpft hatte. »Darf ich nächstes Mal mitkommen? Ich möchte die Gärten auch gerne sehen.«

»Wir gehen morgen hin. Ich habe ihm die eingebrochene Mauer gezeigt, wo ich immer raufkletter, wenn ich spioniere.«

»Kann ich auch spionieren?«

»Klar, wenn du still sein kannst.«

»Ich kann still sein.«

»Und du zischst mich nicht an, wenn ich runterspringe und herumschleiche?«

»Nein, ehrlich nicht.«

»Ich glaube nicht, dass ich herumschleichen muss. Er sagt, dass er nach mir Ausschau halten will.«

»Sollen wir nicht einfach klingeln?«

»Nein, es macht viel mehr Spaß, über die Mauer zu klettern.«

»Wenn ich sage, wer mein Vater ist, lassen sie uns rein.«

»Das müssen wir nicht. Wir klettern über die Mauer und suchen Dante. Wir überraschen ihn. Das macht ihm nichts, denn er ist jetzt mein Freund. Wir gehen morgen früh hin.«

Nachdem das geregelt war, schnappte Floriana sich ein wenig Obst in der Küche und machte sich auf ihren Weg hügelabwärts in den Ort. Die Sonne sank bereits am westlichen Himmel, tauchte alles in einen melancholischen Bernsteinton und warf lange Schatten auf die Sandstraße, über die Floriana hüpfte. Sie aß eine saftige Feige und dachte an Dante. Es machte nichts, dass er eine Prinzessin heiraten müsste, denn die Liebe war wichtiger als Titel. Schließlich heiratete Aschenputtel einen Prinzen, und sie war nur eine Küchenmagd. Floriana liebte La Magdalena mehr als alles andere. Dort gehörte sie hin, in den kleinen Meerjungfrauengarten, auf die Bank am Springbrunnen, wo sie ein Buch las. Es machte auch nichts, dass sie nicht besonders gut lesen konnte, denn das würde sie lernen. Sie war intelligent. Sie könnte alles lernen.

Sie lief die Straßen entlang zu dem großen Torbogen in der gelben Mauer, der früher einmal Zuhause bedeutet hatte. Seit ihre Mutter fort war, war er nur noch die Tür zu dem Haus, in dem sie wohnte. Sie gab ihr einen festen Ruck. Die schwere große Tür führte in einen Innenhof mit Kopfsteinpflaster. Zwischen den Steinen wuchs Unkraut und blühte, bis Signora Bruno es grob zurückschnitt. Signora Brunos verstorbener Ehemann hatte ihr das baufällige Haus mit den kleinen Mietwohnungen hinterlassen. Hübsche Eisenbalkone lagen zum Innenhof und verschönerten ihn hie und da mit Blumentöpfen oder, weit häufiger, mit Wäscheleinen, an denen Kleidung in der Sonne trocknete.

Signora Bruno unterbrach ihr Fegen, als sie das kleine Mädchen kommen sah, und lehnte sich auf ihren Besenstiel. Sie nutzte jede Gelegenheit, ihre Arbeit zu unterbrechen. »Dein Vater ist bei Luigi. Kippt sich bestimmt wieder einen hinter die Binde.« Sie beobachtete Floriana misstrauisch, als das Mädchen hinüber zur Treppe hüpfte und sich auf die Stufen hockte. »Was heckst du aus? Du guckst wie eine Maus, die den ganzen Käse gefressen hat.«

»Ich bin verliebt, Signora Bruno.«

Die Frau blickte in die verträumten Augen des Kinds und lachte, wobei sich das Muttermal an ihrer Wange weit vorwölbte. »Wer setzt dir nur solche Flausen in den Kopf? Ein Kind in deinem Alter, und an so was denken. Liebe!« Sie schnalzte mit der Zunge. »Man liebt, wenn man jung ist und töricht. Bis einem das Herz gebrochen wird und man einsieht, dass man ohne die Liebe besser dran ist.«

»Das ist aber traurig, Signora Bruno.« Floriana sah wirklich mitfühlend aus.

»Wer ist denn der Glückliche?«

»Er heißt Dante Bonfanti.«

Signora Bruno staunte nicht schlecht. »Dante Bonfanti? Wo hast du *den* kennengelernt?«

»Ich habe vom Tor aus sein Haus angeguckt, und da hat mich eingeladen reinzukommen. Die Villa La Magdalena ist der schönste Palast auf der ganzen Welt.«

»An deiner Stelle würde ich mich von denen fernhalten«, sagte Signora Bruno finster. »Die sind keine gute Menschen.«

»Dante wohl«, widersprach Floriana.

»Mag ja sein, aber sein Vater ist ein sehr gefährlicher Mann. Bleib weg von denen. Halt dich lieber hier unten auf, wo du hingehörst.«

»Aber ich liebe ihn!«

Die alte Frau lächelte milde. »Du bist zu jung für die Liebe, und das soll nicht heißen, dass du keine verdient hast. Von allen Kindern in Herba verdient keines mehr, geliebt zu werden, als du.«

Floriana sah auf Signora Brunos dicke Knöchel und die hautfarbenen Strümpfe, die Ringe in ihre Waden drückten, und fragte sich, was mit Signor Bruno war. »Wo ist Ihr Mann?«

»Tot.«

»Das tut mir leid.«

»Mir nicht. Er hat nichts als Arbeit gemacht.«

»Wie mein Vater.«

Signora Bruno gackerte wie eine Henne. »Dein Vater.« Sie

schüttelte den Kopf. »Der ist eine Last für dich, und das ist nicht richtig. Er muss eigentlich für dich sorgen.«

»Glauben Sie, dass er bald stirbt?«

Signora Brunos Gesicht wurde grau vor Mitleid. »Nein, *Cara,* er stirbt nicht so bald.«

»Schade«, sagte Floriana achselzuckend.

»Du willst doch nicht, dass er stirbt, oder?«

Signora Bruno wirkte entsetzt und ein bisschen verwirrt. Sie stellte ihren Besen zur Seite und quetschte ihren weichen Leib zwischen das Kind und das Treppengeländer. »Ich weiß, dass er nicht die Art Vater ist, die du dir wünschst. Er war schon zweimal im Gefängnis und trinkt zu viel. Kein Wunder, dass deine Mutter ihn verlassen hat. Aber dich? Ich weiß nicht, wieso sie dich, ein schutzloses kleines Ding, hiergelassen und deinen kleinen Bruder mitgenommen hat. Ich schätze, er war zu klein, als dass sie ihn bei einem Vater lassen wollte, der sich nicht um ihn kümmern kann.« Sie legte einen Arm um Floriana, die zusammenzuckte. »Sie hätte dich auch mitnehmen sollen. Aber sie hat immer nur an sich selbst gedacht und wohl geglaubt, dass Zita dich nimmt. Dabei taugt ihre Schwester genauso wenig wie sie. Wo ist Zita, wenn du sie brauchst, hä? Die kann ja nicht mal auf ihre eigenen Kinder aufpassen. Ein Kind ist ein Geschenk Gottes, das müsste deine Mutter eigentlich wissen.«

»Haben Sie Kinder?«

»Ja, die sind längst erwachsen und wohnen in Rom.«

»Vermissen Sie sie?«

»Oh ja, *Cara,* das tue ich.«

»Glauben Sie, dass Mamma mich vermisst?«

Signora Brunos Herz stolperte, und sie wusste nicht, was sie sagen sollte. »Das möchte ich wohl meinen, Liebes.«

»Ist eigentlich auch nicht wichtig.«

»Was?«

»Ob sie wiederkommt. Denn jetzt bin ich verliebt, und ich brauche überhaupt keine Mutter.«

»Du redest eine Menge Unsinn, Kindchen.« Signora Bruno tupfte sich die Augen mit ihrem Schürzenzipfel. »Weißt du was? Geh du deinen Vater holen, und ich helfe dir, ihn ins Bett zu packen.«

»Danke.«

Signora Bruno richtete sich mühsam auf. Ihre Knie knacksten hörbar, als sie sich streckte. »Jedes Kind braucht eine Mutter. Du solltest solche Sachen in deinem Alter nicht machen müssen«, seufzte sie.

Floriana folgte Signora Bruno durch den Innenhof. Alles war unwichtig, denn morgen würde sie Dante besuchen.

Floriana fand ihren Vater in Luigis Bar um die Ecke von der Via Roma, in der sie wohnten. Er saß vornübergebeugt an der Bar, ein leeres Glas in der Hand. Luigi wollte ihm nichts mehr zu trinken geben, und er wurde wütend. Floriana ging zu ihm und den anderen Männern, die ihn überredeten nach Hause zu gehen. Sie traten zur Seite, um Floriana durchzulassen.

»*Papà*«, sagte sie und zog an seinem Arm. »Es ist Zeit, nach Hause zu gehen.«

Kalt und fremd sah er mit seinen wässrigen Augen auf sie herab. »Geh selber nach Hause, blödes Gör!«

Luigi und die anderen nahmen sie wütend in Schutz. »So kannst du nicht mit deiner Tochter umgehen, Elio! Geh jetzt nach Hause und sei ein anständiger Vater.« Floriana hatte es schon unzählige Male gehört und schämte sich kein bisschen für ihn. Falls sie überhaupt etwas empfand, dann war es Überdruss, weil sich diese Szene Abend für Abend abspielte. Sie wunderte sich, dass Costanzas Vater ihn noch für sich arbeiten ließ. Hatte er auch Mitleid mit ihr und behielt ihren Vater aus lauter Barmherzigkeit? Jedenfalls konnte Floriana sich nicht vorstellen, dass er mit seinen zittrigen Händen und dem verschwommenen Blick ein guter Fahrer war.

Die anderen Männer bewegten ihn schließlich, mit ihr zu gehen, und beobachteten sorgenvoll, wie das kleine Mädchen ihm hinaus auf die Straße half. Floriana ging ihm ja kaum bis zur Taille. Er stützte sich auf sie, als wäre sie ein Gehstock, brummelte und murmelte unverständlich vor sich hin. Als sie die Tür zu ihrem Haus erreichten, wartete dort wie versprochen Signora Bruno. Sie hängte sich seinen Arm um die Schultern und hievte ihn die schmale Treppe zur Wohnung hinauf. Drinnen ließ sie ihn auf sein Bett fallen. Floriana zog ihm die Schuhe aus, während Signora Bruno die Vorhänge zuzog, wobei sie in einem ein Loch und auf dem anderen einen Flecken bemerkte. Keiner konnte von einem zehnjährigen Kind erwarten, dass es Vorhänge wusch und flickte. Es reichte schon, dass die Kleine ihre Kleidung waschen musste, was Signora Bruno ihr beibrachte, nachdem die Mutter weggelaufen war. »Jetzt musst du die Mutter sein«, hatte sie gesagt, und das kleine Mädchen hatte brav zugehört und versucht, nicht zu weinen. Floriana hatte diese Art, ihren Brustkorb aufzublähen und ihr Kinn zu recken, um stark zu erscheinen.

Signora Bruno sah zu, wie Floriana ihren Vater mit einer Wolldecke zudeckte. Er packte die kleine Hand, und sein Gesicht knautschte sich zusammen wie ein nasses Geschirrtuch. »Vergib mir«, schluchzte er.

»Schlaf jetzt, *Papà*.«

»Ich müsste dir ein besserer Vater sein. Ab morgen ist Schluss mit dem Trinken, ich versprech's.«

»Das sagst du jeden Abend. Das wird langweilig.«

»Deine Mutter ist schuld, weil sie uns verlassen hat. Wäre sie nicht weg, alles wäre gut.«

»Du hast schon getrunken, bevor sie weg ist.«

»Stimmt nicht.«

»Vielleicht ist sie gegangen, weil du trinkst.«

»Du weißt ja nicht, was du redest. Ich liebe sie und unseren Sohn. Wo sind die jetzt? Sehe ich sie jemals wieder? Was ist aus dem Jungen geworden? Bestimmt erinnert er sich gar nicht an mich. Aber ich liebe die beiden, und ich liebe dich. Ich trinke, weil ich den Schmerz meines erbärmlichen Lebens ersäufen muss. Vergib mir, Floriana. Meine kleine Floriana.« Er streckte die Hand nach ihrem Gesicht aus.

»Schlaf, Papà.« Er schloss die Augen, und sein ausgestreckter Arm sank neben ihm aufs Bett. Floriana guckte ihn an. Vergebens suchte sie nach dem Vater, den sie sich ersehnte.

»Hast du genug zu essen?«, fragte Signora Bruno, als sie aus dem Zimmer gingen und die Tür schlossen.

»Ja.«

»Kommst du zurecht?«

»Klar.« Sie zuckte mit den Schultern. »Manchmal denke ich, dass er morgen tot ist.«

»Was würdest du dann machen?«

»Bei Tante Zita wohnen.«

»Die hat schon genug Mäuler zu stopfen.«

»Ich esse ja nicht viel.«

»Aber du wächst, und dann wirst du mehr essen.«

»Wenn ich groß bin, heirate ich und wohne in einem Palast.«

»Als Kleine haben wir alle davon geträumt, in einem Palast zu leben. Und guck dir an, wo ich jetzt wohne. Das ist nicht gerade der Palast meiner Träume.«

»Aber ich habe dafür gebetet.«

»Gott erhört nicht alle unsere Gebete, Floriana.«

»Ich weiß. Aber er schuldet mir was.«

Signora Bruno lächelte. »Tja, wenn das so ist, macht er dich bestimmt zu einer Prinzessin.«

»Sie werden schon sehen«, sagte Floriana strahlend. »Und wenn Sie artig sind, dürfen Sie kommen und für mich arbeiten.«

»Na, vielen Dank, *Signorina!*« Die alte Frau lachte den ganzen Weg die Treppe hinunter. »Das wird hoffentlich bald sein, sonst bin ich schon tot.«

Floriana aß ein Stück Brot und Käse und trank ein Glas Milch. Durch die Wand hörte sie ihren Vater schnarchen und verzog das Gesicht. Er klang wie ein Schwein. Nach dem Essen ließ sie sich ein Bad ein. Wenn sie morgen zu Dante wollte, musste sie so hübsch aussehen, wie sie konnte. Sie schrubbte sich von oben bis unten mit warmem Wasser und wusch ihr Haar. Anschließend kämmte sie es gründlich aus, bis alle Knoten fort waren. Es war schwierig, ein Kleid zu finden, das nicht schmutzig oder zu klein war. Sie entschied sich für ein weißes mit roten Blumen, das sie sonst nie anzog, weil es so schnell Flecken bekam. Sie würde aufpassen, nicht damit auf Bäume zu klettern. Eines Tages würde sie einen Schrank voller hübscher Kleider haben – Tageskleider und Abendkleider – alle sauber, gebügelt und auf seidenbespannten Bügeln in einem Extrazimmer nur für ihre Kleidung. Sie hätte eine Magd, die sich um sie kümmerte und alles in Ordnung hielt.

Floriana setzte sich auf die Fensterbank in ihrem Zimmer und sah hinauf zu den glitzernden Sternen. Wenn sie Dante heiratete, kam ihre Mutter vielleicht wieder, weil sie stolz war, dass ihre Tochter so gut verheiratet war. sie würde in dem kleinen Meerjungfrauengarten sitzen und ihr sagen, wie leid es ihr täte, dass sie weggelaufen war. Und Floriana würde ihr vergeben, weil sie es verstehen konnte.

Das Schnarchen nebenan wurde lauter. Es muss schrecklich gewesen sein, in einem Bett mit einem Mann zu schlafen, der grunzte wie ein Schwein.

8

Am folgenden Morgen gingen die beiden Mädchen durch das Klatschmohnfeld zur Villa La Magdalena. Costanza waren das hübsche Kleid ihrer Freundin und deren schimmerndes Haar gleich aufgefallen, und sie erstickte beinahe vor Neid. In Wahrheit besaß Floriana so wenig, und dennoch schien sie heute Morgen, als sie voller Selbstvertrauen über das Feld schritt, alles zu haben. Mürrisch folgte Costanza ihr.

»Wenn du nicht mitkommen willst, musst du nicht«, sagte Floriana, die stehen blieb und auf Costanza wartete.

»Ich will ja.«

»Dann beeil dich.«

»Wozu die Hetze? La Magdalena läuft doch nicht weg.«

»Aber Dante vielleicht.«

»Seinetwegen hättest du dich übrigens nicht so rausputzen müssen. Für ihn bist du so oder so ein Kind, ob du dein bestes Kleid anhast oder dein übliches.«

»Ich habe mich nicht für ihn rausgeputzt«, entgegnete Floriana.

»Für wen denn dann?«

»Für mich, du Dumme. Signora Bruno sagt, jetzt, wo ich fast groß bin, muss ich besser auf mich achten.«

»Mamma lässt mich nicht aus dem Haus, wenn ich mir nicht vorher die Haare kämme und das Gesicht wasche. Sie ist *so* pingelig.«

Floriana sah Costanza an. In ihrem ordentlich gebügelten Kleid und den sauberen Sandalen sah sie sehr viel gepflegter aus als Floriana. Ihr langes helles Haar war mit blauen Bändern nach hinten gebunden. Es machte wirklich einen gewaltigen Unterschied, eine Mutter zu haben, die für einen sorgte. Floriana ging weiter und schob den Gedanken an ihre Mutter weit von sich.

»Und wenn er nicht da ist?«, fragte Costanza ängstlich.

»Dann schleichen wir uns trotzdem in den Garten. Ich weiß ja jetzt, wo alles ist, weil er es mir gezeigt hat.«

»Und wenn uns jemand entdeckt? Die haben sicher ganz viele Bedienstete.«

»Die haben mich gestern mit ihm gesehen. Jetzt kennen sie mich.«

»Trotzdem rufen sie vielleicht die Polizei.«

»Das machen sie bestimmt nicht. Was können denn zwei Mädchen tun, wovor sie Angst haben? Sehen wir etwa wie Zigeuner aus?«

»Wir können Ärger kriegen. Beppe ist ein sehr mächtiger Mann.«

»Na und? Er ist immer noch ein Mensch wie wir alle. Sei nicht so schissig.«

»Ich bin bloß vernünftig.«

»Dann lass es. Vernünftig sein macht keinen Spaß.«

Schließlich standen sie vor den großen schwarzen Eisentoren und sahen hinein. Am Ende der Zypressenallee leuchtete die Villa kokett auf.

»Das ist wirklich ein schicker *Palazzo*«, sagte Costanza voller Bewunderung.

»Nicht schick. Er ist magisch.«

»Ich habe schon reichlich Häuser wie das gesehen.«

»Ja, hast du bestimmt.«

»Unser Haus in Portofino war ganz ähnlich wie das.«

»Schade, dass dein Vater es verloren hat.«

»Eigentlich nicht. So ein großes Haus macht viel Arbeit.«

»Nicht, wenn man Leute hat, die für einen arbeiten.«

»Ja, natürlich hatten wir Bedienstete. Jede Menge.«

»Hier habe ich gestern Dante getroffen«, sagte Floriana verträumt.

»Jetzt ist er jedenfalls nicht hier.«
»Ach, der kommt noch.«
»Ich finde, wir gehen lieber wieder nach Hause.«
»Du hast Angst.«
»Habe ich nicht. Ich finde es bloß nicht besonders toll, hier am Tor zu stehen wie streunende Hunde.«
»Wenn er nicht kommt, klettern wir über die Mauer.«
»In unseren Kleidern?«
»Nein, nein, die ziehen wir aus.«
Costanza war entsetzt. »Sie ausziehen!«
»Ja, wir ziehen sie aus, werfen sie über die Mauer und klettern rüber. Drüben ziehen wir sie wieder an, ganz einfach.«
»Du veralberst mich.«
»Nein. Komm mit, ich zeig's dir.«
Floriana lief sorglos weiter an der Mauer entlang, die sie so gut kannte, bis sie jenen Teil erreichten, wo das obere Stück eingefallen war, sodass sie hinaufklettern konnten. »Von oben können wir in den Garten gucken. Der ist richtig schön.«
»Ich will nicht da raufklettern. Wenn ich mir mein Kleid zerreiße, bring Mamma mich um.«
»Dann zieh es aus.« Costanza sah entgeistert zu, wie Floriana ihr Kleid abstreifte und nackt bis auf eine vergilbte weiße Unterhose vor ihr stand. Sie hatte noch den Körper einer Achtjährigen. Costanza hingegen war rundlicher und bekam bereits Brüste.
»Das tue ich nicht«, sagte sie, als Floriana einen kleinen Tanz aufführte, um sie zu quälen.
»Es fühlt sich toll an, nichts anzuhaben. Mach schon, das ist lustig!«
»Du bist zu alt, um nackig herumzuhüpfen.«
»Meinetwegen. Dann lass es.« Floriana hörte auf zu tanzen und warf lachend ihr Kleid über die Mauer. »Weg ist es. Ich hoffe, drüben ist kein Hund!« Wie ein Affe stieg sie die Mauer hinauf. Oben hockte sie sich stolz auf die Steinkante und grinste ihrer Freundin zu. »Ich geb dir die Hand. Komm schon!«

Costanza griff nach oben und nahm Florianas Hand. »Steck deinen Fuß in das Loch da und zieh dich rauf.«

Sie tat es, und kletterte sehr langsam und vorsichtig nach oben zu ihrer Freundin.

»Ich kann nicht glauben, dass du das gemacht hast«, japste Costanza und strich sich ihr Kleid glatt. »Wenn dich jemand sieht!«

»Wer soll mich denn sehen?«

»Ich«, antwortete eine tiefe Stimme von der anderen Seite der Mauer. Floriana blickte hinunter und sah Dante, der ihr das Kleid hinhielt. »Ich gucke aber nicht hin«, sagte er und schirmte mit der freien Hand seine Augen ab. Lachend und nicht die Spur verlegen nahm Floriana ihr Kleid, stieg hinein und zog es sich über die Schultern. »Darf ich jetzt wieder gucken?«

»Na klar darfst du«, antwortete sie und knöpfte ihr Kleid zu. »Da gibt's sowieso nichts zu sehen.«

Costanza war rot bis zu den Haarwurzeln, denn sie malte sich aus, wie furchtbar es wäre, hätte sie auf ihre übermütige Freundin gehört und *ihr* Kleid ebenfalls ausgezogen und über die Mauer geworfen. Es war schon schlimm genug, dass sie uneingeladen das Grundstück betrat.

»Wer ist deine Freundin?«, fragte Dante und sah Costanza an.

»Costanza Aldorisio«, stellte Floriana sie vor.

»Kenne ich deine Eltern nicht?«

»Ja«, antwortete Costanza.

»Conte Carlo Aldorisio?«

»Ja«, flüsterte sie unsicher.

»Tja, dann steht nicht den ganzen Vormittag da oben. Ich helfe euch runter.« Er streckte ihnen die Hände entgegen, die Floriana ohne Zögern ergriff, und half ihr, aufs Gras zu hüpfen.

Costanza nahm seine Hände nur sehr schüchtern und schrecklich verlegen. Er sah so hübsch aus, dass sie Floriana nicht verdenken konnte, dass sie sich in ihn verliebt hatte. Sie hatte in ihrem ganzen Leben noch keinen Jungen gesehen, der besser aussah. Als sie heruntersprang, wurde ihr erstmals bewusst, wie viel schwerer sie im Vergleich zu Floriana sein musste.

»Du bist also die kleine Costanza Aldorisio«, sagte er grinsend. »Wir sind uns schon begegnet, aber daran wirst du dich nicht erinnern, weil du noch so klein warst.«

»Wirklich?«

»Du warst mit deinen Eltern hier.« Sie nickte stumm. »Spionierst du uns auch aus?«

Costanza wurde noch röter. »Nein, ich nicht. Nur Floriana.«

»Dann bist du der einsame Spion?«, fragte er Floriana.

»Nur weil keiner euren Garten mehr liebt als ich.«

»Ja, da dürftest du recht haben.«

»Können wir wieder in den Teil mit dem Laubengang? Ich möchte ihn gerne Costanza zeigen.«

»Sicher, das können wir.«

In dem Moment kam Gute-Nacht aus den Bäumen herbeigetrottet. Costanza quiekte vor Angst, als der Hund sie entdeckte und aufgeregt angelaufen kam.

»Gute-Nacht!«, rief Floriana und bückte sich, um ihren Freund mit offenen Armen zu empfangen.

»Hab keine Angst, Costanza«, sagte Dante, der eine Hand auf Costanzas Schulter legte. »Er ist ganz freundlich.« Costanza beobachtete, wie der Hund sich in Florianas Arme stürzte und sie fast umwarf.

»Ist er nicht niedlich! Guck nur, er leckt mich wieder ab!«

»Magst du keine Tiere?«, fragte Dante ihre Freundin.

»Nein.«

»Ich mag alle Tiere«, schwärmte Floriana. »Am liebsten würde ich selbst einen Hund haben, der immer bei mir ist und mich ganz doll liebhat. Das wäre schön.«

»Du darfst Gute-Nacht jederzeit ausleihen«, sagte Dante, der ihre Begeisterung ansteckend fand. »Kommt, gehen wir in Mutters Garten.«

Er schob seine Hände in die Taschen und schlenderte voraus in Richtung des Hauses. Gute-Nacht schien etwas in den Büschen zu bemerken, denn der Hund stellte die Ohren auf, reckte den Schwanz in die Höhe und flitzte auf die Sträucher zu. Floriana lächelte ihrer Freundin zu, als wollte sie fragen, »Hab ich nicht gesagt, dass er klasse aussieht?«, und Costanza erwiderte ihr Lächeln nervös. Sie fühlte sich ein wenig besser, nachdem sie richtig vorgestellt worden waren.

Sie spazierten durch die Gartenanlagen, bewunderten die Marmorstatuen und die perfekt in Form gestutzten Hecken. Einige Gärtner arbeiteten in den Gärten, wässerten die Pflanzen, bevor die Sonne zu heiß wurde, und jäteten Unkraut. Die unerwünschten Pflanzen warfen sie in ihre Schubkarren. Als sie Dante sahen, unterbrachen sie ihre Arbeit, nahmen die Hüte ab und nickten ehrfürchtig. Floriana bemerkte es und war stolz, dass sie neben solch einem wichtigen Mann ging.

Dante schmunzelte vor sich hin, während die beiden Mädchen aufgeregt plapperten. Costanzas Nervosität war verflogen, und sie ließ sich von Floriana alles zeigen, als gehörte ihr das Anwesen bereits. Im Meerjungfrauengarten setzte Floriana sich hin und verkündete, dies wäre ihr Lieblingsplatz, weil sie die Vögel in den Bäumen sowie das Wasserplätschern des Brunnens hörte und die Sonne auf ihrem Gesicht fühlte.

»Dies ist der Himmel«, sagte sie schlicht, lehnte sich zurück und schloss ihre Augen. »An einem wunderbaren Ort wie dem hier muss der liebe Gott wohnen, nicht? Also, wenn er nicht in der Kirche ist.«

Dante lachte und setzte sich zu ihr auf die Bank. »Vielleicht ist die Kirche sein Arbeitsplatz, wie bei anderen das Büro, und hierher kommt er, um weg von all den Leuten zu sein, die unmögliche Bitten an ihn haben.«

»Meine Bitten sind nicht unmöglich«, sagte Floriana. »Ich würde nie zu viel von ihm verlangen.«

»Und worum bittest du ihn, *Piccolina?*«

Sie lächelte geheimnisvoll. »Das darf ich dir nicht sagen. Wenn ich es dir verrate, muss ich dich hinterher töten.«

»Na, dann sag's mir lieber nicht.«

»Sie bittet, dass ihre Mutter wiederkommt«, platzte Costanza heraus, die sich inzwischen sicherer fühlte und ein bisschen eifersüchtig war, dass er Floriana gerade »Kleine« genannt hatte, als würde er sie schon lange kennen und sehr gern haben. Costanza setzte sich auf eine der anderen Bänke.

»Wo ist deine Mutter?«

»Sie ist mit einem Mann weggelaufen, den sie auf dem Markt kennengelernt hat«, antwortete Floriana unbekümmert. Da sie Dante heiraten würde, konnte er ruhig alles über sie wissen.

»Das tut mir leid.«

»Mir auch. Früher habe ich mir gewünscht, dass sie mich mitgenommen hätte, aber dann wäre ich jetzt ja nicht hier.«

Er sah sie erstaunt an. »Bist du lieber hier als bei deiner Mutter?«

»Ja, natürlich. Ich glaube nicht, dass meine Mutter so einen Garten wie den hier hat. Es kann allerdings sein, dass sie Weinreben hat, denn der Mann, mit dem sie weggelaufen ist, hat Tomaten verkauft.« Sie lachte, als wäre es unbedeutend.

»Dann lebst du bei deinem Vater?«

»Er ist der Fahrer von meinem Vater«, erklärte Costanza hochnäsig.

»Er taugt nichts«, sagte Floriana.

Dante runzelte die Stirn, weil sie auf einmal traurig wirkte. »Komm, ich möchte dir etwas zeigen.« Er stand auf. »Eine Überraschung.«

Floriana schüttelte den Gedanken an ihren Vater ab und lächelte wieder. »Überraschungen mag ich«, sagte sie strahlend.

Die Mädchen folgten ihm durch die Pforte in der Mauer hinaus in den Statuengarten, von dem aus eine elegant geschwungene Steintreppe hinauf zum Haus führte. Ein Mann in einer grünen Latzhose harkte den Kies, den Kopf mit einem breitkrempigen Hut vor der Sonne geschützt. Ein anderer wässerte die Randbeete mit einem Schlauch. Auf der Balustrade döste eine graue Katze, und Floriana lief hin, um sie zu streicheln. »Ist das deine?«

»Eigentlich gehört er keinem«, antwortete Dante. »Noch ein Streuner.«

»Du hast Glück. Ich würde auch gerne einen Streuner aufnehmen.«

»Ich denke, du könntest ihn aufnehmen, nur würde er wieder hierherkommen, wo er sicher ist, dass man ihn füttert.«

»Nein, ich nehme ihn dir doch nicht weg. Hier ist er ein kleiner Prinz, der unten vorm Palast schläft. In unserer engen Wohnung wäre er nur unglücklich.«

»Dein Vater würde ihm das Fell abziehen«, sagte Costanza.

»Nein, würde er nicht«, widersprach Floriana trotzig. »Aber er würde ihn nicht mögen.«

Dante beobachtete Floriana fasziniert. Sie war selbst wie eine streunende Katze: eine kühne, unabhängige kleine Katze, die im Grunde wartete, dass jemand für sie sorgte. Er ging weiter zur anderen Seite des Gartens, wo sich hinter einer uralten Steinmauer ein Olivenhain befand. Zwischen den Olivenbäumen standen Feigen- und Apfelbäume, Kirsch- und Orangenbäume und riesige Terrakottatöpfe mit Deckeln, die einst zum Lagern von Früchten benutzt wurden. Der Boden war übersät von kleinen gelben Blumen, die aus dem hohen Gras lugten, und an der Mauer wuchsen schnörkelig verdrehte Eukalyptusbäume, die rheumatischen Greisen gleich die Gartengrenze bewachten.

»Das ist eine tolle Überraschung!«, rief Floriana, die sichtlich begeistert war, ein weiteren schönen Garten zu entdecken.

»Die Überraschung hast du noch nicht gesehen«, entgegnete Dante lachend und schaute sich suchend um. »Ah, da ist er ja!«

Floriana und Costanza folgten seinem Blick zu einem majestätischen Pfau, der auf dem Boden pickte. Sein blaues Brustgefieder glänzte wie Öl.

»Ich habe dir ja gesagt, dass es in diesem Garten seltene Vögel gibt«, sagte Floriana. »Er ist wunderschön. Hat er einen Namen?«

»Nein, er ist einfach der Pfau.«

»Na, wenn du zu faul bist, dir einen Namen für ihn auszudenken, überlege ich mir einen.« Sie kniff die Augen zusammen, dachte nach und grinste triumphierend. »Michelangelo.«

»Ein bisschen protzig, findest du nicht?«

»Ja, aber nicht für einen prächtigen Pfau. In diesem Palastgarten muss er sich behaupten, und das kann er am besten mit einem berühmten Namen.«

»Beißt der?«, fragte Costanza ein wenig ängstlich.

»Ich glaube nicht, dass er dich nahe genug an sich heranlässt«, antwortete Dante.

Floriana ignorierte die beiden und näherte sich leise dem Pfau, eine Hand ausgestreckt.

»Vorsichtig, *Piccolina*.«

Dante und Costanza sahen zu, wie Floriana auf den Vogel zuschlich. Michelangelo hob den Kopf und beäugte sie misstrauisch. Als sie noch näher kam, machte er einen Schritt auf sie zu, neugierig, was sie in der Hand halten mochte. Mit ruckenden Bewegungen musterte er sie, während Floriana ermunternd auf ihn einflüsterte und näher schlich.

Dann war sie bei ihm. Der Pfau versteifte sich, hackte jedoch nicht nach ihr, als sie sanft mit den Fingern über seine stolze Brust strich und die kleinen Federn glättete, die sich wie Pelz anfühlten.

»Ich glaube, er mag dich«, sagte Dante. Costanza wünschte, sie hätte nicht solche Angst. In diesem Augenblick entfaltete der Vogel seinen prächtigen Schwanz zu einem riesigen Fächer.

»Jetzt ist bewiesen, dass er dich mag!« Dante lachte.

»Du bist ein ganz besonderer Vogel, was, Michelangelo?«, flüsterte Floriana. »Ich glaube, ihm gefällt sein neuer Name.«

»Er ist sehr würdevoll.«

»Besser als Pfau. Wie würdest du es finden, wenn du Mann genannt wirst.«

»Nicht sehr gut.«

»Er mag Michelangelo.« Sie kniete sich ins Gras und legte eine Hand auf den Rücken des Pfaus. Der Vogel genoss ihr

Streicheln für eine kurze Weile, ehe er wegging. »Es ist genug für ihn«, sagte sie. »Wie verträgt er sich mit dem Kater?«

»Geht so«, antwortete Dante. »Aber er mag den Kater nicht halb so gerne wie dich.«

Sie schlenderten durch den Obstgarten, wobei Michelangelo ihnen in einigem Abstand folgte. Er war ebenso neugierig auf Floriana wie Dante.

»Meine Schwester kommt für eine Woche mit ein paar Freundinnen her. Besucht uns und schwimmt mit im Pool«, schlug Dante vor.

»Oh nein, ich glaube nicht, dass wir das sollten«, sagte Costanza rasch.

»Wieso nicht?«, fragte Floriana. »Ich möchte deine Schwester kennenlernen. Wie alt ist sie?«

»Sechzehn. Ich habe noch eine, die ist dreizehn, Giovanna. Sie ist mit meinen Eltern in Mexiko.«

»Dann ist sie nur wenig älter als wir«, sagte Floriana zu Costanza.

»Ich finde, wir dürfen uns nicht aufdrängen. Vor allem nicht, wenn Giovanna nicht hier ist.«

»Damiana freut sich sicher, euch hier zu haben. Sie mag es, jüngere Kinder herumzukommandieren.«

»Ich weiß nicht ...«, murmelte Costanza unsicher.

»Ihr könnt wohl schlecht die ganze Zeit auf der Mauer sitzen und spionieren.« Dante zwinkerte Floriana zu. »Was hältst du davon, wenn ich deine Mutter anrufe und dich offiziell einlade?«

Costanza war so erleichtert, dass ihre Schultern einsackten, und sie lächelte. »Oh ja, bitte.«

»Und du, *Piccolina,* wen soll ich bei dir anrufen?«

»Keinen«, antwortete sie leichthin.

»Keinen?«

»Nein.« Sie zuckte mit den Schultern. »Es kümmmert keinen.« Dante blickte in ihr keckes kleines Gesicht, das ihn trotzig ansah, und stellte fest, dass es ihn auf eine brüderliche Weise durchaus kümmerte.

Dante hielt Wort und rief am Abend Costanzas Mutter an. Sie war entzückt, dass ihre Tochter nach La Magdalena eingeladen wurde, um mit seiner Schwester Damiana im Swimmingpool zu baden, und Dante schlug vor, dass sie ihre Freundin Floriana als Gesellschaft mitbrachte.

»Sie ist die Tochter von Carlos Chauffeur«, erklärte die Contessa überheblich, als wollte sie sich für die unangemessene Herkunft des Kindes entschuldigen. »Sie ist ein niedliches Ding, und Costanza hat sie gerne um sich. Ich dulde sie um meiner Tochter willen, obwohl ich es vorziehen würde, wenn sie sich jemanden von ihrem Stand suchte.«

»Sie ist herzlich eingeladen«, sagte Dante, den die Arroganz der Frau zum Schmunzeln brachte.

»Ich schicke unser Mädchen mit ihnen.«

»Selbstverständlich.«

»Und danke bitte Damiana für die Einladung.«

»Das werde ich.«

»Hoffentlich machen sie keine Umstände.«

»Natürlich nicht. Es wird uns ein Vergnügen sein, sie hier zu haben. Ich hoffe, dass sie so oft kommen, wie sie mögen.«

»Wie überaus freundlich. Es ist eine Wohltat, dass Costanza mit den richtigen Leuten Umgang pflegt. Richte deinen Eltern meine besten Grüße aus. Es ist lange her, seit wir sie zuletzt gesehen haben. Kommen Sie über den Sommer her?«

»Das bezweifle ich. Sie machen eine Rundreise durch Südamerika mit Giovanna.«

»Was für ein Jammer, dass sie den Sommer verpassen.«

»Mutter hasst die Sonne. Sie lässt ihre Haut altern.«

»Stimmt, sie ist sehr hellhäutig.«

»Dann erwarten wir die Mädchen morgen.«

»Danke. Ich weiß, dass Costanza sich sehr darauf freut.«

Am nächsten Morgen trafen die Mädchen in Begleitung von Graziella, der Magd, vor dem großen Tor ein. Graziella war eine dunkle kleine Frau, rund wie eine Teekanne und in eleganter blassrosa Uniform mit sauberen weißen Schuhen. Einer der Gärtner öffnete ihnen und begleitete sie die Zypressenallee hinauf zum Haus. Floriana hüpfte fröhlich über die Schatten, in Gedanken ganz bei Dante und dem Tag mit ihm, der so aufregend zu werden versprach.

Costanza hingegen war nervös, weil sie Fremde kennenlernen sollte, die noch dazu so viel älter als sie waren, und sie einen Badeanzug tragen müsste. Könnte sie doch nur so furchtlos wie ihre Freundin sein! Doch ihre Sorge war unbegründet. Sie wurden direkt nach unten zum Swimmingpool gebracht, der am Ende eines langen Weges in den Felsen überm Meer lag. Dort sonnten sich vier Mädchen in knappen Bikinis in einem Laubengang auf breiten Liegen, tranken etwas aus hohen Gläsern und lasen in Zeitschriften, während sie sich bräunten. Bob Dylan sang aus der kleinen Hütte am anderen Ende, wo es eine Bar, hohe Hocker und Umkleidekabinen gab.

Dante war im Wasser am Rand des Swimmingpools und plauderte mit den Mädchen. Als er die Kinder bemerkte, winkte er und rief ihnen zu. Damiana setzte sich auf und winkte ebenfalls, wobei ein Lächeln auf ihrem schönen Gesicht erblühte. Unter dem großen Sonnenhut war ihr blondes Haar zu einem Zopf gebunden, und goldene Armreifen funkelten an ihren Handgelenken. Sie stand auf und kam in ihrem knappen weißen Bikini um den Pool herum zu den Mädchen.

»Dante hat mir schon so viel von dir erzählt«, sagte sie zu Floriana, bevor sie sich zu Costanza wandte. »Und ich glaube, *wir* beide kennen uns von früher.«

Costanza fühlte sich herrlich wichtig und antwortete, dass ihre Eltern sich kennten.

»Geht euch doch eure Badeanzüge anziehen, und kommt zu uns. Möchtet ihr etwas trinken?«

»Für mich nicht, danke«, sagte Costanza, die zu schüchtern war, als dass sie um irgendwas bitten wollte.

»Ich hätte gerne was«, antwortete Floriana kühn.

»Und was möchtest du?«

»Was gibt's denn?«

Damiana grinste amüsiert. »Komm und sieh selbst. Wir haben eine ganze Bar für uns.« Sie ging voraus in die Hütte, in der Graziella schon saß und sich befächelte. Ein Diener in einem vornehmen schwarzen Anzug und weißem Hemd stand hinter der Bar. Costanza fand, dass er aussah, als wäre ihm sehr heiß. »Primo kann dir einen Saft machen.«

»Such dir aus, welche Frucht du möchtest«, sagte Primo zu Floriana.

»Das ist ja schön.« Floriana kletterte auf einen der Barhocker. »Willst du nicht auch einen, Costanza?«

»Na gut.« Sie war froh, dass ihre Freundin sie überredete, denn sie hatte wirklich Durst.

Die Umkleidekabinen waren sehr elegant, mit zwei Toiletten, Marmorwaschbecken und Regalen unter großen, hübschen Spiegeln, auf denen lauter Lotionen und Parfümflakons aufgereiht waren. Die Mädchen hängten ihre Kleider an die Haken und stellten ihre Schuhe ordentlich auf die Holzbank darunter. Aufgeregt schlüpften sie in ihre Badeanzüge.

»Ist sie nicht elegant?«, flüsterte Costanza. »Hast du gesehen, wie dünn sie ist? Und ihr Bikini ist winzig. Sie zeigt fast alles!«

»Sie ist wie ein Engel«, antwortete Floriana, die ihre Träger über die Schultern zog.

»Sie ist nett.«

»Ich glaube, jeder muss nett sein, wenn er in so einem Palast wohnt.«

»Stimmt. Hier kann man ja wohl schlecht unglücklich sein.«

»Nein, niemals.«

»Gehst du gleich schwimmen?«

»Natürlich«, sagte Floriana. »Mir ist furchtbar heiß.«

Costanza erschauderte nervös. »Gut, dann gehe ich auch ins Wasser.«

Als sie mit ihren Saftgläsern aus der Hütte kamen, wartete Damiana schon auf sie, die ebenfalls ein Glas in der Hand hielt. Sie hatte sich mit Graziella unterhalten. Das Hausmädchen war bass erstaunt, dass die junge Dame sich herabließ, mit ihr zu sprechen, und ihre dunkelbraunen Wangen waren deutlich gerötet. »Na dann, Mädchen, jetzt stelle ich euch meinen Freundinnen vor. Meinen albernen Bruder kennt ihr ja schon, also stelle ich euch den nicht vor.« Sie folgten ihr um den Swimmingpool zu den Sonnenliegen, wo ein Diener in weißen Shorts und einem Polohemd zwei weitere Liegen aufstellte, Badelaken über den Polstern ausbreitete und zusätzliche Handtücher zusammengefaltet auf die Fußenden legte. Floriana beobachtete alles und wollte platzen vor Glück.

Die anderen drei Mädchen sahen von ihren Zeitschriften auf und lächelten. Damiana stellte sie als Maria, Rosaria und Allegra vor. Sie waren alle hübsch, hatten schlanke Figuren und makellose Haut. Aber keine von ihnen war so schön wie die Gastgeberin, die genauso wie ihr Bruder einen besonderen Glanz besaß.

»Was ist, kommt ihr ins Wasser?«, fragte Dante aus dem Pool. »Hier drinnen ist es herrlich.« Floriana musste nicht überredet werden. Sie stellte ihr Saftglas auf den kleinen weißen Tisch neben ihrer Liege und warf ihr Handtuch auf den Boden. Mit einem großen Satz sprang sie geradewegs ins Becken. Costanza blieb scheu zurück.

»Das ist die kleine Streunerin, *l'orfanella*«, hörte sie Damiana zu ihren Freundinnen sagen, während Floriana zu Dante hinüberschwamm.

»*Poverina!*«, seufzte Allegra mitfühlend.

»Schrecklich, keine Mutter zu haben«, pflichtete Maria ihr bei.

»Lieber eine tote Mutter als eine, die einen nicht will«, sagte Rosaria und zündete sich eine Zigarette an.

»Dante hat sie gerettet«, erzählte Damiana. »So ist er nun mal. Gibt es im Umkreis von zehn Kilometern einen verletzten Hund, findet er ihn, bringt ihn nach Hause und kümmert sich um ihn. Er fühlt einen Vogel mit gebrochenem Flügel auf hundert Schritt Entfernung.«

»Und *sie* da?«, flüsterte Allegra mit einem Nicken zu Costanza. Costanza tat, als hörte sie nichts.

»Sie ist die Tochter von Contessa Aldorisio.«

»Sehr adlig«, sagte Rosaria beeindruckt.

»Der Vater von der kleinen Streunerin ist der Chauffeur vom Conte.«

»Wie niedlich von Costanza, sich mit ihr anzufreunden«, sagte Allegra. »Das müsste sie nicht.«

Diese Bemerkung machte Costanza stolz. Sie reckte die Nase und sprang ins Wasser. Es tat gut zu wissen, dass die anderen sie nicht für ein einfaches Mädchen wie Floriana hielten, sondern für eine von ihnen. Als sie zu ihrer Freundin schwamm, lächelte sie glücklich. Es war richtig, dass sie hier war. Und für Floriana freute sie sich sehr.

9

Der Tag war ein solcher Erfolg, dass Damiana die Mädchen gleich für den nächsten wieder einlud. Sie rief die Contessa an, die beinahe weinte vor Glück, weil ihre Tochter von einer der reichsten Familien Italiens empfangen wurde. Und sie schickte Graziella wieder mit den Mädchen. Ohne ihre Eltern genoss Damiana es, die Gastgeberin zu spielen. Sie aßen auf der Terrasse ein Mittagessen, das sie mit dem Koch abgesprochen hatte, tranken Wein aus dem Keller ihres Vaters und rauchten.

Floriana steckte voller Geschichten und brachte alle zum Lachen, bis sie Seitenstiche bekamen. Sie machte sich über ihren Vater und Signora Bruno lustig und äffte die beiden erbarmungslos übertrieben nach. Humor war die einzige Art, wie sie mit dem Elend umgehen konnte, das ihr Vater verursachte.

Costanza war still, scheinbar zufrieden damit, dass ihre Freundin im Mittelpunkt stand. Gute-Nacht lag zu Florianas Füßen und futterte zufrieden die Bröckchen, die sie ihm heimlich unter dem Tisch gab. Dante bemerkte es, sagte aber nichts. Nach dem Mittagessen verschwanden die beiden jungen Gäste im Olivenhain, um mit Michelangelo zu spielen. Sobald sie außer Hörweite waren, redeten die anderen über sie. Sie waren sich einig, dass es sie nichts kostete, wenn die Kinder auf dem Anwesen spielten und im Swimmingpool badeten. Vor allem aber fragten sie sich, was für eine Mutter weglaufen und eine solch entzückende Tochter wie Floriana zurücklassen konnte. Keiner verstand, warum sie die Kleine nicht mitgenommen hatte. Damiana gewann sie jetzt schon lieb. Floriana hatte sich ebenso in ihr Herz gestohlen wie zuvor in Dantes, und deshalb war Damiana mehr als gewillt, die kleine Streunerin unter ihre Fittiche zu nehmen.

Am nächsten Tag kamen die Mädchen wieder mit Graziella, tags drauf dann allein. Die Contessa fand, sie wären inzwischen hinreichend vertraut mit der Hausherrin, um ohne Begleitung hinzugehen. Von da an verbrachten sie die meisten Tage in La Magdalena, mal die Vormittage, mal die Nachmittage, waren jedoch nie eine Last für Dante und Damiana. Die Geschwister hatten die Mädchen gerne bei sich. Sie waren wie ein paar mehr Streuner, die gut in die bereits vorhandene Menagerie passten. Sie beschäftigten sich allein und mussten nicht unterhalten werden. Das Spielen in den Gartenanlagen wurde ihnen nie langweilig. Sie erkundeten sämtliche Winkel, beobachteten heimlich die anderen, wenn sie am Pool lagen, und fragten die Gärtner nach den Namen der Blumen und Bäume. Floriana tollte mit Gute-Nacht und trug den Kater auf ihren Armen umher. Michelangelo war entschieden zu stolz, seine wachsende Zuneigung zu dem Mädchen allzu offensichtlich zu machen, ließ sich von ihr den Bauch streicheln und folgte den beiden ostentativ desinteressiert in einigem Abstand.

Die Tage verstrichen in einem herrlichen Sommerflirren. Floriana scherte sich nicht mehr darum, dass ihr Vater sich Abend für Abend in Luigis Bar betrank, und wenn sie nicht gerade in La Magdalena war, spielte sie mit Costanza bei ihr zu Hause – unter Aufsicht der missmutigen Contessa.

»Musst du Floriana jedes Mal mitnehmen, wenn du zu den Bonfantis gehst?«, fragte sie ihre Tochter eines Abends, nachdem Floriana nach Hause gegangen war.

»Warum?«

»Weil, mein Liebes, sie nicht zu unserem Stand gehört. Es ist unangemessen. So freundlich es auch sein mag, dass sie das Mädchen dulden...«

»Wenn ich sie nicht mitnehme, habe ich keinen zum Spielen.«

»Was ist mit der jüngeren Tochter? Wie heißt sie noch gleich?«

»Giovanna. Aber die ist in Mexiko. Ich glaube nicht, dass sie diesen Sommer herkommt.«

»Na schön. Du darfst Floriana mitnehmen, sofern es ihnen wirklich nichts ausmacht, bis Giovanna zurück ist. Dann musst du allein hingehen und dich mit Giovanna anfreunden. Hast du verstanden?«

»Ja, Mamma.«

»Es ist zu deinem Besten, mein Kind. Gewiss ist es nicht verkehrt, dass du eine kleine Freundin im Ort hast, mit der du spielen kannst, doch jetzt, wo du größer wirst, solltest du mit deinesgleichen Umgang pflegen. Ich weiß ja, dass es die Schuld deines Vaters ist, dass du hier aufwächst und die örtliche Schule besuchen musste. Hätte er nicht solche dummen Entscheidungen getroffen, würden wir in Rom leben und du hättest Freundinnen aus deinen Kreisen.«

»Ich mag Floriana.«

»Sie ist recht niedlich, ohne Frage, und es ist ein himmelschreiendes Unglück, um es milde auszudrücken, dass ihre Mutter weggelaufen ist und sie bei diesem unsäglichen Elio gelassen hat. Aber du darfst nicht vergessen, wer du bist, meine Liebe, niemals darfst du das vergessen. Eines Tages wirst du heiraten und auf einem Anwesen wie La Magdalena wohnen, das verspreche ich dir. Dafür werde ich sorgen. Wenn du dich jedoch ständig mit Mädchen wie Floriana umgibst, endest du wie sie, und das willst du doch sicher nicht.«

»Floriana will Dante heiraten«, verriet Costanza.

Die Contessa fand den Gedanken derart absurd, dass sie lachte. »Nun, träumen kostet ja nichts«, sagte sie und wischte sich die Augen. »Sie denkt, dass sie wie du ist, Costanza. Da siehst du es: Eure Freundschaft schadet euch beiden, wenn auch auf unterschiedliche Weise. Solche Träume können nur mit Enttäuschungen enden. Armes Kind.« Sie seufzte und setzte sich wieder in den Schatten, um ihre Illustrierte zu lesen. Doch sie nahm die Worte gar nicht recht wahr, weil sie in Gedanken ganz bei Dante und der Überlegung war, dass eine künftige Verbindung zwischen ihm und ihrer Tochter nicht gänzlich ausgeschlossen war. Costanza könnte durchaus sein Interesse wecken, wenn sie ein wenig älter war. Schließlich wären sie ein ideales Paar – *sie* hatte den Stammbaum, *er* das Geld.

Floriana wünschte, die Sommerferien würden nie enden. Sie liebte es, ihre Tage in La Magdalena zu verbringen, wo sie dieselbe Luft atmete wie Dante. Er behandelte sie wie eine kleine Schwester, hob sie auf seine Knie und drückte sie, jagte sie im Swimmingpool, warf sie ins Wasser wie eine Puppe, grinste sie über den Tisch hinweg an, als hätten sie ein Geheimnis. Sie saß auf der Bank am Tennisplatz und sah ihm zu, wie er in weißen Shorts und weißem Hemd spielte, seiner Schwester den Ball zuschlug. Damiana beklagte sich immerfort, dass seine Aufschläge zu hart waren. Manchmal bat er Floriana, das Ballmädchen zu sein; dann liefen Costanza und sie herum und sammelten die Bälle ein. Floriana warf ihre immer Dante zu, sodass Costanza nichts anderes übrig blieb, als ihre Bälle seiner Schwester zu bringen.

Damiana in ihrem kurzen weißen Faltenrock und den weißen Söckchen mit den Bommeln am Knöchel, passend zu den weißen Tennisschuhen, war unglaublich elegant, und Floriana wäre zu gerne wie sie. Damiana war eine gnädige Verliererin, aber manchmal, wenn sie mit Dante gegen ihre Freundinnen spielte, gewann sie. Dann war sie eine gute Gewinnerin, lachte unbekümmert, als wäre Siegen nicht wichtig. Für Floriana war sie die freundlichste und anständigste junge Frau überhaupt.

Eines Tages dann kam eine weitere Besucherin, und die Atmosphäre am Swimmingpool veränderte sich. Gioia Favelli war groß, hatte kurzes braunes Haar und lange gebräunte Beine, eine schmale Taille und breite, kurvige Hüften. Ihre Brüste waren groß und rund, und in ihrem knappen schwarzen Bikini fielen sie besonders auf.

Costanza und Floriana tuschelten miteinander im Wasser, kicherten hinter vorgehaltenen Händen, bis Dante seinen Arm um Gioia legte und ihr über den Rücken streichelte, als gehörten sie einander. Schlagartig war Floriana nicht mehr zum Lachen zumute. Ihr wurde das Herz schwer, während sie die beiden heimlich beobachtete. Es war nicht zu übersehen, dass Dante und Gioia nicht nur Freunde waren; sie waren ein Paar.

Floriana schmollte. Sie konnte nichts dagegen tun. Als Dante in den Pool kam, um mit ihr zu toben, schwamm sie weg. Als er mittags versuchte, sie in die Arme zu nehmen, entwand sie sich ihm.

Damiana lachte über ihre plötzliche Schüchternheit, begriff den wahren Grund jedoch schnell. »Sie ist eifersüchtig«, erklärte sie, kaum dass die Mädchen im Garten verschwunden waren.

»Wie süß«, hauchte Gioia, die sich eine Zigarette ansteckte. »Ich kann es ihr nicht verdenken. Dante sieht sehr gut aus.«

»Sie ist noch klein«, sagte Dante, der sich mies fühlte. »Und sie ist ganz allein auf der Welt.«

Damiana verdrehte die Augen. »Du schon wieder! Erst tut dir der Vogel mit dem gebrochenen Flügel leid, dann der ungewollte Hund, und jetzt ist es das ungeliebte Kind.«

»Tu nicht so, als würdest du sie nicht bemuttern! Du kriegst auch ganz glasige Augen, wenn du sie anguckst.«

»Ich weiß, weil sie etwas Besonderes ist. Aber sie betet dich an, Dante. Brich ihr nicht das Herz.«

»Was soll ich denn tun?« Er streckte einen Arm über den Tisch und ergriff Gioias Hand.

»Sei nett«, sagte seine Schwester. »Und nimm Rücksicht auf ihre Gefühle.«

Den Nachmittag strengte Dante sich extra an, Floriana seine ungeteilte Aufmerksamkeit zu schenken, und nach einigem Bemühen seinerseits gab sie nach und erlaubte ihm, mit ihr zu spielen.

Costanza guckte vom Schwimmbeckenrand aus zu, wo sie hockte und ihre Beine ins Wasser baumeln ließ. Sie dachte an das, was ihre Mutter über Florianas »niedere Herkunft« gesagt hatte. Wahrscheinlich war es besser, dass Gioia gekommen war und das Luftschloss zerplatzen ließ, das Floriana in ihrer Fantasie baute.

Derweil vergaß Floriana Gioia oder glaubte vielleicht, dass Dantes Zuneigung zu ihr jene für die Fremde überwog, die so plötzlich aufgetaucht war. Gioia lag auf ihrer Sonnenliege, las eine Zeitschrift und interessierte sich kein bisschen für das Getobe und Getolle im Wasser. Damiana war froh, dass das Kind nicht mehr schmollte, ahnte jedoch, dass das Ende des Sommers Floriana nichts als Unglück bringen würde. Wenn sie nach Mailand zurückkehrten, wurde sie wieder zu einem Streuner, um den sich niemand kümmerte.

Nach einer Weile war Dante müde und zog sich auf seine Sonnenliege zurück.

»Hach, könnte der Sommer doch nie vorbei sein«, sagte Floriana, die ihm aus dem Pool folgte.

»Das geht leider nicht, *Piccolina*. Ich muss nach Mailand zurück.«

»Und von da nach Amerika und weiß der Himmel wohin dein Vater dich sonst noch schickt«, ergänzte Gioia gedankenlos. »Und ich werde sehr traurig sein.«

Damiana sah zu Floriana, die kreuzunglücklich dreinblickte. »Du kommst doch bald wieder, oder, Dante?«

»Das sollte er lieber. Ich werde sicher nicht ewig warten, während er durch die Weltgeschichte gondelt.«

»Dante«, warnte Damiana ihn, doch es war zu spät. Floriana hatte schon begriffen, dass sie ihn jahrelang nicht wiedersehen würde, und wer wusste, was dann war ...

»Warum muss dein Vater dich so weit wegschicken? Gibt es denn keine guten Universitäten näher an deinem Zuhause?«, fuhr Gioia fort.

Floriana ging zum Rand der Klippen und starrte hinunter aufs Meer. Es schwappte sanft gegen die Felsen, rief nach ihr, forderte sie heraus, zu springen. Sie drehte sich um und sah Costanza bleich werden, was sie erst recht anspornte. Ihr fiel wieder ein, wie sie früher aus großer Höhe ins Meer gesprungen war, um den anderen aus der Schule einen Schrecken einzujagen. Dieser Felsen hier war höher als die, von denen sie bisher gesprungen war, aber ihr brach das Herz, also was machte es schon, wenn sie sich verletzte?

Damiana schaffte es, Florianas Aufmerksamkeit auf sich zu lenken, und verzog das Gesicht, aber das kleine Mädchen ging näher an den Klippenrand. Dann, ohne einen Gedanken an die eigene Sicherheit, vollführte es einen eleganten Sprung in die Tiefe. Dante schoss panisch auf. »*Che cazzo fa!*«, schrie er und sprang ihr nach.

»Oh mein Gott!«, rief Gioia, die an den Klippenrand lief. »Er bringt sich um.«

Damiana und die Mädchen liefen ebenfalls herbei und blickten hilflos zum Wasser unten. Zunächst war gar nichts zu sehen, nur die Wellen und ein bisschen Gischt, wo die beiden Springer die Oberfläche durchbrochen hatten.

Costanza stand das Herz still. Sie hatte zu große Angst, um sich aus dem Pool zu wagen. Floriana war mutig, aber auch unbedacht. Was war, wenn sie diesmal zu weit gegangen war und sie beide umgebracht hatte? Sie kniff die Augen zu und wünschte sich, sie wäre zu Hause bei ihrer Mutter.

Floriana sank in die kühle, stille Umarmung des Wassers. Für eine Sekunde wurde der Schmerz in ihrer Brust vom Adrenalin erstickt, das ihr Herz zum Rasen brachte. Sie konnte das Pochen hinter ihren Rippen hören und war froh, nicht mehr neben dem Pool zu stehen, wo ihr die schrecklichen Worte einen Stich nach dem anderen versetzten. Dann spürte sie, wie sie am Arm gepackt und nach oben gezerrt wurde.

Mit einem lauten Rauschen stießen sie beide durch die Oberfläche und rangen nach Luft.

»Du dummes Kind!«, brüllte Dante sie an, sowie er wieder bei Atem war. »Bist du lebensmüde?«

Floriana starrte ihn entsetzt an. Sein Gesicht war verzerrt vor Angst.

»Mein Gott, du hättest sterben können, du dämliches Gör! Weißt du nicht, dass im Wasser Felsen sind, die man von oben nicht sieht? Hättest du deinen Kopf an einem von denen angestoßen, wärst du jetzt tot. Willst du das etwa?«

Sie schüttelte den Kopf und sah ihn mit großen, verwunderten Augen an. Sie hatte erwartet, dass er sie bewunderte, nicht dass er wütend wurde. Er kraulte verärgert zu einer Stelle zwischen den Felsen, an der man herausklettern konnte, und Floriana schwamm ihm langsam nach. Am liebsten wollte sie zum Meeresgrund tauchen und nie wieder heraufkommen.

»Es geht ihr gut!«, rief er nach oben zu seiner Schwester, die erleichtert vom Klippenrand zurücktrat.

»Was für ein idiotisches Kind, solch eine Schau abzuziehen«, schimpfte Gioia. »Sie hätte Dante in den Tod reißen können.«

»Ich glaube nicht, dass sie das wollte«, verteidigte Damiana sie. »Sie wusste es nicht.«

Dante und Floriana zogen sich auf die Felsen und setzten sich nebeneinander hin.

»Es tut mir leid«, sagte Floriana leise. »Ich wollte dir keine Angst einjagen.«

»Du hast mir mehr Angst gemacht, als ich sie in meinem ganzen Leben hatte.« Er verscheuchte seine Wut mit einem energischen Kopfschütteln und legte einen Arm um Floriana. Dann lächelte er sie nachsichtig an. »Versprich mir, dass du so etwas nie wieder machst.«

»Versprochen«, antwortete Floriana. Ihr Kinn begann zu zittern. Ihr Herz wurde wieder lebendig, wie ein zerlöcherter Reifen, der sich mit Luft füllte, und sie fing an zu weinen.

»Nicht weinen, *Piccolina*.« Aber ihre Schultern bebten, und sie schluchzte heftig. »Na, na, kleine Freundin, es tut mir leid, dass ich dich angeschrien habe. Ich hatte Angst, sonst nichts. Ich dachte, du wärst tot.«

Floriana konnte nicht aufhören. Sie erlaubte sich selten zu weinen, aber jetzt schienen ihr Stolz, ihr Trotz und ihr Mut, mit denen sie sich sonst schützte, allesamt zu versagen. Sie wollte ja ihren Brustkorb aufblähen und das Kinn recken, nur waren ihre Gefühle viel zu stark, als dass die simplen Abwehrgesten halfen. Es war nicht seine Wut, die sie zum Heulen brachte, sondern seine Sorge. Sie hatte vergessen, wie es sich anfühlte, von jemandem geschätzt zu werden.

Danach kam ihr der Sommer nicht mehr vor, als würde er ewig dauern. Jeder freudige Moment mit Dante musste mit der schrecklichen Vorahnung des Verlustes bezahlt werden. Es kam ihr vor wie eine Sanduhr, in deren oberem Glas nur noch wenig Sand war, der Floriana warnte, dass ihre Zeit ablief. Vorbei war der luftige Traum von einem endlosen Sommer, denn eine düstere Wolke war am Horizont aufgezogen, die mit jedem Tag näher rückte, bis der Regen Dante wieder nach Mailand zurücktrieb.

»Passt du für mich auf Gute-Nacht auf?«, fragte er sie beim Abschied.

»Ich komme nicht wieder her, wenn du nicht da bist«, antwortete sie und hatte ihre liebe Not, ihren Kummer zu bändigen.

Er hob sie in seine Arme und drückte sie. »Aber du wirst doch von der Mauer aus spionieren, oder nicht?«

»Weiß ich nicht.«

»Natürlich wirst du.«

»Wann kommst du zurück?«

»Bald«, sagte er, obwohl er sich nicht sicher war.

»Ich werde dich jeden Tag vermissen.«

»Nein, wirst du nicht. Wenn ich erstmal fort bin, vergisst du mich schnell.« Er ließ sie wieder herunter. »Und schön brav sein, ja? Keine Sprünge von der Klippe, versprichst du mir das?«

»Ja, versprochen.« Er grinste, und Floriana lächelte matt. Innen drin fühlte es sich an, als würde sich ihr Herz mit kaltem Zement füllen.

Damiana versuchte, sie zu trösten, indem sie ihr versprach, bald mit Giovanna wieder herzukommen. Wie sie sagte, konnte Giovanna es nicht erwarten, die beiden Mädchen kennenzulernen. Dann umarmte sie die kleine *Orfanella,* weil sie einen Kloß im Hals hatte und nicht mehr sprechen konnte.

Costanza spürte zwar die Herzlichkeit des Abschieds, wusste allerdings auch, dass sie nicht ihr galt. Sie war bloß Florianas Begleiterin, während Floriana für die beiden zu einer Schwester geworden war.

Die Mädchen trotteten langsam durch den Regen zurück in den Ort. Sie sagten kaum etwas, so schwer war Florianas Herz vor Schmerz und so voller Neid das von Costanza. Schließlich erreichten sie die Weggabelung, wo Costanza fragte, ob Floriana mit zu ihr zum Spielen kommen wollte. Floriana verneinte stumm. Sie wollte hinunter zum Strand laufen und ihren Kummer ins Meer schreien. Also eilte Costanza nach Hause, wo sie ein warmer Herd und die Arme ihrer Mutter erwarteten, während Floriana den Pfad hinab zum einsamen, kalten Strand einschlug.

Der Wind hatte zugenommen, und am Wasser war er geradezu stürmisch. Die Wellen donnerten gegen die Felsen und rauschten über den Sand, um nach ihren Schuhen zu schnappen. Ihr Haar wehte ihr um den Kopf, peitschte gegen ihre Wangen. Gebrochen und allein stand Floriana da und ließ sich vom Regen ihre Tränen abwaschen. Jetzt verstand sie die Liebe mit all ihrem Schmerz und ihrer Herrlichkeit. Sie verstand, dass sie nie allein kam, sondern immer zusammen mit ihrem untrennbaren Gefährten, dem Kummer.

Instinktiv begriff sie, dass es nicht anders sein konnte, so wie die Münze immer zwei Seiten hatte, aber das war egal. Das köstliche Gefühl der Liebe war den Schmerz wert, denn obwohl Dante fort war, liebte sie ihn in ihrem Herzen, und das würde niemals aufhören. Sie würde dieses Gefühl ewig in sich tragen, und sie würde auf ihn warten. Komme, was wolle, sie würde an dem großen schwarzen Tor warten wie ein treuer Hund. Und es wäre ein freudiges Warten, voller Hoffnung. Der Hoffnung, dass er zurückkam und dass er sich an sie erinnerte.

10

Devon 2009

Am letzten Tag des Mai traf Rafa Santoro im Polzanze ein. Strahlender Sonnenschein begrüßte ihn, als er aus seinem gemieteten Audi stieg, und eine kühle Meeresbrise strich ihm wirr durchs Haar. Zufrieden atmete er einmal tief ein und betrachtete das Haus voller Zuneigung, als wollte er sagen: »Endlich daheim.«

Seine Ankunft war ungeduldig erwartet worden, und entsprechend hatte sich sämtliches Personal in der kleinen holzvertäfelten Diele versammelt. Jennifer und Rose hatten den Empfangstresen verlassen, Bertha ihre Arbeit, und Heather stand an der Tür zum Speisesaal, die Lippen in einem ungewöhnlich provokanten Dunkelrot geschminkt. Jake stand am runden Tisch, dessen Platte unter dem üppigen Liliengesteck in der Mitte ächzte, während sein Vater mit amüsierter Miene neben dem offenen Kamin Stellung bezogen hatte. Tom, der Junge aus Cornwall, der mit Shane arbeitete, war bereits draußen und bot Rafa an, sein Gepäck hineinzutragen.

Da Sonntag war, musste Clementine heute nicht zur Arbeit, fand es indes unter ihrer Würde, wie ein verzweifelter Groupie in der Diele herumzuhängen. Deshalb blieb sie allein in ihrem Zimmer und wollte nicht einmal einen heimlichen Blick auf den neuen Künstler werfen. Sie hatte ihn bisher nicht gesehen und verstand nicht, was das ganze Theater sollte.

Marina leistete dem Brigadier beim Frühstück Gesellschaft und verbarg ihre Aufregung hinter einer großen Tasse Kaffee. Nun aber kam Shane in den Speisesaal geeilt, um ihr Bescheid zu sagen, dass Mr Santoro angekommen war.

»Danke, Shane«, sagte sie und stand auf. »Ist Jake am Empfang?«

»Ja, und alle anderen auch«, antwortete er spöttisch.

»Wer noch?«

»Jennifer, Rose, Bertha, ...«

Marinas Züge verdunkelten sich für einen Moment vor Ärger. Es war Jakes Pflicht, dafür zu sorgen, dass alle ihre Arbeit machten. Sie lächelte dem Brigadier entschuldigend zu. »Ich gehe mal lieber meine Leute scheuchen.«

»Zugegeben, ich bin selbst gespannt auf ihn«, gestand der Brigadier. »Vielleicht schleiche ich mich auch nach draußen.«

»Ich fürchte, dort wird kein Platz mehr sein, nicht einmal für solch einen diskreten Beobachter wie Sie.«

»Dann warte ich hier, und Sie stellen mich später vor. Ich denke, ich setze mich in die Bibliothek und lese die Zeitung.«

»Wirklich, man sollte meinen, die haben noch nie zuvor einen gut aussehenden Mann gesehen.«

»Na, sie sind zu jung, um sich an mich zu erinnern«, scherzte er. »Zu meiner Zeit war ich das, was man einen ›tollen Hecht‹ nannte.«

Als Marina in die Diele kam, fand sie dort nur Jake und Grey vor. Vermutlich hatte Shane die anderen gewarnt, sie sollten wieder an ihre Arbeit gehen. Tom kam mit dem Gepäck herein, gefolgt von Rafa. Er trug auch heute seine Wildlederjacke, eine Jeans und den Gürtel mit der blinkenden Silberschnalle. Marina begrüßte ihn herzlich, und er sah sie mit seinen braunen Augen an, als wäre sie eine alte Freundin. Aus dem Augenwinkel konnte sie Jennifer und Rose sehen, die ihre Hälse reckten wie neugierige Gänse. Aber weder Marinas Lächeln schwand, noch schweifte ihr Blick von Rafa ab. Von ihm ging ein Leuchten aus, das den ganzen Raum zu erhellen schien und Marinas Ängste zu überflüssigen Staubpartikeln zerstreute. Es war lange her, seit sie atmen konnte, ohne eine Spannung in ihrer Brust zu spüren. Sie konnte es gar nicht erwarten, dass Clementine ihn kennenlernte. Wie sie ihre Stieftochter kannte, würde die sehr zufrieden mit ihrer Wahl sein, und dieser Gedanke intensivierte ihr Lächeln.

»Lassen Sie mich Ihnen Jake vorstellen, unseren Manager, und Grey, meinen Ehemann.«

»Vater und Sohn?«

»Ja«, antwortete Grey.

»Sie sehen einander sehr ähnlich.«

»Ich bin nicht sicher, ob das ein Kompliment ist«, sagte Jake grinsend.

Sein Vater verdrehte die Augen. »Keinen Respekt mehr, die Jugend von heute! Willkommen.« Er reichte Rafa die Hand.

Rafas Handschlag war fest und selbstbewusst. »Es ist bezaubernd hier«, sagte er erfeut. »Ich hatte vergessen, wie wunderschön das Haus ist.«

Marina strahlte vor Stolz. »Freut mich sehr, dass es Ihnen gefällt.«

»Ich werde es natürlich malen wollen.«

»Und wir hängen das Bild an einen Platz, wo es jeder sehen kann«, versprach Grey.

»Ich ahne schon, dass wir eine komplette Galerie bekommen«, ergänzte Jake mit einem Hauch von Sarkasmus.

»Das wäre sehr schön«, sagte Marina rasch. »Möchten Sie einen Kaffee, oder wollen Sie erst Ihr Zimmer sehen?«

»Das Zimmer wäre mir sehr recht«, antwortete Rafa. »Wie überhaupt jeder Vorwand, mehr von diesem fantastischen Haus zu besichtigen.«

Er lächelte, und Marina konnte nicht umhin, sein Lächeln mit kindischer Begeisterung zu erwidern. Ihr fiel auf, wie sich seine Mundwinkel nach oben bogen, sodass sich Lachfalten in seine Wangen gruben. Es war erstaunlich, dass Clementine noch gar nicht erschienen war.

»Dann kommen Sie bitte mit.«

Sie gingen an der Rezeption vorbei, wo Rose und Jennifer wie gebannt standen, die Münder in einem idiotischen Grinsen eingefroren. Rafa brach den Zauber, indem er ihnen die Hand schüttelte und sich vorstellte. Die beiden waren perplex ob seiner Gelassenheit und seiner guten Manieren – die meisten Leute redeten nur mit ihnen, wenn sie etwas wollten.

»Er ist umwerfend«, seufzte Rose, als er mit Marina, Grey und Jake nach oben verschwunden war.

»Solche Männer findest du in unserem Land nicht«, sagte Jennifer. »Ich kenne keinen einzigen Engländer mit diesem lässigen Charme.«

»Und der Akzent! Den würde ich gerne mal auf meinem Kopfkissen hören.«

»Oh Gottogott, ja, ich auch.«

Ihre Träume wurden vom lauten Telefonklingeln unterbrochen. Jennifer nahm schnell ab, und als sie eine vertraute Stimme hörte, guckte sie ein bisschen verärgert. »Oh, hallo, Cowboy. Du weißt doch, dass du mich nicht bei der Arbeit anrufen sollst …«

Marina führte Rafa in das oberste Stockwerk, wo ein Bad, ein Schlaf- und ein Wohnzimmer eine gemütliche Suite bildeten. »Ist das alles für mich?«, fragte er staunend.

»Nun, Sie werden den ganzen Sommer hier sein und brauchen Platz zum Malen.«

»*Qué bárbaro!*« Er ging ins Schlafzimmer, wo Tom den Koffer auf das Koffergestell und die Tasche daneben auf den Boden gestellt hatte. Im Zimmer stand ein sehr breites Doppelbett mit dunklem Holzrahmen und eleganten Lampen auf den Nachttischen, auf denen außerdem Bücher ordentlich aufgestapelt waren.

»Grey sucht den Lesestoff aus«, sagte Marina, als sie bemerkte, dass er die Buchrücken ansah.

»Edith Wharton, Nancy Mitford, P. G. Wodehouse, Jan Austen, Dumas, Maupassant, Antonia Fraser, William Shawcross.«

»Meinen Sie, dass Sie noch Zeit zum Malen haben werden?«, fragte Grey mit einem stolzen Lächeln.

Rafa rieb sich das Kinn. »Weiß ich nicht genau. Eventuell gehe ich gar nicht aus dem Zimmer.«

»Wie gut, dass Sie den ganzen Sommer haben.«

»Ich denke, es wird mir hier gefallen«, sagte er und grinste Marina zu. »Sie haben einen sehr guten Geschmack, *Señora*.«

»Danke. Die Einrichtung hat mir viel Spaß gemacht. Es war nicht einfach, das Beste vom Alten und das Beste vom Neuen zusammenzubringen, ohne die Atmosphäre zu zerstören. Dies hier war die Kinderetage, als das Haus noch von einer Familie bewohnt wurde. Von hier hat man einen wunderbaren Blick aufs Meer.« Sie ging hinüber zum Schlafzimmerfenster, kniete sich auf die gepolsterte Fensterbank und blickte durch die Bleisprossenscheiben. »Sie würden nicht glauben, wie viele Glasscheiben wir ersetzen mussten.«

Rafa stützte eine Hand an die Wand neben Marina und neigte sich vor. »Ich liebe das Meer. Für mich, der ich in der Pampa aufgewachsen bin, ist es etwas völlig Neues.«

»Es ist schön, zum Rauschen der Wellen an den Felsen einzuschlafen.«

»Leben Sie schon immer hier?«

»Nein, wir haben das Haus vor achtzehn Jahren gekauft, aber ich liebe es wie eine mir nahestehende Person.«

»Weil es sehr viel Charakter hat. Ich fühlte es in dem Moment, in dem ich zum ersten Mal über die Schwelle trat. Es dürfte Sie ziemlich beanspruchen, ähnlich wie ein weiteres Kind.«

Marina korrigierte ihn nicht. Die meisten Leute nahmen an, dass Greys Kinder auch ihre waren. »In gewisser Weise ist es noch hilfloser«, sagte sie leise. Wieder einmal fühlte sie eine schreckliche Ahnung wie ein Bleigewicht auf ihrer Brust, als sie daran dachte, warum Rafa hier war und wie viel von ihm abhing.

»Darf ich Ihnen das Wohnzimmer zeigen?«, unterbrach Grey sie, und Rafa folgte ihm den kleinen Korridor entlang, sodass Marina und Jake allein im Schlafzimmer zurückblieben.

»Ich kapier immer noch nicht, warum du ihm die besten Zimmer im ganzen Haus gibst«, sagte Jake leise.

»Es sind nicht die besten. Die Zimmer im ersten Stock sind hübscher.« Sie richtete sich auf und drehte sich zu ihm.

»Schon, aber dies hier ist eine ganze Etage.«
»Es ist ein Dachboden.«
»Aber was ist, wenn jemand für seine Flitterwochen buchen will?«
»Dann nimmt er eben die Zimmer weiter unten. Wir haben zwanzig Zimmer, Jake, von denen bisher noch nicht mal die Hälfte für den Sommer gebucht sind.«
»Es kommen noch mehr Buchungen.«
»Das ist alles relativ, Jake.«
»Er ist charismatisch, trotzdem ist mir nicht klar, wie er es schaffen soll, lauter Möchtegernmaler ins Hotel zu locken.«
»Sei nicht so negativ. Du hattest bislang auch keine bessere Idee.«
»Inzwischen schon. Dad und ich wollen einen Literaturclub aufmachen.«
»Wirklich?«
»Hat er dir nichts erzählt?«
»Nein, hat er nicht.«
»Wir wollen bekannte Autoren zu Lesungen einladen.«
Sie nickte nachdenklich. »Das ist eine super Idee.«
Er guckte überrascht. »Ja, ist es.«
»Habt ihr schon irgendjemanden angesprochen?«
»Nein, aber das machen wir bald. Dad und ich müssen noch planen. Im Moment ist es bloß eine Idee.«
»Na, dann beeilt euch lieber, ehe wir kein Hotel mehr haben, in das wir jemanden einladen können.«
»So schlimm ist es nicht, oder doch?«
Marina schloss die Augen und seufzte. »Es sieht übel aus. Ich wünschte, es wäre nicht wahr, nur leider ist es das. Wir gehen rasant unter.«
»Gott, ich wusste nicht, dass es so schrecklich ist.«
»Ich schätze, dein Vater wollte dir keine Angst machen.«
»Oder du übertreibst.«
»Schön wär's. Ich tue alles, was ich kann, um das Hotel zu erhalten, egal wie ich mich dafür verrenken muss.«

Die beiden anderen kamen zurück ins Schlafzimmer, als Jake gerade hinaus auf den Korridor trat.

»Gefällt Ihnen das Wohnzimmer?«

»Ja, es ist sehr hübsch«, antwortete Rafa. »Und mir gefällt, dass Sie die alten Badezimmerarmaturen erhalten haben. Das ist sehr englisch.«

»Manchmal ist Altes besser gearbeitet als Modernes. Diese Armaturen haben beinahe zweihundert Jahre überdauert; manche moderne Armaturen halten höchstens zwei Jahre, ehe sie Risse kriegen oder zu lecken anfangen«, erklärte Grey.

»Stimmt genau«, pflichtete Rafa ihm sofort bei.

»Wir gehen dann, damit Sie sich frisch machen und einrichten können. Wenn Sie so weit sind, kommen Sie nach unten auf die Terrasse. Dort warten wir auf Sie. Was kann ich Ihnen zu trinken anbieten?«, fragte Marina.

»Kaffee wäre schön, danke.«

»Er steht bereit, wenn Sie bereit sind.«

Die drei gingen nach unten, wobei sie alle sorgfältig vermieden, über den Künstler zu sprechen, weil sich Geräusche aus dem Treppenaufgang direkt auf das ganze Hotel übertrugen. Rose und Jennifer kicherten noch hinter dem Empfangstresen. Tom und Shane warteten in der Diele auf neue Gäste, denen sie mit dem Gepäck hereinhelfen konnten, oder bereits vorhandene, die Fragen hatten wie etwa, wo die Gummistiefelkammer war oder irgendein anderer Teil des Hotels. Das Haus war ziemlich verwinkelt, weshalb die Gäste immer mal wieder die Orientierung verloren.

Marina wies Tom an, Heather Bescheid zu geben, dass sie ihnen allen Kaffee brachte. Auf dem Weg durch den Salon begrüßten sie ein amerikanisches Paar, das übers Wochenende hier war und vor einem nicht mehr benutzten Kamin auf einem Sofa saß und Earl Grey trank. Grey blieb ein wenig, um ihre Fragen zur Geschichte des Hauses zu beantworten, während Jake und seine Stiefmutter voraus auf die Terrasse gingen.

Es war ein ungewöhnlich klarer Tag, nicht der kleinste

Wolkenfitzel am Himmel, und die See war ruhig und fast so blau wie das Mittelmeer. Marina setzte sich und blickte für einen Moment gedankenversunken aufs Wasser. Ihre Gedanken trieben ziellos auf den sanften Wellen. Jake sprach kurz mit den Kellnern über das heutige Geschäft, und Marina hatte Zeit, über ihre Lage nachzudenken.

Der Anblick einer Großmutter mit ihrem Enkel weiter hinten auf der Terrasse, die Schwarzer Peter spielten, lenkte sie ab. Unwillkürlich lächelte Marina verhalten. Die Großmutter ließ das Kind absichtlich gewinnen und mimte die enttäuschte Verliererin. Der kleine Junge grinste sie an, seine Wangen rosig wie Holzäpfel, und wollte noch eine Runde spielen. Die Großmutter mischte geduldig die Karten, als wäre ihr größter Wunsch, den Kleinen an diesem Vormittag zu unterhalten. Marina beneidete sie darum und empfand ein schmerzliches Sehnen, das sie zwang wegzusehen.

Jake kam zu ihr, und bald erschienen Grey und Rafa. Marina konzentrierte sich ganz auf Rafa und achtete nicht mehr auf die Großmutter mit ihrem Enkel.

»Wie ich sehe, haben Sie Farben und Papier gekauft«, sagte er und setzte sich.

»Ich wusste nicht, was Sie brauchen, also nahm ich mir die Freiheit, es zu erraten. Ich richtete mich nach dem, womit Paul Lockwood im letzten Jahr gearbeitet hat. Unsere Gäste brauchen Materialien, auch wenn einige ihre eigenen mitbringen.«

»Ich habe ebenfalls welche mitgebracht, aber vielen Dank.«

Heather trug ein Tablett mit Silberkännchen und hübschem Porzellan herbei. Einer der Kellner half ihr, zu servieren. Den Teller mit Keksen stellte er in die Tischmitte.

»Ich schlage vor, dass Sie sich einige Zeit nehmen, sich überall umzusehen«, sagte Grey. »Hier gibt es viele schöne Motive. Harvey kennt alle Häuser und Hotels in der Nähe, falls Sie mit Ihren Schülern auch woanders hin wollen und malen. Letztes Jahr hat Paul viel Zeit in der Gegend verbracht und benachbarte Häuser mit ziemlich spektakulären Gärten gemalt. Er genoss die große Auswahl an Motiven, und ich bin sicher, dass die Nachbarn Sie mit Freuden dort malen lassen.«

»Ja, nutzen Sie die Gelegenheit, so viel von England zu sehen, wie Sie können. Dieser Teil des Landes ist so wunderschön, und wir kennen jede Menge Leute, die wirklich hübsche Häuser haben.«

»Diesen Rat nehme ich ganz gewiss an. Ich möchte ja möglichst viel kennenlernen.«

»Harvey wird Ihr Fremdenführer sein«, entschied Marina. »Keiner ist besser geeignet als Harvey.«

In diesem Moment erschien Clementine in einem weiten türkisen Kaftan über einer sehr engen weißen Jeans. Ihr Haar hatte sie wirr auf dem Kopf aufgesteckt, und sie trug kein Makeup. Offenbar wollte sie auf keinen Fall den Eindruck erwecken, sie hätte sich für den Künstler herausgeputzt, der die weiblichen Bediensteten ausnahmslos in helle Aufregung versetzte.

»Ah, Clementine, Liebes, darf ich dir Rafa Santoro vorstellen?«, sagte Grey, der seine Tochter betont euphorisch begrüßte, um deren Stimmung zu heben.

Rafa drehte sich zu dem Mädchen um, dass er vor wenigen Wochen im Black Bean Coffee Shop getroffen hatte. Clementine erkannte ihn sofort wieder und wurde rot. Prompt wünschte sie, sie hätte Mascara aufgetragen, sich das Haar gebürstet und sich ein paar Spritzer Parfüm gegönnt, von der abgewetzten Hose und dem Kaftan ganz zu schweigen. Sie implodierte und wusste gar nicht, wohin mit sich vor lauter Verlegenheit.

Rafa stand auf, ignorierte ihre ausgestreckte Hand und küsste sie auf die Wange, wie es in seinem Land Sitte war. »Schön, dich wiederzusehen.«

»Ihr kennt euch?«, fragte Marina überrascht.

»Ja, nachdem ich zum Vorstellungsgespräch bei Ihnen war, bin ich in die Stadt gefahren und habe mich ein wenig umgesehen. Da traf ich Ihre Tochter im Black Bean Coffee Shop.«

»Das hast du uns überhaupt nicht erzählt«, sagte Grey.

»Ich wusste ja nicht, wer er war, Dad«, erklärte Clementine, die aus lauter Scham defensiv reagierte. Dabei wollte sie nicht so unfreundlich klingen. Sie wollte lächeln, nur leider kam sie sich schrecklich linkisch vor. Wieso hatte sie denn nicht genauer nach dem Künstler gefragt, der über den Sommer kam? Warum hatte sie sich demonstrativ desinteressiert gegeben? Jetzt stand sie einfach nur blöd da.

»Du hast mich verleitet, einen Brownie zu kaufen«, sagte er. »Einen *unanständigen* Brownie.«

»Klingt lecker«, bemerkte Jake.

»Er war gut.«

»Komm und setz dich zu uns«, forderte Marina sie auf, während der Kellner schon einen weiteren Stuhl brachte. Clementine wollte die Szene zurückspulen und noch mal von vorne anfangen, doch ihr blieb nichts anderes übrig, als sich hinzusetzen und so weiterzumachen, wie sie angefangen hatte, peinlich und unsicher. Sie verschränkte ihre Arme und betete, dass die vier sich bitte unterhielten.

»Ich fasse nicht, dass ihr euch schon kennt«, sagte Marina.

»Kennen ist wohl zu viel gesagt«, erwiderte Clementine. »Ich habe ihm gesagt, dass er einen Brownie kaufen sollte, mehr nicht.« Sie zuckte lässig mit den Schultern, obwohl sie nicht vergessen hatte, wie sie hinterher ins Büro stürmte und Sylvia erzählte, dass sie verliebt war und sicher, dass sie ihn nie wiedersehen würde. Tja, hier saß er, und sie konnte ihn nur mürrisch anstieren.

Marina war perplex, dass ihre Stieftochter den wohl attraktivsten Mann, der sich jemals in diesen Winkel von Devon verirrt hatte, so erbost ansah. Sie versuchte, Clementine aus der Reserve zu locken.

»Clemmi reist gerne, stimmt's, Clemmie? Sie war schon durch ganz Indien. Deshalb ist sie jetzt hier unten, um sich das Geld für die nächste Reise dorthin zu verdienen.«

»Ich finde, dass nichts so bildet, wie die Welt zu bereisen«, sagte Rafa. »Allerdings muss ich gestehen, dass ich noch nie in Indien war.«

Das hätte Clementines Stichwort sein müssen, ins Gespräch einzusteigen, doch sie lehnte sich zurück und überließ es ihrer Stiefmutter, die Stille zu füllen.

»Ich auch nicht, aber die Art, wie Clementine davon erzählt, wenn sie erzählt, reizt mich, einmal hinzufahren.« Sie lächelte Clementine zu, aber das Mädchen brachte nur ein halbherziges Murmeln zustande.

Sie beobachtete ihre plaudernde Stiefmutter und seufzte. Noch ein Mann, der in ihrem Spinnennetz gefangen war.

»Ich bewundere Leute, die Fremdsprachen sprechen«, sagte Grey. »Ich habe versucht, Jake und Clementine zum Französischlernen zu ermuntern, aber keiner von beiden hat das Gehör dafür.«

»Weil Französisch eine sinnlose Sprache ist«, mischte Jake sich ein. »Die wird bloß in Frankreich und auf einigen wenigen kleinen Inseln weit weg gesprochen.«

»Ich wette, Sie sprechen Französisch«, sagte Marina zu Rafa.

»Kann man eine romanische Sprache, fallen einem die anderen sehr leicht. Ich wuchs mit Italienisch zu Hause und Spanisch bei meinen Freunden auf, und in der Schule haben wir Englisch gelernt. Irgendwann habe ich auch ein bisschen Französisch aufgeschnappt, aber das ist nicht sehr gut. Ich kann jedoch exzellent bluffen.«

»Sind Ihre Eltern Italiener?«, fragte Marina.

»Ja. Viele Argentinier sind italienischstämmig. Mein Vater wanderte nach dem Kriege nach Argentinien aus. Die Familie meiner Mutter, auch italienisch, lebte schon seit Generationen dort.«

»Man sagt, es ist ein wahrer Schmelztiegel der Kulturen«, sagte Grey.

»Ist es«, stimmte Rafa ihm zu. »Doch wir haben nicht die Kultur, die Sie in Europa haben. Es ist faszinierend, durch die Straßen von London zu wandern und sich vorzustellen, wie sie zu Zeiten der berüchtigten Tudors gewesen sein mögen. Ich gestehe, dass ich beim Tower war, einfach dastand und alles in mich aufsog, diese so weit zurückreichende Geschichte. Fast einen ganzen Vormittag verbrachte ich dort, und die Zeit war gut investiert.«

Sie redeten weiter. Clementine steuerte hie und da etwas bei, wurde langsam wärmer, weil Rafa sie bewusst einzubeziehen schien, auch wenn er sich offensichtlich mehr für Marina interessierte. Sie fragte sich, ob ihr Vater eigentlich merkte, wie seine Frau mit anderen Männern flirtete, oder ob er so sehr daran gewöhnt war, dass es ihn nicht mehr störte. Wahrscheinlich wollte er bloß, dass sie glücklich war, und das wollte er um jeden Preis. Marinas Zufriedenheit ging ihm über alles.

»Clemmie, was hältst du davon, wenn du Rafa ein bisschen herumführst?«, schlug Marina vor. »Du hast heute nichts anderes vor, oder?« Sie wandte sich zu Rafa. »Den Black Bean Coffee Shop, der eines der Highlights von Dawcomb sein dürfte, kennen Sie ja schon. Also wäre es vielleicht ganz nett, die ländliche Umgebung mit einer Führerin zu erkunden, die sich hier auskennt.«

»Und der Devon am Dings vorbeigeht«, ergänzte Jake spöttisch. »Clemmie macht kein Geheimnis draus, dass sie Devon hasst.«

»Das ist nicht fair«, widersprach Marina. »Clemmie *hasst* Devon nicht. Sie möchte einfach nur sehr gerne wieder nach Indien.«

»Vielleicht erweist sich meine Begeisterung als ansteckend«, sagte Rafa, dessen Augen blitzten, als er Clementine ansah – genau wie sie es im Black Bean Coffee Shop getan hatten. Ihr schwoll die Brust vor Glück. »Was meinst du? Bist du meine Fremdenführerin?«

Unwillkürlich musste Clementine lächeln. Es war unmöglich, nicht auf Rafas natürliche Herzlichkeit anzuspringen. »Klar, wenn du willst.«

Marina beobachtete, wie Clementines Gesicht erblühte, und wünschte, sie würde häufiger so lächelnd. Wenn sie es tat, war sie wirklich sehr hübsch.

11

Nachdem sie ihren Kaffee getrunken hatten, regte Grey an, dass Clementine zunächst eine Ausfahrt mit Rafa machte, damit sie zum Mittagessen wieder zurück waren. »Fahrt erst mal herum, damit Rafa einen ersten Eindruck bekommt.«

»Und zeig ihm den Strand«, sagte Marina. »Es ist solch ein schöner Tag. Ihr könnt barfuß durch den Sand laufen.«

»Und fahr mit ihm zum Wayfarer«, ergänzte Jake.

Clementine schnaubte verärgert. »Ich weiß schon selbst, was ich mit ihm mache, tausend Dank.«

»Du kannst meinen Wagen nehmen«, sagte Grey.

»Was stimmt denn mit meinem Mini nicht?«

»Na ja, der ist ein bisschen klein.«

Clementine drehte sich zu Rafa. »Findest du einen Mini zu klein?«

»Du bist der Boss«, antwortete er achselzuckend. »Am besten entscheidest du allein. Wie heißt es so schön? Zu viele Köche verderben den Brei.«

Marina lachte. »Wie recht Sie haben! Kommt, lassen wir die beiden allein. Wir sehen uns dann um eins wieder hier.«

»Meinetwegen. Ich gehe mich umziehen, Rafa. Wir treffen uns in fünf Minuten beim Empfang.«

Clementine lief ins Privathaus. Allein in ihrem Zimmer konnte sie endlich wieder atmen.

»Oh mein Gott!«, rief sie dem Badezimmerspiegel entgegen. »Er ist fantastisch. Sogar noch fantastischer, als ich ihn in Erinnerung hatte. Und er erinnert sich an mich!« Sie tuschte sich die Wimpern und deckte die dunklen Ringe darunter mit Concealer ab. »Ich weiß gar nicht, wieso ich mir die Mühe mache, denn, ernsthaft, er wird mich nie wieder richtig angucken.

Wieso sollte er auch? Und wahrscheinlich hat er sowieso eine feste Freundin. Männer wie der sind immer vergeben.« Sie besprühte sich mit Penhaligon Bluebell und seufzte theatralisch, weil sie so gerötete Wangen hatte.

Was wird Sylvia sagen, wenn ich ihr erzähle, dass der Argentinier, von dem ich dachte, dass ich ihn nie wiedersehe, den Sommer über bei uns wohnt? Ist das Schicksal? Ist es mir bestimmt, mich zu verlieben und bis ans Ende meiner Tage glücklich zu sein?

Sie tauschte ihre weiße Jeans gegen eine blaue aus und zog ein blau kariertes Jack-Wills-Shirt über einem weißen T-Shirt an. Ihre Zehennägel waren noch nicht für Flip-Flops lackiert, deshalb wählte sie stattdessen die blauen Nike-Turnschuhe, die sehr lässig waren. Sie wollte ja nicht aussehen, als hätte sie sich mächtig angestrengt, und so ließ sie ihr Haar, wie es war. Dennoch täuschte sie Marina nicht, denn als sie in die Empfangshalle kam, lächelte die ihr wissend zu. Clementine fiel auf, dass auch die Wangen ihrer Stiefmutter glühten, und sie tat ihr leid, weil sie sich etwas vormachte. Rafa mochte in der Nahrungskette ein bisschen höher als Clementine stehen, aber er befand sich auf einer gänzlich anderen Stufe als Marina, die schlicht viel zu alt für ihn war. Trotzdem wollte Clementine nicht gehässig sein, auch wenn sie merkte, wie Schadenfreude in ihr aufstieg.

Jennifer und Rose waren ebenfalls beide am Empfang und taten, als hätten sie etwas Offizielles zu klären, was ihnen natürlich niemand abnahm. Mit ihren langen Wimpern und dem tumben Gesichtsausdruck ähnelten sie zwei neugierigen Kühen, die sich gegenseitig anrempelten, während sie um ein Lilienbeet herumschlichen.

»Okay, alles klar, fahren wir«, verkündete Clementine und hielt die Autoschlüssel in die Höhe.

»Ich freue mich schon«, sagte Rafa. Er folgte ihr nach draußen.

Sie stand vor ihrem roten Mini, aufgeregt, weil sie nur zu zweit wären. »Bist du sicher, dass dir der Wagen nichts ausmacht?«, fragte sie und entriegelte mit der Fernbedienung.

»Das ist ein niedlicher kleiner Wagen. Warum sollte es mir etwas ausmachen?«

»Dad hat zu lange Beine dafür.«

»Dein Vater ist sehr groß. Das bin ich nicht.«

»Na, ein Glück, was?«

»In diesem Fall, ja.«

Clementine stieg ein. Hastig kramte sie leere Kaffeebecher, Schokoriegelpapier und Zeitschriften zusammen, die sich auf dem Beifahrersitz angesammelt hatten, und warf sie auf die Rückbank. Dann stellte sie den Sitz weiter nach hinten, damit Rafa mehr Beinfreiheit hatte. Er stieg ein, und plötzlich überkam Clementine ein Kribbeln, denn ihre Arme berührten sich fast über der Handbremse.

»Jetzt zum spaßigen Teil«, sagte sie, drehte den Zündschlüssel halb und drückte einen Knopf am Armaturenbrett. Langsam faltete sich das Verdeck zurück, bis sie im prallen Sonnenschein saßen. Der Wind wehte durch den Wagen und den Geruch von warmem Leder sowie die Reste von Clementines Verärgerung fort. Ohne ihre hinderliche Familie fühlte sie sich gleich sicherer. »Ist das nicht nett?«

»Ist es ohne Frage. Und, wohin zuerst?«

»Wir machen eine Magical Mystery Tour.«

»Klingt spannend.«

»Ist es. Marina kann mit dir zum Strand, Dad kann dir die Umgebung zeigen, und Jake darf gerne mit dir ins Wayfarer. Aber ich will da nicht hin. Ich möchte dir mein kleines geheimes Plätzchen zeigen.«

»Die anderen sagten, du magst Devon nicht.«

»Stimmt«, antwortete sie und fuhr die rosa Rhododendrenallee hinauf. »Ich mag ihr Devon nicht, aber ich habe mein eigenes kleines Devon, das ich sehr mag, und ich zeige es dir, wenn du versprichst, es niemandem zu verraten.«

»Versprochen.«

Sie sah ihn an, und er grinste. »Vielleicht willst du es sogar irgendwann malen.«

Sie fuhren über schmale Landstraßen, die von neongrünen Blättern und zartem Wiesenkerbel gesäumt waren. Alles roch nach frischem Wachstum, und in den Hecken wimmelte es von Blaumeisen und Goldfinken. Den Wind in ihren Haaren und angeregt vom Anblick und Duft des Meeres, unterhielten sie sich wie alte Freunde. Rafa erzählte von seiner Liebe zu Pferden und den Ausritten über die argentinische Pampa, vom Horizont, der im Abendlicht wie Bernstein leuchtete, und den Frühlingsmorgen, wenn das Land in Nebelschleier gehüllt war. Er erzählte ihr von den Präriehasen, die im hohen Gras spielten, und vom Duft der Gardenien, die ihn stets an sein Zuhause erinnerten. Und er erzählte ihr von seiner Mutter, die sich immerfort Sorgen um ihn machte, obwohl er über dreißig war, und von seinem verstorbenen Vater, um den er bis heute trauerte, sowie seinen viel älteren Geschwistern, die er kaum kannte.

Bis sie ihr Ziel erreichten, fühlte Clementine sich wie ein anderer Mensch. Ihre Abwehrhaltung allem gegenüber war von seiner Begeisterung fortgewischt worden, und an ihrer Stelle regte sich eine neue Zuversicht. Rafa hatte es mit seinen Geschichten über das Leben in Argentinien geschafft, dass sie nicht mehr einzig um sich selbst kreiste. Sie hörte ihm aufmerksam und voller Mitgefühl zu – und ein bisschen verwundert, dass er ausgerechnet ihr all das anvertraute.

Clementine parkte den Wagen am Gatter oben an einem Feld und stieg aus. Unter ihnen, an den Klippen hinten auf dem Feld, stand eine hübsche kleine Kirche mit einem runden Turm und einem grauen Schieferdach.

»Da wären wir«, sagte Clementine. »Es sieht nicht nach viel aus ...«

»Oh doch, das tut es. Das Haus, das Gott vergessen hat.«

Sie lächelte erfreut, weil es ihm gefiel. »Ja, genau das ist es. Das Haus, das Gott vergessen hat, und sieht es nicht traurig und verloren aus?«

Sie kletterten über das Gatter und gingen den Hügel hinab. Das Gras war lang und dicht, getupft von leuchtend gelben

Butterblumen, die in der Sonne glänzten. Bienen summten um die Blüten herum, und ein Paar Schmetterlinge flatterten tanzend um Clementines und Rafas Köpfe. Als sie näher kamen, konnte Rafa sehen, dass die Fenster der Kirche vernagelt waren. Das Gebäude wirkte wahrlich traurig und verlassen.

»Hier kommt keiner hin. Alle haben die Kirche vergessen. Von der Straße aus kann man sie nicht mal sehen. Ich habe sie vor Jahren vom Wasser aus entdeckt, als ich mit Dad zum Fischen draußen war, und irgendwie zog es mich hierher. Sobald ich fahren konnte, habe ich sie gesucht. Gucken wir sie uns von drinnen an.«

»Kann man da denn rein?«

»Wo ein Wille ist, ist auch ein Weg, heißt es doch so schön. Komm mit.«

Sie lief um die Kirche herum. Auf der Rückseite führten einige Stufen hinunter zu einer kleinen Holztür. »Das hier muss mal der Hintereingang für Zwerge gewesen sein«, sagte sie kichernd. »Oder die Leute waren vor Jahrhunderten sehr klein.«

»Was glaubst du, wie alt sie ist?«

»Na ja, drinnen sind Gräber von Leuten, die im dreizehnten Jahrhundert gestorben sind.«

»*Increíble!*«, hauchte er.

Sie stieß gegen die Tür, die sich ächzend öffnete. Drinnen war es kühl und klamm. Sie ließen die Tür weit offen, damit Licht hereinfiel, und stiegen eine Wendeltreppe hinauf in den Hauptraum der Kirche. Er wäre dunkel, hätte der Wind nicht längst Löcher ins Dach gerissen. Zudem waren manche der Bretter vor den Fenstern verrottetet und halb vom Rahmen weggebrochen. Stumm standen sie da und blickten sich um.

Obwohl es deutlich kühler war als draußen, fühlte sich die Luft befremdlich warm an, als wäre sie hier weicher. Der Altar war mit dem üblichen weißen Tuch bedeckt, und obendrauf stand eine schimmelüberwachsene leere Vase. Die Kirchenbänke aus Eiche, die mit den Jahren schwarz geworden waren, standen in ordentlichen Reihen, und auf dem Steinboden lagen noch einige mit Kreuzstickerei verzierte Betkissen. Auf einem Tisch vorn an der Tür war ein Stapel grüner Gesangbücher, und gegenüber trennte ein dunkelroter Samtvorhang das Kirchenschiff von einem kleinen Anbau mit einem ausgetrockneten Taufbecken.

»Es kommt einem vor, als hätten sie eine Messe beendet, die Tür abgeschlossen und wären für immer weggegangen«, sagte Clementine.

Rafa setzte sich auf die Orgelbank und spielte ein paar Noten. Der disharmonische Klang hallte von den Wänden und schreckte ein Taubenpaar auf, das sich sein Nest auf einem der Dachbalken gebaut hatte.

»Gütiger, ist die Orgel verstimmt!«, rief Clementine und hielt sich die Ohren zu. Sie war im Chorraum, der aus zwei gegenüberliegenden Bänken vor dem Altar bestand. »Kannst du spielen?«, fragte sie.

»Nein. Hört man das nicht?«

»Ich dachte, die Orgel klingt so furchtbar, nicht du.«

Er stand auf. »Und was tust du hier, wenn du allein herkommst?«

»Nichts«, antwortete sie achselzuckend. »Ich gehe herum und lese die Grabinschriften. Die Namen sind wunderbar. Ich stehe über ihnen und frage mich, ob das unter meinen Füßen alles ist, was von ihnen übrig ist, oder ob ihr Geist in irgendeiner anderen Dimension ist, die unsere Sinne nicht erfassen. Ich würde gerne glauben, dass es einen Himmel gibt.«

Rafa schritt zu einer Grabplatte, die durch ihre Größe und die deutliche Gravur aus den anderen herausstach. »Archibald Henry Treelock«, las er.

»Ein klasse Name, Archibald.«

»Was denkst du, was Archibald jetzt macht?«

»Mein Verstand sagt mir, dass der gute alte Archibald nichts als Staub ist. Aber mein Herz sagt, dass er im Himmel einen Branle mit seiner Frau Gunilda tanzt.«

»Ich glaube, dass dein Herz recht hat. Wenigstens sagt mir

meines dasselbe. Ich glaube nicht, dass mein Vater Staub und Erde ist. Ich glaube, dass sein alter Körper in der Pampa begraben ist, aber sein Geist ist woanders.« Er blickte sich in der Kirche um und senkte die Stimme. »Vielleicht ist er jetzt mit uns hier, in dem Haus, das Gott vergessen hat.«

»Ich hatte bisher noch nie einen Todesfall in der Familie. Meine Großeltern leben alle noch, leider. Die Eltern meiner Mutter sind extrem nervig. Ein Glück, dass sie weit weg wohnen und ich sie so gut wie nie sehe.«

»Wo wohnen sie denn?«

»In Schottland, bei meiner Mutter.«

Er guckte sie stirnrunzelnd an. »Entschuldigung, das verstehe ich nicht. Deine Mutter lebt doch hier, oder nicht?«

»Nein, Marina ist nicht meine Mutter. Gott bewahre! Nein, meine Mutter lebt mit ihrem zweiten Mann Martin, der übrigens ein Idiot ist, in Edinburgh. Marina ist meine Stiefmutter.«

»Ich dachte, sie ist ...«

»Das denken die meisten, ich weiß auch nicht, wieso. Wir sehen uns nicht mal ähnlich.«

»Nein, tut ihr nicht.«

»Ich sehe wie meine Mutter aus, bedauerlicherweise, denn sie ist keine Schönheit. Tja, mir wurde beigebracht, dass Schönheit von innen kommt, also glaube ich das mal.«

Rafa stieg die Stufen zur Kanzel hinauf. »Hat Marina eigene Kinder?«

»Nein. Sie konnte keine kriegen. Das ist ein wunder Punkt bei ihr. Sprich sie lieber nicht drauf an.«

»Verstehe.« Er legte seine Hände seitlich auf die Kanzelbrüstung, als wäre er ein Vikar, der sich zur Predigt bereit machte. Sein Gesicht wirkte ernst.

»Jake und ich sind der einzige Ersatz, den sie an Kindern je haben wird.«

»Du scheinst kein Mitleid mit ihr zu haben.«

»Ist das so offensichtlich?« Sie rümpfte die Nase. »Wir sind sehr unterschiedlich, sie und ich.«

»Wie alt warst du, als sie deine Stiefmutter wurde?«

»Drei, und ich dachte, dass sie meinen Vater gestohlen hat.«

Rafa kam die kleine Treppe herunter und stellte sich vor Clementine. Er sah sie mit einem solchen Mitgefühl an, dass sie ein merkwürdiges Ziehen in ihrer Brust spürte. Sie hatte nicht vorgehabt, so viel von sich preiszugeben.

»Ich verstehe«, sagte er und berührte ihren Arm. Die Art seiner Berührung und der dunkle Schatten, der sein Gesicht so ernst machte, legten nahe, dass er sie tatsächlich verstand.

»Danke«, war alles, was sie herausbrachte.

Er lächelte. »Komm, lass uns wieder raus in die Sonne gehen. Ist hier unten ein Strand? Ich würde gerne das Meer sehen.«

Seine Hand war auf ihrem Rücken, als er sie an dem Altar vorbei zur engen Steintreppe führte, über die sie hereingekommen waren. Die Kirche war *ihr* geheimer Ort, und sie war *seine* Fremdenführerin; trotzdem kam es ihr in diesem Moment vor, als würde er sich um sie kümmern. Sie genoss es und fühlte sich feminin wie nie zuvor. Warum sie sich einem vollkommen Fremden öffnete, wusste sie selbst nicht. Vielleicht gerade weil er ein Fremder war und nichts über sie oder ihre Familie wusste. Oder weil etwas in seinen braunen Augen sie verführte, ihm zu trauen.

Wie Vampire traten sie hinaus in den hellen Sonnenschein und blinzelten. Die Butterblumen leuchteten kleinen Flammen gleich, und nach dem modrigen Geruch in der Kirche wirkte die Luft hier draußen schwanger vor Leben. Beide atmeten tief ein und ließen sich vom warmen Sonnenschein die Gesichter streicheln. Das Meer unterhalb der Klippen war ruhig. Träge schwappten die Wellen gegen die Felsen und erzeugten einen einschläfernden Rhythmus. Sie gingen hinunter an den Strand. Früher war hier ein Pfad gewesen, den längst Farne und wilde Brombeeren überwuchert hatten. Clementine war froh, dass sie eine Jeans trug, sodass die Dornen an dem Stoff statt an ihrer Haut rissen.

Den Weg nach unten redeten und lachten sie. Rafa half ihr

ein oder zwei Male, sich von den Brombeerzweigen zu befreien, die sich an ihren Knöcheln verhakt hatten.

»Und all das für einen Strand«, sagte er kopfschüttelnd, nachdem er ihre Jeans freibekommen hatten.

»Das ist nicht irgendein Strand. Er ist wirklich schön.«

»Sieht nicht aus, als wäre in den letzten Jahrzehnten jemand hier gewesen.«

»Ist auch keiner. Ich ebenfalls nie. Ich habe ihn vom Boot aus gesehen, aber noch nie versucht, zu Fuß herzukommen.«

»Wir sollten lieber einen Weg freischlagen, damit wir das nächste Mal runtersteigen können, ohne von Pflanzen gefressen zu werden.«

Der Gedanke, häufiger mit Rafa herzukommen, hob Clementines Stimmung noch mehr. Sie hatten einen ganzen Sommer vor sich, und sie würde ihm mit Freuden jeden Winkel von Devon zeigen.

Schließlich wurde der Weg zu einem Sandstreifen, der in einen abgeschiedenen gelben Strand mündete. Vom Wasser aus hatte er schon sehr hübsch ausgesehen, doch nun stellte Clementine fest, dass er aus der Nähe noch viel schöner war, als sie es sich vorgestellt hatte. Und die Tatsache, dass weder Marina noch ihr Vater diesen kleinen Strand bisher in Beschlag genommen hatten, machte ihn besonders reizend. Dies würde Clementines Strand sein, unterhalb *ihrer* Kirche, und sie würde ihn mit niemandem außer Rafa teilen.

»Erzähl den anderen bitte nichts von diesem Strand und der Kirche, ja? Ich möchte nicht, dass die gesamte Grafschaft hier angedackelt kommt.«

Er stemmte seine Hände in die Hüften und blickte übers Meer. »Nein, ich verrate es keinem. Es ist fantastisch.« Er atmete so tief ein, dass seine Nasenflügel bebten. »Endlich bin ich hier«, ergänzte er, und Clementine hatte den Eindruck, als würde er mit sich selbst sprechen.

Sie gingen ans Wasser. Rafa zog seine Schuhe aus und krempelte die Jeans hoch. Seine Begeisterung steckte sie an, es ihm gleichzutun. Das Wasser war kalt, aber Rafa bestand darauf, dass sie die gesamte Länge der Bucht abwanderten. Kleine Wellen rollten herein, die sich mit ihren weißen Schaumkämmen um ihre Knöchel wanden, ehe sie sich wieder zurückzogen, um der nächsten Platz zu machen. Rafas Jeans wurde unten dunkel, und bald war sie bis zu den Knien nass. Es tat es mit einem Lachen und einem Achselzucken ab.

»Hätte ich eine Badehose dabei, würde ich reinspringen.«

»Lass uns das machen«, schlug sie vor. Er sah sie verwundert an. »Ganz ins Meer tauchen.«

»Wenn du mitmachst, bin ich dabei.«

Sie kicherte nervös. »Okay.« Klopfenden Herzens lief sie ein Stück auf den Sand, zog sich ihre Jeans und das Hemd aus und stand nur in ihrem T-Shirt und pink geblümtem Slip vor ihm.

Lachend warf er den Kopf in den Nacken. »*Qué coraje, nena!*«

»Ich hoffe, das ist ein Kompliment.«

»Ist es. Du hast Mut!«

»Tja, lass mich hier nicht so rumstehen. Mach schon!«

Er kam zu ihr gelaufen und zog sich Jeans, Jacke und T-Shirt aus, die er neben ihre Sachen warf. »Bist du so weit?«

Sie hatte kaum Zeit, seinen athletischen Körper in nichts als Calvin-Klein-Boxershorts zu bewundern, ehe er ins Wasser rannte und laut prustete, weil es so kalt war. Clementine folgte ihm begeistert. Es war unglaublich, welche Wendung das Schicksal nahm, um sie beide auf diese Weise zusammenzuführen.

Sie alberten im Wasser herum, lachten und bespritzten sich gegenseitig. Nachdem sie sich an die Wassertemperatur gewöhnt hatten, fühlte es sich nicht mehr so kalt an. Sie schwammen ein kleines Stück raus, sodass sie von den Wellen auf und ab gewiegt wurden wie Bojen.

»Du bist sehr mutig«, sagte er bewundernd.

»Nur weil du mich auf die Idee gebracht hast.«

»Aber du hast nicht gezögert. Für dich war nichts dabei, ins Wasser zu springen.«

»Na ja, was soll ich sagen? So bin ich nun mal.« Sie grinste.
»Das gefällt mir.«
»Wir haben keine Handtücher, aber es ist sonnig. Wir können am Strand trocknen. Ich wette, du warst noch nie in derart kaltem Wasser.«
»Irrtum. In Chile ist das Meer noch viel kälter als hier. Da kann man auf keinen Fall länger im Wasser bleiben, falls man überhaupt reinwill.«
»Südamerika würde ich gerne mal kennenlernen.«
»Marina sagte, dass du wieder nach Indien reisen willst.«
»Ich liebe Indien, trotzdem muss es nicht unbedingt Indien sein. Ich will einfach bloß weg von *hier*.«
»Warum?«
»Weil ich nicht weiß, was ich machen will. Ich habe Angst davor, mit dem Rest meines Lebens anzufangen. Und wenn ich reise, vermeide ich es.«
»Reisen *ist* Leben.«
»Leben ohne Verantwortung. Man erwartet von mir, dass ich eine Karriere starte und ›erwachsen‹ werde. Das Problem ist, dass ich weder noch will.«
»Dann musst du es auch nicht.«
»Da sagt mein Vater etwas anderes.«
»Du musst tun, was *du* willst. Wenn du Reisen liebst, solltest du die Welt sehen. Ich finde nicht, dass man den Erwartungen anderer gerecht werden muss. Schließlich ist es dein Leben.«
»Was für ein morbider Gedanke.«
»Mag sein, doch er lenkt den Blick aufs Wesentliche. Du musst deinen eigenen Weg finden, Clementine, auch wenn es nicht der ist, den sich deine Familie für dich vorstellt.«
»Ich arbeite in Dawcomb und spare, um wieder wegzukönnen, irgendwohin.«
»Irgendwohin, nur nicht hier.« Er grinste.
»Ich weiß, das klingt undankbar.«
»Ich kenne dich nicht gut genug, als dass ich beurteilen kann, ob du undankbar bist. Aber ich kenne die menschliche

Natur hinreichend, um zu wissen, dass du nie glücklich wirst, indem du dein Leben für andere führst. Du musst deinen eigenen Weg gehen und selbst herausfinden, was du willst.«

»Du bist sehr weise, Rafa.«

»Danke. Und jetzt gehen wir lieber raus, denn ich fühle meine Zehen nicht mehr.«

Sie setzten sich zum Trocknen in den Sand, und Clementine konnte sehen, wie fit und gut aussehend er war. Das nasse Haar fiel ihm in die Stirn. Es schien unglaublich, dass sie neben ihm saß, nass wie ein Fisch, und mit ihm lachte, als wären sie alte Freunde. Nach einer Weile – sie waren immer noch nicht ganz trocken – zogen sie sich wieder an und gingen zurück zum Wagen. Clementines nasse Dessous unter der Kleidung fühlten sich nicht schön an, dennoch hätte sie das spontane Schwimmen um nichts in der Welt versäumen wollen.

Sie fuhren zum Polzanze. Auf dem Weg mutmaßten sie, wie die anderen reagieren würden, wenn sie erzählten, dass sie Schwimmen gewesen waren. »Ich werde auf jeden Fall als Fremdenführerin gefeuert«, sagte Clementine.

»Und ich als Künstler.«

»Nein, wirst du nicht.«

»Meinst du?«

»Keiner feuert dich, solange du die alten Damen nicht vom rechten Weg abbringst.«

»Alte Damen?«

»Deine Schülerinnen.«

»Ah, *por supuesto,* meine Schülerinnen.« Er rieb sich das Kinn. »Wie alt sind sie?«

»Sehr alt.« Clementine lachte. »Aber anscheinend sehr unterhaltsam. Sie sind äußerst exzentrisch. Letztes Jahr waren sie hier, und Marina redet immer noch davon.«

»Warst du letztes Jahr nicht hier?«

»Natürlich nicht!«

Er schüttelte den Kopf. »Nein, dumm von mir. Du warst irgendwo, egal wo, nur nicht hier.«

12

Clementine und Rafa stürmten wie ein Paar nasse Hunde ins Hotel. Rose und Jennifer beobachteten, wie die beiden nach oben liefen. Ihr Lachen hallte durchs Treppenhaus.

Rose sah Jennifer fragend an. »Was glaubst du, haben sie gemacht?«

»Was es auch ist, ich wünschte, ich hätte es auch getan«, antwortete Jennifer wehmütig.

»Denkst du, sie waren im Meer schwimmen?«

»Na ja, falls sie nicht in eine Riesenpfütze geplumpst sind, würde ich sagen, das ist ziemlich gut möglich.«

»Hach, wenn man sich vorstellt, dass er den ganzen Sommer hier ist!«

»Da werden viele Herzen gebrochen.«

»Mir egal«, seufzte Rose. »Meins darf er mir jederzeit brechen.«

Das Mittagessen wurde am langen Fenstertisch im Speisesaal eingenommen. Marina setzte Rafa zwischen sich und Clementine. Ihr fiel das nasse Haar der beiden auf, und dass sie sich umgezogen hatten. Sie waren aufgekratzt, tuschelten miteinander wie vertraute Freunde. Vor allem aber leuchtete Clementines Gesicht wie ein chinesischer Lampion. Ihre sonst so finstere Miene strahlte von innen. Marina staunte über die plötzliche Veränderung. Ihre Stieftochter lächelte ihr sogar zu, und Marina schämte sich beinahe für so viel Dankbarkeit.

»Was habt ihr zwei angestellt?«, fragte Grey.

»Wir sind im Meer geschwommen«, antwortete Clementine, als würde sie es jeden Sonntagmorgen tun.

Rafa grinste. »Die Schuld liegt ganz bei mir.«

»Wie galant von dir«, murmelte Jake.

»Ich konnte der Verlockung der See nicht widerstehen.«

»Nein, es war meine Idee«, gestand Clementine, und ihr Strahlen sagte überdeutlich, dass sie es nicht bereute.

»War das nicht sehr kalt?«, fragte Marina.

»Eisig«, sagte Rafa. »Und es hat uns sehr hungrig gemacht.« Er blickte zur Platte mit sautiertem Thunfisch, Gurken-Nori-Rollen in geröstetem Sesam und Honig- und Chili-Dressing, und man sah, wie ihm das Wasser im Mund zusammenlief. »Das sieht köstlich aus.«

»Wir haben einen hervorragenden französischen Koch«, erklärte Marina.

»Frischer Thunfisch«, ergänzte Grey, der sein Besteck aufnahm. »Ich würde zwar gerne behaupten, dass ich den selbst gefangen habe, aber ich saß heute Morgen im Büro fest.«

»Was hast du gemacht?«, fragte Marina.

»Jake und ich haben unser erstes literarisches Dinner geplant.«

»Wir wollen William Shawcross bitten, einen Vortrag zu halten«, ergänzte Jake.

»Ich bin ihm ein oder zwei Mal in London begegnet und habe ihn bei der Royal Geographic Society sprechen gehört«, erzählte Grey. »Ich denke, wir könnten ihn überreden, zu uns zu kommen. Immerhin hat seine Frau ein Hotel am Rand von Dartmoor.«

»Das ist eine großartige Idee«, sagte Marina begeistert. Sie saß im sonnendurchfluteten Speisesaal mit ihrem neuen Künstler am Tisch und hätte vielleicht bald William Shawcross als Vortragenden zu Gast: Wie wollte sie da keine neue Hoffnung schöpfen? Außer ihrem waren nur wenige Tische mit Gästen besetzt, aber hatte sich erst herumgesprochen, dass ein Künstler über den Sommer bei ihnen residierte, würden sich bald mehr Gäste einstellen und wieder richtig viel los sein.

»Schatz, wo ist Harvey? Ich bräuchte ihn heute Nachmittag für ein, zwei Dinge«, sagte Grey.

»Er besucht seine Mutter«, antwortete Marina.

»Was für ein aufopfernder Sohn.«

»Seine Mutter muss steinalt sein«, sagte Jake. »Bei ihm selbst tickt ja schon die Uhr.«

»Das ist nicht nett, Jake«, schalt Marina ihn. »Geistig ist er noch jung.«

»Die Lebensdauer ist einzig eine Frage des Denkens«, sagte Rafa und tippte sich an die Schläfe. »Ich glaube, dass die meisten Krankheiten vom Kopf kommen.«

»Schwachsinn«, konterte Jake. »Willst du behaupten, dass Leute, die an Krebs sterben, schlicht verkehrt gedacht haben?«

Marina war es peinlich, dass Jake so aggressiv gegenüber Rafa wurde, doch den schien es nicht im mindesten zu irritieren.

»Ich glaube, dass unsere Gefühle in einem Maß Einfluss auf unseren Körper nehmen, das wir gerade erst zu begreifen zu beginnen. Ärzte verschreiben Mittel, mit denen die Symptome behandelt werden, nicht die Ursache. Meiner Meinung nach gibt es einen direkten Zusammenhang zwischen unserem Denken und unserer Gesundheit. Wir fühlen uns alle besser, wenn wir positiv denken.«

Jake zog eine Grimasse, aber Rafa lächelte.

»Stell dir vor, du liegst abends im Bett. Du bist warm und sicher und schlummerst langsam ein. Dann taucht ein Gedanke in deinem Kopf auf, der dir Angst macht. Vielleicht stellst du dir vor, dass draußen jemand herumschleicht. Dein Herz fängt zu rasen an, deine Atmung wird flach, deine Haut kalt und klamm. Der Stress, den Angst hervorruft, stört den Energiefluss in deinem Körper. Aber das ist bloß ein Gedanke, mehr nicht.«

»Sie haben natürlich recht, Rafa. Viele Krankheiten sind psychosomatisch«, sagte Grey.

»Dem stimme ich zu«, schloss Clementine sich an.

Jake sah stirnrunzelnd zu seiner Schwester und trank von seinem Wein. »Klar tust du das, Clemmie. Übrigens, Rafa, wusstest du, dass Clemmie nicht mehr im Meer gebadet hat seit … wie lange? Zwanzig Jahre?«

»Was hat das denn mit dem Einfluss des Denkens auf die Gesundheit zu tun?«, fragte Clementine schnippisch.

»Ich wollte lediglich den Zusammenhang zwischen deinem Denken und deiner Stimmung illustrieren.« Er grinste Clementine zu, die ihn mit einem bösen Blick bedachte.

»Ah, tausend Dank! Möchtest du das vielleicht auch noch mal aufmalen?«

»Meine alten Damen treffen morgen ein«, sagte Marina rasch, damit das Mittagessen nicht gleich zu Beginn aus dem Ruder lief.

»Clementine erzählte mir, sie wären alle recht exzentrisch. Ich kann es nicht erwarten, sie kennenzulernen.« Rafa schmunzelte.

»Sie sind sehr englisch, das heißt, mit Ausnahme von Mrs Delennor. Sie ist Amerikanerin.«

»Ich liebe Amerikaner! Ich habe drei Jahre bei einer Werbeagentur in New York gearbeitet.«

»Deshalb sprechen Sie so gut Englisch«, sagte Grey.

»Mit einem kleinen amerikanischen Einschlag«, konnte Jake sich nicht verkneifen. »Mit so einem Akzent hätte ich viel mehr Chancen bei den Frauen.«

»Da brauchst du schon weit mehr als einen Akzent, Jake«, erwiderte Clementine. »Und, Rafa, hast du eine Freundin in Buenos Aires zurückgelassen?« Sie sah hinunter auf ihren Teller und hoffte inständig, dass er nun nicht eröffnete, er hätte Frau und Kinder zu Hause.

»Nein«, antwortete er lächelnd. »Ich bin ungebunden.«

»Das sollten wir lieber nicht an die große Glocke hängen«, sagte Grey. »Sonst wollen sofort sämtliche junge Frauen in Dawcomb malen lernen.«

»Solange sie meine Zimmer buchen, habe ich nichts dagegen«, bemerkte Marina.

»Hast du Rafa Dawcomb gezeigt?«, fragte Grey seine Tochter.

»Nein, und er war auch schon da.«

»Trotzdem sollte er heute Nachmittag eine richtige Führung bekommen. Es ist wichtig, dass er mit der Gegend vertraut wird.«

»Oh bitte, Dad. Was ist denn so wichtig an der Gegend?«

»Glaub mir, Liebes, ein Mann muss wissen, wo er ist.«

Rafa lachte und drehte sich zu Clementine. »Du schuldest mir Scones mit Clotted Cream, oder hast du das vergessen?«

Clementine strahlte vor Freude, weil er sich daran erinnerte. »Also gut, dann ins Devil's auf Scones und Marmelade und damit du die Gegend kennenlernst.« Sie grinste ihrem Vater zu, und Grey quoll das Herz über vor Dankbarkeit.

Nach dem Mittagessen verschwanden Clementine und Rafa nach Dawcomb. Grey ging hinunter zum Anleger, um etwas an seinem Boot zu richten, und Marina kehrte in den Stallblock zurück. Jakes Benehmen mittags verwirrte sie. Diese Feindseligkeit passte nicht zu ihm. Fühlte er sich durch Rafa bedroht? War er eifersüchtig, weil solch ein Tamtam um den neuen Künstler veranstaltet wurde? Ja, das ganze Hotel sprach von nichts anderem. Und Jake hatte die Idee mit dem Hauskünstler von Anfang an blöd gefunden. Vielleicht ärgerte ihn nun, dass der Mann so offensichtlich ein Erfolg sein würde. Dabei war Jake nicht klar, dass sie *alle* von Rafa abhängig waren, egal wessen Idee es gewesen war, ihn einzuladen. In ihrer Lage konnten sie wahrlich auf alberne Eifersüchteleien verzichten. Diese Sache *musste* funktionieren.

Marina war in der Küche und las Zeitung, als Jake hereingeplatzt kam, die Wangen rot vor Aufregung.

»Baffles hat wieder zugeschlagen!«, rief er. Marina sah ihn erschrocken an. »Die Greville-Jones' wurden in den frühen Morgenstunden ausgeraubt.«

»Gütiger Gott, bist du sicher?« Es machte ihr Angst, dass sich der Dieb Opfer auswählte, die sie persönlich kannte. Er rückte ihr entschieden zu nahe.

»Mein Maulwurf bei der Polizei hat mich eben angerufen. Er

sagt, sie halten es unter Verschluss, weil sie den Leuten keine Angst machen wollen.«

»Morgen lesen wir es sowieso in der Zeitung.«

»Von mir erfahren die es nicht.«

Marina seufzte. »Armer John, arme Caroline. Das ist einfach schrecklich.« Sie bemerkte Jakes Grinsen. Er genoss das Drama. »Du solltest nicht zu zufrieden gucken, Jake. Wir könnten die Nächsten sein.«

»Das bezweifle ich. Bei uns gibt es nichts zu stehlen.«

»Was er nicht unbedingt weiß.«

»Klar weiß er das. Es ist offensichtlich, dass er die Häuser, in die er einbricht, sehr gut kennt. Er schnappt sich die Beute und rührt nichts anderes an.«

»Wurde jemand verletzt?«

»John Greville-Jones hat ein Geräusch in der Diele gehört und ist mit seinem Gewehr nach unten geschlichen. Anscheinend hat er es immer unter seinem Bett.«

»Er soll lieber aufpassen, dass Caroline nicht ihn damit erschießt.«

Jake lachte. »Ich glaube nicht, dass sie weiß, wie man so ein Ding entsichert.

»Hat er ihn gesehen?«

»Nein. Er war sehr schnell. Rein und raus wie eine Maus.«

»Was hat er mitgenommen?«

»Das gesamte Silber aus dem Esszimmer.«

»Sonst nichts?«

»Mein Maulwurf sagt, er muss gewusst haben, dass es da war, weil er direkt ins Esszimmer ist. Die anderen Zimmer hat er gar nicht betreten, und du weißt, dass Greville-Jones' ein Wohnzimmer voller wertvoller Gemälde haben.«

»Irgendein Hinweis?«

»Nur ein Zettel, auf den ›Danke schön‹ steht.«

»Das ist doch absurd!«

»Unterzeichnet mit ›Raffles‹.«

»Auf jeden Fall mag er die Aufmerksamkeit, die er bekommt.

Wer hat denn schon mal von einem höflichen Räuber gehört? Ein Widerspruch in sich.«

»Eigentlich nicht. Räuber haben immer schon gerne ihre Erkennungszeichen dagelassen.«

»Arme John und Caroline. Ich wollte vorschlagen, dass Rafa mit meinen Damen ihre Laube malt. Letztes Jahr hat Caroline ein Picknick für sie gemacht, und Harvey saß den ganzen Nachmittag in der Küche und hat mit der Köchin geflirtet. Tja, jetzt werden sie wohl eher keine Fremden zu sich einladen wollen.«

Rafa und Clementine saßen bei Devil's und betrachteten die silberne Etagère mit den Scones, die große Schale Clotted Cream und den Topf mit Marmelade. Penny und Tamara, zwei hübsche junge Bedienungen, blieben in Tischnähe, weil sie hofften, dass der gut aussehende Fremde ihnen noch ein umwerfendes Lächeln schenkte.

»Das sind also Scones«, sagte Rafa und nahm sich den größten.

»Ich zeige dir, wie's geht.« Clementine schnitt ihm seinen Scone auf, gab einen großen Klecks Sahne auf jede Hälfte und einen Löffel Marmelade obendrauf. »Jetzt probier! Es ist nicht bloß ein Geschmack. Das ist ein Erlebnis.«

Wohlwissend um sein Publikum – das neben den beiden Kellnerinnen aus einem Tisch voller Frauen mittleren Alters bestand, die ihre Unterhaltung unterbrochen hatten – hob Rafa eine Hälfte an die Lippen und biss ein klein wenig übertrieben theatralisch ab. Die Sahne-Marmeladenschicht war so dick, dass sich Spuren auf seinen Lippen nicht vermeiden ließen. Statt seine Serviette zu benutzen, leckte er sie genüsslich ab, während sich seine Krähenfüße beim Grinsen vertieften. Penny und Tamara kicherten, und die Frauen am Tisch lächelten über seine Bereitschaft, über sich selbst zu lachen. Es dauerte nicht lange, bis Sugar Wilcox, die auf den weniger zuckrigen Namen Susan getauft war, aus ihrem Büro hinten im Café kam, um nachzusehen, was vorne los war.

Sugars Herz war so weich wie ihre Scones und ebenso bereit, mit Marmelade und Sahne verschlungen zu werden. Kaum erblickte sie den charismatischen Fremden, der mit Clementine Turner am Fenster saß, richtete sie ihre sorbetrosa Schürze und nutzte ihre Stellung als Inhaberin, um quer durch den Raum zu rauschen und sich vorzustellen.

»Clemmie, wer ist dein charmanter Gast?«

Rafa wischte sich den Mund mit seiner Serviette ab, sprang höflich auf und reichte der zierlichen blonden Frau die Hand. »Rafa Santoro«, sagte er.

Der kräftige Händedruck erschreckte sie, weshalb sie hastig ihre Hand zurückzog und die fragilen Finger mit der freien Hand umfing.

»Italiener«, rief sie aus. »Ich liebe Italien!«

»Argentinier«, antwortete er. »Sie würden Argentinien übrigens auch lieben.«

»Du meine Güte, Sie sind witzig. Genießen Sie Ihre Scones.«

Rafa setzte sich wieder. »Ich genieße. Sie sind köstlich. Wenn ich hier leben würde, wäre ich allein von denen ganz schnell fett – und glücklich.«

»Tatsächlich kenne ich Argentinien ein bisschen. Ich hatte eine Eva-Peron-Phase, in der ich mir mein Haar in einem strammen Knoten nach hinten steckte, Vierzigerjahrekleider anzog und mir die Lippen knallrot schminkte.«

»Sind Sie sicher, dass das keine Madonna-Phase war?«

»Na ja, vielleicht wohl doch. Ich mochte es, wie sie in dem Film aussah. Und, wie lange bleiben Sie bei uns?«

»Über den Sommer«, mischte Clementine sich ein, um Sugar zu erinnern, dass sie auch noch da war. »Er ist der Artist-in-residence bei meiner Stiefmutter.«

»Tatsächlich? Wie schön! Ich würde zu gerne malen lernen.«

»Dazu musst du Hotelgast sein, fürchte ich«, sagte Clementine.

»Zählt ein Mittagessen?«

»Nein.«

Sugar seufzte und riss ihre blauen Augen so weit auf, wie es irgend ging. »Geben Sie Privatunterricht nach Feierabend?«

»Ich bin gerade erst angekommen, daher weiß ich noch nicht, wie der Ablauf sein wird.«

»Ich warne dich, Marina wird dich im Hotel ziemlich auf Trab halten.«

Achselzuckend signalisierte Rafa Hilflosigkeit. »Ich muss mir Kost und Logis verdienen.«

»Die Miete bei mir ist leichter verdient«, hauchte Sugar. »Kommen Sie jederzeit und essen Sie ein, zwei Scones. Aufs Haus. Sie sind gut fürs Geschäft.« Sie lächelte süßlich und rauschte wieder nach hinten.

Clementine lachte leise. »Liegt es an deinem Aftershave?«

»Was meinst du?« Aber er wusste, was sie meinte, denn seine Mundwinkel zuckten verräterisch. »Ich nehme an, dass die Leute hier unten nicht an Ausländer gewöhnt sind.«

»Quatsch, natürlich sind sie, nur nicht an gut aussehende.«

»Dann kommen sie drüber weg. Aussehen bringt einen Menschen nur begrenzt weiter.«

»Wenigstens besitzt du eine Persönlichkeit. Die meisten schönen Menschen hatten es nie nötig, eine zu entwickeln.«

Er sah sie nachdenklich an. »Ich finde weniger offensichtliche Schönheit anziehender. Wenn sie einem entgegenspringt, gibt es nichts mehr zu entdecken.«

Clementine wurde heiß. Meinte er sie? »Jeder hat irgendwas«, war das Einzige – Lahme – was ihr einfiel.

»Deine Stiefmutter hat ein sehr schönes Gesicht.«

»Und das springt dich an?«

»Nein. Sie hat mysteriöse Augen.«

»Dann siehst du was, das ich nicht sehe.«

»Natürlich, weil mich keine Vorurteile blenden. Wenn eine Frau in ihrem Alter ist, spiegelt das Gesicht die Person wieder, die sie ist, ob es ihr gefällt oder nicht. Sie kann ihr Wesen nicht verbergen. Marina hat ein sinnliches, edelmütiges Gesicht, und dennoch ist in ihren Augen etwas Verschlossenes und Trauriges.«

»Männer!« Clementine verdrehte die Augen. »Du bist nicht anders als der Rest.«

»Wie kommst du darauf, dass ich es sein könnte?«

»Weiß ich nicht. Ich hatte gehofft …«

Er zuckte mit den Schultern und trank von seinem Tee. »Das Problem, das du mit deiner Stiefmutter hast, ist deines, nicht ihres. Lass dir nicht von dem, was in der Vergangenheit passiert ist, diktieren, wer du heute bist.«

Clementine war sprachlos. Sie hatte gedacht, dass er sie verstand. Doch letztlich war er wie alle anderen, nur mit einem schöneren Gesicht. Ein Vormittag genügte, und Marina hatte ihn in ihren Tentakeln wie Medusa. Clementine hatte ihn als Verbündeten verloren.

Am Abend ging Rafa nach dem Dinner raus, um seine Mutter anzurufen.

Er saß auf der Erde unter der Zeder und holte sein BlackBerry hervor.

Maria Carmela schien immer zu spüren, wenn es ihr Lieblingssohn war, und eilte zum Telefon, bevor es überhaupt klingelte.

»*Hijo!*«

»*Mamá*. Geht es dir gut?«

»Ja, Rafa. Gott sei Dank, bin ich gesund. Ein bisschen müde, aber was soll man in meinem Alter anderes erwarten?«

»Du bist nicht alt.«

»Ich fühle mich alt. Und ich sorge mich.«

»Ich habe dir doch gesagt, dass du dir keine Sorgen machen musst.«

»Ich wünschte, dein Vater wäre noch hier.«

»Wäre er, wäre ich nicht hier, und ich bin froh, dass ich es bin.«

»Erzähl, was tust du den ganzen Tag?«

Rafa erzählte ihr von seinem Ausflug mit Clementine zur vergessenen Kirche und dem Schwimmen im Meer. »Heute

Nachmittag hatte ich echten englischen Tee in einem Café, das Devil's heißt. Ich habe Scones gegessen.«

»Was ist das?«

»Ähnlich wie *Alfajores de maizena,* mehr oder weniger. Ich bringe dir welche mit.«

»Hast du etwas gesagt?«

»Noch nicht. Es war nicht der richtige Moment.«

»Wenn du es zu lange aufschiebst, verpasst du ihn.«

»Ich muss mir ganz sicher sein. Bisher bin ich mir nur ziemlich sicher, dass es hier richtig ist. Alle Hinweise führten hierher.«

»Wenn du nicht sicher bist, komm nach Hause und vergiss diese alberne Reise.«

»Wo ich schon so weit gekommen bin, gebe ich nicht auf.«

»Keiner kann sagen, dass du kein mutiger Mann bist. Ich bin sowieso schon stolz auf dich.«

»Dann sei weiter stolz und mach dir keine Sorgen.« Eine längere Pause trat ein, in der nichts als ein Knacksen aus der Leitung zu hören war. »*Mamá,* bist du noch da?«

»Ich fühle mich schuldig, Rafa.« Ihre Stimme war leiser als vorher.

»Warum?«

»Hätte ich dir nichts erzählt, wärst du niemals auf diese verrückte Suche gegangen. Dein Vater und ich haben uns geschworen, alles geheimzuhalten. Solange er lebte, gab er mir die Kraft, meinen Mund zu halten. Er nahm es mit ins Grab, wie er immer gesagt hat. Aber ich … Es ist nur, weil ich dich so sehr liebe, dass ich es nicht länger für mich behalten konnte. Du hattest ein Recht, die Wahrheit zu erfahren. Aber jetzt, wo ich es dir gesagt habe, habe ich Angst vor dem, was du aufwühlen könntest. Ich habe Angst, dass ich dir den Schlüssel zur Büchse der Pandora gegeben habe.«

»Nichts wird passieren.«

»Du weißt nicht, mit was für Leuten du es zu tun hast. Sie sind gefährlich.«

»Das ist viele Jahre her. Die Zeiten haben sich geändert.«

»Ich habe solche Angst, dass ich dich wieder in Gefahr gebracht habe.«

»Lass das meine Sorge sein.«

»Oh, Rafa, du gibst mir so viel Kraft. Ich werde es versuchen.«

»Wenn der Sommer zu Ende ist, komme ich nach Hause, und alles wird wieder so sein, wie es vorher war. Vertrau mir.«

»Ich vertraue dir, *Hijo*. Nur ... *ihnen* vertraue ich nicht.«

Rafa zerstreute sie mit Fragen nach der Farm, seinen Geschwistern und deren Kindern. Nach und nach wich die Anspannung aus ihrer Stimme, und sie klang wieder wie sie selbst. Als er auflegte, fühlte er sich ein wenig besser. Ihm war der Gedanke zuwider, dass sie allein mitten in der Pampa saß und sich um ihn sorgte. Er wusste, wie viel er ihr bedeutete, und seit sein Vater tot war, war er für sie noch kostbarer geworden. Rafa stand auf, stemmte die Hände in die Hüften und sah gedankenverloren hinauf in die unendliche Schwärze der Nacht. Er war noch nicht bereit, wieder hineinzugehen. Es gab zu viele Knoten in seinem Kopf zu entwirren. Also machte er einen Spaziergang.

Die Düfte des Gartens wurden durch den Tau intensiver, und sie erinnerten ihn an Mitternachtsspaziergänge, die er als junger Mann in der Pampa unternommen hatte. Während seine Gedanken tiefer in die Vergangenheit tauchten, fühlte er eine schmerzliche Sehnsucht an seinem Herzen ziehen.

Als Rafa ein kleiner Junge war, war Lorenzo schon in den Sechzigern gewesen. Seine anderen Kinder waren alle erwachsen, und seine Frau fürchtete, dass er die Geduld für die ständigen Forderungen eines kleinen Kindes nicht mehr aufbrächte. Aber nach und nach hatte Rafa ihn mit seiner Begeisterungsfähigkeit und seiner Neugier für sich gewonnen. Er folgte ihm wie ein treuer Hund über die Farm. Als seine älteren Kinder klein waren, hatte Lorenzo zu viel arbeiten müssen; im hohen Alter war er verzückt, die Zeit zu haben, um seinen Jüngsten zu verwöhnen. Er brachte ihm Reiten bei und nahm ihn auf lange Ausflüge in die Pampa mit, erzählte ihm von der Geschichte des Landes und seiner eigenen Kindheit in Italien. Er brachte ihm Kartenspielen bei und zu lächeln, wenn er verlor, und abends saßen sie mit den anderen Gauchos am wärmenden Feuer und sangen Lieder, zu denen Lorenzo Gitarre spielte. Der alte Mann genoss es, ein Kind zu haben, dem er sich widmen durfte, anstelle von vieren, und er verwöhnte seinen Jungen mit der Nachsichtigkeit eines Mannes, der wenig anderes im Leben hatte, das ihm Freude bereiten konnte.

Rafa hatte jene Zeiten allein mit ihm geliebt. Sein Vater war ein kräftiger Bär von einem Mann mit dem ruhigen, sanften Wesen eines Hundes. Wie sehr er ihm fehlte.

13

Marina hatte seit vielen Jahren keine Albträume mehr gehabt, seit sie verheiratet war. Aber in dieser Nacht wachte sie schweißgebadet auf. Ihr Herz hämmerte wie verrückt, und sie erstickte fast an ihren Schluchzern. Sie setzte sich auf, fasste an ihre Brust und kehrte sehr langsam in die Gegenwart und ihr Bett zurück, wo Grey friedlich schlafend neben ihr lag. Sie griff zum Nachttisch und nahm das Glas Wasser auf. Zitternd hob sie es an ihren Mund. Nach und nach beruhigte sich ihr Puls wieder, und ihr Herz hörte auf zu hämmern. Sie holte tief Luft und wischte sich die Augen. Aber die Traurigkeit aus ihrem Traum blieb wie ein schweißfeuchtes Nachthemd an ihr kleben.

Sie stieg aus dem Bett und ging unsicheren Schrittes zum Wandschrank mit ihren Kleidern. Sorgsam bedacht, keinen Lärm zu machen, öffnete sie die Tür und griff ganz nach hinten in das Regal, wo ihre Schuhschachtel verborgen an der Wand hinter ihren Pullovern lagerte. Sie hatte sie seit Jahren nicht mehr herausgeholt, obwohl sie eine magnetische Anziehung auf sie ausübte, wann immer Marina den Wandschrank öffnete.

Den Schuhkarton fest an ihre Brust gedrückt, ging sie ins Bad und verriegelte die Tür hinter sich. Sie schaltete das Licht ein und zuckte in der plötzlichen Helligkeit zusammen. Langsam schritt sie zur Toilette, klappte den Deckel herunter und setzte sich. Regungslos saß sie da. Sie starrte auf den schlichten weißen Pappdeckel, bis ihre Augen brannten. Die Schachtel sah wie ein kleiner Sarg aus, so rein und unbefleckt. Mit den Fingern strich sie über die glatte Oberfläche, während ihr die Tränen übers Gesicht strömten. Ihr Herz krampfte sich zu einem kleinen, harten Klumpen zusammen, kalt wie Stein.

Marina fürchtete sich vor dem, was in dem Karton war, dabei war ihr der Inhalt so vertraut wie ihr eigener Schmerz. Ihre Atmung war angestrengt, und sie musste eine Hand vor ihren Mund halten, um ihr lautes Schluchzen zu dämpfen. Die Augen geschlossen, weinte sie sich aus. Es war gleich, ob sie die Schachtel öffnete oder nicht, denn sie wäre immer hier, um Marina an ihren Fehler zu erinnern. Und wenn sie den Karton wegwarf? Die Erinnerungen blieben dennoch, unauslöschlich in ihre Seele eingebrannt, und suchten sie in ihren nächtlichen Albträumen heim, um ihr ihre Schuld vorzuführen. Gott allein wusste, wie sie litt.

Sie blieb im Bad, bis sich ihr Herzschlag wieder beruhigt hatte und ihr Kummer nachließ. Dann stellte sie die Schuhschachtel zurück in die hinterste Ecke des Wandschranks und ging wieder ins Bett.

Grey drehte sich zu ihr und zog sie in seine Arme. »Geht es dir gut, Schatz?«, flüsterte er schläfrig.

»Jetzt ja«, antwortete sie und schmiegte sich an ihn.

»Nicht der Albtraum, oder?«

»Doch, aber jetzt ist es vorbei.« Es war Jahre her, seit sie den Traum häufig gehabt hatte. Grey küsste sie aufs Haar, und Marina schloss die Augen. Sie durfte in dem Wissen einschlafen, dass sie heute Nacht keinen bösen Traum mehr haben würde.

Am nächsten Morgen erschien Harvey in ihrer Küche, ein strahlendes Lächeln im Gesicht, und Marina musste sich zusammenreißen, sich nicht wie ein Kind in seine Arme zu werfen.

»Ach, Harvey, bin ich froh, dass du wieder da bist! Du hast uns gefehlt.«

Harvey musterte sie besorgt. »Geht es dir gut?«

»Ja. Rafa kam gestern an, und heute reisen meine alten Damen an. Außerdem braucht Grey deine Hilfe bei irgendetwas. Er ist schon früh zum Angeln rausgefahren, deshalb kann ich ihn nicht fragen, was es war. Na, macht nichts. Möchtest du einen Tee und mir beim Frühstück Gesellschaft leisten? Bertha kommt bald, dann gehe ich nach drüben.«

Harvey rollte mit den Augen. »Die Arbeitsbiene, meinst du?«
Marina lachte. »Ein sehr passender Name für sie.«
»Ich habe noch nie jemanden so schnell von einem Zimmer zum nächsten rauschen gesehen.«
»Schön wär's.«
»Ich glaube, sowie du aus der Tür bist, macht sie sich einen Tee, setzt sich hin und liest Zeitung.«
»Nein, das würde sie nicht wagen.«
»Sie weiß, dass du so denkst, und es ist ihr nur recht.« Er zog sich einen Stuhl unter dem Tisch hervor, während Marina kochendes Wasser aus dem Kessel in einen Becher goss. Sie wusste, wie er seinen Tee mochte: Earl Grey mit einem großen Löffel Honig. Als sie ihn Harvey reichte, fühlte sich ihr wundes Herz schon ein bisschen besser. Sie beobachtete, wie er den Becher in seine große, raue Hand nahm, deren gefurchte Haut alter Eichenrinde ähnelte.

Marina setzte sich ihm gegenüber hin und schenkte sich noch eine Tasse Kaffee ein. Harvey sah sie freundlich an. »Und, was gibt's?«
»Abgesehen von dem Einbruch?«
»Ja, von dem habe ich gehört. Der nimmt die Polizei gewaltig auf die Schippe.«
»Keinerlei Hinweise. Nichts. Man sollte meinen, dass es heutzutage unmöglich ist, bei all der Technik, die sie haben, um Spuren zu finden. Aber sie finden gar nichts.«
»Die müssen eine Menge Silber in ihrem Esszimmer gehabt haben, dass es sich für ihn lohnte, bei ihnen einzubrechen.«
»Wenigstens war er nur im Esszimmer. Denk an all die Gemälde!«
»Ich schätze, er hat gewusst, was er wollte. Silber lässt sich gut verkaufen.«
»Steht es schon in der Zeitung?«
»Ich hab noch nichts gelesen. Aber ich habe meinen Maulwurf bei der Polizei.«
»Denselben wie Jake, nehme ich an. Er scheint ziemlich ge-

sprächig, was? Wahrscheinlich hat er es auch schon der Zeitung erzählt.«

»Anscheinend genießt er es, an der Quelle zu sitzen.«

»Und prahlt damit gegenüber jedem. Kein Wunder, dass sie den Einbrecher nicht kriegen, wenn sie hauptsächlich mit dem Verbreiten von Klatsch beschäftigt sind.«

»Und, wie lebt sich der Künstler ein?«

Die Erwähnung Rafas zauberte ein Strahlen auf Marinas Gesicht. »Er ist bezaubernd, hat ein positives, fröhliches Wesen, genau richtig für das Hotel, so wie du.« Harvey grinste in seinen Becher. »Er ist zu jedem nett. Jennifer und Rose schweben auf Wolke sieben, weil er mit ihnen ein paar Sätze gewechselt hat, und jeder scheint glücklich. Es ist, als hätte er Feenstaub über das Haus gestreut. Ich spüre, dass er reichlich Gäste bringt.«

»Da hast du sicher recht.«

»Jake mag ihn allerdings nicht.«

»Nein?«

»Er ist eifersüchtig.«

»Ach so.« Harvey nickte verständig.

»Manchmal kann Jake sehr unreif sein. Aber Clemmie ist hin und weg von Rafa.«

»Das ist gut.«

»Ja, das Problem ist bloß, dass sie es zu offensichtlich macht.«

»Wahrscheinlich merkt er es nicht. Männer kriegen solche Sachen viel seltener mit, als Frauen denken.«

»Ich weiß nicht. Andererseits ist er ein erwachsener Mann. Er wird gewiss damit umgehen können.«

»Du willst nicht, dass ihr wehgetan wird.«

»Sie war noch nie richtig verliebt. Klar, sie hatte Freunde.« Marina rümpfte die Nase. »Eine Menge Freunde, doch verliebt war sie in keinen.«

»Denkst du, dass sie sich in Rafa verliebt?«

»Ich bin mir sogar ziemlich sicher. Und ich fürchte, ihr wird wehgetan.«

»Oder es geht gut.«

»Das glaube ich nicht. Er lebt am anderen Ende der Welt, und er ist schon fast zu gut aussehend. Zweifellos ist er es gewöhnt, dass sich Frauen in ihn verlieben.« Sie senkte den Blick und runzelte die Stirn. »Wenn es um Liebe geht, traue ich schönen Männern nicht.«

»Aber du magst Rafa.«

»Ja, ich mag ihn sehr. Vielleicht bin ich bloß hysterisch.«

»Nein, bist du nicht. Du willst eben eine gute Stiefmutter sein.« Sie sah ihn an, und beim Anblick seines liebevollen Lächelns wurde ihr völlig grundlos die Kehle eng.

»Danke, Harvey. Ich will wirklich nur das Beste für sie.«

»Ja, weiß ich.«

Die Haustür ging auf und ließ einen Windstoß nebst Bertha herein.

»Meine Güte, ist das ein Sturm heute!«

»Es wird Zeit, dass wir rüber ins Hotel gehen«, sagte Marina zu Harvey, als Bertha durch den Flur zur Küche kam. Beide tranken aus. Eine Wolke von Anaïs Anaïs drang mit der Zugluft ein, bevor Bertha im Türrahmen erschien, ihren massigen Leib in ein gelbes, zeltförmiges Blumenkleid gehüllt. Marina stellte ihre Kaffeetasse hin und starrte Bertha entgeistert an. Auch Harvey war sprachlos vor Staunen. Das gelbe Gewand fiel Bertha vom Hals bis zu den Knöcheln, die wie rohe Knackwürste unter dem Saum hervorlugten. Ihre Füße waren in goldene Pumps gezwängt. Marina blinzelte zweimal, brachte aber keinen Ton heraus.

»Jetzt sagt nicht, ihr mögt's nicht leiden«, sagte Bertha. »Ich habe den ganzen Morgen gebraucht, den Reißverschluss zuzukriegen.«

»Ziemlich hell«, sagte Harvey, erhob sich und setzte seine Schirmmütze auf. »Ich brauche meine Sonnenbrille, um dich anzugucken.«

»Ich war eben heller Stimmung heute Morgen.«

»Das ist gut. Die darfst du direkt in deine Arbeit einfließen lassen.«

»Tja, was soll ich sagen? Ich bin eine unverbesserliche Perfektionistin.« Sie ließ ihre Handtasche auf einen der Küchenstühle fallen. »Ich denke, ich mach mir mal einen Tee.« Harvey sah zu Marina und lüpfte eine Braue. »Soll ich heute irgendwas Besonderes machen?« Die Frage richtete sich an Marina.

»Ähm, nein. Ich meine, nein, nichts Besonderes.«

»Wer putzt eigentlich bei dem Künstler?«

»Weiß ich nicht. Das bestimmt Jake.«

»Tja, also wenn's anständig gemacht werden soll, wisst ihr ja, auf mich ist Verlass.«

»Danke, Bertha.« Marina ging zur Tür.

»Rede mal mit Jake. Meinetwegen kann er mich für den ganzen Sommer für das Zimmer einteilen.« Sie watschelte zum Kessel und füllte ihn. »Diesen albernen Zimmermädchen würde ich nicht trauen, dass sie ihre Arbeit machen. Er ist ein hübscher Bursche, und die bringen sich womöglich in Schwierigkeiten.« Sie warf Marina einen unheilvollen Blick zu. »Man weiß ja, wie die jungen Dinger heute sind. Viel zu freizügig mit dem, was sie zu bieten haben.«

Harvey und Marina lachten auf dem Weg hinüber zum Hotel. Die Frau war einfach zu absurd.

»Ich wusste nicht, dass es Kleider in solchen Größen gibt«, sagte Marina. »Oder so geschnitten. Ich mag mir gar nicht ausmalen, was der Rest meiner Angestellten trägt. Sind denn alle verrückt geworden?«

Sie betraten das Hotel und fanden Rose und Jennifer an der Rezeption vor. An ihrer Kleidung war nichts außergewöhnlich, aber sie hatten eindeutig mehr Make-up als sonst aufgelegt.

»Er ist im Speisesaal«, sagte Jennifer sofort.

»Schön.«

»Er sitzt beim Brigadier.«

Marina runzelte die Stirn. »Ah, okay.«

»Den alten Brigadier wird er mögen«, sagte Harvey, als sie durch die Empfangshalle gingen. »Solche Leute kennt man in Argentinien nicht.«

»Was weißt du über Argentinien, Harvey?«, fragte Marina lachend.

»Dass man da Männer vom Kaliber des Brigadiers nicht kennt.«

Rafa saß tatsächlich beim Brigadier an dessen üblichem Fenstertisch. Die beiden unterhielten sich angeregt, doch als sie Marina kommen sahen, standen sie beide auf.

»Bitte, bleiben Sie sitzen«, sagte sie mit Blick zum Brigadier, der erst halb stand und wieder zurück auf seinen Stuhl sank. »Sie haben sich schon kennengelernt, wie ich sehe.«

»Ein faszinierender junger Mann«, verkündete der Brigadier begeistert. »Sein Vater war im Krieg – auf der anderen Seite.«

»Und dann emigrierte er nach Argentinien, um es zu vergessen«, ergänzte Rafa.

»Ich will nichts vergessen. An dem Tag, an dem ich das vergesse, kann man mich genauso gut gleich begraben. Es waren die besten Tage meines Lebens.«

»Nein, Ihr Leben ist heute schön«, erwiderte Rafa.

»Nicht so schön wie früher, junger Mann«, kicherte der Brigadier ein bisschen traurig.

»Aber die Vergangenheit ist bloß eine Erinnerung, die Zukunft ein Ahnung. Die einzige Realität ist das Jetzt.« Rafa schaute sich im Raum um. »Und Sie sind hier an einem herrlichen Ort, essen ein köstliches Frühstück. Daran ist doch eigentlich nichts verkehrt.«

»Ist es schlimm zu träumen?«, fragte Marina.

»Natürlich nicht, solange einen die Träume nicht unglücklich machen.«

»Ich habe meine Luftschlösser aufgegeben, als ich zu alt wurde, um sie instandzuhalten. Heute reicht mir meine bescheidene Hütte«, sagte der Brigadier.

»Sie sind im Herzen jung«, entgegnete Rafa freundlich.

»Meines ist ein altes Herz, und nichts lässt es so sicher schlagen wie das Geräusch von Kanonendonner und der Geruch der Schlacht.« Er richtete seine feuchten Augen gen Zimmerdecke und schniefte. »Oder das hübsche Gesicht meines Mädchens.«

Rafa spürte, dass das »Mädchen« des Brigadiers mit seinem Vater dort oben war und mitfühlend auf den wehmütigen Brigadier hinunterschaute. »Sie ist immer noch hier«, sagte er leise.

»Oh, das weiß ich. Fünf Jahre sind es inzwischen – fünf lange Jahre. Manchmal kann ich sie fühlen, oder es ist meine Fantasie, die einem traurigen alten Mann Streiche spielt.«

»Sicherlich nicht«, mischte Marina sich ein. »Sie müssen glauben, was Sie fühlen.« Sie wandte sich zu Rafa. »Wie sehen Ihre Pläne für heute aus?«

»Er bringt mir malen bei«, sagte der Brigadier.

»Wirklich?«

»Oh ja. Er denkt, dann fühle ich mich wieder jung.«

»Wenn das so ist, sollten Sie uns allen malen beibringen.« Marina lachte.

»Jederzeit gern.«

»Gibt es noch andere Teilnehmer?«

»Nein, nur der Brigadier. Wir wollen im Garten malen.«

»Schön.«

»Wir werden einen Baum malen.«

»Einen Baum?«

»Ja«, bestätigte Rafa ziemlich entschieden. »Einen Baum.«

Clementine hatte so gut wie seit Langem nicht geschlafen. Gestern Abend hatte sie einen Anruf von Joe auf ihrem Handy weggedrückt und es ausgeschaltet. Rafa war gegen elf aus dem Garten gekommen, und sie hatten bis Mitternacht im Wintergarten gesessen und sich bei Kerzenlicht unterhalten, bis das Wachs fast vollständig heruntergebrannt war. Er hatte ihr mehr von seinem Vater erzählt, den er schrecklich vermisste, und von seiner Kindheit. Clementine fühlte sich geschmeichelt, weil er so offen mit ihr redete, als wäre sie seine Vertraute. Sie teilten schon die geheime Kirche, das Haus, das Gott vergessen hatte, und die verborgene Bucht. Als sie aufstanden, um ins Bett zu gehen, erwartete sie beinahe, dass er sie küsste. Was er nicht tat. Er hatte gelächelt, ihr eine gute Nacht gewünscht und sie mit Bill, dem Nachtportier, in der Diele stehen gelassen.

Sie schwebte hinüber zum Stallblock, den Kopf voller wunderbarer Fantasien und angetrieben von einer kribbelnden Leichtigkeit. Sie hatte gesummt, als sie ihr Bad nahm, getanzt, während sie sich abtrocknete, und gelacht, als sie sich mit einer Lotion eincremte, die sie vor längerer Zeit gekauft, aber noch nie benutzt hatte. Anschließend war sie seufzend unter die Bettdecken geschlüpft und sich seit sehr langer Zeit – wie lange, wusste sie nicht mal mehr – erstmals wieder auf den nächsten Morgen gefreut.

Bevor sie in ihrem Mini zur Arbeit brauste, hatte sie Rafa gesehen. Sie waren sich in der Hotelhalle begegnet (nicht dass sie dort etwas verloren gehabt hätte), und er schlug vor, dass sie nach der Arbeit ein wenig mit dem Boot rausfuhren. Die Aussicht auf eine Bootsfahrt mit ihm hatte sie den ganzen Weg bis Dawcomb bei bester Laune gehalten. Sie fuhr die engen Straßen entlang, vorbei an grünen Hecken und Schlehdorn, dessen dichte weiße Blüten wie Schnee aussahen. Sie bemerkte die kleinen Vögel, die in die Hecken tauchten und wieder herausflatterten, und die Möwen, die ihre Kreise am Himmel zogen. Pures Glück flutete ihr Herz, als sie hie und da das Meer sah. Ja, sie nahm all die Schönheit um sich herum auf und fragte sich, warum ihr vorher nichts davon aufgefallen war.

Sylvia stand in einem engen roten Rock und einer Seidenbluse, die am Hals zu einer extravaganten Schleife gebunden war, an ihrem Schreibtisch. Sie war mit einem Lilienstrauß beschäftigt, bei dem sie die staubbedeckten Stempel mit einer Schere herausknipste. Als sie Clementine sah, hielt sie erschrocken inne.

»Oh mein Gott, was ist mit dir los?«

»Nichts«, antwortete Clementine und zog betont ruhig ihre Jacke aus.

Sylvia betrachtete sie prüfend. »Mal überlegen. Du hast dich heute richtig schick gemacht, also muss irgendwas los sein. Normalerweise siehst du wie ein Sack Kartoffeln aus.«

»Danke, sehr schmeichelhaft.«

»Also, verrätst du mir, was es ist, oder muss ich dich foltern?« Sie legte eine Hand an ihre runde Hüfte. »Die Blumen sind übrigens von Freddie, nur falls es dich interessiert.«

»Tut es nicht.«

»Ich würde ja am liebsten denken, dass Joe damit zu tun hat, aber das hat er nicht, oder?«

»Nein«, sagte Clementine, setzte sich und schaltete ihren Computer an. »Erinnerst du dich an den Argentinier, den ich im Black Bean Coffee Shop getroffen habe?«

»Ja. Sag nicht, er ist wieder da!«

»Er ist der Gastkünstler im Hotel.«

»Ist nicht wahr!« Sylvia legte ihre Schere ab, hockte sich auf Clementines Schreibtischkante, schlug die Beine übereinander und verschränkte die Arme. »Erzähl!«

»Er ist gestern angekommen.«

»Und du hast schon mit ihm geschlafen.«

»Nein.« Clementine winkte ab. »Selbstverständlich nicht.«

»Armer Joe. Er wird am Boden sein. Hast du es ihm erzählt?«

»Da gibt's nichts zu erzählen.«

»Joe denkt, du bist die Eine.« Sie schnaubte missmutig. »Der Ärmste, was für ein Idiot.«

»Tja, die bin ich nicht und war ich auch nie.«

»Freddie ist auch nicht der Eine.« Sie blickte auf ihre roten Fingernägel. »Tss, aber er will es nicht wahrhaben.«

»Hat er dir deshalb die Blumen geschickt?«

»Er merkt, dass es zu Ende geht. Was mal wieder beweist, behandel ihn schlecht, und er will dich erst recht. Meine Mutter würde sagen, dass eine Frau ihr Leben lang tun muss, als wäre sie nicht leicht zu haben.«

»Wie anstrengend.«

»Der Fluch der Weiblichkeit.«

»Einer von ihnen«, korrigierte Clementine.

»Was sind die anderen?«

»Gebären.«

»Nein, denk an das schnuckelige kleine Ding, das du am Ende kriegst.«

»Willst du Kinder, Sylvia?«

»Oh ja, und die werde ich auch haben. Deshalb lasse ich Freddie ja hin und wieder ein bisschen schmoren, wie ein gutes Brathähnchen sozusagen.«

»Ich meine doch nicht mit Freddie. Er hat schon Kinder.«

»Er könnte meine einzige Option sein.«

»Du darfst nicht aufgeben.«

»Was? Die große Liebe zu finden? Du weißt, dass ich nicht daran glaube.«

Clementine grinste und sah zu ihrem Monitor. »Tja, ich schon.«

Rafa stellte zwei Stühle und eine Staffelei auf den Rasen vorm Haus, zur Zeder weisend. Der Brigadier war nach Hause gegangen, um sich etwas Passenderes anzuziehen. Nun trug er ein hellblaues Leinenjackett, das seine Frau ihm vor Jahren gekauft hatte.

Er hatte es heute zum ersten Mal an. Außerdem hatte er sich einen Panamahut zum Schutz vor der Sonne aufgesetzt. Er nahm auf einem der Stühle Platz und blickte verwirrt das weiße Blatt vor sich an.

»Und ich soll den Baum malen, ja?«

Rafa nickte. »Ja, allerdings will ich mehr als ein Bild von einem Baum.«

»Ah, ja, die Vögel in den Ästen auch, nehme ich an.«

»Vielleicht. Ich möchte, dass Sie den Baum nicht bloß *sehen*. Sie sollen ihn *fühlen*.«

»Na, das ist ziemlich schwierig. Sehen ist eines, Fühlen etwas ganz anderes.«

»Eigentlich nicht, Brigadier. Wenn ich eine genaue Kopie des Baumes wollte, würde ich ein Foto machen.« Er rieb sich nachdenklich das Kinn. »Erzählen Sie mir, wie Sie sich beim Anblick dieses Baumes fühlen.«

»Nervös«, antwortete der Brigadier lachend.

»Ach ja? Warum das?«

»Weil ich nicht weiß, wo ich anfangen soll.«

»Sehen Sie den Baum an.«

»Ich sehe ihn an.«

»Sagen Sie nichts. Sehen Sie einfach nur hin. Nehmen Sie sich so viel Zeit, wie Sie wollen.« Der Brigadier tat, wie ihm befohlen, und guckte den Baum an. Er sah lange und konzentriert hin, bis ihm die Augen brannten und er blinzeln musste. »Und wie fühlen Sie sich jetzt?«

Der Brigadier wollte wieder »nervös« antworten, als er eine seltsame Regung in der Mitte seines Brustkorbs spürte. Er sah den Baum an und dachte an seine Frau. Die Zeder erinnerte ihn an den Tag, als sie ihre achtjährige Tochter zum ersten Mal ins Internat fuhren. Dort hatte eine große Zeder neben der Kapelle gestanden, und sie war voller Kinder gewesen, die wie die Affen in den Ästen kletterten. »Es macht mich traurig«, sagte er heiser.

»Ah, jetzt sehen Sie, dass der Baum mehr ist als ein Baum. Er inspiriert Sie, Dinge zu fühlen. Ich möchte diese Dinge auch fühlen, wenn ich Ihr Bild ansehe.«

»Ach du meine Güte, das wird schwer.« Er räusperte sich heftig, um die ungewohnten Gefühle zu verscheuchen.

»Mir ist egal, ob Ihr Bild genau ist oder nicht. Mir geht es darum, dass Sie von dem bewegt sind, was Sie sehen, und dass Sie dieses Gefühl in Farbe auf das Blatt bringen. Versuchen Sie's. Machen Sie sich keine Sorgen; überlegen Sie nicht zu viel. Tunken Sie Ihren Pinsel ein und lassen Sie ihn von Ihren Gefühlen übers Blatt führen.«

Und so wanderten die Gedanken des Brigadiers zurück zu seiner Frau, und er begann zu malen.

14

»Ach, ist es nicht entzückend, wieder hier zu sein?«, sagte Veronica Leppley, die mit dem Enthusiasmus einer Schauspielerin nach längerer Bühnenabstinenz in die Hotelhalle gerauscht kam. Sie warf den Kopf in den Nacken und atmete tief durch die Nase ein. »Es riecht noch genauso.«

»Lilien«, sagte Grace Delennor in ihrem gedehnten South-Virginia-Akzent und ließ ihre Perlenkette durch die langen Finger gleiten. »Hotels haben immer Lilien.« Es brauchte eine Menge, Grace Delennor zu beeindrucken; immerhin hatte sie schon in den besten Hotels der Welt gewohnt.

»Pass auf, dass du keinen Blütenstaub auf deinen Kaschmir bekommst. Der geht verdammt schwer wieder raus«, warnte Pat Pitman. »Sue McCain schwört auf Backnatron, aber ich weiß nicht.« Keine der anderen hatte Sue McCain jemals persönlich getroffen, doch Pat erwähnte sie in jedem Gespräch, als wäre sie eine alte gemeinsame Freundin.

Grace ging auf Abstand zu den Lilien und ließ ihren Blick über den Raum schweifen. »Ah ja, an die Holzvertäfelung erinnere ich mich. Das ist so britisch.«

»Die rieche ich auch«, sagte Veronica aufgeregt. »Das Holz und dieses leicht Rauchige von den Kaminfeuern im letzten Winter. Ist es nicht herrlich?«

Grace schüttelte den Kopf, worauf sich eine einzelne blonde Locke aus ihrer Frisur löste und in ihre Stirn fiel. »Du musst ja eine sehr feine Nase haben, Veronica. Ich rieche gar nichts. Nicht mal Lilien.«

Jane Meister sagte kein Wort. Sie nahm stumm alles in sich auf, wie eine Taube auf einem Dach, die beobachtete, was um sie herum vorging. So vieles hatte sich seit ihrem letzten Besuch hier verändert. Ihre Welt war in der Zwischenzeit aus den Fugen geraten, denn ihr Ehemann Henrik starb unerwartet im Alter von achtundsechzig Jahren an einem Herzinfarkt am Bridge-Tisch. Jane sah zu den beiden Pagen, die mit dem Gepäck ihrer Gruppe hereinkamen, und dachte, wie jung die beiden waren. Sie hatten noch ihr ganzes Leben vor sich. Welche Freuden und welches Leid hielt es wohl für sie bereit?

In dem Moment betrat Marina die Diele, um sie zu begrüßen. Alle vier Damen erkannten sie auf Anhieb wieder.

»Ah, hallo«, sagte Grace und streckte ihr die Hand entgegen. An ihrem knochigen Ringfinger prangte ein riesiger Diamant.

»Willkommen. Schön, Sie wiederzusehen.« Marina lächelte strahlend. »Ich bin so froh, dass Sie hier sind. Unser Hauskünstler unterrichtet bereits den ersten Schüler draußen auf dem Rasen.«

»Paul?«, fragte Veronica. »Er war wunderbar, nicht? Was für ein vornehmer Mann. Meinst du nicht auch, Pat?«

»Leider konnte Paul in diesem Jahr nicht wieder zu uns kommen. Wir haben einen neuen Künstler«, erklärte Marina.

»Ich hoffe, er ist jung und hübsch«, sagte Grace und kniff die Augen ein wenig zusammen. Sie waren blassblau wie Topaz und das Einzige, was von ihrem einst wunderschönen Gesicht übrig war, denn Botox und Liftings hatten zerstört, womit die Natur sie so großzügig segnete.

»Oh, er ist sehr gut aussehend«, beteuerte Marina. »Er ist Argentinier.«

»Ah, von da *unten*«, bemerkte Grace abfällig.

»Wie exotisch«, schwärmte hingegen Veronica. »Die Argentinier sind wunderschöne Menschen, findest du nicht auch, Pat?«

»Sue McCain hatte mal eine heiße Affäre mit einem Polospieler, damals in den Fünfzigern. Sie kam nie drüber weg.«

»Hallo, Mrs Meister«, sagte Marina, der wieder einfiel, wie leicht die scheue und stille Jane übersehen wurde. Marina bemerkte, dass sie im letzten Jahr sehr gealtert war, dabei hatte sie von den vier Damen die jugendlichste Haut gehabt. Heute jedoch sah sie aus, als wäre sie grau gespült worden.

»Es ist so schön, wieder hier zu sein, meine Liebe. Ich habe solch nette Erinnerungen an unseren Aufenthalt im letzten Sommer.«

»Ich habe mir erlaubt, Ihnen wieder dieselben Zimmer zuzuteilen.«

»Also *die* sind wirklich sehr hübsch«, sagte Grace. »Vor allem die handgemalten Tapeten. Ich habe versucht, so etwas für das Haus in Cape Cod zu kriegen, doch nichts kommt denen auch nur nahe.«

»Wie nett von Ihnen, sich solche Mühe zu machen«, sagte Jane lächelnd zu Marina.

Marina begleitete sie nach oben zu ihren Zimmern. Als sie die Treppe hinaufgingen, eilte Grace neben Marina und flüsterte ihr zischelnd zu: »Janes armer Mann ist letzten Herbst gestorben. Sie wollte eigentlich nicht herkommen, aber wir konnten sie überzeugen, dass es gut für sie ist, ein bisschen rauszukommen. Es hat sie schlimm getroffen, die Arme.«

»Wie traurig«, sagte Marina. Nun verstand sie, warum Jane noch scheuer und stiller als zuvor war.

»Mein Ehemann hingegen lebt und lebt. Er war alt, als ich ihn geheiratet habe, und jetzt ist er uralt und hält mit eiserner Entschlossenheit durch. Es liegt an dem Pioniergeist, den er von seinen Vorfahren geerbt hat. Ich besitze den nicht. Meine Vorfahren waren verwöhnte britische Adlige, vollkommen antriebslos. Ich hoffe, der liebe Gott holt mich in dem Moment zu sich, in dem mein Gesicht anfängt, mein Alter zu verraten.«

Marina öffnete die Tür von Nummer 10. »Dies ist Mrs Leppleys Zimmer«, sagte sie und genoss die bewundernden Ausrufe der Damen. Veronica tänzelte leichtfüßig über den Holzboden, sodass ihr langer Folklorerock um ihren schmalen Körper und die zarten Knöchel schwang, als hätte er ein Eigenleben entwickelt. Da sie den Großteil ihrer Jugend Ballett getanzt hatte, konnte sie bis heute keine flachen Schuhe tragen, und so steckten ihre kleinen Füße in maßgefertigten Espadrilles mit Keilabsatz, die sie ein wenig größer machten, vor allem aber bequemer für sie waren. »Es ist bezaubernd«, rief sie aus und wies mit der ganzen Anmut einer ehemaligen Tänzerin auf die Vögel und Schmetterlinge an den Wänden. »Sogar noch bezaubernder, als ich es in Erinnerung hatte. Und das Bett, hach, das Bett! So hoch, dass ich mit Anlauf hineinspringen muss.« Sie hüpfte mühelos auf die Matratze und kicherte wie ein junges Mädchen.

»Wenigstens *kannst* du springen«, sagte Grace. »Wenn ich springe, breche ich durch, löchrig wie meine Knochen sind.«

»Es ist ein anständiges Bett«, stellte Pat zustimmend fest. »Nichts ist schlimmer, als in einem Hotel nächtigen zu müssen, in dem sie nichts von Betten verstehen.«

»Ich mag hohe Betten«, sagte Jane schüchtern. »Und diese sind sehr hoch.«

»Gehen wir zu Ihrem Zimmer.« Marina trat zurück auf den schmalen Flur.

»Ich male mir gerne aus, wie es hier war, als es noch ein Privathaus war«, sagte Grace. »Vermutlich lebten meine Vorfahren in einem Herrenhaus wie diesem.«

»In diesem Haus wohnten ein Duke und eine Duchess«, erklärte Marina, als sie den Korridor hinunter zum nächsten Zimmer gingen. »Es war ihr Ferienhaus, in dem sie ihre Sommer verbrachten.«

»Wie überaus vornehm«, sagte Grace.

»Die Seeluft war gut für das Asthma der Duchess«, fuhr Marina fort und steckte den Schlüssel ins Schloss von Nummer 11.

»Seeluft ist für alles gut«, sagte Pat. »Es sei denn, man ist ein Möbelstück, versteht sich.«

Jane ging lächelnd in ihr Zimmer und atmete tief ein. Sie war froh, dass sie doch mitgekommen war. Als Erstes öffnete sie die Glasflügeltüren zum Balkon, schritt hinaus in den Sonnenschein und blickte aufs Meer, das sich in tiefem Blau bis zum diesigen Horizont erstreckte. Dann sah sie hinunter zur Rasenfläche vorm Hotel, wo Rafa mit dem Brigadier malte. Der Brigadier bemerkte sie, als er einen kurzen Moment den Blick von der Zeder abwandte, lüftete seinen Hut und nickte ihr höflich zu. Ein wenig überrascht und verlegen, winkte sie ihm zu, ehe sie sich ins sichere Zimmer zurückzog.

»Wie ich sehe, ist Ihr Künstler bei der Arbeit.«

»Ja, er unterrichtet den Brigadier.«

»Ach, das ist er? Meine Augen sind bedauerlicherweise zu schlecht, um auf diese Entfernung jemanden zu erkennen.«

»Sie müssten ihn im letzten Jahr kennengelernt haben«, sagte Marina. »Er kommt jeden Morgen zum Frühstück her. Rafa konnte ihn überreden, ein bisschen zu malen. Ich glaube, es macht ihm viel Freude.«

Sobald sie allein war, öffnete Jane ihren Koffer und nahm ein silbergerahmtes Bild von ihrem verstorbenen Mann heraus. Sie stellte es behutsam auf den Nachttisch, setzte sich aufs Bett und betrachtete es.

Pat schritt in Nummer 12. »Ganz prächtig«, sagte sie erfreut und warf ihre klobige braune Handtasche auf den Bettüberwurf. Pat wäre überall glücklich, denn sie war eine praktische, bodenständige Frau und konnte Leute nicht ausstehen, die um alles und jedes einen Aufstand machten. Graces Art duldete sie lediglich, weil sie sich schon so lange kannten und Grace witzig war, auch wenn ihr Humor schnell versiegen konnte, sowie sie es nicht hinreichend bequem hatte.

Englische Internate hatten Pat gelehrt, mit dem zu leben, was sie bekam, und sich nie zu beklagen, egal wie unbehaglich sie sich fühlte. Entbehrung bildete schließlich den Charakter, und Pat schätzte Herausforderungen ebenso sehr wie die Tatsache, dass sie die Einzige in der Gruppe war, die im Angesicht von Widrigkeiten die Entschlossenheit eines Rhinozerosses bewies. In jungen Jahren hatte sie den Eiger bezwungen und wäre mit ihrem Boot um die Welt gesegelt, hätte es nicht vor Australien den Appetit eines weißen Hais angesprochen, wodurch sie genötigt war, Hilfe herbeizufunken und den Törn abzubrechen.

Inzwischen war sie in den Achtzigern, und ihr Leben verlief ihn berechenbareren Bahnen. Sie hatte ihren Stab an ihren jüngsten Enkelsohn weitergegeben, der heute in den Dreißigern war und gerade auf halbem Weg den Kilimandscharo hinauf. Sie ging zum Fenster und bewunderte die Aussicht. Das Meer weckte in ihr verlässlich eine tiefe Sehnsucht, in See zu stechen.

Marina hatte sich das Beste für den Schluss aufgespart: Mrs Delennor in die Duchess-Suite am Ende des Korridors zu führen. Grace war angemessen entzückt, heraufgestuft worden zu sein. Nun hatte sie nicht nur Ausblick auf den Garten und das Meer dahinter, sondern auch ein sehr schön gedrechseltes Himmelbett – das Originalbett der Duchess –, 1814 gebaut und über die Generationen weitergereicht, bis es schließlich mit dem Haus und seinen Erinnerungen verkauft wurde. Marina wusste, wie schwierig Mrs Delennor sein konnte, und hatte sich besondere Mühe gegeben, sie zufriedenzustellen. Im Nachhinein hätte Mrs Meister diese Suite bekommen sollen, nach dem, was sie durchgemacht hatte, aber Mrs Delennor würde sich am ehesten beschweren, und das wollte Marina um jeden Preis vermeiden. »*Très jolie*«, sagte Grace, wobei sie nicht einmal versuchte, einen französischen Akzent nachzuahmen.

»Freut mich, dass es Ihnen gefällt. Es ist eine ganz besondere Suite.«

Grace drapierte ihren Kaschmirmantel auf der Rückenlehne des Stuhls. »Die anderen werden schrecklich neidisch sein. Ausgenommen Pat natürlich, der kein Funken Neid in den Knochen steckt – den starken Knochen einer sehr stämmigen Kreatur, wohlgemerkt.« Sie kicherte. »Ein mächtig hübsches Zimmer, vielen Dank.«

Es dauerte nicht lange, bis die Damen im Garten erschienen, um den Künstler kennenzulernen. Der Brigadier hatte die Ruhe genossen und freute sich über seine Fortschritte beim Malen, weshalb ihn die Invasion der vier Frauen alles andere als begeisterte. Verdrossen guckte er zu, wie die alten Frauen den Argentinier gleich den besungenen Motten umschwärmten, und stand grummelnd auf, weil er schließlich nicht unhöflich sein wollte. Er entsann sich vage, sie im Jahr zuvor beim Frühstück gesehen zu haben, was vollkommen in Ordnung war, weil sie Abstand gewahrt hatten. Jetzt jedoch sattelten sie zum Angriff, und das gefiel ihm nicht.

Rafa war charmant und lächelte jede der vier Frauen an, als wäre sie jung und schön. Die vier strahlten vor Glück, sogar Pat, die erklärtermaßen nichts alberner fand, als Schmeicheleien auf den Leim zu gehen.

»Sue McCain würde ihn ganz sicher mögen«, flüsterte sie Veronica zu.

»Er ist sehr attraktiv«, stimmte Veronica ihr zu. »Da möchte man wieder zwanzig sein. In Momenten wie diesem fühlt sich meine alte Hülle falsch an, als hätte ich sie nicht anziehen sollen. Sie passt einfach nicht zu dem, was ich drinnen empfinde. Kennst du das Gefühl, Pat?«

»Oh ja, und ob. Mein Kopf sagt mir, dass ich noch alles machen kann, was ich früher gemacht habe, und dann fange ich schon an zu japsen, wenn ich die Treppe raufgehe. Aber ich darf nicht klagen. Ich habe es ziemlich fit bis hierher geschafft und kann noch einiges tun, beispielsweise eine Wanderung entlang der Klippen unternehmen. Ja, darauf freue ich mich schon.«

»Ich kann es gar nicht erwarten, loszupinseln. Seit letztem Jahr habe ich keinen Strich mehr gemalt.«

»Und das, wo du so talentiert bist.«

»Mag sein, doch immer hat man irgendwas anderes zu tun, kennst du das auch? Es ist schwer, die Zeit dazu zu finden.«

»Die muss man sich nehmen. Prioritäten setzen eben.«

»Nun, jetzt haben wir sieben herrliche Tage, in denen uns nichts vom Malen ablenkt.« Sie grinste zum Künstler. »Ausgenommen unser Lehrer.«

Jane Meister war stets eine Randfigur gewesen. Auch jetzt stand sie etwas abseits, lauschte den Gesprächen der anderen, ohne sich zu beteiligen. So war es ihr lieber, deshalb überließ sie es den anderen, sich in den Mittelpunkt zu spielen. Veronica war die geborene Schauspielerin, daran gewöhnt, beachtet zu werden und Applaus zu bekommen, und sie hatte sich ihre Begeisterung und ihre leichtfüßige Anmut bis in ihr hohes Alter bewahrt. Pat führte sich immer noch wie die Klassensprecherin und Captain des Lacrosse-Teams auf. Ihr Selbstvertrauen gründete auf eine Jugend mit Pony-Club-Camps und Debütantenbällen, ganz gleich, wie energisch sie beteuerte, dass sie beides höchst unsinnig fand. Nichts brachte sie aus der Ruhe – weder ein scheuendes Pferd noch ein Saal voller Menschen. Pat nahm alles im Leben mit Bravour und stellte sich siegesgewiss jeder Herausforderung.

Für Grace war es selbstverständlich, dass jeder sie bewunderte. Geschah es nicht, tat sie diejenigen mit einem Schwenken ihrer eleganten Hand ab. Sie war in den obersten Kreisen der amerikanischen Ostküste aufgewachsen und daran gewöhnt, dass sie alles, was sie nicht mittels Charme erreichte, dank ihres enormen Vermögens kaufen konnte. Mit welchem von beidem sie ihre drei Ehemänner gewann, war schwer zu sagen.

Jane war eine Offizierstochter. Sie wuchs in einer geschlossenen Militärgemeinde in Deutschland auf, begegnete Hendrik und heiratete mit achtzehn. Wäre der Malkurs in Knightsbridge nicht gewesen, zu dem ihre Tochter sie vor acht Jahren überredete, hätten sich die Wege der vier Frauen niemals gekreuzt.

Jane beobachtete den Künstler. Er war wirklich sehr gut aussehend und sympathisch. Sie sah, wie er über Graces Scherze lachte, und wusste, dass sie eine schöne Zeit mit ihm haben würden. Was den Brigadier anging, war sie sich weniger sicher. Er wirkte recht mürrisch. Nicht dass er unhöflich wäre – ganz im Gegenteil – doch hinter seinen exzellenten Manieren war zu erahnen, dass er sich nicht freute, sie kennenzulernen. Anders als der Künstler mit seinem natürlichen Charme, lächelte der Brigadier überhaupt nicht. Jane beschloss, dass sie sich einen Platz möglichst weit weg von ihm suchen würde.

Grace verschwendete keine Zeit und lud Rafa ein, mit ihnen zu Mittag zu essen. Der Brigadier ging nach Hause. Sein Bild ließ er da, um am nächsten Tag weiter daran zu arbeiten. Ihm gefiel es nicht, seinen Lehrer mit anderen teilen zu müssen, und normalerweise hätte er in dieser Situation seine Farben für immer weggepackt, aber er mochte den Baum und die Erinnerung, die er weckte. Ihm war, als würde er beim Malen in eine andere Welt eintauchen. Als wäre seine Vergangenheit dort, verborgen in den Ästen und darauf lauernd, wiederentdeckt zu werden.

Grace, Pat, Veronica und Jane saßen auf der Terrasse unter einem grünen Sonnenschirm. Grace war in einen blassrosa Pashmina gehüllt, obwohl die Sonne schon reichlich Kraft hatte und die Meeresbrise leicht und warm war. Rafa gesellte sich zu ihnen.

Jake sah, wie er sich hinsetzte, und bemerkte, welchen Effekt es auf die gesamte Terrasse hatte. Sie war keineswegs voll besetzt, doch die Gäste, die dort waren, unterbrachen prompt, was sie gerade taten, und guckten zu ihm. Es war, als würde er heller leuchten als jeder andere, und selbst Jakes Blick wurde gegen seinen Willen zu ihm gezogen. Der Künstler wurde schon von seiner Stiefmutter und seiner Schwester umschwirrt wie von einem Paar Bienen auf Droge. Diese ganze Aufmerksamkeit würde ihm fraglos zu Kopf steigen und ihn unausstehlich machen. Jake war sicher, dass er in seinem Heimatland nicht solche Beachtung fand.

Am Nachmittag wurden mehr Staffeleien auf dem Rasen aufgestellt, und die vier Frauen betrachteten den Baum, wie Rafa es ihnen sagte. Grace fand es ziemlich schwierig, sich auf etwas anderes als Rafa zu konzentrieren. Es brauchte eine Weile – und einige Ermunterung – bis sie sich in den dichten grünen Nadeln und Ästen verlor. Der Baum machte sie unsicher, und tief in ihrem Bauch krampfte sich etwas zusammen. Grace fürchtete Armut mehr als alles andere. Je länger sie hinsah, umso mehr wurde sie in eine dunkle Welt gezogen, in der sie nichts hatte außer der Haut auf ihrem Leib. Und diese Haut war alt und runzlig wie die Baumrinde.

Pat starrte den Baum an. Sie hatte keinerlei Mühe, sich auf ihn einzulassen. Er erinnerte sie an ihre Kindheit, denn sie liebte es, in der großen Rotbuche in ihrem Garten in Hampshire zu klettern. Ihr Vater hatte ihr oben ein Baumhaus aus Holz gebaut. Beim Anblick der Zeder fühlte sie sich wieder jung, als könnte sie aufspringen und bis in die Baumkrone klettern.

Veronica sah den Baum verzückt an. Das Grün war so dunkel und verlockend, die Äste waren magisch und mysteriös, und Veronica fragte sich, wohin sie führten. Sie stellte sich vor, sie wäre ein Vogel, hockte hoch oben im Baum und betrachtete die Welt in heiterer Teilnahmslosigkeit. Sie würde ihre Flügel ausbreiten und tänzelnd durch die Luft schweben. Die Musik in ihrem Kopf war so klar, dass sie die Melodie mitsummte.

Jane erkannte die Erneuerung des Lebens in den Ästen des Baumes, der seit Hunderten von Jahren hier stand und Generationen kommen und gehen sah. Der große Kreislauf des Lebens. Nachdem sie sich ohne ihren Hendrik so verloren gefühlt hatte, erwachte eine neue Zuversicht in ihr. Stimmte es nicht, dass die Natur von Jahreszeit zu Jahreszeit neu geboren wurde? Warum sollte es bei Menschen nicht auch so sein? Vielleicht war Hendrik im Himmel wiedergeboren worden und wohnte nun inmitten dieser Äste, von wo aus er ihr zusah. Der Baum gab ihr Hoffnung. Wie er aus dem Boden wuchs, die Wurzeln tief im Erdreich, die höchsten Zweige zu Gott ausgestreckt, stellte sie sich vor, er wäre Hendrik, dessen Leib in der Erde war, sein Geist jedoch hoch oben, jenseits ihrer Wahrnehmung. Sie lächelte wehmütig, als der Hoffnungsfunken in ihrer Brust einer süßen Melancholie wich.

Rafa sah ihnen zu und beobachtete, wie sich ihre Mienen beim Betrachten des Baumes veränderten. Er sah die Angst in Graces Augen, die Hoffnung in Janes. Er bemerkte die Freude in Pats Gesicht und die Ehrfurcht in Veronicas. Als er entschied, dass sie alle inspiriert waren, etwas zu empfinden, forderte er sie auf, zu Pinsel und Farbe zu greifen. Ausnahmsweise sagte keine von ihnen ein Wort.

Bertha stand am Fenster von Rafas Schlafzimmer. Da Marina es nicht geschafft hatte, mit Jake zu reden, hatte Bertha beschlossen, selbst mit ihm unter vier Augen zu sprechen. Jake hatte ihr mit Freuden die Verantwortung für das Künstlerschlafzimmer übertragen.

»Du bist die Richtige für den Job«, hatte er grinsend gesagt und ihr auf die Schulter geklopft. »Ich weiß gar nicht, wieso mir das nicht eingefallen ist.«

Nun also stand sie oben und guckte zu, wie Rafa den alten Frauen malen beibrachte. Sie erinnerte sich noch an den Malunterricht in der Schule, den sie gehasst hatte, weil sie so schlecht gewesen war. Bertha war überhaupt nicht kreativ, trotzdem würde sie es versuchen, sollte er sie fragen. Sie wandte sich vom Fenster ab und begann, sein Zimmer aufzuräumen. Es roch nach Sandelholz. Umherwuselnd hob sie seine Sachen hoch und schnüffelte an ihnen. Sie genoss seinen Duft.

Bertha war nicht mal sicher, wo genau Argentinien war, wusste aber noch, dass Diego Maradona von dort war, dessen »Hand Gottes«-Tor bei der WM 1986 alle in Aufruhr versetzte. Auch der war ziemlich sexy gewesen. Mr Santoros Bett musste sie nicht machen, denn das hatten die Zimmermädchen morgens erledigt. Eigentlich hatte sie hier gar nichts zu tun, aber weil ihr die Aufgabe zugeteilt wurde, sich künftig um die Suite zu kümmern, fand sie es nur recht und billig, heute schon mal nachzusehen, ob alles ordentlich gemacht worden war. War es, wie sie sehen konnte. In Zukunft allerdings wäre sie es, die hier putzte, jeden Morgen und jeden Abend.

Mr Santoro war sehr unordentlich. Sie hängte seine Wildlederjacke über die Rückenlehne eines Stuhls und legte das Hemd zusammen, das er den Tag vorher angehabt hatte. Es war aufregend, sich ihm so nahe zu fühlen, und ihr wurde heiß bei dem Gedanken, dass er jeden Augenblick hereinkommen und sie ertappen könnte, wie sie an seinen Kleidern roch. Ihr fiel auf, dass sein Koffer noch auf dem Gestell stand, wo ihn sicher Tom hingepackt hatte. Er sah nicht schwer aus. Bertha wollte ihn unterm Bett verstauen, damit er aus dem Weg war. Als sie ihn hochhob, stellte sie fest, dass der Reißverschluss offen war. Sie hob den Deckel hoch, um sich zu vergewissern, dass der Koffer leer war, und linste hinein. Es war wirklich nichts drin bis auf eine wichtig aussehende Mappe. Bertha blickte sich um, ob sie auch tatsächlich allein war, ehe sie die Mappe herausholte.

Sie sah alt und ausgeblichen, aber offiziell aus, so wie die in amerikanischen Krimiserien wie *Law & Order*. Zitternd vor Neugier zog sie die Lasche auf. Sie war voller Papiere, unterschiedlicher Papiere und alle in einer Sprache, die sie nicht verstand. Was redeten die in Argentinien? Italienisch? Das war es dann also, Italienisch. Weiter hinten war ein dicker Stapel Briefe, in einer sehr sauberen Handschrift und mit Gummiband zusammengehalten. Sie nahm die Briefe heraus. Es war frustrierend, dass sie nicht lesen konnte, was in ihnen stand, doch Bertha überflog den ersten dennoch. Ein Name stach hervor, und sie entdeckte die Worte »ti amo«, von denen sie wusste, dass sie »ich liebe dich« hießen, weil sie in einem Laura-Branagan-Song aus Berthas Teenagerzeit vorgekommen waren. Im selben Moment hörte sie Schritte auf der Treppe. Hastig packte sie die Briefe in die Mappe zurück und die Mappe in den Koffer.

Sie flitzte hinüber zum Bett und fing an, den Überwurf glatt zu streichen, damit es aussah, als würde sie aufräumen. Ihr Herz raste, und Schweißperlen bildeten sich auf ihrer Nasenspitze. Als sie sicher war, dass keiner kam, atmete sie tief durch und entspannte sich ein wenig. Nun wollte sie nur noch schnell hier raus. Als sie auf Zehenspitzen die Treppe hinunterstieg, setzte sich der gelesen Name irgendwie in ihrem Kopf fest. Es war ein komischer Name, denn eigentlich gehörte da noch ein »n« rein. Aber vielleicht benutzten sie in Argentinien nicht so viele »n«.

Costanza. Das müsste doch »Constanza« sein, oder nicht?

15

Clementine war nicht überrascht, als Joe zu ihr ins Büro kam. Sie hatte ihn gemieden, nicht auf seine Anrufe reagiert und wusste, dass es bloß eine Frage der Zeit war, ehe er aufkreuzte. Jetzt stand er vor ihr, und sie überkam das unschöne Gefühl, aus einem Traum zu erwachen und die schnöde Realität vorzufinden. So viel sie auch von Rafa fantasieren mochte, die Wahrheit war, dass er in einer ganz anderen Liga spielte. Sie blickte den groben, durchschnittlichen Joe an, der wie so viele andere Männer aussah, die man in Bars und Pubs in ganz England traf, und fragte sich, ob er das Beste war, auf das sie hoffen durfte. War es gesund, nach den Sternen zu greifen, wenn man nie einen berühren würde?

»Hi, Joe«, sagte sie und überspielte ihr schlechtes Gewissen mit einem gekünstelten Lächeln.

»Wo hast du gesteckt? Hast du nicht mitgekriegt, dass ich versucht habe, dich zu erreichen?«

»Tut mir leid. Im Hotel war so viel los. Der neue Künstler ist da, und Submarine brauchte meine Hilfe. Ich hatte die ganze Zeit zu tun.«

Joe wirkte nicht überzeugt. »Du hättest wenigstens mal anrufen können.«

»Ich weiß. Ich dachte, du verstehst das.« Sie kramte in ihrer Tasche nach dem Lipgloss. »Offenbar habe ich dich überschätzt. Mein Fehler.«

Plötzlich sah er verloren aus und kratzte sich am Kopf. Wie hatte sie es geschafft, ihm mit den paar Worten Schuldgefühle einzureden? »Sehe ich dich heute Abend?«

»Leider nicht. Wir fahren mit Dads Boot raus. Ich habe keinen Schimmer, wann wir zurück sind.«

»Kommst du zu mir und bleibst über Nacht?«

»Nein, Joe. Ich habe dir doch gesagt, dass ich im Hotel gebraucht werde.«

Er guckte sie ratlos an. »Wann denn dann? Wir haben angeblich eine Beziehung.«

»Na gut, morgen Abend.« Clementine bereute es in dem Moment, in dem sie es ausgesprochen hatte.

Sylvia saß an ihrem Schreibtisch und hörte aufmerksam mit. Sobald Joe draußen war, legte sie ihre Nagelfeile weg und drehte sich zu Clementine. »Joe ist wirklich ein netter Kerl. Ich kapier nicht, was in dich gefahren ist!«

Clementine stützte die Ellbogen auf den Schreibtisch und lehnte ihr Kinn in die Hände. »Verglichen mit Rafa ist er so gewöhnlich.«

»Jetzt mach mal die Augen auf! Rafa ist genauso gewöhnlich. Männer sind Männer, egal von welcher Seite du guckst.«

»Nein, Rafa ist anders.«

»Das dachte ich auch bei Richard und Jeremy und Benjamin … und zig anderen. Am Ende wirst du immer enttäuscht, weil dein Supermann doch bloß ein Kerl in Unterhosen ist. Genauso bedürftig, genauso fordernd, genauso egoistisch wie jeder andere Mann auf der Welt.«

»Du bist eine solche Zynikerin.«

»Ich lebe auch schon länger als du, Süße.«

»Trotzdem halte ich an meinem Traum fest.«

»Der ist eine Seifenblase, Dummchen.«

Clementine seufzte. »Was soll ich denn machen? Ich liebe Joe nicht.«

»Magst du ihn?«

»Nach ein paar Wodkas im Dizzy Mariner ist er ganz niedlich.«

»Der Spatz in der Hand ist besser als die Taube auf dem Dach.«

Clementine rümpfte die Nase. »Was hat das mit Joe zu tun?«

»Du willst doch nicht am Ende alleine sein. Ich habe Freddie nur deshalb zurückgenommen, weil sein Gejammer langweilig wurde.«

»Aber das ist ein trauriger Kompromiss.«

»Musst du gerade sagen! Wenn du Joe nicht liebst, mach Schluss.« Sylvia zuckte mit den Schultern. »Du bist diejenige, die an ihm festhält. Frag dich mal, wieso.«

Das Telefon klingelte, und Sylvia nahm ab. Clementine ging mit ihrer Ablage zu den Aktenschränken. Während sie die Briefe in die richtigen Fächer sortierte, dachte sie über Sylvias Worte nach. Sie hatte natürlich recht. Wenn sie Joe nicht liebte, warum war sie noch mit ihm zusammen? War sie so unsicher, dass sie lieber mit einem viel zu durchschnittlichen Mann zusammen war als allein? Und zugleich strebte sie in ihren Träumen nach Höherem. Ihre Gedanken bewegten sich auf einer anderen Umlaufbahn, und ihr Herz sehnte sich nach der heißesten, größten Liebe.

Nachdem sie fertig war, stellte sie fest, dass sie zum ersten Mal sämtliche Briefe korrekt abgelegt hatte. Sie konnte nicht sagen, was sie dazu anspornte, aber sie beschloss, alle Akten durchzusortieren, eine nach der anderen, bis alles an seinem Platz war. Es war viel Arbeit, denn den ganzen letzten Monat hatte sie Schreiben einfach wahllos in irgendwelche Fächer gestopft, ohne darüber nachzudenken, dass man sie irgendwann wiederfinden müsste.

Mr Atwood kehrte von einer Besichtigung zurück und fand den Fußboden voller Papier vor. Ihm stand der Mund offen vor Schreck. »Was in aller Welt ist hier los?«

»Ja, schon gut«, antwortete Clementine gelassen. »Ich bin selbst ein bisschen geschockt. Fragen Sie Sylvia, denn ich weiß auch nicht, was in mich gefahren ist. Aber ich gestehe, dass ich wochenlang Sachen in die falschen Ordner gepackt habe.«

Mr Atwood war nicht sicher, ob er wütend oder froh sein sollte. Er räusperte sich. »Na, dann muss ich wohl dankbar sein, dass Sie jetzt aufräumen, statt ein komplettes Chaos für Polly zurückzulassen.« Er stakste vorsichtig zwischen den Papierstapeln hindurch. »Wenn Sie hier fertig sind, habe ich noch was, das Sie für mich besorgen müssen.«

»Wieder ein Geschenk für Mrs Atwood?«

Er wurde verlegen. »Kommen Sie später zu mir, das heißt, falls Sie nicht den ganzen Tag hiermit beschäftigt sind, was ich nicht hoffen will.« Er verschwand in seinem Büro und schloss die Tür hinter sich.

Clementine bemerkte, dass Sylvia grinste. »Wieso rückt er nicht raus damit, dass es für sein Verhältnis ist?«

»Eine gute Sekretärin stellt sich blind.«

»Wer ist sie?«

»Jemand mit einem fürchterlichen Kuhgeschmack und ohne Geruchssinn.«

Clementine lachte. »Er riecht doch nicht, oder?«

»Was denkst du denn?« Sie zog eine Grimasse. »Diese Art Haut müffelt immer irgendwie nach Ei.«

»Uärgs!«

»Ich habe so meine Erfahrung damit, und schön ist es nicht. Tja, aber er ist reich und überschüttet sie wahrscheinlich mit Geschenken. Manche Weiber tun alles für Geschenke.« Sie nahm ihre Nagelfeile wieder hervor. »Hach, was habe ich nicht schon für Geschenke gemacht!«

»Das wollen wir bitte nicht vertiefen, Sylvia.«

»Nein, du hast recht. Wollen wir nicht.«

Nachdem alle Dokumente und Briefe in den richtigen Mappen waren, nach Datum sortiert, und die überflüssigen geshreddert, trat Clementine einen Schritt zurück, um ihr Werk zu bewundern. Sie empfand einen grotesken Stolz. »Alles erledigt«, verkündete sie und ging beschwingt an ihren Schreibtisch zurück.

»Schön für dich«, sagte Sylvia. »Ich staune. Bisher dachte ich, du kannst gar nicht richtig arbeiten.«

»Dachte ich auch.«

»Jetzt geh lieber und frag, was du für Casanovas Süße besorgen sollst.«

»Ich kann es nicht erwarten, sein Geld auszugeben. Egal welche Summe er vorgibt, ich verprasse das Doppelte!«

Clementine war frustriert, als sich herausstellte, dass sie mit Mr Atwood zusammen zum Juwelier gehen sollte, um ein Armband auszusuchen. »Es ist unser Hochzeitstag«, erklärte er linkisch.

»Wie lange sind Sie verheiratet?«, fragte sie, als sie den Laden von Nadia Goodman in der High Street betraten.

»Mehr Jahre, als ich zählen kann. Wenn man in meinem Alter ist, hört man auf mitzurechnen.« Eine hübsche Verkäuferin brachte ihnen ein Tablett mit Goldarmreifen und lächelte Clementine an. »Also, welches gefällt dir?«, fragte Mr Atwood. Clementine hob eine Goldkette mit Smaragd-Cabochons hoch.

»Darf ich Ihnen helfen?«, fragte die Verkäuferin und legte ihr das Armband an. »Die Farbe passt hervorragend zu Ihrem Teint.«

»Ja, nicht? Daddy ist so großzügig.« Sie grinste Mr Atwood an.

»Bei dem Grün bin ich mir nicht sicher«, sagte er mürrisch.

»Aber ich find's toll!«

Er ignorierte ihren Rehblick. Es gefiel ihm kein bisschen, dass sie sich amüsierte. »Nimm es ab«, zischte er.

Die Verkäuferin hakte die Goldkette auf und wirkte ein wenig verwirrt. »Wie wäre es mit Blau?«, schlug sie vor.

»Ich liebe Blau!«, schwärmte Clementine.

Mr Atwood bat sie, eine andere Auswahl zu holen. Kaum war sie im hinteren Raum verschwunden, drehte er Clementine zu sich. »Hören Sie mit dem Blödsinn auf. Ich habe einen Ruf zu wahren.«

»Ich mache doch bloß Spaß.«

»Lassen Sie das.«

»Na gut. Welche Farbe steht Ihrer Frau?«

Er zögerte. »Rot.«

»Dann gucken wir uns was mit Rubinen an. Sie sind ja so großzügig.«

»Ich weiß. Das muss ich, damit sie bei Laune bleibt.«

»Oh, sie wird sicher gute Laune haben.«

Clementine gelang es, sich zurückzuhalten, während sie sich Goldarmbänder mit Rubin-Cabochons ansahen. Schön wie sie waren, konnte sie sich nicht vorstellen, dass sie mit einem nach Ei müffelnden Mann schlafen würde, egal wie viele Armbänder er ihr schenkte. Dann stellte sie sich vor, dass Joe ihr Schmuck kaufte, und empfand völlige Leere. Nein, so viel Gold und Gefunkel gab es nicht, dass es Liebe ersetzen könnte.

Schließlich entschieden sie sich für ein Geschenk, und die Verkäuferin verpackte es in einer rot-goldenen Schachtel, die sie mit einer Schleife zuband.

»Die glückliche Mrs Atwood«, flüsterte Clementine, der einfiel, wie unglücklich sie war.

»Ist sie«, stimmte Mr Atwood ihr linkisch zu.

»Das macht dann fünfzehnhundert Pfund, Sir«, sagte die Verkäuferin und lächelte Clementine zu. »Ist es Ihr Geburtstag?«

»Nein«, antwortete Clementine. »Er will mir nur eine Freude machen.«

»Ach ja?« Die Verkäuferin schien beeindruckt. Mr Atwood reichte ihr seine Kreditkarte. »Vielen Dank.«

»Und ich danke *dir,* Daddy«, sagte Clementine, als sie die kleine Tragetasche in Empfang nahm. Sie schenkte ihm ihr süßlichstes Lächeln, das die Verkäuferin für echte Zuneigung hielt.

Mr Atwoods Nasenflügel bebten beim Einatmen, während er seine PIN in den Apparat eintippte. Er trommelte ungeduldig mit den Fingern auf der Vitrinenplatte, denn er konnte es offensichtlich nicht erwarten, aus dem Laden zu kommen.

Clementine lachte den gesamten Weg bis zum Büro, was ihn erst recht wütend machte. »Es ist nur Spaß«, wiederholte sie. »Wären Sie nicht so bierernst, würde ich es nicht so saukomisch finden.«

»Stünde ich nicht wegen all der Klienten, die Ihr Vater mir schickt, in seiner Schuld, ich würde Sie feuern!«

»Nein, eigentlich mögen Sie mich, das weiß ich. Sie wollen bloß nicht zugeben, dass ich witzig bin.«

»Ich finde Sie kein bisschen witzig, Clementine«, murrte er, woraufhin Clementine sich erst recht ausschütten wollte.

Nach Feierabend kehrte sie beschwingt zum Polzanze zurück. Rafa saß auf der Terrasse und trank Tee mit Marina, Grey und vier alten Damen, von denen Clementine annahm, dass es die vier Malschülerinnen aus dem letzten Jahr waren. Bei Rafas Anblick ging ihr das Herz auf vor Glück. Am Tisch redeten alle munter durcheinander. Sie bemerkten Clementine nicht einmal, ehe sie bei ihnen war.

Dann sah ihr Vater auf. »Ah, Clementine. Komm, setz dich zu uns.«

»Die Damen kennst du noch nicht, stimmt's?«, fragte Marina.

Clementine blickte in die erwartungsvollen Mienen und lächelte nur, weil Rafa sie beobachtete. Andernfalls hätte sie es tunlichst vermieden, den Frauen vorgestellt zu werden. Nun machte Marina sie miteinander bekannt, und Clementine schüttelte ihnen die Hände. Sie war froh, dass ihr Vater einen Stuhl für sie zwischen sich und Rafa schob, sodass sie keine Zeit mit affiger Konversation verplempern musste.

»Und, wie war dein Tag?«, fragte Rafa, während die anderen ihre Unterhaltung wieder aufnahmen.

Clementine sonnte sich in der Wärme seiner Augen. Er hatte diese Art, sie anzusehen, als wäre sie die einzige Frau auf der Welt, mit der er wirklich reden wollte.

»Mein Boss hat mich zum Juwelier mitgeschleppt. Ich sollte ihm helfen, ein Armband für seine Frau auszusuchen, dabei wissen wir alle, dass die es nie zu Gesicht kriegt.«

»Ah, er hat ein Verhältnis?«

»Ja, auch wenn ich mir nicht vorstellen kann, wer den freiwillig nimmt.«

»Für jeden gibt es jemanden.«

»Das Wunder des Lebens.« Sie grinste. »Ein Glück, was?«
»Wollen wir heute Abend mit dem Boot rausfahren?«
»Na klar«, sagte Clementine begeistert, obwohl sie wusste, dass sie nicht allein sein könnten, denn sie wusste nicht, wie man das Boot ihres Vaters fuhr. »Ich muss aber noch Dad fragen«, ergänzte sie und tippte Grey an.

Ihr Vater drehte sich zu ihr. »Ja, Schatz?«

»Fährst du heute Abend mit Rafa und mir mit dem Boot raus?«

Grey strahlte vor Überraschung. »Was für eine nette Idee! Es ist ein herrlicher Abend dafür.« Er blickte hinaus auf das ruhige Meer und den klaren Himmel. »Wir können zur Schmugglerbucht fahren und ein paar Krebse fangen. Was haltet ihr davon?«

Clementine hatte nur unangenehme Erinnerungen ans Krebsefangen in der Schmugglerbucht: Sie, die auf Felsen hockte und sich zu Tode langweilte, während Jake und ihr Vater kleine Bacon-Fitzel an einer Schnur ins Wasser warfen. Der Eimer mit den Krustentieren hatte sie abgestoßen, in dem die Viecher alle übereinanderkrabbelten, um zu fliehen. Aber der Gedanke, den Sonnenuntergang in der stillen Bucht zu erleben, war durchaus reizvoll. »Prima Idee«, antwortete sie. Ein paar Krebse würde sie aushalten, wenn sie dafür Zeit mit Rafa bekam.

Clementine malte sich noch romantische Bilder aus, als Marina sich über den Tisch beugte. »Habe ich gerade Krebseangeln gehört?«

»Ja«, antwortete Grey. »Ich dachte, ich nehme Rafa mit raus, zeige ihm die Schmugglerbucht und fange ein paar Krebse.«

»Wie wär's, wenn ihr die Damen mitnehmt? Auf dem Boot ist ausreichend Platz.«

Clementine konnte ihr Entsetzen nur mit größter Mühe verbergen. Wortlos schaute sie mit an, wie ihre Stiefmutter ihre Pläne sabotierte. »Mrs Leppley, haben Sie Lust auf eine kleine Bootsfahrt mit Grey heute Abend?«

Veronica riss die Augen weit auf. »Mit Freuden!«, rief sie und klatschte in die kleinen Hände. »Wie entzückend.«

»Was war das eben mit der Bootsfahrt?«, fragte Pat.

»Wir wollen heute Abend eine machen«, sagte Grey. »Ich fahre mit Rafa zum Krebseangeln.«

»Da bin ich dabei. Nichts geht über ein bisschen Krebsefangen, um Appetit aufs Abendessen zu kriegen. Ich wollte eigentlich an den Klippen entlangwandern, aber das klingt weit unterhaltsamer.«

Clementine war bitter enttäuscht; hingegen schien es Rafa nichts auszumachen.

»Ich habe noch nie einen Krebs gefangen«, sagte er, woraufhin die Damen schallend loslachten und Pat sich anbot, es ihm zu zeigen. Wenigstens winkten die anderen beiden ab. Grace erklärte, dass sie ein langes heißes Bad nehmen und ihr Buch weiterlesen wollte, und Jane sagte, sie würde lieber durch den Garten spazieren, denn sie wurde leicht seekrank.

Clementine funkelte ihre Stiefmutter wütend an. Ohne Frage hatte sie ihr den Abend absichtlich verdorben. *Sie kann ihn nicht haben, also soll ich ihn auch nicht kriegen,* dachte sie beleidigt. *Na, ich habe den ganzen Sommer Zeit, da kann ich einen Rückschlag verkraften.*

Marina bot Jane Meister an, mit ihr durch den Garten zu schlendern, was die alte Dame freute. Sie ging auf ihr Zimmer, um sich ein Kopftuch zu holen. Marina blickte Rafa nach, der mit Clementine, Grey, Mrs Leppley und Mrs Pitman loszog. Sie wusste, dass sie ihre Stieftochter auf die Palme gebracht hatte, aber ihr war keine andere Wahl geblieben. Wenn das Mädchen bis heute nicht begriffen hatte, dass man einen Mann nicht gewann, indem man direkt mit ihm ins Bett hüpfte, musste sie eben gezwungen werden, sich zurückzuhalten. Marina kannte Männer wie Rafa – bevor sie Grey begegnete, hatte sie ihre Erfahrungen mit Affären gemacht. Solche Männer waren es gewöhnt, dass ihnen die Frauen zu Füßen lagen, schliefen mit ihnen und servierten sie ab, sobald sie keine Herausforderung mehr darstellten. Aber das konnte Marina ihr natürlich nicht sagen, weil Clementine fest überzeugt war, es besser zu wissen. Folglich blieb Marina nichts anderes übrig, als die hilflose Zuschauerin zu spielen.

Clementine saß zwischen den beiden alten Frauen, als sie hinunter zur Anlegestelle fuhren. Mrs Leppley roch nach Rosen und Puder. Mrs Pitman war extrem munter und erzählte von ihren zahlreichen Abenteuern auf See. Rafa saß mit Grey vorn im Wagen und hörte sich ihre Geschichten interessiert an. Allerdings fragte Clementine sich, ob er wirklich interessiert war oder einfach nur höflich. Falls Letzteres zutraf, war er ein sehr begabter Schauspieler.

Am Hafen angekommen, parkte Grey den Wagen. Shelton war eigentlich ein verschlafenes Nest, doch an diesem Spätnachmittag herrschte einiges Leben am Wasser. Mütter mit Kindern waren unterwegs, plauderten miteinander, während ihre Kleinen Eis schleckten. Einige alte Leute saßen auf den Bänken in der Sonne und genossen die Aussicht. Möwen tauchten im Sturzflug nach Essenskrümeln und zankten sich um die Abfälle, die achtlose Erwachsene und tapsige Kinder fallen gelassen hatten. Segler mit wetterzerfurchten Gesichtern turnten auf ihren Booten herum, während Fischer mit ihren kleinen Fängen heimkehrten. Clementine wurde unwillentlich fröhlicher und ging voraus zum Boot ihres Vaters, das an einem Poller festgezurrt war.

Mrs Pitman war überglücklich, das Boot zu sehen, das – wie sollte es anders sein – *Marina* hieß. Es war nichts Besonderes, auch wenn man angesichts ihrer Begeisterung und ekstatischen Ausrufe glauben mochte, sie hätte die *Lady Moura,* die Mutter aller Megajachten, vor sich. »Na, ich muss schon sagen, was für ein prachtvolles Boot!« Sie stemmte die Hände in ihre breiten Hüften und lächelte anerkennend. »Und dann dieses ideale Wetter und die ruhige See. Das wird ein herrlicher Törn!°«

»Ein reizendes Boot«, pflichtete Veronica ihr bei und wickelte sich ihren Seidenschal um den Hals. »Ich setze mich vor die Kajüte, wo ich im Windschatten bin.«

»Wenn du keinen Wind willst, setz dich lieber rein, Veronica.«

»Und den ganzen Spaß versäumen? Nein, ich kuschel mich ganz in die Ecke. Ich kann mich gut kleinmachen.«

»Dann mal alle an Bord«, sagte Grey.

Rafa sprang an Deck und half den Damen. Clementine bemerkte, wie er sie ansah, als er ihnen die Hände reichte und sie sicher aufs Boot zog. Sein Lächeln war genauso verführerisch, sein Blick genauso intensiv, wie wenn er sie ansah. Sie wartete, bis sie an der Reihe war, und reichte ihm ihre Hand. Seine Berührung war warm und fest, sodass ein Kribbeln über Clementines Haut jagte. Sie kicherte verlegen, dabei konnte man wohl kaum durch ihre Kleidung sehen, was in ihr los war.

»Dein Bruder hat gesagt, dass du Boote nicht magst«, sagte er.

»Ich habe keine Ahnung, wovon er redet«, erwiderte sie kühl. Sie musste Rafa ja nicht auf die Nase binden, dass er der einzige Grund war, weshalb sie sich überhaupt in die Nähe eines Bootes begab. »Was kann man daran nicht mögen?«

Er zuckte mit den Schultern. »Seekrankheit?«

»Ich habe festgestellt, dass ich zum Horizont gucken muss, dann ist alles gut.« Sie setzte sich auf die Bank am Heck neben Pat. Veronica saß so nahe wie möglich an der Kajüte. Clementine hoffte, dass Rafa sich zu ihr setzen würde, doch er stieg zurück auf den Anleger und band die Taue los. Sie beobachtete, wie er sich bückte und sie loszurrte. Seine energischen Bewegungen waren nett anzugucken. Offensichtlich war er an körperliche Arbeit gewöhnt, und Clementine stellte sich vor, wie er mit seinem Vater zusammen auf der Ranch gearbeitet hatte. Grey startete den Motor, und Rafa stieß das Boot ab, ehe er wieder an Deck sprang.

»Wie es aussieht, haben es die Mädchen bequem«, sagte er vergnügt, als das Boot langsam aus dem Hafen tuckerte.

»Ist lange her, seit mich jemand ein Mädchen genannt hat«, kicherte Pat. »Hurra, auf geht's! Ist das nicht herrlich?«

»Er ist ziemlich frech«, sagte Veronica.

»Sue McCain würde ihn mögen«, ergänzte Pat, die nach vorn sah, wo Rafa sich zu Grey stellte. »Ihr Argentinier war ein verteufelt guter Liebhaber.«

»Das glaube ich gern«, sagte Veronica. »Lateinamerikaner haben eine vollkommen andere Einstellung zu Frauen als Engländer. Die Lateinamerikaner lieben die Frauen. Engländer sind lieber mit anderen Männern zusammen, deshalb haben wir so viele Clubs nur für Männer.«

»Stimmt das?«, fragte Clementine neugierig.

»Mein Mann interessiert sich auf jeden Fall mehr für Sport als für Frauen. Nicht dass er Frauen nicht mag, aber wenn er die Wahl hat, entscheidet er sich für den Golfplatz und seine Freunde«, erzählte Pat.

»Rafa flirtet immerzu«, sagte Clementine, die unbedingt über ihn reden wollte, wo sie schon nicht mit ihm reden konnte.

»So sind die alle«, konstatierte Veronica.

»Oh ja! Sue McCain hat mir erzählt, dass Frauenbezirzen in Argentinien ein Volkssport ist.«

Das stimmte Clementine nicht froh. »Denken Sie, so ist Rafa?«

»Nein, glaube ich nicht«, sagte Veronica, der nicht entging, dass Clementine rot wurde. »Ich glaube, er ist ausgesprochen freundlich. Warum sollte er sich sonst mit albernen alten Schachteln wie uns abgeben?«

»Richtig«, pflichtete Pat ihr bei. »Er bemüht sich um jeden. Ich schätze, er ist einer von den raren, ungewöhnlichen Männern, die *Menschen* mögen.«

»Ach ja? Meinen Sie?« Clementine wurde wieder etwas munterer.

»Man sieht es in seinen Augen, dass er mitfühlend ist. Er ist eine alte Seele, meinst du nicht auch, Veronica?«

»Ganz bestimmt.«

Sobald sie auf offenem Wasser waren, nahm das Boot an

Fahrt auf. Grey überließ Rafa das Ruder, verschwand in der Kajüte und kehrte keine Minute später mit Wolldecken zurück. »Es kann ein bisschen frisch werden«, sagte er und reichte sie den Frauen. »Also, wollen wir mal sehen, wie schnell diese Dame schippern kann?« Pat johlte vor Freude, während Veronica sich dichter an die Kajüte drängte und den Schal festhielt, den sie sich um den Kopf geschlungen hatte.

»Oh ja, das ist klasse!«, rief Pat über das Dröhnen das Motors hinweg. »Ich liebe es, den Wind auf meinem Gesicht zu fühlen. Da muss ich an die Zeit denken, als ich auf meiner kleinen *Angel* den Atlantik überquert habe. Gott, ging es damals zu, kann ich euch sagen. Mit dem Meer ist nicht zu spaßen.« Ihre Begeisterung war ansteckend, und Clementine lachte mit ihr.

»Erzähl mal, wie du fast von einem Hai gefressen wurdest«, fordert Veronica sie auf. Mehr Ermunterung bedurfte es bei Pat nicht.

Schließlich näherten sie sich der Schmugglerbucht, und Grey drosselte den Motor. Die Bucht war dunkel, schattig und windstill. Inzwischen stand die Sonne tief und färbte den Himmel blass flamingorosa.

»Ist das nicht wunderschön?«, seufzte Veronica, die sich aus ihrer geschützten Ecke wagte.

»Man kann sich gut vorstellen, wie die Schmuggler hier mit ihrer Beute ankamen und sie in den Höhlen versteckten«, sagte Rafa. Er war um die Kajüte herum zu ihnen gekommen.

»Genug von Beute, junger Mann, Sie fangen jetzt Krebse«, befahl Pat.

»Was machen wir, wenn wir welche fangen?«

»Sie wieder reinsetzen«, antwortete Clementine. »Es sei denn, sie sind groß und lecker. Die nehmen wir mit zum Abendessen.«

Rafa formte mit den Händen einen Trichter vorm Mund und tat, als würde er schreien: »Lauft weg, Krebse! Flieht!«

»Das wird nichts nützen. Die Burschen sind viel zu wild auf Bacon«, sagte Grey.

»Ihre eigene Gier ist ihr Untergang«, fügte Pat hinzu.

Grey segelte so nahe an den Kieselstrand, wie es ging, ehe er den Motor ausstellte und den Anker warf. Eilig zog Rafa seine Schuhe aus, krempelte die Jeans hoch und sprang ins Wasser, das ihm bis zur Mitte der Unterschenkel reichte. »Kommst du, Clementine?«

»Was ist nur mit dir und Wasser? Musst du immer gleich reinspringen?«

Er lachte. »Vielleicht hat es etwas mit dir zu tun.«

»Also, ich behaupte gar nicht erst, dass ich unheimlich gerne nass werde. Aber meinetwegen.« Sie warf die Wolldecke zur Seite und zog ihre Turnschuhe aus.

»Ich trage dich«, bot er ihr an, die Arme ausgestreckt.

»Dazu bin ich viel zu schwer!«

»Vertrau mir, ich habe schon Kälber getragen, die mehr wogen als du.«

»Na gut, aber wenn ich dir doch zu schwer bin, bitte, zeig's nicht.« Sie ließ sich in seine Arme fallen. Er gab vor, ins Schwanken zu geraten, und machte ein schmerzverzerrtes Gesicht. »Hey, hör auf damit!«, lachte sie.

»Ich … glaube … ich … muss … dich … los…lassen.« Er stolperte zum Strand, wo er sie herunterließ. »Sonst noch jemand?«, fragte er Pat und Veronica grinsend.

»Das schaffe ich allein«, antwortete Pat. »Ein bisschen Wasser hat noch keinem geschadet.«

»Ich bleibe auf dem Boot und gucke von hier zu«, sagte Veronica.

Grey schenkte ihr ein Glas Wein ein. »Ich habe Räucherlachs-Sandwiches. Sowie wir ein paar Krebse haben, feiern wir. Wie sieht's aus, Clemmie, zeigst du ihnen, wie es geht?«

Clementine vergaß ihre Abneigung gegen Krebse und band ein Stück Bacon an eine Schnur, als hätte sie ihr Leben lang nichts anderes getan. Rafa stand neben ihr, als sie die Schnur ins Wasser warf. »Es ist fast wie angeln«, erklärte sie ihm. »Du wartest, bist du ein Ziehen merkst, und holst die Schnur langsam wieder ein.«

Er hatte den Eimer bereitgestellt, und tatsächlich war nach nur ein oder zwei Minuten ein Ziehen an der Schnur zu spüren.

Clementines Herz schlug schneller. »Oh mein Gott, wir haben einen. Dad, wir haben einen!«

»Gut gemacht, ihr zwei!«

»Das ist ein Großer, glaube ich.« Sie zog vorsichtig an der Schnur und holte einen großen schwarzen Krebs aus dem Wasser. »Der ist riesig!«

»Wow! Mein erster Krebs«, sagte Rafa.

Meiner auch, dachte Clementine. »Nicht so schnell, Pirat. Das ist *meiner*.« Sie ließ ihn in den Eimer fallen. »Jetzt nimm dir eine Schnur und etwas Bacon und guck, ob du auch so einen Brummer fängst. Mal sehen, wer gewinnt.«

»Und was kriegt der Gewinner?« Er sah sie mit einem verschlagenen Schmunzeln an.

»Der darf ihn essen«, antwortete Clementine.

»Ich hatte mir einen spaßigeren Preis vorgestellt.«

»Welchen?«

»Verrate ich nicht.«

»Na, sag schon!«

»Warten wir ab, wer gewinnt. Falls ich siege, nehme ich mir meinen Preis vielleicht, ohne zu fragen.«

16

Während die Sonne allmählich im Meer versank, standen Rafa und Clementine Seite an Seite auf den Kieseln und warfen ihre Bacon-Schnüre ins Wasser. Ihr Lachen hallte im Verein mit den Schreien gierig kreisender Möwen von den Klippen wider. Pat war eine erfahrene Krebsanglerin, weil sie als Kind ihre Sommerferien in Cornwall verbracht hatte. Als der Bacon die Krebse nicht schnell genug anlockte, steckte sie kurzentschlossen ihre Hand ins Wasser und fing die Tiere mit ihren Fingern. Triumphierend hielt sie ihren Fang in die Höhe, damit alle ihn sehen konnten. Veronica guckte vom Boot aus zu, eingewickelt in ihre Wolldecke, und genoss die raue Schönheit der kleinen Bucht sowie die fröhlichen Scherze der anderen. Sie applaudierte bei jedem Fang, johlte entzückt und trank ihren Wein.

Grey beobachtete seine Tochter. Es war viele Jahre her, seit er sie zuletzt in sein Boot locken konnte. Krebsefangen und Angeln hatte sie stets gehasst, und das Meer fand sie schlicht langweilig. Sah man sie hingegen jetzt mit Rafa, könnte man meinen, sie wäre an der See aufgewachsen. Geschickt band sie die Köder an die Schnur und stellte sich kein bisschen an, wenn sie die Krebse vom Band löste. Ihm war natürlich klar, dass sie vor Rafa angeben wollte. Es hatte also einen gut aussehenden Ausländer gebraucht, damit sie mit ihm hinausfuhr, aber das machte nichts. Ihn freute allein die Tatsache, dass sie hier war, das Schönste an Devon genoss und es mit ihrem Vater teilte.

Clementine spürte, dass Grey sie ansah, und drehte sich zu ihm um. Als sich ihre Blicke begegneten, lächelte er. Es war nicht sein übliches Lächeln, sondern ein wehmütiges, gemischt mit Stolz. Sie grinste, war allerdings etwas überrascht von seiner

Zuneigung. Dann wandte sie den Blick wieder ihrer Schnur zu, an der sich etwas bewegte. Dabei dachte sie nicht mehr an den Krebs, den sie fing, sondern an das sanfte Gesicht ihres Vaters. Sie erinnerte sich nicht, wann er sie je so angesehen hatte.

Als ihre Eimer voll waren, tranken sie zur Feier Wein und aßen Lachs-Sandwiches. »Und, wer hat gewonnen?«, fragte Clementine, die ihren Eimer hochhielt.

»Du«, antwortete Rafa.

»Bist du sicher?«

»Warum lassen Sie sie so einfach gewinnen?«, fragte Pat, die genüsslich ihr Sandwich kaute.

»Weil ich ein Gentleman bin.«

»Dann willst du dir nicht unaufgefordert deinen Preis nehmen?« Clementine war ein wenig enttäuscht.

»Weil ich ein Gentleman bin«, wiederholte er mit einem Grinsen, bei dem sich ihr Bauch komisch benahm.

»Und welchen Preis kriege ich?«

»Bewunderung.« Er legte einen Arm um ihre Taille, zog sie an sich und küsste sie auf die Wange. Pat grölte vor Lachen, während Veronica fasziniert zuschaute, wie eine junge Liebe erblühte.

Grey erhob sein Glas. »Auf einen wundervollen Abend mit Freunden«, sagte er. »Aber jetzt müssen wir zurück. Es wird bald dunkel.«

Rafa stand wieder mit am Ruder, doch das störte Clementine nicht. Veronica und Pat waren zum Brüllen, und sie drei lachten den ganzen Weg zurück zum Hafen.

»Ach du liebe Güte, ich fürchte, ich bin ein bisschen beschwipst«, sagte Veronica, als sie sich von Rafa auf den Steg helfen ließ.

»Das ist gut für dich, Veronica«, erklärte Pat. »Was meinst du wohl, wieso die Franzosen alle so alt werden? Nur wegen dem vielen Wein, den sie trinken.«

»Ich habe das Gefühl, der Boden schaukelt, du nicht?« Veronica hielt sich an Rafas Arm fest.

»Erlauben Sie mir, Sie zum Wagen zu geleiten«, schlug er vor und nahm sie bei der Hand.

»Sie sind ein sehr liebenswürdiger Mann.«

»Vielen Dank.«

»Die wenigsten jungen Leute wären so rücksichtsvoll. Wissen Sie, wenn man jung ist, kann man sich nicht vorstellen, dass man jemals alt sein wird. Und dann überfällt es einen aus heiterem Himmel, und auf einmal gehört man zu den Alten, die man nie leiden konnte.«

»Ich kann alte Menschen sehr wohl leiden«, erwiderte er, während er sie langsam über den Steg führte. »Ja, ich mag alte Leute. Sie haben so viel erlebt, die unterschiedlichsten Erfahrungen gesammelt und stecken voller Weisheit.«

»Sie wirken älter als Sie sind, Rafa.«

»Weiß ich. Ich bin ein alter Mann, der in einem jungen Körper steckt. Eines Tages holt der Körper den Verstand ein, und dann fühle ich mich vollständig.«

»Fühlen Sie sich denn jetzt unvollständig?«

»Eigentlich eher orientierungslos«, gestand er.

»Das hat nichts damit zu tun, dass Sie zu alt für Ihren Körper sind. Was, glauben Sie, ist der Grund dafür?«

»Ich habe keine Wurzeln, Mrs Leppley.«

»Bitte, nennen Sie mich Veronica. Wir sind alle ohne Wurzeln, Rafa, bis wir eine verwandte Seele finden. Kann es sein, dass Sie Ihre noch nicht gefunden haben?«

»Nein, ich suche noch.«

Sie lächelte sanft. »Sie werden sie finden, und dann rückt sich das Bild Ihrer Welt zurecht, und Sie fühlen sich nicht mehr orientierungslos.«

»Gewiss haben Sie recht.«

»Ich bin eine alte Frau, die schon eine Menge gesehen hat.«

»Haben Sie Ihre verwandte Seele gefunden?«

»Ja. Mein Mann verliebte sich in mich, als er mich tanzen sah.«

»Ich wette, Sie waren eine wunderschöne Tänzerin.«

»Na ja, ich war keine Margot Fonteyn, aber ich war gut. Das ist das Traurige am Altwerden, dass man einsehen muss, viele Dinge nicht mehr tun zu können. Aber ich liebe meinen Mann, und ich habe viele Enkelkinder. Sie sind es, was mir heute kostbar ist, nicht meine Ballettschuhe.«

»Die Familie ist alles«, bestätigte er.

»Oh ja, ist sie.« Sie seufzte. »Ich bin wahrlich gesegnet.«

Bester Stimmung kehrten sie zum Polzanze zurück. Auf der Rückfahrt rezitierte Pat Limericks. Es war beinahe dunkel. Lichter funkelten in den Fenstern der Häuser, an denen sie vorbeifuhren, und am Himmel, der mit Sternen übersät war, doch keines von ihnen war so einladend wie die Lichter des Polzanze.

Tom und Shane kamen heraus, um ihnen die Türen zu öffnen.

»Mir ist immer noch ein bisschen duselig«, sagte Veronica glücklich. »Es war ein herrlicher Tag.«

»Das freut mich sehr.« Grey hakte ihre Hand bei sich ein.

»Ich fühle mich sehr alt, aber überglücklich.«

»Und ich fühle mich belebt«, sagte Pat, die sie festen Schrittes überholte. »Es geht doch nichts über einen Schwall Seeluft, um ein paar Jahre wegzupusten.«

Clementine öffnete die Ladeklappe hinten und holte den Eimer heraus. Darin waren fünf Krebse. »Die reichen fürs Abendessen«, stellte sie fest.

»Lass mich dir helfen.« Rafa nahm ihr den Eimer ab. »Wo soll ich ihn hinbringen?«

»In unsere Küche. Komm mit, ich zeig's dir.«

»Ah, hier wohnst du also«, sagte er und blickte an dem hübschen grauen Steinbau mit dem weißen Uhrenturm und dem Wetterhahn nach oben.

»Es ist der alte Stall. Submarine hat ihn ausbauen lassen.«

»Submarine?«

»Ach, entschuldige, das kannst du ja nicht wissen. Es ist mein Spitzname für meine Stiefmutter, weil sie so hinterlistig und gemein ist, eben wie ein feindliches U-Boot.« Sie lachte und ging davon aus, dass er ebenfalls lachen würde. Was er jedoch nicht tat. Vielmehr sah er aus, als wäre ihm unbehaglich, und Clementine bereute, es gesagt zu haben.

Sie öffnete die Vordertür und führte ihn durch die Diele in die Küche. »Stell sie bitte auf den Tisch.« Sie hörte, wie er den Eimer abstellte, doch als sie sich wieder zu ihm drehte, stellte sie fest, dass sich sein Gesichtsausdruck vollkommen verändert hatte. Ihr war bewusst, dass sie ihre Bemerkung irgendwie rechtfertigen müsste, und sie wollte dringend, dass er wieder lachte. »Hör mal, tut mir leid, dass ich das über Marina gesagt habe, aber du kennst sie nicht so wie ich.«

Er zuckte mit der Schulter. »Eure Beziehung geht mich nichts an.«

»Und warum bist du dann beleidigt, dass ich sie so nenne?«

»Ich bin nicht beleidigt.«

»Doch, bist du wohl. Das sehe ich dir an.«

»Ich mag deine Stiefmutter.«

»Und es ist völlig okay, dass du sie magst. Du bist ein Mann, daher wundert's mich nicht. Aber mein Verhältnis zu ihr ist kompliziert.«

»Ja, ich weiß. Es ist problematisch, weil du es problematisch sein lässt. Dabei muss es das nicht.«

»Was meinst du?«

Er lehnte sich seufzend ans Küchenbüffet. »Du hast die Wahl, Clementine, und du entscheidest dich, an altem Groll festzuhalten.«

»Ich kann nicht anders.«

»Natürlich kannst du. Die Vergangenheit existiert nur noch in deinem Kopf. Du kannst jederzeit entscheiden, sie loszulassen.«

»Kann ich nicht.«

»Sie entspricht nicht mehr dem Menschen, der du heute bist.« Sie runzelte die Stirn. »Hast du jemals versucht, die Situation mit *ihren* Augen zu sehen?«

Clementine senkte die Stimme. »Ich glaube nicht, dass ich

ihre Sicht überhaupt verstehen muss. Sie ist diejenige, die meinen Vater verführt hat, der Grund für die Scheidung.«

»Was damals schrecklich für dich gewesen sein muss, keine Frage. Aber nichts ist je so einfach. Hast du dich mal mit ihr hingesetzt und sie gefragt, was passiert war, von Frau zu Frau?«

»Meine Mutter hat mir die ganze Geschichte erzählt.«

»Wie konnte sie? Sie kennt nur ihre Warte.«

Clementine merkte, dass sie wütend wurde. »Sie weiß genug. Sie war schließlich dabei, verdammt!«

»Nein, war sie nicht.« Er lächelte bedauernd. »Ich sage ja nicht, dass du die Vergangenheit vergessen sollst, nur sie akzeptieren und gehen lassen, damit sie dir nicht die Gegenwart verdirbt. Du kannst nicht ändern, was geschehen ist, aber du kannst ändern, wie du darüber denkst. Jede Geschichte hat mindestens zwei Seiten. Du bist kein Kind mehr. Vielleicht versuchst du mal, das Geschehene mit Verständnis zu betrachten, statt Schuld zuzuweisen und dich gekränkt zu fühlen.«

»Du hast keine Ahnung, Rafa. Und du vergreifst dich im Ton.«

»Tut mir leid. Es geht mich nichts an.«

»Nein, tut es nicht.« Trotzig verschränkte sie die Arme. »Ich denke, du gehst lieber.«

»Hör zu, Clementine, ich sehe, dass du verbittert bist. Ich sage dir lediglich, dass du es nicht sein musst. Es ist deine Entscheidung.«

»Ich will nicht darüber reden.«

»Okay, ich gehe.« Er schritt zur Tür, drehte sich noch einmal um und lächelte traurig. »Lass dir die Krebse schmecken.«

Clementine sah ihm nach, kochend vor Wut und Selbstmitleid. Wie konnte er es wagen, in ihre Familie zu kommen und ihr zu erzählen, wie sie sich zu benehmen hatte? Sie hatte ihn eindeutig falsch eingeschätzt. Nach ein paar klug gewählten Worten in der Kirche hatte sie geglaubt, er würde sie verstehen. Wie er sie ansah, hatte sie zu der Überzeugung verleitet, dass er sie mochte. Nun, inzwischen wusste sie, dass er jeden so anguckte. Vielleicht war er eben doch ein typischer Argentinier, für den es ein Sport war, jede Frau zu verführen. Müsste sie mittlerweile nicht schlauer sein? Schönheit war nichts als trügerischer Schein.

Das Klingeln ihre Handys lenkte sie ab. Joes Nummer erschien auf dem Display, worauf Clementine ein resignierter Seufzer entfuhr. Wenigstens war Joe nett. Er wies sie nicht zurecht, als sie ihm von ihrer Stiefmutter erzählte, oder wollte sie dazu bringen, Marina zu verstehen. Als wäre das wichtig oder würde sie auch nur die Bohne interessieren! Vor allem aber liebte Joe sie.

»Hi, Joe«, meldete sie sich. »Hast du Lust auf Krebse zum Abendessen?«

»Bei dir oder bei mir?«

»Was glaubst du?«, fragte sie spitz.

»Okay, dann komm, so schnell du kannst. Ich bin am Verhungern.«

Als er zurück zum Hotel ging, wurde Rafa klar, dass er sich idiotisch benommen hatte. Sein Vater hatte ihm wieder und wieder gesagt, er dürfte nicht dauernd versuchen, die Welt zu retten. Schon als Junge hatte er sich um jede lahme Ente, jeden verletzten Hund, jede verwundete Seele gekümmert. Doch Menschen nahmen Hilfe nur dann an, wenn sie selbst um sie baten. Clementine glaubte, dass sie zufrieden war, wie es war. Sie wollte nicht gerettet werden, und Rafa hatte sowieso seine eigenen Probleme. Er würde es morgen wiedergutmachen und danach nichts mehr zu dem Thema sagen.

Nachdem er in seiner Suite gebadet und sich umgezogen hatte, ging er nach unten. Einige Gäste unterhielten sich mit Jake in der Diele, von wo aus man in den Salon sehen konnte, in dem kleine Grüppchen an den Couchtischen saßen und vor dem Abendessen noch Drinks nahmen. Dort, vor dem Kamin, waren auch Marina und ihre vier Damen. Pat und Veronica erzählten lebhaft von dem Bootsausflug.

»Nächstes Mal müsst ihr mitkommen«, sagte Pat zu Grace und Jane. »In unserem Alter brauchen wir alle ein bisschen Abenteuer. Schließlich ist man nur so alt, wie man sich fühlt, und im Moment fühle ich mich wie fünfzig.«

»Für dich mag das in Ordnung sein, Pat, aber Jane wird schrecklich seekrank, und ich bin auch nicht so wild auf das Geschunkel«, erwiderte Grace, die sich in die Kissen zurücklehnte und Sekt trank. In ihrem cremeweißen Kaschmir und den zarten Schuhen sah sie wirklich nicht aus, als wäre sie für die freie Natur geschaffen, von hoher See ganz zu schweigen.

»Ich könnte eventuell eine Tablette nehmen …«, begann Jane schüchtern.

»Richtig«, fiel Pat ihr sofort ins Wort. »Heute gibt es schon die tollsten Sachen! Pillen für alles und jedes.«

»Ich finde, wir machen morgen einen Spaziergang an den Klippen oben«, schlug Veronica vor. »Den können wir alle genießen.«

»Sie können bis Dawcomb-Devlish gehen«, sagte Marina. »Seit letztem Jahr haben ein paar neue Läden aufgemacht, die Sie sich ansehen können. Ah, hallo, Rafa.«

Der Künstler stand in einem blauen Hemd und einer hellen Baumwollhose vor ihnen, duftete nach Sandelholz und hatte noch feuchtes, krauses Haar.

»Guten Abend«, sagte er höflich. Die Frauen lächelten ihn bewundernd an.

»Setzen Sie sich«, forderte Marina ihn auf, und er hockte sich auf die Kaminbank.

»Was haben Sie mit den Krebsen gemacht?«, fragte Pat.

»Clementine sagte, sie wollte sie zum Abendessen haben.«

»Alle?«, rief Veronica entgeistert aus.

»Sie hat einen Freund«, sagte Marina leise.

Veronica zog verwundert die Brauen hoch. »Tatsächlich?«

»Ja, irgendjemand aus dem Ort namens Joe. Natürlich wurde er uns noch nicht vorgestellt.« Sie blickte verstohlen zu Rafa. Es war wichtig, dass Clementine nicht verfügbar schien.

»Typisch die jungen Leute. Als meine Tochter in dem Alter war, hatte sie ihren Freund schon über ein Jahr, ehe sie ihn uns vorführte«, erzählte Pat.

»Ich wette, ihr wusstet, wieso sie ihn geheim hielt, nachdem ihr ihn gesehen habt«, lachte Grace.

»Wie recht du hast, Grace. Es war ein Schock!«

»Nicht der Richtige?«

»Also, ich war eigentlich immer sehr offen, was die Entscheidungen meiner Kinder betraf«, antwortete Pat. »Ich habe gelernt zu akzeptieren, dass das, was sie glücklich macht, nicht zwangsläufig auch mich froh macht. Und das gilt allemal für Duncan. Er ist ein netter Mann, keine Frage, nur nicht mein Typ. Ein Journalist!«

»Oh«, hauchte Grace mitfühlend.

»Na, solange die zwei miteinander glücklich sind«, sagte Veronica zu Marina.

»Ja«, murmelte sie nachdenklich, »das ist alles, was ich mir für sie wünsche.«

In dem Moment erschien Jake, der sie zum Essen bat. »Isst Mr Santoro mit den Damen?«

»Nein«, sagte Marina, ehe Rafa Zeit hatte, sich eine Ausrede auszudenken. »Ich koche ihm zu Hause Pasta. Ich mache eine sehr gute Tomatensauce.«

»Unser Verlust, Ihr Gewinn«, sagte Grace und erhob sich mühsam.

»Sie haben ihn ja morgen den ganzen Tag«, tröstete Marina sie.

»Ich nehme an, Sie sind daran gewöhnt, dass die Frauen sich um Sie zanken.« Pat grinste Rafa zu. Ihre Gedanken waren bei Sue McCain und deren argentinischem Liebhaber.

»Ich fühle mich geschmeichelt«, antwortete er.

»Das ist keine Antwort«, sagte Grace. »Aber wir nehmen es mal als Ja.«

Alle vier lachten, als sie Jake in den Speisesaal folgten. Veronica ging etwas langsamer neben Jane her.

Marina und Rafa begaben sich zum Stallblock. Auf dem Uhrenturm hockte eine fette Taube und gurrte den Wetterhahn an.

»Die vier sind ein recht munteres Grüppchen, nicht wahr?«, sagte Marina.

»Ja, und alle so unterschiedlich. Ich frage mich, was sie zusammengeführt hat.«

»Die Kunst.«

»Wirklich?«

»Ja, sie waren im selben Malkurs in London und litten unter dem schaurigen Lehrer.«

»Wann wollen *Sie* zu malen anfangen?«

»Ach, ich habe den ganzen Sommer«, wich sie ihm aus.

»Haben Sie keine Lust zu malen?«

»Ich bin nicht besonders gut.«

»Das ist unerheblich. Die Freude daran ist es, was zählt.«

»Und ich habe keine Zeit.«

»Eine erbärmliche Ausrede.«

Sie schmunzelte. »Warten wir's ab. Im Moment haben Sie alle Hände voll mit den Damen und dem Brigadier zu tun.«

»Da gebe ich Ihnen recht. Es wird entweder ein Desaster oder ein großer Erfolg. Dem Brigadier gefiel es nicht, dass heute Morgen die neuen Teilnehmerinnen kamen.«

»Er wird noch warm mit ihnen, ganz sicher. Sie sind doch ziemlich attraktive Frauen.«

»Für einen Achtzigjährigen«, ergänzte Rafa.

Marina öffnete die Tür und führte ihn in die Küche. »Sie haben ein wunderschönes Zuhause«, sagte Rafa. »Und es riecht köstlich. Was ist das?«

»Feigen.« Sie zeigte auf eine Glasflasche auf dem Dielentisch. »Immer, wenn ich daran vorbeigehe, sprühe ich einmal kurz.«

»Der Duft ist recht exotisch.«

»Ja, finde ich auch. Freut mich, dass er Ihnen gefällt.« Sie nahm eine Schürze vom Haken an der Küchentür. »Also, wo steckt mein Mann?« Sie rief seinen Namen, bekam jedoch keine Antwort. »Wahrscheinlich hat er sich in der Bibliothek vergraben und liest. Nichts genießt er so sehr wie ein gutes Buch.«

»Und sein Boot.«

»Und sein Boot.« Sie seufzte. »Es braucht wahrlich nicht viel, *ihn* glücklich zu machen.«

Sie ging zum Kühlschrank und holte eine Flasche Wein heraus. »Setzen Sie sich ruhig schon mal hin, während ich das Essen mache.«

»Kann ich irgendetwas tun? Ich bin gut im Zwiebelnhacken.«

»Na schön. Sie hacken die Zwiebeln, ich die Tomaten. Das nennt man Teamarbeit.«

Rafa zog sich einen Stuhl hervor, und Marina schenkte zwei Gläser Wein ein, ehe sie den Tisch für drei deckte. Dann stellte sie Rafa ein Brett hin und gab ihm zwei Zwiebeln. »Die sind aus unserem Garten«, erklärte sie stolz, während sie sich mit ihrem Schneidbrett ihm gegenüber hinsetzte. »Wir haben einen wunderschönen Küchengarten, und Mr Potter ist ein Zauberer. Sehen Sie sich diese Tomaten an.« Sie hielt sie in die Höhe. »Sind die nicht groß und reif? Und Sie werden sehen, sie schmecken fantastisch. Morgen sollten Sie sich unbedingt ein bisschen Zeit nehmen, sich alles anzusehen. Wir haben ein traumhaftes Gewächshaus mit Orchideen. Außerdem sind die Blumen in dieser Jahreszeit am allerschönsten, bevor alles zu sehr auswächst.«

Rafa bemerkte, dass ihre Augen leuchteten, als sie von ihrem Garten sprach.

»Erzählen Sie mir von *sich*«, sagte er und machte sich daran, die erste Zwiebel zu schälen.

»Da gibt es nicht viel zu erzählen.«

»Haben Sie immer in Devon gelebt?«

»Ja. Im Grunde bin ich sehr ortsfixiert und nie viel gereist. Natürlich haben wir auch unsere sämtliche Energie und unser Geld in dieses Anwesen gesteckt, sodass kaum noch Zeit blieb, die Welt zu sehen.«

»Aber gewiss waren Sie auf dem Kontinent?«

»Doch, ja, das Übliche: Italien, Frankreich, Spanien und Portugal. Ein oder zwei Wochen hier oder da. Aber ich habe mir nie einen Rucksack umgeschnallt und bin auf blauen Dunst losgezogen. Das würde ich gerne mal machen. Nur habe ich zu viele Verpflichtungen, und vor allem fühle ich mich hier sicher.«

»Fühlen Sie sich woanders unsicher?«

Ihr Messer verharrte über der letzten Tomate. »Ja.« Ihre Ehrlichkeit überraschte sie selbst. Sie kannte Rafa noch keine zwei Tage, kaum lange genug, um ihm ihre Ängste anzuvertrauen. Und dennoch war eine Vertrautheit in seinem Blick, ein Verständnis, das ihr Dinge entlockte, über die sie sonst nie sprach.

»Sie geben sich nicht damit zufrieden, nur an der Oberfläche von anderen zu kratzen, was?«, fragte sie lächelnd.

»Die menschliche Natur fasziniert mich.« Er grinste verschämt. »Ich kann mich einfach nicht bremsen ...«

»Was zu tun?«

»Zu suchen.«

»Und Sie suchen nach etwas in mir?«

»Ja. Sie haben diesen wunderschönen Ort geschaffen, so ausgesprochen geschmackvoll. Wo kommt das alles her?«

Sie legte eine Hand auf ihr Herz. »Von hier.«

Marina stand auf und füllte einen großen Topf mit Wasser. Nachdem sie Salz hineingegeben hatte, stellte sie ihn auf den Herd und schaltete ihn ein.

»Ich fürchte, ich habe mit meiner Art heute Abend Clementine aufgebracht«, gestand Rafa.

»Ach ja?«

»Ich schätze, sie ist sehr wütend auf mich.«

»Nun, rechnen Sie lieber damit, dass das einige Tage anhält. Wenn Clementine dichtmacht, bleibt die Tür zu ihr lange geschlossen.« Sie goss Olivenöl in eine Bratpfanne und stellte sie auch auf den Herd.

»Ich mag sie, und ich bereue, was ich gesagt habe.«

»Was haben Sie denn gesagt?«

Er zögerte, weil er ungern denselben Fehler ein zweites Mal begehen wollte. »Ich habe ihr schlicht gesagt, sie soll sich von ihrer Vergangenheit nicht ihre Gegenwart ruinieren lassen. Dass nichts jemals schwarz oder weiß ist. Dass sie, je mehr Erfahrungen sie sammelt, umso mehr Weisheit gewinnt, über ihr Leben und die Menschen zu urteilen, die es geprägt haben. Und umso besser die Beweggründe anderer versteht.« Er seufzte. »Ich wollte sie ermuntern, ihre Gefühle einmal außer Acht zu lassen und einige Dinge aus einer Erwachsenenperspektive zu betrachten.«

Marina wurde sehr ernst. »Sie meinen die Scheidung.«

»Ja. Es geht mich nichts an, ich weiß, aber wenn ich ein verwundetes Geschöpf sehe, will ich helfen.«

Überwältigt von Dankbarkeit und Sympathie, hatte Marina auf einmal den Wunsch, seine Schulter zu berühren. Sie klopfte sie sanft. »Das war sehr süß von Ihnen, Rafa. Aber es ist solch ein heikles Thema. An Ihrer Stelle würde ich die Finger davon lassen.«

»Ja, das ist mir jetzt auch klar.«

»Wissen Sie, Clementine war drei, als ihre Eltern sich scheiden ließen. Sie erinnert sich nicht einmal, wie das Familienleben vorher war, sondern hat sich ihr eigenes Idealbild zurechtgelegt. Die Wahrheit sah völlig anders aus.« Sie schüttete Rafas gehackte Zwiebeln ins Öl, was ein lautes Zischeln und Rauschen bewirkte. »Allerdings glaube ich nicht, dass das ein echtes Problem ist. Es ist schlicht leichter, anderen Leuten die Schuld zu geben, statt selbst die Verantwortung für die eigenen Schwierigkeiten zu übernehmen.«

»Stimmt, Erinnerungen an sich sind keine Probleme. Jeder von uns lernt aus der Vergangenheit. Zum Problem werden unsere Erinnerungen nur, wenn wir erlauben, dass sie uns vollkommen einnehmen und unglücklich machen. Dann wird unsere Vergangenheit zu einem Gefängnis.«

Marina drehte sich zu ihm um. »Und wie kommen wir aus dem wieder raus?«

»Indem wir uns auf die Gegenwart konzentrieren.«

Sie wandte sich wieder zum Herd und rührte in den Tomaten und Zwiebeln. »Indem wir uns auf die Gegenwart konzentrieren«, wiederholte sie nachdenklich. »Indem ich mich auf mein Zuhause konzentriere.«

Als sie die Spaghetti ins Sieb goss, betrat Grey das Haus. »Was riecht hier so lecker?«, rief er aus der Diele, wo er sein Buch auf den Tisch legte.

»Spaghetti«, antwortete Marina aus der Küche. »Ich habe Rafa eingeladen, um ihm eine Pause von den Damen zu gönnen.«

»Hervorragend.« Grey kam in die Küche und klopfte Rafa auf die Schulter. »Wie schön, dass Marina Ihnen schon ein Glas Wein eingeschenkt hat. Der Pegel kann aber Nachschub vertragen, was?« Er füllte dem jungen Mann nach, ehe er sich selbst ein Glas einschenkte. »Hat Rafa dir von unserem Krebsfang-Ausflug erzählt?«

»Nein, da waren Pat und Veronica schneller.«

»Ich glaube, es hat ihnen gefallen.«

»Und wie!«

»Wo ist Clemmie?«

»Zum Abendessen zu Joe gefahren.«

»Sie hat sich als ziemlich geschickte Krebsanglerin erwiesen«, sagte er, setzte sich hin und streckte die langen Beine unterm Tisch aus. »Ich war freudig überrascht.«

»Ach, ich glaube, Clemmie kann alles, was sie sich in den Kopf setzt«, sagte Marina und hievte die Schale mit den dampfenden Spaghetti in die Tischmitte. »Sie weiß es bloß nicht.«

»Sie waren sehr nett zu ihr, Rafa. Dank Ihnen hat es richtig Spaß gemacht.«

Rafa füllte sich Spaghetti auf. »Nein, Sie irren, Grey«, erwiderte er achselzuckend. »*Sie* hat dafür gesorgt, dass es mir Spaß machte.«

17

Clementine lag in Joes Armen und stellte zu ihrem Verdruss fest, dass sie ihre Wut direkt mit hergebracht hatte. Ihr wollte das Gespräch mit Rafa nicht aus dem Kopf, und sie kochte vor Empörung. Mit Joe zu schlafen hatte sie abgelenkt, ihre Sehnsucht auf einen festen Punkt gerichtet, und prompt verwechselte sie den Orgasmus mit Liebe. Doch jetzt lag sie hier, Joes Arme um ihren Körper geschlungen, um sie in der Gegenwart zu verankern, und wurde zurück in die vertraute Finsternis gesogen.

Sie dachte an Rafas Worte: Dass ihre Verbitterung ihr Problem war, es aber nicht sein musste. Sie bräuchte bloß die Scheidung aus Marinas Perspektive zu sehen. Ihre Wut erreichte einen ungekannten Höhepunkt angesichts der Behauptung, dass Marinas Liebe zu ihrem Vater die Hölle rechtfertigte, durch die sie alle geschickt hatte. Als würde sie Liebe von jedweder Schuld freisprechen. Rafa wusste eben nicht, wovon er redete. Er wusste nicht, was für eine Frau Marina gewesen war, bevor sie sich Grey schnappte und einige Sprossen höher auf der sozialen Leiter stieg. Rafa konnte leicht auf seinem Podest stehen und den Philosophen spielen, aber unten auf dem Boden waren die Dinge nicht so sauber und geordnet.

»Ich muss gehen«, sagte sie zu Joe und stieg aus dem Bett.

Er sah auf seine Uhr.

»Mitternacht. Bist du Aschenputtel und verlierst gleich deinen Zauber?«

»Werde ich, wenn ich keinen Schlaf kriege. Dann werde ich zu Rumpelstilzchen.« Sie zog sich an. »Das Letzte, was ich brauche, ist Submarine, die um acht Uhr morgens in mein Zimmer marschiert und meine Vorhänge aufreißt.«

»Tja, das ist das Blöde daran, wenn man zu Hause wohnt. Zieh doch zu mir.«

Sie erstarrte. »Ist das dein Ernst?«

»Klar. Es ist nicht doll, aber immerhin ein Zuhause.«

»Das ist eine super Idee. Ich müsste nicht mehr täglich Submarine sehen ... und diesen arroganten Argentinier auch nicht.«

»Wer ist das?«

»Submarines Hauskünstler, der den Sommer über alten Schachteln Malkurse gibt.«

»Und du magst ihn nicht?«

»Der ist derart von sich eingenommen! Typisch Latino, denkt, dass er alles verführen kann, was nicht bei drei auf den Bäumen ist.«

Joe setzte sich auf. »Hat er versucht, dich zu verführen?«

»Das würde er nicht wagen. Er weiß, dass ich ihn nicht leiden kann.«

»Ein Glück für ihn.«

Sie lachte, weil er eifersüchtig war, und rollte sich wieder aufs Bett. »Bist du mein edler Ritter?«

Joe nahm sie in die Arme. »Ja. Mir gefällt es nicht, wenn dich jemand anders als ich verführen will.«

»Würdest du um mich kämpfen?«

»Das weißt du doch. Mit Klauen und Zähnen.«

»Ich mag es, wenn du eifersüchtig bist«, schnurrte sie, schmiegte sich an ihn und ließ ihre Wut von seiner Hingabe verscheuchen.

»Dieser Argentinier soll mal gut aufpassen. Mit *meinem* Mädchen wird nicht geflirtet.«

Clementine fuhr gestärkt nach Hause. Sie würde zu Joe ziehen, und damit hatten sich alle ihre Probleme erledigt. Erstaunlich, dass ihr das nicht früher eingefallen war. Es war die ideale Lösung. Der CD-Player füllte das Wageninnere mit den Klängen von Pixie Lott. Clementine drehte das Fenster herunter und sang in die Nacht hinaus von dem, was ihre Mama täte.

Sie parkte auf dem Kiesplatz und lief hinüber zum Stallblock. Das Licht in der Diele brannte noch, ansonsten war das Haus dunkel. Grinsend nahm sie zwei Stufen auf einmal nach oben. Künftig müsste sie sich nicht mehr hineinschleichen wie ein Dieb in der Nacht, keine pestigen Fragen beim Frühstück über sich ergehen lassen, ihren Wohnraum nicht mehr mit ihrer Stiefmutter teilen müssen. Sie würde frei sein.

Am nächsten Morgen gab sie ihre Pläne bei Kaffee und Croissants bekannt. Marina war verdutzt. »Bist du sicher, dass du das willst, Clemmie?«

»Und wie ich das will«, antwortete sie.

»Liebst du ihn denn?«

»Ich glaube nicht, dass dich das was angeht.«

»Es geht ziemlich schnell.«

»Clemmie ist eben ziemlich schnell«, höhnte Jake.

»Hör mal, ja, ich erzähle es euch und frage nicht nach eurer Meinung.«

Grey war verträglicher. »Liebes, wenn du das wirklich willst, hast du meinen Segen. Keiner weiß besser als du, was dich glücklich macht.«

»Danke, Daddy.«

»Grey, ich finde nicht …«

»Schatz, Clemmie ist alt genug, um zu wissen, was sie tut.«

Marina sah ihre Stieftochter unglücklich an. Sie fragte sich, ob der Streit mit Rafa hinter dieser Entscheidung steckte. »Tja, du kannst jederzeit zurückkommen, falls es nicht funktioniert.«

»Danke für dein Vertrauen in mich«, sagte Clementine spitz.

»Mit einem Mann zusammenzuziehen ist ein großer Schritt.«

»Gleich danach kommt heiraten«, ergänzte Jake, was keine große Hilfe war.

»Als würde ich heiraten wollen, nach dem tollen Beispiel, das unsere Eltern uns waren.«

»Das ist unfair«, sagte Marina.

»Nein, finde ich nicht. Warum sollte ich meinen Kindern dieselbe Hölle wünschen, die wir durchgemacht haben?«

Grey schritt ein. »Clemmie, bitte, dies ist nicht der Zeitpunkt, einen Streit vom Zaun zu brechen. Ich finde, es ist eine sehr gute Idee, dass du zu Joe ziehst und etwas unabhängiger wirst. Du bist jetzt eine erwachsene Frau, und es geht uns nichts an, was du tust.«

»Dann wäre das ja geklärt«, entgegnete Clemmie und stand auf.

Marina bemerkte, dass sie nichts gegessen hatte, bot ihr aber lieber nicht an, dass sie sich ein Croissant mit ins Büro nahm.

»Und wann willst du ausziehen?«, fragte sie.

»Heute Abend.«

»So bald?«

»Wozu die Eile?«, fragte Jake.

»Ich möchte bei Joe sein. Ich bin verliebt.« Ihre Worte klangen selbst in ihren eigenen Ohren hohl.

»Brauchst du Hilfe beim Packen?«, fragte Marina, obwohl sie die Antwort schon kannte, bevor ihre Stieftochter sich wütend zu ihr drehte.

»Meine Güte noch mal, ich bin kein Kind! Ich packe alleine, danke.«

Sie sahen ihr nach, als sie aus der Küche stampfte und die Haustür hinter sich zuknallte.

»Die im Büro dürften heute Morgen ihre helle Freude an ihr haben«, bemerkte Jake, der sich noch einen Kaffee einschenkte.

»Was ist nur in sie gefahren?«, fragte Grey.

»Ich glaube, ich weiß es«, murmelte Marina.

»Ich bin froh, dass sie auszieht«, sagte Jake. »Dann müssen wir nicht mehr jeden Morgen ihre schlechte Laune ertragen.«

»Sie ist unglücklich, Jake«, wies Marina ihn zurecht, den Blick noch halb auf die Tür gerichtet in der Hoffnung, Clementine würde zurückkommen und sich entschuldigen.

»Die Scheidung ist ewig her«, sagte Jake gleichgültig. »Dumm gelaufen, na und? Wir haben's überlebt.«

»Sie ist wie ein Hund mit einem alten Knochen. Versuch, ihn ihr wegzunehmen, und sie knurrt.«

Die Haustür ging auf, doch es war nicht Clementine, die hereinkam, sondern Bertha. Ihr übliches Stöhnen war einem strahlenden Lächeln gewichen.

Marina stand auf. »Mir tut sie leid«, sagte sie und brachte ihre Kaffeetasse zur Spüle.

»Sie wird ihren Weg finden«, beruhigte Grey sie verständnisvoll.

Bertha rauschte in die Küche und mit ihr eine Wolke von Anaïs Anaïs. »Was ist denn heute Morgen mit Clemmie los? Die hat mich fast überfahren.«

»Sie flieht, so schnell sie kann«, antwortete Jake.

»Sie zieht aus«, erklärte Marina.

»Zu ihrem Freund, was?« Bertha warf ihre Handtasche auf einen Stuhl.

»Stimmt«, sagte Grey. »Ich mache mich auf den Weg, Schatz. Zum Mittagessen bin ich wieder zurück.«

»Keine Neuigkeiten von William Shawcross?«, fragte Jake.

»Bis jetzt nicht. Aber ich kriege ihn schon zu fassen, auch wenn er ziemlich gefragt sein dürfte.«

»Es gibt noch andere, die wir ansprechen können.«

»Aber Shawcross ist der, den ich will«, sagte Grey.

Bertha fing an, den Frühstückstisch abzuräumen. Grey war es, dem als Erstem auffiel, dass sie nicht hinüber zur Schrankzeile watschelte, um den Wasserkocher einzuschalten, oder genervt stöhnte, sich an den Rücken fasste und über ihre Schmerzen klagte.

Er sah zu seiner Frau und zog ein fragendes Gesicht. Marina blieb in der Tür stehen und wollte sehen, wieso er so komisch grinste. Es war ein Wunder: In ihrem himmelblauen Kleid und mit der roten Perlenkette, die munter auf ihrem wallenden Busen wippte, tanzte Bertha förmlich um den Tisch, stapelte Teller und Untertassen, wobei ein Summen aus ihren glossbeschichteten Lippen drang.

»Wenigstens einer scheint heute Morgen gute Laune zu haben«, stellte Grey fest.

»Oh ja«, kam prompt im Singsang von Bertha. »Es ist ein wunderschöner Tag.«

»Aber Clemmie hat dich beinahe umgebracht«, sagte Jake.

»Nur beinahe.« Sie stapelte die Teller aufs Büffet.

»Du siehst richtig nett aus«, sagte Marina. »Farbige Kleider stehen dir.«

»Ich weiß. Das hat Mr Santoro gesagt, und er ist ein Mann, der Frauen richtig sieht.«

Marina wagte nicht, Grey anzusehen, weil sie dann gewiss lachen würde. »Das tut er.«

»Ich putze eine Stunde hier, dann gehe ich rüber und mache seine Zimmer. Danach komm ich wieder her und mache den Rest«, erklärte Bertha.

Marina guckte Jake an. »Bist du für Mr Santoros Suite zuständig?«

»Das ist keine Arbeit für die jungen Dinger«, sagte Bertha gewichtig.

Jake erhob sich. »Bertha ist die Richtige für den Job.« Mit diesen Worten schnappte er sich sein Jackett und huschte seitlich an seiner Stiefmutter vorbei, die nach wie vor im Türrahmen stand.

»Na gut«, sagte Marina angespannt. »Hauptsache, du vergisst nicht, wieder herzukommen und fertig zu putzen.«

Bertha lächelte. »Natürlich nicht! Clemmies Zimmer braucht eine gründliche Reinigung, sobald sie ausgezogen ist. Wer weiß, was wir da noch alles finden.«

Marina ging hinüber ins Hotel und suchte nach Harvey. Sie fand ihn im Garten, wo er sich mit Mr Potter unterhielt. Harvey hatte die Hände in die Hüften gestemmt, während Mr Potter sich auf seinen Spaten lehnte. Die beiden lachten munter miteinander – wohl über irgendeinen Witz.

»Harvey«, sagte Marina, als sie auf die Männer zuging. »Ich brauche dich.« Sie wollte eigentlich nicht so verzweifelt klingen, doch beide Männer drehten sich erschrocken zu ihr.

Harvey bemerkte sofort, dass sie angespannt war. »Wir sehen uns später, Potter«, sagte er und schritt über den Rasen auf sie zu. »Alles in Ordnung?«

»Ich muss mit dir reden.«

»Nur zu.« Er folgte ihr durch den Kindergarten, wo der kleine Wassergraben längst ausgetrocknet war, und durch die Glasflügeltüren in ihr Büro. Sie sank stöhnend auf das Sofa.

»Clemmie zieht aus«, sagte sie und schüttelte langsam den Kopf. »Ich weiß nicht, was ich tun soll.«

Harvey setzte sich neben sie und wandte ihr sein lächelndes, weises Gesicht zu. »Wann hat sie es dir gesagt?«

»Heute Morgen. Sie hatte gestern Abend Streit mit Rafa, und jetzt zieht sie zu einem Mann, den sie nicht mal sonderlich mag.«

»Marina, Liebes, du kannst nichts tun. Sie ist jetzt eine junge Frau.«

»Aber ich sehe, dass sie einen schrecklichen Fehler macht.«

»Den du nicht verhindern kannst.«

Sie schluckte ihre Tränen hinunter. »Rafa sagte, dass er sie wütend gemacht hat, es aber nicht um ihn ging. Es geht um *mich*!« Harvey nahm ihre Hand in seine großen rauen und streichelte sie zärtlich. Sie wandte den Kopf zu ihm. Ihre dunklen Augen glänzten traurig. Auf einmal war sie keine Frau in den Fünfzigern mehr, sondern ein kleines Mädchen, das verloren und einsam zu ihm aufsah. »Ich kann keine Kinder haben, Gott weiß wieso, ich kann keine eigenen Kinder haben … und …« Die Worte blieben ihr im Hals stecken.

»Ist schon gut.« Er zog sie in seine Arme und hielt sie fest, wie ein Vater seine unglückliche Tochter halten würde.

Sie lehnte den Kopf an seine Schulter und schloss die Augen, aus denen trotzdem Tränen quollen. »Ich kann nicht mal meine Stiefkinder dazu bringen, mich zu mögen.«

Er umarmte sie mit aller Kraft, wollte nichts mehr, als dass sie wieder lächelte. »Das ist normal, Marina. Stiefkinder lieben ihre leiblichen Eltern immer mehr, und vor allem sehen sie die

Stiefeltern als die Thronräuber. So ist es immer schon und wird auch immer so sein.«

»Mir kommt es vor, als würde ich bestraft.«

»Wofür denn?« Er spürte, dass sie ihre Hände in seinen Pullover krallte.

»Ich habe Angst, Harvey.«

»Wovor?«

»Ich habe etwas Furchtbares getan.«

Sie entwand sich seinen Armen, wich zurück, und ihm blieb beinahe das Herz stehen, als er das Entsetzen in ihren Augen sah.

»Sag mir, was du getan hast, Liebes.«

Sie schlug ihre zitternde Hand vor ihren Mund, als müsste sie sich zwingen, das schreckliche Geheimnis nicht preiszugeben, und schüttelte den Kopf. »Ich kann nicht!«

»Was es auch sein mag, ich werde es verstehen. Ich kenne dich so gut, Marina. Nichts, was du tun könntest, wird mich davon abbringen, dich über alle Maßen zu schätzen.«

»Ich habe es keinem erzählt, nicht mal Grey.«

Harvey überlegte. Es war etwas Wildes an ihr, das er zuvor nie gesehen hatte. In ihren Zügen blitzte eine Marina auf, die er nicht wiedererkannte. »Wenn du dich mir anvertrauen möchtest, verspreche ich dir, es niemandem zu erzählen.« Seine Worte waren wie ein Seil, das einer Ertrunkenen zugeworfen wurde, und Marina ergriff es mit beiden Händen.

»Ich vertraue dir, Harvey.«

»Ich weiß.«

Sie holte tief Luft, im Begriff, die bleierne Last ihres Geheimnisses endlich abzuladen.

Plötzlich wurde an die Tür geklopft. Beide starrten einander entsetzt an, wie Verschworene, die bei einer üblen Intrige ertappt wurden. Und sie konnten nichts tun. Der Moment war vorüber. Als die Tür aufging, strömte sämtliche Luft aus dem Zimmer und mit ihr all die Anspannung, die sich beständig gesteigert hatte. Marinas Entschlossenheit fiel in sich zusammen wie ein Soufflé. Sie richtete ihre blutunterlaufenen Augen auf ihren Stiefsohn in der Tür.

»Entschuldigung, stör ich gerade?«, fragte Jake. Er war an die sprunghaften Stimmungen seiner Stiefmutter gewöhnt und nicht im mindesten überrascht, sie heulend an Harveys Schulter vorzufinden.

»Nein, schon gut«, sagte sie und wischte sich die Wange mit dem Handrücken ab.

»Wir haben eben eine Buchung von Charles Reuben bekommen.«

Marina wurde blass.

»Der Charles Reuben?«

»Ja, für zwei Nächte mit seiner Frau Celeste.«

»Wirklich?«

»Ich dachte, das willst du gleich hören.«

»Hast du es deinem Vater gesagt?«

»Der ist weg.«

»Wann kommen sie?«

»Am zwölften Juni, ein Freitag.«

Sie fuhr sich mit der Hand durchs Haar. »Es kann nur einen Grund geben, weshalb er hier bucht.«

»Um das Hotel anzugucken?«, fragte Jake.

»Ja, mit der Absicht, es zu kaufen.«

Harveys Miene verfinsterte sich. »Wer ist das?«

»Ihm gehören einige der besten Hotels weltweit«, antwortete Marina.

»Gütiger Himmel«, seufzte Harvey. »Denkst du, dass er unseres will?«

»Kann sein. Warum sonst würde er herkommen?«

»Warum schickt er keinen Handlanger?«, fragte Jake. »Ich meine, wozu die Mühe, selbst anzureisen?«

»Ach, das überrascht mich nicht. So ist Charles Reuben eben, berühmt für Mikromanagement. Wahrscheinlich will er uns einfach mal kennenlernen.«

»Was sollen wir machen?«, fragte Jake, der sich die Stirn rieb.

»Wir behandeln ihn genauso wie unsere anderen Gäste«, sagte Marina mit eiserner Entschlossenheit.

»Und wenn er uns ein Angebot macht, das wir nicht ablehnen können?«

»Dass man etwas ›nicht kann‹, gibt es nicht, Jake.« Sie stand auf. »Die Lektion hat mich das Leben gelehrt, und ich hatte sie beinahe vergessen. Das passiert mir nicht noch mal.«

Vom Zedernbaum her wehte Lachen über den Rasen.

»Oh, Sie haben einen solch königlichen Humor, Brigadier«, sagte Pat und tunkte ihren Pinsel in grüne Farbe.

Der Brigadier betrachtete die vier Frauen vor ihren Staffeleien und entschied, dass sie eigentlich eine recht angenehme Gesellschaft für einen alten Kerl waren, der genug davon hatte, immer allein zu sein.

»Benimm dich lieber, Pat«, sagte Grace. »Der Lehrer kommt.« Pat kicherte leise vor sich hin, als Rafa hinter sie trat und sich ihre Fortschritte ansah.

»Nicht schlecht«, sagte er, wobei er sich das Kinn rieb. »Ich kann die Fröhlichkeit und Nostalgie in Ihrem Baum erkennen.«

»Ach wirklich?«, fragte sie erstaunt.

»Ja, wirklich.«

»Mich erinnert er an meine Kindheit«, erklärte Pat wehmütig. »Das Einzige, was mich von der Pat trennt, die ich damals war, ist mein klappriges altes Gestell. Innen drin fühle ich mich noch ganz genauso.«

»Ich versuche, möglichst nicht in den Spiegel zu sehen«, sagte Veronica.

»Sie sind sehr still, Jane«, bemerkte der Brigadier.

»Ich konzentriere mich«, antwortete sie.

»Darf ich mal sehen? Ich müsste kurz meine Beine strecken.«

»Wenn es sein muss. Es ist nicht besonders gut.«

Der Brigadier stand auf und humpelte zu ihr hinüber. Als er neben ihr stand, nahm er eine warme Rosennote war. Prompt atmete er tiefer ein, um mehr von ihr zu riechen, doch der Wind wehte den blumigen Duft fort, ehe er die Brigadiersnase erreichte. Er blickte auf ihr Bild. »Das ist mehr als gut«, murmelte er. In den milchigen Rosa- und Grautönen erkannte er etwas Melancholisches, doch im Gegensatz zu seinem Bild hatte bei ihrem der Himmel eine hoffnungsvolle Färbung. »Ich finde, das ist verteufelt gut, Jane.«

Sie wurde rot. »Meinen Sie wirklich, oder sind Sie nur höflich?«

»Nein, im Ernst, und Höflichkeit ist keine meiner Stärken«, versicherte er.

»Dann danke ich Ihnen für das Kompliment.«

»Sind Sie ein stilles Wasser, Jane?«

»Sue McCain sagt immer, man muss auf die Ruhigen achten«, sagte Pat. »Und sie muss es wissen, denn sie ist selbst so still wie ein schlummernder Vulkan, wartet nur auf den Richtigen, der sie zum Lodern bringt.«

»Nicht schlecht, Pat«, kicherte Veronica. »Du solltest Bücher schreiben.«

»Und ich nehme an, der Argentinier hat sie zum Lodern gebracht«, tuschelte Grace. »Trau keinem Argentinier.« Sie musste sich ihr Kichern verkneifen, als Rafa hinter sie trat, um ihre Arbeit zu bewundern.

»Flirten Sie mit mir, Mrs Delennor?«, fragte er schmunzelnd.

»Du lieber Himmel, nein! Ich bin viel zu alt.«

»Ich denke, Ihr Bild braucht ein bisschen mehr Tiefe«, stellte er fest. »Warten Sie, ich zeige es Ihnen.« Er nahm ihren Pinsel und tunkte ihn in die Farbe. Grace sah bewundernd zu, wie die Pinselspitze über das Blatt tänzelte.

»Für Sie ist das ganz einfach, nicht?«

»Nun ja, es ist mein Beruf.«

»Meiner ist Einkaufen. Tja, was soll ich sagen? Ich bin wahnsinnig gut im Geldausgeben.« Pat und Veronica lachten wie ein griechischer Tragödienchor. Jane hingegen war ganz in ihre Unterhaltung mit dem Brigadier vertieft und bekam nichts mit.

»Sie duften nach Rosen«, sagte er, als er eine weitere zarte Note einfing. »Rosen und ein Hauch Süße … Ah, ich hab's, Honig.«

»Sie haben eine sehr feine Nase.«

»Einer der wenigen Genüsse, die mir noch bleiben«, antwortete er.

Jane unterbrach ihr Malen. »Das ist doch gewiss nicht wahr. Es muss noch eine Menge anderer Dinge geben, die Sie genießen – nette Gesellschaft, ein gutes Essen, eine schöne Aussicht.«

»Ich weiß nicht.«

Janes Blick verlor sich in den Ästen des Baumes. »Als mein Mann starb, dachte ich, es gäbe nichts mehr, was ich lieben könnte. Er nahm einen großen Teil von mir mit, wissen Sie. Aber jetzt wird mir klar, dass ich immer noch *ich* bin, dass ich weiter meinen Lebensweg gehe, nur anders. Es liegt bei mir, daraus etwas Besonderes zu machen. Was hätte das Weitermachen sonst für einen Sinn?«

»Meine Frau ist auch gestorben. Und ich würde lügen, wenn ich behauptete, dass ich nicht einsam bin.«

Sie sah ihn an und lächelte mitfühlend. »Ich weiß, wie sich das anfühlt«, sagte sie leise. »Ich bin ebenfalls einsam.«

Später am Nachmittag kam Sugar Wilcox mit vier Freundinnen auf einen Drink ins Hotel. Sie trug ein himmelblaues Kleid, bis zum Solar plexus aufgeknöpft, sowie ein scheues Lächeln, mit dem sie den mysteriösen Hauskünstler umgarnen wollte. Die fünf Freundinnen saßen in einer Parfümwolke auf der Terrasse und stellten ihre sonnengebräunten Beine und die lackierten Zehennägel zur Schau, während sie an Cocktails aus hübschen lila Gläsern nippten. Rafa hatte seinen Unterricht beendet und war auf der Suche nach Clementine. Den Tag über hatte er immer wieder an sie denken müssen. Nun wollte er sich dringend bei ihr entschuldigen und sich mit ihr versöhnen. Als er in den Wintergarten kam, erwartete er eigentlich, dass sie in der Sonne saß und Tee trank. Stattdessen fand er Sugar dort vor, die ihm auffordernd zugrinste.

»Ah, hallo, Fremder«, begrüßte sie ihn.

»Sugar«, antwortete er verdutzt.

»Nehmen Sie einen Cocktail mit uns.«

»Na ja, ich wollte gerade …«

»Keine Ausrede. Ich möchte Ihnen meine Freundinnen vorstellen: Jo, Becca, Hailey und Flo.« Rafa konnte nicht fliehen, denn Sugar schnippte bereits mit den Fingern nach einem Kellner. »Was trinken Sie?«

»Einen Martini«, antwortete er höflich und setzte sich.

»Ich habe meinen Freundinnen von Ihnen erzählt«, erklärte sie. »Wir möchten alle malen lernen.«

»Das lässt sich sicher einrichten.« Er sah die grinsenden, braun gebrannten jungen Frauen an und wusste, dass keine von ihnen das geringste Interesse an Kunst hatte.

»Schön. Es kommt ja nicht oft vor, dass ein gut aussehender Fremder in unserer Stadt aufkreuzt.« Die Frauen kicherten. Rafa musste über ihre Albernheit lachen. Er lehnte sich zurück, als der Kellner ihm seinen Cocktail hinstellte. Dieses Spiel beherrschte er weit besser als sie.

»Und, wie viele von Ihnen haben einen Freund, der keine Ahnung hat, dass Sie hier sind?« Sie wechselten schuldbewusste Blicke.

»Flo, Becca und Hailey«, sagte Sugar und kicherte in ihr Cocktailglas.

Hailey verzog das Gesicht. »Brian ist nicht mein fester Freund, bloß ein Typ, mit dem ich manchmal Spaß habe.«

»Und Sie, Sugar?« Rafa trank einen Schluck und beobachtete, wie sie vor seinen Augen dahinschmolz.

»Ich? Ich bin Single und *sehr* einsam.«

Nach der Arbeit fuhr Clementine nach Hause und packte ihren Koffer. Marina konnte sie leider nicht weiterquälen, denn sie war nicht da. Und ihr Vater und Jake mussten noch drüben im

Hotel sein. Das Haus war leer. Plötzlich schien es ihr keine so gute Idee mehr, auszuziehen. Sie hockte sich aufs Bett und kaute an ihren Fingernägeln. So sehr sie ihre Stiefmutter auch hasste, hatte der ausgebaute Stall sich allmählich wie ein Zuhause angefühlt. Ihr Schlafzimmer war stets ein Zufluchtsort für sie gewesen. Wo sollte sie jetzt hin, wenn sie allein sein wollte? Würde Joe dauernd irgendwas von ihr wollen? Würde sie bei ihm jemals ihre Ruhe haben?

Sie ließ ein paar Sachen im Kleiderschrank und einige Winterpullover in der Kommode. Die brauchte sie vor dem Herbst nicht. Nachdem sie einen letzten Blick in ihr Zimmer geworfen hatte, schloss sie die Tür und schleppte ihren Koffer nach unten. Hoffentlich kam Marina zurück und flehte sie an, nicht zu gehen. Vielleicht würde sie es sich – falls Marina *und* ihr Vater sie anbettelten – anders überlegen. Aber es kam keiner.

Sie zog den Koffer zu ihrem Wagen und hievte ihn auf die Rückbank. Immer noch war niemand zu sehen. Nicht einmal Rafa, der den ganzen Tag ganz obenauf in ihren Gedanken herumgehüpft war wie ein störrischer Korken auf Wasser. Clementines Neugier trieb sie hinüber ins Hotel. Sie ging zum Empfangstresen, wo Jennifer vor dem Computer saß.

»Hi, hast du Marina und Dad gesehen?«

Jennifer sah auf. »Hi, Clementine. Die sind hier irgendwo. Rafa ist im Wintergarten.«

Clementine bemerkte das Armband, das ihr bekannt vorkam. Jennifer entging nicht, wohin sie sah, doch sie war zu langsam, es unter ihrem Ärmel zu verstecken. »Hübsch«, sagte Clementine.

»Ja, hat mir mein Vater geschenkt.«

Clementine zog eine Braue hoch. »So einen großzügigen Vater hätte ich auch gerne. Bei Nadia Goodman in der High Street haben sie ganz ähnliche. Vielleicht schleppe ich ihn mal hin.« Jennifer lächelte nervös, was Clementine erst recht ein Schmunzeln entlockte. *Böser Mr Atwood,* dachte sie, als sie durch die Diele ging. Oder vielleicht: *dämlicher Mr Atwood?*

Für einen Moment besserte die Entdeckung ihre Laune, und sie konnte es nicht erwarten, Sylvia davon zu erzählen. Wer hätte gedacht, dass die stille Jennifer von der Rezeption Mr Atwoods Geliebte war? Als Clementine jedoch durch den Salon zum Wintergarten schritt, kehrten ihre Gedanken zu ihrem Auszug zurück, und sie bekam wieder schlechte Laune. Was sollte das Ganze, wenn überhaupt niemand reagierte? Und das Mindeste, was sie verdiente, war eine Entschuldigung von Rafa.

Ihr Blick wanderte über die Tische und blieb an einer Gruppe kichernder junger Frauen in kurzen Flatterkleidern und mit zu viel Make-up hängen. Eine war Sugar vom Devil's. Dann sah sie Rafa mittendrin, wie ein eitler Gockel inmitten hysterischer Hennen. Wut kochte in ihr hoch, als sie zusah, wie er einen Cocktail trank und über die zweifellos bescheuerten Witze der Frauen lachte, während Sugar schamlos ihre Brüste wippen ließ. Rafa schien es richtig zu genießen.

Plötzlich blickte er auf, als hätte er Clementines Rage quer durch den Raum gespürt. Er wurde ernst und stellte sein Glas ab. Clementine ärgerte sich, dass er sie ertappt hatte, wie sie ihn beobachtete; sie machte auf dem Absatz kehrt und lief weg. Ihr Herz raste, als sie durch das Hotel und hinaus in den Abendsonnenschein stürmte. Sie spürte, dass er direkt hinter ihr war.

»Clementine, warte!«, rief er. Sie ignorierte ihn, stieg in ihren Wagen und wühlte in der Tasche nach ihren Schlüsseln. »Wo willst du hin?«

»Ich ziehe zu Joe.« Sie bemühte sich, lässig zu klingen.

»Doch nicht wegen dem, was ich gestern Abend gesagt habe?«

»Oh nein, das bilde dir bloß nicht ein. Vergiss es.«

Er legte eine Hand auf das Wagenverdeck. »Ich möchte mich entschuldigen. Ich bin zu weit gegangen.«

»Entschuldigung angenommen.«

»Du bist immer noch wütend.«

»Nein, bin ich nicht.«

»Dann komm und trink was mit mir.«

»Du scheinst ziemlich beschäftigt.«

»Für dich habe ich alle Zeit der Welt.«

»Tja, ich nicht.«

»Wir können zu dem Haus gehen, das Gott vergessen hat. Komm schon, Clementine. Sei bitte nicht mehr sauer auf mich. Dafür ist das Leben zu kurz.«

»Und über das Leben weißt du ja schließlich so toll Bescheid, nicht?«

»Ich habe das eine oder andere aufgeschnappt.« Er grinste, doch ihr Herz blieb fest verschlossen.

»Hör zu, vielleicht ein andermal, jetzt muss ich los.« Er nahm die Hand vom Wagen und trat einen Schritt zurück. Clementine ließ den Motor an.

»Dann ein andermal.«

Sie brauste davon. Rafa guckte ihr perplex hinterher. Er konnte nicht umhin, traurig zu sein. Als er diese Reise plante, hatte er nicht erwartet, einer Frau wie Clementine zu begegnen.

18

Marina, Jake und Grey saßen in Marinas Büro. Es herrschte eine beklemmende Atmosphäre, die einzig Jake nicht wahrzunehmen schien.

»Charles Reuben kommt also, um uns unter die Lupe zu nehmen?«, fragte Grey und rieb sich über das Gesicht. Er stand am Fenster, von wo aus er besorgt aufs Meer hinaussah. Seine Frau anzusehen wagte er nicht.

Marina saß an ihrem Schreibtisch und kaute auf ihrer Kugelschreiberspitze. »Das hat nichts zu sagen. Er macht uns ein Angebot, und wir lehnen ab.«

»Ganz so einfach ist es nicht, Schatz.«

»Ist es doch nie«, sagte Jake.

»Tatsache ist, dass wir Verluste machen«, fuhr Grey fort. »Wir haben gigantische Kosten und einen hohen Kredit, von dem ich nicht denke, dass wir ihn noch lange bedienen können. Die Zinsen wachsen uns über den Kopf.«

»Wir können ein paar Leute entlassen«, schlug Jake vor.

»Wen zum Beispiel?«, fragte Marina.

»Weiß nicht«, murmelte Jake. »Mr Potter wäre einer.«

»Mr Potter?« Marina war entsetzt. »Der Mann arbeitet schon länger in diesen Gartenanlagen, als du auf der Welt bist.«

»Und er hätte vor Jahren in Rente gehen sollen.«

»Er geht nirgends hin. Er bleibt, bis wir ihn beerdigen – wahrscheinlich unter den Rosen, denn die sind sein Herzblut. Mr Potter kündigen, nach allem, was er geleistet hat? Undenkbar.«

»Bertha?«, fragte Jake, denn er wusste, dass Marina sie nicht sonderlich gut leiden konnte.

»Das würde kaum etwas bringen. Sie kriegt den Mindestlohn, und außerdem ist sie eine urige Type.«

»Jake hat trotzdem recht, Schatz. Wenn wir nicht bald in die schwarzen Zahlen kommen ...«

»Was?« Marina wurde übel. »Was ist, wenn nicht?«

»Nun, dann müssen wir uns überlegen, welche Optionen uns bleiben.«

»Wie meinst du das, Grey?«

»Ich meine, dass wir, falls Charles Reuben uns ein gutes Angebot macht, darüber nachdenken sollten.«

»Ich stimme Dad zu«, sagte Jake. »Es ist doch nur ein Hotel.«

»Es ist viel mehr als ein Hotel! Es ist unser Zuhause«, widersprach Marina.

»Ich weiß, Schatz. Aber letztlich ist es ein Geschäft. Ich liebe es genauso wie du, doch ich lasse nicht zu, dass es uns ruiniert. Sollte Charles Reuben kaufen wollen und uns einen anständigen Preis bieten, wäre ich dafür. Wir können woanders bescheidener wieder anfangen.«

Marina war fassungslos. »Wir brauchen doch lediglich mehr Zeit. Wenn wir erst die Literaturabende anbieten und Rafa ...«

»Wir werden nicht auf einmal Gewinn machen, weil ein gut aussehender junger Mann unseren Gästen Malunterricht gibt. Das wird nicht passieren«, sagte Grey. »Tut mir leid.«

Marina stand auf und begann, hin und her zu gehen. »Du gibst zu schnell auf, Grey. Wenn dieser Mann in unser Zuhause kommt, uns wie Auktionsvieh begutachtet und denkt, er kann uns kaufen, weil er tonnenweise Geld hat, schmeiß ich ihn raus. Jawohl!«

Grey merkte, dass sie in Rage geriet. »Beruhige dich, Schatz.«

»Mich beruhigen? Du erzählst mir, dass ich mich beruhigen soll? Dies ist mein Zuhause, Grey. Hier gehöre ich hin. Ich habe Blut, Schweiß und Tränen in jeden Fitzel Stoff, in jedes Möbelstück, in alles und jedes hier gesteckt. Für mich ist es nicht nur ein Heim, es hat eine Seele.« Mit Tränen in den Augen drehte sie sich zu ihm und sagte mit dünner, flehender Stimme: »Dieses Hotel ist mein *Kind*.« Beim Aussprechen des unaussprechlichen Worts hielt sie sich den Bauch. Grey und Jake starrten sie verblüfft an, als könnten sie es in diesem Moment erkennen. Eine ganze Weile sprach keiner von ihnen ein Wort.

Marina blinzelte erschrocken, während die Worte durch ihren Kopf hallten – *mein Kind ... mein Kind ... mein Kind.*

Dann wischte sie sich die Tränen ab und setzte sich wieder hin. »Ich gebe nicht auf«, sagte sie fest und blickte zu ihrem Mann. Er spürte ihre Entschlossenheit und wusste, dass der Kampf noch lange nicht zu Ende war. »Ich probiere alles, dreh jeden Stein um und bettel, falls ich muss. Aber ich verkaufe nicht. Da müsst ihr mich erst begraben.«

Jake hüstelte verlegen. »Also kommen sie jetzt oder nicht?«

Grey sah seine Frau an. »Sollen sie ruhig kommen«, antwortete sie. »Die dürfen uns alles Geld der Welt anbieten. Und ihr könnt zugucken, wie ich ›nein‹ sage, denn ›nein‹ ist die einzige Antwort, die sie von mir kriegen.«

Grey und Jake verließen das Büro. »Ich brauche einen Drink«, sagte Grey zu seinem Sohn.

»Ich auch. Gott, dass sie so emotional werden muss!«

»Ja, bisweilen ist sie recht heißblütig.« Sie gingen gemeinsam hinüber zum ausgebauten Stall.

»Ist das nicht ganz schön anstrengend?«, fragte Jake und folgte Grey ins Wohnzimmer.

»Sie ist ja nicht immer so. Zur Zeit macht sie eine schwierige Phase durch. Wie du weißt, liebt sie dieses Hotel. Es ist für sie das Kind, das sie nicht haben konnte.«

»Der Satz hat mich echt geschafft. Ich habe vorher nie gehört, dass sie über ihre Kinderlosigkeit gesprochen hat.«

Grey ging zum Vitrinenschrank und schenkte ihnen jeder einen Gin mit Tonic ein. »Sie spricht auch nie darüber. Aber es ist die ganze Zeit da, brodelt unter der Oberfläche. Marina mag sehr offen und energisch wirken, zugleich jedoch ist sie extrem verschlossen. Ich war genauso erstaunt wie du, dass sie es ausgesprochen hat.«

»Mir tut sie leid. Du hast ja schon zwei Kinder, aber sie hat keins.«

Grey reichte Jake ein Glas. »Das ist nett von dir.«

»Langsam wird mir klar, wieso Clemmie so eine Enttäuschung für sie ist.«

»Marina liebt euch beide. Auch wenn ihr nicht ihre Kinder seid, hat sie euch aufwachsen gesehen. Es macht sie sehr unglücklich, dass Clemmie und sie sich nicht verstehen.«

Jake trank einen Schluck und setzte sich auf das Sofa. »Clemmie ist bloß durcheinander.«

»Kennst du diesen Joe?«

»Nein.«

»Ich frage mich, ob er gut für sie ist.«

»Das bezweifle ich. Sie scheint nicht mal besonders hin und weg von ihm. Ihre Behauptung, dass sie verliebt ist, ist kompletter Schwachsinn.«

»Wenn man in meinem Alter ist, begreift man, dass man das Leben anderer nicht für sie leben kann. Falls es nicht hinhaut, kommt sie zurück.«

»Nein, wird sie nicht. Dazu ist sie viel zu stolz. Eher jobbt sie und schwirrt bei der nächstmöglichen Gelegenheit wieder nach Indien ab.«

Marina blieb an ihrem Schreibtisch. Als sie nach ihrem Stift griff, sah sie, dass ihre Hand zitterte. Unweigerlich umfasste sie die Finger mit der anderen Hand, als wären sie verletzt, und rieb sie. Unterdessen überlegte sie, welche Möglichkeiten sie hatte. Viele waren es nicht. Eine allerdings gab es. Marina nagte an ihrer Unterlippe und richtete ihren Blick zum Fenster. Das Meer draußen war ruhig, der Himmel klar. Ein paar Möwen segelten im Wind. Falls nötig, konnte sie noch eine einzige Karte ausspielen, einen Menschen um Hilfe bitten. Aber wagte sie es, zurückzugehen und jene Tür zu öffnen, die sie vor Jahren hinter sich geschlossen hatte? Tränen wallten in ihr auf, und sie stützte den Kopf in die Hände. Es gab keinen anderen Weg.

***

Am nächsten Morgen erwachte Clementine zum schrillen Klingeln des Weckers. Zuerst war sie orientierungslos, als sie die Augen öffnete und eine unbekannte Umgebung sah: beige Vorhänge, weiße Wände, nichtssagende Bilder. Dann atmete sie den sehr maskulinen Geruch ein und erinnerte sich wieder. Sie verdrängte das Heimweh, das sie überkam, und stützte sich auf die Ellbogen auf. Joe lag stöhnend neben ihr. Er warf einen Arm über sein Gesicht, um es gegen das Sonnenlicht abzuschirmen, das durch die Vorhänge hereinfiel. Bei Joes Anblick empfand Clementine nichts als Enttäuschung. Sie liebte ihn nicht, und jetzt gerade, da er sich wie ein sterbender Hund anhörte, fand sie ihn zutiefst abstoßend.

Sie stieg aus dem Bett und wankte ins Bad. Ihre Beine fühlten sich schwerer denn je an. Sie wusch sich das Gesicht und band ihr Haar hoch. Trotz ihrer dreiundzwanzig Jahre sah sie alt und müde aus. Sie dachte an Rafa und wie sie ihn angeblafft hatte. Ihr Benehmen hatte nicht direkt von Reife gezeugt. Er entschuldigte sich bei ihr, und sie machte ihm unmissverständlich klar, dass sie ihm nicht verziehen hatte, auch wenn sie das Gegenteil behauptete. Andererseits war das eigentlich gar nicht so schlecht gewesen.

In einem Anfall frisch geweckten Optimismus wusch und föhnte sie sich das Haar, ehe sie sich sehr sorgfältig schminkte. Sie überdeckte die Ringe unter ihren Augen mit Concealer und betonte die Wimpern mit Mascara. *Man kann ja nie wissen*, dachte sie. *Vielleicht kommt er zu mir ins Büro.* Sie entschied sich für ein marineblaues Kostüm von Emporio Armani, das sie noch nie angehabt hatte, weil es ihr zu erwachsen vorkam, und ein Paar hohe Schuhe. Rafa würde sie mögen. Falls er zu ihr kam, sollte er eine Frau vorfinden, nicht das Kind, mit dem er sich gezankt hatte. Sie sparte sich die Mühe, ihren Liebhaber zum Abschied zu küssen; er war sowieso schon wieder eingeschlafen.

Auf dem Weg zur Arbeit ging sie in den Black Bean Coffee Shop. Während sie in der Schlange stand, fiel ihr ihre erste Begegnung mit Rafa wieder ein. Sogar der Sandelholzduft schien wieder da zu sein. Sie blickte sich um, hoffte idiotischerweise, dass ihn irgendetwas veranlasst hatte, im Ort zu frühstücken. Aber im Café waren bloß die üblichen jungen Mütter mit Kleinkindern und Geschäftsmänner auf dem Weg zur Arbeit. Sie bemerkte, dass einige der Männer von ihren Zeitungen aufblickten und sie interessiert musterten. Ja, sie fühlte sich gut in dem Kostüm.

Da sie wusste, dass Mr Atwood morgens eine wichtige Besprechung hatte, kam sie mit Kaffees, Muffins und heißer Schokolade für Sylvia beladen bei Atwood und Fisher an. Mr Atwood saß mit einem Ehepaar, das nach einem Haus suchte, im Empfangsbereich. Er schaute auf, zuckte zusammen und begann vor lauter Verwirrung zu stammeln.

Clementine strahlte. »Guten Morgen, Mr Atwood. Ich habe Kaffee und Muffins mitgebracht.« Sie stellte alles auf den Tisch vor ihnen.

»Muffins! Und meine Lieblingssorte«, sagte der Besucher, griff sich einen und biss hinein.

»Was für eine umsichtige Sekretärin«, sagte seine Frau, die neidisch Clementines Kostüm beäugte.

»Ich stelle nur die Besten ein«, sagte Mr Atwood immer noch ein bisschen verwirrt.

»Danke für den Kakao«, sagte Sylvia, der Clementines Verwandlung ebenso wenig entging. »Dein Kostüm ist ja klasse. Dieser Look steht dir.«

»Ich habe beschlossen, dass ich nicht mehr ich sein will«, erklärte Clementine, setzte sich hin und schaltete ihren Computer an.

»Und was ist verkehrt an dir?«

»Alles.«

»Jetzt nicht mehr. Es tut gut, eine Frau in hohen Schuhen zu sehen. Die zeigen, dass du es ernst meinst.«

»Das sollen sie auch.«

»Wie ich höre, bist du zu Joe gezogen.«

»Ja.«

»Dann muss es wohl Liebe sein.«

»Was es auch sein mag, so ist es praktischer.«

»Krach gehabt zu Hause?«

»Wann habe ich den mal nicht?«

»Joe ist ein Netter. Er wird sich gut um dich kümmern.«

»Heute Morgen lag er noch unter der Decke.«

»Verstehe ich. Ich wollte auch nicht aufstehen. Das Blöde an einer Affäre mit einem verheirateten Mann ist, dass man nie morgens geknuddelt wird.«

»Ich habe nicht mal ein ›Guten Morgen‹ gehört.«

»Aber wenigstens ist er da. Ich sollte Freddie lieber gegen einen Alleinstehenden austauschen. Einen, den ich mit keinem teilen muss.«

»Klar«, stimmte Clementine ihr zu, ohne richtig hinzuhören. Ihre Gedanken waren wieder beim Hotel. Sie fragte sich, ob Rafa gerade auf dem Rasen Malunterricht gab.

»Vielleicht gehe ich heute Abend auf einen Drink rauf zu eurem Hotel.«

Clementine runzelte die Stirn. »Aha? Wieso?«

»Alle Welt redet von deinem Argentinier.«

»Er ist nicht *mein* Argentinier.«

»Schön. Dann ist die Bahn frei?«

»Für dich?«

»Ja, sicher doch. Lateinamerikaner mögen kurvenreiche Frauen, oder nicht?«

»Weiß ich nicht. Ich weiß rein gar nichts über Südamerikaner.«

»Okay. Jedenfalls redet jeder von ihm. Sugar war gestern Abend oben und ist total verknallt.«

»Ich weiß. Ich habe sie gesehen. Die hat sich an ihn rangeschmissen wie eine notgeile alte Schnepfe.«

»Sei nicht so fies«, schalt Sylvia sie. »Sie hat eben gerne Spaß.«

»Ja, klar, und nicht dass du mich falsch verstehst. Ihm hat es gefallen.«

»Sicher hat es das. Sie sagt, er ist zum Anbeißen. Sie will deine Stiefmutter fragen, ob sie am Wochenende Malkurse buchen können.« Sylvia kicherte. »Vielleicht lerne ich auch malen.« Dabei zog sie die Brauen hoch. »Und ich bin jederzeit bereit, für einen Akt Modell zu stehen.«

Clementine versuchte, nicht eifersüchtig zu sein. Es ließ sich gar nicht vermeiden, dass sich ihm sämtliche schwer parfümierten Weiber von Dawcombe zu Füßen warfen. Mit seinem Aussehen und seinem Charme war er wie ein Honigtopf für Bienen. Clementine wünschte, sie hätte keinen Streit mit ihm angefangen. Sie hatten sich so gut verstanden. Jetzt hatte sie alles verdorben, und sie waren nicht einmal mehr Freunde.

Nachdem Mr Atwoods Besucher gegangen waren, rief er Clementine in sein Büro. Er diktierte ihr einige Brief, gab ihr einen Korb voller Papiere für die Ablage und eine Liste mit Dokumenten, die er nachmittags brauchte.

»Hübscher Look«, sagte er nickend.

»Ah, danke schön«, antwortete sie und blickte verwundert an sich hinunter.

»Mir gefällt es, wenn meine Sekretärin professionell aussieht.«

»Tja, heute fühle ich mich eben professionell. Ist mal was Neues.« Sie lachte matt. »Hat Ihrer Frau das Armband gefallen?«

»Das Armband? Meine Frau? Oh ja.« Er hüstelte. »Sie hat sich sehr gefreut. Ja, das haben Sie gut ausgesucht, Clementine.«

Grinsend ging sie zum Aktenschrank. Nachdem sie herausgefunden hatte, wer seine Geliebte war, könnte sie ihren Spaß mit ihm haben. Wäre sie nicht in solch finsterer Stimmung gewesen, hätte sie es Sylvia längst erzählt. Aber vielleicht war es besser, wenn sie es vorerst für sich behielt.

Dank der neugeordneten Ablage fand sie die Dokumente, die Mr Atwood brauchte, mühelos. Sie tippte die Briefe und Umschläge und brachte ihm alles ins Büro. »Das ging ja schnell«, sagte er, sah die Dokumente durch und murmelte zustimmend.

Als sie ihm die Briefe zur Unterschrift vorlegte, prüfte er sie auf Tippfehler und war merklich überrascht, keine zu finden. Er unterzeichnete die Schreiben. »Gut gemacht, Clementine. Sie werden ja auf einmal zu einer richtig guten Sekretärin.«

»Was für ein großes Lob von Ihnen, Mr Atwood.«

»Ehre wem Ehre gebührt.«

»Danke.«

»Ich möchte, dass Sie heute Nachmittag mit zu der Besprechung kommen. Es ist Zeit, dass Sie das Geschäft ein bisschen besser kennenlernen.«

»Ja, sicher.«

»Und in diesem Kostüm repräsentieren Sie uns passend.«

»Okay. Wo ist das?«

»Es handelt sich um ein großes Anwesen, Newcomb Bisset Manor, ungefähr eine halbe Stunde Fahrt entfernt. Wenn alles gut geht, stellen Atwood und Fisher es auf den Markt. Der Hausherr ist ein ziemlicher Weiberheld, und Sie dürften ihm gefallen. Falls er noch Zweifel hat, ob er sich von uns repräsentieren lassen will, werden die nach dem Meeting heute beseitigt sein.« Clementine rümpfte die Nase. »Sie brauchen nichts weiter zu tun, als zu lächeln«, ergänzte er streng.

Im Polzanze gab Rafa einer Gruppe von zwölf Gästen Malunterricht im Gemüsegarten. Einige benutzten Aquarellfarben, andere Öl und wieder andere zeichneten mit Kohle. Sie alle saßen vor dem pittoresken Gewächshaus, in dem Mr Potter mit Kartoffelnwaschen beschäftigt war.

Der Brigadier hatte sich den Platz neben Jane gesichert. Er hatte dafür gesorgt, dass er in Windrichtung saß, sodass er ihr Parfüm roch. Ihre Gesellschaft war sehr angenehm, denn ihr sanftes, freundliches Naturell erinnerte ihn an seine Frau. Und je öfter er mit ihr redete, umso mehr fiel ihm auf, dass sie auch eine schelmische Seite besaß, mit der sie ihn zum Lachen brachte. Seine Frau hingegen, so sehr er sie auch geliebt hatte, war nicht unbedingt für ihren Humor bekannt gewesen.

Grace, Pat und Veronica plauderten im Sonnenschein. Pat schwärmte begeistert von dem Lavendel und den rosa und gelben Rosen, die an der Südwand des Gewächshauses nach oben rankten. Vögel zwitscherten in den Linden, in deren Ästen sich übermütige Eichhörnchen jagten. Die Atmosphäre war friedlich und angeregt. Rafa wanderte von Staffelei zu Staffelei, gab hie und da einen Rat oder nahm selbst den Pinsel und machte vor, was er meinte.

Als er einen Moment für sich hatte, schweiften seine Gedanken zu Clementine ab. Sie zerrte an seinem Gewissen wie ein Drachen im Wind. Wieder und wieder hatte er ihr Gespräch im Kopf nachgespielt, und wenngleich er es bereute, sich nicht zurückgehalten zu haben, bedauerte er nicht, dass er versucht hatte, ihr zu helfen. Er hatte es eindeutig falsch angepackt, den falschen Zeitpunkt gewählt, aber seine Absichten waren ehrenhaft. Morgens war ihm aufgefallen, dass Marina angespannt war und ihr Lächeln nicht ihre Augen erreichte. Er fragte sie, ob sie traurig war, weil Clementine auszog. Für den Nachmittag nahm er sich vor, zu Clementines Büro im Ort zu gehen. Vielleicht konnten sie zusammen Tee trinken und sich wieder versöhnen.

Nach dem Mittagessen nahm er sich eine Pause und fuhr nach Dawcomb-Devlish. Er wusste, dass sie für einen Makler in der Hauptstraße arbeitete; folglich dürfte sie nicht schwer zu finden sein. Seinen Wagen parkte er am Hafen. Dort wimmelte es von Touristen und britischen Urlaubern. Kinder hockten eisschleckend auf der niedrigen Mauer und warteten, dass sie an die Reihe kamen, sich von einem Mann mit langem Pferdeschwanz Tattoos aufkleben zu lassen. Mütter in quietschbunten Pullis und Shorts tratschten auf dem Gehweg, und ein paar Hunde lagen im Schatten, während ihre Halter bei Kitchen Delights einkauften. Rafa schlängelte sich durch den trägen Strom die Straße hinauf, wobei er sich nach einem Maklerbüro umblickte. Es dauerte nicht lange, bis er es entdeckte.

Atwood und Fisher wirkte angemessen prestigeträchtig. Die

Ladenfront war in diskretem Marineblau gehalten mit blanken Scheiben, in denen hübsche Strandhäuser zum Kauf oder zur Miete beworben wurden. Rafa blickte hinein und sah eine hübsche Rothaarige, die am vorderen Schreibtisch telefonierte. Von Clementine war nichts zu sehen. Als er die Tür öffnete, blickte die Rothaarige auf. »Ich bin auf der Suche nach Clementine Turner. Arbeitet sie hier?«

»Die kleine Clementine? Und ob sie hier arbeitet. Sie müssen der Hauskünstler vom Polzanze sein.«

Er grinste. »Ist das so offensichtlich?«

»Oh ja, Sie Hübscher. Der Akzent verrät Sie. Definitiv nicht britisch.«

»Ist Clementine da?«

»Ich fürchte nein. Sie ist mit Mr Atwood zu einer Besprechung gefahren, und ich glaube nicht, dass sie vor dem späten Nachmittag zurück sind. Sie sind gerade erst los.«

Er fluchte auf Spanisch. »Würden Sie ihr etwas von mir ausrichten?«

»Natürlich.« Sie nahm einen Stift auf. »Nur zu.«

»Sie müssen nichts aufschreiben. Richten Sie ihr bitte einfach aus, dass ich hier war.«

»Ich will sowieso heute Abend auf einen Drink ins Polzanze kommen. Dann bringe ich sie mit.«

»Okay. Dann sagen Sie ihr bitte, wir sehen uns heute Abend.«

»Klar.« Offenbar wollte sie ihn nicht gehen lassen, denn sie fragte: »Und, wie läuft es oben im Hotel?«

»Es wird belebter.«

»Ja, das wette ich. Allmählich lernen Sie ganz Dawcomb kennen.«

Er lachte. »Es ist ein großartiges Städtchen.«

»Ich mag's auch. Clementine nicht. Sie will unbedingt wieder weg von hier. Aber sie ist eben aus der Großstadt. Mir ist die ländliche Ruhe lieber. Ich bin eine Frau, die das Schlichte schätzt.« Angesichts ihres dicken Make-ups und der manikürten Fingernägel musste Rafa bei dieser Bemerkung schmunzeln. Sie sah nicht aus wie eine Frau, die sich unter »schlicht« etwas vorstellen konnte.

»Dann fahre ich lieber wieder zum Hotel. Ich muss einige sehr eifrige Künstler unterrichten.«

»Es freut mich für Sie, dass das Wetter so schön ist.«

»Ja, mich auch.«

Sie sah, wie er zur Tür ging, und wünschte, ihr fiele etwas ein, ihn noch ein wenig länger hier zu halten. »Ich heiße übrigens Sylvia.«

»Bis später, Sylvia.«

Sie winkte ihm nach. »Bye!«

Clementine saß die Besprechung aus, während Mr Atwoods Klient, Mr Rhys-Kerr, sie von der anderen Seite des Esstischs aus gierig angaffte. Das Gespräch zog sich weit über eine Stunde hin und hatte so gut wie nichts mit dem Geschäftlichen, dafür sehr viel mit Golf zu tun.

Sobald die Einzelheiten des Verkaufs geklärt waren, wollte Mr Rhys-Kerr ihnen unbedingt noch das Haus zeigen. Mr Atwood kannte es schon, doch Mr Rhys-Kerr wollte Clementine die Vorzüge seines Riesenschuppens auf dem Lande vorführen. Seine kindischen Anspielungen nervten – im Bad hieß es, die Wanne wäre »breit genug für zwei«, die Dusche hätte »schon viel Liebe gesehn«, und im Schlafzimmer kam: »Wenn diese Wände reden könnten, müsste ich jetzt knallrot werden.« Die beiden Männer teilten offenbar nicht bloß die Liebe zum Golf, sondern auch ihren Humor, denn Mr Atwood lachte über alles, was Mr Rhys-Kerr von sich gab.

»Sie waren fantastisch, Clementine«, lobte Mr Atwood sie, als sie durch das elektronisch gesteuerte Tor hinausfuhren. »Er mag Sie.«

»Muss an dem Kostüm liegen«, erwiderte sie trocken.

»Sie sind eine hübsche junge Frau, keine Frage. Und wir werden ein Vermögen mit diesem Haus verdienen.«

»Es ist ziemlich ätzend.«

»Ätzend?«

»Ja, geschmacklos.«

»Das ist egal. Entscheidend sind die elftausend Quadratmeter mit Meerblick. Spitze.«

»Trotzdem ist es ätzend.«

»Wollen Sie mir erzählen, wenn Sie Geld wie Heu hätten, würden Sie da nicht wohnen wollen?«

»Nie im Leben. Das Haus ist neu, hat weder Charakter noch Charme.«

»Aber es ist groß.«

»Und hat keine Seele.«

»Aus Ihnen werde ich nicht schlau, Clementine.«

Seufzend blickte sie aus dem Fenster. »Machen Sie sich nichts draus. Ich auch nicht.«

Bei ihrer Rückkehr ins Büro telefonierte Sylvia mit Freddie, kritzelte Herzen auf ihren Notizblock und wartete, bis Mr Atwood aus dem Raum war, ehe sie Clementine erzählte, dass ihr Argentinier da gewesen war und nach ihr gefragt hatte.

»Was hat er gesagt?«, fragte Clementine.

»Nur dass er dich sehen wollte.«

»Aha.«

»Er ist umwerfend. Es ist sein verschlagenes Lächeln. Und sein Akzent ist wie Toffee-Bananen-Torte.«

»Ich nehme an, er wollte sich entschuldigen.«

»Wofür?«

»Ist eine lange Geschichte.« Sie setzte sich hin. Es ärgerte sie, dass sie ihn verpasst hatte. »Was mache ich jetzt?«

»Geh nach Hause zu Joe. Rafa ist ein Mann, der jedem Mädchen das Herz bricht.« Natürlich müsste Sylvia ihr sagen, dass er sie abends im Hotel erwartete, aber so sehr sie sich auch anstrengte, brachte sie die Worte nicht über die Lippen. Und obgleich sie Eifersucht für keinen schönen Zug hielt, sagte sie sich, dass Clementine gar nicht an ihm interessiert war. Die nämlich hockte sich mürrisch hinter ihren Schreibtisch.

19

Am Abend warf Sylvia sich in ein rotes Kleid, malte ihre Lippen nach und fuhr hinauf zum Polzanze. Ihr schlechtes Gewissen, weil sie Clementine nichts gesagt hatte, drängte sie energisch beiseite.

Der Page begrüßte sie an der Tür und ging mit ihr zur Rezeption.

»Guten Abend, was kann ich für Sie tun?«, fragte Jennifer, die höflich lächelnd hinter dem Tresen saß.

»Ich bin mit Ihrem Künstler verabredet, Rafa ...« Sie zögerte, denn seinen Nachnamen kannte sie nicht.

Jennifer kam die vollbusige Rothaarige bekannt vor, auch wenn sie die Frau nicht zuordnen konnte. »Ja, sicher. Er ist im Salon, gleich gerade durch.« Sie beobachtete, wie die Frau sehr langsam und hüftenschwingend durch die Diele schritt, als schlenderte sie aufreizend durch den Saloon in einem Western. Und da fiel ihr wieder ein, wo sie die Frau schon mal gesehen hatte: durchs Fenster von Atwood und Fisher. Jennifer atmete auf und war froh, dass sie das verräterische Armband abgenommen hatte.

Rafa saß im großen Salon und unterhielt sich mit einer Gruppe alter Frauen und einem rotgesichtigen alten Mann in einem blauen Blazer mit Goldknöpfen. Er blickte auf, als Sylvia auf ihn zukam, und lächelte. Sylvia bemerkte sofort, dass er an ihr vorbeisah: auf der Suche nach Clementine. So etwas war Sylvia nicht gewöhnt.

»Ich bin allein, bedaure. Clementine hatte schon was vor«, sagte sie gelassen, als er aufstand, um sie zu begrüßen. Seine Miene verdunkelte sich vor Enttäuschung. Auch das war Sylvia nicht gewöhnt. Normalerweise stellte sie alle anderen Frauen in den Schatten. »Es macht dir doch hoffentlich nichts aus, mit mir einen Drink zu nehmen, oder?«

»Im Gegenteil, es ist mir ein Vergnügen. Gehen wir nach draußen, das heißt, falls es dir nicht zu frisch ist.«

»Ich habe einen Schal dabei«, antwortete sie und wedelte damit vor ihm. »Der ist den weiten Weg von Indien hierhergekommen.«

»Wann warst du in Indien?«

»Oh, ich gar nicht. Ist ein Geschenk.«

»Sehr hübsch.«

Sie genoss seinen samtigen Akzent und folgte ihm hinaus zum Wintergarten mit der angeschlossenen Terrasse. »Ich könnte dir den ganzen Tag zuhören«, seufzte sie. »Aber sicher sagen dir das alle Frauen.«

»Also wäre es zwecklos, englischer klingen zu wollen?«, erwiderte er lachend.

»Oh ja, das wäre gar nicht gut. Du hättest schlagartig keine Bewunderinnen mehr, wenn du dich wie alle anderen anhören würdest.«

»Na, dann sollte ich meinen Akzent besonders kultivieren.«

Die Terrasse war beinahe voll besetzt. Sie ergatterten einen kleinen runden Tisch und sahen sich über das Windlicht in der Mitte hinweg an.

»Und wie ist Clementines Freund so?«

»Ich habe die beiden bekannt gemacht«, sagte Sylvia stolz. »Stört es dich, wenn ich rauche?«

»Überhaupt nicht.«

»Darf ich dir eine anbieten?«

Er schüttelte den Kopf. »Mich wundert, dass eine schöne Frau wie du raucht.«

Sie holte die Schachtel aus ihrer Tasche und tippte mit einer ihrer rot lackierten Fingerspitzen darauf. »Ich habe schon oft versucht, es mir abzugewöhnen, aber dazu braucht man anscheinend mehr als Willenskraft.«

»Und was?«

»Liebe«, sagte sie prompt und fixierte ihn mit ihren Katzenaugen. »Wäre ich wahnsinnig in einen Nichtraucher verliebt, würde ich für ihn aufhören.«

»Ich würde eher sagen, dass du für dich aufhören solltest.«

»Hab ich versucht und bin elendig gescheitert.« Sie steckte sich eine Zigarette zwischen die scharlachroten Lippen und zündete sie an dem Teelicht in dem dekorativen lila Glas an. Rafa beobachtete, wie sie mehrmals paffte, ehe sie sich zurücklehnte und das Nikotin sie merklich entspannte.

Jake beschloss, ihre Bestellung selbst aufzunehmen. Ihm gefiel Sylvias Typ: kurvig und feminin wie eine hübsche rote Katze. Er hatte sie schon ein oder zwei Mal hier oben gesehen, und sie hatte seine Begrüßung mit einem knappen »Hallo« beantwortet. Jetzt hingegen warf sie ihm ein strahlendes Lächeln zu, während Rafa einen Martini und ein Glas Chardonnay bestellte. Gleich darauf richtete sie ihre leuchtend grünen Augen wieder auf den Argentinier und blies provokativ eine Rauchfahne aus.

Jake zog sich nach drinnen zurück. Vor Eifersucht krampfte sich sein Magen zusammen. Solange Rafa im Hotel wohnte, hatte Jake nicht den Hauch einer Chance. Er gab ihre Bestellung an den Kellner weiter, blieb allerdings noch eine Weile stehen, um Sylvia von drinnen zu beobachten.

»Übrigens hat Clemmie mir viel von dir erzählt?«, sagte Sylvia, bevor sie einen Schluck von ihrem Wein trank.

»Hat sie?«

»Ja, sie schwebte praktisch ins Büro, nachdem sie dich im Black Bean Coffee Shop gesehen hatte. Im Grunde ist sie noch ein Kind. Und ich bin wie eine Mutter für sie.«

»Es war ein verrückter Zufall, dass wir uns dort getroffen haben.« Die Erinnerung entlockte ihm ein Lächeln, und Sylvia bemerkte, wie es in seinen Augen blitzte. »Sie ist ungewöhnlich. Das gefällt mir. In Argentinien nennen wir solche Menschen *una personaje*. Also, verrate mir, ist ihr Freund gut genug für sie?«

»Unbedingt«, antwortete Sylvia voller Überzeugung. »Die beiden passen prima zusammen.«

»Ihre Stiefmutter scheint das nicht zu finden«, sagte Rafa.

»Nur weil die beiden sich dauernd in den Haaren liegen. Clemmie hält sie für eine hysterische Kuh, die immerzu im Mittelpunkt stehen muss. Ich schätze, es liegt daran, dass sie keine Kinder kriegen kann. Manche Frauen flippen ein bisschen aus, wenn sie ungewollt kinderlos bleiben.«

»Wie lange kennst du Marina schon?«

»Eigentlich *kenne* ich sie nur von dem, was Clemmie erzählt, sonst nicht. Soweit ich es mitbekommen habe, ist das Problem, dass sie aus einer anderen Schicht kommt als Grey, und das stört Clemmie. Übrigens ein sehr unangenehmer englischer Zug, diese Klassenbesessenheit. So was gibt es in Argentinien bestimmt nicht.«

»Glaub mir, Vorurteile gibt es überall.«

»Na ja, Clemmie jedenfalls denkt, dass Submarine – ich meine, Marina – sich nur auf Grey eingeschossen hat, weil sie einen besseren gesellschaftlichen Status wollte. Ich glaube, die beiden haben sich einfach verliebt. Es ist ja nicht so, als wenn sie mit dem Adel so dicke sind. Aber Kinder mögen ihre Stiefeltern eben nie, egal wie sehr die sich verrenken. Bestimmt hat Marina es bis zum Gehtnichtmehr versucht. Tja, Clemmie ist sehr stur.«

Rafa hörte ihr aufmerksam zu, und sein Blick war fast ein wenig zu ernst und eindringlich. »Diese Klassengeschichte, gründet die auf Abstammung oder Bildung?«

»Beides zusammen. Ich nehme an, dass Marina aus einer Arbeiterfamilie oder der unteren Mittelschicht kommt. Sie war garantiert auf keiner Privatschule. Das weiß ich, denn ich war auch auf keiner.«

»Kennst du ihre Eltern?«

Sylvia schüttelte den Kopf. »Nein, und die kennt Clemmie auch nicht. Wenn du mich fragst, hält Marina ihre Verwandtschaft unter Verschluss.«

»Du meinst, sie schämt sich für sie?«

»Möglich.« Sie lachte. »Ich glaube, die waren nicht mal bei der Hochzeit. Clemmie hat erzählt, dass sie auf dem Standesamt geheiratet haben, sowie die Scheidung durch war. Für zwei verliebte Leute ist das nicht sonderlich romantisch, was?«

»Manche Leute wollen kein großes Aufheben machen.«

»Clemmie sagt, Marina liebt es, um alles ein Riesentamtam zu machen, Hauptsache, sie steht im Mittelpunkt.« Sie senkte die Stimme, weil ihr plötzlich bewusst wurde, dass man sie belauschen könnte. »Ich könnte mir eher denken, dass sie ihre Familie nicht dabeihaben wollte, weil sie Angst hatte, die blamieren sie. Sie gibt sich gerne einen vornehmen Touch, ich meine, schon, wie sie redet. Das ist ziemlich aufgesetzt, finde ich, als wenn sie sich ein bisschen zu doll anstrengt.«

Inzwischen dämmerte der Abend, sodass die Teelichte in den lila Gläsern heller leuchteten. Das Vogelgezwitscher war verstummt und nur noch das einschläfernde Murmeln der Wellen am Spülsaum zu hören. Rafa leerte sein Glas. Sylvia steckte sich noch eine Zigarette an. Er wollte dringend mehr über Clementine erfahren.

»Hast du Clementines Handynummer?«, fragte er.

»Ja, habe ich.« Sylvia war nicht begeistert.

»Gib sie mir bitte.«

Widerwillig wühlte sie in ihrer Handtasche nach ihrem Handy, zog es heraus und scrollte nach der Nummer. Dann las sie die Zahlen laut vor und sah nervös zu, wie Rafa sie in sein BlackBerry tippte.

»Willst du sie anrufen?«

»Wieso nicht? Wenn sie sowieso ausgehen will, kann sie auch hierherkommen.«

»Ich glaube kaum, dass Joe das so klasse findet, wenn sie sich hier mit dir trifft.«

»Dann bringt sie ihn eben mit.«

»Wieso schreibst du ihr nicht eine SMS?«

»Wäre das denn besser als ein Anruf?«

»Ja, klar. Ein Anruf kann eher mal stören.«

C. WO BIST DU? ICH HATTE GEHOFFT, DASS
DU MIT SYLVIA ZUM HOTEL KOMMST. BIST
DU WIRKLICH ZU BESCHÄFTIGT? ICH MÖCHTE
DIR SAGEN, DASS ES MIR LEIDTUT ... RAFA.

Clementine las den Text, und ihr Magen benahm sich wie ein Pfannkuchen, der in der Luft gewendet wurde. Sie las noch einmal und wurde rot. Ihr erster Gedanke war, dass Rafa sie sehen wollte. Ihr zweiter, dass Sylvia sie absichtlich nicht gefragt hatte, ob sie mitkam. Sie sah zu Joe, der sich im Sessel fläzte und Sport auf Sky guckte. Jetzt konnte sie unmöglich weg. Wenn Joe doch einfach verpuffen würde!

GEHT JETZT NICHT. KANNST DU MORGEN
NACH DER ARBEIT ZUM VERGESSENEN HAUS
KOMMEN? C.

Rafas BlackBerry piepte, und Sylvia wurde rot. »Ist das Clementine? Kommt sie?«

Er blickte aufs Display und überlegte. Das Haus, das Gott vergessen hatte – würde er es wiederfinden?

»Und? Was schreibt sie?«

»Sie ist beschäftigt«, antwortete er.

Sylvia entspannte sich merklich. »Siehst du? Hab ich doch gesagt.«

»Ich treffe sie morgen. Wann macht ihr im Büro Schluss?«

»Um halb sechs.«

»Okay.« Er tippte mit den Daumen.

ICH KOMME ZU DEINEM BÜRO, UND WIR FAHREN ZUSAMMEN HIN.

»Mit wem textest du da?«, fragte Joe.

»Jake«, log Clementine. »Ich fahre morgen nach der Arbeit rauf zum Hotel. Er will mir irgendwas erzählen.«

»Wahrscheinlich will er dich bequatschen, wieder zurückzukommen.«

»Kann sein.« Das Einzige, was sie daran hinderte, war ihr Stolz. Joe guckte sein Spiel weiter. Sie sah ihm zu, wie er Bier aus der Dose trank, die Füße auf einem Hocker und die Augen auf den Bildschirm geheftet. Wie prollig er war. Als sie sich gerade fragte, was sie geritten hatte, zu ihm zu ziehen, piepte ihr Handy wieder. Sie las die Nachricht. Rafa wollte sie morgen abholen, und sie würden gemeinsam zu der alten Kirche fahren, ihrem geheimen Ort. Schlagartig besserte sich ihre Laune.

Sie erinnerte sich, wie sie den kleinen Weg vom Strand hinuntergingen und er sie von den Brombeerzweigen befreite; wie sie sich bis auf die Unterwäsche auszogen und ins Wasser liefen; wie sie gelacht, sich gegenseitig Geschichten erzählt hatten und mit einer kribbeligen Stimmung ins Polzanze zurückkehrten, ähnlich Schulkindern, die etwas ausgefressen hatten. Sie lächelte in sich hinein und hoffte, dass der morgige Tag genauso besonders würde.

Sylvia entging nicht, dass Rafa auf seine Uhr sah. Sie spürte deutlich, dass er nicht an ihr interessiert war und sie sich gerade zum Affen machte. Also blickte sie auf ihre Uhr und sagte betont erschrocken: »Ach du Schreck, so spät? Ich muss los. Freddie wundert sich bestimmt schon, wo ich bleibe.«

»Freddie?«

»Mein Freund. Er wartet sicher auf sein Abendessen.«

»Ja, ich sollte auch gehen.«

»Hast du eine Verabredung?«

»Ich setze mich zu meinen Schülern.« Er grinste. »Klingt komisch, wenn man bedenkt, dass keiner von ihnen unter siebzig ist.«

Sie schaute sich um. »Hier ist echt der Bär los.«

»Es ist ein sehr schönes Hotel.«

»Trotzdem wird gemunkelt, dass sie ziemlich zu kämpfen haben.«

»So sieht es für mich nicht aus.«

»Nein, für mich auch nicht. Die Stimmung fühlt sich eher beschwingt an. Da möchte ich am liebsten bleiben und mich anstecken lassen.«

»Komm einfach wieder.«

»Ja, und nächstes Mal schleppe ich Clementine mit.«

»Mach das.«

Sie fragte sich, warum sein Gesicht förmlich aufleuchtete. Clemmie war ein merkwürdiges Ding, keine große Schönheit wie *sie,* und Rafa war nun wirklich ein Mann, der jede Frau haben konnte, die er wollte. »Es war nett. Ist es frech, wenn ich mich bei dir für den Drink bedanke?«

»Ganz und gar nicht. Es ist mir ein Vergnügen.« Er begleitete sie bis zum Empfang.

Im Salon sah er flüchtig zu seinen Damen, die immer noch tief ins Gespräch versunken waren. Das laute Lachen des Brigadiers hallte wie Kanonenfeuer durch den Raum und füllte ihn mit Heiterkeit.

»Die haben offensichtlich eine Menge Spaß«, bemerkte Sylvia.

»Meine Tischnachbarn heute Abend«, sagte er lachend.

»Na, das wird's jedenfalls kein langweiliges Abendessen.«

»Bei dir sicher auch nicht.«

»Oh nein, Freddie ist sehr witzig.« Doch kaum verließ sie das Hotel, fühlte sie plötzlich eine schmerzliche Einsamkeit. Es gab kein Abendessen mit Freddie, denn der war zu Hause bei seiner Familie. Bei ihr zu Hause wartete niemand auf sie.

Jake stand in der Empfangshalle und blickte ihr nach, wie sie zu ihrem Wagen ging. Er hatte ihr einen schönen Abend gewünscht, worauf sie nur etwas murmelte, ohne ihn anzusehen. Ihr Treffen mit Rafa war demnach ein Reinfall gewesen. Hätte sie bloß noch kurz mit *ihm* gesprochen. Er war sicher, dass er sie aufheitern könnte.

***

Am nächsten Morgen fuhr Harvey in einem blitzenden Jaguar vorm Hotel vor. Das Verdeck war zurückgeklappt, und Harvey hatte seinen rechten Arm lässig auf den Fensterrahmen gelehnt. In seinem glücklichen Gesicht strahlte ein verwegenes Grinsen.

»Geh Marina suchen«, rief er Tom zu, der einen leisen Pfiff ausstieß, ehe er loslief, um sie zu holen.

Shane kam herbei, um den Wagen zu bewundern. »Eine echte Schönheit«, staunte er.

»Jaguar XK, mit allen Schikanen.«

»Nicht schlecht. Wem gehört der?«

»Meinem Neffen. Er hat ihn mir geliehen, und ich will Marinas Gesicht erleben, wenn sie mich in dem Ding sieht.«

»Netter Neffe!«

»Er hat's weit gebracht.«

»Drehst du nachher mal eine Runde mit mir?«

»Und ob! Mich kriegt heute so schnell keiner aus diesem Auto.«

Marina kam über den Kiesplatz und stieß einen stummen Schrei aus, als sie Harvey am Steuer des dunkelgrünen Jaguars sah. »Ich glaub's nicht!«, rief sie kopfschüttelnd. »Ich hätte nie gedacht, dass ich dich mal in einem Sportwagen sehe, Harvey. Was für ein atemberaubender Wagen.«

»Steig ein!«

»Willst du mich spazieren fahren?«

»Ich habe noch ein bisschen Zeit, bevor ich Rafa und seine Maler zum Mittag zu den Powells bringe. Mrs Powell hat ein Picknick vorbereitet, und dabei können sie den alten Taubenschlag malen.«

»Was für eine reizende Idee. Und, wohin fahren wir?«

»Wohin Sie wünschen, Mylady.« Shane öffnete ihr die Beifahrertür und schaute ihr zu, wie sie einstieg.

»Wie aufregend.« Sie lachte wie ein junges Mädchen, das zu einem Date aufbrach. »Wir werden eine Weile weg sein«, sagte sie zu Shane. »Sag Jake, er soll die Stellung halten.« Schnurrend rollte der Wagen los. Shane und Tom blickten ihnen nach.

»So ein Wagen würde mir auch gefallen«, sagte Tom neidisch.

»Bei deinem Lohn kannst du dir so ein Teil höchstens klauen, oder du musst eine Bank ausrauben«, sagte Shane.

»Oder eine reiche Schnecke angeln, die mir das Ding kauft.«

»Das kannst du hier vergessen, Alter. Reiche Schnecken verreisen nach Südfrankreich, nicht nach Dawcomb-Devlish.«

Was für eine Schönheit, Harvey. Wie lange hast du ihn?«, rief Marina über das Windrauschen hinweg.

»Solange ich will«, antwortete er sehr lässig. »Mein Neffe braucht ihn nicht. Er ist für ein paar Wochen im Ausland.«

»Der Wagen muss ein Vermögen gekostet haben.«

»Dreiundsechzig Riesen, neu.«

»Das ist ein Witz!«

»Nein. Na ja, das ist der Listenpreis, aber der hier ist aus zweiter Hand. Trotzdem, er hat allen Schnickschnack: Ledersitze, Touchscreen-Navi, Leichtmetallfelgen, und er bewegt sich wie eine hübsche Raubkatze.«

»Kann man wohl sagen. Lass ihn lieber in der Garage, solange dieser Einbrecher noch frei herumläuft.«

»Ich mache mir mehr Sorgen, dass die Jungs mit ihm durchbrennen.«

»Shane und Tom?«

»Genau die. Denen traue ich nicht über den Weg.« Er zwinkerte ihr zu. »Wenn du mich fragst, sind die beiden dumme Nichtsnutze.«

Sie fuhren die Landstraße entlang durch den Sonnenschein, während der Wind mit Marinas langem Haar spielte. Nach einer Weile hörten sie auf zu reden. Gelegentlich lächelte Marina ihm zu, und er grinste sie liebevoll an. In diesen Momenten vergaß sie Clementine, das Hotel, ihre wachsenden Schulden und die bevorstehende Ankunft von Charles Reuben. Bei Harvey fühlte sie, wie das Gewicht der Verantwortung leichter wurde, als würde er es für sie schultern.

Clementine war wütend auf Sylvia, die sie absichtlich um das Treffen mit Rafa gebracht hatte. Doch ausnahmsweise beschloss sie, keine Szene zu machen. Sie war enttäuscht von ihr, denn sie hatte gedacht, dass sie Freundinnen wären, aber im Grunde überraschte es sie nicht. Sylvia war mannstoll, und ihre Freundschaft galt nichts, wenn sie eine neue Eroberung ins Visier genommen hatte.

Sie kam früh zur Arbeit, weil sie nicht länger als nötig neben Joe liegen wollte. Er hatte anscheinend nichts, wofür sich das Aufstehen lohnte. Ihren Kaffee trank Clementine am Schreibtisch.

Sie hatte sich das Haar hochgesteckt und ihr Kostüm angezogen, allerdings ein Sommerkleid von Jack Wills sowie eine Strickjacke und Flip-Flops für später mitgebracht. Allein der Gedanke daran, den Abend mit Rafa zu verbringen, brachte ihren Magen in Unordnung. Sie hatte keinen Appetit und konnte kaum still sitzen.

Sylvia erschien und sah zerknirscht aus. Statt selbstbewusst auf ihren Schreibtisch zuzusteuern, schlurfte sie unsicher hinein.

»Ich fühle mich schrecklich«, kam sie ohne Umschweife auf den Punkt. »Letzte Nacht habe ich kein Auge zugetan.«

»Warum?«, fragte Clementine.

»Warum? Weil ich eine blöde Nuss war, darum. Mir gefällt kein bisschen, wie ich mich gestern benommen habe, und es tut mir ehrlich leid.«

»Ist okay, Sylvia. Ich verstehe, wieso du das gemacht hast.«

Sylvia staunte. »Im Ernst? Und du bist nicht stinksauer auf mich?«

»Nein, überhaupt nicht.« Clementines Glück stimmte sie ungewöhnlich milde. »Ich war sowieso mit Joe zusammen, also hätte ich gar nicht mitkommen können.«

»Klar, aber ich hätte es dir sagen müssen. Er ist dein Freund, nicht meiner.«

»Er ist jedermanns Freund, Sylvia.«

»Nein, ich glaube, er mag dich lieber als andere. Sein Gesicht leuchtete richtig, wenn er über dich geredet hat.«

»Echt?«

»Echt.«

»Ach was, so ist er bei jedem. Da darf man sich keine Illusionen machen.« Dennoch erlaubte sie sich einen wohligen Schauer, auch wenn sie sicher war, dass Sylvia falsch lag.

Mr Atwood kam erst am frühen Nachmittag von einem Meeting in Exeter. Die Briefe, die Clementine für ihn tippen sollte, lagen in der Unterschriftenmappe auf seinem Schreibtisch, zusammen mit einer sauber getippten Liste der Nachrichten für ihn. Clementine brachte ihm eine Tasse Kaffee. Mr Atwood lehnte sich auf seinem Stuhl zurück, kaute auf seinem Stift und betrachtete sie nachdenklich.

»Sie mausern sich zu einer ziemlich guten Sekretärin, Clementine. Ich bin beeindruckt.«

»Danke, Mr Atwood.«

»Erlauben Sie die Frage, was die plötzliche Wandlung herbeigeführt hat?«

»Für die gibt es keinen Grund. Mir macht es tatsächlich Spaß.«

»Schön. Das Kostüm steht Ihnen.«

Clementine bemerkte ein anzügliches Funkeln in seinen Augen und wich einen Schritt zurück. »Danke.«

»Sie sind ein hübsches Mädchen, Clementine.«

»Ist sonst noch etwas, Mr Atwood? Denn falls nicht, würde ich wieder an meinen Schreibtisch gehen.«

»Ja, ja, natürlich. Lassen Sie sich nicht von mir abhalten.« Er lachte kurz, um ihr zu bedeuten, dass seine Komplimente nicht zweideutig gemeint waren. »Mir gefällt es, wenn meine Sekretärin gerne an ihrem Schreibtisch ist.«

Im Hotel saß Bertha mit Heather am Küchentisch und umklammerte ihren Kaffeebecher mit beiden Händen.

»Ich glaube, der Brigadier hat sich in Mrs Meister verguckt«, sagte Heather. »Ich habe die beiden beobachtet. Sie sitzen immer zusammen, und er hat sie gefragt, ob sie heute Abend mit ihm einen Spaziergang macht. Auch wenn ich mich schäme, dass ich gelauscht habe, konnte ich nicht anders. Das ist doch irgendwie süß, nicht?«

»Und immer, immer wieder geht die Sonne auf«, trällerte Bertha schief.

»Mir hat er immer leidgetan, wie er jeden Morgen alleine hier raufkommt zum Frühstück. Ohne eine Frau, die zu Hause auf ihn wartet. Jetzt strahlt er die ganze Zeit, und das finde ich süß.«

»Welche von denen ist Mrs Meister?«

»Die kleine Verhuschte.«

»Ach du Schande. Ist der Brigadier nicht ein bisschen viel für sie? Der ist doch wie ein großes Walross.«

»Der Armen ist der Mann gestorben, und jetzt ist sie auch alleine. Ich glaube, die zwei hat der Himmel zusammengebracht.«

»Na, ich habe ein Auge auf Rafa«, sagte Bertha und grinste dazu in ihren Becher.

Heather war entsetzt. »Du willst ihn doch nicht anbaggern, oder?«

»Ich sage ja nicht, dass *ich* ihn toll finde. Mir sind ältere Männer lieber, solche, an denen mehr dran ist. Den würde ich doch zerquetschen wie einen Pfannkuchen. Ich meine, dass ich ihn *im Auge habe.*«

»Wieso?«

»Weil ich glaube, dass er zu Hause eine Freundin hat.«

»Wirklich?«

»Ja. Als ich sein Zimmer geputzt habe, bin ich über einen Stapel Briefe von einer Costanza gestolpert. Was ja eigentlich Constanza heißen muss, nicht?«

»Ja, muss wohl.«

»Tja, und deshalb habe ich ein Auge auf ihn, falls er untreu wird.«

»Was kümmert's dich, ob er untreu wird?«

»Tut es ja nicht. Ich will es nur mitkriegen, wenn.«

»Also wirklich, Bertha. Du bist schrecklich.«

»Ich will doch bloß ein bisschen unterhalten werden. Hier in Devon passieren ja nicht oft aufregende Sachen.«

»Ich würde sagen, dass Baffles aufregend ist.«

»Wenn er denn herkommt, was ich nicht glaube. Hier gibt's doch nichts zu holen.« Sie schnaubte verächtlich und schlürfte den letzten Rest Kaffee aus ihrem Becher.

»Hast du Harveys neuen Wagen nicht gesehen?«

»Nein.« Bertha wirkte beleidigt. »Was für ein neuer Wagen?«

»Ein waschechter Jaguar!«

»Was macht der denn mit einem Jaguar?«

»Weiß der Himmel, aber wenn er nicht aufpasst, hat er morgen nur noch einen ›Danke‹-Zettel davon übrig.«

Bis halb sechs war Clementine ein Nervenbündel. Sie schaltete ihren Computer aus und trug einen Korb mit Papieren zur Ablage. Während sie alles in die sorgfältig beschrifteten Ordner sortierte, bemerkte sie, dass ihre Hände zitterten. Sie hörte Mr Atwood telefonieren. Er sprach zweifellos mit seiner Geliebte, denn seine Frau würde er wohl kaum »Cowgirl« nennen. Da sie so konzentriert seinem zuckersüßen Gemurmel lauschte, bekam sie weder mit, wie die Vordertür aufging, noch wie Sylvia, die noch an ihrem Schreibtisch saß, praktisch quiekte.

Rafa begrüßte Sylvia höflich, obwohl seine Aufmerksamkeit der schlanken jungen Frau galt, die in einem sehr gut geschnittenen Kostüm und hohen Schuhen weiter hinten bei den Aktenschränken stand. Er brauchte einen Moment, ehe er sie erkannte, und bis es so weit war, drehte sie sich auch schon um.

»Clementine?«, fragte er erstaunt. Sie schob die Schublade zu und kam zu ihm.

»Rafa.«

»*Dios mio,* du siehst fantastisch aus!«

Sie wurde rot vor Glück. »Arbeitskleidung. Ich habe etwas

weniger Förmliches in meiner Tasche. Macht es dir etwas aus, zu warten, bis ich mich umgezogen habe?«

Er steckte seine Hände in die Taschen. »Selbstverständlich nicht. Sylvia kann mir solange Gesellschaft leisten.« Allerdings wandte er den Blick nicht von Clementine ab, bis sie im Damenwaschraum verschwunden war.

Sylvia lächelte unsicher und hoffte, er würde kein Wort über den gestrigen Abend verlieren. Vor allem wünschte sie inständig, dass Clementine sich beeilte. Rafa kam zu ihrem Schreibtisch und grinste. »Viel zu tun heute?«

Derweil schlüpfte Clementine ungeduldig in ihr Kleid und fädelte ihre Zehen in die Flip-Flops. Dann ließ sie ihr Haar herunter und knetete es mit beiden Händen. Verwundert erinnerte sie sich an jenen Tagtraum, dass der gut aussehende Argentinier, den sie im Black Bean Coffee Shop getroffen hatte, ins Büro geschlendert kam, weil er nach ihr suchte. Jetzt war er hier, und der Abend, der vor ihr lag, versprach wunderbar zu werden.

20

Clementine saß auf dem Beifahrersitz von Rafas Mietwagen und konnte kaum glauben, dass sie endlich zusammen waren, nur sie beide. Sie öffnete ihr Fenster, um mit dem Wind die süßlichen Sommerdüfte hereinzulassen. Zuerst war die Unterhaltung zwischen ihnen ein bisschen holprig: Beide redeten gleichzeitig los, verhaspelten sich, überspielten ihre Nervosität mit einem unsicheren Lachen. Die Atmosphäre zwischen ihnen hatte sich verändert. Clementine wusste nicht, was genau anders war, aber es lag ein seltsames Knistern in der Luft, das vorher nicht da gewesen war.

Rafa, lässig in Jeans und weißem T-Shirt, blickte immer wieder grinsend zu ihr hinüber. Er trug eine dunkle Sonnenbrille, und sein Haar wurde vom Fahrtwind aufgeweht. Clementine hatte ihn von Anfang an gut aussehend gefunden, doch jetzt erkannte sie, dass seine Schönheit nicht bloß oberflächlich war. Er besaß die Gabe, das Beste in jedem zu sehen, und eine Offenheit, die seine Augen und sein Lächeln besonders strahlend machten.

Vor allem mochte Clementine sich selbst, wenn sie mit ihm zusammen war, als könnte sie in seinen Augen eine nettere Version ihrer selbst wahrnehmen, mutiger, witziger, hübscher. Sie blickte hinaus und bemerkte, wie üppig die Landschaft war. Das sattgrüne Laub und der leuchtend blaue Himmel füllten sie aus, bis sie glaubte, vor Glück platzen zu müssen.

Rafa parkte in der Haltebucht vorm Feld und ging um das Auto herum, um den Kofferraum aufzuklappen. »Was hast du da drin?«, fragte sie. Auf das Gatter gelehnt, sah sie hinüber zu Gottes vergessenem Haus.

»Proviant«, antwortete er grinsend.

Sie drehte sich zu ihm und bemerkte, dass er eine Leinentasche aus dem Kofferraum hob. »Was?«

»Ein Picknick.«

»Wer hat das gemacht?«

»Heather.« Er lugte in die Tasche. »*Qué bueno*, sie hat auch eine Flasche Wein eingepackt.«

Clementines Laune wurde sekündlich besser. »Und wo wollen wir picknicken?«

»Unten am Strand, würde ich vorschlagen. Was meinst du?«

»Gute Idee.«

Es war leider keine so gute Idee gewesen, ein Kleid anzuziehen. Der Pfad runter zum Strand war eng und nach wie vor von wilden Brombeeren überwuchert. Bei der Planung ihrer Garderobe hatte Clementine nicht besonders praktisch gedacht.

»Ich trage dich Huckepack«, bot Rafa an.

»Oh nein, dafür bin ich viel zu schwer!«

»Bist du nicht. Meine Grimassen letztes Mal waren nur Spaß. Du bist winzig. Ich könnte dich über meine Schulter schwingen und so gut wie nichts merken. Hier, du nimmst die Tasche.« Er bückte sich vor ihr. »Steig auf.«

Vorsichtig kletterte sie auf seinen Rücken, wobei sie sich inständig wünschte, sie würde einige Pfund weniger wiegen. Ihre Wangen glühten angesichts der Intimität, aber ihr blieb keine Zeit, darüber nachzudenken. Er richtete sich auf, hakte seine Arme unter ihre Knie und ging los. »Siehst du, ich merke fast nicht, dass du da bist.«

»Lügner«, sagte sie lachend.

»Wer war das?« Er drehte sich um und tat, als würde er hinter sich gucken. Wieder lachte Clementine. Er drehte sich in die andere Richtung. »Und wer war das jetzt? Ich dachte, ich bin hier allein.«

»Du bist albern!«

»Wer hat das nun wieder gesagt?«

»Wenn du dich weiter so wild hin und her drehst, werde ich noch seekrank.«

»Ah, du bist das!«

»Ja, ich, die angeblich Federleichte.« Er stapfte den Weg hinunter und achtete darauf, ihre nackten Beine von den Brombeeren fernzuhalten. Unten am Strand setzte er sie behutsam wieder ab.

»Siehst du, ich bin nicht mal außer Atem.«

Sie hockten sich in den Sand und schauten den Wellen zu, die sanft an den Strand rollten. Möwen schwebten über ihnen im Wind, von denen sich einige keckere trauten, auf den Felsen in der Nähe zu landen, eindeutig auf Picknickreste hofften. Rafa schenkte Wein ein, und Clementine öffnete die Sandwichboxen.

»Auf unsere erneuerte Freundschaft«, sagte Rafa und erhob sein Glas. »Ich möchte sagen, dass mir meine Einmischung leidtut. Deine Beziehung zu Marina geht mich nichts an. Es ist nur so, dass ich euch beide mag und mir wünsche, ihr würdet euch gegenseitig auch mögen.«

Sie hielt ihr Glas in die Höhe. »Ich nehme deine Entschuldigung an, und diesmal im Ernst.«

»Dann sind wir wieder Freunde?«

»Ja, unbedingt.« Sie tranken und waren für einen Moment stumm, bis Clementine tief Luft holte und sagte: »Weißt du noch, dass du gesagt hast, ich soll die Vergangenheit loslassen, damit sie mir nicht die Gegenwart ruiniert? Was genau sollte das heißen?«

Er sah sie unsicher an. »Willst du wirklich darüber reden?«

»Ja, will ich.«

»Versprichst du, nicht wieder wütend wegzulaufen?«

Sie lachte. »Tut mir leid, dass ich die Fassung verlor. Ja, ich verspreche, dass ich nicht weglaufe. Außerdem hast du die Autoschlüssel.«

»Okay, wenn du darauf bestehst, erzähle ich dir, was ich denke – was auch immer meine Gedanken wert sein mögen.«

»Ich denke, sie sind eine Menge wert.« Sie biss in ein Truthahnsandwich. »Ich könnte noch was lernen.«

»Zuerst sollte ich dir meine Lebenseinstellung erklären.«
»Nur zu.«
»Ich bin der festen Überzeugung, dass wir unser Schicksal selbst wählen. Wir sind auf der Welt, um Erfahrungen zu sammeln und zu lernen, mitfühlende, liebende menschliche Wesen zu sein. Im Laufe des Lebens stehen wir immer wieder vor der Wahl, treffen Entscheidungen, die Menschen um uns und unsere eigene Zukunft beeinflussen.

Stell dir einen Kieselstein vor, der in einen Teich fällt. Vielleicht denkst du, der Stein sinkt schlicht auf den Teichgrund, aber das stimmt nicht. Er verursacht Wellen, die bis zum Ufer reichen und auf die Erde schwappen. Eine Hummel, die am Teichrand zu ertrinken droht, kann sich dadurch auf ein Blatt retten. Sie fliegt weg und landet auf einem Kinderarm. Das Kind betrachtet sie voller Staunen und entwickelt so eine Liebe zur Natur. Seine Eltern streiten gerade, aber die Mutter sieht die Hummel und kriegt Angst, dass ihr Kind gestochen werden könnte. Beide Eltern eilen dem Kind zu Hilfe und vergessen ihren Streit, vereint in ihrer Sorge um das Kind. Die Hummel fliegt weg und … tja, du kanst die Geschichte beliebig weiterspinnen.

Der springende Punkt ist, dass nichts, was du tust, isoliert geschieht. Deshalb sind deine Entscheidungen wichtig. Wenn du dich entscheidest, an einem Groll festzuhalten, schaffst du eine unglückliche Zukunft, weil du jede Entscheidung aus deiner Wut heraus fällst. Marina verliebte sich in deinen Vater und hat ihn geheiratet. Es ist nicht mehr relevant, ob sie ihn deiner Mutter weggenommen hat oder aus einer unglücklichen Ehe gerettet. Und, glaub mir, jeder der Beteiligten hat seine eigene Version der Geschehnisse und jeder eine andere. Aber du, Clementine, entscheidest selbst, wie du reagierst. Du bist jetzt erwachsen und baust dir eine eigene Zukunft auf. Wenn du dich emotional befreist, ihnen deinen Segen gibst und versuchst, das Gute in Marina zu sehen, statt nach dem Schlechten zu suchen, schaffst du eine glücklichere Gegenwart für dich.«

Sie dachte eine Zeit lang nach, den Blick aufs Meer gerichtet. »Ich habe Marina nie eine Chance gegeben«, sagte sie leise. »Ich war immer nur wütend auf sie, weil sie mir Daddy weggenommen hat.«

»Dein Vater ist noch hier. Vielleicht musst du die Größere sein und ihm die Hand reichen.«

»Bei dir hört es sich so einfach an.«

»Nun, wir sind keine Karikaturen, sondern komplizierte, mit Fehlern behaftete menschliche Wesen. Die Liebe ist größer als wir alle. Mach dir einfach klar, dass sie ihre Gründe hatten. Es waren wahrscheinlich nicht die, die du denkst. Entscheide dich bewusst, sie loszulassen, denn sie sind wie ein gigantisches Schiff, dass du durch die Wellen ziehst. Schneid das Tau durch, mach dich frei davon. Du kannst trotz des schrecklichen Starts, den du in deinem Leben hattest, zu Großem aufsteigen.« Er lächelte mitfühlend. »Aber wahrscheinlicher wirst du es *wegen* ihm.«

»Du hast gesagt, ich soll Marina nach ihrer Seite der Geschichte fragen.«

»Vielleicht irgendwann mal hier unten am Strand, wenn ihr allein und ungestört seid. Dann könntest du sie bitten, dir zu erzählen, was passiert ist. Aber nur, wenn du bereit bist, ihr vorurteilsfrei zuzuhören. Du musst dich hinreichend distanziert haben, damit du nicht alles wieder auf dich beziehst.«

»Du bist sehr weise, Rafa.«

»Das sagt jeder, doch es stimmt nicht. Ich lerne noch, suche noch.«

»Trotzdem scheinst du schon eine Menge zu wissen.«

»Je mehr man weiß, umso klarer wird einem, was man alles noch lernen muss.« Er schenkte sich Wein nach. »Mehr?«

Sie nickte. »Du weißt hoffentlich, dass du mich den Weg wieder nach oben tragen musst.«

»Noch ein paar Gläser, und ich trage dich den ganzen Weg nach Hause.«

Während sie redend im Sand saßen, war die Flut nähergekommen. Orange senkte sich die Sonne am Horizont und färbte die Wolken am blassblauen Himmel tiefviolett. Dieses Bild, untermalt vom rhythmischen Schlagen der Wellen und den melancholischen Rufen der Möwen, war so ungeheuer romantisch, dass Clementine sicher war, er würde sich zu ihr beugen und sie küssen. Ihr Herz pochte in freudiger Erwartung. Sein eindringlicher Blick, sein Lächeln, sein verspieltes Necken, alles waren deutliche Anzeichen, dass er sich zu ihr hingezogen fühlte. Der Wein machte Clementines Sinne wacher, und sie konnte jede Schwingung zwischen ihnen wie ein elektrisches Knistern fühlen.

In dem Moment, als sie gerade dachte, dass er sie küssen würde, wehte das verängstigte Bellen eines Hundes vom Ende der Bucht herbei, wo das Meer gegen die Felsen krachte.

Rafa stand auf. »Hörst du das?« Er sah in die Richtung. »Ich kann ihn nicht sehen. Du?«

Clementine war ein bisschen verärgert über die Störung, aber das eindeutig panische Bellen lenkte sie bald ab. »Laufen wir hin und gucken nach.«

Sie ließen ihr Picknick im Sand und liefen über den Strand. Das Bellen war ausdauernd, und die Angst, die darin mitklang, trieb die beiden an. Bald rannten sie durch den Sand. Am Ende des Strands blieben sie stehen und horchten. Rafa sah Clementine an. »Er muss in den Felsen feststecken.« Beide blickten suchend zu den Klippen, sahen aber nichts.

»Wie kommen wir zu ihm?«, fragte Clementine, mehr laut überlegend.

»Ich schwimme um die Felsen.«

»Ist das nicht gefährlich?«

»Hoffentlich nicht. Aber da ist ein Hund in Not, und bei Tieren wurde ich schon immer weich.« Rasch zog er sich bis auf die Unterhose aus.

»Dann komme ich mit.« Auch sie begann, sich auszuziehen.

»Du bist sehr mutig, Clementine.«

»Unvernünftig, meinst du.« Doch sein Blick machte ihr Mut.

Sie wateten in die Wellen. Das Wasser war kalt, woran sich ihre Körper jedoch schnell gewöhnt hatten. Wortlos schwammen sie und horchten aufmerksam auf das Bellen, um den Hund zu orten. Allein wäre Clementine nie so weit rausgeschwommen. Hier krachte das Meer gegen die Felsen, und der Strand schien weit hinter ihnen.

»Dort ist eine Höhle!«, rief Rafa. »Ich glaube, das Bellen kommt aus der.« Sie schwammen um einen Felsvorsprung herum zu der Höhle, wo das Wasser ruhiger war, und liefen über das kleine Strandstück. Die Flut kam schnell, und bald würde die kleine Felsenhöhle vollständig unter Wasser sein. Der Hund schien zu spüren, dass sie kamen, denn sein Bellen wich einem Winseln.

»Schon gut, Kleiner. Ist ja gut.« Rafa ging in die Hocke und streichelte ihn. Der Hund wedelte aufgeregt mit dem kleinen Schwanz.

»Guck mal, er ist an den Felsen gebunden.« Ja, das Tier war absichtlich zu einem Tod in der Höhle verdammt worden. »Ich fasse es nicht!«

»Kannst du ihn losbinden?«

»Ja.« Clementine machte sich daran, den Knoten zu lösen. Es entsetzte sie, dass jemand so grausam sein konnte. Nachdem sie das Tier losgebunden hatte, hockte sie sich zu Rafa und streichelte den Hund ebenfalls. »Was ist das für ein Hund?«

»Ein Mischling. Deshalb wollte der Besitzer ihn wahrscheinlich nicht mehr.« Er sprach leise auf Spanisch mit dem Tier.

»Wie kriegen wir ihn zum Strand?«

Rafa sah zum Höhleneingang. »Schwimmend, und wir müssen los. Bald wird es dunkel, und die Flut kommt. Wir wollen hier lieber nicht die Nacht festsitzen.«

»Die würden wir wohl nicht überleben. Diese Höhle ist bei Flut sicher vollständig unter Wasser.«

»Okay, Kleiner, du musst mit uns kommen.«

Zuerst hatte es den Anschein, als würden sie ihn nicht mitbekommen. Der Hund war schrecklich verängstigt, zitterte am ganzen Leib und wollte sich nicht vom Fleck rühren. Wären sie nicht genötigt, durchs Wasser zum Strand zurückzuschwimmen, hätte Rafa ihn getragen; aber so blieb dem Tier nichts anderes übrig, als mit ihnen zu schwimmen.

Rafa umfasste den Hundekopf, sah dem Tier in die Augen und sprach mit ihm wie mit einem kleinen Kind: »Du musst mit uns kommen, mein Kleiner. Wir kümmern uns um dich und bringen dich in Sicherheit, vertrau uns.«

Er kraulte ihm die Ohren und die Schnauze, und langsam beruhigte sich der Hund. Unterdessen kroch das Wasser tiefer in die Höhle. Während Rafa weiter auf das Tier einredete, es ermunterte und lobte, trottete es zaghaft mit ihnen aus der Höhle ins Wasser. Clementine und Rafa schwammen zu beiden Seiten des Hundes, damit er sich beschützt fühlte. Der Wind hatte aufgefrischt, und die unruhigere See machte es mühsam, um den Felsvorsprung herumzuschwimmen. Clementine biss die Zähne zusammen und richtete den Blick fest auf den Strand. Der kleine Hund schwamm nach Leibeskräften, die Nase hoch in die Luft gereckt und die Augen vor Angst weit aufgerissen. Zum Glück waren sein Überlebenswille und seine Courage größer als seine Furcht.

Endlich erreichten sie den Strand. Der Hund sprang auf den Sand, schüttelte sich Wasser aus dem Fell und wedelte so heftig, dass es aussah, als würde ihm gleich das Hinterteil wegfliegen. Clementine und Rafa wateten atemlos an den Strand und sanken neben dem Hund auf die Knie.

»Kluger Hund!«, lobten sie ihn keuchend, und der Kleine leckte ihnen dankbar die Gesichter ab.

»Bringen wir ihn lieber nach Hause. Er ist ausgekühlt und dehydriert.«

»Wir haben Wasser in der Picknicktasche«, sagte Clementine.

»Sehr gut. Komm mit, Kleiner, bringen wir dich nach Hause.«

Der Hund trank von dem Wasser und fraß die restlichen Sandwiches. Er musste sehr hungrig und durstig gewesen sein.

»Übrigens hasst Marina Hunde«, sagte Clementine.
»Wie kann jemand Hunde hassen?«
»Weiß ich nicht. Tut sie eben.«
»Darüber denken wir später nach. Erst mal müssen wir ihn trocken bekommen, und dann reden wir mit ihr. Du kannst ihn ja schlecht mit zur Arbeit nehmen, also wird sie ihn im Hotel dulden müssen.«

»Sie wird darauf bestehen, dass du ihn ins Tierheim bringst.«
»Dieser Hund bleibt bei mir. Es ist Schicksal, begreifst du nicht? Wir sollten ihn finden.« Er grinste ihr zu. »Es ist meine Entscheidung, ihn zu behalten.«

Sie erwiderte sein Lächeln und genoss es, dass sie beide dieses Erlebnis teilten. »Dann ist es auch meine.«

So zogen sich ihre Sachen über die nasse Unterwäsche und bibberten den ganzen Weg hinauf zum Wagen. Rafa hatte angeboten, Clementine zu tragen, doch das lehnte sie mit der Begründung ab, dass sie sich um den Hund kümmern mussten. Hügelabwärts mit ihr auf dem Rücken zu gehen war eines, hügelaufwärts etwas ganz anderes. Außerdem war ihr egal, wie übel ihre Beine zerkratzt wurden, solange ihr die Schmach erspart blieb, dass Rafa sie auf halbem Weg absetzen musste, weil sie zu schwer war.

Oben hoben sie den Hund auf die Rückbank des Wagens, wo er wie ein nasser Mopp lag. Kurz nachdem sie losgefahren waren, hatte ihn das Brummen des Motors in den Schlaf gelullt.

Trotz aufgedrehter Heizung im Wagen, zitterten Clementine und Rafa noch, als sie im Polzanze ankamen. Sie waren vollständig ausgekühlt.

»Lass mich mit Marina reden«, schlug Rafa vor, als er auf den Parkplatz fuhr.

»Meinetwegen sehr gerne«, sagte Clementine, die nervös auf ihrer Unterlippe nagte. »Ich hoffe, wir dürfen ihn behalten.«

»Wir behalten ihn, keine Sorge.«

»Ich gehe ein paar alte Handtücher und eine Decke holen.«

»Hast du noch Sachen hier, dass du dich umziehen kannst?«

»Ich leihe mir Dads Bademantel.« Tom kam aus dem Hotel und glotzte sie verwundert an. »Tom, kannst du bitte bei dem Hund bleiben? Ich laufe schnell ein paar Handtücher holen.«

»Hund?«

»Ja, wir haben einen Hund gefunden, der in einer Höhle in den Klippen vertäut war. Er sollte offensichtlich ertrinken. Wir sind hingeschwommen und haben ihn rausgeholt. Jetzt schläft er hinten im Auto. Armes Ding.«

Tom schüttelte den Kopf. »O-oh, du weißt, was die Chefin von Hunden hält.«

»Das ist was anderes. Das Tier ist völlig verängstigt und hat keinen, der sich um ihn kümmert.«

»Wo ist Marina?«, fragte Rafa.

»Im Wintergarten mit dem Brigadier und den Damen.«

»Gut. Ich ziehe mir was Trockenes an und rede mit ihr.«

»Viel Glück«, sagte Clementine.

»Da braucht ihr mehr als Glück«, ergänzte Tom.

Kurze Zeit später kam Clementine aus dem Stallblock. Sie war in Greys Bademantel und Hausschuhen und mit alten Handtüchern und Decken beladen. Rafa, in einer sauberen Jeans und einem Pullover, trat gerade mit Marina zusammen aus dem Hotel. Ihrem Gesichtsausdruck nach zu urteilen hatte er ihr noch nichts gesagt. Clementine blickte hinten in den Wagen. Der Hund schlief. Er sah sehr niedlich aus. Vom Salzwasser war sein braunes Fell gekräuselt, und sein kleiner Bauch hob und senkte sich unter seinen Atemzügen. Wie konnte irgendjemand eine solch hilflose Kreatur ablehnen?

»Und was ist die Überraschung?«, fragte Marina, die sich dem Auto näherte.

Tom wich verängstigt einige Schritte zurück, blieb allerdings nahe genug, um nichts zu verpassen.

»Wir haben einen Hund gerettet«, sagte Rafa gelassen. »Er war in einer Höhle angebunden, wo er ertrinken sollte. Clementine und ich sind zu ihm geschwommen und haben ihn rausgeholt.«

Blankes Entsetzen spiegelte sich in Marinas Gesicht. »Ein Hund?«

»Ja, ist er nicht süß? Er schläft jetzt. Der Kleine hatte schreckliche Angst.« Rafa versuchte eindeutig, an ihr Mitgefühl zu appellieren.

Sie schaute in den Wagen, wobei sie nervös die Hände rang. »Ihr wisst, dass ich keine Hunde im Hotel dulde«, sagte sie. Doch Rafa spürte ihre Schwäche und gab nicht auf.

»Er wäre elendig ertrunken. Es ist unsere Pflicht, uns um ihn zu kümmern. Er ist sehr jung, fast noch ein Welpe. Wir können ihn nicht weggeben.«

Marina starrte ihn an. Die Angst in ihren Augen erschreckte sie alle. Und auf einmal fühlte Clementine einen stechenden Schmerz in der Brust und empfand echtes Mitleid mit ihrer Stiefmutter. Marina wirkte so klein und zart, als könnte sie ein Windstoß umwerfen.

»Ist schon gut, Marina, ich nehme ihn«, bot sie an. »Mr Atwood wird es verkraften müssen, dass ich den Hund bei mir im Büro habe. Der Kleine kann unter meinem Schreibtisch schlafen.«

»Nein, du kannst ihn nicht mit zur Arbeit nehmen«, sagte Rafa.

Marina hatte sichtlich mit sich zu kämpfen. »Ich darf ihn nicht weggeben«, murmelte sie. »Nein, das geht nicht. Wir müssen uns um ihn kümmern.«

»Ich kann ihn oben bei mir haben«, sagte Rafa sanft. »Du hast mir eine riesige Suite gegeben, Marina; da ist allemal Platz genug für uns beide.«

Sie sah wieder in den Wagen zu der schlafenden Promenadenmischung.

Plötzlich glänzten Tränen in ihren Augen. Keiner wusste, was er sagen sollte, denn mit dieser Reaktion hatten sie nicht gerechnet.

»Es tut mir leid, Marina. Ich haben nicht gewusst, dass du solche Angst vor Hunden hast.«

»Ich habe keine Angst vor ihnen«, erwiderte sie, richtete sich gerade auf und fing sich wieder. »Er ist sehr niedlich. Wie soll er heißen?«

»Darüber haben wir noch nicht nachgedacht«, antwortete Rafa und sah Clementine fragend an.

»Biscuit«, sagte sie und grinste ihrer Stiefmutter zu.

Verhalten lächelnd wischte Marina sich die Wange.

»Biscuit«, antwortete Clementine und grinste ihre Stiefmutter an.

»Biscuit«, wiederholte Marina und lachte. »Das ist ein schöner Name.«

»Dachte ich mir, dass er dir gefällt.«

»Na gut«, stimmte Rafa ihnen zu, der den Scherz zwischen den beiden Frauen nicht verstand. »Ich bringe ihn nach oben, wo er sich ausschlafen kann.«

Marina übernahm wieder das Sagen. »Tom, sag bitte in der Küche Bescheid, dass sie ihm etwas zu fressen machen, und bring eine Wasserschale nach oben. Clementine, geh du mit Rafa, einen Korb für ihn herrichten. Ich bin sicher, dass wir irgendwo noch einen haben – ich gehe gleich mal nachsehen.« Mit diesen Worten marschierte sie zum Stallblock.

Rafa und Clementine sahen ihr nach. »Was war das denn?«, fragte Rafa.

Clementine zuckte mit den Schultern. »Keine Ahnung. Sie ist ziemlich komisch. Wenigstens wissen wir jetzt, dass sie keine Angst vor Hunden hat.«

»Wenn es das nicht ist, was hat sie dann gegen Hunde?«

»Vielleicht liegt es am Fell. Ihr ist es sehr wichtig, dass alles immer blitzblank ist.«

»Nein, es ist mehr als das. Sie wäre fast in Tränen ausgebrochen.«

»Das passiert ihr öfters. Normalerweise sind Harvey oder Dad in der Nähe und beruhigen sie.«

Rafa runzelte die Stirn. »Warum?«

»Du stellst zu viele Fragen, Rafa.«

Stumm sah er zum ausgebauten Stall hinüber, in dem Marina verschwunden war.

Schließlich trug er Biscuit nach oben und legte ihn auf die Decken, die Clementine auf dem zusätzlichen Bett drapiert hatte. Der kleine Hund war so müde, dass er kaum die Augen aufhalten konnte. Kurze Zeit später erschien Tom mit einer Wasserschale und Hühnchenresten. Marina hatte einen alten Weidenpicknickkorb gefunden, der es vorerst tun würde. Morgen wollten sie einiges im Zooladen einkaufen, denn wie es aussah, blieb Biscuit.

Clementine ignorierte die drei »Anrufe in Abwesenheit« auf ihrem Handy, die sämtlichst von Joe waren, und nahm die Einladung zum Abendessen an, weil ihre Sachen noch trocknen mussten. Sie saßen im Stallblock am Küchentisch und aßen Spaghetti mit Muscheln, die Marina besser als jeder Profikoch zubereitete. Grey gesellte sich zu ihnen, und auch wenn ihn die Geschichte mit dem Hund sehr interessierte, wirkte er vor allem wegen seiner Frau und deren Reaktion auf den neuen Gast besorgt. Ihn erstaunte, dass sie das Tier überhaupt auf das Grundstück gelassen hatte. Rafa hätte zu gerne gefragt, warum sie Hunde nicht mochte, doch sein Gefühl sagte ihm, dass er sich damit auf allzu heikles Terrain begäbe.

Um elf Uhr stand Rafa vom Tisch auf. »Ich gehe mal lieber nach Biscuit sehen. Wenn er aufwacht und keiner bei ihm ist, kriegt er womöglich Angst.«

»Nach dem, was der kleine Kerl durchgemacht hat, wird er sicher noch eine ganze Zeit lang verängstigt sein«, sagte Grey.

»Ich muss dann auch los.« Clementine wandte sich zu ihrem Vater. »Dad, kannst du mich fahren? Mein Wagen steht noch in Dawcomb.«

»Natürlich.« Grey erhob sich.

Marina stutzte. Sie bemerkte Clementines Widerwillen und wünschte, sie hätte die Courage zuzugeben, dass sie sich geirrt hatte, und wieder nach Hause kam.

»Ich bringe euch raus«, sagte Rafa, ehe er sich zu Marina

drehte. »Vielen Dank für das Essen. Sie kochen bessere Spaghetti als die Italiener.«

Marina lächelte. »Danke. Was für ein großes Kompliment von einem Halbitaliener.«

Rafa begleitete Clementine nach draußen. »Was für ein Tag«, sagte er und steckte die Hände in die Taschen.

»Wie kommt es, dass jede Verabredung mit dir damit endet, dass ich mir die Klamotten runterreiße und ins Meer springe?«

»Wenn du das nicht selbst herauskriegst, bist du weniger klug, als ich dachte.«

Sie grinste. »Tja, dann muss ich wohl zu dem Schluss kommen, dass du dir einiges einfallen lässt, um eine Frau dazu zu bringen, dass sie sich auszieht.«

»Bei manchen Frauen bedarf es mehr Einfallsreichtum als bei anderen.«

»Knuddelst du Biscuit von mir?«

»Und ob. Komm doch morgen her und besuch ihn. Immerhin gehört er uns beiden.«

»Das mache ich.«

»Ich rufe dich morgen früh an und berichte, wie es ihm geht.«

»Hoffentlich schläft er die Nacht gut.«

»Nach dem, was er heute mitgemacht hat, wird er wie ein Baby schlafen.« Er lachte. »Und ich ebenfalls.«

Clementine stieg in den Wagen ihres Vaters, und sie fuhren los. Im Rückspiegel sah sie, dass Rafa ihnen nachblickte, und winkte ihm durchs Seitenfenster. Er winkte zurück. Dann faltete Clementine die Hände und atmete zufrieden ein.

Grey setzte sie vor Joes Haus ab, doch statt hineinzugehen, wartete sie, bis er wieder weg war, und ging zu ihrem Mini. Sie wollte sich Joe noch nicht stellen, sondern lieber in Ruhe nachdenken und sich Rafa nahe fühlen. Deshalb fuhr sie zu dem Haus, das Gott vergessen hatte.

Der Mond war groß und warf hinreichend silbriges Licht auf die Landschaft, dass Clementine den Weg übers Feld erkennen konnte. Sie fürchtete sich nicht, weil sie allein war. Vielmehr fühlte es sich gut an, draußen im Wind zu sein, eingehüllt von der Nacht. Im Kircheninnern wäre es allerdings viel zu dunkel, und so setzte sie sich auf die Eingangsstufen, lehnte sich an die Mauer und lauschte dem Blätterrascheln und dem steten Murmeln der See unter ihr. Das Mondlicht wurde von den Gischtkronen der Wellen reflektiert und wippte mit ihnen auf und ab. Heute Nacht machte das Bild Clementine nicht melancholisch, sondern glücklich. Ein herrliches Wohlgefühl, ähnlich dem, das frische Cupcakes aus dem Ofen hervorrufen konnten, erfüllte ihre Brust. Nun wusste sie, dass es so etwas wie die große Liebe gab und sie sich sehr plötzlich, beinahe unbemerkt anschleichen konnte. Ja, sie erkannte sie und sehnte sich mit einem freudigen Schauer danach, sie in ihr Herz zu lassen.

21

Toskana 1971

Floriana lag am Strand und blickte gedankenverloren in die Ewigkeit. Sie betrachtete die Sterne, die hell und klar am Himmel leuchteten, und fragte sich, wie viele von ihnen schon längst ausgebrannt sein mochten, sodass ihr Licht nichts als eine Erinnerung war. Ähnlich stellte sie sich den Tod vor. Ihre Mutter könnte ebenso gut tot sein, denn sie käme nie zurück. Das akzeptierte Floriana inzwischen. Einst hatte die Erinnerung an sie genauso hell wie jene Sterne gestrahlt, doch nun hatte auch sie ihren Gang genommen. Floriana konnte sich kaum mehr erinnern, wie sie ausgesehen hatte. Und an ihren kleinen Bruder erinnerte sie sich überhaupt nicht mehr. Gedanken wie diese waren früher schmerzlich gewesen, und auf eine seltsame Weise hatte sie diesem finsteren Gefühl etwas Tröstliches abgewonnen, vergleichbar dem, wenn man mit der Zunge nach einem schmerzenden Zahn tastete. Heute war ihr Herz verhärtet und empfand nichts mehr, nicht einmal Wut.

Es war fast fünf Jahre her, seit Dante fortgegangen war, und Floriana dachte jeden Tag an ihn. Sie war beinahe sechzehn, eine junge Frau; im Innern jedoch war sie immer noch das kleine Mädchen, das durch das Tor von La Magdalena guckte. Und sie liebte ihn immer noch.

Nachdem er sie verließ, glaubte sie, ihre Welt würde auseinanderbrechen, und verlor jeden Lebenswillen. Was hatte ihr Leben ohne Dante für einen Sinn? Sie suchte Trost in der Kirche, weil sich niemand außer Jesus um ihr Unglück scherte. Und er hatte die Hand nach ihr ausgestreckt, ihr Herz berührt und leise, sodass es niemand sonst hören konnte, zu ihr gesprochen. Er sagte ihr, sie solle warten, denn der Tag würde kommen, an dem Dante zurückkehrte und sie bat, seine Frau zu werden. Also trocknete sie ihre Tränen, machte den Rücken gerade und beschloss, zu tun, was Jesus ihr erzählte, denn Jesus und seine Mutter Maria liebten sie – und damit die beiden nicht von jemand anderes Sorgen abgelenkt wurden, ging Floriana täglich in die Kirche, zündete eine Kerze für Dante an und erinnerte sie daran, dass ihre Gebete Vorrang hatten.

Im Sommer nach Dantes Fortgang wurde Costanza nach La Magdalena eingeladen, um mit Giovanna zu spielen, der jüngsten Bonfanti. Es stellte sich heraus, dass Costanzas Mutter nach der Messe mit Signora Bonfanti gesprochen und vorgeschlagen hatte, die beiden Mädchen zusammenzubringen. Signora Bonfanti war entzückt gewesen und hatte Costanzas Mutter geherzt wie ein lang vermisste Freundin. Floriana hatte die Contessa Aldorisio nicht erwähnt. Sie war viel zu erpicht darauf, dass ihre Tochter Mädchen ihres eigenen Standes kennenlernte, mit denen sie Umgang pflegte, jetzt, da sie größer wurde. Costanza hingegen wollte unbedingt, dass Floriana mit ihr hinging. Nicht bloß hatte sie zu große Angst, allein nach La Magdalena zu gehen, sie wusste auch sehr wohl, dass es Floriana gewesen war, die das Herz der Familie eroberte, nicht sie. Die Contessa gab unter der Bedingung nach, dass sie, sobald sie sich mit Giovanna angefreundet hatte, Floriana nicht mehr mitnahm. Überdies hatten sie und Signora Bonfanti ihre Bekanntschaft erneuert, sodass sie ihre Tochter persönlich zum Anwesen brachte, womit jede weitere Begleitung überflüssig war.

Es dauerte nicht lange, bis Costanza und Giovanna gute Freundinnen wurden. Wie Costanza war auch Giovanna scheu und unsicher. Sie besaß weder das Selbstvertrauen ihrer Schwester noch den Charme ihres Bruders. Floriana spielte mit ihnen, war allerdings schnell von den beiden gelangweilt. Sie sehnte sich nach Dante, der mit ihr durch den Garten wanderte. Aber er war fort, und sie wusste nicht, wann er wiederkam. Deshalb spielte sie mit Gute-Nacht. Der Hund war zu dem bisschen

Dante geworden, an das sie sich klammern konnte. Sie brachte ihm Apportieren bei, auf Kommando Sitz zu machen und ihr zu folgen, wenn sie durch den Garten lief. Sie spielten Verstecken und endlose Spiele, die Floriana sich für ihn ausgedacht hatte. Und manchmal gab sie kleine Vorführungen für Giovanna und Costanza, die in ihren hübschen Kleidern dasaßen und anmutig applaudierten, als wären sie im Theater.

Damiana war begeistert, Floriana wiederzusehen, und bemutterte sie wie im Sommer zuvor. Sie ließ sie die Bälle holen, wenn sie mit ihren Freundinnen Tennis spielte, oder nahm sie mit auf ihr Zimmer, wo Floriana mit ihr aussuchen durfte, was sie anzog. Aber Florianas Herz sehnte sich nach Dante, und trotz aller Aufmerksamkeit, die ihr dort zuteil wurde, kam ihr das Anwesen ohne ihn leer vor.

Wäre Signora Bonfanti nicht gewesen, hätte Costanzas Mutter rasch dafür gesorgt, dass Floriana zu Hause blieb. Aber diese elfenhafte, verträumte Frau, bei deren zarter Anmut Floriana an eine Waldnymphe denken musste, hatte sich, wie ihre beide älteren Kinder, in *l'orfanella* verliebt. Die tragische Geschichte des Mädchens hatte Dante ihr erzählt, weshalb sie sich fest vornahm, das Kind mit aller mütterlicher Zuneigung aufzunehmen, die sie besaß, und das war eine Menge, denn sie hatte sich stets viele Kinder gewünscht.

Bei ersten Besuch nahm sie das kleine Mädchen bei der Hand und ging mit ihm in ihren Meerjungfrauengarten, wo Floriana das erste Mal, das sie in La Magdalena war, mit Dante gesessen hatte. Dort blieben sie den ganzen Nachmittag, betrachteten den Springbrunnen, lauschten den Vögeln und tauschten Gedanken und Ideen aus. Signora Bonfanti entdeckte, dass Floriana ihre Liebe zur Natur und ihre unstillbare Neugier auf die Welt teilte. Floriana fand in Signora Bonfanti eine sanftmütige Mutter, die ihr Blumen ins Haar flocht und ihr Geschichten und Gedichte vorlas. Sie kümmerte sich mit einer Zuneigung und Freundlichkeit um sie, wie es ihre eigene Mutter nie getan hatte.

Nach und nach wurde Floriana zu einem Dauergast in La

Magdalena – wie die streunenden Hunde und Katzen, die Dante adoptiert hatte. Und wie sie wurde Floriana von jedermann gestreichelt und liebevoll geneckt, ausgenommen Contessa Aldorisio. Sie sah Floriana ausgesprochen ungern bei den Bonfantis, als wähnte sie ihre heimlichen Ambitionen für die Tochter durch sie gefährdet. Dabei war ihre Sorge vollkommen unbegründet, denn für Giovanna war Costanza schon bald wie eine Schwester, und sie blieben auch während der Wintermonate in Kontakt, wenn Giovanna in Mailand ihre teure Schule besuchte. Floriana ging weiterhin täglich nach La Magdalena, obwohl die Familie längst fort war, und nahm Gute-Nacht mit in die Stadt, wo er Tauben auf der Piazza Laconda jagen konnte. Der Hund wurde zu ihrem ständigen Gefährten und ihrer größten Freude. Anders als Costanza, die sich viel zu vornehm fühlte, um mit Bediensteten zu reden, hatte Floriana sich längst mit den Leuten aus dem Ort angefreundet, die für die Bonfantis arbeiteten, und wenn sie nicht gerade in der Schule oder in der Kirche war, hielt sie sich oft auf dem Anwesen auf, spielte mit den Tieren und plauderte mit den Gärtnern.

Nach Giovannas Abreise suchte Costanza wieder den Kontakt zu ihrer alten Freundin, und Floriana freute sich darüber. Allerdings mussten sie sich jetzt in der Stadt oder am Strand treffen, denn Costanzas Mutter tat alles, was in ihrer Macht stand, um die beiden zu trennen. Costanza war mittlerweile dreizehn und konnte es nicht leiden, wenn man ihr sagte, was sie tun oder mit wem sie befreundet sein sollte. Zudem fühlte sie sich Floriana nach wie vor eng verbunden. Die Contessa Aldorisio war unterdes zuversichtlich, dass sich die beiden Mädchen auf die eine oder andere Weise einander entfremden würden. Immerhin führten sie gänzlich gegensätzliche Leben und gehörten sehr unterschiedlichen Gesellschaftsschichten an. Sollte sich eine Trennung wider Erwarten nicht natürlich ergeben, würde sie eben ein wenig nachhelfen.

Ein weiterer Sommer nahte, der zweite seit Dantes Fortgang, und Floriana vermisste ihn mehr denn je. Die Tage in La Madgalena zogen sich träge dahin, angefüllt mit schönen Menschen, großen Mittagsgesellschaften und Nachmittagen mit Gedichtlesungen im Meerjungfrauengarten. Signora Bonfanti lud Floriana ein, ihr bei einem Bildermosaik zu helfen, und sie verbrachten Stunden damit, im Wintergarten kleine Papiervierecke auszuschneiden und auf Leinwand zu kleben. Floriana liebte es, ihr nahe zu sein, den dösenden Gute-Nacht an ihrer Seite. Überall im Haus standen Bilder von Dante, und manchmal erheischte sie winzige Bröckchen Neuigkeiten über ihn, die Signora Bonfanti in ihre gedankenverlorenen Monologe einflocht. Anscheinend machte sich Dante in Amerika außerordentlich gut, obgleich seine Zukunft hier in Italien wäre, wo er im Unternehmen seines Vaters einmal an die oberste Spitze aufsteigen sollte.

Floriana mochte Signor Beppe nicht. Er hatte nichts vom Charme oder der Gutmütigkeit seines Sohnes. Sein Gesicht war nicht hässlich, aber hart mit einer tiefen, finsteren Stirn, verschlagenen Augen, und er hatte einen Stiernacken. Sein Mund war im entspannten Zustand mürrisch, grausam, wenn er vergnügt war, und wenn er lachte, schien es oberflächlich, als täte er es um des Effekts willen, nicht aus Freude. In Gedanken schien er immerfort bei der Arbeit, und dauernd wurde er am Telefon verlangt oder in sein Arbeitszimmer gebeten, wo Männer in schwarzen Anzügen auf ihn warteten, deren Zigarren die gesamte Marmorhalle vollstanken. Signora Bruno sagte, dass Beppe Bonfanti zur hiesigen Mafia gehörte und sogar schon Leute ermordet hatte. Doch obwohl seine Augen bemerkenswert kalt wirkten, tat Floriana das Gerede der Alten als puren Klatsch ab. Sie konnte nicht glauben, dass Dantes Vater ein Mörder war. Furchteinflößend jedoch war er allemal.

Er war stets in Begleitung von Zazzetta, einem griesgrämigen, finster dreinblickenden kleinen Mann mit Glatzkopf und großer Nase, der ihm ständig etwas zuflüsterte oder sich Dinge in einem schwarzen Büchlein notierte. Signor Beppe hörte ihm aufmerksamer zu als irgendjemandem sonst, und wollte er Zazzettas Aufmerksamkeit, reichte offenbar ein bloßes Brauenzucken. Signor Beppe verließ sich voll und ganz auf ihn, nannte ihn seinen *braccio destro* – seinen rechten Arm. Zazzetta mochte Floriana auch nicht.

Signora Bonfanti hielt sich von ihrem Mann fern, und er beachtete sie kaum. Floriana übersah er genauso wie die streunenden Tiere, die beim Mittagessen auf der Terrasse lagen. Sehr wohl aber bemerkte er Costanza. Anscheinend gefiel ihm die aufblühende Freundschaft seiner Jüngsten mit ihr, und er stellte Costanza unzählige Fragen über sich und ihre Familie. Costanza erzählte Floriana, dass Beppe ihre Eltern zum Abendessen eingeladen hatte und sie nun enge Freunde waren. Das alles war für Floriana bedeutungslos, denn sie interessierte sich nur für Dante, seine Mutter und seinen Hund.

Fünf lange Jahre waren vergangen, seit Floriana zum ersten Mal Dante begegnete, und nun war wieder Sommer. Aber diesmal würde er besser als alle anderen, denn Dante kehrte nach Hause zurück. Floriana hatte es von Costanza gehört, die es wiederum von Giovanna hatte, und es sollte ein großes Fest zur Feier seiner Heimkehr geben. Floriana lag im Sand und bekam eine wohlige Gänsehaut vor Aufregung. Dante kam endlich zurück, und sie wären wieder vereint. Keine Sekunde kam ihr der Gedanke, dass er sich in eine andere verliebt haben könnte oder sich nicht in sie verlieben würde. Schließlich hatte sie fünf Jahre lang jeden Tag eine Kerze für ihn angezündet und Jesus ihren Wunsch mitgeteilt.

Es war vollkommen unvorstellbar, dass solch hartnäckige Bitten herzlos ignoriert würden.

»Und? Was meinst du? Das blaue oder das weiße?«, fragte Costanza am nächsten Nachmittag, als sie ihre Kleider auf dem Bett auslegte. Sie hatten sich heimlich ins Haus geschlichen, während die Contessa aus war, und dass sie damit gegen ein ausdrückliches Verbot handelten, machte es besonders aufregend.

Floriana lehnte sich in die Kissen und betrachtete beide Kleider nachdenklich. »Na ja, das blaue ist hübsch, das weiße ein bisschen wie ein Brautkleid, findest du nicht?«

»Also das blaue?«

»Zieh's mal an.«

Mehr Ermunterung brauchte Costanza nicht. Eilig streifte sie das Kleid über und stellte sich vor den großen Spiegel, der an der Wand lehnte. Sie war jetzt kurviger, hatte große Brüste, runde Hüften über kurzen, pummeligen Beinen und kleine breite Füße. Costanza aß für ihr Leben gern und futterte großzügige Mengen an Brot und Pasta, um sich darüber hinwegzutrösten, dass sie so mollig war.

»Sehe ich nicht fett aus?«, fragte sie, biss sich unsicher auf die Unterlippe und zog ihren Bauch ein.

»Selbstverständlich nicht«, log Floriana. »Du hast weibliche Formen, und Italienerinnen sollen die haben.«

»Du hast sie nicht.«

»Ich habe auch Hüften und Brüste.«

»Nicht solche wie ich.«

»Aber du hast einen vornehmen Titel und adlige Eltern. Was wäre dir lieber?«

»Ich muss abnehmen.«

»Dann tu's.«

»Ach, bis morgen Abend schaffe ich es sowieso nicht.«

»Dann iss und sei glücklich. Das blaue Kleid sieht wirklich hübsch aus.«

»Was willst du anziehen?«

»Ich habe nichts Besonderes. Wahrscheinlich leihe ich mir ein Kleid von Tante Zita. Sie hat mehr oder weniger die gleiche Größe und ist sehr eitel. Da hat sie bestimmt etwas Hübsches.«

»Du kannst Schmuck von mir leihen«, bot Costanza ihr an, der Floriana auf einmal sehr leidtat.

»Ehrlich?« Floriana machte große Augen.

»Sehen wir mal, was du nehmen kannst.« Sie eilte zu ihrer Frisierkommode und öffnete den Schmuckkasten. »Die hier haben meiner Großmutter gehört«, sagte sie, während sie ein Paar Diamantohrringe aus dem Kasten nahm.

Floriana stand der Mund offen. »Die sind wunderschön.«

»Steck sie mal an.«

»Die kann ich nicht tragen.«

»Wieso nicht?«

»Deine Mutter kriegt einen Anfall.«

»Bis sie es merkt, ist es eh zu spät. Und wieso sollte dich interessieren, was meine Mutter denkt? Hier, steck sie an.«

Floriana klippte sich die Diamanten an die Ohrläppchen, zog den Stuhl vor die Frisierkommode und setzte sich. Dann bestaunte sie ihr Spiegelbild. Die weißen Diamanten glitzerten wie Eiskristalle auf ihrer sonnengebräunten Haut.

»Siehst du, wie sie dein Gesicht zum Leuchten bringen?«

»Sie sind traumhaft schön«, seufzte Floriana und zog ihr Haar nach hinten. »Ich finde es toll, wie sie das Licht einfangen.«

»Dann leih sie dir aus.«

»Oh nein, dass kann ich nicht. Sie sind zu wertvoll.«

»Bitte, es macht mir Freude, sie an dir zu sehen.«

»Ich komme mir vor wie ... eine Hochstaplerin.«

»Aber du siehst wie eine Prinzessin aus.«

Floriana starrte in den Spiegel und wurde von Sehnsucht überwältigt – Sehnsucht nach etwas, dass sie nie sein könnte.

»Meine Mutter hat einen großen Schmuckkasten voller Edelsteine, alle von meiner Großmutter geerbt«, erzählte Costanza. »Eines Tages erbe ich die alle.«

»Du hast wirklich Glück.«

»Ich weiß. Aber das ist auch alles, was ich erbe. Papà hat ein Vermögen verloren und es bis heute nicht geschafft, wieder zu Geld zu kommen. Mamma hofft, dass ich Geld heirate, damit wir wieder reich sind.«

»Das wirst du sicher«, sagte Floriana abwesend, denn sie betrachtete immer noch verträumt die Diamanten.

Costanza zuckte zusammen, als die Haustür unten zuschlug. Floriana schrak aus ihrer Trance. »Ist das deine Mutter?«

»Das kann nicht sein.«

»Du hast gesagt, dass sie den ganzen Tag weg ist.«

»Wollte sie auch.«

Hastig nahm Floriana die Ohrringe ab und legte sie auf die Kommode. »Na, was kann schon sein, wenn sie mich hier erwischt? Was wäre das Schlimmste, das sie tun kann? Ich werde jedenfalls nicht wie eine Diebin durchs Fenster verschwinden.«

Costanza rang ängstlich die Hände. »Du bist meine Freundin, und damit basta.« Sie bemühte sich, tapfer zu sein.

Sie hörten Schritte auf der Treppe, gefolgt von der Stimme der Contessa. »Costanza?«

Costanza warf ihrer Freundin einen hilflosen Blick zu. »Ich bin in meinem Zimmer, Mamma.«

Die Tür ging auf, und die Contessa sah hinein. Als sie Floriana erblickte, war ihre erste Reaktion blankes Entsetzen. Doch sie fing sich schnell und legte ein zuckersüßes Lächeln auf. »Hallo, Floriana. Was treibt ihr zwei?«

»Ich probiere Kleider für die Feier an.«

Ihre Mutter musterte sie. Abgelenkt von ihrem Ehrgeiz, trat sie näher, um sie besser zu sehen. »Ich mag das blaue an dir«, sagte sie, griff den Rockteil mit beiden Händen und zog ihn nach unten. »Auch wenn es ein wenig eng sitzt.«

Costanza stöhnte. »Ich ziehe schon den Bauch ein.«

»Nicht genug«, erwiderte die Contessa streng. »Zu viel Pasta, mein Liebes.«

»Ich kann auch das weiße tragen.«

»Und wie ein Baiser aussehen?«

Costanzas Vorfreude auf die Feier verpuffte. »Was soll ich denn sonst anziehen?«

»Du trägst dieses, aber Graziella lässt es an den Seiten aus.« Sie bemerkte die Diamantohrringe auf der Frisierkommode und dachte sich sofort, dass Floriana sie anprobiert haben musste. Die Contessa atmete so tief ein, dass sich ihre Nasenflügel blähten. »Und du kannst die tragen«, sagte sie. »Floriana, die Ohrringe bitte.«

Floriana spürte einen Stich vor Enttäuschung, hob die Diamanten vorsichtig hoch und ließ sie in die ausgestreckte Hand der Contessa fallen.

»Ich wollte sie Floriana leihen«, rief Costanza aus, ohne nachzudenken.

»Floriana? Aber wozu?«

»Für das Fest.«

Die Contessa stieß ein vornehmes Schnauben aus. »Mein Liebes, Floriana geht nicht zu dem Fest.«

Nun wurde Floriana wütend. »Wohl gehe ich zu dem Fest«, erklärte sie energisch.

»Oh, tut mir leid, dann irre ich mich anscheinend. Ich wusste nicht, dass du eine Einladung bekommen hast.«

Floriana errötete. »Einladung?«

»Du kannst nur zu dem Fest, wenn du eine offizielle Einladung hast.«

»Du hast eine, oder?«, fragte Costanza ihre Mutter, während die ihr die Ohrclips ansteckte.

»So, das ist schon besser. Nichts verschönert ein Kleid so verlässlich wie Diamanten.« Sie lächelte ihre Tochter an. »Du siehst bezaubernd aus, Costanza. Du wirst die Ballkönigin sein.«

Floriana wurde schwindlig vor Elend. »Nein, ich habe keine Einladung«, sagte sie leise, und zu ihrem Verdruss brannten Tränen in ihren Augen.

»Kann sie denn nicht mit uns kommen?«, fragte Costanza.

»Ich wünschte, das ginge, Liebes, aber es gehört sich nicht, jemanden mitzubringen, der keine offizielle Einladung hat.«

»Signora Bonfanti mag sie doch so gerne!«

Die Contessa zuckte mit den Schultern. »Tut mir leid, Floriana. Gewiss bist du enttäuscht. Wie dem auch sei, es ist ja bloß ein Fest.«

Costanza biss sich auf die Lippe. Sie hätte ihre Freundin in die Arme genommen, wäre nicht ihre Mutter zwischen ihnen gewesen.

Floriana streckte die Schultern nach hinten und reckte ihr

Kinn. »Sie haben recht. Es ist nur ein Fest. Und du, Costanza wirst heller strahlen als der hellste Stern.« Sie würde einen Teufel tun, vor der Contessa loszuheulen. »Ich gehe jetzt lieber.« Es trat eine beklemmende Stille ein, als sie aufstand.

»Das musst du nicht«, sagte Costanza plötzlich, die es wagte, sich gegen ihre Mutter aufzubäumen.

Die Contessa rang sich ein Lächeln ab, mit dem es ihr allerdings nicht gelang, echtes Mitgefühl zu zeigen. »Sie ist sehr stark«, sagte sie, als Floriana die Tür hinter sich schloss.

»Warum haben die sie nicht eingeladen?«

»Weil sie nicht in unsere Welt passt, Liebes.«

»Ist das denn wirklich so wichtig?«

Die Contessa legte beide Hände auf die Schultern ihrer Tochter und sah sie mit eisigem Blick an. »Hör mir zu, Costanza. Es ist wichtiger, als du dir vorstellen kannst. Du bist aus gutem Hause, vergiss das nie. Geld kommt und geht, aber du wirst immer eine Aldorisio sein. Floriana ist nichts, ein Niemand. Eines Tages heiratet sie jemanden aus ihrer Klasse, und ihr beide werdet vergessen, dass ihr jemals Freundinnen wart. Aber du, mein Liebes, wirst jemanden aus *deinen* Kreisen heiraten, oder zumindest einen Mann, der deiner in puncto Vermögen würdig ist. Das Leben ist hart, und es wird dich überrollen, solltest du nicht geschickt genug sei, obenauf zu bleiben.«

Costanza nickte, obwohl ihr Blick zur Tür wanderte.

Ihre Mutter packte sie beim Kinn. »Sieh mich an, Costanza, und sag mir, dass du das verstanden hast.«

»Ja, ich habe es verstanden«, antwortete sie.

»Schön. Und jetzt zu den Diamantohrringen. Sie sind sehr hübsch, aber ich glaube, wir finden etwas noch Besseres. Komm mit, ich habe viel schönere Diamanten in *meinem* Schmuckkasten.« Sie warf die Ohrringe auf die Frisierkommode.

Floriana rannte den Hügel hinab. Tränen kullerten ihr über die Wangen, und ein Schluchzen verfing sich in ihrer Kehle. Erst als sie den Strand erreichte, ließ sie es mit einem lauten Heulen frei. Sie hockte sich in den Sand, die Knie an ihre Brust gezogen, und wiegte sich vor und zurück. Wie konnte es sein, dass sie keine Einladung bekommen hatte? Sie dachte, Signora Bonfanti mochte sie, aber am Ende war sie für sie, wie für die Contessa, nur ein Streuner, den man leichthin zur Seite kicken konnte. Sie blickte hinaus aufs Meer. Irgendwo in dem Nebel, wo das Wasser auf den Horizont traf, war der Himmel. Dort lebte Jesus in einem Marmorpalast, zu weit weg, um ihre Gebete zu hören.

Plötzlich drängte sich eine kalte feuchte Nase unter ihren Ellbogen. Es war Gute-Nacht. Von Zuneigung überwältigt, umarmte Floriana den Hund und weinte in sein Fell. Er schien sie zu verstehen, lehnte sich an sie und beschnupperte sie mit seiner kitzelnden Nase. Nach einer Weile fühlte sie sich etwas besser. Gute-Nacht gab ihr Kraft, und ihr wurde bewusst, dass egal war, ob sie zum Fest eingeladen war oder nicht. Am Ende ging es bloß um einen einzigen Abend. Dante würde den ganzen Sommer hier sein, also blieb ihr reichlich Gelegenheit, ihn zu sehen. Und überhaupt wäre er sicher viel zu beschäftigt damit, sich mit den Freunden seiner Eltern zu unterhalten, als dass er Zeit hätte, mit ihr zu reden.

»Ich heirate ihn trotzdem«, sagte sie zu Gute-Nacht und trocknete sich das Gesicht an seinem Ohr. »Dann bin ich ganz offiziell deine Mutter.«

Die Contessa ließ sich ein Bad ein. Graziella hatte die Läden und die Vorhänge geschlossen. Sie zog sich aus und schlüpfte in einen seidenen Morgenmantel. Er war alt und an einem Ärmel ein wenig fleckig, doch ihr fehlte das Geld, sich einen neuen zu kaufen. Solche Extravaganzen konnte sie sich nicht erlauben. Wenn sie es jedoch richtig anstellte, würde Costanza eine gute Partie machen, und dann hätte sie wieder die Mittel, sich von allem das Beste zu leisten.

Sie blickte sich in ihrem Schlafzimmer um: Der Putz an den Wänden bröckelte, in einer Ecke war ein Wasserfleck, wo die

Dachziegel schadhaft waren, und alles wirkte schäbig. An diesem Haus war so gut wie alles zu renovieren, sodass sie gar nicht wüsste, womit sie anfangen sollte. Ihr Mann verdiente Geld, jedoch nicht genug, dass sie ihr früheres Leben wieder aufnehmen könnten. Wenigstens wahrten sie nach wie vor den Anschein von Vornehmheit – und sie besaßen noch ihren berühmten Namen.

Die Contessa ging zu ihrer Kommode. Das Möbel war eine Antiquität, die sie zu Beginn ihrer Ehe in Paris für ihr Hauptschlafzimmer im römischen Palazzo erstand. Seufzend dachte sie an den Prachtbau in der Via del Corso. Was für eine herrliche Villa es gewesen war und wie angemessen für sie, dort zu leben. Es betrübte sie sehr, an jene Woche zurückzudenken, in der sie ihre Sachen packen und aus dem Palazzo ausziehen mussten. Finstere, tragische Tage waren das gewesen. Nun öffnete sie die oberste Kommodenschublade und holte einen steifen weißen Umschlag daraus hervor. Auf dem Umschlag stand in sehr eleganter Handschrift: »Signorina Floriana.«

Die Contessa hatte kein schlechtes Gewissen, denn sie tat das Richtige. Als Signora Bonfanti ihr den Brief für Floriana mitgab, hatte sie ihre Chance ergriffen. So war es das Beste. Warum sollte sie dem Mädchen einen Vorgeschmack auf eine Welt geben, von der es niemals ein Teil sein würde? Wäre es nicht nachgerade grausam, die Erwartungen Florianas so hochzuschrauben? Sie legte den Umschlag wieder in die Schublade und schloss sie. Ja, sie handelte ganz im Sinne des Kindes.

22

Der Tag des Festes brach heran. Dieser strahlende Junimorgen war ideal, die Rückkehr von Beppes einzigem Sohn und Erben aus Amerika zu feiern. Dante hatte seinen Masterabschluss an einer der besten Universitäten der Welt gemacht und anschließend alles übers Geschäft bei Partnern seines Vaters in Chicago gelernt. Für ihn leuchtete der Himmel heute saphirblau und schien die Sonne golden auf die prächtige gelbe Villa, wo ein ganzes Heer von Bediensteten emsig umhereilte und die letzten Vorbereitungen traf.

Ein mitternachtsblauer Baldachin war am Ende des großen Gartens hinter der Villa aufgestellt worden, unter dem zweihundert Gäste zum Essen sitzen sollten, Reden lauschen und tanzen.

Innen auf dem Baldachin würden mit Einbruch der Dunkelheit tausend glitzernde Sterne aufleuchten. Die Tische waren in dunkelblaues Tuch gehüllt und mit antikem Silber und Kristall aus den Kellern der Villa gedeckt. Edle Gestecke von blauen Orchideen standen in der Mitte jedes Tisches – nur für den Fall, dass irgendjemand Zweifel an Beppe Bonfantis enormem Reichtum und Ansehen hegte.

Draußen besserten die Gärtner letzte Unregelmäßigkeiten an den Buchsbäumen aus, die in unterschiedlichste Formen getrimmt waren, und harkten die Beetränder ab, damit auch ja kein Unkrauthalm stehen blieb. Die Stufen von der Terrasse in den Garten wurden ein letztes Mal gefegt und mit Teelichten in dunkelblauen Gläsern umrandet. Alles sah atemberaubend aus. Signora Bonfanti setzte dem Ganzen ein magisches i-Tüpfelchen auf, indem sie den Pfau neben dem Springbrunnen platzierte und inständig hoffte, er würde nach Ankunft der Gäste sein Rad schlagen und sämtliche Anwesenden mit seiner Schönheit bezaubern.

Floriana lag im Bett, das Gesicht unter der Decke vergraben. Egal wie hartnäckig sie sich einredete, dass es unwichtig war, ob sie auf dem Fest war oder nicht, sie wünschte sich sehnlichst, dass es vorbei war und ihre bittere Enttäuschung verflog. Ihr Vater, der den Abend zuvor zu viel getrunken hatte, schlief noch im Zimmer nebenan. Sie konnte seine Fahne durch die Wand riechen.

Er war inzwischen vollends nutzlos, seiner Trunksucht in einem Maße verfallen, dass selbst der Conte keine andere Wahl gehabt hatte, als ihn zu entlassen. Würde Tante Zita ihnen nicht von Zeit zu Zeit ein wenig Geld zustecken, müssten sie betteln. Floriana arbeitete hie und da, half nach der Schule in den Küchen der Restaurants an der Piazza Laconda aus. Jeder wusste um ihre Lage und war gerne bereit, ihr zu helfen. Einzig ihr Vater, Elio, schien keine Hilfe zu wollen; er nahm Floriana ihr Geld ohne ein Dankeschön ab, als stünde es ihm zu.

Natürlich konnte sie nicht den ganzen Tag im Bett bleiben. Das wäre erbärmlich, und wenn sie eines nicht war, dann erbärmlich. Sie wusch sich, zog sich ein schlichtes Baumwollkleid an und band sich das Haar nach hinten. Signora Bruno war draußen im Hof, wo sie mit einem der Nachbarn zankte, weil er seine Geranien überwässerte. Als sie Floriana sah, scheuchte sie ihn weg und schlurfte hinüber zu ihr.

»Was ziehst du denn für ein Gesicht?«

»Heute Abend ist das Fest«, sagte Floriana, die langsam die Treppe herunterkam. Mehr musste sie nicht sagen, denn Signora Bruno war da gewesen, um sie zu trösten, nachdem die Contessa ihr erzählt hatte, dass sie nicht eingeladen war.

Die alte Frau stemmte eine Hand unten in ihren Rücken und rieb kräftig, denn neuerdings taten ihr alle Knochen immerfort weh. »Zum Teufel mit denen«, schimpfte sie. »Du bist viel zu gut für die.«

»Das finden *sie* aber nicht.«

»Weil die keine Ahnung haben.«

»Ich frage mich, ob Dante sich überhaupt noch an mich erinnert.«

»Natürlich tut er das, *amore*. Du bist jetzt eine junge Dame und so hübsch, dass er seinen Augen nicht trauen wird, wenn er dich wiedersieht.«

»Ich liebe ihn mit jedem Tag mehr«, sagte sie, und bei dem Gedanken an sein Lächeln und die Art, wie er sie angesehen hatte, erhellte sich ihre finstere Miene. »Eines Tages heirate ich ihn, und das wird ein ganz großes Fest.« Sie grinste schelmisch. »Da werde ich die Contessa einladen.«

»Wozu willst du das denn?«

»Um ihr Gesicht zu sehen, wenn ich in einem weißen Brautkleid die prächtige Treppe runterschreite.«

»Tja, dann mach lieber schnell, denn ich will auch dabei sein und dich sehen.«

»Klar sind Sie dabei, Signora Bruno. Ohne Sie wäre es kein richtiges Fest.«

Signora Bruno kicherte. »Aber es muss schon bald sein. Ich werde allmählich klapprig.«

»Doch nicht klapprig«, neckte Floriana sie mit Blick auf ihren beträchtlichen Körperumfang.

»Na ja, nicht klapprig, aber gebrechlich.«

»Elio lade ich jedenfalls nicht ein.«

»Muss er dich nicht am Altar übergeben?«

Floriana sah sie sehr ernst an.

»Ich müsste ihm erst mal gehören, damit er mich weggeben kann.«

»Ach, Floriana!«

»Ich gehöre keinem außer Dante.«

»Dann hoffe ich, dass er dich verdient.«

»Wir verdienen einander, Signora Bruno.«

»Und was willst du heute machen?«

»Ich tue so, als wäre es ein Tag wie jeder andere. Ich gehe zur

Messe und zünde meine Kerze an. Vielleicht hört Jesus mir zufällig zu. Danach gehe ich zu Tante Zita in die Wäscherei.«

»Also ehrlich, diese Frau ist das Letzte! Sie tut so wenig für dich, dass es zum Himmel schreit. Die müsste sich was schämen!« Signora Bruno hielt rein gar nichts von Zita.

»Je mehr ich zu tun habe, umso schneller vergeht der Tag.«

»Du willst doch nicht von der Mauer aus spionieren, oder?«

»Nein.«

»Oder hingehen und die kleine Prinzessin sehen?«

»Costanza? Nein. Ich könnte es nicht ertragen, sie mit diesen wunderschönen Diamanten zu sehen.«

Der Tag verlief zäh. Floriana wusste, dass Dante zu Hause sein musste, denn Gute-Nacht kam nicht zu ihr. Sie vermisste sein waches Gesicht, die fast unaufdringliche Nähe, die er ihr bescherte, aber sie freute sich auch für ihn, dass er sein Herrchen wiederhatte, und darauf, dass sie bald auch bei ihm sein würde. Den Tag verbrachte sie mit Tante Zita, die nichts von der Feier, von Dante oder der Verliebtheit ihrer Nichte wusste. Tante Zita plapperte endlos über den schrecklichen Elio und seinen Mangel an Pflichtgefühl. Danach ging Floriana zurück an den Strand und beobachtete den Sonnenuntergang.

Costanza zog sich allein in ihrem Zimmer an. Graziella hatte ihr Kleid an den Nähten ausgelassen, sodass es ihr jetzt perfekt passte. Sie sah immer noch fett aus, aber ihre Brüste lenkten ein bisschen von der ausgewölbten Taille und den breiten Hüften ab. Ihre Mutter hatte ihr eine Diamanthalskette mit passendem Armreif und Ohrringen gegeben, deren Wert dem von Kronjuwelen entsprechen dürfte. Sie fühlte sich jedenfalls wie eine Prinzessin. Nur dass ihre Vorfreude auf das Fest, als sie alleine in ihrem Zimmer war, von dem Gedanken an Floriana getrübt wurde. Wie viel spaßiger wäre es, sich zusammen mit ihr für das Fest umzukleiden, sich gemeinsam zu schminken und den Schmuck auszuprobieren!

Es schien ihr unvorstellbar, dass Signora Bonfanti vergessen haben sollte, Floriana einzuladen. Dachte Costanza jedoch gründlicher darüber nach, erinnerte sie sich, dass Signor Beppe ihre Freundin immer ignoriert hatte, sie mit derselben Unhöflichkeit behandelte wie die Streuner, die durch seine Gärten wandelten. Vielleicht war sie für Dantes Mutter auch nicht mehr gewesen als ein Haustier, jemand, den man zur Gesellschaft und Unterhaltung nutzte, aber nicht in der Öffentlichkeit an seiner Seite wollte. Ihre Mutter hatte recht. Floriana wurde in ihrer Welt wirklich nicht akzeptiert. Früher einmal hätte Costanza diesen Gedanken tröstlich gefunden, ja, begrüßt, aber heute empfand sie dabei nur Mitleid und eine befremdliche Schuld.

Die Contessa war begeistert vom Aussehen ihrer Tochter. Die Diamanten an Costanza waren eindrucksvoll, und ihr Kleid sah um die Hüften und die Taille nicht mehr wie gedehnt aus. Künftig müsste sie indes mehr auf ihre Ernährung achten, denn sie wurde allmählich zu groß, als dass man noch Entschuldigungen dafür erfinden konnte, dass sie fett war.

Der Conte kehrte von der Arbeit zurück, duschte, kleidete sich an, und die drei machten sich auf den Weg zur Villa La Magdalena. Einer der Jungen aus dem Büro chauffierte sie.

Vor dem schwarzen Tor der Villa hatte sich bereits eine Wagenschlange gebildet: Alfa Romeos, Ferraris und savoyblaue Lancias. Sicherheitsleute stoppten jeden einzelnen Wagen und verlangten, die Einladung sowie Ausweise zu sehen. Man konnte nie vorsichtig genug sein, und Beppe Bonfanti war ein überaus vorsichtiger Mann, wenn es um seine eigene Sicherheit ging. Aufgeregte, fast schwindelerregende Vorfreude lag in der Luft. Costanza blickte aus dem Fenster. Die Contessa lobte die von Fackeln gesäumte Auffahrt und das prächtige gelbe Herrenhaus an deren Ende, während sie sich insgeheim ihre Tochter als Herrin von alle dem ausmalte.

Vor dem Haus stiegen sie aus und wurden durch die Marmorhalle und den Salon zur Terrasse geführt, wo Beppe und seine Frau nebeneinander standen, um jeden Gast zu begrüßen.

Costanza und ihre Eltern stellten sich in der Schlange an und blickten in den Garten mit seinem riesigen Springbrunnen und dem baldachinüberdeckten Bankettbereich weiter hinten. Costanza bemerkte Michelangelo, den Pfau, der ziellos umherwanderte, seinen Schwanz eingeklappt über den Boden schleifend. Prompt wurde sie nervös, weil Floriana nicht hier war, hinter der sie sich verstecken könnte.

»Violetta!«, rief die Contessa schließlich begeistert aus.

Violetta Bonfanti nahm verhalten lächelnd ihre Hand. »Wie schön, dich zu sehen.«

»Was für ein reizendes Festzelt.«

»Ja, es ist wie ein Märchen, nicht? Costanza, meine Liebe.« Sie reichte dem Mädchen die Hand, doch immer noch wirkte ihr Lächeln abwesend.

Beppe schüttelte dem Conte kräftig die Hand. »Für meinen Sohn ist mir nichts zu teuer«, sagte er mit geschwollener Brust. Er genoss es, vor dem Adligen mit seinem Reichtum zu prahlen.

»Ja, das sehe ich«, erwiderte der Conte, dem dies alles viel zu protzig war. »Es ist beeindruckend.«

Beppe sah Costanza an. »Du siehst berauschend aus, meine Liebe.«

»Danke, Signor Bonfanti«, antwortete sie scheu.

Er lachte. »Ich würde meinen, dass wir uns inzwischen gut genug kennen, nicht? Für meine Freunde bin ich Beppe, also auch für dich.«

Die Aldorisios gingen die breite Treppe hinunter in den Garten. Mehr und mehr Gäste trafen ein, sodass die Luft bald schwer von Parfümduft und Zigarettenrauch war. Ein Quartett spielte klassische Musik, und die Gäste begrüßten einander, plauderten und tranken rosa Dom Perignon aus hohen Kristallflöten.

Costanza war froh, als Giovanna sie entdeckte. Aufgeregt fielen sie einander in die Arme. Giovanna war mit beinahe achtzehn Jahren eine junge Dame, deren kurvenreicher Körper von einem schimmernden grünen Dior-Kleid verhüllt wurde. An ihrem Hals funkelten Smaragde.

»Ich muss dir ganz viel erzählen«, sagte sie und zog Costanza mit sich weg. »Komm, suchen wir uns eine ruhigere Ecke, wo wir reden können.«

Die Contessa blickte den beiden Mädchen voller Stolz nach, als sie sich Hand in Hand einen Weg durch die Menge bahnten. Genau das hatte sie sich immer gewünscht. Mit einem glücklichen Seufzer betrachtete sie den feierlichen Glanz um sich. Hier gehörte sie hin, unter Leute ihrer Klasse. Zwar mochten die Bonfantis und einige ihrer Freunde recht vulgär sein, doch ihr Reichtum machte den Mangel an gutem Geschmack wett. Zufrieden lächelnd nippte sie an ihrem Champagner. Es kam ihr vor, als wäre sie nach langem Exil in die Heimat zurückgekehrt.

»Wollen wir uns unter die Leute mischen?«, fragte sie ihren Mann.

»Ja, das ist eine gute Idee«, stimmte er zu und bot ihr seinen Arm an. »Ah, schau an, ist das nicht Conte Edmondo di Montezzemolo …?«

Schließlich wurden die Gäste um Ruhe gebeten, und Beppe nahm seinen Platz oben auf der Steintreppe ein. Er lächelte in den Garten hinab wie ein Kaiser zu seinem Volk. Dann streckte er einen Arm aus und verkündete die Ankunft seines Sohnes mit sehr lauter Stimme. »Liebe Freunde, es ist mir eine große Freude, Ihnen meinen Sohn vorzustellen, Dante Alberto Massimo Bonfanti, der seinen Abschluss mit Auszeichnung in Harvard gemacht hat, der besten Universität Amerikas.«

Alle applaudierten, und Dante kam aus der Villa, um seinen Vater zu umarmen. Beppe klopfte ihm herzlich auf die Schulter und küsste ihn auf beide Wangen. »Mein Sohn!«, brüllte er, und Arm in Arm präsentierten sich Vater und Sohn dem Publikum.

***

Floriana ging am Strand entlang, ihre Schuhe in der Hand und die Füße im Wasser. Sie stellte sich vor, wie Costanza auf dem Fest war, und ließ ihrer Wut freien Lauf. Wie unfair es war, dass man sie ausschloss, nur weil sie keine reichen Eltern oder einen vornehmen Titel hatte. Warum konnte ein Mensch nicht nach dem beurteilt werden, was er im Innern war? Warum war es so wichtig, woher sie kam? Waren sie nicht alle Gottes Kinder, vor seinen Augen gleich? Sie sah der Sonne zu, die sich orange färbte und im Meer versank. Der Anblick war überwältigend schön, und ehrfürchtig stand Floriana da und schaute zu, wie das Licht dem ersten Stern wich. Unter diesem weiten Himmel fühlte sie sich sehr klein, und doch: Waren sie, von Gottes Höhe aus gesehen, nicht alle klein? Titel und Reichtum schienen so unbedeutend, gemessen am natürlichen Reichtum der Schöpfung. Das Herz war es, worauf es ankam, denn das war das Einzige, was sie am Ende mitnahm.

Während der Tag verging, wuchs Florianas Entschlossenheit. Sie sollte ihr Schicksal selbst bestimmen, statt andere entscheiden zu lassen, was aus ihr wurde. Mit diesem festen Entschluss zog sie ihre Sandalen an und ging zurück an den Strand.

Dante wanderte durch die Gästeschar, schüttelte den Männern die Hände, die ihm fest auf den Rücken klopften, und bückte sich, um den Damen die Hände zu küssen. Er bezauberte sie mit seinem Charme und Witz. Inzwischen war er zu einem auffallend gut aussehenden jungen Mann herangewachsen. Mit seinen breiten Schultern, dem hocherhobenen Kopf und dem klaren, ruhigen Blick war er der Inbegriff des Kronprinzen. Allerdings haftete ihm nicht die Spur von Arroganz an. Eine ironische Amüsiertheit vielleicht, als wäre dieser ganze Pomp hoffnungslos übertrieben. Doch er war viel zu höflich und würde die enormen Bemühungen seiner Mutter niemals offen ins Lächerliche ziehen.

Fünf Jahre in Amerika hatten ihn eine Menge über die Welt gelehrt, aber auch über sich. Er war klug, lernte schnell und fand leicht Freunde. Mädchen mochten ihn – doch er musste feststellen, dass, so einfach wie Beziehungen begannen, deren Auflösung immer wieder ein überaus schmerzlicher und komplizierter Prozess war. Deshalb hatte er sich auf unzählige Affären verlegt, die keinerlei Gefahr bargen, zu etwas Ernsthaftem auszuwachsen. Es hatte hinreichend junge Frauen auf dem Campus gegeben, die schlicht mit ihm ins Bett gehen wollten, und er gönnte sich das Vergnügen.

Die Freunde, die er sich aussuchte, waren ebenso sportbegeistert wie er. Er lernte American Football und Baseball, glänzte auf dem Tennisplatz und im Squash-Court. In einem anderen Land zu leben hatte ihm Spaß gemacht, und er genoss es. Dennoch gab es einen Teil von ihm, der stets unzufrieden blieb. Es war eine innere Unruhe, ähnlich Heimweh, die ihn jedes Mal einholte, wenn er am verletzlichsten war: morgens beim Aufwachen oder wenn er allein und nachdenklich gestimmt war. So sehr er sich auch bemühte, er konnte nicht ergründen, woher sie rührte. Sicherlich hatte sie nichts mit seinen Eltern zu tun, denn er vermisste sein Zuhause nicht. Sobald er jedoch an La Magdalena dachte, überkam ihn ein schmerzhaftes Verlustgefühl. Und nun, da er wieder hier war, fragte er sich, ob es ihn wieder heimsuchen würde oder seine Seele endlich zufrieden war.

Das Dinner wurde unter dem Sternenbaldachin serviert. Dante saß zwischen zwei jungen Frauen, die flirteten und zwitscherten wie zwei hübsche Wellensittiche. Die Contessa bemerkte, dass Costanza am anderen Tischende von Dante saß, inmitten anderer junger Mädchen ihres Alters. Sie beschloss, Dantes Aufmerksamkeit direkt nach dem Essen auf ihre Tochter zu lenken. Ihr eigener Platz gefiel ihr indes sehr gut, denn sie saß an Beppes Nebentisch, einen Cousin von ihm zu ihrer einen und einen engen Freund der Familie zu ihrer anderen Seite. Sie trank Wein und kostete den Moment aus, der ihr ein wohliges Gefühl von Dazugehörigkeit bescherte.

Nach dem Essen hielt Beppe eine lange, pompöse Rede.

Noch ein Zeichen für seinen Mangel an Anstand, dachte sie selbstzufrieden.

Nicht dass es etwas ausmachte. Die Gäste lachten über seine Scherze und klatschten am Ende laut. Der Reichtum übertünchte seine Fehler ebenso verlässlich wie die Diamanten ihrer Schwiegermutter die der Aldorisios. Gläser wurden erhoben, Trinksprüche ausgebracht und Dante stand auf, um eine witzige, selbstironische Rede zu halten, die alle noch verliebter in ihn machte. Sämtliche junge Mädchen hofften insgeheim, ihn für sich gewinnen zu können, und die Mütter planten ihre Strategien wie Heerführer.

Costanza dachte an Floriana und ihren unmöglichen Traum. Wenn sie Dante jetzt sehen könnte, würde ihr klar, wie lächerlich es war, sich Hoffnungen auf sein Herz zu machen. Ein Mann wie Dante würde ein einfaches Mädchen aus dem Ort niemals beachten.

Die Contessa beobachtete die anderen Mütter junger Mädchen zunehmend als lästige Konkurrenz. Es gab einige außerordentlich hübsche Mädchen hier, schlanker und schöner als Costanza. Sie musste dringend dafür sorgen, dass Costanza strikte Diät hielt, sonst bräuchten sie sich gar keine Hoffnungen zu machen. Sobald sich die Gelegenheit ergab, schnappte sie sich Costanza und zerrte sie fast zum anderen Ende des Gartens, wo Dante sich mit einer kleinen Gruppe hübscher junger Leute unterhielt. Er erkannte Costanza gleich wieder und kam sie begrüßen.

»Du bist ja richtig groß geworden«, sagte er lachend und küsste sie auf die Wange. »Wo ist deine verrückte kleine Freundin?«

Die Contessa kam ihrer Tochter zuvor. »Hallo, Dante. Was für eine göttliche Feier.«

»Freut mich, dass Sie kommen konnten, Contessa.« Er nahm ihre Hand und küsste sie.

»Costanza ist oft mit deiner Schwester Giovanna zusammen«, fuhr sie fort. »Sie sind sehr enge Freundinnen, nicht wahr, Liebes? Den Winter über, wenn Giovanna in Mailand in der Schule ist, schreiben sie sich.«

»Ist Floriana hier?« Er ließ seinen Blick über die Gäste schweifen, die im kerzenerleuchteten Garten umherschlenderten.

Costanza zögerte, denn ihre Mutter wollte gewiss nicht, dass sie über Floriana sprach. »Nein, ist sie nicht«, antwortete sie vorsichtig.

Dante überraschte, wie enttäuscht er war.

»Ich weiß nicht, was sie dieser Tage treibt«, erklärte die Contessa lächelnd. »So ein niedliches kleines Mädchen aus dem Ort. Nun, du weißt ja selbst, wie es im Leben so geht. Es ist gut und schön, mit solchen Leuten Umgang zu haben, solange man klein ist. Aber jetzt ist Costanza eine junge Dame, und da ist es nur richtig, dass sie sich mit ihresgleichen umgibt.« Sie gab ein sehr damenhaft geziertes Schnauben von sich.

»Aha«, sagte Dante. »Tja, es ist nett, dass Sie gekommen sind. Ich hoffe, Sie genießen den Rest des Festes.« Mit diesen Worten kehrte er zu seinen Freunden zurück. Doch in Gedanken war er bei dem Loch in der Mauer, von dem aus Floriana früher auf das Grundstück gesehen hatte.

Ihm kam eine törichte Idee, und er ging ins Haus, um Gute-Nacht zu holen. Der Hund schlief in der Küche, sprang jedoch sofort auf, als Dante nach ihm pfiff, denn er war stets für ein Abenteuer zu haben. Glücklich trottete er neben Dante her in den Park. Die Musiker hatten zu spielen begonnen, und einige Gäste begaben sich auf die Tanzfläche. Andere spazierten durch die Gärten oder saßen an den Tischen, die auf die Terrasse gebracht worden waren, um Kaffee zu trinken und sich zu unterhalten. Der Himmel war von Sternen erleuchtet, und der Mond tauchte alles in ein weiches Silberlicht. Dante war es leid, endlos mit Gästen zu plaudern und den Helden zu mimen, obwohl er nicht fand, dass er irgendetwas Besonderes geleistet hatte. Was er tat, haben schon viele andere millionenfach vor ihm geschafft. Aber seinem Vater gefiel der Zirkus. Er genoss das Tamtam und nutzte jeden Vorwand, sich aufzuplustern und allen zu zeigen, wie reich und wichtig er war. Von seinem Sohn erwartete er Großes, vor allem aber wollte er ein stolzer Vater sein, denn für Beppe war der äußere Schein alles – schließlich hatte er jede Lira dafür selbst verdient, nicht?

Als er sich der Mauer näherte, wurde Dante komisch zumute. Der Geist eines kleinen Mädchens, nicht mehr als eine schemenhafte Silhouette in der Nacht, tanzte vor seinen Augen. Er fühlte, wie ihm die Kehle eng wurde, und fragte sich, warum er einen solch lähmenden Verlust empfand.

Abgelenkt von etwas an der Mauer, flitzte Gute-Nacht hin. Dante sah einen sich bewegenden Schatten, wie eine Katze, deren Gestalt für einen winzigen Moment das Licht einfing, ehe sie geschmeidig nach unten sprang. Nur war es keine Katze. Als Dante näher kam, erkannte er, dass es eine wunderschöne junge Frau war.

»Floriana? Bist du das?«

»Dante«, sagte sie leise. Gute-Nacht stürmte aufgeregt auf sie zu. Lachend kraulte sie ihm die Ohren.

Dante beobachtete erstaunt, wie sie sich bückte, um den Hund zu streicheln, als wäre sie kein bisschen überrascht, ihn zu sehen. Für einige Sekunden war er sprachlos. »Er freut sich, dich zu sehen«, sagte er schließlich.

»Ja, das tut er immer. Er ist mein bester Freund.«

»Dann hast du dich um ihn gekümmert, während ich weg war?«

»Natürlich. Wir sind praktisch unzertrennlich.« Sie grinste zu ihm auf, und Dante verblüffte, wie schön sie im Mondlicht war. »Ich wusste, dass du heute zurückgekommen sein musst, weil er mich nicht besucht hat.«

»Also läuft er sonst los, um dich zu suchen?«

»Ja, und er ist sehr klug.«

»Weil er ein Streuner ist. Die sind lebenstüchtiger als Tiere, die in einem festen Zuhause aufgezogen worden sind.«

Er beobachtete sie, als sie aufstand und sich das Kleid glattstrich. Die mädchenhaft geraden Linien ihres Körper waren sanften Rundungen gewichen, und Dante erschreckte ein wenig, dass sie nun Brüste und eine schmale Taille hatte. Fünf Jahre hatten das hagere, schmuddelige Kind in eine auffallend schöne junge Frau verwandelt, und ihm schwoll das Herz vor verzücktem Staunen.

»Hast du das Fest schon über?«, fragte sie mit jenem Blitzen in den Augen, das ihm so vertraut war.

»Ich merkte, dass wir heimlich ausspioniert wurden, da wollte ich mal nachsehen.«

»Dann erinnerst du dich noch an die Lücke in der Mauer?«

»Und an den Eindringling, der weiß, wie man dort hinüberklettert.«

»Was willst du mit diesen Eindringlingen machen, wenn du sie erwischst?«

Er rieb sich nachdenklich das Kinn. »Ich muss sie wohl festnehmen.«

Florianas Herz pochte wild gegen ihre Rippen. »Ich glaube, du unterschätzt, wie gerissen manche von ihnen sind.«

»Da könntest du recht haben. Wenn es sich um Streuner wie Gute-Nacht handelt, tricksen sie einen zahmen Jungen wie mich locker aus.«

Sie lachte. »Und wenn sie dir einen vorübergehenden Waffenstillstand anbieten?«

»Du meinst, die Waffen niederlegen, um ein friedliches Gespräch zu führen?«

»Ja, ungefähr so. Aber nur vorübergehend, natürlich.«

»Ich denke, das ließe sich einrichten. Vielleicht begeben wir uns dazu besser auf neutralen Boden.«

Er sprang auf die Mauer und streckte ihr die Hand hin. Floriana nahm sie und ließ sich von ihm nach oben ziehen. Ihn zu berühren fühlte sich wie das Natürlichste auf der Welt an, als wären sie schon ewig miteinander vertraut, und sie wollte platzen vor Glück, dass sie endlich wiedervereint waren – wie Gott es vorgesehen hatte.

Auf der anderen Seite der Mauer schlenderten sie die Straße

entlang, dicht gefolgt von Gute-Nacht. Zwischen ihnen herrschte eine seltsame Intimität, als kennten sie sich so gut, dass Worte unnötig waren.

»Habe ich dir gefehlt?«, fragte er, denn er spürte genau wie sie, dass ihn eine starke Strömung erfasste.

»Ja.« Es war sinnlos, die Wahrheit zu verheimlichen. »Habe ich *dir* gefehlt?«

Dante blieb stehen und ergriff ihre Hand. »Ich dachte eigentlich nicht«, antwortete er, während ihn eine Welle von Zärtlichkeit überkam. »Aber jetzt wird mir klar, dass ich dich vermisst habe. Du ahnst gar nicht, wie sehr.«

23

Floriana wusste nun, dass die fünf Jahre Warten nicht vergebens gewesen waren. Nichts konnte sie trennen, denn die höheren Mächte des Schicksals würden sie immer wieder zusammenführen, so unausweichlich wie die Schwerkraft. Es machte nichts mehr, dass sie nicht zur Feier eingeladen worden war, weil Dante sie gesucht und gefunden hatte.

Gemächlich schlenderten sie die schmale Straße hinauf, Hand in Hand, und überbrückten den Graben, den fünf Jahre gerissen hatten. Dann setzten sie sich auf die Felsen, von denen aus man übers Meer blickte. Der Mond beleuchtete einen Pfad, der direkt von hier in den Himmel führte. Floriana dachte, die Nacht könnte nicht schöner sein. Die Sterne waren klarer denn je, funkelten wie leuchtende neue Erinnerungen, und der warme Wind duftete nach Pinien.

»Ich hätte nicht erwartet, eine Frau an der Mauer zu finden«, gestand Dante und musterte ihr Gesicht.

»Was hattest du denn nach fünf Jahren erwartet?«

»Ehrlich gesagt, rechnete ich mit dem kleinen Mädchen von damals, mit verknoteten Haar und den großen ängstlichen Augen.«

»Ich war nie ängstlich!«, protestierte sie lachend und knuffte ihn.

»Doch, warst du. Du hast es nur gut überspielt.«

Sie zuckte mit den Schultern. »Angst ist ein Luxus, den ich mir nicht erlauben kann, Dante.«

Er legte seinen Arm um sie und zog sie an sich. »Das erste Mal, das ich dich am Tor entdeckte, werde ich nie vergessen. Du warst wie eine kleine Gefangene, schmutzig und zerzaust, die aus ihrem Gefängnis heraus in die Freiheit guckt. Ich hatte die Gartenanlagen für selbstverständlich genommen, bis ich sie mit deinen Augen gesehen habe. Alles berührte dich, und du hast selbst die einfachsten, unscheinbarsten Dinge voller Wunder betrachtet – die Vögel in den Bäumen oder die Wasserfontänen aus dem Springbrunnen. Und jetzt bist du eine junge Frau, eine *sehr schöne* junge Frau, aber innen drin bist du immer noch dasselbe verlorene kleine Mädchen, und ich möchte mich um dich kümmern.«

Er umfing ihr Gesicht mit beiden Händen. Die letzten fünf Jahre hatte er sich treiben lassen, nicht ahnend, woher seine Unruhe kam, wie ein Seemann, der so mit dem Navigieren beschäftigt ist, dass er die leise Stimme nicht hört, die ihn nach Hause ruft.

Jetzt, da er in ihre Augen blickte, wusste er, dass es die ganze Zeit Florianas Stimme gewesen war und dass er hier, bei ihr, zu Hause war, wo er hingehörte.

Langsam neigte er den Kopf und streifte ihre Lippen mit seinem Mund. Floriana schloss die Augen, sperrte die Welt aus und konzentrierte alle ihre Sinne einzig auf das Gefühl seiner warmen Lippen, die ihre zu einem tiefen Kuss öffneten. Ihre sämtlichen Nerven kribbelten bei dieser ganz neuen Berührung und der Intimität seines Kusses. Mit Freuden gab sie sich ihm hin. Dante schlang die Arme um sie und hielt sie fest, entschlossen, sie anzubeten und zu lieben, wie es noch niemand sonst getan hatte.

Die Contessa war enttäuscht, dass Dante sie so rasch wieder stehen gelassen hatte. Sie hatte gehofft, dass er und Costanza sich mehr zu sagen hätten. Aber er hatte Floriana erwähnt, und von dem Moment an war er für sie unerreichbar geworden. Ihr einziger Trost war der Anblick ihrer Tochter mit Giovanna am Springbrunnen, wo sie die Köpfe zusammensteckten und kichernd Geheimnisse austauschten. *Das* war eine Freundschaft, die mit der Zeit nur stärker würde. Falls es ihrer Tochter nicht gelang, Dantes Herz zu erobern, würde sie das eines anderen seines Standes gewinnen, denn mit Giovanna zusammen konnte sie die Besten der Gesellschaft kennenlernen.

Der Conte sah auf seine Uhr und stellte fest, dass es nach zwei war: Zeit, seine Familie einzusammeln und nach Hause zu fahren. Die Contessa war bereit zu gehen. Sie hatte mit jedem gesprochen, der ihr nützlich sein könnte, und einige wichtige neue Freunde gefunden.

Costanza war noch nicht gewillt heimzufahren. Sie war eben von einem schüchternen jungen Mann mit dichtem braunen Haar und einer Brille zum Tanz aufgefordert worden und hatte genug Champagner getrunken, um das Angebot anzunehmen. Widerwillig folgte sie ihren Eltern durch die Villa hinaus, wo der Wagen auf sie wartete. Ihr junger Chauffeur schlief tief und fest hinter dem Steuer. Sie waren nicht die Einzigen, die gingen. Die meisten Erwachsenen fuhren in ihren edlen Autos davon, während die jungen Leute noch bis Sonnenaufgang weitertanzen würden.

Costanza sah aus dem Fenster und war seltsam melancholisch. Es war ein zauberhafter Abend gewesen, doch nun war er vorbei. In ihrem ganzen Leben hatte sie noch nie ein solch berauschendes Fest erlebt, und sie bedauerte, dass es zu Ende war. Mit ihren funkelnden Diamanten war sie sich zum allerersten Mal schön vorgekommen, und ohne Floriana neben sich, die sie überstrahlte, hatte sie ein neues Selbstvertrauen entdeckt und gewagt, selbst zu strahlen. Giovanna hatte sie mit all ihren Freunden bekannt gemacht, und für wenige Stunden war sie ein Teil der Gruppe gewesen, kein bisschen weniger reich oder glamourös. Sie hatte sich wirklich wie eine von ihnen gefühlt.

Ihre Mutter hatte recht. Floriana gehörte da nicht hin, und wenn sie für sich die Zukunft wollte, die sich ihre Mutter wünschte, müsste sie sich von Floriana trennen.

Der Contessa fiel auf, dass Costanza sehr still war. »Hat dir das Fest gefallen, Liebes?«

»Ich fand es wunderbar, Mamma. Ich wünschte, es wäre noch nicht vorbei.«

»Alle guten Dinge enden mal«, sagte ihr Vater.

»Und deshalb fangen auch andere guten Dinge an. Du wirst schon sehen«, ergänzte ihre Mutter entschlossen.

»Meinst du?«

»Natürlich, mein Liebes. Ich habe viele wichtige Telefonnummern aufgeschrieben und sorge dafür, dass du in alle vornehmen Häuser in der Toskana eingeladen wirst.«

»Raus mit den alten, rein mit den neuen«, sagte der Conte, der an die neuen Kontakte dachte, die er geknüpft hatte, und die geschäftlichen Möglichkeiten, welche sich mit ihnen eröffneten.

»Ich glaube, dieser Sommer wird ganz besonders, Liebes. Ein Wendepunkt für dich, wo du jetzt eine junge Dame bist.«

»Heute Abend hatte ich wirklich das Gefühl, dazuzugehören.«

»Und, Liebes, du gehörst auch dazu. Ich habe dich und Giovanna gesehen und gedacht, dass ihr wie Schwestern seid.«

»Sie ist meine beste Freundin.«

»Ja, die ist sie, und ich wüsste keine nettere Freundin für dich.« Florianas Name kam ihr nicht über die Lippen.

Der Morgen dämmerte, als Dante und Gute-Nacht Floriana zu ihrem Zuhause in der Via Roma begleiteten. Die Sterne wurden blasser, der Mond war gespenstisch bleich. Unterdes wurde die Stadt langsam wach. Hie und da rumpelte ein Cinquecento über das Kopfsteinpflaster, und Hunde versammelten sich vor der *Panetteria,* angelockt vom Duft frischen Brots.

»Hier wohnst du also«, sagte er, als sie vor dem *Portone* standen, dem großen Tor, das früher einmal für Autos offen stand, heute aber immer fest verriegelt war. Floriana zögerte an der kleinen Tür im Holztor. Sie wollte nicht, dass er mit hereinkam und sah, wie schlicht ihre Wohnung war – erst recht sollte er ihren betrunkenen Vater nicht sehen.

»Das wär's dann«, antwortete sie. »Signora Bruno mag keine Besucher.«

»Und du musst dich ausruhen.« Er strich ihr mit dem Daumen über die Wange. »Ich bin froh, dass ich dich gefunden habe, Floriana.« Wieder küsste er sie, trunken vor Liebe, und wollte sie nicht loslassen.

»Ich muss gehen«, sagte sie. Ihr Vater könnte jeden Moment die Straße hinuntergewankt kommen.

»Komm heute nach La Magdalena.«

»Vielleicht.«

»Gute-Nacht wird dich sehen wollen. Und ich auch.«

»Dann komme ich mit Costanza.«

Sie schlüpfte durch die kleine Tür, schloss sie hinter sich und lehnte sich dagegen, die Augen geschlossen, um die Magie noch einen Moment zu bewahren.

»Ah, du warst also doch auf dem Fest?«, fragte eine leise Stimme von der Treppe aus. Es war Signora Bruno in ihrem Bademantel, die breiten Füße in ein Paar Pantoffeln gezwängt. »Du siehst aus, als wärst du von einem Prinzen geküsst worden.«

»Warum sind Sie um diese Zeit auf?«

»Bin ich immer. Bei der Hitze kann ich nicht schlafen.«

Floriana schlenderte zu ihr, wobei sie verspielt die Hüften schwang. »Ich *bin* von einem Prinzen geküsst worden«, sagte sie lachend.

Signora Bruno vergaß ihre Schlaflosigkeit. »Hol mich der Teufel!«, rief sie aus. »Die kleine Floriana, ausgerechnet!«

»Ich war nicht auf dem Fest, sondern habe von der Mauer aus zugesehen, und er hat mich gefunden.«

»Da muss er nach dir gesucht haben.«

»Ich glaube, das hat er.«

Signora Bruno kicherte. »Tja, das wird denen eine Lehre sein.«

»Unsere Liebe ist zu groß. Sie können uns nicht trennen.«

»Na, erzähl. Wie sieht er aus?«

Floriana hockte sich auf die unterste Stufe. »Er ist groß und hellhäutig mit blassgrünen Augen wie ein tropisches Meer.«

»Du musst mächtig in ihn verliebt sein, so wie du seine Augen beschreibst.«

»Aber seinen Mund liebe ich am meisten, wie sich die Winkel nach oben biegen, und wenn er lächelt, sieht man alle seine Zähne.«

»Also, du hast gerade deinen ersten Kuss bekommen.« Floriana wurde rot und berührte ihre Lippen mit den Fingerspitzen. »Ich erinnere mich an meinen ersten Kuss. Es war der schönste, den ich je bekommen habe. Könnte ich ihn in eine Schachtel stecken und ab und zu herausholen, würde ich bestimmt besser schlafen. So ist es nie wieder, glaub mir. Einmal verlorene Unschuld kriegt man nicht zurück. Genieß es, solange es dauert.«

»Sie sind eine alte Schwarzmalerin.«

»Kann sein, aber eine weise Schwarzmalerin. Hat er dich erst mal gehabt, will er dich nicht mehr stundenlang küssen. Dann wird alles anders. Küssen ist bloß noch Mittel zum Zweck, und meiner Erfahrung nach überspringen die Männer den Teil am liebsten ganz und kommen so schnell wie möglich zum Eigentlichen. Ich rate dir, zier dich lieber, zeig ihm nicht, dass er dich schon rumgekriegt hat.«

»Aber das hat er!«

»Nein, hat er nicht. Gib nicht zu leicht nach. Ein Mann wie er denkt vielleicht, dass ein Mädchen wie du eines ist, das du gar nicht bist.«

Floriana war entsetzt. »Ich werde als Jungfrau heiraten, falls Sie das meinen.«

»Ja, selbstverständlich wirst du. Trotzdem ist dies eine Zeit, in der du eine Mutter brauchst, die dir die Geschichte vom Storch erzählt.«

»Aber ich habe Sie, Signora Bruno.«

»Wusst ich's doch, dass mein Leben irgendeinen Sinn haben muss. Mir war es nicht bestimmt, selbst einen Prinzen zu heiraten. Stattdessen ist es meine Aufgabe, dafür zu sorgen, dass du einen heiratest.«

323

»Wenn ich ihn heirate, kommen Sie und wohnen bei mir auf La Magdalena.«

»Ah, schön. Dann kann ich glücklich sterben.« Sie stemmte sich ächzend hoch. »Na gut, es wird Tag, und ich kann hier nicht den ganzen Morgen im Bademantel sitzen. Ich habe zu tun – und dieser *cretino* hat mal wieder seine Geranien ersäuft.« Sie schnalzte tadelnd mit der Zunge.

Floriana legte sich angezogen auf ihr Bett. Sie war viel zu aufgeregt, als dass sie schlafen könnte. Wieder und wieder spielte sie die Nacht in Gedanken nach, erinnerte sich mit geschlossenen Augen an jeden einzelnen Kuss. Dante war zurück, und er liebte sie. Nichts sonst auf der Welt war von Bedeutung. Sie hörte ihren Vater im Nebenzimmer schnarchen. Was für ein nutzloser, selbstsüchtiger Mann er war. Sie sehnte sich nach einem Vater, der sie liebte, dem sie ihre Gedanken und ihre Wünsche anvertrauen konnten. Einem Vater, auf den sie stolz sein konnte. Niemals würde sie Elio mit Dante bekannt machen.

Dante erschien zum Frühstück auf der Terrasse, wo ein runder Tisch im Schatten gedeckt worden war. Seine Mutter trug einen breitkrempigen Sonnenhut und trank Kaffee, ihre blasse Haut glänzend von Feuchtigkeitscreme und die Augen hinter einer großen Sonnenbrille verborgen. Giovanna knabberte schläfrig an einem Toast, während Damiana Kaffee trank und eine Schale mit Obst aß. Beppe thronte wie ein König am Tisch und blickte auf die Überreste des Festes hinab.

Dort waren die Bediensteten schon dabei, den Baldachin abzubauen und Tische und Stühle wegzuräumen – sowie die Gäste, die in der Ecke eingeschlafen waren. Bis zum Abend würden die Gärten wieder so perfekt wie zuvor aussehen und der Ausblick auf den Park wäre unversperrt.

»Ah, mein Sohn!«, rief Beppe. »Komm, setz dich zu mir und erzähl mir, wie dir deine Feier gefiel.«

Ein Butler rückte ihm den Stuhl hin. Dante setzte sich und bat um schwarzen Kaffee. »Sie war fantastisch, *Papà*.«

Sein Vater strahlte stolz. »Guter Junge. Keiner schmeißt solche Feste wie ich. Irgendwelche erwähnenswerten Mädchen?«

Dante zögerte. Das eine Mädchen, über das er sprechen wollte, durfte nicht erwähnt werden. »Viele.«

Beppe klopfte ihm auf den Rücken. »Das ist mein Junge. Viele!« Der Butler schenkte Dante eine Tasse Kaffee ein, als das Frühstück von einem Anruf unterbrochen wurde. Beppe verschwand, um das Gespräch in seinem Arbeitszimmer anzunehmen.

»Und, ihr zwei, wie war es für euch?«, fragte Dante seine Schwestern.

»Zauberhaft«, sagte Damiana, die merklich auflebte, kaum dass ihr Vater den Tisch verlassen hatte.

»Es war der tollste Abend meines Lebens«, schwärmte Giovanna.

»Ich habe gesehen, dass Costanza hier war«, sagte Dante. »Sie ist ziemlich groß geworden, nicht?«

»Aber die kleine Floriana ist nicht gekommen«, mischte seine Mutter sich traurig ein. »Ich kann euch gar nicht sagen, wie enttäuscht ich war.«

»Hattest du sie eingeladen?«, fragte Dante verwundert.

»Wieso denn nicht? Ehrlich, Dante, du bist genauso schlimm wie dein Vater. Sie ist bezaubernd, und ich mag sie sehr.«

»Weißt du, wo sie wohnt?«

»Sie wohnt in einem einfachen Haus in Herba, na und? Was macht das schon? Ihre genaue Adresse habe ich allerdings nicht, deshalb hatte ich Costanzas Mutter die Einladung für sie mitgegeben.«

Dante konnte sich denken, was passiert war. »Ich bezweifle, dass sie Floriana die Einladung gegeben hat.«

Violetta nahm ihre Sonnenbrille ab. »Was meinst du?«

»Sie ist schrecklich versnobt.«

»Denkst du allen Ernstes, dass sie zu solch einer Boshaftigkeit fähig wäre?«

»Unbedingt.«

Violetta lächelte. »Ich hoffe, dass es ein Versehen war, keine böse Absicht. Es kam mir jedenfalls seltsam vor, dass Floriana nicht da war.«

»Sie wäre mit Freuden gekommen«, versicherte Damiana. »Sie ist wahnsinnig gerne hier, und sie betet dich an, Mamma. Du bist für sie die Mutter, die sie nie hatte.«

»Ich bin sicher, dass Costanzas Mutter ihr die Einladung nicht absichtlich vorenthalten hat«, sagte Giovanna. »Vielleicht hat sie es einfach nur vergessen oder sie verlegt.«

»Kann sein.« Violetta trank ihren Kaffee aus. »Wie dem auch sei, ich werde sie nicht fragen. Gewiss war es ein pures Versehen. Aber ich muss Floriana dringend sagen, dass sie nicht von uns ausgeschlossen wurde. Wenn sie keine Einladung bekommen hat, wird sie verletzt sein. Kommt sie heute mit Costanza her?«

»Weiß ich nicht«, antwortete Giovanna. »Ich habe Costanza eingeladen, aber sie hat nichts von Floriana gesagt.«

»Wird sie bestimmt«, sagte Damiana. »Normalerweise kommen sie doch immer zusammen.«

Dante saß still da, während die Frauen über die Wahrscheinlichkeit sprachen, dass Floriana zum Schwimmen herkam. Er wusste mit Sicherheit, dass sie hier sein würde. Allerdings fragte er sich, wie seine Eltern reagierten, wenn er ihr den Hof machte. Seine Mutter mochte sie sehr, aber wäre sie in ihren Augen gut genug für ihren Sohn?

Er sah Violetta an. Sie entstammte der venezianischen Mittelschicht, war verträumt und idealistisch und liebte die Natur und Tiere ebenso wie er. Für sie waren alle Geschöpfe vor Gott gleich. Dennoch blieb rätselhaft, dass sie ausgerechnet Beppe heiratete, einen Mann aus einer Mailänder Arbeiterfamilie, der in Mailand ein Vermögen mit Lebensmittel- und Getränkeverpackungen gemacht hatte.

Sie waren völlig gegensätzlich: er stark, sie zerbrechlich, er ehrgeizig, sie frei von Ambitionen, er laut und aufgeblasen, sie ruhig und unaufdringlich. Für Beppe waren sein Ruf und gesellschaftliches Ansehen alles; für Violetta zählte einzig das Herz. Doch auch wenn sie hohe Ideale hatte, andere nach ihrem Wesen beurteilte, nicht nach Titel oder Vermögen, war nicht selbstverständlich, dass diese Maßstäbe auch dann galten, wenn sie auf die Probe gestellt wurden. Vorerst müsste Floriana Dantes Geheimnis bleiben.

Nach dem Frühstück ging Dante ins Haus. Er wollte auf sein Zimmer, als er in der Halle auf Zazzetta traf. Der kleine Mann lächelte – ein schiefes Lächeln, das spitze, etwas längere Eckzähne entblößte. Sie erinnerten an einen Wolf.

»Guten Morgen, Dante«, sagte er und verneigte sich kaum merklich.

»Zazzetta«, antwortete Dante. Er hatte die rechte Hand seines Vaters nie gemocht. Der Mann hatte etwas Verschlagenes.

»Ihr Vater möchte Sie sprechen.«

»Jetzt?«

»Falls Sie nichts Besseres zu tun haben.« Dante wurde wütend. Zazzetta wusste, dass er nicht Besseres zu tun hatte. Einen leisen Fluch murmelnd ging er ins Arbeitszimmer. Der schwarz-weiß gekleidete Berater folgte ihm lautlos.

»Ah, Dante, komm rein«, sagte sein Vater, legte seinen Stift hin und blickte von dem Dokument auf, das er gerade unterschrieben hatte. »Erledigt, Zazzetta.« Er ging mit der Löschwiege über seine Unterschrift und reichte Zazzetta das Papier, der es sorgfältig in eine schwarze Mappe legte und hinausging. Er schloss die Tür hinter sich.

»Reden wir über deine Zukunft.« Beppe war kein Mann, der Zeit mit Small Talk vergeudete. »Du hast dein Studium und deine Lehre abgeschlossen und mich stolz gemacht, Dante. Ich hatte nie die Möglichkeiten, die dir geboten wurden.«

»Das weiß ich, und ich bin dankbar dafür, Vater.«

»Du hast dich prima gemacht.« Er musterte seinen Sohn zufrieden. »Ja, du bist alles, was ich mir von einem Sohn wünschen kann. Du bist gut aussehend, intelligent, sportlich und gewitzt. In dir vereinen sich das Beste von mir und von deiner Mutter. Es ist ein Glück, dass du ihre Fehler nicht geerbt hast, was?«

»Ihre Fehler?«

»Guck nicht so erschrocken. Keiner ist vollkommen. Hättest du die sanfte Art deiner Mutter geerbt, wärst du wertlos für mich.«

»Ein sanftes Wesen ist bei einer Frau durchaus wünschenswert.«

»Ja, klar. Aber bei einem Mann ist es ein Zeichen von Schwäche, und in der Geschäftswelt ist kein Platz für Schwächlinge. Ich habe meine Millionen nicht gemacht, weil ich nett und freundlich war, sondern scharfsinnig und gefährlich. Wie Machiavelli es so treffend sagte: Angst ist es, womit sich ein Mann Respekt verschafft. Also, Dante, du wirst am ersten September in Mailand bei mir anfangen.«

Die Anweisung seines Vaters überraschte ihn nicht. Vielmehr hatte er immer gewusst, dass man von ihm erwartete, ins Familienunternehmen einzusteigen. Trotzdem fühlte er sich nicht wohl dabei. Ihm war, als würde eine schwere Tür ins Schloss fallen und ihn seiner Freiheit berauben.

»Es wird mir eine Beruhigung sein, dass mein Sohn und Erbe übernimmt, wenn ich mich zurückziehe. Schließlich habe ich mein Vermögen nicht aufgebaut, damit es an einen Außenstehenden geht. Na, was sagst du?« Sein Vater rechnete nicht mit einer Ablehnung.

»Ich bin bereit, Vater«, antwortete Dante pflichtbewusst.

»*Bravo!* Wie wäre es mit einer Runde Tennis, hm? Du bist vielleicht jünger und fitter als ich, aber ich bin gerissen wie ein alter Fuchs.«

Sie spielten auf dem mit rotem Sand ausgelegten Tennisplatz, wo Pierro und Mario, die Söhne des Chauffeurs, als Balljungen fungierten. Nach der Hälfte des Satzes, als Dante schon zu gewinnen schien und im Begriff war aufzuschlagen, sah er

Giovanna mit Costanza in den Garten kommen. Sein Herz schlug schneller bei der Aussicht, gleich auch Floriana zu entdecken, und er schlug seinen Schnittball an der Rückhand seines Vaters vorbei. Beppe war kein guter Verlierer, fluchte zornig und hieb seinen Schläger durch die Luft. Aber die Ablenkung machte Dante fahrig, da er mit einem Auge den Garten nach Floriana absuchte.

»Siehst du, es steckt immer noch Leben in dem Alten«, neckte Beppe ihn, als Dante zum zweiten Mal den Ball ins Netz schlug. Weil er es schnell hinter sich haben und nach Floriana suchen wollte, riss Dante sich zusammen und besiegte seinen Vater schließlich sechs zu vier. Beppe nahm es recht gelassen hin, denn der Punktestand war nicht allzu niederschmetternd. Er schüttelte seinem Sohn die Hand und klopfte ihm auf die Schulter. »Ich hoffe, dass du im Konferenzsaal genauso gut bist wie auf dem Tennisplatz.«

»Ich werde mein Bestes tun«, versprach Dante.

»Ja, das wirst du sicher.«

Dann bemerkte Beppe Zazzetta, der durch den Olivenhain auf sie zukam. »Was ist jetz schon wieder, Zazzetta?«

Dante ging weg, während sich die beiden leise unterhielten wie Diebe in der Nacht. Er fand die Mädchen beim Swimmingpool, doch Floriana war nirgends zu sehen. »Ich bin allein gekommen«, erklärte Costanza auf seine Frage hin. Dante entging nicht, dass sie sich gerade hielt und sicherer wirkte als früher.

»Wollte sie nicht mitkommen?«

»Weiß ich nicht. Ich habe sie nicht gesprochen«, antwortete Costanza gleichgültig.

Dante runzelte die Stirn. »Tja, Gute-Nacht will sie sehen«, sagte er und ging zu den Stufen, die in den Felsen geschlagen waren. Wenn sie nicht von sich aus herkam, würde er sie eben holen.

24

Dante stieg in seinen silbernen Alfa Romeo Spider, ein Geschenk seines Vaters zur Rückkehr aus Amerika. Gute-Nacht sprang auf die Rückbank und saß mit hängender Zunge da, bereit für ein weiteres Abenteuer. Mit offenem Verdeck und dem Fahrtwind in seinem feuchten Haar brauste Dante die Zypressenallee hinunter zum Tor. Er konnte sich denken, was Costanzas veränderte Haltung bedeutete. Es war kein Zufall gewesen, dass Floriana nicht zum Fest kam und heute nicht mit Costanza zum Schwimmen. Sie wurde bewusst ausgeschlossen. Nun, die sollten sich noch wundern. Entschlossen umfasste er das Lenkrad und fuhr an der Küste entlang nach Herba. Wenige Minuten später erreichte er die Kopfsteinpflastergasse zwischen den alten Häusern.

Er winkte den Einheimischen zu, die das wunderschöne Auto bestaunten.

Vor Florianas Haus in der Via Roma parkte er, stieg aus und läutete. Als niemand kam, klingelte er noch einmal. Schließlich hörte er die vorwurfsvolle Stimme einer alten Frau von der anderen Seite. »Ist ja gut, ich komme ja schon. Nur die Ruhe.« Die Tür öffnete sich, und das runde Gesicht, von dem er annahm, dass es Signora Bruno gehörte, erschien in dem Spalt. Als sie Dante sah, erkannte sie ihn sofort. Seine Augen hatten tatsächlich die Farbe eines tropischen Meers. Sie öffnete die Tür ganz und lächelte freundlich.

»Ich möchte zu Floriana. Ist sie da?« Er blickte über den Innenhof.

»Nein, sie ist ungefähr vor einer halben Stunde weg.«
»Wissen Sie, wohin sie wollte?«
»Ich nehme an, zu Ihnen.«

Dantes Züge verfinsterten sich frustriert. »Ich schätze, sie geht nicht die Straße hinauf.«

»Natürlich nicht. Sie nimmt die Abkürzung durch die Mohnwiesen.«

»Danke, Signora, Sie haben mir sehr geholfen.«

»Signora *Bruno*«, stellte sie sich vor. »Ich bin wie eine Mutter für Floriana, schon seit Loretta mit dem kleinen Bruder des Mädchens verschwunden ist.«

Dante war überrascht. »Floriana hat einen kleinen Bruder?«

»*Hatte* einen kleinen Bruder.«

»Das hat sie nie erzählt.«

»Tja, wird sie auch nicht. Ist zu schmerzlich, und Kinder haben ihre Art, die schlimmen Sachen von sich zu schieben. Gott allein weiß, was aus denen geworden ist.«

»Wie grausam, ein Kind dem anderen vorzuziehen. Was für eine Frau tut so etwas?«

»Eine sehr selbstsüchtige. Ich denke mal, ihr Tomatenverkäufer wollte kein älteres Kind. Der kleine Luca war sehr niedlich, und Floriana hat ihn vergöttert.«

»Wie hieß der Tomatenverkäufer?«

Signora Bruno bemerkte das Blitzen in seinen Augen und legte ihm ihre massige Hand auf den Arm. »Lassen Sie es gut sein, Dante. Ich weiß, dass Sie alles richten wollen, aber das können Sie nicht. Sie sind schon lange fort. Falls Loretta wiederkommen und sie sehen wollte, hätte sie es jederzeit gekonnt. Sie weiß, wo das Kind ist. Aber sie will nicht, verstehen Sie? Besser ist, dass Floriana die Vergangenheit vergisst und an ihre Zukunft denkt. Sie ist eine kluge, entschlossene junge Frau. Es ist eine Schande, dass ihre Mutter sie jetzt nicht sieht, denn sie könnte mächtig stolz sein auf das, was trotz allem aus Floriana geworden ist.«

»Sie hat Glück, Sie zu haben, Signora.«

»Ich weiß.« Sie winkte ab. »Ich bekomme meinen Lohn im Himmel, ganz sicher.«

Dante fuhr wieder zurück. Seine Gedanken kreisten um Lorettas Herzlosigkeit und den Tomatenhändler, der sie fortlockte. Er würde alles geben, sie zu finden. Und er könnte es auch. Er bräuchte nur Zazzetta zu bitten, und es wäre erledigt, denn so wenig er den Mann mochte, zweifelte er nicht an seinen Fähigkeiten. Aber vielleicht hatte Signora Bruno recht. Was würde es bringen? Warum alles aufwühlen und Floriana womöglich eine weitere Zurückweisung zumuten?

Als er die Straßen zum Tor von La Magdalena hinauffuhr, fing Gute-Nacht zu bellen an. Erst dachte Dante, dass er sich freute, weil er wieder nach Hause kam, doch dann sah er Floriana langsam über den Hügel in Richtung Tor gehen. Sie trug ein geblümtes Sommerkleid und Sandalen. Ihr Haar fiel ihr offen über die Schultern, und sie hatte einen kleinen Strauß Mohnblumen sowie einen Leinenbeutel bei sich. Dante hupte, und sie blickte auf, wobei sie die Augen mit einer Hand gegen die Sonne abschirmte. Er winkte ihr zu, hupte nochmals und hielt den Wagen an.

Gute-Nacht sprang heraus, eilte ihr entgegen und warf sie in seinem Überschwang fast um.

Im nächsten Moment nahm Dante sie in seine Arme und küsste sie. »Wo warst du?«, fragte er, das Gesicht an ihrem Hals vergraben.

»Ich bin zuerst zu Costanza gegangen.«

»Sie ist schon hier.«

»Das dachte ich mir.«

Er sah sie an. »Hat sie dich nicht gefragt, ob du mitwillst?«

»Egal. Sieh sich einer deinen Wagen an!«

»Lust auf eine Probefahrt?«

»Und ob! Ich wette, der fährt richtig schnell.«

»Wenn wir zu schnell fahren, fliegt der Hund weg.«

»Der süße Gute-Nacht.« Sie streichelte ihn liebevoll. »Er wurde mein bester Freund, als du weg warst. Guck mal, er wird grau um die Schnauze.«

»Er ist alt.«

»Aber er ist noch sehr munter und beweglich.« Als wollte er

es beweisen, lief der Hund leichtfüßig den Hang hinauf zum Auto.

Drinnen roch der Wagen nach Leder, gewärmt von der Sonne. Gute-Nacht hüpfte wieder auf die Rückbank und wedelte erwartungsvoll mit dem Schwanz. Floriana glitt auf den Beifahrersitz und strich über das Holzarmaturenbrett.

»Das ist ein atemberaubendes Auto, Dante.«

»Vater hat es für mich gekauft.«

»Wie großzügig von ihm.«

Dante grinste spöttisch. »Großzügig, ja. Aber er sieht mich als eine Verlängerung von sich selbst, also ist es eher so, als hätte er *sich* den Wagen geschenkt.« Er startete den Motor, der wie ein Löwe brüllte, und raste los, das Tor von La Magdalena weit hinter sich lassend. Gute-Nacht hatte sich auf der Rückbank geduckt, als der Wagen losruckte. Floriana lachte über das Röhren hinweg und warf den Kopf nach hinten. Der Wind peitschte ihr Haar hin und her. Nachdem Dante vorgeführt hatte, wie schnell der Wagen fuhr, drosselte er das Tempo, damit sie sich unterhalten konnten.

»Du warst gestern Abend zum Fest eingeladen«, sagte er.

»Nein, war ich nicht«, erwiderte sie. »Aber das macht nichts, ehrlich.«

»Du verstehst mich nicht. Du *warst* eingeladen. Mamma hat dir eine Einladung geschrieben und sie der Contessa mitgegeben.«

Floriana wurde sehr ernst. »Du meinst, es gab die ganze Zeit eine Einladung für mich?«

»Ja. Ich vermute, die Contessa hat vergessen, sie dir zu geben.«

»Oh ja, das hat sie sicher.« Florianas Tonfall verriet, dass sie es ganz und gar nicht glaubte. Sie drehte den Kopf zur Seite und blickte auf die Landschaft. »Sie konnte mich noch nie leiden.«

»Wahrscheinlich ist sie nur eifersüchtig.«

»Nein, sie sieht auf mich herab. Was soll's? Ich bin daran gewöhnt, und es macht mir nichts. Was kann sie mir schon tun?«

»Sie kann dir gar nichts tun.« Er griff über den Schaltknüppel hinweg nach ihrer Hand. »Du bist jetzt mit mir zusammen, Floriana. Keiner wird dich je wieder verletzen.«

Costanza war verwundert, als Floriana mit Dante zum Pool kam. Schlagartig regte sich ihr schlechtes Gewissen. Sie wünschte, sie wäre nicht so gemein gewesen, sie auszuschließen.

»Seht mal, wen ich am Straßenrand aufgelesen habe«, sagte Dante mit einem triumphierenden Grinsen. Er ging hinüber zu den Umkleiden, um sich eine Badehose anzuziehen.

Costanza lief zu Floriana, um sich zu entschuldigen. »Es tut mir leid, Floriana«, flüsterte sie. »Ich dachte, du bist schon hier.«

Floriana tat ihre Entschuldigung mit einem Achselzucken ab. »Wie war das Fest?«

Costanza stutzte. »Es war traumhaft. Hättest du doch nur dabei sein können!«

»Übrigens war ich eingeladen, nur hat deine Mutter vergessen, mir die Einladung zu geben. Solche Fehler passieren leicht mal.«

»Meine Mutter?« Costanza starrte sie ungläubig an. »Bist du sicher?«

»Absolut. Signora Bonfanti hat sie deiner Mutter gegeben, damit die sie mir gibt.«

»Das verstehe ich nicht. Warum hat sie dir die Einladung denn nicht gegeben?«

»Offensichtlich wollte sie nicht, dass ich hingehe.« Costanza sah entsetzt aus, und Floriana nahm ihre Hand. »Ist schon okay. Ich komme nun mal nicht aus deiner Welt, Costanza. Und ich mache dir keinen Vorwurf. Allerdings werde ich nicht so tun, als würde ich deine Mutter mögen.«

»Möchtest du, dass ich etwas sage?«

»Nein.«

Costanza war froh, denn der Gedanke, ihre Mutter zur Rede zu stellen, jagte ihr eine Riesenangst ein.

»Lass es gut sein. Es ist nicht mehr wichtig. Was geschehen ist, ist geschehen.« Floriana lächelte, und Costanza freute es, dass sie sich ihren Kampfgeist bewahrte.

»Komm schwimmen. Giovanna und ich testen, wie viele Bahnen wir unter Wasser schwimmen können.«

»Und wie viele schaffst du?«

»Eineinhalb.«

»Und Giovanna?«

»Zwei.«

»Dann schwimme ich drei.« Mit diesen Worten marschierte Floriana zur Umkleide und zog sich ihren Badeanzug an.

Dante tauchte in den Pool und kraulte einige Bahnen. Als Floriana in einem blassblauen Badeanzug aus der Umkleide kam, hielt er inne und trat Wasser, um sie zu beobachten. In den fünf Jahren, die er fort gewesen war, hatte sie weibliche Formen bekommen. Ihre Taille war schmal, die Hüfte ein wenig breiter; ihre Schenkel waren etwas voller und ihre Brüste rund und reif. Sie war nicht mehr das Kind, von dem er sich verabschiedet hatte, sondern ein junges Mädchen auf der Schwelle zum Frausein. Er spürte eine vertraute Erregung und schwamm hinüber zu ihr.

Floriana sprang ins Wasser. Als sie wieder auftauchte, war Dante breit grinsend neben ihr. Er wollte sie in die Arme nehmen und wie verrückt küssen, aber sie waren nicht allein. Stattdessen flüsterte er ihr zu, was er gerne täte, bevor er sie unter Wasser zog und sich einen Kuss stahl, wo niemand es sehen konnte.

Damiana kam mit einigen Freunden an den Pool, und bald wimmelte es von jungen Leuten, die sich gegenseitig mit Wasser bespritzten, in der Sonne lagen, Saft tranken und plapperten. Costanza spielte mit Giovanna. Sie hatten versucht, Floriana einzubeziehen, doch nachdem die bewiesen hatte, dass sie die Luft unter Wasser länger anhalten konnte als alle anderen, war sie zu Dante geschwommen. Es wunderte Costanza nicht. Dante hatte Floriana immer gemocht, und Costanza wusste, dass Floriana in ihn verliebt war. Der Gedanke, ihre Gefühle könnten erwidert werden, kam Costanza überhaupt nicht.

Als sie zum Mittagessen nach oben gingen, war Violetta überglücklich, *l'orfanella* zu sehen, wie sie in der Familie hieß. Sie schloss Floriana in die Arme und küsste sie herzlich auf die Wangen.

»Es tut mir furchtbar leid, dass es solch ein Durcheinander mit deiner Einladung gab, Floriana«, sagte sie mit aufrichtigem Bedauern. »Ich hatte sie der Contessa gegeben, weil ich deine Adresse nicht weiß. Das ist ganz allein meine Schuld. Ich hätte dich fragen sollen – oder dir die Einladung direkt geben. Mir ist die Vorstellung unerträglich, dass du gedacht hast, wir wollten dich nicht dabeihaben.«

»Ich wäre wirklich gerne gekommen, aber mich freut, dass ich nicht vergessen wurde«, antwortete Floriana.

Dante legte einen Arm um sie. »Sie ist ja jetzt hier.« Einzig seine Mutter nahm einen veränderten Ton in seiner Stimme wahr.

Sie beobachtete, wie die beiden zusammensaßen, und konnte die Schwingungen zwischen ihnen beinahe sehen, ähnlich einem Hitzeflirren über einer Landstraße im Hochsommer.

Beppe saß an der Spitze des Mittagstisches und machte ziemlich viel Aufhebens um Costanza. Florianas Platz war am anderen Ende der Tafel, doch er hätte sie nicht einmal beachtet, wäre sie gleich neben ihm gewesen. Costanza war die Tochter eines Conte und Nichte eines Prinzen, das war wichtiger als alles andere. Dante und Floriana hätten ebenso gut an einem eigenen Tisch sitzen können, so wie sie redeten, lachten und nur Augen und Ohren füreinander hatten. Violetta beobachtete ihren Sohn neugierig und ein wenig traurig, denn es war ausgeschlossen, dass aus dieser jungen Liebe mehr werden könnte.

Ihr Ehemann war reich und angesehen, und Geld besaß eine enorme Macht. Früher einmal wäre Floriana vollkommen akzeptabel gewesen. Heute wollte Beppe ein Mädchen wie Costanza als Schwiegertochter.

Am Nachmittag gab Dante Floriana eine Tennisstunde. Giovanna lieh ihr ein Paar Tennisschuhe und einen Schläger, bevor sie zum Pool zurückging, wo sie mit Costanza, Damiana und deren Freunden in der Sonne liegen wollte. So waren Floriana und Dante allein auf dem Tennisplatz. Er stellte sich hinter sie, griff um sie herum und zeigte ihr, wie sie den Schläger halten sollte. Dazu legte er ihre Hände um den Griff, während er sein Gesicht zu ihrem Hals neigte und die weiche, warme Haut dort küsste. Lachend schubste sie ihn weg. »Du sollst mir Unterricht geben.«

»Tue ich. Ich unterrichte dich in der Liebe.«

»*Stupido!*«

»Ich kann nicht anders. Du bist zu köstlich.«

»Also, ich halte ihn so. Wann darf ich einen Ball schlagen?«

»Dein Eifer gefällt mir«, sagte er, wollte sie jedoch nicht loslassen. »Für jeden Ball, den du nicht triffst, kriege ich einen Kuss.«

»Du gehst anscheinend davon aus, dass ich sehr ungeschickt bin.«

»Das hoffe ich.«

»Und wenn ich ein Naturtalent bin?«

»Dann hole ich mir trotzdem meine Küsse!«

»Dante!«

Er zuckte mit den Schultern. »Ich kann es nun mal.«

Er ging auf die andere Seite des Netzes. Floriana hielt den Schläger bereit, denn sie wollte ihm unbedingt zeigen, dass es nicht leicht würde. Er warf einen Ball. Floriana sah ihn aufprallen, holte mit dem Schläger aus und traf ihn.

»Wie es aussieht, bin ich ein Naturtalent«, sagte sie mit einem triumphierenden Grinsen.

»Anfängerglück.«

»Noch mal.«

Er warf noch einen Ball, und auch den traf Floriana. Dante verzog das Gesicht. »So wird das nichts.«

»Du bist eben ein sehr guter Lehrer.« Er warf noch einen Ball, diesmal auf ihre Rückhand, und sie verfehlte ihn.

»Diesen Schlag hast du mir nicht gezeigt!«

»Regeln sind Regeln, und du schuldest mir einen Kuss!« Juchzend sprang er übers Netz, hob Floriana in seine Arme und küsste sie.

»Wenn du das bei jedem meiner verfehlten Schläge machst, lerne ich es nie richtig«, schalt sie ihn, sobald sie wieder Luft bekam.

»Das war auch nie meine Absicht.«

»Nicht?«

»Nein, ich wollte dich einfach nur für mich haben.«

»Hättest du das nicht einfacher haben können?«

»Mir fiel nichts Besseres ein.«

»Ich wüsste etwas.« Sie nahm ihn bei der Hand, und er ließ sie wieder herunter. »Gehen wir spazieren.«

Unten an dem Strand, den Floriana so gut kannte, führte sie ihn zu einer kleinen windgeschützten Einbuchtung. Dort saßen sie zusammen und sahen den Rennbooten zu, die in einiger Entfernung über die Wellen flitzten.

»Jetzt habe ich dich ganz für mich allein«, sagte Dante und zog Floriana in seine Arme. Diesmal protestierte sie nicht. Sie schlang ihre Arme um ihn und ließ sich von ihm küssen.

Am Abend, als Floriana und Costanza über die Mohnwiese gingen, machte Floriana vor lauter Glück bei jedem Schritt einen Hüpfer. Ihr Gesicht glühte, und ihre Arme schwangen weit aus. Hin und wieder bückte sie sich, um eine der Wildblumen zu pflücken, die im langen Gras wuchsen.

Costanza wollte die Sache mit der Einladung nicht aus dem Kopf. Könnte ihre Mutter tatsächlich so hinterhältig sein? Was wäre denn schlimm daran gewesen, dass Floriana zu dem Fest kam? Costanza begriff es nicht, und dennoch hatte sie ein schrecklich schlechtes Gewissen, als hätte sie gegen ihre Freundin intrigiert. Sie bereute ihre Entscheidung, Floriana künftig nicht mehr mitzunehmen, und beschloss, es irgendwie wiedergutzumachen – wenn sie erst in der entsprechenden Position war.

»Ich bin verliebt«, seufzte Floriana, die ihre Gefühle unmöglich für sich behalten konnte.

»Das weiß ich«, antwortete Costanza.

»Und er ist in mich verliebt.«

»Na ja, er mag dich sehr. Das weiß ich ebenfalls.«

»Nein, er liebt mich. Er hat es mir gesagt.«

Costanza blieb stehen. »Was? Er hat dir gesagt, dass er dich liebt?«

»Ja, gestern Abend, als ich zur Mauer kam, um mir das Fest anzusehen, und er mich gefunden hat. Wie sind spazieren gegangen, haben stundenlang geredet, und dann …« Sie wurde rot und wagte fast nicht, es auszusprechen. »Hat er mich geküsst.«

Costanza war perplex. »Er hat dich geküsst?«

»Ja. Es war göttlich!« Floriana streckte die Arme aus und wirbelte im Kreis herum. »Gott hat meine Gebete erhört. Ich liebe Dante. Ich liebe ihn, liebe ihn, liebe ihn, und mir ist egal, wer es weiß.«

Angesteckt von der Begeisterung ihrer Freundin, fing Costanza zu lachen an. »Ich glaub's nicht. Er ist doch viel älter als du.«

»Na und? Die Liebe kennt keine Hindernisse.«

»Stimmt, kennt sie nicht. Wenn er dich auch liebt, heiratet ihr. Dann wirst du einen Schmuckkasten haben, der noch viel größer ist als der von meiner Mutter.« Diese Vorstellung machte Costanza seltsam zufrieden.

»Ich will keinen Schmuckkasten. Ich will nur *ihn*. Die Liebe allein reicht, um mich zu dem glücklichsten Mädchen auf der ganzen Welt zu machen!«

Costanza nahm Florianas Hand, und sie liefen die Wiese

hinunter. »Dann sollst du ihn haben!«, rief Costanza. Sie beide lachten, bis sie außer Atem waren und stehen bleiben mussten.

Costanza begleitete Floriana zur Kirche, wo Floriana zum Dank eine Kerze anzünden wollte, Costanza aus Reue. Nie wieder würde sie die Freundin verraten, so wahr ihr Gott helfe. Padre Ascanio war in der Kirche, um die Messe vorzubereiten, wobei ihm Pater Severo, der Mesner, zur Hand ging. Als er die Mädchen sah, kam Padre Ascanio sie begrüßen. Sein langes Gewand wischte beim Gehen über den Steinboden. Er hatte stets ein Auge auf Floriana gehabt, wie es seine Pflicht als guter Hirte war. Jede Woche hörte er sich ihre Beichte an, ihre Hoffnungen und Träume. Ihr kleines Herz war so voller Gottvertrauen, ihr Glaube unerschütterlich. Nun zündete sie eine Kerze an, schloss die Augen und hatte einen solch verzauberten Gesichtsausdruck, dass der Padre wusste, es musste etwas Gutes geschehen sein.

»Guten Tag, meine Kinder«, sagte er leise.

»Guten Tag, Padre Ascanio«, entgegnete Costanza. Sie errötete schuldbewusst und senkte den Blick, als fürchtete sie, dass der Padre ihre Gedanken lesen konnte.

Floriana beendete ihr Gebet und öffnete die Augen. »Guten Tag, Pater.«

»Gott erfreut sich an deinem Glück«, sagte er lächelnd.

»Oh ja, ich bin glücklich, Pater! Und ich bin dankbar, dass er meine Gebete erhört hat.«

Pater Ascanio stutzte. War ihre Mutter nach all den Jahren zurückgekommen? Oder erwiderte der junge Dante Bonfanti ihre Liebe? Natürlich kannte er sämtliche Geheimnisse in Herba – und Pater Severo kannte die von Pater Ascanio.

»Dante liebt mich, Pater.« Sie strahlte so sehr, dass Pater Ascanio nicht umhin konnte, ihre Freude mitzuempfinden. Gott hatte endlich wohlwollend auf seine kleine Tochter herabgeblickt. Doch leider wurde ihr Glück von einer finsteren Vorahnung getrübt. Eine Verbindung zwischen Floriana und Dante würde Dantes Familie gewiss nicht gutheißen.

»Bitte Gott, dass er dich führen möge, mein Kind.«

»Er hat mich schon geführt, Pater. Allein ihm verdanke ich, dass ich heute so glücklich bin.«

Er sah den beiden Mädchen nach, wie sie hinaus in den Sonnenschein tänzelten, und schüttelte den Kopf. »Ich fürchte, das nimmt kein gutes Ende, Pater Severo.«

»Sicher doch«, sagte Pater Severo und wischte sich den kahlen Kopf mit seinem Taschentuch. Sogar er selbst roch den Alkohol in seinem Schweiß, doch er hoffte, dass er sich auf Pater Ascanios dürftigen Geruchssinn verlassen konnte.

»Ich sorge mich, dass Floriana wieder das Herz gebrochen werden könnte«, fuhr Pater Ascanio fort. Pater Severo nickte. »Wie dem auch sei, ich werde da sein, die Scherben aufzusammeln und wieder zusammenzufügen. Ihr Vater hat sich dem Teufel verschrieben und kann nichts für sie tun. Sie verlässt sich auf uns.«

»Und sie hat ihren Glauben«, ergänzte Pater Severo.

»Der ist wahrlich stark. Aber ist er stark genug, um einen zweiten schweren Schlag zu verkraften? Ich weiß es nicht. Ich werde für sie beten.«

»Ich auch«, sagte Pater Severo. »Und wie ich für sie beten werde.«

An diesem Abend aß Costanza mit ihren Eltern im Esszimmer. Ihre Mutter plapperte unaufhörlich von dem Fest, wie extravagant alles gewesen war und welche neuen Bekanntschaften sie machen konnte.

Costanza erwähnte Floriana mit keiner Silbe, obwohl sie die ganze Zeit an sie dachte. Wenn ihre Mutter wüsste, dass Dante sie geküsst und ihr seine Liebe gestanden hatte, wäre sie entsetzt. Was es recht verlockend machte, damit herauszuplatzen, bloß um ihre Mutter leiden zu sehen. Doch Costanzas Angst war größer als ihre Schadenfreude, und so blieb sie still. Sie musste Florianas Kämpfe nicht für sie ausfechten. Das konnte sie sehr gut allein.

Dante fuhr in seinem Alfa Romeo Spider vor Florianas Haus vor und hupte. Signora Bruno kam herausgeeilt, um den Wagen zu bewundern. Sie strich über die funkelnde Motorhaube, als wäre sie aus echtem Silber. Kinder drängelten sich um das Auto, forderten sich gegenseitig heraus, mutig zu sein und es anzufassen.

Dante fiel der Kleinste von ihnen auf, der ganz hinten auf Zehenspitzen stand, und er ging zu ihm. »Möchtest du dich mal reinsetzen?«, fragte er ihn. Der kleine Junge nickte aufgeregt.

Als Floriana durch das Tor trat, saß Dante mit dem Kind auf den Knien hinterm Lenkrad und erklärte ihm, wofür die vielen Knöpfe waren.

»Seien Sie ja vorsichtig mit Floriana«, warnte Signora Bruno Dante mit erhobenem Zeigefinger.

»Vertrauen Sie mir, ich werde sie behandeln wie ein kostbares Juwel«, versprach er und hob den kleinen Jungen von seinem Schoß zurück auf die Straße.

»Ich bleibe auf, bis sie wieder da ist«, rief Signora Bruno, als Dante den Motor anließ.

Die Kinder wichen staunend zurück. Floriana winkte, und Dante hupte noch einmal.

Als sie langsam losfuhren, folgten ihnen die Kinder wie ein Rudel verspielter Hunde.

»Wohin fahren wir?«, fragte Floriana.

»Wohin du willst.«

»Dann fahren wir einfach.« Sie nahm seine Hand, und Dante hob ihre an seine Lippen.

Während sie fuhren, ging die Sonne über den Olivenhainen und Weingärten der Toskana unter. Das Licht wurde weicher, der Himmel fahler, bis die Nacht einsetzte und die ersten Sterne hoch oben zu funkeln begannen. Sie fanden eine kleine Trattoria, in der sie unter einem Spalier von Tomatenpflanzen Pasta aßen. Die Kerze auf dem Tisch wurde heller, je dunkler es um sie herum wurde, und die Grillen stimmten ihren nächtlichen Chorgesang an. Es war spät, bis sie den Tisch verließen und sich auf den Rückweg machten.

Dante hielt oben an den Klippen, sodass sie aufs Meer sehen konnten. Der Mond warf eine breite Silberspur auf das Wasser. Nachdem Dante den Motor abgestellt hatte, saßen sie schweigend da und betrachteten das schöne Bild, das sich ihnen bot. Eine ganze Weile sprach keiner von ihnen, und ihre Stille war so tröstlich wie die Sterne und der Mond über ihnen.

»So wird es immer sein«, sagte Dante schließlich und zog Floriana in seine Arme. »Wir werden hier sitzen, wenn wir alt sind, und über unsere Kinder reden. Wir werden gemeinsam alt werden.«

»Und wir werden unseren Kindern erzählen, wie wir uns kennengelernt haben.«

»Ja, wir erzählen ihnen von meiner *piccolina,* die ihre Nase durch die Torstäbe steckte und sehnsüchtig auf das Haus und ihre Gärten guckte.«

»Ich werde mal eine gute Mutter«, sagte Floriana verträumt. »Ich gebe unseren Kindern alles, was ich nie hatte.«

Er küsste sie auf die Stirn. »Und ich gebe dir alles, was du nie hattest.«

Mit glänzenden Augen sah sie zu ihm auf. »Das hast du schon.«

25

Zwei Monate vergingen. Floriana musste nach wie vor arbeiten, um den Lebensunterhalt für sich und ihren immer häufiger betrunkenen Vater zu verdienen. An manchen Tagen half sie ihrer Tante in der Wäscherei, an anderen bediente sie in dem *caffè* auf der Piazza Laconda. Sie war sich nicht zu schade, Geschirr zu spülen oder zu fegen, für gar nichts, das ihr das Geld einbrachte, um Essen und Kleidung zu kaufen. Die Leute im Ort wussten, dass sie Floriana rufen konnten, wenn Arbeit zu erledigen war. Dante war sich ihrer Plackerei und ihrer Not nicht bewusst, hatte er doch nie Leute gekannt, die nichts besaßen. Und Floriana sagte ihm nichts. Es wäre ihr viel zu peinlich, sollte er ihr Hilfe anbieten.

Costanza verbrachte die meisten Tage mit Giovanna, entweder in La Magdalena oder in einem der anderen hübschen Häuser in der Nähe. Für sie war der Sommer wie eine einzige lange Lunch-Party, und bald fiel Giovannas Name praktisch nur noch zusammen mit Costanzas, als wären die zwei ausschließlich im Paar denkbar. Costanza hatte mehr Spaß denn je, und ihr Glück erlaubte ihr, sich ehrlich für Floriana zu freuen. Oft sahen die beiden sich nicht mehr, denn Floriana war von allen größeren gesellschaftlichen Anlässen ausgeschlossen. Aber wenn sie sich trafen, hörte sich Costanza fasziniert an, was Floriana ihr über die erblühende Romanze berichtete.

Dante konnte seine Liebe nicht verbergen. Er wollte jede Minute mit Floriana verbringen. Sie fuhren aus, machten Picknicks am Strand oder lagen einfach im Gras im Meerjungfrauengarten seiner Mutter und lasen sich gegenseitig vor, während Gute-Nacht zufrieden neben ihnen döste. Es waren magische Abende, an denen die Grillen zirpten, sich die Vögel zur Ruhe begaben und das Licht weicher golden wurde. Für Floriana waren diese Momente ein Gottesgeschenk, das sie in vollen Zügen genoss.

Violetta sah die Sommerromanze ihres Sohnes mit wachsendem Unbehagen. Die beiden waren eindeutig ineinander verliebt, was rührend anzuschauen war, doch sie fürchtete, dass Floriana das Herz brach, wenn das unvermeidliche Ende eintrat. Im September sollte Dante nach Mailand ziehen, wo für ihn der Ernst des Lebens begann, und Floriana ließe er unglücklich hier zurück.

Mit Beppe sprach sie nicht darüber. Soweit es ihn betraf, war ihre Romanze nichts als eine von vielen kurzen Liebeleien, die Dante in jungen Jahren genießen durfte, ehe er sich angemessen verheiratete. Weder überraschte sie ihn, noch interessierte sie ihn sonderlich.

Nicht jeder indes war so herzlos wie Beppe. Pater Ascanio ahnte, dass eine schreckliche Katastrophe herannahte, und beschloss, mit Floriana zu sprechen, als sie kam, um ihre Kerze anzuzünden.

Floriana hatte großen Respekt vor Pater Ascanio, den sie schon so lange kannte, wie sie denken konnte. Und sie hatte Ehrfurcht vor ihm, weil er der älteste Mann in ganz Herba war, somit also Gott am nächsten von allen. Als er nun sagte, dass er sie sprechen wolle, fühlte sie sich sofort schuldig und überlegte angestrengt, was sie verbrochen haben mochte. Eingeschüchtert folgte sie ihm in eine kleine Seitenkapelle, wo sie ungestört waren.

»Du siehst verängstigt aus, Floriana«, sagte er und setzte sich auf einen der Holzstühle vor dem Altar.

»Na, weil ich fürchte, dass ich gesündigt habe, wenn Sie mich sprechen wollen.«

Beim Lächeln legte sich sein freundliches altes Gesicht in unzählige Falten. »Du bist kein Kind mehr, Floriana. Die Tage, in denen du von den Klippen gesprungen bist und deinen Unterricht geschwänzt hast, sind lange vorbei. Nun bist du eine gottesfürchtige junge Frau an der Schwelle zu deinem sechzehnten Geburtstag, und ich bin stolz auf dich.«

»Dann habe ich nichts Falsches gemacht?«

»Nein, gar nichts.«

»Warum wollen Sie denn mit mir reden, Pater?«

Er zögerte und bat Gott stumm um Hilfe. Junge Liebe war ein Gebiet, auf dem er sich überhaupt nicht auskannte. Er holte Luft und stürzte sich ins kalte Wasser der Vernunft. »Mein liebes Kind, da dir eine Mutter fehlt, die dich auf deinem Weg hin zur Frau begleitet, habe ich den Eindruck, dass mir als Hirte dieser Gemeinde die Aufgabe zufällt, dir väterlichen Rat zu geben.«

Floriana wurde die Brust eng vor Furcht, denn sie wusste gleich, dass es um Dante gehen musste. Pater Ascanio bemerkte ihre Angst und nahm ihre Hand. »Ich weiß, dass dich und Dante Bonfanti eine tiefe Freundschaft verbindet.«

»Ja, Pater.«

»Aber ich würde meine von Gott auferlegte Pflicht vernachlässigen, wenn ich dich nicht beizeiten auf die Unmöglichkeit dieser Verbindung hinweise.«

»Unmöglichkeit?«

Pater Ascanio betete um innere Kraft, als Floriana die Tränen kamen und über ihre aschfahlen Wangen rannen.

»Er kehrt im September nach Mailand zurück, um für seinen Vater zu arbeiten, und dein Leben wird wieder das, was es vorher war. Du bist so jung, meine Liebe, und er ist dreiundzwanzig, ein Mann ...« Seine Stimme versagte, als Floriana vor seinen Augen das Herz brach. »Es tut mir sehr leid, dass ich dir das sagen muss, aber ich möchte dir unnötigen Schmerz ersparen, indem ich dich auf die Wahrheit vorbereite.«

»Aber, Pater, Dante liebt mich!«

»Ich bin sicher, dass er das tut. Doch denkst du wirklich, dass sein Vater ihm seinen Segen geben würde, dich zu heiraten?« Floriana senkte den Blick. »Ihr kommt aus sehr unterschiedlichen Welten, mein Kind. Du machst gerade eine Erfahrung, die du in Ehren halten darfst, aber du wirst nach vorn blicken und dir jemanden deines gesellschaftlichen Ranges auswählen müssen. Dante Bonfanti kann nicht dein Mann werden.« Mitanzusehen, wie sie vor Kummer verging wie ein abgefallenes Blatt im Herbstwind, war zu viel für Pater Ascanio. »Ich lasse dich allein, damit du dich wieder fassen kannst«, sagte er sanft und tätschelte ihre Hand.

»Ich liebe ihn so sehr, Pater.«

»Manchmal ist die Liebe nicht genug, Floriana.«

»Aber Jesus ...«

Er senkte die Stimme. »Du hast recht. Jesus lehrte uns, unseren Nächsten zu lieben wie uns selbst, doch leider hat Beppe Bonfanti diese Lektion bislang nicht gelernt.«

Floriana blieb allein in der kleinen Kapelle. Sie vergrub ihr Gesicht in den Händen und versuchte, Gottes Nähe zu fühlen, nur fühlte sie nichts außer ihren tränennassen Wangen und ihrem bleischweren Herzen. War es wirklich unmöglich für sie beide, zusammen zu sein? Konnte sie etwas so Unbedeutendes wie Reichtum auseinanderbringen? Für einen Moment fühlte sie sich vollkommen machtlos. Beppe Bonfanti erschien ihr wie ein Riese, eine dunkle, mächtige Gestalt, die sich zwischen sie und den Mann stellte, den sie liebte. Sie sah Pater Ascanios freundliches Gesicht vor sich, wie er hilflos den Kopf schüttelte. Anscheinend war jeder gegen sie. Dann jedoch dachte sie an Violetta, die sie mütterlich liebevoll anlächelte. Sie würde ihnen ganz sicher ihren Segen geben, oder nicht? Könnte sie ihren Mann nicht überreden, ihre Verbindung zuzulassen?

Floriana klammerte sich an diesen winzigen Hoffnungsschimmer, während sie ihre Tränen mit ihrem Rockzipfel trocknete. Es war nicht fair, dass sie dieses Unglück allein ertrug. Sie würde Dante erzählen, was Pater Ascanio gesagt hatte, und er würde ihr sagen, dass alles gut wurde, und ihre Ängste einfach wegküssen. Alles wurde gut, das wusste sie einfach. Pater Ascanio tat, was er für das Richtige hielt, aber er hatte keine Ahnung, wie die Umstände wirklich waren. Er konnte gar nicht wissen, wie stark ihre Liebe war. Floriana schöpfte neuen Mut, denn sie sagte sich, dass ihr Herz schon ganz anderes ausgehalten hatte. Von Beppe Bonfanti ließ sie es sich nicht brechen. Wenn Pater Ascanio sie eines gelehrt hatte, dann dass vor Gott alle Menschen gleich waren – womit sie genauso würdig war wie jeder andere.

Es dämmerte bereits, als sie La Magdalena erreichte. Gute-Nacht rannte die Einfahrt herunter, um sie zu begrüßen, als sich die schweren Torflügel öffneten. Zitternd bückte sie sich zu dem Hund, schmiegte ihr Gesicht in sein warmes Fell und versuchte, Kraft zu sammeln, weil ihre Ängste sie einzuholen drohten. Nach einer Weile ging sie die Zypressenallee entlang, die sie erstmals mit Dante hinaufwanderte, als sie noch ein kleines Mädchen war. Ihre Sorge machte es ihr unmöglich, die herrlichen Gartendüfte zu würdigen, die in der Abendluft besonders intensiv waren.

Dante, der sie erwartet hatte, kam ihr vom Haus aus entgegengelaufen. Als er ihre unglückliche Miene sah, nahm er sie in die Arme.

»Was ist passiert?«, fragte er.

Überwältigt von seinem Mitgefühl, brach Floriana in Tränen aus. Sie schluchzte so heftig, dass sie zunächst nicht sprechen konnte.

»Komm, suchen wir uns einen Platz, an dem wir ungestört sind.« Er führte sie zwischen den Bäumen hindurch zu einer Pinie, unter die sie sich setzten. »Ist es dein Vater?«

Floriana verneinte stumm. »Wenn er es doch bloß wäre!«

»Was ist dann?«

»Pater Ascanio hat mich gewarnt, dass wir nicht zusammenbleiben können.«

Dante war entsetzt. »Wie kommt er denn *darauf*?«

»Er hat gesagt, wir sind aus zu verschiedenen Welten, und dass ich so jung bin und es im September für immer vorbei ist ...«

»Was weiß er schon?« Dante war wütend, was zur Folge hatte, dass es Floriana sofort besser ging.

»Er hat gesagt, dass dein Vater uns nie seinen Segen geben würde.«

Dante hielt sie bei den Oberarmen und sah sie fest an. »Hör mir zu, Floriana. Niemand bringt uns auseinander, hast du verstanden? Ich liebe dich und keine andere. Niemals! Überlass meinen Vater mir. Und hör nicht auf Pater Ascanio. Er war noch nie verliebt, also weiß er nichts.«

Floriana lächelte und wischte sich mit dem Handrücken die Augen.

»Na, siehst du, so ist es schon besser. Wäre er kein Priester, würde ich hingegen und ihn auf dem Marktplatz verprügeln, weil er sich in Sachen einmischt, die ihn nichts angehen.«

»Er hat bloß getan, was er für richtig hält.«

»Die Welt hat sich verändert. Ich kann nicht glauben, dass er denkt, zwei Menschen können wegen ihrer Herkunft nicht zusammen sein. Der Mann ist ein Fossil. Glaub mir, Floriana, du und ich haben eine wunderbare Zukunft vor uns. Dann bist du eben jung, na und? Du wirst auch älter. Bald hast du Geburtstag.«

»Am vierzehnten August.«

»Wie wollen wir den feiern?«

»Gar nicht. Ist nicht wichtig.«

»Mir schon.« Er stand auf und zog sie zu sich hoch. »Komm. Wir verschwinden von hier. Und ich will dich nicht wieder so traurig sehen.«

»Mir geht es jetzt besser.«

»Schön. Du darfst nicht alleine leiden, Floriana. Komm zu mir, denn ich bin für dich da. Hast du gehört?« Sie nickte. »Also, wo steckt Gute-Nacht? Er wird ziemlich sauer, wenn wir ihn zurücklassen.«

Floriana glaubte Dante, als er sagte, dass sie immer zusammen sein würden. Wenn er sie liebte, konnte ihnen nichts im Weg stehen, weil Dante selbst Herr seines Schicksals war. Sie schob ihre Ängste weg, sodass sie sich in eine dunkle Nische ihres Denkens verzogen, wo sie vorerst bleiben sollten.

Der Sommer verging langsam, Stunde für Stunde, und Floriana und Dante verbrachten so viel Zeit gemeinsam, wie sie irgend konnten. Wann immer Floriana Costanza in La Magdalena traf, setzten sie sich zusammen und plauderten. Floriana erzählte ihr von ihrer Romanze, was Costanza umso mehr verzückte, als sie wusste, dass es ihre Mutter maßlos ärgern würde.

Costanza hatte selbst einige Verehrer gewonnen. Da gab es den großen, dunklen, grüblerischen Eduardo aus Rom, den blonden, blauäugigen Alessandro aus Mailand und den hübschen Eugenio aus Venedig. Aber keiner war der Contessa gut genug. Sie wollte für ihre Tochter den größten Preis von allen. Und deshalb konnte Costanza nicht anders, als ihrer Mutter die Wahrheit zu sagen, obwohl sie wusste, dass sie damit die Romanze ihrer Freundin in Gefahr brachte.

Sie saßen hinten im Wagen, auf dem Rückweg von einem Mittagessen, bei dem Eugenio mit Costanza in eine Ecke gegangen war und fast den ganzen Nachmittag mit ihr geredet hatte. Costanza mochte Eugenio ziemlich gern. Er war still und klug, und er hatte ein süßes Lächeln. Seine Familie war bekannt und gut angesehen. Sie wohnten in einem schönen Palazzo im Zentrum von Venedig. Aber das war der Contessa offensichtlich nicht genug.

»Mutter, ich bin noch sehr jung«, sagte Costanza. »Ich habe noch jahrelang Zeit, einen Mann zum Heiraten zu finden. Kann ich nicht einfach ein bisschen Spaß haben, wie Floriana?«

Bei dem Namen zuckte die Contessa zusammen. »Wie kann sie Spaß haben?«

»Sie ist in Dante verliebt.«

»Das ist doch absurd!« Die Contessa lachte hämisch.

»Eigentlich nicht. Er ist auch in sie verliebt.«

»Du scherzt!«

»Nein, ehrlich. Sie sind schon den ganzen Sommer zusammen.«

»Aber sie ist noch ein Kind!«

»Er wartet, bis sie älter ist, und dann heiratet er sie.«

Die Contessa kaute tatsächlich an ihrem Daumennagel. »Ich hätte gedacht, dass ein junger Mann wie Dante sich eine Gebildetere sucht, keine hiesige Streunerin.«

»Sie ist hübsch und witzig. Mich wundert gar nicht, dass er sie liebt. Jeder mag sie, außer dir.«

Die Contessa erschrak ob des aggressiven Tonfalls ihrer Tochter. Noch nie hatte Costanza es gewagt, so mit ihr zu reden. Aber die Contessa war eine gewitzte Frau. Sie wusste, dass ein Streit mit Costanza sie bloß weiter von ihr wegtreiben würde.

»Liebes, ich weiß, dass sie hübsch und witzig ist. Und du irrst dich, wenn du glaubst, ich würde sie nicht mögen. Ich beschütze dich lediglich, wie es jede Mutter unter den gegebenen Umständen täte. Denk doch, wie viel Spaß du diesen Sommer mit Giovanna hast. Glaubst du, dass du all diese Partys genießen könntest, wärst du immer noch nur mit Floriana befreundet? Wohl nicht. Dich und Giovanna verbindet etwas Tieferes, weil ihr so vieles gemein habt. Mit Floriana hast du nichts mehr gemein, außer Erinnerungen, die du dir bewahren darfst, weil sie besonders sind. Aber du musst auch klug genug sein, nach vorn zu sehen, deine Zukunft zu bedenken. Ich mag Eugenio sehr. Er ist entzückend charmant und eine nette Begleitung für dich. Wenn du mit ihm befreundet sein willst, hast du meinen Segen. Ich wünsche mir doch nichts anderes, als dass du glücklich bist.« Sie ergriff Costanzas Hand. »Und ich will nur, dass du bekommst, was du verdienst, nicht weniger.«

Costanza fühlte sich angemessen geschmeichelt. »Ich weiß, Mamma, und ich bin dir dankbar dafür.«

»Ich bin alt. Ich muss nicht mehr an mich selbst denken. Jeden Morgen werde ich wach und denke, was kann ich heute für Costanza tun?«

»Das ist sehr selbstlos.«

»Darum geht es doch beim Muttersein. Man stellt die eigenen Kinder über sich selbst. Also, diese Geschichte zwischen Floriana und Dante, ist die wirklich ernst?«

»Na ja, sie sind quasi unzertrennlich.«

»Und was sagen Beppe und Violetta dazu?«

»Giovanna sagt, dass ihre Mutter Floriana sehr mag, sogar wie eine Tochter, aber dass ihr Vater sie kaum bemerkt.«

»Beppe würde niemals zulassen, dass sein Sohn ein Mädchen wie Floriana heiratet.«

»Vielleicht brennen sie durch.«

»Sei nicht albern! Dante wirft doch nicht sein Erbe weg.«

»Giovanna sagt, ihr Bruder ist total verliebt.«

»Er mag ja verliebt sein, aber wenn sein Vater gegen die Verbindung ist, was er zweifelsohne sein wird lösen sich ihre Zukunftspläne schon in Wohlgefallen auf, ehe sie welche geschmiedet haben.«

»Arme Floriana«, seufzte Costanza.

»Es ist eine wunderschöne Liebesgeschichte, aber mit einem unglückliche Ende, wie es die besten Liebesgeschichten nehmen. Sie kommt drüber weg. So ein starkes Mädchen. Ich nehme an, sie wird am Ende jemanden aus Herba heiraten und Dante vergessen. Ernsthaft, das war doch von Anfang an nur ein aussichtsloser Traum.«

»Kann sie denn nicht mit ihm nach Mailand gehen?«

»Und dann? Bei wem soll sie wohnen? Natürlich kann sie nicht. Ich denke, dass Dante zur Besinnung kommen wird, wenn er erst wieder in seiner Welt ist. Kannst du dir Floriana in Mailand vorstellen? Undenkbar! Nein, sie haben eine hübsche Sommerromanze, und die geht zu Ende. Es tut mir ja leid, ehrlich.« Sie legte eine Hand auf ihr Herz und zog eine traurige Miene. »Ich mag mir gar nicht ausmalen, wie die kleine Floriana leiden wird, nach allem, was sie schon durchgemacht hat. Aber es ist unvermeidlich. Du wärst ihr eine gute Freundin, würdest du sie vorwarnen.«

»Das kann ich nicht!«

»Dann überlassen wir es dem Schicksal.« Oder mir, dachte die Contessa boshaft.

***

Als Dante seiner Mutter erzählte, dass Florianas Geburtstag nahte, beschloss Violetta, ihr eine Überraschungsparty mit der Familie auszurichten. Beppe war praktischerweise in Mailand, sodass sie freie Bahn hatte, Floriana zu verwöhnen. Sie ließ den Tisch auf der Terrasse decken und silberne Luftballons an jeden Stuhlrücken binden. Ein Kuchen in der Form von Gute-Nacht wurde gebacken, und hohe Sektflöten standen bereit. Violetta war sicher, dass Floriana noch nie eine Geburtstagsfeier gehabt hatte, und wollte, dass diese besonders wurde; vielleicht übertrieb sie es auch ein bisschen, weil ihr jetzt schon leidtat, welche Enttäuschung das Mädchen im September zu verkraften hätte. Violetta kaufte ein goldenes Armband für Floriana, an dem lauter kleine Talismane klimperten, und wickelte es aufwendig in rosa Papier mit Schleife. Der Koch bereitete ein Büffet für den Abend vor, sodass das Essen etwas von einem Bankett bekam.

Dante sorgte dafür, dass Floriana nichts mitbekam, indem er mit ihr an den Strand ging, bis es Zeit wurde, zur Villa zurückzukehren. Sie wusste, dass er eine Überraschung für sie hatte, und glaubte, er würde sie zum Abendessen in ein vornehmes Restaurant ausführen. Deshalb trug sie ihr bestes Kleid. Als sie jedoch nach La Magdalena kamen, wurde ihr klar, dass er ganz anderes geplant haben musste, nur hatte sie keine Ahnung, was.

Sie gingen Hand in Hand durchs Haus. Als sie den Salon betraten, sah Floriana den Tisch und die Ballons durch die Terrassentüren und schlug vor Staunen eine Hand vor ihren Mund. Draußen stand die Familie und erwartete sie: Giovanna und Costanza, Damiana und ihre beiden besten Freundinnen, Rosaria und Allegra, sowie Violetta, die ein Geschenk in der Hand hielt und sie strahlend anlächelte.

Florianas Ängste lösten sich endgültig in Wohlgefallen auf. Violetta hätte nicht deutlicher machen können, dass sie beide ihren Segen hatten. Mit Freudentränen in den Augen und rot glühenden Wangen näherte Floriana sich dem Tisch. Sie konnte sich gar nicht sattsehen an den kleinen Blumen, die auf der Tafel verstreut waren, und den Geschenken, die sich auf ihrem

Platz stapelten, allesamt in hübsches Papier gewickelt und mit Schleifen verziert. Nicht zu vergessen das viele Essen – und alles für sie!

Violetta umarmte sie herzlich und reichte ihr das Geschenk. »Mein liebes Kind, du verdienst es mehr als irgendjemand sonst, den ich kenne. Ich wünsche dir Glück, Gesundheit und viele schöne Jahre!« Sie strich Floriana über die Wange und sah sie an wie eine Mutter ihre Tochter.

Floriana setzte sich und öffnete das Geschenk. Ungläubig starrte sie das Armband an. Violetta nahm es und legte es ihr um. »Ich habe die Anhänger einzeln ausgesucht. Sieh mal, hier sind Gute-Nacht, ein F für deinen Namen, ein Vogel, eine Grille, eine Blume und ein kleines Haus, in dem zwei Herzen wohnen, sowie eine Kirche und ein Kreuz.«

Floriana lachte unter Tränen und schüttelte den Kopf. Auch die anderen mussten lachen, als sie erkannten, dass sie vor lauter Rührung nicht sprechen konnte.

Sie packte ihre anderen Geschenke aus: ein Kleid von Damiana, eine Kette von Giovanna, ein Gedichtband von Rosaria und ein Flakon Yves-Saint-Laurent-Parfüm von Allegra. Die Contessa war mit Costanza einkaufen gegangen und hatte Floriana eine hübsche Lederhandtasche mit passender Geldbörse gekauft, woraufhin Costanza zu dem Schluss kam, dass ihre Mutter Floriana eigentlich sehr gern hatte.

Schwindlig vor Glück trank Floriana Champagner und aß von den vielen köstlichen Gerichten. Dante saß neben ihr. Hin und wieder drückte er unter dem Tisch ihre Hand, um sie daran zu erinnern, dass er sie liebte. Als das Licht schwand und die Kerzen heller schienen, kam der Koch mit der Torte auf die Terrasse. Alle bejubelten die Nachbildung von Gute-Nacht in Biskuit und Glasur, und Floriana klatschte begeistert in die Hände. Sie blies die sechzehn Kerzen aus und senkte ein wenig zögerlich das Messer in die Hundepfote, während sie die Augen schloss und sich etwas wünschte.

Violetta wusste, was sie sich wünschte, und ihre Freude wurde von einer dunklen Vorahnung getrübt. Könnte dieser Abend doch ewig dauern, dann würde niemandem wehgetan.

Aber die Zeit verrann ohne Rücksicht auf Violettas Gefühle, und am Ende des Abends fuhr Dante Floriana nach Hause.

Unterwegs hielten sie an einer abgelegenen Stelle, von der aus sie über das Meer blickten, und Dante holte ein kleines Päckchen aus seiner Brusttasche. »Und dies ist mein Geschenk für dich«, sagte er und reichte es ihr.

»Was ist das?«, fragte sie und drehte es hin und her.

»Mach auf und guck nach.«

Vorsichtig wickelte Floriana das Papier ab. Darunter kam eine kleine rote Schachtel zum Vorschein. Mit zitternden Fingern klappte Floriana den Deckel auf und fand einen Memoire-Ring, an dem weiße Diamanten glitzerten. Wortlos zog Dante ihn aus dem Samtkissen und nahm Florianas Hand. »Zum Heiraten sind wir zu jung, Floriana, aber mit diesem Ring verspreche ich dir, dass ich dich für immer liebe.« Feierlich steckte er ihr den Ring an ihre rechte Hand.

Floriana betrachtete fasziniert die Diamanten, die wie Sterne im Mondlicht funkelten. »Das ist das Schönste, was ich je gesehen habe.«

»Na ja, das Zweitschönste, was ich je gesehen habe.«

Sie schlang die Arme um Dante und küsste ihn. »Ich danke dir, Dante. Es war ein fantastischer Tag, der beste in meinem ganzen Leben, und ich werde ihn niemals vergessen.«

»Dies ist erst der Anfang, *piccolina*. Es wird solchen Spaß machen, dich zu verwöhnen.«

Als Floriana nach Hause kam, war dort niemand, der ihre Freude teilen konnte. Ihr Vater schnarchte laut im Zimmer neben ihrem, und bei Signora Bruno war alles dunkel gewesen. Also setzte sich Floriana an ihr Fenster und blickte hinauf zu den Sternen. Sie fragte sich, ob derselbe Mond auf ihre Mutter herabschien und sie jemals hinaufsah und an ihre Tochter dachte.

»Mamma«, flüsterte sie, »ich möchte dir von Dante erzählen …«

26

Als der September näherrückte wie ein Fluss, der unausweichlich auf einen Wasserfall zuströmte, begann Dante, den kalten Zug des bevorstehenden Abgrunds zu spüren. Der Sommer war eine herrliche Abfolge langer, träger Tage gewesen, mit romantischen Fahrten durch die toskanische Landschaft, Spaziergängen an den Strand und Wünschen, die in die Klatschmohnwiese gepustet wurden, auf dass die Samen zu neuen Blüten wurden und Glück brachten. Doch jetzt lagen die roten Blütenblätter welkend im Gras, und die letzten Augusttage verrannen. Beppe beorderte Dante nach Mailand.

Dante wusste nicht, wie er sich von Floriana verabschieden sollte. Er liebte sie von ganzem Herzen, hatte jedoch bisher nicht über die praktischen Aspekte einer Fernbeziehung nachgedacht. Am liebsten würde er Floriana mit nach Mailand nehmen, nur war das ebenso undenkbar wie Beppes Einverständnis mit ihrer Heirat. Solange Floriana noch nicht einundzwanzig war, verlangte das Gesetz, dass sein Vater einer Vermählung zustimmte – und selbst danach könnte Dante sich nicht vorstellen, gegen Beppes Willen zu heiraten. In seinen Tagträumen entführte er Floriana in ein fernes Land, wo sie niemand hindern konnte, für immer zusammen zu sein. Aber das waren bloß Fantasiegespinste. Die Realität blieb, was sie war: Dante musste nach Mailand, wo er für seinen Vater arbeitete. Und er liebte sein Zuhause und seine Familie zu sehr, um durchzubrennen.

Am Tag vor seiner Abreise fuhr er zu Floriana. Sie war allein zu Hause. Ihr Vater war aus oder schlief irgendwo an einer Hausmauer. Signora Bruno ließ ihn herein und brachte ihn nach oben zu der kleinen Wohnung. Zuerst war es Floriana schrecklich unangenehm, dass er ihre Armut sah, doch ihre Scham schwand, als sie begriff, dass er gekommen war, um ihr Lebewohl zu sagen.

Da sie fürchtete, dass ihr Vater plötzlich auftauchen könnte, nahm sie Dante mit in ihr Zimmer, wo sie ungestört waren. Der Raum war klein und schlicht. Ein großes Kreuz hing an der weißen Wand hinter dem Bett, und die Bodenfliesen fühlten sich kühl unter ihren Füßen an. Gegenüber dem Metallbett stand eine Kommode. Das Fenster war weit offen, aber keiner von ihnen nahm die Geräusche wahr, die mit dem Wind hereinwehten.

Einen Moment lang blickten sie einander stumm an, sprachlos angesichts all der Hindernisse, die sich zwischen ihnen auftürmten. Auf einmal schienen die endlosen Sommertage weit weg, verschwunden wie ihr sorgloses Lachen und die kühnen Träume. Sie sahen einander an, als müssten sie sich gegenseitig bestätigen, dass ihre Liebe bestehen konnte, wenn sie sie nur gut genug hegten und schützten, ähnlich einer zarten Flamme, die man mit beiden Händen vor dem Wind abschirmte.

Dante zog Floriana in seine Arme und hielt sie fest. »Ich schreibe dir und komme, so oft ich kann«, sagte er, schloss die Augen und atmete den Vanilleduft ihrer Haut ein, den er bald schon schmerzlich vermissen sollte.

»Ich warte auf dich, Dante. Was auch geschieht, ich warte.«

Die Worte »was auch geschieht« trafen ihn mit voller Wucht, und sein Kummer überwältigte ihn. Er konnte nicht mehr klar denken, stellte sich Floriana allein in Herba vor, ohne jemanden, der sie beschützte, und hilflos bösartigen Kerlen ausgeliefert. Der Gedanke weckte eine rasende Eifersucht in ihm, gepaart mit einem unerträglichen Gefühl der Ohnmacht.

Benommen vor Sehnsucht, ließ er sich von seiner Leidenschaft hinreißen. Er küsste sie innig, und sie umklammerte ihn fester denn je. Ein wildes, unkontrollierbares Verlangen packte ihn, sodass sein Instinkt übernahm und sein Verstand aussetzte. Er trug Floriana zum Bett und legte sich neben sie. Sie war bereit, sich Dante hinzugeben, alles zu tun, was er wollte. Da ihr keine Mutter etwas erklärt hatte, wusste sie gar nicht recht, was geschah, nur dass es sich wunderbar anfühlte, von ihm an den intimsten Stellen berührt zu werden. Und dann war er in ihr, bewegte sich stöhnend und rhythmisch. Schweißperlen traten auf seine Stirn, als er tiefer in sie drang, sie ganz erfüllte. Floriana biss sich auf die Unterlippe und hielt das anfänglich Unangenehme aus, weil sie sicher war, dass diese Vereinigung sie auf ewig aneinander binden würde.

Hinterher lagen sie eng umschlungen zusammen. Dante bebte vor Reue, denn ihm wurde bewusst, was er getan hatte. Floriana in ihrer Unschuld lächelte, die Wangen gerötet vor Glück, weil sie nun in jeder Hinsicht, bis auf den Namen, einer dem anderen gehörten.

»Das darf niemand erfahren«, sagte Dante ernst. »Ich wollte es nicht tun.«

»Ich bin froh, dass du es getan hast, Dante. Ich habe mich dir gerne hingegeben.«

»Aber du bist erst sechzehn! Ich könnte ins Gefängnis kommen.«

»Ich erzähle es keiner Menschenseele. Das bleibt unser Geheimnis, versprochen.«

Ihr Versprechen beruhigte ihn. Er küsste sie auf die Stirn. »Jetzt bist du wirklich mein.«

»War ich immer. Von dem Moment an, als du mich in euren Garten gelassen hast, gehörte ich dir.«

»Habe ich dir wehgetan?«

»Nur ein bisschen.«

»Entschuldige.« Er küsste sie wieder und drückte sie an sich.

»Du musst dich nicht entschuldigen. So soll es doch sein, oder nicht?«

Dante wusste es nicht, weil er bisher noch keine Frau entjungfert hatte. Die Realität kehrte erbarmungslos zurück und machte ihm klar, wie rücksichtslos er gehandelt hatte. Und sie brachte ihm die erstickende Gewissheit, dass er eine große Verpflichtung eingegangen war. Er umklammerte Floriana noch fester, küsste ihre Schläfe und flüsterte wieder und wieder, »Ich liebe dich.«

Dann war er fort.

Floriana wartete auf Regen, der nicht kam. Sie wollte, dass Wolken den Himmel verdunkelten und Regen den Sommer wegwusch, damit er sie nicht länger quälte. Doch der Sommer bescherte ihr weiter schwüle Tage und goldene Abende, an denen sie Dantes Abwesenheit wie ein Messer in ihrer Brust fühlte.

Als sie zur Villa La Magdalena ging, war die Familie nach Mailand abgereist. Das Haus war still. Nur die Bediensteten waren dort, die alles aufräumten, die Läden schlossen und Laken über die Möbel breiteten. Gute-Nacht begrüßte sie so überschwänglich wie immer, doch Violetta, Giovanna, Damiana und Dante waren fort. Wie ein unglücklicher Hund streifte Floriana durch die Gärten, verfolgt vom Echo des Sommers, das gespenstisch im Herbstwind säuselte.

Die Schule fing wieder an, aber nicht für Floriana, die einen Vollzeitjob in einem Restaurant bekam. Die Contessa stellte einen Privatlehrer für Costanza ein, denn die Verbindungen, die der Conte über den Sommer knüpfen konnte, zahlten sich in Form von diversen Arbeitsangeboten für ihn aus. Sie begannen sogar, ernsthaft einen Rückzug nach Rom zu erwägen. Die beiden Mädchen sahen sich nur noch selten. Früher einmal hatten sie sich alles erzählt; jetzt wurde die Kluft zwischen ihnen beständig größer, und ihre wenigen Begegnungn – nach der Messe oder manchmal im Ort, wenn Costanza zum Einkaufen in einen der Läden kam – waren komisch. Costanza hatte den Sommer viele neue Freunde gefunden; Floriana hingegen war einsam und isoliert, seit ihr einziger Freund fort war.

Dante schrieb täglich, und Floriana antwortete ihm mit Beteuerungen ihrer immerwährenden Liebe in ihrer kleinen, energischen Handschrift. Sie bewahrte seine Briefe in ihrer Kommodenschublade auf, zusammengebunden mit der rosa Schleife von Violettas Geburtstagsgeschenk. Ihr Diamantring war das wichtigste Band zwischen Dante und ihr, und sie hütete ihn gut. Dieser kostbare Ring konnte nur bedeuten, dass er sie einmal heiraten wollte.

Als sie anfing, sich schlecht zu fühlen, schob sie es zunächst darauf, dass sie nicht richtig aß. Doch schon bei dem Geruch von Essen wollte sie sich übergeben. Nach mehreren Tagen Übelkeit hatte sie Angst, sie könnte krank sein, und ging zu Signora Bruno. Die alte Frau fragte sie, wie oft sie gespuckt hatte und seit wann sie sich so fühlte. Floriana antwortete ihr ehrlich und fürchtete, sie müsste vielleicht sterben.

Doch Signora Bruno nahm sie mit in ihre Wohnung und setzte sie ins Wohnzimmer, ehe sie die Tür hinter sich schloss. Ihr Gesicht war wie versteinert, als sie Floriana fragte, ob Dante mit ihr im Bett gewesen war. Erst wich Floriana aus, weil sie doch versprochen hatte, es keinem zu sagen. Aber als Signora Bruno andeutete, dass sie schwanger sein könnte, gestand Floriana alles.

»Ist es so passiert?«, fragte sie verwundert.

Signora Bruno schüttelte entgeistert den Kopf. »Hat dir denn keiner was erzählt?«

»Wer sollte mir irgendwas erzählen?«

»Deine Tante?«

»Zita? Nein, wir haben nie über solche Sachen geredet.«

»Zum Teufel mit der Frau. Die taugt rein gar nichts. Was ist mit Costanza?«

»Sie weiß nichts.«

»Das kann nicht sein. Ist dir klar, wie ernst das ist? Du kriegst ein Kind. Wie wollen wir das verheimlichen?«

»Warum soll ich es denn verheimlichen?«

»Weil du selbst noch ein Kind bist, meine Liebe, und es ist gegen das Gesetz. Dante kommt womöglich ins Gefängnis. Er ist ein erwachsener Mann. Er hätte wissen müssen, dass er das nicht darf. Was ist bloß über ihn gekommen?« Signora Bruno rang die Hände. »Was wird Beppe Bonfanti machen, wenn er es erfährt? Gott stehe dir bei.«

Florianas anfängliche Freude darüber, dass sie nicht todkrank war, schwand dahin, als sie den Ernst ihrer Lage begriff. »Was soll ich jetzt tun?«

»Geh und rede mit Pater Ascanio. Er ist der Einzige, der dir helfen kann.«

»Bringe ich Dante damit nicht in Schwierigkeiten?«

»Pater Ascanio ist Priester und muss schweigen. Es gibt kein Geheimnis, das er nicht von mir kennt. Ich glaube eher, dass er sämtliche Geheimnisse in Herba kennt. Er wird nichts sagen, und ich sage auch nichts, so wahr mir Gott helfe.« Sie bekreuzigte sich. »Aber ich kann dir nicht helfen. Für solche Dinge bin ich nicht gerüstet. Der Pater allein wird wissen, was zu tun ist.«

»Ich muss es Dante erzählen.«

Signora Bruno sprang ihr fast ins Gesicht. »Nichts wirst du ihm erzählen! Ich habe gleich gewusst, dass von dieser Familie nichts Gutes kommen kann. Ich hätte dich warnen müssen, statt zuzulassen, wie dein Herz mit dir durchgeht. Kein Wort zu Dante, hast du verstanden? Nicht bevor du mit Pater Ascanio gesprochen hast. Du musst seinen Rat annehmen, und nur seinen!«

Floriana hätte ängstlich sein müssen, aber sie strich sich mit den Händen über ihren Bauch und fühlte nichts als Wunder und Glück. Sie würde ein Baby von Dante bekommen. Jetzt konnte sein Vater nichts mehr gegen ihre Verbindung haben, denn sie trug sein Enkelkind – womöglich einen Sohn und Erben des riesigen Vermögens. Sie lächelte. Ja, es war klug vom Schicksal, ihr die eine Sache zu geben, die sie unwiderruflich für immer an Dante binden würde.

Das alles *sollte* geschehen. Gott hatte ihre Gebete erhört und ihr etwas gegeben, was nur er allein geben konnte: ein neues Leben, das ausschließlich Dante und ihr gehörte.

Floriana hielt sich nicht an das, was Signora Bruno sagte,

und schrieb sofort an Dante. Wenige Tage später kam der Butler von La Magdalena zu ihrer Wohnung und brachte eine Nachricht: Dante hatte angerufen und gesagt, dass er herkam, um sie zu sehen. Überglücklich, weil sie ihn bald wiedersehen würde, putzte sie ihre Wohnung. Bei der Arbeit summte sie fröhlich vor sich hin. Sie sah sich in dem bescheidenen Zimmer mit den schlichten Möbeln um und dachte an die Zukunft, die sie von ihrem Vater und dieser erbärmlichen Wohnung wegbringen würde. Sie malte sich aus, mit Dante im Meerjungfrauengarten zu sitzen, Gedichte zu lesen, während ihr Sohn seine Spielzeugboote im Springbrunnen schwimmen ließ. Und Gute-Nacht würde zu ihren Füßen in der Sonne liegen und schlafen. Vielleicht erwartete sie da schon das zweite Kind. Sie würden viele haben. In einem Haus so groß wie La Magdalena konnten sie so viele Kinder bekommen, wie sie wollten.

Leider sollte sie enttäuscht werden. Der Dante, der vor ihrer Tür erschien, war nicht der strahlende, hocherfreute junge Mann, den sie erwartet hatte. Statt sie aufgeregt in seine Arme zu schließen, sah er grau und ängstlich aus. Florianas Herz wurde schwer wie ein Stein.

»Geht es dir nicht gut?«, fragte sie und legte zaghaft ihre Arme um ihn.

»Wir müssen reden, Floriana. Ich bin gekommen, so schnell ich konnte. Bist du sicher, dass du schwanger bist?«

»Ich glaube schon, aber ganz sicher bin ich mir nicht.«

»Wem hast du es erzählt?«

»Signora Bruno. Ich musste es jemandem sagen.«

»Ja, das verstehe ich.« Er sah sie so unglücklich an, wie sie ihn noch nie erlebt hatte. »Und sie denkt, du bist schwanger?«

»Ja.« Sie runzelte die Stirn. »Ich dachte, du freust dich.«

»Mich freuen? Meine liebste Floriana, du hast keine Ahnung, was das bedeutet.«

»Wir können heiraten.«

»Dies ist nicht der Zeitpunkt für Träumereien. Mein Vater erlaubt es niemals.«

»Aber ich bekomme sein Enkelkind.«

»Sein Enkelkind interessiert ihn nicht. Er interessiert sich ja kaum für seine Kinder. Mein Vater ist so gefühlvoll wie die albernen Statuen im Garten. Alles, was ihn interessiert, sind Geld und Ansehen.«

»Dann willst du es ihm nicht sagen?« Florianas Kinn begann zu beben. Sie holte tief Luft, machte sich gerade und ermahnte sich, ihre Enttäuschung nicht zu zeigen.

»Ich weiß nicht, was ich machen soll.« Er nahm ihre Hände, überwältigt von dem Anblick der Frau, die er liebte, und dem Wissen, dass sein Kind in ihr heranwuchs. »Aber ich lasse dich nicht im Stich. Wir denken uns etwas aus.« Er zog sie an seine Brust. »Ich übernehme die Verantwortung. Ich habe dich in diese Lage gebracht, und ich hole dich auch da raus. Irgendwie werden wir zusammen sein, versprochen.«

»Ich bin glücklich, Dante. Ich habe überhaupt keine Angst, denn mir ist jetzt klar, dass ich mir immer ein Kind gewünscht habe. Jemanden, den ich lieben und für den ich sorgen kann. Einen kleinen Teil von dir, der immer bei mir ist, egal was passiert.«

Er legte eine Hand auf ihren flachen Bauch. »Schwer vorstellbar, dass da ein Kind drin ist.«

»Ich weiß. Signora Bruno sagt, man sieht frühestens in sechs Monaten etwas.«

»Dann haben wir wenigstens ein bisschen Zeit. Sag niemandem etwas, hast du gehört?« Sie nickte. »Ich suche dir eine Wohnung, weit weg von hier.«

»Aber ich möchte bei dir sein.«

»Das geht nicht, Floriana. Kannst du dir den Skandal vorstellen? Keiner darf hiervon erfahren.«

»Soll unser Kind unehelich geboren werden?«

»Einen anderen Weg gibt es nicht.«

Floriana wurde bleich. »Wir dürfen kein uneheliches Kind bekommen. Das ist eine Sünde!«

»Wir haben schon die größte Sünde begangen, Floriana.«

Seine Worte waren wie eine brennende Ohrfeige, doch Floriana reckte trotzig ihr Kinn und kämpfte um ihr Ungeborenes. »Wir können heimlich heiraten.«

Er ließ sie los und ging zum Fenster, als suchte er nach einem Fluchtweg. »Für dich ist alles so einfach, weil du nichts zu verlieren hast.«

Sie setzte sich auf ihr Bett und verschränkte die Arme entschlossen vor der Brust. »Mir ist nichts wichtig, außer dass ich dich und unser Kind liebe.«

»Aber das Leben ist komplizierter als das.«

»Nur, wenn du es zulässt.«

»Ich bin der Erbe meines Vaters.«

»Kannst du nicht einfach weggehen?«

»Und wovon sollen wir leben?«

»Ich habe mein ganzes Leben schon nichts, und ich bin glücklich.«

»Ich habe eine Pflicht meinen Eltern gegenüber. Es ist geplant, dass ich die Firma meines Vaters erbe. Das kann ich nicht alles wegwerfen und in den Sonnenuntergang reiten. Mein Vater würde mich enterben, meiner Mutter das Herz brechen, und ich hätte nichts mehr. Verstehst du das nicht? Ich verliere alles.«

»Du verlierst nur Dinge, die nicht wichtig sind.«

Dante kam sich wie ein Ertrinkender vor. An seiner Liebe zu Floriana zweifelte er keine Sekunde, sehr wohl aber daran, dass er fähig wäre, sich gegen seinen Vater zu stellen. Sein Leben lang hatte er getan, was man von ihm erwartete, und sich Beppes Liebe verdient, die an klare Bedingungen gebunden war. Er hatte den größten Respekt vor seinem Vater, doch wenn er genauer in seiner Seele forschte, wo alle Wahrheit verborgen war, stieß er außerdem auf Angst. Die trug er schon seit der Kindheit mit sich herum, genauso wie den Wunsch zu gefallen. Er verfluchte seine Schwäche, nur konnte er nichts tun. Sich seinem Vater anzuvertrauen war ausgeschlossen. Seine Mutter wäre verständnisvoller, aber nicht einmal sie mit ihrem sentimentalen Herzen könnte einer Heirat mit Floriana zustimmen, selbst wenn sie im richtigen Alter wäre.

Dante gab Floriana Geld, damit sie ihn vom öffentlichen Telefon anrufen konnte, und versprach, sich eine Lösung zu überlegen. Leider hatte er keine Ahnung, wie er die Situation lösen sollte. Könnte er doch nur weggehen und in sein altes Leben zurück – aber das ging nicht mehr. Er liebte Floriana, und dass sein Kind in ihr heranwuchs, machte ein Weggehen unmöglich. Er war für die beiden verantwortlich. Nie zuvor war ihm seine Pflicht so entsetzlich schwer erschienen.

Er verfluchte sich, weil er nicht den Mut hatte, durchzubrennen und irgendwo anders neu anzufangen. Aber eine Heirat war unmöglich, egal wie er es betrachtete. Er könnte Floriana in einer Wohnung irgendwo in der Nähe von Mailand unterbringen, damit sie heimlich gebären konnte, aber was dann? Die Zukunft sah für sie beide finster aus. Dante hielt seinen Wagen am Straßenrand gleich außerhalb von Herba an, lehnte seine Stirn aufs Lenkrad und schloss die Augen. Was hatte er sich gedacht? Er hätte sich niemals in Floriana verlieben dürfen. Die Geschichte war von Anfang an zum Scheitern verurteilt. Bilder wirbelten durch seinen Kopf, die beständig größer und verzerrter wurden: der Skandal, der Zorn seines Vaters, die Enttäuschung seiner Mutter; Florianas Hoffnungen, die wieder einmal zerschlagen wurden. Das alles war unerträglich furchtbar.

Dann schien ein winziger Hoffnungsschimmer inmitten der Dunkelheit auf.

Dante setzte sich auf und starrte hin. Und je mehr er hinsah, umso größer wurde das kleine Leuchten, bis er sicher war, dass es ihm den Weg weisen würde. Er wendete den Wagen und fuhr zurück nach Herba.

Pater Ascanio war überrascht, Dante zu sehen. Die Familie war längst wieder in Mailand und kam normalerweise nicht vor dem nächsten Sommer wieder her. Als er die gequälte Miene des jungen Mannes sah, war er sicher, dass es einen Todesfall in der Familie gegeben hatte und Dante hergekommen war, um ihn persönlich zu informieren.

»Mein Sohn, was ist passiert?«

»Ich muss dringend mit Ihnen sprechen«, antwortete Dante.

»Ja, natürlich. Bitte.« Der Priester ging voraus in die kleine Seitenkapelle, in der er vor gar nicht so langer Zeit Floriana gesagt hatte, dass ihre Liebe zu nichts führen konnte. Sie setzten sich. Dante atmete tief ein. Er bemerkte einen leichten Alkoholgeruch, der von hinter ihm kommen musste, und drehte sich um. Er wollte sichergehen, dass sie allein waren. »Wie kann ich Ihnen helfen?«, fragte Pater Ascanio ruhig und freundlich.

»Ich stecke in schrecklichen Schwierigkeiten, Pater. Ich habe gesündigt.« Dante stützte seinen Kopf in die Hände.

»Keine Angst. Gott vergibt jenen, die bereuen.«

»Oh, das tue ich. Ich bereue meine Tat von ganzem Herzen.«

»Möchten Sie nicht lieber in den Beichtstuhl gehen?«

Dante richtete sich auf und sah den Priester verzweifelt an. »Nein. Ich brauche praktischere Hilfe.«

»Verstehe.«

»Pater Ascanio, Sie kennen mich, seit ich ein Kind war.«

»Das stimmt.«

»Und Sie haben mich stets so gut angeleitet, wie Sie konnten, mit großer Weisheit und Takt. Ist es nicht so?«

»Ich habe mein Bestes getan.«

»Nun, jetzt brauche ich Ihre Weisheit, aber ich fürchte mich vor Ihrem Urteil.«

»Mein Sohn, ich bin nicht hier, um über Sie zu urteilen. Das steht mir nicht zu, denn Gott allein in seiner Weisheit darf ein Urteil fällen. Erzählen Sie mir, was Sie bedrückt, und ich werde mich bemühen, Ihnen Rat zu geben.«

Dante schluckte. Er konnte den Priester nicht ansehen, deshalb senkte er den Blick zum Steinboden. »Floriana ist schwanger.«

Pater Ascanio stockte der Atem. Er legte eine Hand an seine Brust, wo sich ein stechender Schmerz regte, sodass er an sich halten musste, nicht zu stöhnen. Sein erster Gedanke galt Floriana, der unschuldigen, vertrauensvollen und tapferen Floriana, und Mitgefühl flutete sein Herz. Sein zweiter Gedanke galt Dante und dessen Dummheit. Er hatte seine liebe Not, den Jungen nicht aufs Schärfste zu verurteilen.

Dante fühlte das Entsetzen des Priesters, ohne hinzusehen. Beschämt vergrub er sein Gesicht in den Händen.

Pater Ascanio stand auf, ging hinüber zum Altar und stützte die Hände auf das weiße Leinentuch. Er schloss die Augen zum Gebet. Was war das Richtige für Floriana? Er versuchte, neutral zu bleiben, ähnlich einem Chirurgen, der im Begriff war, einem Patienten ins Fleisch zu schneiden. Aber sein Herz verkrampfte sich, während er alle Möglichkeiten durchging.

Schließlich kehrte er zu seinem Stuhl zurück. Dante sah ihn an. »Was soll ich tun?«, flüsterte er. Er fühlte sich schrecklich, nachdem er sein Problem ausgesprochen hatte.

»Es gibt nur eines, was Sie tun können«, antwortete der Priester seufzend.

»Alles. Ich tue alles für Floriana.«

»Nicht weit von hier ist ein Kloster, in dem sie über ihre Niederkunft bleiben kann. Ich kenne die Mutter Oberin seit vielen Jahren, und sie hat schon häufiger Mädchen wie Floriana bei sich aufgenommen.«

Es trat eine beklemmende Pause ein. Dante wusste, was der Priester fragen würde, denn es hing zwischen ihnen in der Luft wie ein leuchtend roter Ballon.

»Haben Sie die Absicht, sie zu heiraten?«

»Ich weiß es nicht.« Er zuckte hilflos mit den Achseln und ließ den Kopf hängen. »Ich habe davon geträumt, sie zu heiraten, und dachte, wenn ich warte, bis sie alt genug ist, und dann ... Die Liebe hat mich blind gemacht, was meine Lage angeht. Mein Vater würde sie niemals als Schwiegertochter akzeptieren. Ich müsste *alles* aufgeben.« Er erstickte halb an den Worten, denn ihm war bewusst, dass der Herr von jedem Opfer verlangte. »Pater, ich bin schwach!«

Pater Ascanio raffte all seine Kraft zusammen. Er wollte den Jungen schütteln und ihm Vorwürfe machen, weil er das Leben des Mädchens ruiniert hatte. »Aber Sie werden sie finanziell unterstützen?«, fragte er angestrengt ruhig.

»Natürlich. Ich kümmere mich um sie und unser Kind. Sie wird wie eine Prinzessin leben.« Das klang so hohl, dass er wünschte, er hätte es nicht gesagt. »Ich warte, bis ich selbst genügend Vermögen habe, und dann heirate ich sie.«

»Nun gut. Sie müssen Floriana erzählen, was Sie entschieden haben, und sie muss sich bereitmachen, ins Kloster zu gehen, sobald ich mit der Mutter Oberin gesprochen habe.«

»Das mache ich.«

»Sie darf es keiner Seele erzählen.«

»Sie hat es nur Signora Bruno gesagt.«

»Teresa ist eine brave, diskrete Frau. Sie können darauf zählen, dass sie es für sich behält.«

»Ich schäme mich sehr, Pater, und ich stehe tief in Ihrer Schuld.«

»Es gibt keine Schulden zu begleichen, Dante, nur Buße zu tun. Gehen Sie, sorgen Sie für Floriana und lieben Sie sie von Herzen. Ihretwegen ist sie in dieser schrecklichen Lage, und Sie sind verantwortlich für Ihre Zukunft. Fehltritte sind nur menschlich, aber Sie können beweisen, dass Sie besser sind als Ihre Verfehlungen, indem Sie Ihre Pflicht vor Gott tun – bereuen, um Vergebung bitten und das Richtige tun.«

»Das will ich, Pater.«

»Jetzt gehen Sie.«

Dante verließ die kleine Kapelle und schritt über die blanken Steine zur Tür. Er bemerkte den Mesner nicht, der zum Gebet in der Kapelle nebenan kniete. Der Alkohol, den der Knieende ausdünstete, vermengte sich mit dem Geruch von Kerzenwachs.

Während Dantes Schritte verklangen, hob er den Kopf und blickte nachdenklich hinter dem Jungen her. Floriana war also schwanger. *Das* war eine Überraschung. Von allen Geheimnissen, die er in vielen Jahren Arbeit hier gehört hatte, dürfte es das bei Weitem schockierendste sein. Aber er war ein Mann, der auf seine Diskretion hielt. Er bildete sich einiges darauf ein, Geheimnisse bewahren zu können. Er fing sie hinter dem Beichtstuhl ein, angelte kleine Informationsbrocken aus den Ritzen zwischen Mauern und Türen und probierte, wie tief er sie verstecken konnte. Bisher war ihm noch kein Fisch durch die Finger geflutscht. Dieser allerdings war der größte und glitschigste, den er jemals gefangen hatte.

27

Floriana klopfte an Signora Brunos Tür. Der Geruch von gebratenen Zwiebeln drang durch die Tür, und prompt wurde ihr wieder übel. Sie fragte sich, wie lange das noch so gehen würde. Eine Hand auf ihrem Bauch, sagte sie ihrem Kind im Stillen, dass sie alles aushalten würde, was die Natur ihr zumutete, wenn es nur gesund und stark geboren würde.

Die Tür ging auf, und Signora Bruno blickte neugierig hinaus. »Ah, Floriana. Gibt es Neuigkeiten?«, fragte sie und zog das Mädchen an seinem Rock nach drinnen. »Hast du mit Pater Ascanio geredet? Was hat er gesagt?«

»Ich habe mit ihm gesprochen«, log sie. Indirekt hatte sie es ja.

»Und?«

»Ich gehe in ein Kloster.«

»Das ist das Beste für dich. Gott sei Dank.«

»Es heißt Santa Maria degli Angeli. Padre Ascanio regelt alles für mich.«

»Ich habe dir ja gleich gesagt, dass er weiß, was zu tun ist.«

»Ich bin glücklich. Ich werde Gott jeden Tag danken, dass er mir mein Kind geschenkt hat.«

Signora Bruno musste sich zusammenreißen, nicht energisch zu widersprechen. »Wann gehst du?«

»Sobald er alles mit dem Kloster abgesprochen hat.«

»Wer bringt dich hin?«

»Dante.«

»Dante weiß Bescheid?«

»Ja sicher. Es ist doch auch sein Kind. Wenn das Baby geboren ist, kauft er uns eine Wohnung, und eines Tages, wenn er nicht mehr von seinem Vater abhängig ist, heiraten wir. Gott wird uns vergeben, dass wir ein uneheliches Kind haben – und sowieso ist es ja Sein Geschenk, also kann Er gar nicht böse sein.« Sie lächelte aufgeregt. »Ich bin so froh, Signora Bruno.«

Die alte Frau runzelte die Stirn. Wie konnte sie in ihrer Situation froh sein? Wo ihre Zukunft so ungewiss war? Nie im Leben würde Dante das Mädchen heiraten. Solche Märchen widerfuhren Mädchen wie Floriana nicht. Signora Bruno kaute nachdenklich auf ihrer Innenwange. »Tja, auf mehr kann man wohl nicht hoffen.«

»Ich werde Mutter sein.« Floriana seufzte verträumt und sank auf einen Sessel. »Es ist ein Junge, das weiß ich genau. Ein wunderschöner kleiner Junge. Ich rede die ganze Zeit mit ihm.«

»Ich glaube nicht, dass er schon Ohren hat.«

»Er hört mich mit seiner Seele.« Florianas Lächeln wirkte zufrieden, als fehlte es ihr an nichts. So sehr Signora Bruno ihre Zuversicht bewunderte, fürchtete sie sich vor dem Moment, in dem das Leben Floriana erneut enttäuschte und sie ihr auf immer raubte.

»Hast du Hunger?«

»Nein. Ich lebe von Luft und Liebe.«

»Du siehst abgemagert aus.«

»Mein Magen mag sich krank fühlen, aber mein Herz ist völlig gesund.«

»Es schadet dem Baby, wenn du nichts isst. Komm mit, ich habe Suppe gekocht.«

Widerwillig folgte Floriana ihr in die Küche. Bei dem starken Zwiebelgeruch wurde ihr mulmig. »Ich glaube nicht, dass ich etwas essen kann. Vielleicht einen Cräcker. Haben Sie Cräcker?«

»Und Käse.«

»Nur einen Cräcker, bitte.«

»Ich mache dir Butter drauf.«

Floriana grinste. »Sie sind wie eine Mutter zu mir.«

Signora Bruno verbarg ihre Gefühle hinter einem Stirnrunzeln. »Du brauchst auch eine.«

»Dann habe ich Glück, dass ich Sie habe.«

»Ich nehme an, du willst Elio nichts sagen?«

»Nein, selbstverständlich nicht. Eines Tages wird er aufwachen, und ich bin nicht mehr da.«

»Hast du wirklich keine Gefühle für ihn?«

»Gar keine.« Floriana drehte sich weg und begann, mit einem Stück Zwiebelschale zu spielen. »Für mich ist er kein Vater.«

»Vielleicht kommt er wieder auf die Füße, wenn er Großvater wird.«

»Nein, wird er nicht. Nichts hilft mehr bei ihm. Er ist endgültig hinüber. Kein Wunder, dass meine Mutter ihn verlassen hat. Manchmal denke ich, sie muss mich sehr gehasst haben, dass sie mich ihm ausgeliefert hat.«

Signora Bruno war entsetzt. »Das glaubst du doch nicht im Ernst?«

Floriana zuckte mit den Schultern. »Ist egal. Jetzt haben sie jedenfalls beide Pech, denn sie lernen das wunderbare Kind, das ich auf die Welt bringe, nie kennen. Ich brauche nichts, Signora Bruno, nichts und niemanden, weil ich meinen Sohn habe. Ich bin nie mehr alleine.«

Signora Bruno fand ihre Tapferkeit herzzerreißend.

Dante blieb in Mailand, beruhigt, dass sein Kind heimlich geboren würde. Die nagende Angst in ihm ließ nach, weil ihm das Gewicht von den Schultern genommen war und Arrangements getroffen wurden. Sein Vater würde nichts erfahren. Floriana würde in dem Kloster gut aufgehoben sein. Danach setzten sie ihre Beziehung in einer neuen Stadt fort, wo sie niemand kannte. Was die Zukunft betraf, musste er über die noch nicht nachdenken. Fürs Erste war alles geregelt. In den stillen Momenten jedoch, abends vorm Einschlafen oder morgens beim Aufwachen, erschauderte er bei dem Gedanken, wie nahe er dem totalen Ruin gekommen war.

***

Florianas Schwangerschaft war ein hochsensibles Thema, über das Pater Ascanio nicht mit der Mutter Oberin am Telefon sprechen wollte. Deshalb vereinbarte er einen Termin.

Auf der Fahrt durch die toskanische Landschaft grübelte er über die unglückliche Situation nach. Floriana würde in den sicheren Mauern von Santa Maria degli Angeli niederkommen, ehe Dante sie in irgendeine Stadt weit weg brachte, wo sie niemand kannte und sie ein neues Leben beginnen konnte. Von allen Mitgliedern seiner Gemeinde war Floriana die, die am wenigsten das psychische Rüstzeug für solch eine Veränderung mitbrachte. Er hatte Angst um sie, allein mit einem kleinen Kind und ohne jede Unterstützung. Vielleicht besorgte Dante ihr Hilfe, doch damit hätte sie immer noch keinen guten Freund in ihrer Nähe.

Der Pater rang mit seiner Wut über Dantes Gedankenlosigkeit. Er hatte das Leben eines jungen Mädchens für einen Moment des Vergnügens zerstört. Natürlich sah Floriana es nicht so. Sie liebte ihn, vertraute blind darauf, dass er für sie sorgte und sie womöglich eines Tages heiratete. Aber Pater Ascanio war alt und weise, und er hatte gleich erkannt, dass der Junge schwach war. Zu oft hatte er dieselben Anzeichen schon gesehen. Die Art, wie er seinem Blick auswich, wie er die Schultern hängen ließ – und Pater Ascanio *kannte* den Jungen. Er hatte mit angesehen, wie er unter dem strengen Vater groß wurde. Um solch einem Einfluss zu entkommen, brauchte man einen eisernen Willen und viel Courage, und Dante besaß weder das eine noch das andere.

Der Pater erreichte das imposante Tor des Klosters und zögerte, ehe er ausstieg und läutete. War Floriana erst durch dieses Tor, sah er sie vielleicht nie wieder. Sein Herz krampfte sich zusammen, und ihn überkamen auf einmal heftige Gefühle. Erst jetzt, da er im Begriff war, sie zu verlieren, wurde ihm bewusst, wie sehr er das Kind mochte.

***

Floriana rief Dante oft vom öffentlichen Münztelefon bei Luigi an. Sie konnten nie lange reden, aber Dantes Stimme genügte, um sie zu beruhigen. In ihrer freien Zeit wanderte sie hinauf nach La Magdalena und besuchte Gute-Nacht. Gemeinsam spazierten sie über die Wiesen, und sie erzählte dem Hund von ihrer Zukunft mit Dante. Sie saßen am Strand, wo das Wasser sanft gegen die Felsen plätscherte und Floriana ihrem ungeborenen Kind vorsang. Der Hund hatte sie unterdes so lieb gewonnen wie keinen anderen.

Pater Severo nahm noch einen Schluck aus der Flasche, die er unter einem Dielenbrett in seinem Schlafzimmer aufbewahrte. Viele Male schon hatte er sich gesagt, dass dieser Schluck sein letzter wäre. Er wusste, dass Pater Ascanio, sollte er ihn ertappen, ihn rauswerfen würde, denn der Pater war ein Mann mit festen Grundsätzen. Trotzdem konnte er nicht aufhören, und Pater Ascanios schlechter Geruchssinn half ihm, unentdeckt weiterzutrinken.

Heute Abend war Pater Ascanio nicht da. Er war nachmittags mit seinem Wagen weggefahren und noch nicht zurückgekommen. Pater Severo fragte sich, ob sein Ausflug mit Floriana zu tun hatte. Dieses Geheimnis war ein prächtiger Fang, und er genoss die Wonne, die es ihm bereitete, etwas zu wissen, dass er nicht wissen durfte, und es bisher niemandem verraten zu haben. Seine Diskretion machte ihn ziemlich stolz auf sich.

Er trank noch einen Schluck. Es war ein herrlicher Abend: das Licht mild, die Luft warm und herbstlich. Durch die alten Mauern der Stadt hallten die Geräusche spielender Kinder, die Erinnerungen an seine eigene einsame Kindheit weckten. Die anderen Jungen wollten nie mit ihm spielen, weil sie spürten, dass er anders war. Nun beschloss er, einen Spaziergang zu machen und etwas frische Luft zu atmen. Er dachte an Pater Ascanio, während er durch die schmalen Straßen ging, die auf die Piazza führten. Er bewunderte den Pater sehr, vor allem weil er selbst nie an ihn heranreichen könnte, war er doch ein viel zu schwacher Mann. Er wusste um seine Unzulänglichkeiten und war zufrieden damit, im Schatten eines großen Geistlichen zu leben, anderen zu dienen und zu hoffen, mit seiner Arbeit einiges gutzumachen. Er unterdrückte die Gefühle, die andere Männer in ihm weckten, und betete täglich um Heilung. Aber der Schmerz blieb, und einzig Alkohol half, ihn zu betäuben.

Am Ende der Straße sah er einen Mann zusammengesunken in einem Hauseingang hocken, den Kopf in die Hände gestützt. Er erkannte ihn sofort.

»Elio«, sagte er, als er näherkam. »Geht es dir nicht gut?« Der Mann blickte zu ihm auf, und das Elend in seiner Miene riss den Messner jäh aus seinen Gedanken.

»Pater, helfen Sie mir.«

Der Mesner setzte sich zu ihm. Ein beißender Gestank von Alkohol waberte aus Elios Poren. »Wie kann ich?«

»Ich habe meine Frau und meinen Sohn verloren, und jetzt verliere ich auch noch meine Tochter.«

»Was meinst du damit, dass du deine Tochter verlierst?«

»Sie mag mich nicht, weil ich sie enttäuscht habe. Ich sollte arbeiten und für sie sorgen, und stattdessen sitze ich hier, ein Gefangener des Alkohols. Ich bin am Boden, Pater, und ich weiß nicht, wie ich wieder auf die Beine kommen soll. Ich will mich ja um sie kümmern, aber sie redet nicht mal mehr mit mir. Ich weiß, dass sie mich eines Tages verlassen wird, genau wie ihre Mutter, und ich sterbe allein wie ein Landstreicher.«

»Elio, du hast schon den ersten Schritt zur Genesung gemacht. Indem du einsiehst, dass du ein Problem hast, bist du der Lösung schon näher.«

»Ich trinke nie wieder.«

»Das erfordert einen starken Willen«, sagte der Pater, der an seine eigene Schwäche dachte und sich wieder einmal schwor, sie zu besiegen.

»Was soll ich denn machen?«

»Du brauchst etwas, wofür es sich zu leben lohnt, ein Ziel, das dich von der Flasche fernhält und dich anspornt, wieder zu arbeiten und anständig zu bleiben.« Das Geheimnis brannte ihm auf der Zunge, und auf einmal wurde er richtig aufgeregt.

»Ich habe nichts als Floriana, und sie verachtet mich.«

»Du musst ihr erst beweisen, dass du es schaffst. Es ist sinnlos, ihr wieder und wieder zu sagen, dass du das Trinken aufgeben willst, weil du dein Wort bereits unzählige Male gebrochen hast. Du musst ihr zeigen, dass du dich ernsthaft ändern willst.«

»Sie liebt mich nicht mehr. Und ist die Liebe erst mal tot, bleibt sie's für immer.«

»Unsinn. Pater Ascanio sagt, dass die Liebe immer da ist, in jedem Herzen, auch wenn wir es nicht immer wissen. Wir müssen bloß alles Schlechte fahren lassen.«

»Ich verdiene ihre Liebe nicht. Sehen Sie mich doch an!«

»Natürlich tust du das. Fehler zu machen ist menschlich. Jesus lehrte uns Vergebung. Floriana ist eine gute Christin. In ihrem Herzen liebt sie dich, auch wenn sie es im Moment nicht erkennen mag. Du bist ihr Vater und alles, was sie an Familie hat.«

»Und was habe ich für sie getan?«

»Frag dich nicht, was du getan hast, sondern was du tun kannst.« Das brennende Geheimnis rutschte ihm beständig weiter nach vorn auf die Zunge und zappelte so wild herum, dass er seine gesamte Willenskraft aufbieten musste, es nicht auszuplaudern. Das Wonnegefühl war überwältigend, und Schweißperlen traten ihm auf die Nase und die Stirn. Nie zuvor hatte er mit solch einem riesigen Fang gerungen.

Elio reckte sein Kinn. »Ich bin nicht blöd, müssen Sie wissen. Ich weiß, dass sie einen Freund hat. Sie denkt, ich weiß nix, aber ich habe auch Augen und Ohren. Natürlich erzählt sie mir nichts mehr. Früher, als sie klein war, hat sie mir immer erzählt, was sie beschäftigt, aber da habe ich nie zugehört. Ich habe gar nichts mitbekommen.« Er sank wieder zu einem Häufchen Selbstmitleid zusammen. »Was bin ich nur für ein Vater? Eines Tages wird sie heiraten, und wer weiß, ob sie mich überhaupt auf ihrer Hochzeit haben will. Ich sollte sie zum Altar führen, doch welcher Mann wird mich um ihre Hand bitten, wo ich gar kein Recht habe, sie wegzugeben? Ich habe sie im Stich gelassen.« Seine Schultern bebten.

»Komm, wir bringen dich nach Hause.« Der Mesner stand auf, kaum noch imstande, nicht mit seinem Geheimnis herauszuplatzen.

Elio guckte ihn unglücklich an. »Ich habe nichts«, sagte er mit einer Verzweiflung, die es dem Pater unmöglich machte, länger zu schweigen.

»Du wirst Großvater, Elio«, sagte der Mesner. Zu seiner Überraschung stellte er fest, dass es viel erregender war, es auszuplaudern, als das Geheimnis zu wahren. Elio starrte ihn entgeistert an. »Ja, Floriana ist schwanger«, wiederholte er grinsend.

»Schwanger? Floriana?«

»Das Kind ist von Dante Bonfanti.«

Schlagartig wurde Elio nüchterner. »Sind Sie sicher?«

»Glaub mir, ich weiß es. Siehst du, jetzt hast du etwas, wofür es sich zu leben lohnt.«

»Aber sie ist so jung.«

»Sie ist jung, doch ich nehme an, dass der Junge sie heiratet.«

»Dann nimmt er sie mit sich fort.«

»Sicher nicht.«

»Natürlich tut er das.« Elio rappelte sich mühsam auf.

Der Mesner packte seinen Arm, um ihn zu stützen. »Du darfst kein Wort zu irgendjemandem sagen, hast du verstanden?« Elio hörte ihm gar nicht mehr zu. »Ich hätte es dir nicht erzählen dürfen, aber du warst so elend, dass ich dachte, du brauchst etwas, für das du leben willst. Jetzt hast du es. Du wirst Großvater. Floriana wird dich brauchen. Jetzt ist deine Chance gekommen, vieles wiedergutzumachen.« Der Mesner war hochzufrieden mit sich, denn er hatte eindeutig etwas Gutes getan.

»Dante Bonfati?«, murmelte Elio und kratzte sich am Kopf. »Beppe Bonfantis Sohn?«

»Ja, genau der. Aber denk dran, du darfst es keinem sagen!«

»Keinem sagen«, wiederholte Elio matt.

»Gut. Jetzt bringe ich dich nach Hause. Ich möchte, dass du mir alle deine Flaschen gibst, und wir schütten sie gemeinsam in den Ausguss. Von jetzt ab wirst du ein anderer Mann sein, nicht mehr trinken oder dich in Selbstmitleid suhlen. Gott hat dir noch eine Chance gegeben. Es liegt in deiner Macht, dein Leben zu ändern und der Vater zu sein, der du sein willst.«

Elio stolperte an den Mesner gelehnt über das Kopfsteinpflaster. Hatte er wirklich gesagt, dass Floriana schwanger von Dante Bonfanti war? War das möglich? Er grummelte und wäre beinahe nach vorn gekippt. Der Mesner fing ihn auf. In seinem benebelten Zustand war vieles verworren. Eines jedoch war sonnenklar: Beppe Bonfanti würde nie erlauben, dass sein einziger Sohn Elios Tochter heiratete.

Am nächsten Tag telefonierte Dante mit Floriana, die ihn wieder vom Münztelefon bei Luigi anrief. »Es ist alles geregelt«, erklärte er. »Ich komme am Freitag, dem neunzehnten November, und hole dich am Samstagmorgen ab. Ich denke, wir treffen uns am besten an der Mauer. Dann können wir den Tag zusammen verbringen, bevor ich dich zum Kloster fahre.«

»Kannst du mich dort besuchen?«

»Selbstverständlich. Das ist ja kein Gefängnis.« Er hielt einen Moment inne, und Floriana hörte ihn am anderen Ende atmen. »Du hast doch keine Angst, oder, *piccolina?*«

»Nein, ich bin ganz aufgeregt. Noch sieht man nichts von ihm. Wäre mir nicht die ganze Zeit schlecht, würde ich denken, dass ich gar nicht schwanger bin.«

Trotz ihrer Freude, wünschte Dante sich inständig, dass es falscher Alarm war. »Sobald du bei einem Arzt warst, wissen wir es genau.«

»Oh, das weiß ich schon. Ich kann ihn in mir fühlen, auch wenn er erst so groß ist wie ein Samenkorn.«

»Und du glaubst, dass es ein Junge ist?«

»Ganz bestimmt. Ich werde dir einen Sohn schenken, Dante.« Als er nicht reagierte, wurde sie nervös. »Hast du Angst?«

Er wollte es nicht zugeben. »Ich fühle mich schrecklich, weil ich dich in diese Lage gebracht habe.«

»Das musst du nicht, Liebster. Kein Kind kommt zufällig auf diese Welt. So gedankenlos wäre Gott nicht. Jedes Kind ist kostbar, egal wie es empfangen wurde. Und unser Sohn ist erst recht kostbar, weil er in Liebe empfangen wurde.«

Dante musste unweigerlich lächeln, weil sie so zuversichtlich war. Er fragte sich, ob sie auch noch so unbekümmert wäre, wenn das Kind geboren war und die ganze Nacht schrie. »Ich liebe dich, Floriana.«

»Und ich liebe dich, Dante.«

»Erinnerst du dich an den Tag auf der Bank, als ich deine Hand nahm und dich nach deinem Namen fragte?«

»Ja, klar. Den vergesse ich nie.«

»Ich spürte damals schon, dass du ein Teil meines Lebens werden solltest. Ich wusste nicht, wie, aber ich merkte einfach, dass uns etwas verband.«

»Das habe ich auch gespürt.«

»Du warst so verloren, und ich wollte für dich sorgen.«

»Ich bin nicht mehr verloren.«

»Solange ich lebe, meine *piccolina*, wirst du nie verloren sein.«

Elio beobachtete seine Tochter wie ein Löwe eine ahnungslose Gazelle. Er beobachtete, wie sie vor sich hin summte, als sie in die Wohnung kam, und wie beschwingt ihr Gang war, als sie wieder ging. Dann setzte er sich hin und schrieb einen Brief, der sein Schicksal für immer verändern sollte.

Der Mesner hatte Elios Flaschen alle in die Toilette ausgekippt. In der ganzen Wohnung war kein Tropfen Alkohol mehr, doch das scherte Elio nicht, denn seine Gedanken waren auf ein höheres Ziel fixiert, und dafür brauchte er sowieso einen klaren Kopf. Zum ersten Mal seit Jahren war er mit einem Gefühl von Entschlossenheit aufgewacht. Ein Kribbeln durchfuhr ihn, als er über die Notlage seiner Tochter nachdachte und wie nützlich sie ihm sein konnte.

Beppe Bonfanti war einer der reichsten Männer des Landes. Niemals würde er erlauben, dass sein Sohn und Erbe ein Mädchen aus einer unbedeutenden Kleinstadt in der Toskana heiratete. Sie mochte sich selbst etwas vormachen, und Dante redete sich vielleicht ein, dass sie zusammen weglaufen und glücklich bis an aller Tage Ende leben könnten. Aber die Wahrheit war für jedermann offensichtlich, der so viele Jahre auf dem Buckel hatte wie Elio. Das würde nie passieren. Seine Tochter wurde ganz sicher nicht die Frau eines Millionärs, deshalb musste er aus der Situation herausschlagen, was er irgend konnte.

Er kicherte vor sich hin, während er den Brief an Beppe schrieb. Schnelles, leichtes Geld war ihm näher denn je. Er war ein furchtbarer Vater gewesen, doch jetzt hatte er die Chance, es bei seiner Tochter wiedergutzumachen. Er konnte nicht verlangen, dass Dante sie zu einer ehrbaren Frau machte, aber er konnte Geld für sie und das Kind verlangen – und noch ein bisschen extra, für alle Fälle.

Floriana hatte entschieden, niemandem außer Signora Bruno von ihrem Fortgang zu erzählen. Sie würde einfach weggehen, und Signora Bruno konnte ihrem Vater erzählen, dass sie weggezogen war, um woanders ein neues Leben anzufangen. Er konnte es Tante Zita sagen. Allerdings stand sie tief in Pater Ascanios Schuld, und so war es nur recht, dass sie hinging und ihm für seine Freundlichkeit dankte.

Am Tag bevor sie wegging, hüpfte sie leichten Herzens durch die Straßen. Ihre Zukunft ängstigte sie kein bisschen. Vielmehr freute sie sich darauf, in eine neue Stadt zu ziehen und ganz von vorn anzufangen. Dort würde niemand sie bemitleiden, weil ihre Mutter sie verlassen hatte und ihr Vater sich jeden Abend betrank und beim Kartenspiel schummelte. Keiner würde irgendetwas über sie wissen. Sie könnte sich als Mutter mit einem kleinen Kind und einem gut aussehenden Ehemann, der in Mailand arbeitete, neu erfinden. Niemand musste wissen, dass sie nicht verheiratet waren. Überrhaupt musste keiner etwas über sie wissen. Sie würde ein neuer Mensch werden.

An diesem kalten Novembermorgen las Pater Ascanio die Messe. Floriana setzte sich ganz hinten in die Kirche und wartete, bis die Messe zu Ende war. Dann versammelte sich die übliche Gruppe auf dem Platz, und es verging eine halbe Stunde, bis die letzten Kirchbesucher gegangen waren. Pater Ascanio lächelte freundlich, als er sie sah. Sie stand ein wenig abseits, ihren Mantel fest um ihre Schultern gezogen und die Arme verschränkt, um sich vor der Kälte zu schützen. Ihr Haar wehte ihr ins Gesicht, das blass und eingefallen war, jedoch schöner aussah als jemals zuvor. Sie hatte nichts Kindliches mehr.

»Floriana«, sagte er und ergriff ihre Hände.

»Ich bin gekommen, um Ihnen zu danken.« Sie senkte den Blick, denn zu ihrem Schrecken kamen ihr die Tränen. Pater Ascanio und seine Kirche waren ihr ein Zuhause gewesen. Jetzt ging sie fort und war nicht sicher, ob sie beide noch einmal wiedersehen würde.

»Weine nicht, mein Kind. Gott wird immer bei dir sein, egal wo auf der Welt du bist.«

»Sie waren so gütig, so verständnisvoll und weise. Ich begreife erst jetzt, wie viel Sie für mich getan haben.« Ihre Stimme kippelte, und sie konnte nicht weitersprechen.

»Komm, lass uns hineingehen. Es wird kalt.«

»Darf ich beichten, Pater?«

»Wenn du dich dann besser fühlst.«

»Ja, ein letztes Mal.«

Sie kniete sich in den dunklen Beichtstuhl und öffnete ihr Herz, wie sie es noch nie getan hatte. Sie sprach von ihrer Mutter, von dem schrecklichen Gefühl, verlassen zu sein. Sie redete über ihren Bruder, ihren Kummer wegen seinem plötzlichen Verschwinden und ihre Eifersucht, weil er ihr vorgezogen worden war. Und sie sprach von ihrem Vater und ihrer tiefen Scham.

Pater Ascanio lauschte mitfühlend, als sie ihre Maske fallen ließ und ihm all ihren Kummer entblößte. Nachdem sie fertig waren, blieben beide eine ganze Weile stumm, während sich Florianas Worte wie Schneeflocken um sie herum niederließen. Floriana fühlte sich besser, weil sie ihr Herz geöffnet hatte und ihre Trauer gestanden. Sie war weniger verbittert wegen ihrem Vater, weniger wütend auf ihre Mutter, und in Erwartung ihres neuen Lebens mit Dante wurde ihr warm ums Herz.

»Jetzt verstehen Sie, warum mein Kind mir so wichtig ist, Pater. Ich glaube, Gott hat es mir gegeben, um mich für alles zu trösten, was ich verloren habe. Und ich werde meinen Sohn mit Leib und Seele lieben.«

Pater Ascanio betete im Stillen, die Engel mögen sie in eine helle, glückliche Zukunft tragen.

28

Beppe und Dante kamen um neun Uhr im Büro an, wie jeden Morgen. Beppes Fahrer holte sie am Haus der Familie in der Via dei Giardini ab und fuhr sie die zwanzigminütige Strecke zur Fabrik in einem der Hochsicherheitsindustriegebiete am Rand von Mailand. Beppe war stolz auf seinen Sohn. Dante war mit Eifer bei der Sache, lernte schnell und hatte nicht getrödelt, seine Ärmel aufzukrempeln und sich mit jedem Teil ihres Geschäfts vertraut zu machen, angefangen von den Fabrikhallen bis hinauf zum Vorstandszimmer. In seinem dunkelblauen Anzug und dem weißen Hemd machte er eine fantastische Figur: ganz Autoritätsperson. Eines Tages würde er in die Fußstapfen seines Vaters treten, und Beppe beruhigte sehr, dass er offensichtlich der Richtige für den Job war.

Der Himmel war grau verhangen. Es sah nach Regen aus. Drinnen aber brannten die Lichter hell und es herrschte rege Betriebsamkeit. Beppes Angestellte waren sich seiner hohen Erwartungen wohl bewusst und achteten darauf, auf ihren Posten zu sein, wenn er ankam. Zu viele waren schon ohne jede Erklärung entlassen worden, als dass irgendeiner wagte, seine Arbeit auf die leichte Schulter zu nehmen. Beppe marschierte durch das Großraumbüro, wo in den Würfeln Köpfe über Schreibmaschinen gebeugt waren, Telefone schrillten, Zigaretten qualmten und jeder sich anstrengte, geschäftig zu wirken. Er grinste vor sich hin. Die Angst der Leute war gut, denn sie steigerte ihre Produktivität.

Dante ging in sein Büro und überließ seinen Vater der adretten und treuen Sekretärin, Signora Mancini. Sie begrüßte Beppe mit schwarzem Kaffee, ein höfliches Lächeln auf den rot geschminkten Lippen, und folgte ihm mit seiner Post in sein

Büro. Beppe Bonfantis Kommandozentrale war ebenso opulent ausgestattet wie sein Salon zu Hause: eine Hausbar aus Walnussholz, auf der Kristallkaraffen standen, eine elegante Sitzgruppe aus feinster Seide, in deren Mitte sich ein mit Hochglanzbänden beladener Couchtisch befand, und jede Menge Gemälde internationaler Künstler an den Wänden. Beppes riesiger antiker Schreibtisch unterstrich seine Wichtigkeit angemessen, und durch das Panoramafenster hinter ihm blickte man auf einen künstlichen Teich mitsamt Schwänen und Gänsen.

»Ihr Neun-Uhr-Termin wartet im Konferenzraum«, sagte Signora Mancini und legte die Post auf seinen Tisch. »Signor Pascale rief eben an, dass er ein bisschen später kommt.«

»Pascale kommt immer spät«, grummelte Beppe, während er seinen Lodenmantel auszog und den Hut abnahm. Signora Mancini hängte beides an den Garderobenständer neben der Tür, wie sie es jeden Morgen tat, bevor sie auf seine Anweisungen wartete, ähnlich einem wohlerzogenen Labrador. Beppes Blick fiel auf den Stapel Briefe, und er runzelte die Stirn. Ganz oben lag ein handgeschriebenes Kuvert mit den Worten »Streng vertraulich« über seiner Anschrift. »Wir fangen ohne ihn an«, sagte er, griff nach dem Umschlag und öffnete ihn. »Wahrscheinlich hat er verschlafen. Der Mann sollte mal in einen anständigen Wecker investieren.«

Signora Mancini beobachtete, wie ihr Boss ein kleines weißes Blatt aus dem Briefumschlag zog. Beim Überfliegen des Geschriebenen verfinsterte sich seine Miene. Dann holte er tief Luft und blähte die Nüstern. Signora Mancini fröstelte, weil die Atmosphäre im Büro spürbar eisig wurde.

»Schicken Sie mir Zazzetta«, sagte er leise, ohne von dem Brief aufzusehen. Signora Mancini eilte mit klopfendem Herzen hinaus. Wenn Beppe Bonfanti wütend war, verlor er nicht wie andere die Fassung, sondern wurde eiskalt und sehr ruhig, was sie stets an einen Scharfschützen erinnerte, der die Waffe anlegte.

Einen Moment später stand Zazzetta vor Beppe. Signora Mancini schloss die Tür und ging zurück an ihren Schreibtisch. Sie fragte sich, was in dem Brief stehen konnte, das ihren Boss derart aufbrachte. Aber es war nicht ihr Job, sich solche Gedanken zu machen oder gar sich zu fragen, wie Zazzetta die Sache regelte. Es war allemal besser, nichts zu wissen.

Beppe reichte Zazzetta den Brief. Er las ihn, und die einzige sichtbare Reaktion bestand darin, dass sich seine eingefallenen Wangen blassrosa färbten.

»Der alte Säufer war also für einen Moment nüchtern genug, uns erpressen zu wollen«, sagte Beppe, der sich eine Zigarre anzündete. Er lachte hämisch. »Der muss wohl glauben, einen Sechser im Lotto zu haben.«

»Sind wir sicher, dass Dante der Vater ist?«

»Nein, es kann jeder Kerl in Herba sein. Das Problem ist allerdings, dass wir es nicht drauf ankommen lassen können, nicht?«

»Wir wollen keinen Skandal«, pflichtete Zazzetta ihm bei.

»Mich erstaunt, dass mein Sohn so unglaublich blöd sein konnte.«

»Er ist jung und verliebt.«

»Er hat mit seinem Schwanz gedacht, trifft es wohl eher. Wäre er nicht mein Sohn, würde ich ihm das Ding abschneiden.«

»Wäre er nicht Ihr Sohn, würde es Sie nicht interessieren.«

»Aber er ist mein Sohn. Also, was tun wir, mein Freund?« Beppe blies eine Rauchwolke aus.

»Wir kümmern uns darum, *Capo*.«

»Ja, und zwar schlicht und wirksam. Wir geben dem alten Mistkerl Geld, damit er den Mund hält, und entledigen uns des Problems.« Er fixierte Zazzetta mit dem eisigen Blick eines Mannes, der sich schon oft auf effiziente Weise lästiger Widersacher entledigt hatte. »Wir lassen sie verschwinden.«

»Müssen wir zu solch drastischen Maßnahmen greifen? Sie ist ein junges Mädchen …«

»Es muss wie ein Unfall aussehen.«

»Aber, *Capo*, ...«

»Nur so verhindern wir, dass uns der Vater für den Rest seines Lebens wie ein Blutsauger im Nacken hängt. Es wird garantiert nicht bei dieser ersten Forderung bleiben, solange er ein Druckmittel hat. Ich will nicht, dass die Geschichte uns oder Dante, dem Idioten, über Jahre zusetzt. Das Problem muss verschwinden, basta. Uns bleibt nur ein Weg, sicher zu sein, dass uns die Sache nicht wieder und wieder einholt.« Er drehte sich zum Fenster um. »Ich frage mich, ob der Penner immer noch findet, dass es sich gelohnt hat, wenn er feststellt, dass seine goldene Gans verschwunden ist.«

»Wird er nicht versuchen, sie zu finden?«

»Ein Mann, der fähig ist, seine Tochter auf diese Art zu verkaufen, hat kein Herz. Du weißt genauso gut wie ich, dass Elio ein versoffener Vollidiot ist. Er wird das Geld nehmen und sich vom Acker machen. Hoffen wir, dass wir nie wieder von ihm hören.«

»Ist so gut wie erledigt, Capo.«

»Schön.« Er wandte sich wieder zu Zazzetta. »Und kein Wort zu meinem Sohn. Vielleicht können wir jemanden bezahlen, der ihm erzählt, dass sie mit einem Gemüsehändler durchgebrannt ist.«

Als Floriana aus der Kirche kam, sah sie Costanza, die mit Einkaufstaschen beladen über den Marktplatz ging. Die Mädchen sahen einander stumm an. Seit Langem schon war es zwischen ihnen komisch, doch nun winkte Floriana ihrer früheren Freundin zu, anstatt weiterzueilen. Ihr Herz quoll über vor Glück, weil sie im Begriff war, ein neues Leben zu beginnen. Wie sollte sie da noch Platz für Bitterkeit haben? »Kann ich dir etwas abnehmen?«, fragte sie Costanza lächelnd. Die guckte sie ängstlich an. »Keine Bange, deine Mutter ist nirgends zu sehen.«

»Darum geht es nicht, ehrlich nicht«, widersprach Costanza. Kopfschüttelnd nahm Floriana ihr eine der Taschen ab.

»Was hast du da drin?«

»Tut mir leid, das ist richtig schwer.«

Floriana linste in die Tasche. »Obst?«

»Mamma hat mich auf Diät gesetzt«, erklärte Costanza und lächelte beschämt. »Ich glaube aber nicht, dass es hilft.«

Floriana musste daran denken, wie es zwischen ihnen war, und schlug vor, dass sie hinunter an den Strand gingen. »Wir können uns hinsetzen und reden, wie früher immer.«

»Ich weiß nicht. Eigentlich muss ich nach Hause.«

»Bitte!«

»Na ja, vielleicht kurz. Wenn es dir nichts ausmacht, die Tasche zu schleppen.«

»Ich bin stärker, als ich aussehe.«

»Okay, dann komme ich mit, aber nicht lange, sonst kriege ich Ärger.«

Sie machten sich auf den Weg aus dem Ort. »Dann will deine Mutter dich unbedingt verheiraten, ja?«

»Ja, wie verrückt.«

»Am Ende heiratest du doch den, den du willst.«

»Nein, ich heirate den, den sie will. Mir ist klar, dass es so sein muss, und ich habe weder die Kraft noch den Mut, mich gegen ihren Willen durchzusetzen.«

»Du hast noch Zeit, selbstbewusster zu werden.«

»Ich bin ihr einziges Kind. Sie steckt alle ihre Hoffnung in mich.«

»Wollt ihr wirklich nach Rom zurückziehen?«

»Ja, *Papà* wird jetzt Industrieller«, verkündete Costanza stolz.

»Industrieller?«

»Ja, vielleicht ziehen wir auch nach Mailand.«

»Mailand?« Floriana dachte an Dante.

»Ich kriege ja immer nur nebenbei mal was mit. Keiner erzählt mir etwas. Sie glauben, dass ich zu jung bin und nichts verstehe. Oder zu dumm. Jedenfalls glaube ich, dass er irgendwas mit Beppe Bonfanti macht. Als Berater oder so, schätze ich. Er hat gute Beziehungen, wo Beppe keine hat.«

»Du meinst, es geht mal wieder um die Klasse«, sagte Floriana leise.

»Ja, leider.«

Die beiden jungen Mädchen, die einst so vieles teilten, setzten sich in den Sand und blickten aufs Wasser. »Ich gehe auch weg«, sagte Floriana.

Costanza war verblüfft. »Wohin gehst du denn?«

»Weiß ich nicht. Ich muss irgendwo neu anfangen.«

»Was ist mit Dante?«

Floriana hätte ihr zu gerne alles erzählt, aber Dante hatte sie angefleht, es keinem zu sagen. »Was soll mit ihm sein? Es war nur eine Sommerromanze«, antwortete sie betont lässig.

Costanza sah sie mitfühlend an. »Bist du sehr traurig?«

»Nein. Mir geht es gut. Ich sehe jetzt nach vorn. Es ist sinnlos, über das nachzugrübeln, was vorbei ist.«

»Aber du warst so verliebt! Ich dachte, du wolltest ihn heiraten. Und ich hatte auch darauf gehofft, denn es hätte meine Mutter rasend gemacht.«

»Deine Mutter hatte vielleicht die ganze Zeit recht. Ich muss mir jemanden aus meiner Welt suchen.«

»Nein, hat sie nicht. Die Liebe kennt keine Klassen- oder Altersunterschiede. Auch sonst keine.« Costanza nahm Florianas Hand. »Wenn du weggehst, versprichst du, mir zu schreiben?«

»Woher soll ich wissen, wo du bist, wenn ihr nach Mailand zieht?«

»Ich gebe Luigi meine Adresse, dann kannst du ihn fragen. Und wann willst du weg?«

»Morgen.«

»So bald?«

»Ja, es ist alles abgemacht.«

»Und du wolltest dich nicht mal verabschieden?«

»Ich hatte vor, leise zu verschwinden.«

»Aber wohin willst du denn?«

Floriana überlegte rasch. »Ich habe eine Cousine in Treviso, zu der ich erst mal gehe.«

»Ich dachte, außer Elio und Zita hast du gar keine Verwandten.«

»Das dachte ich bis vor Kurzem auch. Bis Zita sie erwähnte, und da wollte ich die Chance nutzen. Sie ist verheiratet und hat Kinder in meinem Alter. Und sie lässt mich bei sich wohnen, bis ich etwas Eigenes gefunden habe.«

»Wovon willst du denn leben?«

Floriana bekam ein schlechtes Gewissen, doch ihr blieb keine andere Wahl, als ihre Lüge weiter auszuschmücken. »Das ist der Unterschied zwischen uns, Costanza. Ich bin mit jeder Arbeit zufrieden, ob ich nun putze, bediene oder im Garten arbeite. Ich mache alles. Mädchen wie ich sind sich für nichts zu schade.« Sie lachte. »Und keine Sorge, ich bin ziemlich zäh.«

»Das habe ich immer an dir bewundert, Floriana.«

»Sag aber bitte keinem, dass ich weggehe, ja?« Auf Costanzas fragenden Blick hin ergänzte sie: »Ich meine es ernst. Keiner Seele. Kann ich mich auf dich verlassen?«

»Das weißt du doch. Aber wieso darf es keiner wissen?«

»Weil ich nicht will, dass mein Vater hinter mir herkommt.«

»Verstehe.«

»Ich will einfach weg, ohne großes Tamtam.«

»Zita muss es aber doch wissen.«

»Ja, Zita weiß Bescheid, aber sie weiß nicht, dass du es jetzt auch weißt. Also sag bitte nichts zu ihr.« Floriana wurde fast schwindlig von dem komplizierten Lügengespinst. »Behalte es einfach für dich.«

»Mach ich«, versprach Costanza leise. »Du wirst mir fehlen.«

»Du mir auch.«

»Wir hatten viel Spaß, nicht?«

»Ja, hatten wir.«

»Bis Mamma uns getrennt hat. Das werde ich ihr nie verzeihen.«

»Du darfst ihr nicht böse sein. Pass lieber auf, dass du nicht so ein Snob wirst wie sie.« Floriana zog eine Grimasse, woraufhin sie beide lachten.

»Keiner bringt mich mehr zum Lachen«, klagte Costanza. »Mir fehlt dein Humor.«

»Dann musst du von jetzt ab selbst witzig sein.«

»Ich versuch's.«

»Wenn es witzig ist, mit dir zusammen zu sein, bist du überall beliebt und kannst heiraten, wen du willst.«

»Schön wär's!« Costanza sah auf ihre Uhr. »Ich muss los. Es war schön, mit dir zu reden, ganz wie in alten Zeiten. Kommst du mit?«

»Ich gehe mit dir bis zur Weggabelung. Den Rest musst du allein gehen. Ich möchte deiner Mutter nicht über den Weg laufen.«

»Ich am liebsten auch nicht!«

An der Gabelung gab Floriana ihr die Tasche mit dem Obst. »Iss das nicht alles auf einmal«, sagte sie. Plötzlich war ihr zum Heulen.

»Das dürfte ich sowieso nie.« Costanza betrachtete die Freundin traurig. »Pass auf dich auf, Floriana.«

»Und du auf dich.«

Kurzentschlossen stellte Costanza beide Taschen ab und nahm Floriana in die Arme, um sie fest zu drücken. »Ich hoffe, dass dich dein neues Leben glücklich macht. Hoffentlich bekommst du alles, was du dir wünschst. Die Engel mögen dich beschützen.«

Als sie die Umarmung löste, bemerkte Floriana, dass Costanza ebenfalls weinte.

Sie blickte Costanza nach, die langsam und beschwerlich den Weg hinauftrottete. Da sie es nicht mehr ertragen konnte, drehte sie sich um und lief eilig nach Hause. Sie musste packen und sich für morgen bereitmachen. Und sie wollte nicht an das denken, was sie zurückließ, sondern an das Leben, das sie erwartete.

In der Wohnung wartete ihr Vater auf sie. Er schien weder betrunken noch verkatert. Vor allem sah er sie mit einem sehr merkwürdigen Ausdruck an. Bevor sie etwas sagen konnte, fiel ihr auf, dass ein Fremder im Zimmer war, ein großer, bulliger Mann mit dichtem schwarzem Haar und fettiger Haut.

»Was ist los?«, fragte Floriana, die fühlte, dass die Situation bedrohlich war, nur nicht sagen konnte, was geschehen sollte.

»Meine Tochter.« Elio streckte die Arme nach ihr aus, doch sie wich zurück und beäugte ihn misstrauisch. »Ich weiß, dass du ein Kind bekommst.« Um Floriana herum drehte sich alles, und sie musste eine Hand an die Wand stützen, damit sie nicht umkippte. »Hab keine Angst, Floriana. Ich freue mich, dass ich Großvater werde. Dieser Mann hier bringt dich an einen sicheren Ort, wo du dein Baby kriegen kannst, ohne dass es einen Skandal gibt. Wenn du so weit bist, kommst du zurück und wir sind wieder eine Familie.«

Floriana starrte den Fremden an. Ihr Mund wurde unangenehm trocken. Wo war Dante? Wie hatte ihr Vater es erfahren? Sie bemerkte, dass er einen dicken braunen Umschlag in der Hand hielt. »Ah, das«, sagte er und tippte mit dem Umschlag auf seine andere Hand. »Das ist eine kleine Gabe von Beppe.«

»Hast du ihn erpresst?« Sie konnte nicht fassen, dass ihr Vater sie so übel herinterging.

»Vielleicht bist du jetzt sauer, aber später wirst du mir danken.«

»Wo ist Dante?«, fragte sie. »Wo ist er?«

»Er wartet bei dem Haus auf dich«, sagte der Fremde.

»Aber ich soll ihn erst morgen treffen.«

»Der Plan hat sich geändert«, fuhr der Fremde fort. »Du kommst jetzt mit.«

»Kann ich noch packen?«

Der Mann nickte. »Natürlich.«

Sie lief an ihm vorbei in ihr Zimmer und machte die Tür hinter sich zu.

Ihr erster Gedanke war, aus dem Fenster zu klettern und zu fliehen. Aber was, wenn der Mann die Wahrheit sagte? Was, wenn ihr Vater Beppe informiert hatte und er ihm das Geld für sie gab? Wartete Dante womöglich wirklich in La Madgalena? Schließlich könnte er sie nicht anrufen, weil es im Haus kein Telefon gab. Vielleicht hatte Beppe entschieden, dass er alles regeln würde, und das war doch sicher nicht schlecht, oder? In dem Fall müssten sie nichts mehr verheimlichen. Sie konnten offen zu ihrer Liebe stehen.

Mit diesen Gedanken packte sie ihre wenigen Sachen in eine Tasche. Lange brauchte sie nicht. Zudem hatte sie es eilig, aus dem Haus und so weit weg von ihrem Vater wie möglich zu kommen.

Da war etwas Abgestumpftes in seinem Blick gewesen, das ihr nicht geheuer war.

Als sie wieder aus dem Zimmer trat, wollte ihr Vater sie umarmen, aber sie wich ihm angewidert aus und lief die Treppe hinunter dem dicken Mann nach, der nach billigem Eau de Cologne roch. Unten sah sie sich nach Signora Bruno um, die jedoch nirgends zu entdecken war. Schwankend zwischen Aufregung und Furcht, stieg sie in den kleinen schwarzen Wagen, der in der Via Roma parkte. Er sah nicht aus wie ein Auto, das Beppe Bonfanti sich kaufen würde, und Florianas Gefühl sagte ihr deutlich, dass hier etwas nicht stimmt. Nur konnte sie jetzt gar nichts mehr tun. Ihr Puls hämmerte in ihren Schläfen, als der Fremde den Motor startete und der Wagen die Straße hinunterrumpelte.

Floriana sagte kein Wort. Sie hatte viel zu große Angst. Starr blickte sie auf die Straße vor sich. Wenigstens fuhren sie in die richtige Richtung. Ihr fielen die Hände des Mannes auf, die groß und kräftig waren, vor allem aber das Lenkrad ungewöhnlich fest umklammerten. Dann schweifte ihr Blick zur Tür, und sie stellte fest, dass sie verriegelt war. Sämtliche Türen waren verriegelt. Ihr stockte der Atem, wurde übel vor Angst. Weiter vorn ragte das Tor von La Magdalena auf. Eine Welle von Sehnsucht überrollte Floriana. Sie rang die Hände, deren Innenflächen schweißfeucht wurden. Langsam näherten sie sich dem Tor – so unwirklich langsam, dass es Floriana vorkam, als würde sie über allem schweben und es von oben betrachten, ähnlich einem Film über jemand anderen.

In dem Moment kam Gute-Nacht auf die Straße gerannt und holte sie aus ihrer Trance. Sie setzte sich auf und blickte verzweifelt zu dem Hund. Er schien zu ahnen, dass sie in dem Wagen war, denn er reckte den Kopf, um sie zu sehen. Aber der Wagen rauschte an dem Hund und dem Tor von La Magdalena vorbei. Floriana drehte sich um und hämmerte gegen das Fenster. »Gute-Nacht! Gute-Nacht!« Der hörte sie und rannte hinter dem Auto her.

»Hinsetzen«, befahl der Mann. »Sonst baue ich noch einen Unfall.«

»Wohin bringen Sie mich?«, fragte sie. Als er nicht antwortete, begann sie zu schluchzen. »Sie bringen mich nicht zu Dante, stimmt's?« Sie blickte durch die Rückscheibe. Der Hund wurde langsamer, seine Gestalt kleiner und kleiner, bis er nur noch ein Tupfer auf dem Asphalt war. »Was haben Sie mit mir vor?« Immer noch keine Antwort. Er hatte seine Befehle. Er umklammerte das Steuer, dass seine Fingerknöchel weiß hervortraten.

Am nächsten Tag fiel strömender Regen. Dante stand mit aufgeklapptem Regenschirm an der Mauer und wartete auf Floriana, wie es abgemacht war. Er schritt auf und ab, immer wieder, sah mehrfach auf seine Uhr und wunderte sich, dass sie nicht kam. Gute-Nacht stand mitten auf der Straße, die Ohren angelegt, den Schwanz eingekniffen, und wirkte genauso rastlos wie sein Herrchen. Winselnd trottete er im Kreis, während Dante zusehends unruhiger wurde, nur leider konnte Gute-Nacht seinem Herrn nicht sagen, was er gesehen hatte.

Schweren Herzens fuhr Dante nach Herba. Er traf Signora Bruno an der Tür, die jedoch genauso verwundert war wie er. Sie hatte angenommen, dass Floriana bei ihm war.

Dante fand Elio in Luigis Bar, wo der alte Mann in sein Schnapsglas schluchzte. »Ich habe meine Tochter verloren«, heulte er.

»Wo ist sie?«, fragte Dante.

»Genau wie ihre Mutter.«

»Was reden Sie denn?«

»Sie ist mit ihrem Liebhaber auf und davon.«

»Welcher Liebhaber?«

»Der, den sie auf dem Markt getroffen hat.«

»Sie sind ja völlig wirr«, sagte Dante wütend.

»Nein, sie ist eine Hure!« Der alte Mann grunzte. »Und Sie haben gedacht, dass Kind ist von Ihnen. Pah! Das ist das Witzigste an der Geschichte. Ich würde lachen, wenn mir nicht so verflucht elend wäre. Genau wie ihre Mutter. Jetzt bin ich endgültig ganz allein.«

Dante verließ die Bar, schäumend vor Wut. Was Elio sagte, konnte unmöglich wahr sein, das wusste er. Der Mann war betrunken und halluzinierte. Dante musste Floriana finden, doch wo sollte er anfangen zu suchen?

Als er zur Villa La Magdalena zurückkehrte, wartete Gute-Nacht im Regen am Tor auf ihn. Zuerst erkannte Dante ihn kaum wieder. Der Hund war vollständig durchnässt und das Fell um seine Schnauze grau, sodass er alt und traurig aussah. Dante stieg aus dem Wagen, lief zu ihm und hob den Hund in seine Arme. Auf dem Weg zurück zum Auto überkam ihn ein solch mächtiges Verlustgefühl, dass er auf die Knie sank. Er vergrub das Gesicht im nassen Fell des Hundes und weinte.

»Wo ist sie? Wo ist sie hin?«

Gute-Nacht entwand sich ihm und humpelte auf die Mitte der Straße. Dort legte er sich winselnd hin, den Kopf zwischen seinen Vorderpfoten.

29

Devon 2009

Rafa wurde von Biscuit geweckt, der mit einem übermütigen Sprung auf seinem Bett landete. Für einen Sekundenbruchteil wollte er ausholen, sich verteidigen, bis ihm die gestrige Rettungsaktion wieder einfiel. Die Bilder waren sofort wieder in seinem Kopf, und er nahm den kleinen Hund lachend in seine Arme.

»Ah, du bist's, Biscuit«, sagte er auf Spanisch. »Du willst raus, was?« Biscuit schien ihn zu verstehen, denn er hüpfte vom Bett und lief zur Tür, wo er schwanzwedelnd wartete.

Rafa zog sich an und begab sich mit seinem neuen Gefährten nach unten. Das Hotel wurde langsam wach. Man konnte das Ächzen der Wasserrohre unter den Böden hören, das leise Geschirrklimpern aus dem Speisesaal, wo die ersten Frühaufsteher beim Frühstück saßen. Shane war mit Tom in der Empfangshalle, und Jennifer stand mit ihrem Handy in der Hand hinter der Rezeption und guckte nach, ob sie neue SMS bekommen hatte. Als Biscuit die Treppe heruntergestürmt kam, unterbrachen sie alle, um ihn begeistert zu begrüßen.

»Der scheint den Schock gut überstanden zu haben«, sagte Shane und klopfte dem Hund leicht auf die Seite.

»Und er hat gut geschlafen«, berichtete Rafa.

»Nein, ist der süß!«, schwärmte Jennifer, hockte sich hin und kraulte Biscuit hinter den Ohren. »Ich bin froh, dass er bleiben darf.«

»War auch ganz schön knapp«, sagte Tom grinsend.

Rafa nahm Biscuit mit vor das Hotel und sah ihm zu, wie er über den Rasen flitzte. Es war ein wunderschöner Junimorgen.

Der Himmel war von einem leichten Dunst verschleiert, in den die Sonne bereits hier und da Löcher gerissen hatte, um blaue Flecken zu enthüllen. Rafa steckte die Hände in die Taschen und dachte an Clementine. Kaum hatte er ihr Bild im Geiste vor sich, erfüllte ihn eine herrliche Leichtigkeit. Er stellte sich ihr Lächeln vor und wie sehr es ihr Gesicht veränderte. Dann wurden seine Gedanken von dem Grund überschattet, aus dem er hier war. Er wusste, dass es nicht in seinem Interesse wäre, ihr zu nahe zu kommen, vor allem nicht beim gegenwärtigen Stand der Dinge. Dennoch hatte er schon jetzt das wohlige Gefühl, dazuzugehören, und er fing an, Clementine wirklich gern zu haben. Er freute sich darauf, sie wiederzusehen, und war nicht sicher, ob er bis zum frühen Abend warten könnte. Während Biscuit ausgiebig herumschnüffelte und all die neuen, unbekannten Gerüche in sich aufnahm, schlenderte Rafa zum Gemüsegarten.

Dort holte er sein BlackBerry hervor. Er musste sie unbedingt anrufen, bloß ihre Stimme hören. Nachdem er auf dem Display ihre Nummer aufgerufen hatte, tippte er das Anrufsymbol. Es klingelte einige Male, ehe ihre Mailbox ansprang. Rafa hörte sich den Text an und schmunzelte. »Hi, hier ist Clemmie. Kein guter Zeitpunkt, bedaure. Ihr wisst ja, wie's geht.«

Dann folgte das Piepen.

»*Buenas días,* Clementine«, sagte Rafa. »Ich bin mit Biscuit im Garten. Es ist ein schöner Tag, und mir kommt es falsch vor, dass ich unseren Hund ohne dich ausführe. Er hat eben ein sehr spannendes Loch im Gras entdeckt. Zum Glück ist es nicht so groß, dass er reinkriechen kann. Wir müssen Futter für ihn kaufen, nicht? Sag mir Bescheid, wann du Zeit hast. Ich wünsche dir einen netten Tag im Büro. *Ciao.*«

Als er auflegte, preschte Biscuit gerade auf Harvey zu, der am Ende des Gemüsegartens aus seinem Schuppen kam. Der alte Mann war bass erstaunt, einen Hund auf dem Grundstück zu sehen, und blickte sich suchend um, woher er kommen könnte.

Rafa lief zu ihm, um es zu erklären. »Ah, Rafa! Gehört dieser kleine Kerl zu Ihnen?«

»Er heißt Biscuit. Clementine und ich haben ihn gestern Abend aus einer Felsenhöhle gerettet.«

»Hat Marina ihn schon gesehen?«, fragte Harvey besorgt.

»Sie sagt, wir dürfen ihn behalten.«

»Sagt sie das?«

»Ja. Sie war nicht sonderlich froh darüber, aber sein Besitzer wollte ihn ersäufen.« Rafa zuckte mit den Schultern. »Ich schätze, er tat ihr leid.«

»Ich würde ihn trotzdem tunlichst von ihr fernhalten«, riet Harvey. »Ich glaube, sie hat Angst vor Hunden.«

»Vielleicht hat sie früher mal schlechte Erfahrungen gemacht.«

»Kann sein.« Harvey bückte sich, um den Hund zu streicheln. »Ein Verschmuster, was? Dauert bestimmt nicht lange, bis er ihr Herz erobert.« Dann sprach er mit Biscuit. »Du machst doch keinem Angst, oder?«

»Ich denke eher nicht, dass er diesen Baffles abschreckt. Was meinen Sie?«

Harvey lachte. »Nein, sicher nicht. Er hat nix von einem Rottweiler. Aber irgendein Hund ist immer noch besser als keiner. Der kleine Kerl könnte uns alle verblüffen und den Einbrecher beim Schlafittchen packen.« Er richtete seine Tweedschirmmütze und stapfte durch den Garten. Biscuit rannte in die entgegengesetzte Richtung, und Rafa blieb nichts anderes übrig, als ihm zu folgen.

Als er den Weg zum Strand hinunterging, meldete ihm der einzelne Klingelton seines BlackBerrys, dass er eine Textnachricht empfangen hatte. Er wusste schon, dass sie von Clementine war, bevor er das Telefon hervorholte, und jubelte innerlich.

UND OB GUTER MORGEN! IHR SEID JA FRÜH AUF. WIR MÜSSEN BISCUIT BEIBRINGEN, LÄNGER ZU SCHLAFEN. HOL MICH NACH DER

Arbeit ab, dann gehen wir zusammen einkaufen. Und vergiss nicht, den Kunden mitzubringen. Er könnte wählerisch sein. C.

Rafa kehrte beschwingten Schrittes zum Hotel zurück. Jennifer teilte ihm mit, dass eine Gruppe von sechs jungen Frauen mit dem Zug aus London zum Junggesellinnenabschied eintreffen und eventuell auch Malunterricht wollen würde. Sie fügte hinzu, dass ein paar Vogelfreundinnen aus Holland am Abend kämen und gleichfalls Interesse haben könnten. Rafa zuckte lässig mit den Schultern. Solange genügend Pinsel da waren, unterrichtete er sie alle mit Freuden.

Er frühstückte mit dem Brigadier, Pat, Jane und Veronica, während Grace ihr Frühstück auf ihrem Zimmer einnahm. Biscuit lag brav unter dem Tisch zu seinen Füßen und bekam nichts von ihrer Unterhaltung mit.

»Wie kann ein Mensch so grausam sein?«, fragte Veronica, nachdem sie die Geschichte von Biscuit in der Felsenhöhle gehört hatte.

»Es gibt und gab schon immer sehr böse Menschen auf der Welt«, sagte Pat. »Sue McCain sagt, man darf niemandem trauen, der keine Hunde mag, und ich glaube, dass sie recht hat. Jeder, der einen Hund mies behandelt, hat ein Herz aus Stein.«

»Hört, hört!«, rief der Brigadier mit einem Augenzwinkern zu Jane, die hinter ihrer Kaffeetasse errötete.

Der Brigadier und Jane hatten vieles gemein. Rafa hatte die Begeisterung erlebt, mit der sie ihm von ihrer Kindheit auf einem Armeestützpunkt in Deutschland erzählte, und wie interessiert ihr der Brigadier zuhörte, immer wieder nickte und sich an seine eigene Armeezeit zurückerinnerte. Bisweilen war es, als säßen sie allein am Tisch. Entsprechend wunderte Rafa sich nicht, als beide sagten, sie würden ihre Malstunde ausfallen lassen und stattdessen nach Salcombe wandern. Der Blick, den die zwei dabei wechselten, war zugleich freundlich und verschmitzt. Pat war im Begriff vorzuschlagen, die beiden zu begleiten, als Veronica ihr brüsk ins Wort fiel und eine weitere Ausfahrt mit Greys Boot vorschlug. Nichts war verlockender für Pat als eine Bootsfahrt, und mit einem erleichterten Aufatmen lächelte der Brigadier Veronica zu.

Der Vormittag tröpfelte zäh dahin. Rafa nahm seine Schüler mit hinunter an den Strand, wo sie sich selbst die Stellen auf den Felsen auswählen durften, von denen aus sie das Meer malen wollten. Die sechs jungen Frauen von der Junggesellinnenparty kicherten und flirteten so unverblümt mit ihm, dass sie kaum ihre Farben anrührten, während Grace sie vom anderen Ende mit tödlichen Blicken bedachte und sich bei Veronica und Pat weidlich über ihren Mangel an Klasse beklagte.

Nach dem Mittagessen zog Rafa sich in seine Suite zurück, um etwas Zeit für sich zu haben. Er genoss die Aussicht aufs Meer, das nicht müde wurde, ihn mit seiner Vielfalt zu faszinieren, als ihn plötzlich etwas ablenkte. Es war Marina, die über den Rasen vorn auf Biscuit zuging. Der Hund lag schlafend unter der großen Zeder. Rafa starrte sprachlos hin, während sie langsam auf das Tier zuging, die Hände in den Taschen, die Schultern leicht gebeugt. Dann blieb sie eine Weile vor Biscuit stehen und sah ihn an, als wäre sie tief in Gedanken. Rafa fragte sich, an was sie denken mochte – und wenn es gestern Abend keine Angst gewesen war, die sie zurückweichen ließ, was dann?

Es verging einige Zeit, ehe Marina sich neben den Hund hockte und ihre Hand auf seinen Kopf legte. Rafa konnte das Gewicht ihrer Trauer fühlen, als lastete es auf seinen Schultern. Der Hund indes schlief weiter, während Maria zart sein Fell streichelte, ohne eine Sekunde die Augen von ihm abzuwenden. Rafa konnte nur *sie* ansehen. Zu gern wäre er nach unten gelaufen und hätte sich zu ihr gesetzt. Er wollte sie fragen, warum der Hund sie so traurig machte. Aber ihm war klar, dass es viel zu aufdringlich wäre. Dazu kannte er sie nicht gut genug.

Und er wollte sie nicht stören. Schließlich wich er vom Fenster zurück und ging ins Bad, um sich für den Nachmittagsunterricht frisch zu machen.

Clementine wollte Joe von Biscuit erzählen, hatte aber Angst, dass sie dabei unabsichtlich ihre Gefühle für Rafa durchblicken lassen könnte – und die wurden beständig stärker. Sie beide verband nun etwas: Biscuit war der Vorwand, der sie immer wieder zusammenwerfen würde, und Clementine konnte nicht an den Hund denken, ohne sich gleichzeitig an Rafas Heldentat zu erinnern. Also hatte sie sich eine Geschichte ausgedacht, dass sie ihrem Vater mit seinem Boot helfen musste und dabei ins Wasser gefallen war, weshalb sie seinen Bademantel trug und ihre nassen Sachen in einer Plastiktüte mitbrachte.

Joe hatte ihr geglaubt, weil er es wollte. Falls er einen Verdacht hegte, zeigte er es nicht. Er hatte sie in die Arme genommen, und sollte er bemerkt haben, dass sie sich unweigerlich verkrampfte, ignorierte er auch das.

Sie hatte lange Zeit in der Badewanne gesessen und sich jede Einzelheit ihrer Rettungsaktion ins Gedächtnis gerufen – wie Rafa so mutig losgeschwommen war, wie er sie ermunterte, wie er sich um das gefährdete Tier sorgte. Er hatte ihr Herz berührt, und sie hatte es ihm weit geöffnet. Nur wusste er nicht, dass sie ihn bereits hineingelassen hatte.

Warum beendete sie die Sache mit Joe nicht einfach? Diese Frage musste sie sich mehrmals stellen und kam jedes Mal zur selben Antwort: Dann hätte sie niemanden mehr.

Am Morgen hatte die Liebe sie früh aus dem Bett gelockt. Sie hatte Joe schlafen gelassen, alle viere von sich gestreckt auf dem Bett, und war viel zu aufgedreht gewesen, um Reue zu empfinden. Ihr Bauch kribbelte, als wäre darin ein ganzes Ameisenvolk unterwegs. Clementine hatte keinen Hunger, ging aber trotzdem zum Black Bean Coffee Shop, um sich Rafa nahe zu fühlen, auch wenn er nicht dort war. Als sie seine Nachricht abhörte, hatte sie im Stillen gejubelt. Die Aussicht auf einen nachmittäglichen Ausflug zum Zoogeschäft ließ sie durch den Tag schweben.

Verträumt hatte sie an ihrem Schreibtisch gesessen, Sylvia nur mit halbem Ohr zugehört, als die über Freddie jammerte und ob er wohl je seine Frau verlassen würde, und währenddessen immer wieder die Hunderettung in Gedanken durchgespielt. Sie glühte vor ansteckender Liebe, sodass jeder Mann, der das Büro betrat, es mit einem Lächeln auf den Lippen und einem besonderen Schwung im Gang wieder verließ. Mr Atwood hielt sich so viel wie möglich vorne bei ihr auf, schwirrte wie eine Mücke um ihren Tisch herum, doch Clementine nahm ihn kaum wahr.

Joe rief an, aber Clementine gelang es, einem Gespräch mit ihm aus dem Weg zu gehen. Sylvia sah misstrauisch zu ihr hinüber und fragte sich, wieso Clementine zu beschäftigt war, um mit ihm zu reden. Als Rafa allerdings um halb sechs mit Biscuit auftauchte, wurde es ihr klar: Clementine war verliebt – und nicht in Joe. Sie konnte fühlen, wie die Luft zwischen ihnen einem ganzen Geigenorchester gleich vibrierte, und konnte nichts dagegen tun, dass sie neidisch wurde. Warum konnte ihr die große Liebe nie begegnen?

Clementine knuddelte den Hund liebevoll und erzählte Sylvia, wie sie ihn vorm Ertrinken gerettet hatten. Rafa ergänzte, sollte er denjenigen jemals ausfindig machen, der ihn dort angebunden hatte, würde er ihn höchstpersönlich grün und blau prügeln. Ein alberner Stolz regte sich in Clementine, als sie sah, wie Sylvias Gesicht vor Bewunderung glühte. Er war nicht bloß gut aussehend, sondern auch noch ein Held. Biscuit hatte sich vom Schock seines Beinahe-Ertrinkens erholt, wie es einzig ein Hund konnte. Er wedelte hechelnd mit dem Schwanz, stupste seine Nase in Clementines Hand, wann immer sie abgelenkt wurde und aufhörte, ihn zu kraulen. Ja, er war eindeutig zufrieden mit seinen neuen Besitzern.

Sylvia beobachtete, wie sie gingen. Sie hatte in der *Gazette* von einem weiteren Einbruch gelesen. Diesmal war es ein kleiner, in das Haus von Edward und Anya Powell, die zufällig enge Freunde von Grey und Marina waren. Das Einzige, was der Einbrecher mitnahm, war ein riesiger Diamant-Verlobungsring, den Anya immer in einem Aschenbecher auf der Küchenfensterbank ablegte, wenn sie abwusch. Und der einzige Beweis, dass der Ring gestohlen und Anya ihn nicht nur verlegt hatte, war die »Danke schön«-Nachricht in der unverwechselbaren Handschrift Baffles, des höflichen Diebes. Der Journalist schrieb, dass es sich eventuell um einen Nachahmungstäter handeln könnte, denn warum sollte Baffles sich die Mühe machen, für ein kleines Schmuckstück einzubrechen, es sei denn, ihm machte es Spaß, der Polizei ein ums andere Mal durch die Lappen zu gehen?

Clementine und Rafa fuhren direkt zum Zoogeschäft. Sie füllten einen Einkaufswagen mit Hundefutter, Hundekeksen und Spielzeug. Rafa nahm Leckerlis aus den Regalen und brachte sie nach draußen zu Biscuit, damit er sie beschnuppern konnte. Clementine sah ihm amüsiert zu, während Rafa behauptete, dass der Hund an der Packung erkennen könnte, welche Sorten ihm am besten gefielen. Ihr wurde bewusst, dass sie noch nie so viel Spaß gehabt hatte. Natürlich brachten andere sie zum Lachen, aber noch nie so. Vor allem aber hatte sie das Gefühl, dass es spaßig mit *ihr* war. Rafa kitzelte das Beste in ihr hervor, und sie mochte diese Clementine.

Sie beluden Rafas Kofferraum mit ihren Einkäufen und fuhren nach Salcombe, um Biscuit einen ausgedehnten Spaziergang zu gönnen. Es schien ihnen falsch, den Hund mit an dem Strand zu nehmen, an dem sie ihn erstmals um Hilfe bellen hörten; deshalb gingen sie mit ihm an einen Kieselstrand in der Nähe und ließen ihn von der Leine, damit er alles nach Lust und Laune erkunden konnte. Derweil wanderten sie den Strand auf und ab, redeten und lachten. Später fanden sie einen Pub in der Nähe, wo sie draußen im verblassenden Sonnenlicht saßen und ein leichtes Abendessen genossen. Clementine hatte nicht das Bedürfnis, größere Mengen Alkohol zu trinken. Sie brauchte das nicht, um sich zu entspannen.

Als ihr Telefon klingelte, blickte sie aufs Display und verzog das Gesicht.

Rafa sah sie fragend an. »Joe?« Clementine nickte. Sie wünschte, dass es ihn stören würde, doch er lächelte einfach nur. »Willst du nicht rangehen?«

Widerwillig nahm sie das Gespräch an. »Hi, Joe.«

»Wo bist du?«

»In einem Pub mit einem Freund.«

»Dem Argentinier und seinem Hund«, sagte Joe. Clementine war überrascht, denn sie hatte nicht erwartet, dass er es wusste. »Ich war bei dir im Büro, aber da warst du schon weg. Clemmie, wir müssen reden.«

»Stimmt, sollten wir.« Rafa streichelte den Hund, doch ihr war klar, dass er zuhörte.

»Wann kommst du zurück?«

»Bald.«

»Dann reden wir.«

»Okay.« Sie legte auf. »Sylvia hat ihm erzählt, dass ich mit dir weggefahren bin. Er ist wenig begeistert.«

Rafa setzte sich auf und sah sie mit einem sehr verständnisvollen Blick an. Ihr fiel ein, wie er ihr zum ersten Mal so in die Augen gesehen hatte. Es war in der Kirche gewesen, als sie ihm erzählte, dass Marina ihr den Vater weggenommen hätte. Und der war ebenso unwiderstehlich gewesen wie jetzt. »Du solltest wieder zu deinen Eltern ziehen.«

»Ich weiß.«

»Du liebst ihn nicht.«

»Ist das so offensichtlich?«

»Tja, ich fürchte, man muss kein Genie sein, um zu begreifen, dass du ihn bloß benutzt hast, weil du deine Stiefmutter ärgern wolltest – und vielleicht auch mich.«

Sie wurde rot, tat seine Analyse jedoch mit einer Handbewegung ab. »Ich bin doch eben erst eingezogen.«

»Das spielt keine Rolle. Du kannst nicht in einer Beziehung bleiben, in der du nicht mit dem Herzen dabei bist.«

»Ich habe ziemlich viel Stolz.«

»Stolz tut nur den Stolzen weh. Lass ihn los. Jeder macht Fehler, das ist nicht schlimm. So ist das Leben. Aber wenn du dich an eine unglückliche Situation klammerst, weil du zu stolz bist, sie zu ändern, ist das nur idiotisch.« Er nahm ihre Hand. »Sei kein Idiot, Clementine. Dafür bist du viel zu klug.«

Sie merkte, dass sie noch röter wurde. Nichts anderes existierte mehr außer seiner Hand und dem Gefühl seiner Haut an ihrer. Sie versuchte so zu tun, als bedeutete es ihr nichts, obwohl sie sicher war, dass ihr Herzschlag fast das T-Shirt sprengte. Er sah sie mit solch einer Intensität an, dass sie es kaum aushielt; trotzdem wollte sie auf keinen Fall den Blick abwenden. »Du bist eine ganz besondere Frau«, sagte er leise. »Das Problem ist, dass du dich selbst nicht so siehst. Du musst anfangen, dich mit meinen Augen zu sehen.«

»Und was siehst du?«

»Ich sehe ein wunderschönes Lächeln. Ich sehe errötende Wangen und hübsche blaue Augen. Aber ich sehe hinter all dem den Menschen, der du innen drin bist, und den mag ich sehr.«

Clementine rutschte nervös auf der Bank hin und her. »Ich weiß nicht, was ich sagen soll.«

Er zuckte mit den Schultern. »Dann sag gar nichts. Ich stelle die Dinge lediglich so dar, wie sie sind.«

»Sagst du zu jedem solche Sachen?«

»Nur wenn ich es auch so meine.«

»Und siehst du oft gerötete Wangen oder hübsche Augen? Oder … oder …« Sie zögerte. »Oder nur bei mir?« Sie lachte, um ihre Verlegenheit zu überspielen.

»Nur bei dir, Clementine«, sagte er ernst. Sein Blick fühlte sich wie ein Streicheln auf ihrem Gesicht an.

Sie fuhren zurück in die Stadt. Im Auto lag Biscuit zu Clementines Füßen. Die Luft war hochgradig aufgeladen, nachdem sie sich beide fast irgendwie ihre Gefühle gestanden hatten. Und dennoch hatten sie es nicht ausgesprochen. Clementine wünschte, Rafa würde den Wagen anhalten und sie küssen. Es wäre wie ein klärendes Gewitter nach tagelanger drückender Schwüle. Doch er fuhr weiter, parkte vor Joes Haus und kam um den Wagen herum, um ihr die Tür zu öffnen.

»Möchtest du, dass ich auf dich warte?«, fragte er.

Zu gerne würde sie nach oben laufen, sich ihre Taschen schnappen und mit Rafa in den Sonnenuntergang fahren. »Nein, ist schon gut, danke«, sagte sie stattdessen. »Ich weiß nicht, wie lange es dauert.«

»Soll ich Marina vorwarnen?«

»Nein, sag nichts. Ich erzähle es ihr selbst, wenn ich sie sehe.«

»Sie wird sich sehr freuen. Ich glaube, sie vermisst dich.«

Clementine seufzte. »Ehrlich gesagt, vermisse ich die anderen auch. Ich wusste gleich, dass es ein Fehler war. Mir tut es wegen Joe leid.«

»Schick mir eine SMS, falls du Unterstützung brauchst.«

»Nach der Heldentat gestern bezweifle ich nicht, dass du mich retten kämst, wenn ich dich brauche.«

»Du weißt, dass ich es würde.« Er sah ihr nach, als sie zur Tür ging und aufschloss.

»Auf geht's«, sagte sie stumm in seine Richtung, ehe sie im Haus verschwand.

Rafa fuhr zurück zum Polzanze. Er ließ sich Zeit, die üppige Landschaft und die Wattebauschwolken zu genießen, die der Wind über den dunkler werdenden Himmel scheuchte. Allmählich fing er an, es hier richtig zu mögen; besonders jedoch überraschte ihn, dass er anfing, Clementine zu lieben.

Seine Wangenmuskeln spannten und entspannten sich abwechselnd, als er daran dachte, dass er sie um ein Haar geküsst hätte. An einem anderen Ort, zu einer anderen Zeit hätte er sie schon vor Tagen in seine Arme gerissen und geküsst – in dem Haus, das Gott vergaß, im Meer und als sie wütend auf ihn war und ihn aufforderte zu gehen. Und er hätte sie seitdem noch unzählige andere Male geküsst, denn sein Verlangen wurde zunehmend stärker. Aber eine Sache stand ihm im Weg.

Er blickte starr geradeaus und fuhr weiter.

30

Marina und Grey saßen am Küchentisch und waren beinahe fertig mit dem Abendessen, als Clementines Wagen vor dem Hotel vorfuhr. Sie stieg aus und blieb eine Weile im Dunkeln stehen, um sich für die Begegnung mit den beiden zu wappnen. Bei Joe einzuziehen, war für sie ein Trotzakt gewesen, aber leider musste sie sich jetzt eingestehen, dass es wohl eher ein Hilfeschrei war. Und die anderen hatten nicht so reagiert, wie sie es sich vorstellte. Zumindest hatten sie sich nicht anmerken lassen, dass es ihnen etwas ausmachte.

Clementine dachte an Rafa und seinen Rat. Es war Zeit, mit Marina zu reden. Im Vermeiden waren die Engländer ganz groß. Lieber taten sie endlos lange so, als gäbe es ihre Probleme nicht. Und Clementines Familie war in dieser Beziehung extrem. Sie sprachen nie über die Vergangenheit oder offen über ihre Gefühle. Nun hatte Rafa ihr Mut gemacht, genau das zu tun. Sie wollte sich die Version ihrer Stiefmutter anhören, sie akzeptieren und die Geschichte dann endgültig hinter sich lassen.

Clementine holte ihre Tasche aus dem Kofferraum, atmete einmal tief durch und marschierte zum ausgebauten Stallblock. Marina hörte, wie die Tür geöffnet wurde, und dachte, es wäre Jake. Als Clementine in der Küchentür erschien, war sie sprachlos.

Grey bemerkte die Reisetasche im Flur hinter ihr. »Clementine!«, rief er freudig. »Wie schön, dich zu sehen.«

»Ist alles in Ordnung?«, fragte Marina und griff nach ihrem Weinglas.

»Ich bin wieder nach Hause gekommen«, sagte Clementine.

Marina wusste, dass es auf ihre Reaktion ankam, wenn sie

verhindern wollte, dass das Mädchen gleich wieder weglief. »Möchtest du darüber reden?«, fragte sie vorsichtig.

»Ich habe mit Joe Schluss gemacht.«

»Komm und setz dich, Liebes. Ich denke, du kannst einen Drink vertragen, stimmt's?« Grey stand auf, um ihr ein Glas zu holen.

»Ich hätte überhaupt nicht ausziehen dürfen.«

Marina fiel auf, dass die dunkle Wolke, die Clementine für gewöhnlich immer umgab, nicht mehr zu spüren war. Sie hatte ihr Schwert niedergelegt und war in Frieden gekommen. »Ich bin froh, dass du wieder hier bist«, sagte sie ehrlich. »Es tut mir leid, dass es mit dir und Joe nicht geklappt hat. Das muss eine ziemliche Enttäuschung sein. Aber ich bin wirklich froh, dich wieder hier zu haben.«

»Nein, enttäuscht bin ich nicht. Ich habe Joe nie besonders gemocht. Im Grunde habe ich mich selbst auch nie wirklich gemocht. Aber das tue ich jetzt.« Ein etwas schelmisches Lächeln trat auf ihre Züge. »Ich sehe die Welt mit anderen Augen. Und ich will mich nie wieder mit dem Zweitbesten zufriedengeben.«

Marina musste nicht fragen, wem dieser Sinneswandel zu verdanken war. Grey jedoch hatte nichts mitbekommen und blickte verwundert drein. »Das ist gut«, sagte er, während er ihr ein Glas Pinot Grigio einschenkte.

»Marina, ich würde gerne mit dir alleine reden. Macht es dir was aus, Daddy?«

»Dann gebe ich ihr mal noch ein bisschen Stärkung«, sagte er und füllte Marinas Glas nach. Die beiden Frauen standen auf.

»Gehen wir nach draußen«, schlug Clementine vor.

Marina verbot sich, hilfesuchend zu Grey zu sehen, so verlockend es auch war. Sie konnte seinen verwunderten Blick deutlich fühlen. Vermutlich wollte Clementine über Rafa sprechen, und Marina freute sich maßlos, dass das Kind sich endlich einmal ratsuchend an sie wandte. Später, wenn sie allein waren, würde sie Grey alles erzählen.

»Ich hole nur meine Jacke«, sagte sie und ging in den Flur.

»Ich auch. Es ist frisch draußen, aber sehr schön. Ich möchte unter den Sternen sitzen.«

Grey fiel die Veränderung in Clementines Tonfall auf. Die Art, wie sie »schön« sagte, klang anders, als würde es von Herzen kommen.

Der Abend war dunkel, aber samtweich. Ein steter Wind wehte vom Meer, der allerdings warm war und nach Salz und feuchtem Gras roch. Das Krachen der Wellen an den Felsen unten war nur als fernes, freundliches Grummeln zu hören. Der Mond schien hell und wurde nur hin und wieder von einer rasch vorüberziehenden Wolke verdeckt. Clementine und Marina gingen über den Rasen zu einer Bank, auf die sie sich setzten. Hier waren sie ziemlich ungeschützt, hatten dafür aber freien Blick auf das Meer und die weit draußen liegende Halbinsel, von der aus ein Leuchtturm sein warnendes Licht in die tintige Dunkelheit schickte. Beide Frauen zogen ihre Jacken fester um sich.

»Ich habe nie verstanden, warum du es hier so gerne magst«, sagte Clementine mit einem zufriedenen Seufzer. »Ich war ein typisches Stadtkind, fühlte mich auf Pflaster wohler als auf Gras. Aber jetzt ist mir, als hätte sich ein Schleier vor meinen Augen gehoben, und zum ersten Mal erkenne ich, wie außerordentlich schön es hier ist.«

»Ach ja?«

»Ja, und es gibt mir ein gutes Gefühl.«

»Die Natur ist ein Wunderheiler. Immer wenn ich unglücklich bin, komme ich hier raus und sauge sie in mich auf. Hinterher geht es mir verlässlich besser.«

Clementine trank einen Schluck Wein.

»Marina, ich möchte mich entschuldigen, weil ich so eine blöde Kuh war.«

Auch Marina nahm einen Schluck, perplex vom Geständnis ihrer Stieftochter. Sie konnte sich nicht erinnern, in all den Jahren, die sie Clementine kannte, jemals eine Entschuldigung von ihr gehört zu haben. Deshalb war sie nicht recht überzeugt und wollte lieber nichts sagen, ehe sie nicht sicher sein konnte, dass kein eigennütziges Motiv dahintersteckte.

»Ich weiß, was du denkst«, fuhr Clementine fort. »Und das habe ich verdient. An deiner Stelle würde ich mir auch nicht glauben. Aber es tut mir ehrlich leid. Seit ich klein war, denke ich, dass du meine Familie kaputt gemacht und meinen Vater unter Mummys Nase weggeschnappt hast. Und für mich war es, als hättest du ihn mir auch gestohlen. Aber jede Geschichte hat zwei Seiten, und ich möchte deine hören, wenn du sie mir erzählen willst. Ich möchte verstehen, wie du es siehst, und meine kindische Deutung loswerden. Inzwischen bin ich längst alt genug, um zu begreifen, dass nichts schwarz oder weiß ist.«

Marina wurde die Kehle eng, und sie musste ihre Tränen wegblinzeln, während sie Clementines Hand ergriff. »Ich weiß nicht, was ich sagen soll. Ich hätte nie gedacht, dass wir einmal die Chance haben würden, so zusammenzusitzen und ehrlich und offen miteinander zu sein. Du machst dir keine Vorstellung, wie lange ich mir schon wünsche, von Frau zu Frau mit dir zu reden und dich um Vergebung zu bitten.«

Clementine staunte, wie warm ihr ums Herz wurde. Für einen Moment fragte sie sich, ob es der Wein war, der sie so weich machte, aber dann fühlte sie die Wärme, die von Marinas Hand in ihre floss, und ihr wurde klar, dass es Liebe war, die das Eis zum Schmelzen brachte. »Du brauchst meine Vergebung nicht«, sagte sie leise.

»Doch, brauche ich. Als ich mich in deinen Vater verliebte, war er verheiratet und hatte zwei kleine Kinder. Ich hätte weggehen und ihn seinem Unglück überlassen können, aber das habe ich nicht. Ich schätze, deine Mutter hat nie über die Bitterkeit gesprochen. Deinem Vater zufolge war eure Familie alles andere als intakt.

Grey und ich fanden uns, weil ich mich ebenfalls verloren fühlte. Ich erkannte die Einsamkeit in ihm, weil sie auch mich quälte. Der Altersunterschied zwischen uns war groß, und Grey war sehr gebildet, anders als ich. Doch wir hatten etwas gemeinsam, und zusammen fanden wir die Kraft, uns gegenseitig zu heilen. Ich hatte nie vor, ihn deiner Mutter wegzunehmen, und erst recht wollte ich keine glückliche Familie zerstören. Nur war eure Familie nicht glücklich, Clemmie, und am Ende hat unsere Liebe alles andere in den Schatten gestellt. Das lastet bis heute auf meinem Gewissen.

Was wir taten, war nicht richtig, obwohl wir das Gefühl hatten, dass es für alle das Beste war, auch für dich und Jake. Ich weiß nicht, ob Kinder mit unglücklichen Eltern besser dran sind als mit glücklichen Stiefeltern. Das kann ich dir nicht sagen. Aber du darfst sicher sein, dass dein Vater dich und Jake immer über alles geliebt hat, auch mehr als mich. Du hast es vielleicht nicht gefühlt, doch als kleines Mädchen hast du ihn jedes Mal weggestoßen, wenn er die Hände nach dir ausstreckte. Ich rechnete damit, dass du mich ebenfalls wegstoßen würdest, habe es aber trotzdem versucht. Du musst wissen, dass dein Vater dich bedingungslos liebt.«

Sie leerte ihr Glas und schluckte angestrengt, weil ihre Kehle so eng war, dass es wehtat. Dann blickte sie hinaus aufs Wasser, und Clementine spürte, wie sie erschauderte.

»Wie du weißt, Clementine, kann ich keine Kinder bekommen. Das ist mein größter Kummer und nagt Tag und Nacht an mir. Manchmal bewältige ich kaum den Alltag, so drückend ist der Verlust. Meistens stürze ich mich ganz in die Arbeit im Hotel und gebe ihm all die Zuwendung und Liebe, die ich einem Kind geben wollte. Es ist ein erbärmlicher Ersatz, aber der einzige, den ich habe. Du und Jake werdet nie meine Kinder sein. Ich habe euch quasi geerbt, und dafür danke ich dem Schicksal. Wir beide hatten es nicht leicht, aber das verstehe ich. Ich kann dir nie eine Mutter sein, und das hatte ich auch nicht erwartet. Allerdings würde ich sehr gerne deine Freundin sein.«

Clementine fing an zu weinen. Ihr ging jetzt erst auf, wie gründlich sie ihre Stiefmutter missverstanden hatte. Die Tatsache, dass die Ehe ihrer Eltern unvermeidlich in die Brüche gegangen wäre oder dass Marina und Grey eine Affäre hatten, war eigentlich von Anfang an nicht das Problem gewesen. Schälte man alles weg, was sie in ihrem Leben an Rechtfertigungen und Verbitterung um sich aufgebaut hatte, blieb im Kern nur Liebe und Clementines Überzeugung, nicht genug bekommen zu haben.

»Ich war ja so schrecklich egoistisch«, schniefte sie. »Ich habe die ganze Zeit bloß an mich gedacht und dass ich zu wenig beachtet werde. Gott, komme ich mir bescheuert vor!« Sie dachte an Rafa, der diesen Kern gleich erkannt hatte. »Ach, und, Marina ...?«

»Ja?« Ihre Stiefmutter legte einen Arm um sie und drückte sie. »Was ist?« Clementine heulte zu sehr, als dass sie sprechen konnte. »Es ist okay, du musst dir keine Vorwürfe machen. Es ist nur natürlich, dass du so empfindest. Jedes Kind will, dass seine Eltern sich und es lieben, und zerrüttete Ehen ...«

»Das ist es nicht.« Clementine wischte sich das Gesicht mit dem Jackenärmel und setzte sich auf.

»Ah, verstehe. Da ist noch etwas.«

»Ja. Ich bin verliebt. Ich bin sogar unsterblich verliebt und habe keine Ahnung, was ich machen soll.« Ihr stockte der Atem.

»Rafa?«

Sie nickte. »Ich weiß nicht, wie er zu mir steht. Mal denke ich, gleich küsst er mich, dann zieht er sich zurück. Ich habe keinen Schimmer, ob er zu jeder Frau so ist oder ich etwas Besonderes bin. Ich kenne ihn ja so gut wie gar nicht, und trotzdem bin ich verrückt nach ihm.«

»Ich will nicht behaupten, dass ich dein Interesse an ihm nicht bemerkt hätte. Aber ich habe euch zu selten zusammen gesehen, um zu beurteilen, was er für dich empfindet.«

»Heute hat er mir gesagt, dass ich besonders bin. Er hat meine Hände genommen und mir gesagt, ich bin wunderschön. Dann, als ich ihn fragte, ob er das zu allen Frauen sagt oder nur zu mir, hat er geantwortet, nur zu mir. Ich hätte schwören können, dass er sich zu mir lehnen und mich küssen wollte. Er hat mich so eindringlich angeguckt. Aber dann sind wir aufgestanden und nach Dawcomb gefahren, wo er mich bei Joe abgesetzt hat. Er wusste, dass ich mit ihm Schluss machen wollte.«

»Und er hat nicht den Verdacht, dass er der Grund ist?«

»Ich glaube nicht. Er hat bloß gesagt, er sieht mir an, dass ich nicht in Joe verliebt bin.«

»Ja, ich denke, das war uns allen klar.«

»Und was mache ich jetzt?«

Marina zögerte nicht. »Überhaupt nichts.«

Clementine wunderte sich. Sie hatte einen längeren Vortrag darüber erwartet, sich nicht zu verfügbar zu zeigen.

»Du bist entzückend, Clementine, genau so, wie du bist. Er wäre ein Blödmann, dich gehen zu lassen.«

Clementine wollte schon wieder heulen, diesmal vor Glück. »Danke.« Sie umarmte ihre kleine zierliche Stiefmutter fest. »Ich bin so froh, dass wir Freundinnen sind.«

»Ich auch«, stimmte Marina ihr zu und schloss die Augen.

Als die beiden Frauen zum Stallblock zurückkehrten, war Grey noch auf und sah sich einen Dokumentarfilm über Meereslebewesen auf Sky an. Er war überrascht, die beiden mit roten Nasen und glänzenden Augen zu sehen. Wortlos ging Clementine auf ihn zu und schlang die Arme um seinen Hals. Sie drückte ihn eine Weile und küsste ihn auf die Wange. »Ich nehme ein Bad. Meine Füße sind eiskalt.« Verblüfft blickte Grey ihr nach, als sie aus dem Zimmer ging.

»Was hat sie genommen?«, fragte er Marina.

»Komm mit nach oben, dann erzähle ich es dir. Ich muss mich auch dringend aufwärmen.«

»Was zum Teufel habt ihr gemacht?«

»Lange Geschichte, aber ich fühle mich wunderbar.« Sie seufzte, als ihr die Last vieler schmerzlicher Jahre von den Schultern fiel, und grinste. »Das glaubst du nie.«

***

»Im Hotel ist der Bär los«, sagte Bertha, als sie am nächsten Morgen hereinkam und sich auf einen Küchenstuhl plumpsen ließ. »Ein Jammer, dass es so in der Patsche steckt.«

»Was meinst du damit?«, fragte Heather, die sich an ihrem Kaffeebecher festhielt.

»Ich hab gehört, dass ihnen das Geld ausgeht«, sagte Bertha leise. »Aber das hast du nicht von mir.«

»Und von wem hast du es?«

Bertha zupfte an ihrem Ohrläppchen. »Ich halte die Lauscher auf. Anscheinend kommt irgendein Großkotz aus London, um ihnen ein Angebot zu machen.«

Heather fiel der Kinnladen herunter. »Bist du sicher?«

»Er ist jüdisch«, ergänzte Bertha mit hochgezogenen Brauen.

»Na und?«

»Jake sagt, Juden sind schlau. *Sehr* schlau.«

»Deshalb verkaufen sie doch nicht gleich das Hotel, wenn sie es nicht unbedingt müssen.«

»Tja, ich habe gehört, wie Jake drüben mit seinem Vater geredet hat, und für mich klang das, als wenn denen gar nichts anderes übrig bleibt.«

»Nur über Marinas Leiche. Sie gibt garantiert nicht kampflos auf. Was ist mit uns?«

»Weiß nicht. Ein paar entlassen sie bestimmt, aber nicht uns. Wir sind unermesslich.«

»Du meinst unersetzlich.«

»Sag ich doch, unersetzlich.«

»Du vielleicht, Bertha, aber bei mir bin ich nicht sicher. Meinen Job kann jeder machen.«

»Aber nicht jeder will den auch, nicht? Die brauchen Leute mit Erfahrung, die sich hier auskennen.«

»Hoffentlich hast du recht. Dann sperr mal weiter die Lauscher auf und sag mir Bescheid, wenn du noch was hörst, sei doch bitte so gut.«

***

Clementine war keine Künstlerin, doch wenn sie Zeit mit Rafa verbringen wollte, musste sie an seinem Kurs teilnehmen. Er war freudig überrascht, als sie oben an der Klippe auftauchte, um mit Pat, Grace und Veronica zusammen den Leuchtturm zu malen. »Ich habe dieses Wochenende sonst nichts vor«, erklärte sie und setzte sich mit Biscuit auf eine Decke.

Rafa gab ihr einen Skizzenblock und einige Wasserfarben. Dann neigte er sich zu ihr und flüsterte: »Mit dir wird es sehr viel witziger für mich.«

»Ich bin allerdings richtig schlecht«, erwiderte sie, auch wenn sein Kompliment ihr ein Lächeln entlockte.

»Lähme deine Fähigkeiten nicht mit deiner negativen Einstellung.«

»Na ja, ich habe seit der Schule nicht mehr gemalt.«

»Du bist hier, um Spaß zu haben und diesen friedlichen Ort zu genießen. Ich wette, du hast noch nie hier gesessen und jede einzelne Welle, jede Wolke, jeden Grashalm und jede Blume beobachtet.«

Sie sah ihn fragend an. »Die meiste Zeit hetzen wir mit geschlossenen Augen durchs Leben, in endlose Gedanken vertieft. So entgeht uns der schlichte Zauber einer Butterblume im hohen Gras. Jetzt kannst du dir Zeit nehmen, dich mit offenen Augen umzusehen und dich an der Schönheit der Natur zu freuen. Du existierst ganz und gar in der Gegenwart.« Grinsend richtete er sich wieder auf.

Clementine tunkte ihren Pinsel ins Wasser. »Na schön, dann existiere ich mal in der Gegenwart. Ich bin mir aber nicht sicher, dass mein Bild deshalb gleich besser wird.«

Er legte eine Hand auf ihre Schulter. »*Du* wirst dich besser fühlen.«

Die sechs jungen Frauen auf Junggesellinnenabschied legten einen Wellness-Tag ein, und die Vogelbeobachter aus Holland hatten sich auf die Suche nach dem Einsamen Wasserläufer gemacht. »Ich bin froh, dass wir unsere letzten paar Tage nicht mit diesen vulgären jungen Dingern verbringen müssen«, sagte

Grace, die ihren Hermès-Schal unterm Kinn zusammenband, um ihre Frisur vor dem Wind zu schützen.

»Sie sind jung, Grace«, entgegnete Veronica. »Sie wollen doch bloß ihren Spaß haben.«

»Trotzdem haben sie keinen Stil. Zu unserer Zeit führten sich junge Frauen nicht wie ungehobelte junge Kerle auf.«

»Na, ich mich schon ein bisschen«, sagte Pat. »Ich war ein ziemlicher Wildfang.«

»Das ist etwas anderes. Du bist nicht rumgelaufen und hast dich allen Männern an den Hals geworfen.«

»Hätte ich dein Aussehen und Veronicas Anmut gehabt, wer weiß?«, konterte Pat kichernd.

Zuerst konnte Clementine sich nicht vollständig auf ihre Umgebung einlassen. So sehr sie es auch versuchte, war sie von Rafa abgelenkt, der auf und ab ging und ihnen Tipps gab. Erst als er sich neben sie setzte und begann, sich in sein eigenes Bild zu vertiefen, konnte Clementine entspannen. Die Stille war beruhigend, und Clementine hatte nicht das geringste Bedürfnis, sie mit leerem Geplapper zu füllen. Rafa schien in eine eigene Welt einzutauchen, und bald folgte sie ihm dorthin, nahm jede Möwe, jeden Stein wahr, bis sie aufhörte, sich selbst fühlen.

Die Sonne ging unter, als sie zum Hotel zurückkehrten. Rafa war beeindruckt von Clementines Bild.

»Du willst nur nett sein«, widersprach sie ihm.

»Nein, du hast eine interessante Art, mit Farbe umzugehen.«

Sie lachte. »Ja, sicher, interessant, aber nicht sonderlich gut.«

»Das lass mich beurteilen.« Sein Blick verharrte für gefühlte Minuten auf ihrem Gesicht.

»Warum siehst du mich so an?«, fragte sie verlegen.

»Heute Abend ist das Licht golden.«

»Ja, ist es.«

»Ich möchte dich malen.«

»Also wirklich, Rafa, ich glaube, nicht einmal du kannst eine Botticelli-Venus aus mir machen.«

»Muss ich gar nicht. Du bist entzückend, wie du bist.« Sie runzelte die Stirn. Dasselbe hatte Marina zu ihr gesagt. Konnte es sein, dass er es wirklich glaubte? »Ich meine es ernst. Ich möchte dich malen, bevor die Sonne untergeht.« Er warf die Decke auf den Rasen und bestand darauf, dass sie sich hinsetzte. Biscuit legte sich neben sie und rollte sich auf den Rücken. Offensichtlich hoffte er, dass jemand den Wink verstand und ihm den Bauch kraulte. Pat, Veronica und Grace gingen weiter zum Hotel und ließen die drei allein.

Rafa öffnete den Kasten mit seinen Ölfarben und nahm ein frisches Blatt Papier hervor.

»Was soll ich machen?«, fragte Clementine.

»Rede mit mir«, antwortete er und sah sie wieder auf diese eindringliche Weise an.

Sie seufzte. »Ich fürchte, er will uns ernsthaft malen«, sagte sie zu Biscuit.

»Nicht euch, dich«, korrigierte Rafa. Dann grinste er und wischte mit Pastellölfarbe über das Blatt. »Übrigens bist du eine sehr schöne junge Frau, Clementine. Aber du bist auch typisch britisch und kannst kein Kompliment annehmen. In meinem Land bedanken sich die Frauen, wenn ein Mann ihnen schmeichelt.«

»Na gut, danke.«

»Ist mir ein Vergnügen. Und jetzt sprich mit mir.«

Die Sonne schien einzig für Rafa über den Baumwipfeln auszuharren. Das Licht war weich und matt, die Luft aromatisiert von geschnittenem Gras und Geißblatt, und in den höchsten Ästen trällerten die Vögel ihr Abendlied.

»Ich habe getan, was du mir geraten hast, und mit Marina geredet«, sagte Clementine. »Weißt du eigentlich, dass du der einzige Mensch bist, der mir jemals einen richtigen Rat gegeben hat?«

»Das kann ich mir schwerlich vorstellen.«

»Doch. Du bist der Einzige, der je vorgeschlagen hat, dass ich mit ihr rede. Meine Freunde haben meine Geschichten geliebt, und ich muss beschämenderweise zugeben, dass ich es genossen habe, sie zu erzählen, maßlos zu übertreiben, bloß um Aufmerksamkeit zu bekommen. Meine Mutter war immer kleinlich und sturköpfig. Sie wollte, dass ich mich mit ihr gegen Marina und meinen Vater verbünde, statt mir zu raten, mich mit den beiden zu vertragen. Sie war nie ein offener Mensch, und ich schätze, sie fand es klasse, dass ich mich nicht mit der Frau verstand, die Dad liebt. Im Grunde hat keiner gesagt, dass ich mich mit ihr anfreunden sollte. Und ich selbst bin gar nicht auf die Idee gekommen. Ich habe nie daran gedacht, mir anzuhören, was *sie* zu sagen hat.«

»Aber jetzt hast du es.«

»Ja, und du hattest recht. Zu jeder Geschichte gibt es zwei Seiten. Sie ist keine böse Stiefmutter, also werde ich sie auch in Zukunft nicht mehr Submarine nennen.« Sie senkte den Blick und streichelte Biscuits Bauch. »Ich glaube, ich verstehe jetzt ein bisschen besser, was Liebe ist.«

»Wirklich?«

»Ja. Liebe ist ein helles Licht, das alles Negative überstrahlt. Du weißt schon, wie Sonnenschein auf Morgennebel. Ich habe gemerkt, wie mir das Herz aufging, als ich Marina zuhörte und der ganze schwere, finstere Nebel einfach verdunstet ist. Das war irre. Und es hat mich zu dem Schluss gebracht, dass glückliche Menschen voller Liebe sind Unglückliche haben so gut wie nichts ... oder wirklich nichts. Es ist im Grunde ganz simpel. Würde jeder lieben, gäbe es keine Kriege. Alle würden in Frieden leben.«

»Ich denke, du solltest als Premierministerin kandidieren.«

Sie lachte. »Aber wie bringt man Leuten die Liebe bei?«

»Da gab es schon viele Lehrer, wie Jesus, Mohammed, Buddha, Gandhi, um nur einige zu nennen. Jetzt können wir Clementine Turner mit auf die Liste setzen.«

Sie beobachtete, wie sich seine Hand sicher über das Blatt bewegte, und dachte, wie attraktiv es einen Mann machte, so begabt zu sein. »Warst du schon mal verliebt, Rafa?«

»Ich war schon oft verliebt«, sagte er und grinste ihr zu. »Doch verliebt zu sein und zu lieben sind zwei völlig unterschiedliche Dinge. Verliebtheit ist eine Schwärmerei. Die Liebe fängt an, wenn die Verliebtheit vorbei ist und man den anderen richtig *kennt*. Denn wie kann man jemanden lieben, den man nicht kennt?«

»Und hast du schon mal geliebt?«

»Ein Mal.«

»Wie war sie?«

Er überlegte kurz. »Sie war sehr süß.«

»Blond, brünett?«

»Brünett.«

»Was ist passiert?«

»Ich war nicht bereit, mich zu binden.«

»Wollte sie dich heiraten?«

Er zuckte mit den Schultern. »Sie war Argentinierin, also dachte sie an nichts anderes.«

»Und das hat dich abgeschreckt?«

»Eigentlich nicht. Aber ich war rastlos. Das Timing war falsch.«

»Und was ist passiert?«

»Sie hat Schluss mit mir gemacht, sich jemand anderen gesucht und ihn geheiratet.«

»Warst du sehr traurig?«

»Natürlich, aber was sollte ich machen?«

»Denkst du noch an sie?«

»Manchmal.«

»Bereust du, dass du sie nicht geheiratet hast?«

»Nein, nie.«

»Hast du noch Kontakt zu ihr?«

»Nein.« Er kniff die Augen ein wenig zusammen, und seine Mundwinkel bogen sich nach oben. »Noch weitere Fragen, oder war es das mit dem Verhör?«

»Du bist sehr rätselhaft.«

»Rätselhaft?«

»Ja. Du gibst kaum etwas von dir preis. Klar, du erzählst von deinen Eltern und Argentinien, aber nichts von dir.«

Er stieß einen theatralischen Seufzer aus. »Na gut. Ich bin ein Spion und arbeite undercover für die argentinische Regierung. Aber mehr darf ich dir nicht verraten, sonst muss ich dich töten.«

Sie sah ihn nachdenklich an. Er hielt ihrem Blick stand, und einen Moment lang sprachen sie beide nicht. Alles schien stillzustehen. Die Sonne sank endlich hinter die Baumwipfel, sodass sie im Schatten saßen. Beide spürten die Energie, die sich zwischen ihnen aufbaute. Aber Clementine war inzwischen an das hitzige Gefühl des Verlangens und der Vorfreude auf einen Kuss gewöhnt, der nicht kam. Sie musste ihre gesamte Willenskraft aufbieten, um den Blick von ihm zu lösen. »Bist du bald fertig?«, fragte sie und brach den Zauber. »Ich werde ziemlich steif.«

»Das Licht hat sich verändert.«

»Wollen wir reingehen?«

Er wirkte enttäuscht. »Wenn du willst.«

Sie stand auf. Biscuit rollte sich wieder herum und streckte sich. Clementine konnte Rafas Enttäuschung fühlen, denn das Knistern zwischen ihnen wurde vom Wind weggetragen.

»Darf ich es sehen?«

Rafa reichte ihr seinen Skizzenblock. Beim Anblick des Bildes staunte sie. Das Mädchen in dem goldenen Licht war wunderschön. Rafa packte seine Farben und Stifte zusammen und richtete sich auf. »Sehe ich tatsächlich so aus?«, fragte Clementine ungläubig.

»Für mich ja.«

Sie guckte ihn an und fragte sich, wenn er sie so sah, wieso er sie dann nicht in seine Arme nahm und küsste. »Ich weiß nicht, was ich sagen soll.«

»Doch, weißt du wohl.«

»Danke.« Sie gab ihm den Block zurück. »Kommst du mit rein?«

»Gleich. Ich will nur kurz telefonieren.«

»Dann gute Nacht. Wir sehen uns morgen.« Clementine marschierte mit Biscuit den Grashang hinauf. Sie fühlte deutlich, dass Rafa ihr nachsah, drehte sich jedoch nicht um. Es hatte sie schon alle Kraft gekostet, wegzugehen; sie hatte keine mehr übrig, noch einmal hinzusehen.

Rafa beobachtete, wie sie um das Hotel herumging, und tiefe Furchen bildeten sich auf seiner Stirn. Er war frustriert und wusste nicht, wie lange er noch so weitermachen konnte. Clementine begann, ihn vollständig einzunehmen. Wann immer er versuchte, an etwas anderes zu denken, erschien ihr Bild in seinem Kopf. Er hatte geglaubt, dass er seine Gefühle kontrollieren könnte, doch es wurde zusehends klarer, dass er sich irrte.

Er zog sein BlackBerry aus der Tasche und rief seine Mutter an. In Momenten wie diesen vermisste er sie schrecklich. Ihm fehlte der Klang ihrer Stimme und alles, was er mit ihm verband. »*Mamá.*«

»Rafa, *mi amor*. Ist alles in Ordnung?«

»*Mamá*, ich bin verliebt.«

Zunächst herrschte Stille, ehe seine Mutter erstaunlich ruhig fragte: »Ist sie sehr besonders?«

»Sie ist einzigartig.«

Maria Carmela mochte seine Gründe herzukommen nicht verstehen, aber wenn es um Liebe ging, kannte sie sich bestens aus. »Und warum klingst du so traurig?«

»Ich bin durcheinander. Ich bin aus einem einzigen Grund hierhergekommen, und der war nicht, mich zu verlieben.«

»Folge deinem Herzen, Rafa.«

»Will ich ja, aber ich kann nicht, solange ich außerstande bin, ehrlich zu ihr zu sein.«

»Es könnte furchtbar schiefgehen.« Wieder trat Stille ein. Maria Carmela überlegte, was sie ihm raten sollte. *Dies hier* überforderte sie. »Sie wissen nichts. Gar nichts. Und ich bin mir nicht sicher. Ich brauche mehr Zeit.« Er seufzte. »Bin ich egoistisch? Sie sind eine glückliche Familie, und ich mag sie alle so sehr. Dann bist da noch du. Du bist der wichtigste Mensch in meinem Leben, und wenn du an mir zweifelst, kann ich es nicht tun.«

»Ich habe nachgedacht. Wenn dir das so wichtig ist, musst du es tun, und ich werde dich unterstützen. Dein Vater wäre nicht froh, aber das regle ich mit ihm, wenn ich ihn im nächsten Leben wiedersehe. Überlass ihn mir. Jetzt musst du Frieden finden, das ist alles, was zählt. Es ist dein Recht, und ich stehe zu dir.«

Er war so gerührt, dass ihm das Sprechen schwerfiel. »Danke.«

»Die Liebe ist es, die mir die Kraft gibt, dich loszulassen.«

»Dann hast du keine Angst mehr?«

»Nein. Ich sehe es ein, und ich bin zufrieden. Ich weiß selbst nicht, wieso ich jemals an dir gezweifelt habe.«

Er rieb sich die Nasenwurzel. »Du ahnst nicht, wie viel mir das bedeutet.«

»Oh doch, das tue ich. Na, willst du jetzt hören, was der verrückte Papagei heute angestellt hat?«

Lachend wischte er sich die feuchten Augen. »Ja, erzähl.«

Als Clementine am Montagmorgen zur Arbeit kam, stand Sylvia über einen Aktenschrank gebeugt, sodass ihr Gesicht von ihrem Haar verborgen wurde. Bei näherem Hinsehen erkannte Clementine, dass sie weinte.

Mr Atwood war noch nicht da, auch Mr Fisher nicht. Clementine ignorierte das schrillende Telefon, stellte ihren Kaffee auf ihren Schreibtisch und ging zu Sylvia.

»Alles okay?«, fragte sie.

Sylvia schniefelte und nickte. »Ich hab gehört, dass du mit Joe Schluss gemacht hast.«

»Ja, stimmt. Es hätte zu nichts geführt. Und es war unfair von mir, ihm etwas vorzumachen.«

»Du bist in Rafa verliebt, stimmt's?«

Clementine stutzte. »Weinst du deshalb?«

Sylvia sah zu ihr, lächelte unglücklich und nickte. »Ich liebe

Freddie nicht«, gestand sie. »Habe ich nie. Um ehrlich zu sein, habe ich eigentlich noch nie jemanden geliebt. Aber neulich ...«

»Komm, setz dich hin.« Clementine legte einen Arm um sie und führte Sylvia zu ihrem Stuhl. Dort gab sie ihr den Kaffeebecher, an dem Sylvia halbherzig nippte.

»Ich habe dich und Rafa gesehen, und, tja, da konnte ich es fühlen.«

»Was fühlen?«

»Diese unglaubliche Sache zwischen euch. Ich hatte das nie, habe nie geglaubt, dass es das gibt.« Sie guckte Clementine hilflos an. »Ich möchte das auch!«

Clementine war erleichtert. Es wäre wenig witzig gewesen, hätten sie es auf denselben Mann abgesehen. »Dann bist du nicht in Rafa verliebt?«

»Ach, das könnte ich. Er ist sehr sexy und so, aber, nein, ich bin in keinen verliebt. Ich möchte es nur gerne sein.«

»Dann hör auf, so zynisch zu sein, und warte auf den, der für dich die Erde zum Beben bringt!«

Sylvias scharlachrote Lippen bogen sich zu einem verhaltenen Lächeln. »Ich bezweifel, dass Freddie je seine Frau verlässt.«

»Weiß ich nicht, aber du solltest keine Ehe kaputt machen, wenn es nicht unbedingt sein muss.«

»Ich bin ein schlechter Mensch.«

»Nur fehlgeleitet, sonst nichts.«

Sie stöhnte. »Wie muss ich jetzt aussehen? Habe ich überall Mascara-Streifen?«

»Geh lieber noch mal ins Bad, ehe Mr Fisher kommt. Hat er nicht um halb zehn einen Termin?«

»Oh Gott, den habe ich komplett vergessen! Bist du so lieb und gehst ein paar Brötchen besorgen? Und falls du über einen sagenhaft gut aussehenden Fremden stolperst, bring ihn um Himmels willen mit her!«

Clementine lief los. Es war ein warmer, sonniger Tag. Tauben segelten hinunter auf das Straßenpflaster, um nach Krumen zu suchen, und Möwen kreisten über den Häusern wie Drachenflieger. Clementine seufzte wohlig und inhalierte die frische Seeluft. Heute fühlte sie sich leichter, als wäre ihr eine schwere Last genommen worden. Beim Gehen war ihr Rücken gerade, ihr Kopf hocherhoben, und sie bemerkte die interessierten Blicke der Männer, an denen sie vorbeikam. Die hatten weniger mit ihrer Kleidung oder ihren hohen Absätzen zu tun, dafür umso mehr mit ihrer Einstellung. Sie mochte sich, und dieses Selbstvertrauen ließ sie strahlen. Als sie in den Black Bean Coffee Shop kam, beschloss sie, Marinas Rat zu folgen und einfach sie selbst zu sein. Rafa fand sie schön, was schon mal ein guter Anfang war, und hatte er nicht gesagt, dass man jemanden erst lieben konnte, wenn man ihn richtig kannte? Ihnen blieb der ganze Sommer, sich kennenzulernen, und sie freute sich darauf, ihrer Stiefmutter von den Fortschritten zu erzählen, die sie machten.

»Sie sind ihm auf den Fersen«, erzählte Jake seinem Vater, als Grey sich für eine Bootsfahrt mit Gästen bereitmachte.

»Wieder mal dein Maulwurf bei der Polizei?«

Jake nickte bedeutungsschwanger. »Anscheinend haben sie eine Spur.«

»Ach ja? Das ist gut.«

»Er wird ein bisschen nachlässig._«

»Das dürfte am Ende sein Untergang sein.«

»Dann hört er lieber auf, solange er noch vorne liegt.«

»Solche Leute hören nicht auf. Es ist wie eine Droge. Sie können gar nicht anders.«

»Lange dauert's nicht mehr, bis sie ihn schnappen. Aber behalte das für dich. Sie wollen nicht, dass er abtaucht.«

In dem Moment erschien Marina in der Tür. »Ich habe gute Nachrichten, Schatz.« Grey blickte sie neugierig an. »William Shawcross hat eben angerufen.«

»Und?«, fragte Grey strahlend.

»Er würde sehr gerne kommen und einen Vortrag bei einem literarischen Dinner halten.«

»Na, das ist doch fantastisch!«

»Ich habe seine Nummer notiert, damit du ihn zurückrufen kannst.«

Grey klopfte seinem Sohn auf den Rücken. »Eine prima Idee, mein Junge.«

»Danke, Dad.« Sie sahen Marina nach, die durch den langen Korridor zurückging.

»Auch wenn ich nicht weiß, ob uns das retten kann«, ergänzte Grey leise.

»Was denkst du?«

»Ich strenge mich zur Zeit sehr an, nicht nachzudenken, aber es sieht nicht gut aus. Die Bank sitzt mir im Nacken. Es ist bloß eine Frage der Zeit, bevor wir eine schwere Entscheidung treffen müssen.«

»Du könntest dich zur Ruhe setzen.«

»Dazu bin ich nicht reich genug.«

»Spiel Lotto.«

»Wir brauchen mehr als Glück«, sagte Grey finster. »Wir brauchen ein Wunder.«

31

Ich kann nicht glauben, dass es schon zu Ende ist«, jammerte Pat. »Das ging viel zu schnell!«

»Ich würde liebend gerne noch eine Woche länger bleiben. Du nicht auch, Grace?«, fragte Veronica, die sich vorbeugte, um an den Lilien zu riechen. »Ach, ich liebe den Geruch hier.«

»Sie müssen nächstes Jahr wiederkommen«, sagte Marina.

»Es war eine wunderbare Zeit.« Jane bemühte sich, fröhlich zu klingen, obwohl sie sich fühlte, als würde ihr Inneres zu Beton. »Haben Sie vielen Dank, Marina.«

Marina konnte fühlen, wie schwer Jane ums Herz war, und fragte sich, ob es mit dem Brigadier zu tun hatte. Die beiden waren die letzten Tage unzertrennlich gewesen, und ihr war aufgefallen, dass er nicht zum Frühstück erschienen war.

»Sie dürfen jederzeit herkommen«, sagte sie so leise, dass die anderen es nicht hörten. »Als mein Gast.«

Jane wurde rot und winkte rasch ab. »Ach, ich möchte niemandem zur Last fallen. Sicher kommen wir alle im nächsten Sommer wieder.«

»So wir's Leben noch haben«, bemerkte Grace trocken.

Marina begleitete sie hinaus, wo ein Van auf sie wartete, der sie nach Hause fahren sollte.

»Das hier ist eine Oase. Man vergisst sich völlig«, sagte Pat, die ein letztes Mal zum Haus sah.

»Ja, es ist himmlisch, nicht?«, pflichtete Veronica ihr bei. »Hier erinnere ich mich wieder, wer ich mal war.«

»Ach du Schande«, spöttelte Grace.

»Nein, doch nicht so! Ich fühle mich hier, als wäre ich ein anderer Mensch«, erwiderte Veronica. »Mir wird mein wundervolles Zimmer fehlen.«

»Und mir der Maestro«, sagte Grace, als Rafa mit dem aufgeregt umherspringenden Biscuit in der Einfahrt auftauchte.

»Wie schade, dass Sie abreisen«, sagte er zu den Damen. Er versuchte, nicht Marina anzusehen, die sehr gedankenversunken den Hund anblickte.

»Biscuit sieht schon viel besser aus als an dem Abend, als Sie ihn gerettet haben«, stellte Pat fest, die beherzt pfiff und sich auf den Schenkel schlug. Biscuit kam zu ihr getrottet.

»Dann wollen Sie ihn also behalten?«, fragte Veronica.

»Natürlich«, antwortete Rafa. »Er kann sonst nirgends hin.«

Pat bückte sich und streichelte den Hund recht energisch. »Was für ein braver Hund du bist. Ja, du bist ein ganz, ganz braver Hund.«

Grace verdrehte die Augen. »Wieso denken eigentlich alle Engländer, ihre Hunde verstehen, was sie sagen?«

»Na, tut er doch«, beharrte Pat.

Grace schnaubte kurz. »Es ist lediglich der Tonfall. Guck mal.« Sie ging auf den Hund zu und sagte in der gleichen Stimme wie Pat zuvor: »Du bist ein ganz böser Hund, ja, bist du, ein ganz, ganz böser Hund.« Biscuit wedelte mit dem Schwanz, dass er beinahe abhob. »Siehst du! Der Tonfall alleine reicht, und das dämliche Vieh erkennt keinen Unterschied.«

»Du bist schrecklich«, sagte Pat. »Oder vielleicht sollte ich es in meiner nettesten Tonlage sagen: Du bist eine dämliche alte Schachtel, Grace.«

Sie verabschiedeten sich und stiegen in den Van. Der Fahrer ließ den Motor an. Marina, Rafa und Biscuit traten ein paar Schritte zurück und winkten ihnen nach. Als der Van gerade in die Einfahrt einbog, kam der alte Mercedes des Brigadiers um die Kurve gebogen und hupte laut, damit der Van hielt. »Er ist zu spät zum Frühstück«, stellte Marina mit einem Blick auf ihre Uhr fest.

»Ich glaube nicht, dass er zum Frühstück gekommen ist«, entgegnete Rafa.

Der Brigadier sprang aus seinem Wagen wie ein junger Offizier, riss die hintere Tür auf und holte einen gigantischen Strauß weißer Rosen von der Rückbank. Die Tür des Vans ging langsam auf, und eine hochrote Jane stieg heraus.

»Ich möchte Sie bitten zu bleiben«, sagte der Brigadier und hielt ihr die Blumen hin.

Jane hielt sie an ihre Nase, atmete den Duft ein und wusste partout nicht, was sie antworten sollte. Ihre Hilflosigkeit war ihr furchtbar peinlich. »Sie duften wundervoll«, sagte sie. »Wie reizend von Ihnen, an mich zu denken.«

»Es war gar nicht einfach, wirklich duftende zu finden«, sagte er. »Ich habe die ausgesucht, weil sie wie Sie riechen.« Ein warmes Strahlen erhellte sein Gesicht, und Jane lächelte verlegen.

Der Brigadier wippte auf seinen Absätzen vor und zurück, während er seinen Mut zusammenraffte, die kurze Ansprache zu halten, die er die ganze Nacht geprobt hatte. Er räusperte sich. »Es ist lange her, seit ich eine Frau um eine Verabredung gebeten habe.«

»Es ist lange her, seit ich um eine gebeten wurde.« Jane wurde noch röter.

»Ich würde Sie gerne heiraten, Jane.«

»Mich heiraten?«

»Ja, selbstverständlich. Wir haben nicht mehr alle Zeit der Welt, also wozu um den heißen Brei reden? Ich mag Sie sehr. Überaus gern sogar, und ich glaube, Sie mögen mich auch.«

»Ja, das tue ich.«

»Und, wie wär's?«

Jane blickte sich um, sichtlich eingeschüchtert, weil sie im Mittelpunkt stand. Marina schlug eine Hand vor ihren Mund, um nichts zu sagen. Der Antrag des Brigadiers war eine echte Überraschung. Die beiden kannten sich immerhin erst seit einer Woche. Rafa grinste breit. Veronica, Pat und Grace hingen förmlich aus dem Van, um ja nichts zu verpassen. Jane nagte an ihrer Unterlippe, die zu zittern drohte. »Tja, ja«, antwortete sie scheu. »Warum nicht? Ja, ich möchte.«

»Sue McCain wäre mächtig stolz auf dich!«, sagte der Brigadier mit einem Augenzwinkern zu Pat. »Ihr Motto ist doch schließlich, ›Nutze den Tag‹!«

Pat kicherte und schüttelte den Kopf. »Sehr witzig, Brigadier. Ich weiß nicht, was ihr Motto ist, um ehrlich zu sein. Aber ich frage sie.« Sie stieg aus dem Van.

»Na, junger Mann«, sagte Grace zu dem Fahrer, »jetzt kommen Sie in die Hufe. Holen Sie Janes Koffer wieder raus! Sie bleibt hier.«

»Ach, du glückliches, glückliches Mädchen!«, rief Veronica, die sich die Augen mit ihrem Taschentuch abtupfte. »Du liebe Güte, jetzt müssen wir wieder von vorne Lebewohl sagen.«

Der Van verschwand endgültig die Einfahrt hinunter. Der Brigadier brachte Janes Koffer in die Halle, während sie sich ängstlich umblickte. »Was jetzt?«, fragte sie. »Ich muss irgendwann nach Hause, um alles zu regeln und es meiner Familie zu erzählen.«

Der Brigadier nahm ihre Hand. »Keine Sorge, meine Liebe, du hast alle Zeit der Welt dafür. Jetzt gehen wir erst mal ganz in Ruhe frühstücken.«

»Das wäre schön«, sagte Jane, die zuvor so gut wie keinen Bissen heruntergebracht hatte.

»Das Frühstück geht aufs Haus«, sagte Marina. »Genau wie der Champagner.«

»Champagner?«, wiederholte Jane ungläubig.

»Natürlich. Ein Champagner-Frühstück ist die einzig gebührende Art, eine Verlobung zu feiern.«

»Ein Champagner-Frühstück, in unserem hohen Alter!« Jane lachte.

»Genau darum wollen wir auch nicht trödeln«, sagte der Brigadier fröhlich. »Ich schlage vor, dass wir so bald wie möglich heiraten. Wo würdest du gerne die Flitterwochen verbringen?«

»Am liebsten hier.«

»Wirklich? Hier im Polzanze?«

»Ja, Brigadier. Ich bin hier sehr glücklich.«

»Dann kommen wir nach der Trauung her. Aber heute Nachmittag nehme ich dich mit nach Hause.« Er zog seine buschigen Brauen hoch. »Und ich denke, du darfst jetzt Geoffrey zu mir sagen.«

»Geoffrey«, sagte sie leise. »Das passt zu dir.«

»Geoffrey und Jane. Klingt nett.«

»Macht es Ihnen etwas aus, wenn ich Sie für die Flitterwochen in ein hübscheres Zimmer umquartiere, Mrs Meister?«, fragte Marina, die an das Zimmer dachte, das Grace soeben geräumt hatte.

»Ich bin rundum glücklich mit dem Zimmer, in dem ich war«, antwortete Jane.

»Nun, ich nicht«, erwiderte Marina. »Ich würde mich freuen, wenn Sie und der Brigadier die ersten Tage ihrer Ehe in unserer schönsten Suite verbringen würden.«

»Na gut, wenn Sie darauf bestehen.«

»Dann ist das also abgemacht. Und jetzt köpfen wir den Champagner.«

Mr Atwood stülpte sich den Feinstrumpf über, der hinreichend blickdicht war, um sein Gesicht zu maskieren, aber dünn genug, dass er hindurchsehen konnte. Er trug eine schwarze Hose, einen schwarzen Rollkragenpulli und schwarze Schuhe mit weichen Gummisohlen, damit er drinnen nicht zu hören war. Auf Zehenspitzen schlich er um das Haus herum in den Garten, wo eine Leiter an der Mauer lehnte. Hier kam kein Licht von der Straße hin, sodass er mit der Dunkelheit verschmolz. Einzig aus einem Fenster nebenan fiel ein längliches Lichtviereck auf den Rasen, das Mr Atwood tunlichst mied. Er fühlte sich wie eine Katze auf nächtlichem Streifzug.

Vorsichtig stieg er die Leiter hinauf, eine Sprosse zur Zeit. Es wäre gar nicht gut, sollte er fallen und sich verletzen. Immerhin glaubte seine Frau, er wäre bei einem Geschäftsessen. Da passte es schlecht, wenn man ihn in Einbrechermontur ins Krankenhaus einlieferte. Er grinste zufrieden vor sich hin. Ja, er war stolz darauf, mit wie vielen Bällen er in seinem Leben jonglierte. Ganz abgesehen von dem Unterhaltungswert, den so viele verschiedene Persönlichkeiten boten. Er war Vater, Ehemann, Geschäftsmann, Geliebter – und neuerdings auch Einbrecher. Nun erreichte er das offene Fenster und griff durch den Spalt. Leise hob er den Riegel und schob die Scheibe weiter nach oben, bis er hindurchpasste.

Als er recht ungeschickt ins Zimmer krabbelte – nicht ganz wie die Katze, mit der er sich so gerne verglich –, hörte er ein scharfes Einatmen, gefolgt von einem aufgeregten Quieken. Sein Herz pochte vor Erregung, denn dort, nackt ausgestreckt auf dem Bett, lag Jennifer, ihre Arme und Beine an die vier Bettpfosten gebunden. In der Dunkelheit schimmerten die blasse Haut, das goldene Schamhaardreieck und die runden Brüste. Sie erschauerte.

»Was sehe ich denn hier?«, sagte Mr Atwood mit eisiger Stimme.

»Tu mir nicht weh«, flehte sie.

»Dir wehtun? Ich werde dich *beglücken*, bis du von Sinnen bist.«

»Oooooh, nein!«

»Doch. Ich werde meinen Spaß mit dir haben, mein kleines Püppchen.«

»Bitte, lass mich!«

»Und du bist festgebunden und bereit für mich.«

Sie ruckte mit den Armen, strampelte mit den Beinen, doch es war zwecklos. Die Fesseln hielten. Mr Atwood stand neben ihr und streckte eine behandschuhte Hand aus, um mit dem Finger über ihren Hals zu streichen und hinab zu ihrer Brust, deren Spitze er umkreiste, worauf sie sich hart aufrichtete. Dann glitt sein Finger über ihren Bauch und durch das Schamhaar, ehe er zwischen ihre Beine tauchte und dort verharrte.

Beide waren so sehr auf ihr Spiel konzentriert, dass sie weder das Geraschel unten im Garten hörten, noch das laute Flüstern der Polizei, die nun das Haus umstellte. Die Nachbarin beobachtete alles fasziniert von ihrem Badezimmerfenster aus. Flink kletterte ein Polizist die Leiter hinauf. Als er vor dem Fenster war, sah er den Einbrecher, der eben im Begriff war, sich mit einer sehr großen Erektion über sein Opfer herzumachen.

Mit einer Geschmeidigkeit, wie sie Mr Atwood leider nie vorweisen würde, sprang der Officer ins Zimmer und rang ihn zu Boden. Ehe Mr Atwood begriff, wie ihm geschah, lag er in Handschellen und wurde ihm die Strumpfmaske so grob vom Kopf gerissen, dass sie eine Abschürfung auf seiner Nase hinterließ. Das Licht ging an, und im Zimmer versammelte sich nach und nach die gesamte Polizei von Dawcomb-Devlish. Die Polizisten starrten entgeistert auf Mr Atwood und Jennifer, die gefesselt und splitternackt dalag wie ein Schwein in der Metzgerei. Nur ein oder zwei von ihnen waren so anständig, rasch den Blick abzuwenden. Schließlich warf einer der Officers ein Handtuch über den bloßen Körper und machte sich daran, die Fesseln zu lösen.

»Das ist ein schrecklicher Irrtum«, hauchte Mr Atwood.

»... Alles, was Sie sagen, kann vor Gericht gegen Sie verwendet werden.«

»Ich breche doch nicht ein! Es ist ein Rollenspiel mit meiner Geliebten. Herrgott noch mal, das ist doch lachhaft!«

»Kommen Sie«, sagte PC Dillon und zog ihn hoch.

Mr Atwood blickte hinab auf seine stolze Erektion, die zu einem rosa Wurm zusammenschrumpfte. »Na gut, wenn Sie darauf bestehen, komme ich mit Ihnen, aber können Sie mir bitte meine Hose zumachen?«

Am nächsten Morgen hatte es sich überall herumgesprochen, und ganz Dawcomb-Devlish redete von nichts anderem.

Mr Atwood kam nicht ins Büro, was wohl auch besser war, denn draußen lauerte eine Schar von Reportern. Die Menge der Schaulustigen nahm beständig zu, bis PC Dillon den Bereich vor dem Büro absperren ließ, um einen Verkehrsstau zu vermeiden.

»Die dachten, dass sie Baffles haben«, sagte Sylvia mit unverhohlener Schadenfreude. »Kannst du dir das vorstellen? Ausgerechnet Mr Atwood?«

»Nein, das gibt meine Fantasie nicht her«, antwortete Clementine mit einem Blick zur Menschentraube vor dem Fenster.

»Dass der sich verkleidet und tut, als würde er in das Haus von eurer Empfangsfrau einbrechen ...«

»Ich habe gewusst, dass er ein Verhältnis mit ihr hat. Der Idiot war so blöd, mich mitzunehmen, als er ein Armband für sie ausgesucht hat. Anscheinend hat er nicht bedacht, dass ich es wiedererkenne, wenn ich es an ihr sehe, und eins und eins zusammenzähle.«

»Vielleicht glaubt er, du bist nicht so gut in Mathe.«

»Oder er *ist* Baffles, und das sollte ein extrem cleveres Manöver sein, um ihn im Vorwege von jedem Verdacht zu befreien.«

»So schlau ist der nicht.«

»Ich frage mich, ob Jennifer sich heute blicken lässt.«

»Oder überhaupt jemals wieder.«

»An ihrer Stelle würde ich auswandern.«

Sylvia kicherte. »Eigentlich ist die Idee ganz spannend. Mit dem richtigen Kerl stelle ich mir das ziemlich aufregend vor.«

»Nicht mit Mr Atwood, meinst du?«

Beide lachten. »Definitiv nicht! Was sagst du, machen wir dicht und gönnen uns ein nettes Mittagessen?«

»Na, das ist nun wirklich eine gute Idee«, stimmte Clementine ihr zu und schnappte sich ihre Handtasche. »Für heute bin ich wahrlich genug begafft worden.«

»Und wie läuft es mit Rafa?«, fragte Sylvia. Sie saßen auf der Terrasse der Brasserie, und Sylvia trank einen Pinot Noir.

»Ach, da tut sich nichts.«

»Hör mal, es ist ja auch erst eine Woche.«

»Weiß ich. Ich darf wohl nicht erwarten, dass es so schnell

geht. Es ist nur so, dass es mir vorkommt, als würde ich ihn schon ewig kennen.« Sie zuckte mit den Schultern, weil sie Sylvia nicht unbedingt zeigen wollte, wie viel es ihr bedeutete.

»Du musst weggehen, damit er dich vermisst.«

»Vor September gehe ich nirgends hin.«

»Das ist zu spät. Du musst jetzt weg.«

»Und wohin soll ich einfach so verschwinden?«

»Irgendwohin, egal; Hauptsache, er denkt, dass du weg bist.«

»Ich habe weder genug Geld noch Urlaub.«

»Ein Jammer. Man weiß erst, was man hat, wenn es nicht mehr da ist.«

»Oder man vergisst es.«

»Unwahrscheinlich, Süße. Glaub mir, ich weiß es. Ich bin eine Meisterin darin, auf unnahbar zu machen.«

Clementine lachte, weil sie es für einen Scherz hielt, aber Sylvia guckte sehr ernst.

Clementine hüstelte. »Ja, sicher hast du recht«, sagte sie hastig. »Wenn jemand richtig cool rüberkommen kann, dann du.«

Rafa beobachtete, wie Marina in ihrem Wagen die Einfahrt hinunterfuhr, bevor er lässig zum ausgebauten Stall schlenderte. Grey war mit seinem Boot unterwegs, die Malschüler waren im Gemüsegarten beschäftigt, und Harvey besserte die Schornsteinaufsätze auf dem Dach mit Leim, Erntegarn und Faserklebeband aus. Mr Potter machte gerade Teepause mit Biscuit im Gewächshaus, und Bertha putzte Rafas Zimmer, wobei sie sich so lange Zeit wie möglich ließ, um seine Kleidung vom Vortag zusammenzulegen und wegzuräumen.

Er stieg die Treppe hinauf und ging durch den Flur zu Marinas und Greys Schlafzimmer. Im Flur war noch deutlich der Duft von Marinas Parfüm wahrzunehmen, als wäre sie hier. Rafa blickte sich vorsichtig um, ehe er in das Zimmer ging. Doch seine Sorge war überflüssig, denn es war niemand im Haus. Drinnen war das Bett noch ungemacht, wartete auf Bertha. Das Fenster war weit offen und gab den Blick auf das Meer frei. Rafas Herz wummerte, als er sich umsah. Viel Nippes besaß Marina nicht, und soweit Rafa es feststellen konnte, war hier nichts Besonderes.

Er fing an, Schubladen aufzuziehen und die Böden sowie die Rückseiten nach Verborgenem abzutasten. Aber dort war nichts, und er bekam ein schlechtes Gewissen, weil er in Marinas Privatsphäre eindrang. Als er beim Wandschrank ankam, fiel ihm sofort die geblümte Schachtel auf, die halb unter den Schuhen versteckt war. Mit zitternden Händen holte er sie hervor und öffnete sie. Drinnen waren unzählige Briefe, deren vergilbtes Papier nur bedeuten konnte, dass sie alt waren. Rafa hielt den Atem an. Er nahm den ersten Brief heraus. Leider wurde er enttäuscht, denn es handelte sich um einen Liebesbrief von Grey aus dem Jahr 1988. Er sah die anderen Sachen durch, doch es waren entweder mehr Briefe von Grey oder Kinderfotos von Jake und Clementine.

Außerdem fand er Marinas Heiratsurkunde und ein paar Hochzeitsaufnahmen. Er griff ganz tief in die Schachtel und angelte einen weiteren Brief heraus, von dem er hoffte, dass er endlich etwas enthüllte. Es handelte sich um eine ausgerissene Buchseite mit einem Gedicht; der Titel war »My Marine Marina«, datiert 1968, von John Edgerton. Beim Lesen bekam Rafa feuchte Augen. Es war, als hätte der Dichter sie mit diesen Versen gemeint.

> Ach, wehmütig Herz, das dem Meer geweiht,
> So rastlos jetzt und in alle Zeit.
> Was immer von deinen Träumen überdauert,
> Verzagt unter den Wellen lauert ...

Das Gedicht erzählte von Liebe, aber auch von Verlust. Rafa fragte sich, ob Marina den Dichter gekannt hatte und er es tatsächlich für sie schrieb.

Plötzlich hörte er, wie die Haustür geöffnet wurde und wieder zufiel. Hastig packte er die Schachtel zurück in den Schrank und stellte die Schuhe wieder obendrauf. Dann eilte er aus dem Schlafzimmer. Als er zum Treppenabsatz kam, knarrten die Bodendielen laut. Jake hörte ihn und sah von der Diele nach oben.

»Rafa! Was machst du hier?«, fragte er misstrauisch.

»Ich bin auf der Suche nach Biscuit«, antwortete Rafa betont gelassen und schob die Hände in die Hosentaschen. »Manchmal schleicht er sich hier rein und legt sich auf das Bett von deinem Vater.«

»Wirklich?« Jake wirkte nicht überzeugt.

»Aber er ist nicht hier.«

»Warum suchst du ihn?«

»Ich möchte, dass meine Schüler ihn malen.«

»Ach so?« Jake beobachtete ihn, als er die Treppe herunterkam. »Sag mal, war Harvey nicht neulich mit euch bei Edward und Anya Powell?«

Rafa nickte. »Ja, wir haben ihren Taubenschlag gemalt.«

»Hmm.«

»Warum?«

»Nur so.« Jake rieb sich grübelnd das Kinn.

Er sah dem Künstler nach, der das Haus verließ und wieder hinüber zum Hotel ging. Auf einmal hatte er das ungute Gefühl, dass Rafa nicht war, was er schien.

32

Am Abend nahm Jake seine Schwester beiseite. »Ich muss mit dir reden«, sagte er ernst.

Sie folgte ihm in die Bibliothek. »Was ist denn?«

»Es geht um Rafa.«

»Was ist mit ihm?«

»Ich habe ihn heute Morgen erwischt, wie er drüben im Privathaus herumgeschnüffelt hat.«

»Was meinst du mit ›herumgeschnüffelt‹?«

»Na ja, er war nicht in der Küche und hat sich einen Tee gemacht.« Clementine bedachte ihn mit einem vernichtenden Blick. »Er war oben.«

»Hast du ihn gefragt, was er da wollte?«

»Ja, und er hat gesagt, dass er nach Biscuit sucht.«

»Tat er vielleicht auch.«

»Blödsinn! Er hat nicht nach Biscuit gesucht, sondern das Haus inspiziert.«

»Bist du sicher?«

»Absolut. Er wirkte richtig verschlagen.«

»Was willst du damit andeuten?«

»Nur dass Harvey mit ihm bei Powells war, bevor bei ihnen eingebrochen wurde.«

Clementine stieß einen stummen Schrei aus. »Du willst doch nicht behaupten, dass er Baffles ist!«

»Hältst du es nicht für ein bisschen viel Zufall, dass ausgerechnet die Leute, bei denen er zu Besuch war, hinterher ausgeraubt wurden?«

Clementine war viel zu entsetzt, um zu antworten.

»Er hat alles ausgekundschaftet, angeblich weil er überlegt hat, mit seinen Malschülern hinzugehen. Und da muss er in der

Küche gewesen sein und den Ring auf dem Fensterbrett gesehen haben.«

»Ich fasse nicht, dass du so etwas Absurdes auch nur denkst! Wenn Rafa eines nicht ist, dann unehrlich«, sagte Clementine erbost.

»Glaubst du allen Ernstes, dass der Mann Spaß daran hat, einen Sommer lang alten Frauen das Malen beizubringen, und das gegen nichts als Kost und Logis? Denk mal nach. Was wollte er überhaupt hier unten? Große Häuser und Hotels ausrauben. Dann hat er Marinas Anzeige in der Zeitung gesehen und sich gedacht: Wow, gehe ich doch mal einen Sommer undercover, und keiner wird mich verdächtigen.«

Clementine sah ihn ungläubig an, doch Jake, offenbar sehr zufrieden mit der Wirkung seiner Hypothese, fuhr fort: »Kapierst du nicht? Er ist mitten in Devon, umgeben von großen, teuren Häusern, in die er größtenteils auch noch problemlos reinkommt, weil Marina ihn unbedingt all ihren Freunden vorführen will. Das ist die perfekte Tarnung. Keiner würde ihn verdächtigen, oder?«

»Ich weiß nicht, Jake.« Doch Clementine musste zu ihrem Elend zugeben, dass sich leise Zweifel in ihr regten.

»Mir kam er von Anfang an suspekt vor. Dass er hier aufkreuzte, war einfach zu schön, um wahr zu sein.«

»Tja, du hast keine Beweise.«

»Die kriege ich noch.«

»Er ist ein sehr guter Maler.«

»Zufall.«

»Wenn er ein Dieb wäre, würde er dann nicht eine teure Uhr tragen und einen schicken Wagen fahren?«

»Nur wenn er ein blöder Dieb wäre, und blöd ist er nicht.« Er grinste. »Du hast dich in ihn verknallt, stimmt's?«

Clementine wurde wütend. »Wäre er so ein verkommenes Subjekt, wie du unterstellst, hätte er mich schon vor Wochen verführt.«

»Nein, hätte er nicht. Das würde ihn ablenken.«

»Ich glaube dir nicht, Jake. Du magst ihn nicht, weil du eifersüchtig bist. Er sieht besser aus als du, ist klüger – was, wie ich ergänzen möchte, nicht sonderlich schwer ist –, und er ist um ein Vielfaches charmanter. Kein Wunder, dass du ihn nicht ausstehen kannst.«

»Ich habe einen Riecher für verschlagene Typen.«

»Und? Willst du es Marina sagen?«

»Noch nicht.«

»Gut, denn sie wird dir auch nicht glauben.«

»Ich werde Beweise finden.«

»Diese Reubens kommen am Wochenende, also hat sie schon genug andere Sorgen.«

»Ach, die Reubens.« Er zog eine Grimasse. »Die sind ganz sicher scharf auf das Hotel.«

»Falls er ein Angebot macht, dass Dad nicht ablehnen kann, stürzt Marina sich von den Klippen. Das verkraftet sie nicht, das kann ich dir jetzt schon sagen.«

»Sei nicht so theatralisch. Sie packt das schon. Dann kaufen sie sich eben was anderes.«

»Du schnallst es schlicht nicht, was?«, fuhr sie ihn scharf an. »Das hier ist mehr als nur ein Haus für Marina. Es ist ihr Baby.« Jake besaß immerhin den Anstand, ein bisschen beschämt dreinzublicken. »Tu nicht so, als würde sie damit fertig werden, denn das wird sie nicht. Sie wäre am Boden zerstört, und nichts könnte das wieder richten.«

Jake starrte ihr verwundert nach, als sie hinaus in den Flur stampfte.

Clementine saß in ihrem Zimmer und grübelte über Jakes wilde These nach. Ihr Verstand wie ihr Herz sagten ihr, dass er sich irrte. Rafa war kein Einbrecher. Er war sanft, freundlich und mitfühlend. Wäre er ein Einbrecher, müsste er skrupellos und verlogen sein, was er eindeutig nicht war. Dennoch konnte sie das nagende Gefühl nicht ignorieren, dass er etwas verbarg. Und Jake förderte es mit seinen dämlichen Unterstellungen zutage, nachdem Clementine es so sorgfältig unter all ihrem Glück vergraben hatte. War Rafa zu gut, um wahr zu sein? Und falls er nicht der Einbrecher war, wer war er dann?

Besorgniserregender noch als Jakes Verdächtigungen war, dass sie das Polzanze zu verlieren drohten. Was das bei Marina bewirken würde, mochte Clementine sich gar nicht ausmalen. Gleichzeitig staunte sie, dass ihr bei dem Gedanken, Marina könnte gezwungen sein, das ihr Kostbarste aufzugeben, ein stechender Schmerz durch die Brust fuhr. Unwillkürlich legte sie eine Hand auf ihr Herz. Könnte sie doch nur irgendwie helfen. Aber es gab nichts, was sie tun konnte. Steckte ihr Vater in ernsten finanziellen Schwierigkeiten und machte dieser Reuben ein großzügiges Angebot, würde Grey verkaufen. Das würde Marina nie verkraften.

Eine plötzliche Eingebung linderte den Schmerz: Sie würde bei ihr bleiben und nicht ins Ausland reisen. Genau, das war's! Sie würde Marina helfen, woanders neu anzufangen. Sie würden zusammen ein neues Hotel aufbauen, noch schöner sogar als das Polzanze.

Mit diesem Gedanken fühlte sie sich gleich besser. Und so wandte sie sich wieder Jake und seiner lachhaften Theorie zu. Als könnte Rafa Baffles sein. Allein die Idee war grotesk.

Am Freitag, dem 12. Juni, trafen Charles Reuben und seine eisige Gattin Celeste ein, die übers Wochenende bleiben wollten. Marina hatte Grey angefleht, er möge sagen, dass sie komplett ausgebucht waren, aber er weigerte sich. So schwer es ihm auch viel, es zuzugeben, er brauchte sie.

Es goss in Strömen, was, wie Marina hoffte, sie abschrecken würde, denn bei schlechtem Wetter sah hier alles nur grau aus. Dunkle Wolken hingen tief über dem Meer, und ein kalter Wind peitschte die Klippen hinauf und übers Dach, wo er heulte und pfiff, als wollte er die neuen Gäste wegscheuchen.

Marina konnte Celeste auf Anhieb nicht ausstehen. Sie war fast eins fünfundachtzig groß und so hager, dass sie von der Seite betrachtet fast verschwand. Man sah ihr die Überbleibsel einer frostigen Schönheit an: blassblaue Augen, von zu viel Kajal und Mascara betont, und weißes Haar, das zu einem stocksteifen Bob geföhnt war. Ihre Wangenknochen waren hoch und so hervorstechend wie die großen Diamanten an ihren Ohrläppchen und ihren langen faltigen Fingern. Ihre Lippen waren dünn und zum missmutigen Schmollen einer sehr unglücklichen Frau gebogen. Trotz ihres edlen cremefarbenen Kaschmirpullovers, der schwarzen Krokodil-Jane-Birkin-Tasche und den passenden Ralph-Lauren-Schuhen wirkte sie wie eine Frau, die mit ihrem Leben höchst unzufrieden war.

»Was für ein niedliches kleines Hotel«, sagte sie nasal, als sie in die Empfangshalle trat und so abrupt stehen blieb, dass Tom und Shane, die ihr Louis-Vuitton-Gepäck hereintrugen, ins Stolpern gerieten. »Und Sie müssen Marina sein.« Sie blickte Marina von oben herab an und lächelte sehr gekünstelt – oder eben so echt, wie es ihr jüngstes Lifting erlaubte.

Marina streckte ihr eine Hand hin und lächelte ebenfalls, auch wenn ihr Blick feindselig blieb, wie sie sehr wohl merkte. »Seien Sie herzlich willkommen.«

Die Reubens waren der Feind, schlichen sich in ihr Zuhause, um es sich unter den Nagel zu reißen. Grey begrüßte sie herzlich, weil alles andere nicht seinem Naturell entspräche. Marina blickte zur offenen Tür, hinter der Charles Reuben auf dem Kiesplatz auf und ab ging, sein BlackBerry am Ohr und seinen Fahrer mit einem großen Golf-Regenschirm direkt hinter sich. Charles war ein gedrungener Mann mit dem runden Bauch von jemandem, der viel Zeit in Restaurants verbrachte. Sein Kopf war kahl, sein Gesicht aufgedunsen und breit wie ein Fliegenpilz in voller Blüte. Als er endlich hereinkam, schüttelte er den Regen aus seinem Trenchcoat und beklagte sich in breitem Cockney darüber, dass der Empfang hier miserabel wäre.

»Kann man sich ja denken, dass hier gar nix mehr geht. Mann, ich war letzte Woche in Indien, am Arsch der Welt, und da war der Empfang echte Sahne, aber hier? Was sagt uns das über England, hä?«

»Sie dürfen gerne jederzeit das Telefon in Ihrem Zimmer benutzen«, sagte Grey.

»Ja, sieht ganz so aus, als muss ich das auch.« Er schüttelte Grey die Hand und griente. »Hübsch haben Sie's hier.«

»Danke«, sagte Grey. »Eigentlich gehört das Hotel Marina.«

»Sehr erfreut«, sagte er zu Marina und schüttelte ihr sehr kräftig die Hand. »Ich habe viel davon gehört, deshalb hatte ich mir gedacht, ich fahr mal hin und guck's mir selber an.«

»Darf ich Ihnen den Geschäftsführer vorstellen, meinen Sohn, Jake«, sagte Grey, dem Marinas Abneigung nicht entging, weshalb er Reuben lieber so weit von ihr fernhalten wollte, wie es irgend ging.

»Ein Familienbetrieb, finde ich gut!«, rief Charles. »Haben Sie meine Frau schon kennengelernt, Celeste?«

Im Gegensatz zu ihm sprach seine Frau blütenreines Oberklassenenglisch mit einer etwas kratzigen Stimme. »Selbstverständlich haben wir uns bereits bekannt gemacht«, konterte sie. »Du hast geschlagene zehn Minuten lang telefoniert. Was hätte ich wohl solange tun sollen? Den Blumen beim Verwelken zusehen?«

»Wenn Sie erlauben, zeige ich Ihnen jetzt Ihr Zimmer«, sagte Grey.

Marina blickte ihnen nach, als sie die Empfangshalle verließen. Ihre Nackenhaare sträubten sich wie die einer Löwin, die ihr Revier verteidigen wollte. Celestes schwere blumige Parfümnote hing noch in der Luft, und Marina bestand darauf, dass die Eingangstür offen blieb, bis der Geruch vollständig abgezogen war. Derweil inspizierte sie die herrlichen Lilien- und Rosensträuße. Keine einzige Blüte war dem Verwelken auch nur nahe. Nein, Celeste Reuben war schlicht die unhöflichste Frau, die Marina jemals begegnet war.

Das Telefon klingelte, und Jennifer, die sich nach dem peinlichen Zwischenfall mit Mr Atwood wieder hergetraut hatte, meldete sich sehr professionell.

»Für Sie, Mrs Turner. Es ist Clementine.«

Marina nahm das Gespräch gleich am Empfangstresen an. »Clemmie.«

»Sind sie schon da?«

»Ja, eben angekommen.«

»Wie sind sie?«

»Furchtbar.«

»Wenn sie ein Tier wäre, welches wäre sie?«

Marina lachte. »Eine diamantenbehangene Albino-Hyäne.«

»Reizend. Und er?«

»Eine Kröte in Wildleder und Kaschmir.«

Clemmie senkte die Stimme. »Brauchst du moralische Unterstützung? Ich kann hier jederzeit weg. Nach Mr Atwoods Einbrecherscharade bin ich quasi arbeitslos.«

Marina sah zu Jennifer, die mit dem Belegungsbuch beschäftigt war, und unterdrückte ein Schmunzeln. »Nein, schon gut, keine Sorge. Ich komme klar. Grey will, dass wir sie fürstlich behandeln, also bin ich so nett zu den beiden, dass sie dran ersticken.«

»Musst du denn überhaupt viel mit ihnen zu tun haben?«

»Glaub mir, sie sind die Sorte Leute, die verlangen, dass man sie unterhält.«

»Okay, aber ruf mich an, wenn du Beistand brauchst. Ich kann es gar nicht erwarten, wegzukommen. Hier ist es heute entsetzlich öde.«

»Dann komm früher nach Hause und trink mit uns Tee. Wäre die Lage nicht so dramatisch, könnten wir uns darüber kaputtlachen.«

»Wir stehen das gemeinsam durch, Marina. Einer für alle, alle für einen, vergiss das nicht.«

»Tue ich nicht, Liebes. Und danke, dass du anrufst. Deine Sorge bedeutet mir viel.«

Nach dem Gespräch ging sie in den Salon. Im Kamin brannte ein Feuer, um die Feuchtigkeit zu vertreiben, sodass es gemütlich warm war und angenehm duftete. Marina hockte sich auf die Kaminbank und dachte an Clementine. Wie sehr sie sich verändert hatte. Der dunkle Schatten, der ihre Stieftochter früher immerfort begleitete, war verschwunden, Clementine wie ausgewechselt. Marina blickte hinaus zum Wintergarten, wo Rafa eine Gruppe junger Frauen aus London unterrichtete. Natürlich verdankte sie ihm den Wandel. Irgendwie war durch seine Anwesenheit im Hotel alles anders.

Es dauerte nicht lange, bis die Stille des Salons durch die jaulige Stimme Celestes gestört wurde. »Für Juli ist es ungewöhnlich kalt«, beschwerte sie sich, während sie auf eines der Sofas zusteuerte. Als sie Biscuit sah, der auf einem Sessel lag, rümpfte sie angeekelt die Nase. »Du meine Güte, ein Hund! Sind in diesem Hotel Tiere erlaubt?«, fragte sie Marina.

»Natürlich. Biscuit lebt hier. Er gehört zum Haus.«

»Dann ist das Ihr Hund?«

»Nun ja, er gehört uns allen und keinem.«

»Ein Glück, dass ich nicht meine gute Hose trage.« Sie klopfte das Sofapolster ab, ehe sie sich hinsetzte.

»Keine Sorge, er mag nur den einen Sessel.«

Celeste schaute sich im Raum um. »Die Somerlands hatten einen sehr guten Geschmack, was die Inneneinrichtung angeht, nicht wahr?« Marina sparte sich den Hinweis, dass es sich um ihren Geschmack handelte. »Wie heißt diese schöne Blume da?« Sie zeigte auf ein Gesteck aus lila Orchideen auf dem Couchtisch am anderen Ende.

»Orchidee«, antwortete Marina.

»Nein, meine Liebe, ich meine den Erwachsenennamen.«

»Den kenne ich nicht«, sagte Marina. »Da muss ich erst noch größer werden.«

In diesem Moment erschien Grey mit Charles, dessen Gesicht vor lauter Aufregung gerötet war. »Grey gibt mir eine Führung durch den Garten«, verkündete er.

Marina bekam Panik. Die Vorstellung, hier mit Celeste festzusitzen, war ihr unerträglich. »Möchten Sie vielleicht mitgehen?«, fragte sie hoffnungsvoll.

Aber Celeste lehnte sich auf dem Sofa zurück und verschränkte ihre Arme vor der Brust. »Ich laufe doch nicht raus in den Regen«, antwortete sie entsetzt. »Geht ihr Jungs ruhig nach draußen. Wir bleiben lieber nahe am Feuer, nicht wahr, Marina?« Heather brachte ein Tablett mit Tee. »Prima Timing. Ich könnte morden für eine Tasse Tee. Ist das Earl Grey?«

»Ja, Ma'am«, sagte Heather und stellte das Tablett auf den Couchtisch.

»Ah, Kekse. Die rühre ich nicht an.«

»Es ist selbst gebackenes Shortbread«, erklärte Marina.

»Ja, sicher doch. Wie typisch für diese kleinen Häuser in der Provinz. Entzückend, keine Frage, aber nein danke. Ich bin schließlich nicht so rank und schlank, weil ich mich bei jeder Gelegenheit mit Shortbread vollstopfe.«

Heather schenkte ihr eine Tasse Tee ein. »Nehmen Sie Milch, Ma'am?«

»Ist das Sojamilch?«

»Nein, Kuhmilch.«

»Fett oder mager?«

»Normalfett.«

Celeste wurde bleich. »Dann nur eine Scheibe Zitrone, bitte.«

Marina sah Heather an und rollte mit den Augen. Das Wochenende versprach anstrengend zu werden.

Als Rafa in den Salon geschlendert kam, setzte Celeste sich interessiert auf. Marina stellte ihn Celeste vor, die sofort mit ihm zu flirten begann wie ein junges Mädchen. Sie war es eindeutig gewöhnt, bewundert zu werden, und schien ihr Verhalten keineswegs unangemessen zu finden, obgleich sie alt genug war, Rafas Mutter zu sein. Sie kicherte schüchtern und klimperte ihn mit ihren dick schwarz getuschten Wimpern an. Rafa schmeichelte ihr, stellte ihr Fragen über sich und sah ihr auf die für ihn so typische Art in die Augen, die ihr das Gefühl gab, der einzige Mensch im Raum zu sein, mit dem er reden wollte. Marina fragte sich, ob er es mit Absicht machte, um ihr einen Gefallen zu tun, oder ob es vielmehr unbewusst geschah.

»Malen Sie, Celeste?«, fragte er.

»Ich war mal eine sehr gute Malerin«, antwortete sie. »Ich habe nämlich einen sicheren Blick für Details.«

»Dann kommen Sie doch zu meinem Malkurs.«

Marina sprang sofort ein, um sie zu ermuntern. »Oh ja, das müssen Sie unbedingt, Celeste. Sie können den jungen Mädchen zeigen, wie es geht.«

»Ach, ich habe seit Jahren nicht mehr gemalt.«

»Das verlernt man nicht«, sagte Rafa.

»Es ist wie Fahrradfahren«, pflichtete Marina ihm bei.

»Da müsste ich mich erst umziehen.«

»Ich kann Ihnen einen Kittel geben«, bot Rafa an. »Kommen Sie, ich würde mich freuen.«

Celeste stand auf. »Was für eine wunderbare Idee, Marina, einen Hauskünstler einzuladen.«

»Danke«, antwortete sie und wartete auf die nächste Beleidigung, die erstaunlicherweise ausblieb.

Celeste folgte Rafa in den Wintergarten, und Marina ergriff die Flucht – allerdings erst nachdem sich Rafa zu ihr umgesehen und ihr zugezwinkert hatte.

Mittags kehrte Charles voller Begeisterung mit Grey zurück. Sie waren den ganzen Weg oben an den Klippen entlang bis Dawcomb-Devlish gewandert und hatten dort im Wayfarer einen Kaffee getrunken.

»Ein entzückendes Fleckchen«, sagte Charles und atmete genüsslich tief ein. »Es geht doch nichts über das Meer und den Geruch von Ozon, um die Luftwege zu reinigen und den Geist zu beruhigen. Hier spürt man eine besondere Energie. Gefällt mir. Gefällt mir sogar sehr.«

Grey wollte nicht aufdringlich sein, deshalb ließ er Charles und seine Frau im Speisesaal allein zu Mittag essen.

In Charles hatte der Sommelier endlich jemanden gefunden, mit dem er sich über gute Weine austauschen konnte. Sie sprachen lang und breit über die Weinliste, ehe Charles einen roten Cabernet Sauvignon, Chateau Palmer '90, wählte, einen der teuersten Weine auf der Karte. Der Sommelier tanzte beinahe um die Tische, als er davoneilte, um die Flasche aus dem Keller zu holen.

Celeste hatte ein paar Stunden im Wintergarten mit Rafa genossen und war nun Expertin in Sachen Aquarellfarben. Sie erzählte ihrem Mann, dass der junge Künstler sie zum Malen überredete, weil er eine verwandte Seele in ihr erkannte, jemandem mit dem gleichen natürlichen Flair und Talent wie er.

»Das Dumme ist«, erklärte sie, während der Sommelier ein wenig Wein in das Glas ihres Mannes schenkte und wartete, dass er ihn kostete, »dass mir einfach die Zeit fehlt, all die Dinge zu tun, in denen ich gut bin.« Charles schwenkte sein Glas und führte es an die Lippen. Der Sommelier hielt die Luft an. Dieser Cabernet-Sauvignon-Verschnitt war einer seiner Favoriten, und er war sicher, dass ein gebildeter Geschäftsmann wie Mr Reuben ihn zu schätzen wusste.

»Vollmundig, komplex und fruchtig«, konstatierte er und leerte das Glas.

Der Sommelier schenkte nun zuerst Mrs Reuben ein und dann ihrem Mann. Er war kreuzunglücklich, weil die Frau von ihrem Wein trank, ohne auch bloß anerkennend zu lächeln. Sie war viel zu sehr damit beschäftigt, über sich selbst zu reden, als dass sie den Geschmack des Weines wahrnahm.

Nach dem Mittagessen wollte Celeste weitermalen. Charles zog sich auf sein Zimmer zurück, um einige Anrufe zu erledigen. Grey und Marina gingen hinüber zum Stallblock. Es hatte aufgehört zu regnen, und die Sonne war herausgekommen. Sie schien auf das nasse Laub und brachte die Tropfen darauf zum Glitzern. Weder Grey noch Marina wollten über die Reubens sprechen. Was ihr Besuch bedeutete, war schlicht zu schmerzhaft. Also umschifften sie das Thema sorgsam, obwohl es zwischen ihnen in der Luft hing wie ein grellbuntes Neonzeichen.

Zur Teezeit kam Clementine in ihrem Mini Cooper die Einfahrt heraufgefahren. Sie konnte es nicht abwarten, sich diese Reubens anzusehen. Als Erstes entdeckte sie Rafa im Wintergarten, wo er gerade Farben und Pinsel wegräumte.

»Und?«, zischte sie, nachdem sie sich von hinten an ihn herangeschlichen hatte.

Er drehte sich um. »Ah, du bist es!« Er lachte. »Ich nehme an, du meinst nicht die Reubens.«

»Sag schon, wie sind sie?«

»*Pesados*«, antwortete er. »Heftig.«

»Wo sind sie jetzt?«

»Weiß ich nicht. Marina und dein Vater sind rübergegangen. Die Stimmung ist reichlich angespannt.«

»Ich weiß. Das fühle ich.« Sie blickte sich zum Salon um, wo andere Gäste in kleinen Gruppen zusammensaßen, Tee tranken und an kleinen Eier-Sandwiches knabberten, und Clementine fragte sich, ob sie es ebenfalls merkten.

»Ich kann mir nicht vorstellen, dass mein Vater tatsächlich verkaufen würde.«

»Er will es ja nicht, Clementine.«

Sie sah Rafa ernst an. »Es sieht wirklich schlimm aus, nicht?«

»Anscheinend schon. Ich wünschte, ich könnte irgendwie helfen.«

»Ich auch.« Sie legte eine Hand auf seinen Arm. »Aber das können wir nicht. Wir können den beiden nur beistehen – und hoffen, dass die Reubens es hier scheußlich finden.«

Er grinste betrübt. »Leider ist das unmöglich. Das Polzanze hat einen Zauber, den man sehr selten findet.«

»Und den Marina mitnimmt, wenn sie gehen muss. Was sie kaufen können, ist am Ende nur eine leere Hülle.« Sie ging hinüber zu den großen Glastüren und blickte hinaus auf den sonnengefluteten Garten. »Hast du Lust, einen Spaziergang mit Biscuit zu machen?«

»Du kannst meine Gedanken lesen, Clementine. Nichts würde ich lieber tun.«

Clementine verbrachte das Wochenende an Marinas Seite, federte die bissigen Bemerkungen der Hyäne ab und machte sich hinter ihrem Rücken gehörig über sie lustig, damit ihre Stiefmutter wenigstens ein bisschen lachte.

Aber sie konnte nichts dagegen tun, dass Celeste ihre Malstunden genoss oder Charles die Angelausflüge mit Grey auf dessen Boot. Und wenn den beiden das Hotel gefiel und sie es kauften, würden sie es komplett entkernen und umgestalten, wie sie es schon mit allen anderen gemacht hatten.

Am Sonntag verbrachten Grey und Charles einige Zeit in der Bibliothek und unterhielten sich über Bücher. Dann schloss sich die Tür, und sie blieben bis mittags dort, ohne dass jemand wusste, worüber sie redeten. Marina reichte es, weshalb sie sich weigerte, zu ihnen zu gehen. Stattdessen saß sie mit Clementine, Rafa und Biscuit in der Küche, trank starken Tee und aß von dem Shortbread, das Celeste nicht einmal kosten wollte.

»Ich weiß, dass er Grey ein Angebot macht, das er unmöglich ablehnen kann«, sagte sie und rang ihre Hände.

»Er kann jederzeit ablehnen«, widersprach Rafa optimistisch.

»Nicht wenn wir pleite sind.« Sie seufzte. »Da, jetzt habe ich's gesagt. Ja, du kannst es ebenso gut wissen, Rafa. Wir sind bis unter die Hutschnur verschuldet, und wir verdienen einfach kein Geld.«

»Aber das Hotel ist voll ausgebucht«, entgegnete Clementine. »Wir müssen etwas verdienen.«

»Solange du keine gute Fee aus dem Ärmel zauberst, die ihren Zauberstab schwenkt und uns eine riesige Geldspritze verpasst, können wir die Kredite niemals abbezahlen.«

»Es muss einen Weg geben«, sagte Rafa.

Marina schüttelte den Kopf. »Falls es einen gibt, habe ich bisher nicht herausgefunden, welcher das wäre.« Sie begann, an der Haut neben ihrem Daumennagel zu nagen, denn es stimmte nicht ganz. Es gab durchaus einen Weg. Er war ihr schon viele Male in verzweifelten Momenten in den Sinn gekommen. Anfangs waren es nichts als die Irrwege einer unglücklichen

Seele gewesen, doch als die Gefahr konkret wurde, das Polzanze zu verlieren, hatte diese Möglichkeit klarere Konturen angenommen.

Dennoch ging ein Wunsch noch tiefer als der, das Polzanze zu retten. Zuerst hatte sie zu große Angst gehabt, auch bloß darüber nachzudenken, doch nach und nach war der Gedanke zu einer Möglichkeit geworden und hatte ihr neue Hoffnung geschenkt. War ihr Plan, das Hotel zu retten, nur ein Vorwand, zurückzugehen und das schreckliche Unrecht zu korrigieren? Vor ihrem geistigen Auge sah sie die kleine Schachtel oben in ihrem Wandschrank vor sich und erschauderte bei der Vorstellung, in ihre Vergangenheit zurückzukehren.

Clementine deutete ihr Erschaudern irrtümlich als Hilflosigkeit und ergriff ihre Hand. Marina lächelte sie nervös an.

Schließlich reisten die Reubens in ihrem Bentley mit Chauffeur wieder ab, und Grey erschien in der Küchentür. Selbst Biscuit hob den Kopf, um zu hören, was er zu sagen hatte.

»Na?«, fragte Marina, auch wenn sie ihm die Antwort bereits ansah. »Oh Gott, er hat ein Angebot gemacht, oder?«

Rafa blickte Clementine an. Sie beide dachten dasselbe, guckten zu Marina und schauten hilflos zu, wie sie vor ihren Augen zu zerfallen schien.

»Ist es ein sehr gutes Angebot?«, fragte sie mit bebender Stimme.

»Es ist das beste Angebot, das wir erwarten können«, antwortete Grey. Aus Scham wollte er nicht zugeben, dass ein Teil von ihm erleichtert war, endlich einen Ausweg aus ihrer finanziellen Misere gefunden zu haben.

»Was willst du machen?«

Clementine drückte Marinas Hand. »Du darfst nicht verkaufen, Dad. Es muss eine andere Lösung geben.«

Grey kratzte sie seufzend am Kopf. »Mir fällt keine ein.«

Marina schloss die Augen. In diesem kurzen Moment sah sie ihr Leben im Schnelldurchlauf. Da war das Zuhause, das sie aufgebaut hatte und über alles liebte: Harvey und sie lachend, als sie die Diele strichen; Mr Potter, der auf dem neuen Traktormäher den Rasen mähte; Grey, der an den Wochenenden kam und ihre Fortschritte bewunderte; sie beide im Gewächshaus sitzend, während der Regen gegen die Scheiben prasselte, sie an Mr Potters Vollkornkeksen knabberten und überlegten, welche Pflanzen sie kaufen und wo einsetzen sollten. Sie hatten gemeinsam geplant, Harvey, Mr Potter, Grey und Marina. Sie waren ein Team gewesen, eine Familie. Marina hatte ihren Traum mit schierer Willenskraft wahrgemacht und mit Liebe gewässert, worauf er größer und schöner wurde, als sie es sich je ausgemalt hatte. Keiner nahm ihr das weg. Nicht jetzt, nicht, wo sie diesen Traum am dringendsten brauchte.

»Es gibt einen Menschen, der uns helfen kann«, sagte sie und reckte trotzig ihr Kinn. »Wenn du erlaubst, dass ich ihn bitte.«

33

In der Küche wurde es totenstill. Rafa, Clementine und Grey starrten Marina entgeistert an.

»Wer?«, fragte Grey. Er dachte, sie hätten bereits alle Möglichkeiten durchgespielt.

Marina wurde verlegen. »Ein alter Freund.«

»Was soll das heißen, ein alter Freund?« Grey runzelte die Stirn.

»Es ist kompliziert. Ich habe ihn vor langer Zeit gekannt.«

»Na gut, und wo ist er?«

Sie zögerte, zurrte unruhig an ihren Fingern. »In Italien.« Die zwei Worte waberten in der Luft, während die anderen drei sie staunend anguckten. Aber keiner von ihnen war erstaunter als Marina.

»Italien?«

»Ja.«

»Wen kennst du denn in Italien, der auch noch vermögend genug ist, uns rauszuboxen?« Grey sah sie über den Tisch hinweg an. »Schatz, das ist eine echte Überraschung. Warum hast du mir noch nie von ihm erzählt?«

Ihre Mundwinkel zuckten, als wüsste sie nicht, ob sie lachen oder weinen sollte, und sie musste tief Luft holen, um ihre Nerven zu beruhigen. »Du musst mir vertrauen, Schatz, und keine Fragen stellen. Bitte! Es ist eine lange Geschichte, und ich würde nicht einmal an ihn denken, wäre ich nicht verzweifelt. Aber ich *bin* verzweifelt.« In dem Schweigen, das nun eintrat, fühlte sie, wie etwas tief in ihrem Herzen an ihr zerrte. Ihr wurde bewusst, dass sie schon sehr, sehr lange verzweifelt war, aber erst jetzt, da Vergangenheit und Gegenwart zu kollidieren drohten, den wahren Beweggrund hinter ihrem Plan erkannte

– und der war nicht das Polzanze. Vor ihrem inneren Auge erschien die kleine Schuhschachtel oben in ihrem Schrank, und ihr kamen die Tränen.

Grey war entsetzt von ihrem Plan. »Ich will nicht, dass du nach Europa reist und bei einem Mann um Geld bettelst, den ich nicht kenne!«

»Das ist anders, Schatz. Und ich muss nicht betteln.«

Grey zog sich einen Stuhl heran und setzte sich. Ihm gefiel die Vorstellung nicht, dass seine Frau Geheimnisse vor ihm hatte, vor allem nicht, wenn es um Geld ging. Er sah sie an, und in ihren Augen bemerkte er etwas, das ihn umstimmte – dieselbe Sehnsucht, die er sah, wenn er sie nach ihren Albträumen tröstete, und die sie antrieb, am Strand auf und ab zu wandern und stundenlang aufs Meer hinauszustarren. Nun begriff er, dass der Grund für ihre Unruhe in Italien lag und sie deshalb dorthin musste.

»Na gut«, sagte er sanft und nahm ihre Hand. »Aber ich kann nicht mit dir kommen.«

Er brauchte Marina nicht zu erklären, wie unwohl ihm bei dem Gedanken war, dass sie einen Fremden um Hilfe bitten wollte. »Das ist deine Sache, Marina.«

»Ich reise allein hin. Das geht schon.«

Er lächelte sie liebevoll an. Ihr war offensichtlich nicht bewusst, wie zerbrechlich sie aussah. »Schatz, ich halte es für keine gute Idee, dass du alleine fährst. Wie wäre es, wenn du Clemmie mitnimmst ... oder Jake?«

»Nein, ehrlich, es macht mir nichts aus.«

»Ich komme mit«, schlug Rafa vor. Marina und Grey guckten ihn verwundert an. Sie hatten beinahe vergessen, dass er da war. »Ich spreche die Sprache«, sagte er achselzuckend. »Und ich bin ein guter Fahrer.«

»Das ist ein sehr freundliches Angebot, Rafa«, sagte Grey und drehte sich wieder zu seiner Frau. »Ich finde, das ist eine vernünftige Lösung. Mir wäre ungleich wohler, wenn ich weiß, dass du jemanden bei dir hast.«

»Also gut, abgemacht«, sagte Marina. Sie lächelte matt, als hätte sie keine Kraft mehr, sich zu sträuben. »Es ist unsere letzte Chance.«

Grey nickte. »Falls es nicht klappt, nehmen wir Charles Reubens Angebot an. Wir können woanders noch einmal von vorn anfangen.«

Doch Marina hörte ihm gar nicht mehr zu. Sie war in Gedanken bereits in Italien und folgte den Spuren ihrer Vergangenheit.

Kurz darauf gingen Clementine und Rafa mit Biscuit oben an den Klippen entlang und redeten über das, was sich eben in der Küche abgespielt hatte. »Was hatte das alles zu bedeuten?«, fragte Clementine.

»Ich habe keine Ahnung, aber es ist bizarr.«

»Wen will sie in Italien besuchen? Einen früheren Liebhaber?«

»Möglich ist alles.«

»Du musst mir unbedingt sofort eine SMS schicken. Ich platze vor Neugier.«

»Er müsste schon ein sehr besonderer früherer Liebhaber sein, dass sie auf solch eine großzügige Unterstützung von ihm hofft.«

»Wer kann so viel Geld einfach mal wegwerfen?« Ihr war bewusst, dass er sie merkwürdig ansah. »Und warum ruft sie ihn nicht an? Wenn er so ein guter Freund ist, wieso ruft sie nicht bei ihm an und fragt ihn nach einem Darlehen?«

»Clementine, es gibt etwas, das ich dir sagen muss«, sagte Rafa plötzlich. Sie sah ihn an und bemerkte, dass er sehr blass geworden war. Sogar seine Lippen wirkten farblos.

»Ist alles in Ordnung?«

»Nein.«

Clementine wollte kein Geständnis von ihm. Falls er Baffles war, würde sie es lieber nicht wissen. Sollte er ruhig heimlich weiterstehlen, solange es ihre Freundschaft nicht beeinträchtigte. Sie mochte die Dinge, wie sie im Moment waren, und ein Geständnis von ihm könnte alles ruinieren.

»Ich war im ausgebauten Stall …«, begann er.

»Ja, ich weiß. Jake hat dich gesehen.«

»Ich habe ihm erzählt, dass ich nach Biscuit suche.«

»Aber das stimmte nicht?«

»Nein.«

»Ich bin sicher, dass Jake sich irrt, was dich betrifft. Mach dir seinetwegen keine Sorgen. Er ist bloß eifersüchtig, wie du wahrscheinlich selbst schon gemerkt hast.«

»Jake irrt sich nicht. Ich habe nach etwas anderem gesucht.«

»Das will ich nicht wissen«, platzte sie heraus und hielt sich die Ohren zu. »Erzähl's mir nicht. Wenn du ein Geheimnis hast, behalte es bitte für dich.«

Er betrachtete sie staunend. »Aber ich möchte es dir erzählen. Ich will ehrlich zu dir sein.«

»Warum? Was soll das bringen? Du gestehst mir irgendwas Schreckliches, und dann sind wir keine Freunde mehr.«

»Nein, so ist es nicht.« Er ergriff ihre Hände und zog sie von Clementines Ohren.

»Doch, ist es. Du bist nicht hergekommen, weil du alten Frauen Malunterricht geben willst, oder?«

»Nein, aber …«

»Du hast uns aus einem bestimmten Grund ausgesucht.«

»Ja.«

Clementine stürzte in ein Gefühlschaos und entwand sich Rafa. »Dann verrate mir den Grund nicht, denn das würde ich nicht aushalten. Ich habe dir vertraut!« Sie war so durcheinander, dass sie blind weiterrannte.

»Clementine, warte! Es ist nicht so, wie du denkst. Ich habe keine bösen Absichten.«

Sie blieb stehen und drehte sich um, woraufhin ihr das Wind das Haar nach vorn blies. »Du kapierst es einfach nicht, oder?« *Du kapierst nicht, dass ich dich liebe,* schrie sie im Geiste. Dann rief sie laut: »Ich hoffe, du findest, was du suchst.«

Er blickte ihr nach. Natürlich könnte er hinter ihr herlaufen und ihr alles erzählen – denn inzwischen war er ziemlich sicher, an der richtigen Adresse zu sein. Nur wusste Grey nichts von Marinas Vergangenheit, und damit hatte Rafa nicht gerechnet. Wie würde es ihnen gehen, wenn er auf einmal ihre Welt auf den Kopf stellte und ihnen erzählte, wer er wirklich war? Er saß im Sand und lehnte den Kopf in die Hände. Ein Teil von ihm wollte zusammenpacken, nach Argentinien zurückkehren und diese ganze verworrene Geschichte hinter sich lassen. Aber ein anderer wusste, dass er mit Marina nach Italien fahren sollte. Falls noch Hoffnung bestand, Clementine zu gewinnen, musste er die ganze Wahrheit erfahren.

Clementine schluchzte in ihr Kopfkissen. Natürlich hätte sie sich anhören sollen, was er ihr sagen wollte. Ihr Auftritt war peinlicher als die schlimmste Soap gewesen, in der die Figuren dauernd voreinander wegliefen, statt zuzuhören, was die anderen ihnen erzählen wollten. Aber sie ertrug es nicht, mit anzusehen, wie Rafa von seinem Podest fiel. Unmöglich konnte sie riskieren, sich in eine Fälschung, ein clever konstruiertes Trugbild verliebt zu haben. Sie wollte nicht wie Sylvia enden und für die Liebe nichts als Zynismus übrig haben. Was nun? Konnte es zwischen ihnen je wieder wie vorher sein? Nein, sie hätte sich ebenso gut alles sagen lassen können, denn jetzt war sowieso schon alles anders, und sie hatte nicht mal die Befriedigung, zu wissen was oder wer er wirklich war.

Am nächsten Tag schlief das Polzanze noch, als sich Marina und Rafa vor dem Morgengrauen auf den Weg zum Flughafen machten. Sie nahmen den Zug über London nach Heathrow und flogen von dort nach Rom.

Rafa hatte so viele Fragen, die er stellen wollte, war jedoch nicht so dumm, sich in Marinas vermeintlich geheimes Abenteuer zu drängen.

Sie wusste ja nicht, dass es auch seines war.

Marina war nervös. Sie biss auf ihren Fingernägeln, saß unruhig und schaffte es nicht, in ihrer Zeitschrift zu lesen, die den gesamten Flug über auf derselben Seite aufgeschlagen blieb. Und sie war außergewöhnlich still, antwortete nur einsilbig, wenn Rafa sie ansprach. Das Croissant auf ihrem Tablett rührte sie nicht an.

Am Flughafen in Rom bat sie Rafa, ihnen einen Wagen zu mieten, was er in fließendem Italienisch erledigte, während sie wie ein Windhund vor dem Rennen auf und ab lief. Schließlich fuhren sie – gerüstet mit einer Karte und zwei Pappbechern Kaffee, durch die Toskana in Richtung eines kleinen Städtchens namens Herba.

Rafa konzentrierte sich auf die Straße, und Marina starrte hinaus auf die tintengrünen Zypressen, die breiten Pinien und die italienischen Bauernhäuser mit ihren roten Ziegeldächern und den sandfarbenen Mauern. Eine warme Brise wehte durch die offenen Fenster herein und brachte ihnen den Duft von wildem Thymian, Rosmarin und Pinien. Marina hatte ihren Ellbogen ins Fenster gelehnt und biss sich auf den Finger. Ihr war, als würde sie auf eine gewaltige Tür zurasen und nur eine einzige Chance bekommen, sie zu öffnen. Falls sie es nicht schaffte, würde sich die Tür für immer vor dem verschließen, wonach sie schon den Großteil ihres Lebens suchte. Jetzt war sie in Italien, und das Polzanze schien sehr weit weg, irgendwie unwichtiger. Marinas Blickwinkel war ein anderer, und die Fassade geriet ins Bröckeln. Vielleicht war das Polzanze von Anfang an nichts anderes als eine Kulisse gewesen, hinter der sich das eigentlich Wichtige verbarg – das Einzige, was *jemals* von Bedeutung gewesen war.

Sie wischte sich eine Träne ab und ermahnte sich im Stillen, an ihren Plan zu denken.

Es war früher Abend, als sie das Tor von La Magdalena erreichten. Das Licht wurde weicher, die Schatten verlängerten sich.

Der gelbe Palast am Ende der Einfahrt linste neugierig zwischen den Baumreihen hervor. Ein Wachmann beugte sich zu ihrem Fenster.

»Marina Turner«, sagte sie. Der Mann nickte und ging in sein Häuschen zurück, wo er den elektrischen Schließmechanismus betätigte. »Fahr«, sagte Marina zu Rafa.

Rafa fuhr langsam die Zufahrt hinauf. Er wagte nicht, Marina anzusehen, denn ihm war klar, dass sie weinte. Vor dem Haus hielt er an.

»Möchtest du vielleicht nach Herba fahren und dir die Stadt ein wenig ansehen?«, schlug sie vor. »Gib mir bitte ein paar Stunden.« Dann stieg sie aus und blieb stehen, offensichtlich um sich im Stillen Mut zuzusprechen. Sie betrachtete die Hausfassade, zupfte ihr Kleid glatt und strich sich übers Haar, ehe sie die Stufen zur Haustür hinaufstieg, wo sie ein livrierter Butler erwartete.

Rafa folgte der Küstenstraße nach Herba hinein, der kleinen Stadt, die ihm aus den Erzählungen seines Vaters so vertraut war. Auf ihren langen Ausritten durch die Pampa hatte er den Ort in allen Einzelheiten beschrieben, sodass Rafa jetzt sehen konnte, wie wenig sich hier verändert hatte, seit sein Vater als Junge mit seinem Bruder barfuß durch die Straßen gelaufen war.

Hier also hatte alles angefangen, dachte Rafa mit einem seltsam wehmütigen Gefühl.

Der Butler begrüßte Marina förmlich und führte sie durch die Schachbrettmusterhalle zu einer hohen Holzflügeltür. Auf sein Klopfen hin rief eine Stimme von drinnen »*Avanti.*« Marina hielt den Atem an und blinzelte ihre Tränen fort. Der Butler öffnete die eine Tür.

Mit stolz gerecktem Kinn und geradem Rücken trat Marina in das Zimmer.

Der Mann hinter dem Schreibtisch legte seinen Schreiber ab und blickte auf. Beim Anblick der Frau vor ihm wurde er bleich. »Mein Gott«, hauchte er und stand auf. Für einen Moment traute er seinen Augen nicht.

»Dante«, sagte sie leise. Sie konnte nicht noch näher kommen, weil ihre Beine gefühllos waren. Zitternd stand sie da, während der Mann um den Schreibtisch herum auf sie zukam und keine Sekunde die Augen von ihrem Gesicht abwandte, als fürchtete er, dass sie ebenso plötzlich wieder verschwinden könnte, wie sie aufgetaucht war. Bald trennten sie nur noch Zentimeter, und Marina erkannte, dass er ebenfalls feuchte Augen hatte. Er nahm ihre Hand, ohne sich darum zu scheren, dass ihm eine Träne über die faltige Wange rann.

»Floriana.«

34

Eine ganze Zeit blickten beide stumm in die Vergangenheit. Dante war gealtert, so wie sie. Sein Haar war grau und dünner, und Krähenfüße hatten sich tief in seine Schläfen gegraben. Die schattigen Tränensäcke unter seinen Augen zeugten von harter Arbeit und Enttäuschungen. Staunend musterte er ihre Züge. In seinem Kopf überschlugen sich die Fragen, doch seine Stimme ging im Tumult seiner Gefühle unter. Er hielt weiter ihre Hände, und seine zitterten genauso sehr wie ihre.

Schließlich zog er sie in seine Arme und drückte sie für einen Moment so fest an sich, dass sie keine Luft mehr bekam. Es war, als würden die letzten vier Jahrzehnte einfach verpuffen und sie wieder da sein, wo sie einst waren, nur äußerlich verändert.

Er lehnte seine feuchte Wange an ihre und schloss die Augen. »Du bist zurückgekommen«, flüsterte er. »Meine *piccolina. L'orfanella*. Du bist wieder da.« Als er sie losließ, lachten sie beide unter Tränen, ein bisschen beschämt, dass sie sich als erwachsene Menschen so benehmen konnten. »Komm mit, setzen wir uns nach draußen, damit ich dich im Licht sehen kann. Du hast dich überhaupt nicht verändert, Floriana, ausgenommen dein helleres Haar!«

»Ich färbe es«, antwortete sie verlegen. »Gefällt es dir nicht?«

»Es ist anders, und du sprichst Italienisch wie eine Engländerin.«

»Ich *bin* Engländerin.«

Er nahm ihre Hand und führte sie durch das Haus zur Terrasse. »Erinnerst du dich an deine Geburtstagsfeier?«

»Natürlich.«

Er blickte hinab auf ihre Hand. »Du trägst meinen Ring nicht – auch nicht Mammas Armband.«

Wieder kamen ihr die Tränen, als sie zu erklären begann: »Ich habe sie ...«

Lächelnd winkte er ab. »Schon gut. Das ist unwichtig. Nichts ist mehr wichtig. Komm, setz dich. Wir haben so vieles zu bereden. Möchtest du Tee oder Kaffee? Ich weiß nicht, was du heute gerne trinkst.« Seine Miene wurde traurig. »Früher wusste ich mal alles über dich.«

»Ich nehme Kaffee und Brot. Auf einmal habe ich ziemlichen Hunger.«

Er rief den Butler. »Bringen Sie bitte Kaffee, Brot und Käse für uns beide.«

Dante und Marina saßen nebeneinander und sahen in den Garten hinunter. Erinnerungen stiegen Schmetterlingen gleich aus dem Gras auf und flatterten in der sanften Brise. »Ich kann noch gar nicht glauben, dass du hier bist«, sagte er verwundert. »Ich wage nicht, meinen Augen zu trauen. Und doch bist du hier, schöner denn je.«

»Ich hätte nie gedacht, dass ich dich wiedersehen würde. Deine Briefe habe ich wieder und wieder gelesen und gehofft, dass du kommst und nach mir suchst. Jahrelang habe ich gewartet.« Sie schüttelte den Kopf, als wollte sie diese elende Zeit der Einsamkeit vertreiben. »Was ist mit Gute-Nacht passiert?«

»Er hat um dich getrauert, Floriana, lag mitten auf der Straße und starrte geradeaus.«

Entsetzt hielt sie eine Hand auf ihr Herz. »Er hat um mich getrauert?«

»Ja. Wir trugen ihn irgendwann ins Haus, aber er wollte nicht fressen. Floriana, ich wusste nicht, was mit dir geschehen war. Ich habe überall gesucht, doch keiner wusste irgendwas, außer Elio.«

»Was hat er dir erzählt?«

»Dass du mit einem anderen Mann weggelaufen bist, genau wie deine Mutter.«

»Hast du ihm geglaubt?«

»Selbstverständlich nicht. Jetzt sag mir, wo warst du?«

Der Butler brachte Kaffee in einer Silberkanne und ein Tablett mit selbst gebackenem Brot, Käse und Quitten. Marina wartete, bis er ihnen eingeschenkt hatte und wieder gegangen war, bevor sie Dantes Frage beantwortete. Zum allerersten Mal sprach sie darüber, denn bisher war die Erinnerung an jene Zeit schlicht zu schmerzlich gewesen. Jetzt aber erkannte sie, dass sie über die Jahrzehnte an Macht verloren hatten.

»Am Abend bevor ich dich an der Mauer treffen sollte, kam ein Fremder zu uns nach Hause. Mein Vater sagte mir, dass er von meiner Schwangerschaft wüsste. Er hatte einen braunen Umschlag in der Hand, angeblich ein Geschenk von Beppe Bonfanti.«

»Er hat meinen Vater erpresst?«

»Ich fürchte ja.«

»Also wusste mein Vater Bescheid?« Dantes Blick verlor sich im Garten. »Er hat es die ganze Zeit gewusst.«

»Ich habe keine Ahnung, wie mein Vater es erfahren hatte, denn die einzigen beiden Menschen, denen ich mich anvertraute, waren Pater Ascanio und Signora Bruno, und keiner von ihnen hätte mich verraten.«

»Was ist dann passiert?«

Sie stockte einen Moment, denn Dantes Gesicht schien ganz grau und eingefallen vor Kummer. »Der Mann sagte mir, dass er mich hierher bringen sollte, zu dir, und ich glaubte ihm. Was für eine Wahl hatte ich schon? Er behauptete, dass dein Vater sich um mich ... um uns kümmern würde.«

»Wo brachte er dich hin?«

»Wir fuhren hier rauf, und da war Gute-Nacht auf der Straße, wedelte mit dem Schwanz, als er mich sah. Aber dann fuhr der Wagen am Tor vorbei. Zuerst ist der Hund uns hinterhergelaufen.« Ihr Kinn fing an zu zittern. Dante drückte ihre Hand und streichelte sie sanft mit dem Daumen. »Gute-Nacht konnte nicht mithalten. Er rannte und rannte, trotzdem war er bald nur ein kleiner Punkt und verschwand dann ganz. Es war das letzte Mal, dass ich ihn sah.«

»Und deshalb blieb er auf der Straße. Er dachte, dass du zurückkommst.«

»Ich habe ihn so schrecklich vermisst, Dante. Beinahe mehr als dich.«

Sie trank von ihrem Kaffee, und Dante schnitt ihnen beiden Brot ab. Schweigend aßen sie, während Marina sich an Gute-Nacht erinnerte und Dante an dessen Tod. »Er brachte mich zu dem Kloster, Dante.«

»Santa Maria degli Angeli?«

»Ja, zu dem.«

»Aber dort war ich und habe ans Tor gehämmert. Bei Gott, Tag und Nacht habe ich an dieses Tor geklopft.«

»Wusstest du, dass ich da war?«

»Ich hatte es gehofft. Es war der einzige Ort, an dem ich noch nach dir suchen konnte. Pater Ascanio schwor, dass er deine Aufnahme im Kloster arrangiert hätte, und als Elio sagte, du wärst weggelaufen, betete ich, dass du dorthin gelaufen bist. Du konntest ja sonst nirgends hin. Aber sie wiesen mich ab, erzählten mir, sie hätten nie von dir gehört. Natürlich glaubte ich nicht, dass du einfach fortgelaufen bist. Ich dachte, dass dir vielleicht etwas Angst gemacht hätte oder du das Vertrauen in mich verloren hattest.«

Er sah so unglücklich aus, dass es ihr fast das Herz brach. »Nein, Dante ...«

»Allerdings hatte ich keine Sekunde vermutet, dass mein Vater Bescheid wusste. Er hat es mit keiner Silbe erwähnt. Bis zu seinem Todestag hat er nichts gesagt.«

»Ja, ich habe gelesen, dass er gestorben ist.«

»Hast du?«

»Vor sechs Monaten. Ich bewahre alle Zeitungsausschnitte über deine Familie auf – und heute gibt es das Internet, was es sehr viel leichter macht.«

»Ach, Floriana!«, stöhnte er.

»Dein Verlust tut mir leid.«

»Mir überhaupt nicht. Ich konnte ihn nie ausstehen.« Er

schnitt ein Stück Käse ab. »Reden wir nicht über ihn. Erzähl weiter. Das Puzzle nimmt langsam Form an.«

Marina fiel es schwer, fortzufahren. Was nun kam, lag ihr wie ein Gewicht auf der Brust. »Ich habe einen Sohn geboren.«

»Wir haben einen Sohn?«

»Wir *hatten* einen Sohn, Dante.« Ihre Kehle wurde heiß und kratzig. »Einen wunderschönen kleinen Jungen, den ich fünf Monate stillte, in dem Kloster, bis er mir weggenommen wurde.«

»Wer hat ihn dir weggenommen?«

»Pater Ascanio.«

»Also wusste er die ganze Zeit, wo du bist?«

»Er hatte ja alles arrangiert«, antwortete Marina.

»Das verstehe ich nicht. Er sagte mir, dass er nicht wüsste, wo du bist. Er sagte, dass er für deine sichere Rückkehr betet«, murmelte Dante kopfschüttelnd. »Er hat mich belogen.«

»Nein, er wollte dich nur beschützen. Er sagte, dass er um unser beider Leben fürchtete ...«

»Um unser Leben?«

»Ja. Er sagte, dass er uns nicht beschützen könnte, wenn wir in Italien blieben.«

»Vor wem denn beschützen?«

»Vor Beppe.«

Nach dem ersten Schrecken wurde er nachdenklich. »Das ergibt keinen Sinn, Floriana.«

»Du meinst, dass gar keine Gefahr bestand?«

»Nein, das behaupte ich nicht.« Er schien das eine Puzzleteil zu verwerfen, das nicht ins Bild passen wollte. »Erzähl weiter.«

»Pater Ascanio sagte, er könnte uns nur schützen, indem er das Kind weggibt. Mich schickte er nach England, wo ich untertauchen sollte, und wo er unseren Sohn hinschickte, weiß ich nicht ...« Ihre Stimme kippte. »Ich hatte gehofft, dass du es weißt.«

Dante sah sie hilflos an. »Ich wusste ja nicht einmal, dass wir einen Sohn haben.« Dann verhärteten sich seine Züge, und er blickte gedankenverloren zu den Statuen. »Aber ich kenne jemanden, der es wissen könnte.«

»Pater Ascanio? Ich hatte ihm geschrieben, doch nie eine Antwort bekommen.«

»Er ist vor Jahren gestorben.«

»Wer dann?«

»Hast du mit niemandem sonst gesprochen, ehe du nach England gingst?«

»Nur mit der Mutter Oberin.«

»Sonst keinem?« Sie verneinte stumm. »Natürlich nicht. Allmählich wird manches klarer. Nach all den Jahren bekommen einige Dinge plötzlich einen Sinn. Überlass die Nachforschungen mir.«

»Wer?«, beharrte Marina.

Er umfing ihre Hand mit seinen. »Überlass das mir, Floriana. Du musst mir vertrauen.«

Ihre Schultern sackten ein. »Tue ich.«

Dann fiel ihr Rafa wieder ein. »Ach, du meine Güte, Rafa könnte jede Minute zurückkommen.«

»Rafa?«

»Ein argentinischer Künstler, der über den Sommer bei uns ist und unseren Gästen Malunterricht gibt. Mein Mann wollte nicht, dass ich allein herkomme, und Rafa bot an, mich zu begleiten. Ich habe ihm gesagt, er soll für ein paar Stunden nach Herba fahren und sich den Ort angucken.«

»Ich bitte Lavanti, sich um ihn zu kümmern, wenn er kommt. Keine Sorge.« Dante rief den Butler und instruierte ihn, Rafa in den Salon zu bringen. Dann, als Lavanti wieder gegangen war, sah Dante liebevoll Marina an. »Als du meine Sekretärin angerufen und ihr gesagt hast, du hättest Informationen über Floriana, wurde mir klar, dass ich zwar schon vor langer Zeit aufhörte, nach dir zu suchen, in meinem Herzen allerdings nie aufgegeben habe. Leider musste ich dich trotzdem irgendwann aufgeben. Und das plagt jetzt mein Gewissen.«

»Hast du geheiratet?«

»Vergib mir.«

Sie war verwundert. »Was soll ich vergeben?«

»Ich habe Costanza geheiratet.«

Rafa parkte den Wagen und wanderte durch den Ort. Die Luft war stickig und feucht. Abendlicht tauchte die alten etruskischen Mauern in ein flirrendes Orange. Tauben scharten sich auf dem Kopfsteinpflaster, knochige Straßenköter rotteten sich zu kleinen Rudeln zusammen, Frauen tratschten in Hauseingängen, Kinder spielten. Rafa erreichte die Piazza Laconda, wo Einheimische an Tischen draußen vor den Lokalen unter Sonnenschirmen saßen und Prosecco tranken. Rafa spürte die Anziehungskraft der Kirche und ging hinein. Von der letzten Messe waberte noch Weihrauchgeruch in der Luft, und ein Grüppchen alter Witwen war in den Bänken sitzen geblieben, wo sie sich leise unterhielten. Rafa schob die Hände in die Taschen und schritt langsam über die großen Steinplatten. Ihn erinnerte es an Clementine und ihren ersten Besuch in dem Haus, das Gott vergessen hatte. Prompt sehnte er sich nach ihr.

Ein junges Paar stand vor dem Opferkerzentisch und hielt sich bei den Händen. Rafa beneidete sie um ihr Glück. Der Mann lächelte ihm zu und reichte ihm eine Kerze. Stumm bedankte Rafa sich und nahm sie. Das Paar ging weg, sodass er allein vor dem Tisch mit den tänzelnden Flammen zurückblieb. Er dachte an seinen verstorbenen Vater, der hier früher Kerzen angezündet haben musste, so wie er es jetzt tun würde. Dann stellte er die Kerze auf den Docht, dachte an sein Vorhaben und bat Gott, ihm den Mut zu schenken, es umzusetzen.

Marina fühlte sich, als würde ihr eine eiserne, kalte Hand sämtliche Luft aus der Lunge quetschen. Eine Weile lang konnte sie nichts sagen, Dante nur ungläubig ansehen.

Er erklärte hastig: »Ach, Floriana, es ist nicht so, wie es sich anhört. Ich wollte nie deine Freundin heiraten. Es ist einfach passiert, weil, na ja, ich schätze, ich wollte immer nur einen

Weg zu dir zurückfinden. Ich konnte die Vergangenheit nicht ruhen lassen. Und Costanza war meine einzige Verbindung zu dir.« Traurig sah er zu ihr auf. »Jedes Mal, wenn ich sie ansah, dachte ich an dich, Floriana – bis mir dämmerte, dass sie eine Sackgasse war, die mich nirgends hinführte.«

»Costanza«, flüsterte sie. »Ich glaub's nicht.«

»Wir haben uns gegenseitig sehr unglücklich gemacht.«

»Wo ist sie jetzt?«

»Wir ließen uns nach fünfzehn Jahren scheiden.«

»Das tut mir leid.« Sie griff nach seiner Hand, und er packte und drückte sie.

»Fünfzehn vergeudete Jahre, Floriana. Jahre, die ich mit dir hätte verbringen sollen.«

»Ich habe gelernt, dass nichts verschwendet ist, Dante. Habt ihr Kinder?«

»Drei Töchter, die mir gleichermaßen Freude wie Sorge bescheren.« Die Liebe zu seinen Töchtern zauberte zumindest einige Farbe in sein Gesicht. »Aber vor allem Freude.«

»Costanza ist Mutter«, sagte Marina wehmütig. »Das freut mich für sie. Was ist aus der Contessa geworden?«

»Die Contessa.« Er verzog das Gesicht. »Ich habe sie verachtet, so sehr, dass ich es irgendwann nicht mal mehr im selben Zimmer mit ihr aushielt. Ihr Mann hat eine Zeit lang für meinen Vater gearbeitet, aber er war absolut unbrauchbar, und nachdem mein Vater sich zur Ruhe setzte, habe ich mich von ihm getrennt. Ich habe die beiden mehrmals aus ihren Schulden rausgekauft, bis es mir reichte. Inzwischen leben sie mit Costanza in Rom, und sie sorgt für sie. Aber die Contessa ist alt und unglücklich, und ihr Überdruss macht sie in jeder Beziehung hässlich.«

»Sie konnte gar nicht anders, als unglücklich zu sein. Derart materialistisch fixierte Menschen sind nie zufrieden.«

»Costanza redete immerzu von dir. Du hast ihr gefehlt. Und ich konnte ihr nie sagen, wie sehr ich dich vermisste. Ich musste meinen Kummer mit meiner Arbeit ersticken. Ich dachte, wenn ich jede Stunde arbeite, die Gott mir gibt, ist kein Raum mehr da, an dich zu denken.«

»Ach, Dante.«

»Vielleicht hat Costanza es gefühlt und von dir gesprochen, weil sie hoffte, dass sie mich damit glücklich macht, aber es wurde nur schlimmer. Als würde sie mit Sandpapier über meine Wunde reiben.«

»Das Einzige, was an Costanza verkehrt war, war ihre Mutter. Als ich in England ankam, hatte ich niemanden. Ich trauerte auch um sie.«

»Ich hätte mit ihr nie glücklich sein können, Floriana. Letztlich habe ich sie bloß geheiratet, um meinen Vater zufriedenzustellen und irgendeine Verbindung zu dir zu erhalten. Ich konnte nie eine andere als dich lieben.« Er lächelte sie versonnen an. »Die Einzige, die das wusste, war meine Mutter, auch wenn wir es niemals aussprachen.«

»Violetta. Wie geht es ihr?«

»Sie lebt in ihrer eigenen Welt. Hierher kommt sie nicht mehr. Sie wohnt in Mailand und geht kaum noch vor die Tür. Sag, hast du Kinder?«

»Nein.«

Er runzelte die Stirn. »Nicht?«

»Gott strafte mich dafür, dass ich das eine weggab, das er mir schenkte.«

»Das ist nicht wahr.«

Beschämt senkte sie den Blick. »Ich habe mich von Gott abgewandt.«

»Aber du hattest keine Wahl, Floriana.«

»Ich hätte energischer um ihn kämpfen müssen.«

»Du warst doch selbst noch ein Kind!«

»Ja, und ich habe gefleht, dass ich ihn behalten darf. Ich habe ihn von ganzem Herzen geliebt.« Ihre Schultern begannen zu beben. »Deshalb habe ich das Armband von deiner Mutter und den Ring, zusammen mit einem Brief von mir in eine Schachtel gelegt und …«

Dante schlang die Arme um sie. »Ist ja gut. Wir finden ihn.«

Sie krallte die Hände in sein Hemd und rang nach Luft. »Ich habe es nie jemandem erzählt.«

»Nicht einmal deinem Mann?«

»Niemandem. Ich konnte nicht darüber reden. Ich bin vor mir selbst weggelaufen, Dante, vor meiner Schuld.«

Er hielt sie fest, und sie schloss die Augen. Hinter ihren geschlossenen Lidern wurden die Bilder von dem kleinen Baby wach, das sie an ihrem Busen genährt hatte. Von dem winzigen Geschöpf, das sie beobachtet hatte, während es schlief, ehrfürchtig vor dem Wunder der Geburt.

Sie versuchte, sich sein Gesicht vorzustellen, doch das gelang ihr nicht. So sehr sie sich auch anstrengte, es blieb von einem Schleier verhangen, der immer dichter wurde, je mehr sie versuchte, ihn zu lüften.

Während die Schatten noch länger wurden und das Licht schwächer, redeten sie. Sie erzählte ihm von ihrem Leben in England und wie Grey einem Schutzengel gleich erschienen war, um sie mit viel Liebe und Verständnis aus dem tiefen schwarzen Loch zu retten.

»Er weiß nichts von meiner Vergangenheit; nicht einmal, dass ich Italienerin bin. Ich wohnte anfangs bei einer Pflegemutter, die mir Englisch beibrachte und mir half, mir ein neues Leben aufzubauen. Die Sprache lernte ich mit solchem Eifer, dass Grey, als wir uns kennenlernten, gar nicht auf die Idee kam, ich könnte keine Engländerin sein. Ich versuchte, nach vorn zu sehen und ein anderer Mensch zu werden. Irgendwie bildete ich mir ein, wenn ich Floriana in Italien zurücklasse, bleibt auch ihr Schmerz dort. Ich habe versucht, unseren Sohn zu vergessen. Auch dich habe ich versucht zu vergessen, Dante.« Für einen Moment schloss sie die Augen. »Aber das Herz kann nicht vergessen, und Wunden heilen nie vollständig.«

»Was hat dich bewegt, wieder zurückzukommen? Warum hast du nach all den Jahren beschlossen, wieder nach Hause zu gehen?«

»Weil ich Hilfe brauche. Du hast früher gesagt, ich könnte mich immer an dich wenden, egal was passiert.«

»Das gilt bis heute, Floriana.« Sie holte tief Luft, doch etwas bremste sie, bevor sie fragen konnte. »Was brauchst du?«

Marina wischte sich die Augen und lächelte vor sich hin. »Nichts«, antwortete sie entschieden. »Ich brauche gar nichts.«

Er sah sie verwundert an. »Bist du sicher? Du weißt, dass ich alles für dich tun würde.«

Sie hatte geglaubt, das Polzanze wäre ihr Leben. In diesem freudigen Augenblick jedoch wurde ihr klar, dass Steine und Mörtel nie mehr sein konnten als Steine und Mörtel. Materielle Dinge waren bedeutungslos, wenn man nichts mit ihnen assoziierte. Folglich war das Polzanze auch nichts ohne ihre Sehnsucht.

Sie nahm Dantes Hände und sah ihn an. »Finde unseren Sohn, Dante, wo immer er sein mag.«

Als sie wieder nach drinnen gingen, lag Dantes Hand leicht auf ihrem Rücken. »Dies ist einer der glücklichsten Tage meines Lebens, Floriana.«

»Ich hätte nicht so lange warten sollen.«

»Was hast du jetzt vor?«

»Nach England zurückkehren und meinem Mann alles erzählen.«

»Wird er es verstehen?«

»Oh ja, ganz sicher. Er ist ein guter Mann, und deshalb schulde ich ihm eine Erklärung für mein bisweilen seltsames Verhalten. Er hat eine unglaubliche Geduld mit mir bewiesen.«

»Liebst du ihn, Floriana?«

Sie blickte ihn an, wohlwissend, dass ihre Antwort ihn verletzen würde. Andererseits durfte sie nicht lügen, um seine Gefühle zu schonen. »Ja, das tue ich. Ich liebe meinen Mann sehr.«

»Es freut mich, dass du Liebe gefunden hast, *piccolina*.« Er überspielte seine Enttäuschung mit einem Lächeln. »Was hältst du davon, wenn ihr über Nacht bleibt?«

»Rafa weiß nicht mal, dass ich Italienisch spreche.«
»Ist das wichtig?«
Sie zuckte mit den Schultern. »Nein, eigentlich nicht mehr.«
»Dann lass uns gemeinsam zu Abend essen, guten Wein trinken, und wir beide sprechen nicht über die Vergangenheit. Du ruhst dich aus und erholst dich, denn du hast eben einen gewaltigen Berg erklommen. Es wäre nicht richtig, wenn du danach in einem anonymen Hotel irgendwo auf der Strecke nach Rom übernachtest. Und es ist sowieso schon spät«, ergänzte er grinsend, und Marina musste unweigerlich schmunzeln. »Bitte, bleib.«
»Na gut, wir bleiben. Aber du musst mich Marina nennen.«
Er wirkte entsetzt. »Das ist zu viel verlangt. Ich spreche dich einfach gar nicht mit Namen an.«

Rafas Stimmung war düster, als er aus dem Ort zurückkam. Er hatte eine Stunde lang an einem Tisch auf der Piazza vor einem Glas Wein gesessen und überlegt, wie Marina es aufnehmen würde, sollte er ihr endlich die Wahrheit sagen. Als er wieder zu dem Anwesen kam, empfing ihn der Butler und führte ihn in den Salon. Dort wartete er eine ganze Weile, wanderte im Zimmer auf und ab und sah sich all die Familienfotos an. Sonnengebräunte, strahlende Menschen lächelten aus Silberrahmen, und Rafa hatte den Eindruck, dass sie einer anderen Welt entsprangen, in der immerzu Sommer und jeder glücklich war. Er betrachtete die impressionistischen Gemälde an den Wänden und blieb längere Zeit vor einem Familienporträt über dem Kamin stehen. Es stammte aus dem Jahr 1979: Mutter, Vater und drei kleine Mädchen in hübschen weißen Kleidern und rosa Seidenschuhen. Rafa trat näher und sah sich den Mann genau an. Er war so in das Bild vertieft, dass er nicht hörte, wie die Tür geöffnet wurde und Marina und Dante hereinkamen.

»Rafa.« Marinas Stimme riss ihn jäh aus seinen Gedanken. »Darf ich dir Dante vorstellen, meinen alten Freund?« Rafa war nicht überrascht, dass Marina in fließendem Italienisch sprach; es bestätigte ihm lediglich, was er schon die ganze Zeit vermutete.

Aber Marina deutete seine Blässe falsch und erklärte rasch: »Ich bin hier aufgewachsen. Dante ist Teil meiner Vergangenheit.«

Rafa schüttelte Dante die ausgestreckte Hand. »Freut mich, Sie kennenzulernen.«

»Wir haben beschlossen, dass ihr beide heute hier übernachtet und morgen früh nach Rom zurückfahrt«, sagte Dante.

Rafa konnte nicht aufhören, ihn anzusehen. Er war älter als der Mann, der von den Familienfotos lächelte, aber immer noch gut aussehend und mit einem starken Charisma.

»Wie ich höre, sind Sie Künstler. Kommen Sie, lassen Sie mich Ihnen einige der Kunstwerke zeigen, die meine Familie über die Jahrzehnte gesammelt hat, und hinterher führe ich Sie durch die Gartenanlagen, ehe es dunkel wird. Ich finde sie um diese Tageszeit besonders schön.«

Rafa folgte Dante hinaus in die Halle. Dabei blickte er fragend zu Marina, die jedoch den Blick abwandte. Offenbar wollte sie ihm nicht verraten, in welcher Beziehung die beiden zueinander standen.

La Magdalena faszinierte ihn, und er merkte, wie seine Ängste schwanden, als sie hinaus in den Garten gingen. Marina blieb ein Stück zurück. Mit den Düften und Geräuschen wurden Erinnerungen an diesen Ort wach, den sie über alles geliebt hatte. Manche von ihnen hielt sie fest, andere ließ sie los; vor allem aber wurde ihr mit jeder Erinnerung ein wenig leichter ums Herz. Sie kamen in den Meerjungfrauengarten, wo Dante und sie vor vielen Jahren Freunde wurden, und in den Olivenhain, in dem sie Michelangelo den Pfau zähmte. Dann spazierten sie um den Springbrunnen und bewunderten die Statuen. Der Mauer jedoch, die nach wie vor an jener Stelle eingebrochen war, näherten sie sich nicht. Mit ihr waren zu schmerzliche Erinnerungen verknüpft.

Später aßen sie bei Kerzenschein auf der Tarrasse, und Marina erzählte Dante von Clementine und Jake. Rafa wurde still, weil er an seinen letzten Zusammenstoß mit Clementine dachte. Er würde ihr gerne eine SMS schicken – sicher wäre sie begeistert zu erfahren, dass ihre Stiefmutter fließend Italienisch sprach – aber er konnte nicht so tun, als wäre nichts passiert. Er musste reinen Tisch machen, ihr die Wahrheit sagen, nachdem er sich nun sicher war, dass er sie gefunden hatte.

Er beobachtete Dante und Marina – wie vertraut sie miteinander umgingen, wie Marina beim Sprechen gestikulierte. Ihr Italienisch war so gut wie akzentfrei. Und obwohl sie Rafa durchaus ins Gespräch einbezogen, achteten sie nicht besonders auf ihn, weil sie viel zu sehr mit sich beschäftigt waren. Dantes zärtlicher Blick war unmissverständlich, und Marina schien unter ihm regelrecht aufzublühen, mit jedem Lachen um Jahre jünger zu werden.

Unterdes wurde Rafa immer bedrückter, zog sich in den Hintergrund zurück, während sich die beiden in ihrem eigenen Zauber sonnten. Wie merkwürdig, dachte er, dass manchmal, wenn eine Frage beantwortet ist, eine andere aufleuchtet; und die Antwort auf *jene* fürchtete er am allermeisten.

35

Clementine ging nicht zur Arbeit. Sie rief Sylvia an und erklärte ihr in ihrer krächzigsten Stimme, dass sie sich einen fiesen Virus eingefangen haben musste, sich elend fühlte und lieber keinen im Büro anstecken wollte. »Ich schätze, Mr Atwood hat zu Hause schon genug Probleme.«

Sylvia wusste, dass sie nur spielte, aber das störte sie nicht. Wahrscheinlich wollte Clementine den Tag mit Rafa verbringen, was sie ihr nicht verdenken konnte. Sie schaltete ihren Computer an und überlegte, ob es da draußen auch einen Rafa für sie gab.

Aber Rafa war an diesem Morgen nach Italien abgereist, und sein Fehlen hallte förmlich durchs Hotel. Clementine wanderte wie ein verirrter Hund durch die Räume, einsam und voller Sehnsucht.

Sie machte einen langen Spaziergang mit Biscuit an den Klippen entlang und guckte immer wieder auf ihr Handy. Es war keine Nachricht von Rafa gekommen. Sie wollte ihn anrufen und sich entschuldigen, dass sie weggelaufen war, ohne sich seine Erklärung anzuhören, gab jedoch jedes Mal wieder auf, kaum dass sie die ersten Zahlen eingetippt hatte. Sie hatte Angst vor dem, was er ihr erzählen würde.

Nach dem Spaziergang fand sie ihren Vater in der Bibliothek, wo er Bücher einsortierte, die der Brigadier zurückgebracht hatte.

»Seit er Jane Meister gebeten hat, seine Frau zu werden, liest er weniger«, sagte Grey, stieg auf die Leiter und stellte Andrew Roberts' *Masters and Commanders* zurück in das Fach für Militärliteratur. »Er ist ein glücklicher Mann.«

»Schön für ihn.«

Grey sah zu seiner Tochter hinunter. »Wieso bist du so mürrisch?«

Sie verschränkte die Arme und blickte durchs Fenster hinaus auf das Wasser. Es war ein wunderschöner Tag, der Himmel blau und die See glatt wie ein Spiegel. »Dad, hast du Lust, mit mir mit dem Boot rauszufahren?«

Grey unterbrach seine Arbeit und kam die Leiter herunter. »Sehr gerne.«

Seine Tochter lächelte unsicher. »Ich möchte nur ein bisschen Zeit mit dir verbringen.«

Sanft tätschelte er ihre Schulter, und bei dieser kleinen Geste überkam Clementine ein solch unerwartetes Anlehnungsbedürfnis, dass sie sich in seine Arme warf. Zunächst erstarrte Grey vor Schreck und wusste nicht recht, wie er reagieren sollte. Seit Jahren hatte er Clementine nicht mehr umarmt und ganz vergessen, wie es sich anfühlte. Er fragte sie nicht, was los war, denn sobald sie draußen auf dem Wasser waren, würde sie es ihm von sich aus erzählen.

Am nächsten Morgen erwachte Marina inmitten einer italienischen Geräuschkulisse. Vögel zwitscherten hoch oben in den Pinien, und die Düfte des Gartens wehten mit der warmen Meeresbrise ins Zimmer. Marina roch Kiefernharz und Erde, Rosmarin und gemähtes Gras, und die Geräusche der Gärtner, die draußen die Beete wässerten, waren eindeutig fremd. Sie öffnete die Augen und blickte sich um. Das Gästezimmer mit der hohen, stuckverzierten Decke war mit eleganten Antiquitäten möbliert, die sehr gut zu den taubenblauen Seidenvorhängen passten.

Früher hatte sie geglaubt, sie würde eines Tages mit Dante hier leben und viele hellhaarige Kinder bekommen, die sie lieben durfte, aber das war lange her – in einem anderen Leben. Nun lag sie in dem großen, luxuriösen Bett mit Blick auf jene Gärten, die für sie einst das Paradies gewesen waren, und anstelle von Sehnsucht oder Verlust empfand sie eine neue Zufriedenheit. Es war, als könnte sie die Vergangenheit endlich hinter sich lassen, weil sie zurückgekommen war und feststellte, dass sie ihr nicht mehr wehtun konnte.

Marina stand auf und zog die Vorhänge zurück. Der Wind streichelte ihre Haut, als sie hinaus in den Sonnenschein sah. Mit einer neuen Distanziertheit betrachtete sie die Gärten und begriff, wie sehr sie sich verändert hatte. Sie war nicht mehr Floriana. Sie war Marina, hatte einen englischen Ehemann und ein englisches Leben. Hatte es gestern Abend noch einen Moment gegeben, in dem ihr Marina wie eine Maske vorkam, wurde ihr nun klar, dass sie echt war, Floriana hingegen nichts als eine Erinnerung, die sie in ihren Gedanken mit Leben füllte. Die Vergangenheit war fort, und sie würde sie niemals zurückbekommen.

Was sie auch gar nicht wollte. Sie atmete tief ein und schloss die Augen. Nein, die Vergangenheit wollte sie nicht zurück, nur den Sohn, den sie dort gelassen hatte. Nach ihm sehnte sie sich mit ganzem Herzen. Die ersten Tage ihres Exils, als ihr der graue englische Himmel und der kalte, durchdringende Regen schreckliches Heimweh bescherten, waren längst vorbei – ebenso wie die Stunden, die sie am Strand auf und ab lief, während sie auf Nachricht über ihren Sohn von Pater Ascanio wartete. Inzwischen war der alte Priester tot.

Das Trauma eines Neuanfangs in einem fremden Land, das Lernen der neuen Sprache und die Isolation, weil ihr Herz zu gebrochen war, als dass sie neue Freunde suchen konnte, waren überstanden. Wie ein Baum im Winter war sie eingefroren gewesen, bis mit dem Frühling kleine grüne Knospen und schließlich Blüten kamen und sie stärker wurde. Sie wusste jetzt, dass sie alles überleben könnte, sogar den Verlust ihres geliebten Polzanze, denn sie hatte ihren Sohn verloren und war trotzdem fähig, das Leben und die Liebe zu genießen.

Sie schaute hinauf zum azurblauen Himmel, wo ein Raubvogel auf dem Wind segelte, und spürte, wie sich ihr Brustkorb weitete und sie etwas Größeres als sich spürte, Gott zu fühlen glaubte. Wieder schloss sie ihre Augen, die warme Präsenz auf ihrem Gesicht spürend, und ließ Ihn wieder in ihr Herz. Dann schickte sie ein Gebet gen Himmel. Sie betete um das Einzige, was wirklich wichtig war: ihr Kind.

Als sie hinaus auf die Terrasse kam, saßen Dante und Rafa bereits bei einem herzhaften Frühstück. Sie unterhielten sich wie alte Freunde. Rafa fiel die Veränderung an Marina sofort auf. Sie strahlte eine neue Leichtigkeit aus, die sie jünger wirken ließ, beinahe mädchenhaft.

Nach dem Frühstück gingen sie hinaus zu ihrem Wagen. Der Butler hatte ihr Gepäck schon eingeladen und hielt die Beifahrertür auf. Dante schlug vor, dass sie nach Herba fuhren, doch das lehnte Marina ab. Sie hatte genug gesehen.

Sie nahm Dantes Hand und sagte so leise, dass Rafa es nicht hörte: »Jenes Mädchen bin ich nicht mehr.«

Seine Augen begannen zu glänzen, und er drückte ihre Hand. »Aber ich bin noch derselbe Junge, der dich liebt.«

Rafa beobachtete, wie die beiden sich umarmten. Sie klammerten sich eine längere Zeit aneinander, und Rafa wandte sich diskret ab. Er blickte zu einer kleinen Piniengruppe, wo sich ein paar Eichhörnchen gegenseitig die kahlen Stämme hinaufjagten, ehe sie oben im dichten Grün verschwanden. Ein Anflug von Eifersucht regte sich in ihm, und trotzig schob er die Hände in die Taschen.

Dante wollte sie nicht gehen lassen. Sie sah immer noch so aus wie früher, ungeachtet ihres hell gefärbten Haars. Als sie heute Morgen auf die Terrasse trat, hatte er den Atem angehalten und musste sich am Tisch abstützen, weil er plötzlich vierzig Jahre in die Vergangenheit katapultiert wurde. Er bereute, dass er damals nicht den Mut aufbrachte, mit ihr durchzubrennen, und dass er nicht hartnäckiger nach ihr gesucht hatte. Nun sah er zu, wie sie in den Wagen stieg, und winkte ihnen nach, als sie langsam die Einfahrt hinunterfuhren. Er konnte ihren Duft noch auf seiner Haut riechen, ihren weichen Körper in seinen Armen fühlen und staunte über sein Sehnen, das all die Jahre nicht dämpfen konnten. Schon einmal hatte das Schicksal interveniert und sie ihm weggenommen. Jetzt nahm es sie ihm erneut, aber diesmal war sie nicht verloren – und sie hatten einen Sohn. Er rieb sich das Kinn. Wie sehr hatte er sich einen Sohn gewünscht.

Mit festen Schritten stieg er die Stufen zum Haus hinauf. »Lavanti, ich muss zurück nach Mailand«, rief er seinem Butler zu, ehe er in seinem Arbeitszimmer verschwand.

Marina drehte sich ein letztes Mal um, als sie das Tor von La Magdalena passierten. Die hohen Eisengitter schlossen sich, versperrten die Vergangenheit und packten sie auf den Dachboden der Erinnerungen, wo sie zusammen mit dem Rest von Florianas Leben lagern sollten.

»Du scheinst heute glücklicher«, bemerkte Rafa ein wenig verbittert.

»Bin ich«, sagte sie seufzend. Rafa versuchte, den Grund zu erahnen. »Aber ich habe nicht bekommen, wofür ich herkam. Ich habe gar nicht danach gefragt.« Sie blickte aus dem Fenster zu einer Mutter mit zwei kleinen Kindern, die langsam die Straße hinunterging. »Wenn ich das Polzanze verliere, ist es eben so. Es ist nur ein Haus. Alle wichtigen Dinge kann ich mitnehmen.« *Denn die wirklich wichtigen Dinge waren die ganze Zeit in mir.*

»Ich nehme an, Grey weiß nicht, dass du fließend Italienisch sprichst.«

»Nein, weiß er nicht. Ich habe eine Menge zu erklären.«

»Wäre es vermessen, dich zu bitten, es mir zu erklären?«

»Wäre es, Rafa.« Sie sah auf ihren Ring. »Es ist fairer, dass mein Mann es zuerst erfährt. Danach erkläre ich es euch anderen. Ich will nicht mehr verbergen, wer ich bin.«

Er guckte sie stirnrunzelnd an, auch wenn es idiotisch war, dass er sich zurückgewiesen fühlte. Keiner von ihnen sagte ein weiteres Wort. Sie schauten aus dem Fenster und hingen jeder ihren Gedanken nach.

***

Am Abend trafen sie im Polzanze ein. Grey, Clementine, Jake, Harvey und Mr Potter erwarteten sie im Wintergarten. Sie alle wollten hören, ob Marina das Hotel gerettet hatte. Schlagartig fühlte Marina die Last der Verantwortung, als hätte sie sich einen bleiernen Umhang umgelegt. So viele Menschen waren von ihr und dem Polzanze abhängig, und sie enttäuschte sie. Der Anblick ihrer erwartungsvollen Gesichter war niederschmetternd.

»Ich muss mit Grey sprechen«, sagte sie.

»Hast du es gekriegt?«, fragte Clementine, die ihre Ungeduld nicht bändigen konnte.

»Nein, habe ich nicht«, antwortete Marina.

Um sie sackte die Luft ein wie nasser Schnee. Marina wollte ihnen sagen, dass es nichts machte, aber das stimmte nicht. Für sie tat es das sehr wohl.

Clementine lächelte mitfühlend. »Wir schaffen das schon«, sagte sie, obwohl sie mit den Tränen kämpfte. Bis zu diesem Moment war ihr nicht bewusst gewesen, wie viel ihr das Polzanze bedeutete. Sie sah zu Rafa, der es jedoch vermied, sie anzugucken. Er wirkte sehr traurig und war in der einen Nacht in Italien um zehn Jahre gealtert. Sie wollte ihn schütteln. Kapierte er denn nicht langsam mal, dass sie ihn liebte?

Marina wandte sich zu ihrem Mann. »Grey, gehst du mit mir spazieren? Ich muss dir etwas erzählen.«

Grey war von Anfang an bewusst gewesen, dass sie Geheimnisse vor ihm hatte. Die wiederkehrenden Albträume, bei denen sie im Schlaf schrie und hinterher in seinen Armen schluchzte, deuteten auf dunkle, schreckliche Ereignisse in ihrer Vergangenheit hin, über die sie nicht reden konnte. Er hatte sie nie gefragt, was es war, weil er darauf vertraute, dass sie es ihm erzählen würde, wenn sie so weit war. Allerdings hatte er nicht erwartet, dass es viele Jahre dauern würde. Nun gingen sie Hand in Hand hinunter zum Strand, wo sie unzählige Stunden gestanden, aufs Meer geblickt und ihre Kinderlosigkeit betrauert hatte. Sie stapften durch den Sand, und Marina ließ sich Zeit.

»Kannst du mir eines versprechen, Grey?«
»Natürlich.«
»Versuchst du bitte, mich nicht zu verurteilen?«
»Das werde ich nicht, mein Schatz.«
»Doch, wirst du. Und es ist vollkommen verständlich. Aber bitte, denk nicht schlecht von mir, weil ich dir nichts erzählt habe. Ich konnte es nur so verkraften.«
»Gut.«
»Und du musst wissen, dass ich dich liebe.« Sie blieb stehen und ergriff seine Hände. »Ich liebe dich dafür, dass du so geduldig und mitfühlend bist und dass du mich immer geliebt hast, obwohl du wusstest, dass ich dir einen Teil von mir vorenthalten habe.«

»Marina, Schatz, was es auch ist, ich liebe dich immer noch.«

Sie atmete tief ein und umklammerte seine Hände unbewusst fester.

»Mein Name ist Floriana Farussi. Ich bin Italienerin, aus einem kleinen Küstenstädtchen in der Toskana, Herba. Meine Mutter lief mit einem Tomatenverkäufer vom Markt weg, nahm meinen kleinen Bruder mit und ließ mich bei meinem versoffenen Vater Elio. Ich wuchs praktisch als Waise auf, aber ich träumte stets von einem besseren Leben.«

Sie war so mit ihrer Geschichte befasst, dass sie nicht bemerkte, wie aschfahl Grey wurde.

Lange Zeit erzählte sie, sagte ihm alles. Sie saßen im Sand, und sie beschrieb den Sommer, in dem sie sich in Dante verliebte, wie sie sich beinahe umbrachte, als sie von der hohen Klippe ins Meer sprang, und von ihrem ersten und einzigen Liebesakt mit ihm. Sie erzählte von Gute-Nacht, von Costanza und von deren boshafter Mutter, der Contessa.

Als sie ihm von der Schwangerschaft berichtete, von ihren Hoffnungen auf eine Zukunft mit Dante und dem Verlust ihres Kindes im Kloster, begann Grey, sie besser zu verstehen. Nun begriff er, warum es sie fast zerstörte, dass sie später keine Kinder mehr bekam. Er verstand, woher ihre furchtbaren Träume kamen und warum sie zeitweise unter dem Verlust zusammenzubrechen drohte.

»Tja, als ich Dante jetzt wiedersah, wurde mir klar, dass ich ihn nicht um Geld bitten konnte. Ich konnte einfach nicht.«

Er nahm sie in seine Arme und küsste sie auf die Schläfe. »Selbstverständlich konntest du nicht.«

»Es hätte alles andere vernichtet. Dante würde es für einen zynischen Trick halten, ihn auszunutzen. Aber was wir hatten, war kostbar, und unser gemeinsamer Sohn ist irgendwo da draußen und so viel wichtiger als das Polzanze.« Sie sah ihn lächelnd an. »In Italien habe ich begriffen, was mir wirklich etwas bedeutet. Du bist mir wichtig, Grey, du, Jake, Clementine, Harvey, Mr Potter – *ihr* seid meine Familie, und euch trage ich in meinem Herzen, wohin ich auch gehe. Deshalb ist es eigentlich egal, ob wir hier weitermachen oder woanders neu anfangen. Solange wir zusammen sind, ist alles gut.«

»Aber dein Sohn, Schatz.«

»Den finde ich vielleicht nie.« Sie blickte mit tränenglänzenden Augen hinaus aufs Meer. »Ich hoffe, er ist glücklich. Ich hoffe, dass er nichts von mir weiß.«

»Ich weiß, dass es spät ist, aber ich denke, du solltest es Jake und Clementine erzählen«, sagte Grey, als sie zum Haus zurückgingen.

»Du hast recht. Hoffentlich zeigen sie so viel Verständnis wie du.«

»Ich bin froh, dass du es mir gesagt hast. Jetzt verstehe ich vieles besser. Und ich schätze, es wird ihnen genauso gehen.«

Clementine und Jake reagierten vollkommen gegensätzlich auf ihr Geständnis. Clementine war fasziniert von der Romantik und Tragödie ihres Lebens. Sie fühlte Marinas Verzweiflung mit, als sie ihre Liebesgeschichte und den Verlust ihres Sohnes beschrieb, während Jake all die Gefühle schwer zu verstehen fand. Als Mann, der noch nie verliebt gewesen war und noch nie gelitten hatte, konnte er die Enormität dieser Schicksalsschläge überhaupt nicht nachvollziehen. Vor allem aber traf ihn die Tatsache, dass Marina diese Geschichte für sich behalten hatte, weit mehr als die Geschehnisse selbst. Immerhin muteten sie doch recht abenteuerlich an. Aber er bewunderte Marina dafür, dass sie Dante nicht um Geld gebeten hatte, und schwor sich, egal wo Grey und Marina neu anfangen wollten, er würde mit ihnen gehen und sie hundertprozentig unterstützen.

Rafa lief in seinem Zimmer auf und ab, während Biscuit auf dem Bett lag und ihm sichtlich beunruhigt zuguckte. Auf einmal war Rafa schrecklich unsicher. Als er seine Reise antrat, war er überzeugt gewesen, dass seine Suche gut und richtig war. Er hatte sich mit derselben Begeisterung in die Nachforschungen gestürzt wie ein junger Polizist auf seinen ersten Fall. Was er nicht bedacht hatte, waren die emotionalen Konsequenzen, die mit der einmal enthüllten Wahrheit einhergingen. Er hatte sich nicht ausgemalt, dass er sich in Clementine verlieben würde, hatte nicht damit gerechnet, dass er auch Marina lieben könnte, und erst recht hatte er nicht geahnt, welche entsetzliche Angst er vor den Antworten bekommen sollte, die er doch so dringend suchte.

Gerne hätte er seine Mutter angerufen oder, noch besser, mit seinem Vater gesprochen. Er wünschte, dass er nie hergekommen wäre.

Der feige Teil von ihm hätte es am liebsten, die Dinge würden einfach wieder wie vorher, ehe der Wirrwarr in seinem Kopf ausbrach und sein Herz sich plötzlich einmischte.

Er fing an, seine Sachen in den Koffer zu werfen.

Am nächsten Morgen wachte er erst spät auf. Wie ihm ein Blick auf die Uhr verriet, war es schon zehn. So lange hatte er seit seiner Studienzeit nicht mehr geschlafen. Er duschte, zog sich an und setzte fort, was er den Abend zuvor begonnen hatte. Er würde sich irgendeine Ausrede einfallen lassen und schnellstmöglich abreisen. Auf die Weise konnte er die ganze Geschichte hinter sich lassen. Bei dem Gedanken an Clementine fühlte er einen stechenden Schmerz in der Brust. Dass er sie nie wiedersehen sollte, war ihm unerträglich.

Ein leises Klopfen an der Tür unterbrach ihn. Rafa sah erst zu dem aufgeklappten Koffer auf seinem Bett, dann zur Tür. Ihm blieb nichts anderes übrig, als zu öffnen. Und dort auf dem Flur stand Clementine.

»Darf ich reinkommen?«

Er zuckte mit den Schultern. »Ja, meinetwegen, wo du schon mal hier bist.«

Sie war verwundert, ihn beim Packen zu sehen, und ihr Herz klopfte schneller vor Panik. »Reist du ab?«

»Ja.«

»Wann?«

»Heute.«

»Wohin fährst du?«, fragte sie ihn entsetzt.

»Nach Hause.«

»Aber ich dachte, du bleibst den ganzen Sommer.«

»Meine Pläne haben sich geändert. Es ist kompliziert.«

»Nicht so kompliziert wie die Geschichte, die Marina uns gestern Abend erzählt hat. Oder besser gesagt, Floriana Farussi aus Italien.«

Er setzte sich auf die gepolsterte Fensterbank und rieb seine Schläfe.

»Hast du das gewusst?«, fragte Clementine.

»Was hat sie euch erzählt?«

»Alles.« Sie setzte sich neben ihn, winkelte die Beine an und schlang ihre Arme um die Knie. »Ich hatte viel Zeit zum Nachdenken, als ihr weg wart. Es tut mir leid, dass ich weggelaufen bin und dir keine Chance gab, mir etwas zu erklären. Das war feige von mir. Jetzt bin ich bereit, falls du es mir noch erzählen willst.« Sie sah ihn ernst an. »Warum läufst du weg, Rafa?«

Marina sammelte Kräuter aus dem Trog vor dem Stallblock, als ein schwarz glänzender Alfa Romeo vorm Hotel vorfuhr. Der Motor ging aus, und es waren Schritte auf dem Kies zu hören, doch Marina war ganz auf ihr Tun konzentriert. Es folgte eine kurze Unterhaltung leiser Stimmen, dann wurden die Schritte lauter. Nun blickte Marina auf und sah, dass Grey mit Dante auf sie zukam. Ihr Herz machte einen Hüpfer vor Überraschung, und sie ließ ihre Gartenschere fallen.

»Dante?«

»Floriana. Ich konnte nicht warten und wollte es dir nicht am Telefon sagen«, erklärte er auf Englisch. »Außerdem wollte ich hier bei dir sein, wenn ich es dir erzähle.«

»Mir was erzählst?« Doch sie ahnte es schon, und Tränen stiegen ihr in die Augen.

»Unser Sohn.«

Sie schlug eine Hand vor ihren Mund. »Weißt du, wo er ist?«

»Ja.«

»Wo?«

»Er ist hier.«

Ihr wurde schwindlig. »Hier?«

»Ja.«

»Aber das verstehe ich nicht.«

»Sein Name ist Rafa Santoro.«

Marina war sprachlos. Ihre Gefühle brachen einer Flutwelle gleich über sie herein, und sie stieß ein lautes Heulen aus. Beide Männer eilten auf sie zu, um sie aufzufangen, als ihre Knie nachzugeben drohten. Aber dann sah Dante, dass sie den Arm nach Grey ausstreckte, und stoppte. Er hielt sich im Hintergrund, während ihr Mann sie nach drinnen brachte und auf das Sofa im Wohnzimmer setzte.

»Mir geht es gut«, sagte sie, sobald sie saß. »Bitte, geh und hol ihn her zu mir.«

Grey lief hinaus. Ihm schwirrte ebenfalls der Kopf vor Staunen.

Marina klopfte auf das Sofa neben sich. »Wie hast du es herausgefunden, Dante?« Er nahm neben ihr Platz. Lächelnd ergriff sie seine Hand, wobei ihr Tränen übers Gesicht strömten.

»Als du mir sagtest, dass Pater Ascanio dich nach England geschickt hat, weil er um dein Leben fürchtete, fiel mir plötzlich ein, dass mein Vater nicht dahinterstecken konnte. Mein Vater hätte nämlich nie einen Priester mit in die Sache hineingezogen, und seine Art, mit solchen Problemen wie unserem fertig zu werden, war weitaus brutaler. Hätte er versprochen, sich um dich zu kümmern, hätte es nichts zu befürchten gegeben. Du wärst nicht weggeschickt worden und unser Sohn niemals adoptiert. Also habe ich überlegt, wenn es nicht mein Vater war, wer dann? Pater Ascanio hatte auf keinen Fall die Mittel, dich in England anzusiedeln und dir einen Pass und eine neue Identität zu besorgen. Ich kenne nur einen Mann, der das bewerkstelligen konnte, und der ist Zazzetta.«

»Zazzetta?«

»Ich bin mit dem Hubschrauber zurück nach Mailand und habe ihn zur Rede gestellt. All die Jahre hielt er es geheim, schickte immer wieder Geld an eine alte Flamme von sich, die versprach, hier für dich zu sorgen.«

»Katherine Bridges war eine alte Flamme von Zazzetta?«

»Sie hatte als Gouvernante in Mailand gearbeitet, als Zazzetta bei meinem Vater anfing. Du verdankst ihm dein Leben, Floriana. Auf den Erpresserbrief deines Vaters hin befahl mein Vater Zazzetta, das Problem aus der Welt zu schaffen. Es sollte wie ein Unfall aussehen.« Marina wurde blass. »Aber Zazzetta ist ein religiöser Mensch, und er brachte es nicht übers Herz, ein junges Mädchen und ihr ungeborenes Kind zu ermorden. Deshalb arrangierte er alles sehr diskret mit Pater Ascanio, dem er vertraute, und schickte seinen eigenen Bruder, um dich abzuholen. Wie du siehst, Floriana, konnten sie nicht die Wahrheit sagen, weil sie keinem trauen durften, denn nun stand auch ihr Leben auf dem Spiel. Hätte mein Vater herausbekommen, dass sein engster Mitarbeiter ihn betrogen hatte, hätte er euch alle umgebracht. Er hätte dich aufgespürt und Zazzetta begraben, ohne auch bloß mit der Wimper zu zucken.« Er senkte den Blick. »Ich kann dir gar nicht sagen, was für ein böser Mann er war. Und so gerne ich behaupten würde, Macht und Reichtum hätten ihn verdorben, glaube ich eher, dass er schon so geboren wurde.«

»Ist schon gut, Dante. Er ist tot und kann niemandem mehr wehtun. Und du hast meinen Sohn gefunden. *Unseren* Sohn.«

»Die ganze Zeit, die du nach ihm gesucht hast, hat er nach dir gesucht.«

»Und er fand mich. Ich weiß nur nicht, wie.«

Dante grinste. »Ein klein wenig Gerechtigkeit gibt es doch noch.«

»Welche?«

»Mein Vater hat Zazzetta blind vertraut. Er machte alles für ihn, daher war es ein Leichtes, Geld von meinem Vater abzuzweigen, um Lorenzo Santoro in Argentinien und Katherine Bridges in England zu bezahlen. Sprich: Mein Vater hat dein neues Leben und das unseres Sohnes finanziert, ohne es zu ahnen.«

»Und nun sind wir hier, nach all den Jahren wiedervereint. Ja, das ist Gerechtigkeit – Gottes Art von Gerechtigkeit.«

36

»Du bist Marinas Sohn, stimmt's?«, fragte Clementine. Rafa nickte. »Warum hast du es ihr nicht gesagt?«

»Weil ich nicht sicher war, ob sie es wirklich ist. Meine einzigen Informationsquellen waren ein Brief, der mit ›Floriana‹ unterschrieben war, ein Armband und ein Ring sowie ein Karton mit dem persönlichen Besitz von Pater Ascanio, dem Bruder meines Vaters, der uns nach seinem Tod geschickt wurde.«

»Pater Ascanio war dein Onkel?«

»Ja. Ich bin Italo-Argentinier, vergiss das nicht.« Er ging an ihr vorbei zum Koffer und zog eine Akte daraus hervor. »Hier sind die Briefe. Es gibt unzählige von Costanza in Rom an meinen Onkel in Herba, in denen sie ihn anfleht, ihr zu sagen, wo Floriana ist, und Briefe an Floriana, die sie ihn weiterzuleiten bittet. Natürlich tat er das nie, denn sie sind alle noch da, zusammen mit einem angefangenen Brief von ihm an Floriana, den er nie abgeschickt hat.

In dem fand ich meinen ersten Hinweis. Er erwähnt Beach Compton, eine kleine Küstenstadt hier in der Nähe. Dort fing ich mit meiner Suche an. Ich wusste, dass sie ungefähr siebzehn war, als sie Italien verließ, also nahm ich an, dass sie hier noch zur Schule gegangen war. Dort gibt es nur eine Schule, und die alte Direktorin wohnt noch im Ort. Zwar stellte sich heraus, dass Floriana nicht in die Schule ging, aber die Schulleiterin kannte ihre Ziehmutter, Katherine Bridges, weil sie bei ihr Englisch unterrichtete und die beiden Frauen befreundet waren. Sie erinnerte sich an Floriana, auch wenn sie natürlich nicht Floriana hieß. Deshalb konnte ich mir nicht sicher sein. Und als ich sie kennenlernte, war sie so englisch, überhaupt nicht so, wie ich sie mir vorgestellt hatte.«

»Hast du Katherine Bridges gefunden?«

»Nein. Sie hat vor fünfzehn Jahren geheiratet und ist nach Kanada gezogen.«

»Ich wusste nicht mal von ihrer Existenz. Glaubst du, sie hat sie absichtlich geheim gehalten?«

»Möglich.«

»Und wie hast du Marina hier gefunden?«

»Die Schuldirektorin, Christine Black, bewahrt alle erdenklichen Sachen in Sammelalben auf. Sie zeigte mir einen Zeitschriftenartikel über das Polzanze, der kurz nach der Eröffnung erschienen war.«

»Na gut. Und wieso reist du jetzt ab?«

Er rieb sich die Schläfen. »Clementine, will Marina wirklich die Vergangenheit ausgraben? Will sie, dass Grey ihr Geheimnis kennt? Weiß Dante überhaupt, dass sie ein Kind von ihm bekam? Sie ist nach Italien zurückgereist, um das Polzanze zu retten, nicht um schmerzliche Erinnerungen heraufzubeschwören. Vielleicht bin ich eine, an die sie sich lieber nicht erinnern will.«

Ein Klopfen an der Tür unterbrach sie. Clementine schnaubte verärgert, denn sie wollte nicht gestört werden, war jedoch nicht wenig überrascht, als kurz darauf ihr Vater zur Tür hereinschaute.

»Rafa, könntest du bitte mit nach drüben zum Stallblock kommen? Dort ist jemand, der dich dringend sehen will.«

Rafa sah Clementine an, die ihm mimisch bedeutete, dass sie keine Ahnung hatte, wer es sein könnte. Grey bemerkte den offenen Koffer, sagte jedoch nichts. Die beiden folgten ihm die Treppe hinunter, an der Rezeption vorbei, wo Rose das mysteriöse Kommen und Gehen beobachtete, und hinüber zum Stallblock. Dort gesellte sich Jake zu ihnen.

Rafa fiel der Alfa Romeo vorm Hotel auf, dessen uniformierter Chauffeur stolz die Kühlerhaube polierte. Er rechnete nicht damit, Dante zu sehen. Als er ins Wohnzimmer kam, verstummten alle. Die Luft schien zu erstarren. Dante und

Marina standen auf. Rafa sah Marina an, dass sie geweint hatte. Dann begriff er, dass sie wusste, wer er war, und er war unsagbar erleichtert.

Sie sah ihn mit einer Zärtlichkeit an, auf die er nicht vorbereitet war. »Mein Sohn«, sagte sie.

Rafa war zu überwältigt, als dass er etwas antworten konnte. Er hatte geahnt, dass sie seine Mutter war; in Italien dann waren seine letzten Zweifel ausgelöscht worden. Und dennoch wurde es erst in diesem Moment, in dem sie es aussprach, real.

Er blickte Dante an. »*Mio figlio*«, sagte der und streckte Rafa seine Hand hin.

»Du hast nach mir gesucht?«, flüsterte Marina, während sie zögernd auf ihn zuging. Rafa konnte nur nicken, als die beiden Menschen, die ihn auf die Welt gebracht hatten, ihre Arme um ihn legten.

»Dann bist du nicht Baffles, der Dieb«, konstatierte Jake, dem der Moment entschieden zu gefühlsduselig wurde.

Rafa lachte. »Natürlich nicht.«

»Und was wolltest du in Marinas Zimmer?«

»Ich habe nach Beweisen gesucht, dass sie meine Mutter ist.«

»Hast du welche gefunden?«, fragte Marina.

»Nein, bloß ein Gedicht. ›My Marine Marina‹.«

»Ah, der falsche Schuhkarton. Das Gedicht brachte mich auf meinen Namen. Ich hatte es in Katherine Bridges Gedichtband gesehen, der bei meiner Ankunft in Beach Compton auf meinem Nachttisch lag. Zwar verstand ich den Text nicht, weil ich ja kein Wort Englisch sprach, aber Marina ist auch ein italienischer Name für *mare*, das Meer. Das Meer war das Einzige, was England mit Italien gemein hatte, deshalb wählte ich Marina als meinen Namen und riss die Buchseite mit dem Gedicht aus. Ich hole schnell den *richtigen* Karton mit den Sachen, an denen meine Erinnerungen all die Jahre hingen.«

Sie verließ das Zimmer und lief nach oben. Ihr war so wunderbar leicht, dass sie zu fühlen glaubte, wie ihr Herz in ihrer Brust hüpfte.

Rafa saß neben seinem Vater. Er hielt immer noch die Mappe in der Hand, die er Clementine gezeigt hatte. Nun blätterte er sie vor Dante auf. »In den Unterlagen meines Onkels wirst du nirgends erwähnt«, sagte er. »Aber ich bin froh, dass ich dich auch gefunden habe.«

Dante nahm den kleinen Samtbeutel aus der Mappe und linste hinein. Drinnen glitzerten der Diamantring, den er Floriana geschenkt hatte, und das Armband von seiner Mutter. Er drehte den Ring in seiner Hand hin und her und dachte an den Abend, als er ihn ihr unter dem Sternenhimmel am Strand gab. Damals hatte er gedacht, sie würden gemeinsam alt werden.

»Wo ich jetzt weiß, wer du bist, erkenne ich, dass du Marinas Augen hast«, stellte Jake fest.

»Gütiger Gott, du hast recht«, sagte Grey. »Warum ist uns das nicht früher aufgefallen? Die Ähnlichkeit ist verblüffend.«

»Und meine Haarfarbe«, ergänzte Dante. »Nicht dass man es noch sehen könnte, denn ich bin ja längst grau.«

»*Ich* habe nie geglaubt, dass du Baffles bist«, sagte Clementine und lächelte ihn an. Er grinste ihr zu und erlaubte sich, den Blick etwas länger auf ihr verweilen zu lassen, bis Marina mit einem alten Schuhkarton zurückkam.

Sie kniete sich vor das Sofa und hob den Deckel hoch. Beim Anblick des Inhalts wurde sie nicht mehr von Schuldgefühlen erdrückt. Die waren wie weggeblasen. »Dies sind die kleinen Schätze aus unserer kurzen Zeit zusammen. Ein Foto von dir, das die Mutter Oberin machte.« Sie betrachtete es fasziniert und staunte, dass das kleine Baby auf dem Bild jetzt als erwachsener Mann vor ihr saß. »Da, sieh nur, wie niedlich du warst. Und deine Decke.« Sie presste die Babydecke an ihre Nase. Als Nächstes holte sie einen Briefumschlag aus dem Karton. »Eine Locke von dir. ja, du warst hellblond und hattest Haar wie Seide. Es sind alberne Dinge.« Es war ihr peinlich, dass ihr Hände zitterten, als sie verzückt die wenigen Andenken vorführte. »Aber sie waren alles, was ich hatte.« Sie holte einen Stapel Briefe aus dem Pappkarton, die mit der rosa Schleife von

Violetta zusammengebunden waren. »Und die hier habe ich in Ehren gehalten.« Sie blickte wehmütig lächelnd zu Dante.

»Wie hast du mich genannt?«, fragte Rafa.

»Du wurdest Dante getauft.«

Er sah zu seiner Gürtelschnalle hinab. »Das ist bis heute mein zweiter Vorname. Rafael Dante Santoro, R. D. S. »Als du mich in Italien Dante vorgestellt hast, fügte sich alles zusammen. Da wusste ich, woher ich kam. Aber ich war nicht sicher, ob ich es dir sagen konnte, ob du es wissen wollen würdest. Ich war mir nicht mal mehr sicher, ob ich es wissen wollte, schließlich hattet ihr mich ja weggegeben. Aber jetzt, nachdem ich die Wahrheit kenne, begreife ich, warum. Du hattest gar keine Wahl.«

Es gab so viele Fragen, die Marina ihm stellen wollte. Wo sollte sie anfangen? Sie nahm seine Hand und fragte, was sie all die Jahre am meisten umgetrieben hatte: »Hast du ein glückliches Leben gehabt?«

Er lächelte. »Ja, sehr.«

»Ich bin noch aus einem anderen Grund hier«, sagte Dante.

»Was kann denn jetzt noch sein?«, fragte Jake, dem es allmählich mit großen Enthüllungen reichte.

»Ich würde gerne in dein Hotel investieren.« Marina sah Rafa an und verzog unglücklich das Gesicht. »Ja, Rafa erzählte es mir in Italien beim Frühstück. Sei ihm bitte nicht böse, denn ich hatte ihn gefragt, warum du gekommen warst, und da hat er es mir gesagt. Ich bewundere dich dafür, dass du nicht gefragt hast, trotzdem möchte ich dir ein Angebot machen.«

»Das ist peinlich«, sagte sie und legte den Deckel zurück auf ihren Schuhkarton.

»Es ist nichts falsch daran, einen Ort zu lieben und ihn mit aller Kraft erhalten zu wollen. Ich liebe La Magdalena und würde bis zum Letzten dafür kämpfen, sollte die Gefahr drohen, dass ich es verliere. Ich kann dir helfen, also lass mich bitte.« Er sah sie liebevoll an. »Und ich möchte es.«

Sie nickte resigniert, auch wenn sie insgeheim um ihrer aller willen froh war. »Dann überlasse ich dich lieber meinem Mann«, sagte sie und richtete sich auf. »Grey versteht mehr von Finanzen als ich. Wie wäre es, wenn ihr über das Geschäftliche redet, während ich ein Mittagessen koche? Ich schlage vor, dass wir alle zusammen essen. Wie eine große Familie.« Sie blickte sich um. »Wo ist Harvey? Hat jemand heute Morgen schon Harvey gesehen?«

»Er ist gestern Abend seine Mutter besuchen gefahren«, antwortete Jake. »Vielleicht ist er noch nicht zurück.«

»Ich muss ihn gleich anrufen.« Mit diesen Worten ging Marina in die Küche.

Grey bat Dante hinüber ins Hotel, wo sie sich in die Bibliothek setzten; Jake kehrte zu seiner Arbeit zurück, heilfroh, der komischen Atmosphäre im Wohnzimmer zu entkommen. Nun waren Clementine und Rafa allein.

»Und, willst du immer noch abreisen?«, fragte sie und schob trotzig die Hände in ihre Jeanstaschen.

»Wie kann ich?«

»Na ja, du hast jetzt gefunden, wonach du gesucht hast.«

»Ich habe mehr als das gefunden.« Er sah sie mit diesem einzigartig intensiven Blick an, sodass sie rasch das Gesicht abwandte, weil sie sich keine Hoffnungen machen und enttäuscht werden wollte. »Clementine, ich habe dich gefunden.«

»Aber mich wolltest du nicht.«

»Ich wollte dich von Anfang an. So sehr, dass es wehtat.« Er nahm sie in die Arme. »Ich konnte nicht erwarten, dass du mich liebst, solange ich meine Identität vor dir verheimlichte. Vor allem wollte ich nicht riskieren, dich zu verletzen.«

»Hast du aber.«

Er strich ihr sanft über die Wange.

»Es tut mir leid, *mi amor*. Ich wollte die Frau, die ich liebe, nie verletzen.«

»Und was machen wir jetzt?« Sie reckte störrisch ihr Kinn.

»Ich schlage vor, wir genießen den Rest des Sommers hier. Ich möchte Zeit mit Marina verbringen und mehr über sie erfahren. Danach nehme ich dich mit auf eine ausgedehnte Reise durch Südamerika.«

»Klingt ziemlich anmaßend.«

»Wir fangen in Argentinien an, dann geht es zu Pferd weiter nach Chile und hinauf nach Brasilien, Mexiko und Peru.« Er neigte den Kopf und küsste ihren Hals.

»Wie es sich anhört, könnte das eine Weile dauern. Was wird Mr Atwood dazu sagen?«

»Da arbeitest du nicht mehr.« Seine Lippen waren an ihrem Kinn.

»Ach nein?«

»Nein, weil du für etwas Besseres geschaffen bist.« Er wanderte mit dem Mund zu ihrem Wangenknochen und streifte ihn mit den Lippen.

»Zum Beispiel?«, fragte sie matt.

»Weiß ich nicht, aber das finden wir gemeinsam heraus. Es wird lustig.« Bevor sie noch etwas sagen konnte, zog er sie an sich und presste seine Lippen auf ihre. Als er sie küsste, fielen die Enttäuschung und die Sehnsucht, die sich in den letzten Wochen in ihr aufgebaut hatten, von ihr ab und verdunsteten wie Sommernebel.

Marina rief beim Sun Valley Nursing Home an und fragte nach Mrs Dovecote. Sie hörte Schritte, Stimmengemurmel, dann meldete sich die Empfangsdame wieder und sagte ihr, es wäre niemand mit diesem Namen in ihrem Pflegeheim.

»Aber das muss ein Irrtum sein. Vielleicht ist sie unter einem anderen Namen eingetragen. Ihr Sohn, Harvey Dovecote, besucht sie regelmäßig, in letzter Zeit mehrmals die Woche.«

»Bedaure, wir haben hier keine Mrs Dovecote, und jeder Besucher muss sich eintragen. In den Listen taucht kein Harvey Dovecote auf, und glauben Sie mir, den Namen hätte ich mir sicher gemerkt.«

Marina beendete das Gespräch perplex. Sie dachte an den schönen Jaguar seines Neffen und bekam Herzklopfen. Bis vor

Kurzem hatte er nie etwas von einem Neffen erzählt. Wieso hatte sie vorher nichts von ihm gehört? Und wenn er nicht seine Mutter besuchte, wo war er dann so oft hingefahren? Die Mutter im Pflegeheim war erfunden, was noch? Hatte er womöglich gar keine Mutter mehr? Schließlich war er selbst schon über siebzig.

Ein schreckliches Bild tauchte vor ihrem geistigen Auge auf. Halb krank vor Sorge eilte sie nach drüben in ihr Büro und durchsuchte die Schreibtischschublade nach dem Schuppenschlüssel. Sie war nicht ganz sicher, ob sie einen Ersatzschlüssel für Harveys Schuppen hatte, denn sie war seit Jahren nicht mehr in der kleinen Holzbude gewesen. Aber er war dort, ordentlich beschriftet zwischen den ganzen anderen Schlüsseln. Marina umklammerte ihn und betete, dass ihre Ängste unbegründet waren. Vielleicht hatte Harvey eine plausible Erklärung für alles. Ohne ein Wort zu irgendjemandem zu sagen, schlich sie sich in den Garten zu Harveys kleinem Schuppen. Er stand hinten im Gemüsegarten, beschattet von einer riesigen Kastanie.

Mit zitternden Fingern steckte sie den Schlüssel ins Schloss und drehte ihn.

Die Tür öffnete sich knarrend, und Licht fiel auf das Sammelsurium von Harveys geheimem Leben. Marina stockte der Atem vor Schreck. Säuberlich aufgestapelt zwischen Erntegarn und Gewebeklebeband waren Schmuck, Gemälde und Silber aus den vornehmen Häusern, die er ausgeraubt hatte. Auf dem Regal an der Wand standen mehrere Bücher von E. W. Hornung über Raffles, den Amateur-Einbrecher.

Hastig machte Marina die Tür wieder zu und schloss ab. Ihr Herz pochte wie verrückt. *Das darf niemand erfahren,* sagte sie sich. Ihr wurde übel. *Jedenfalls nicht, ehe ich mit Harvey gesprochen habe.* Sie steckte den Schlüssel in ihre Tasche und machte sich auf den Weg zurück zum Haus.

***

Als sie das Telefonläuten hörte, war Maria Carmela sicher, dass es ihr Sohn Rafa war. Sie eilte in die Küche und nahm den Hörer ab. »*Hola.*«

»*Mamá.*«

»Was hast du für Neuigkeiten? Ich habe seit einer Woche nichts von dir gehört.«

»Ich habe meine leiblichen Eltern gefunden.«

Maria Carmela setzte sich. »Du hast sie gefunden? Beide?«

»Ja. Marina, die Frau, der das Hotel gehört, ist Floriana. Sie verliebte sich damals in einen Mann namens Dante. Sie sind jetzt beide hier.«

»Geht es dir gut?«

»Ich bin froh, *Mamá*. Ich weiß jetzt, woher ich komme, aber ich weiß auch, zu wem ich gehöre.«

»Ach ja?« Ihre Stimme klang angespannt.

»Ich gehöre zu dir, *Mamá*. Das tat ich immer.«

Maria Carmela wollte das Herz übergehen. »Ich habe mich so gesorgt. Du musst wissen, als Pater Ascanio uns bat, dich aufzunehmen, musste ich es meiner Chefin sagen, Señora Luisa. Und als sie dich unter ihre Fittiche nahm, hatte ich schreckliche Angst, sie würde dich uns ganz wegnehmen, weil sie ja wusste, dass du nicht unser richtiger Sohn warst, und sie war so bezaubert von dir. Dann hast du dich auf die Suche nach deiner leiblichen Mutter gemacht, und wieder fürchtete ich, dass ich dich verliere. Mir war immer klar, dass du uns anvertraut warst, aber eben nicht unser Kind. Deshalb habe ich die ganze Zeit entsetzliche Angst gehabt, dass ich dich eines Tages verliere.«

»Das ist doch Unsinn! Du bist die Mutter, die mir meinen Gutenachtkuss gab, mir abends Geschichten vorlas und mein Knie verband, als ich von Papas Stute fiel. Du warst die Mutter, zu der ich gelaufen bin, wenn ich unglücklich war, der ich mein Herz ausgeschüttet habe. Du bist die Frau, die mir in jeder Beziehung eine Mutter war. Ich hatte keine andere.« Er konnte deutlich hören, dass sie den Tränen nahe war und nichts sagen konnte.

»Übrigens, erinnerst du dich noch an das Mädchen, von dem ich dir erzählt habe? Clementine?«

Sie schniefte und fing sich wieder. »Ja, natürlich, Rafa.«

»Ich möchte sie gerne mitbringen, damit du sie kennenlernst.«

»Kommst du nach Hause?«

»Ja, ich komme nach Hause.« Eine Pause trat ein. Rafa fühlte, wie sehr seine Mutter sich freute, und es war ein gutes Gefühl. »Sie ist unglaublich. Ich weiß, dass du sie auch lieben wirst.«

»Wenn du sie liebst, liebe ich sie auch. Wie schön, dass du dich auf die Suche nach einer Frau gemacht und zwei Frauen gefunden hast. Erzähl mal, *Hijo,* war deine leibliche Mutter glücklich, dich zu sehen?«

»Ja, war sie.«

»Hast du ihr gesagt, dass ich gut für dich gesorgt habe? Dass du eine einigermaßen glückliche Kindheit hattest?«

»Ich habe ihr gesagt, dass ich nicht glücklicher hätte sein können.«

»Wir waren nicht reich.«

»Das war sie auch nicht. Besser gesagt: Sie ist reich an allem, was wirklich zählt.«

»Dein Vater wäre sehr stolz auf dich.« Rafa erwiderte nichts. »Ich meine es ernst, *mi amor,* er fände es ausgesprochen mutig, was du getan hast. Du bist ein Wagnis eingegangen, von dem er dir gewiss abgeraten hätte, aber es hat sich gelohnt.«

»Er fehlt mir.«

»Mir auch. Er wäre nicht einverstanden gewesen, dass ich dir den Karton mit den Sachen seines Bruders gab, aber was dabei herausgekommen ist, hätte ihn sicher gefreut. Dass es dir gut geht, dass du weißt, woher du kommst, aber vor allem, dass du nicht vergisst, wohin du gehörst.«

Rafa verabschiedete sich und zog den kleinen Samtbeutel aus seiner Tasche. Er schüttete den Ring und das Armband in seine Hand. Immerzu hatte er sich gefragt, wer die Frau sein mochte, von der die Sachen waren. Er blickte zum Fenster und sah Marina und Clementine mit Biscuit unter der Zeder. Bei seiner Ankunft hatte er sich entwurzelt gefühlt, als hätte ihm die Wahrheit über seine Geburt den Boden unter den Füßen weggerissen. Jetzt wurde ihm klar, dass diese Wurzeln nie wirklich gekappt waren, denn Maria Carmela und Lorenzo würden immer seine Eltern sein.

Was sich nun änderte, war seine Zukunft. Auf der Suche nach seiner Mutter hatte er Clementine gefunden, und mit ihr wurde alles anders. Plötzlich sehnte er sich danach, sich zu binden, sesshaft zu werden und eine eigene Familie zu gründen. Für Floriana und Dante hatte es kein Happy End gegeben, aber das konnte es für Clementine und ihn. Er schloss die Finger um den Schmuck.

Mit Marinas Segen würde er diese Sachen, die Floriana einst so viel bedeutet hatten, Clementine geben.

Am Abend setzte sich Marina, um sich von Harveys Beutelager abzulenken, mit den Briefen von Costanza und dem angefangenen von Pater Ascanio auf die Bank hinten im Garten. Unter ihr murmelte das Meer leise, und über ihr schien der Mond, der eine silberne Lichtspur auf das Wasser warf – einen Pfad, der zu Jesu Königreich führte. Ja, Er hatte endlich ihre Gebete erhört. Sie zurrte ihren Schal enger um die Schultern und öffnete als Erstes den Brief von Pater Ascanio.

Im Schein ihrer Taschenlampe las sie die saubere, geschwungene Handschrift.

> *Meine liebe Floriana,*
> *Ich hoffe, wenn dich dieser Brief erreicht, bist du körperlich wohlauf und im Herzen gesundet. Du bist ein sehr mutiges Mädchen, und ich bin überaus stolz auf dich. Die Prüfungen, die dir auferlegt wurden, hast du mit großer Würde und Kraft durchgestanden.*
> *Ich hätte alles gegeben, damit du in Herba bleiben*

kannst, wo ich ein väterliches Auge auf dich haben kann, aber wie ich dir im Kloster erklärte, sind dein Leben und das deines Sohnes in ernster Gefahr. Diese Lösung war die einzig mögliche. Beppe Bonfanti ist ein sehr mächtiger Mann, fähig, seine Feinde auf die brutalste Art zum Schweigen zu bringen. Deshalb kann ich leider deine Briefe nicht an Costanza weiterleiten; ihr Vater arbeitet jetzt für Beppe, und es wäre viel zu gefährlich. Keiner darf erfahren, wo du bist.

Es betrübt mich sehr, dir mitteilen zu müssen, dass Pater Severo, dem ich über fünfzehn Jahre lang vertraute, mein Gespräch mit Dante belauschte und unser Geheimnis an deinen Vater weitertrug. Er hat es reumütig gestanden, und ich hielt es für das Richtige, dass er Herba verließ.

Glaube mir, mein Kind, wenn ich dir erzähle, dass dein kleiner Junge bei einem sehr liebevollen Paar ist und von einer italienischen Familie im katholischen Glauben aufgezogen wird. Mit deinem Opfer hast du ihm die besten Voraussetzungen ermöglicht. Gott allein weiß, was es dich gekostet hat, und ich bete, dass Er dich trösten möge, während du dich in deinem neuen Heim einrichtest.

Wie ich hörte, liegt Beach Compton an der Küste. Ich hoffe, du kannst dort neu anfangen. Miss Bridges ist eine freundliche und gottesfürchtige Frau, von der ich gewiss bin, dass sie sich deiner gut annimmt. Du besitzt eine große innere Kraft und einen festen Glauben. Behalte Gott in deinen Gedanken und in deinem Herzen, dann hilft er dir, all dies hinter dir zu lassen.

Was mich betrifft

Hier endete der Brief. Erst jetzt wurde ihr bewusst, wie viel Pater Ascanio getan hatte, um sie zu retten. Er hatte ihren Sohn zu seinem eigenen Bruder nach Argentinien geschickt, dem einzigen Menschen, dem er vertraute, anständig für das Kind zu sorgen. Ein besseres Zuhause hätte er nicht für ihn finden können. Und er hatte sein Leben riskiert. Heute erkannte sie auch warum: aus Liebe.

Sie faltete den Brief wieder und steckte ihn in den Umschlag zurück. Es machte sie traurig, dass Pater Ascanio nicht mehr lebte, denn sie hätte ihm sehr gerne gedankt. Nach einer Weile nahm sie das Bündel mit Costanzas Briefen zur Hand und las sie einen nach dem anderen. Es überraschte sie, wie schmerzlich sie die Freundin vermisste.

Am nächsten Morgen erschien Harvey im Polzanze. Während Dante mit Grey, Clementine und Rafa im Speisesaal frühstückte, bat Marina ihn in ihr Büro.

»Ich muss mit dir reden, Harvey«, sagte sie ernst.

»Ist alles in Ordnung?«

»Ich denke, du setzt dich lieber.« Sie nahm in dem Sessel Platz. Ihr alter Freund und Vertrauter, der Mann, der fast wie ein Vater für sie gewesen war, sank auf das Sofa. Sie konnte nicht fassen, dass er zu solchen Lügen fähig war. Nichts wünschte sie sich dringender, als dass alles ein schrecklicher Irrtum war. Sie war bereit, jede Ausrede zu akzeptieren.

»Ich habe gestern versucht, dich im Pflegeheim anzurufen.«

Er guckte sie verwundert an.

»Hast du?«

»Dort kennen sie keine Mrs Dovecote.«

»Du musst im falschen Heim angerufen haben.«

»Nein, Harvey. Ich weiß Bescheid.«

Er wandte den Blick ab. »Was weißt du?« Doch sie konnte ihm an der Nasenspitze ansehen, dass er sehr wohl wusste, was sie meinte.

»Ich weiß von deinem Schuppen.« Sie senkte die Stimme. »Du bist Baffles, oder Raffles oder wie immer du dich nennst. Harvey, wie konntest du mich belügen?«

Er sah sie reumütig an. »Ich habe es für dich getan, Marina, für das Polzanze. Als es immer finsterer aussah, musste ich irgendwas tun, irgendwie helfen. Ich weiß, wie viel dir das Hotel bedeutet. Und ich hatte Angst, wenn du es aufgeben musst, verlierst du den Verstand.«

»Ach, Harvey!«

Er zuckte mit den Schultern. »Ich bin wohl ein bisschen übergeschnappt.«

»Ein bisschen?«

»Der Jaguar war gebraucht. Ich habe den ganz billig gekriegt.«

»Hast du überhaupt einen Neffen?«

Er verneinte stumm.

»Oder eine Mutter?«

»Nein, sie ist vor Jahren gestorben.«

»Aber du kannst dafür ins Gefängnis kommen, Harvey!«

»Ich wollte es ja auch nur einmal machen. Aber dann war es so leicht. Also habe ich es noch mal probiert ... und wieder. Ich gestehe, dass es mir Spaß gemacht hat. Macavity und so, die habe ich alle übertroffen.« Er grinste verschmitzt. »Ich fand's aufregend, mir vorzustellen, dass ich dich von deinen Sorgen freikaufe. Der alte Harvey, der sich in anderer Leute Häuser schleicht wie James Bond.«

»Oder Raffles.«

»Die Bücher mochte ich immer. Am Anfang war es ja auch nur eine Art Spiel.«

»Nur ist das Spiel zu weit gegangen.«

Er verzog unglücklich das Gesicht. »Was hast du jetzt vor, Marina?«

»Ich sollte die Polizei rufen.«

»Willst du etwa einen alten Zausel wie mich ins Gefängnis sperren lassen? Da komme ich nicht mehr lebend raus, das muss dir doch klar sein.«

Marina biss die Zähne zusammen. Die Vorstellung, ohne Harvey zu sein, war beklemmend. Sie stand auf und trat ans Fenster, um nachzudenken. Zu vieles hatte sie schon verloren;

sie wollte ihn nicht auch noch verlieren. »Ich werde die Polizei nicht informieren, aber unter einer Bedingung.«

»Welche? Ich tue alles.«

»Du musst die Sachen zurückgeben.« Er öffnete den Mund, sagte jedoch nichts. »Wenn es so leicht war, schaffst du es auch wieder. Alles muss zurückgebracht werden.«

»Und was ist mit dem Polzanze?«

»Ach so, ja, du weißt ja noch nichts.« Sie setzte sich wieder. »Während du weg warst, ist eine Menge passiert. Du meine Güte, wo soll ich anfangen?«

37

Sylvia saß an ihrem Schreibtisch und blickte gedankenverloren zu dem leeren Platz neben sich. Clementine war am 31. August ins Büro gekommen, um ihre Sachen zu packen und sich zu verabschieden, wie es von Anfang an abgemacht war. Am 1. September kehrte Polly aus dem Mutterschaftsurlaub zurück. Nur dass eigentlich keiner mehr wollte, dass Clementine ging. Sie hatte sich zu einer Spitzensekretärin gemausert – und war Sylvia eine gute Freundin geworden. Mr Atwood hatte ihr ein unanständig hohes Gehalt angeboten, damit sie blieb, aber sie lehnte ab. Na ja, welche Frau würde schon für Geld eine sechsmonatige Südamerikareise mit ihrem Traummann sausen lassen?

Sylvia war erstaunt, dass Mrs Atwood nicht die Scheidung eingereicht hatte, und fragte sich, welchen Deal die beiden gemacht hatten. Vielleicht musste er versprechen, sich künftig für *sie* als Einbrecher zu verkleiden. Oder hatte er noch andere Verkleidungen auf Lager? Mit derlei Gedanken munterte Sylvia sich auf, wenn sie Clementine zu sehr vermisste.

Der Herbst kroch ohne jede Vorwarnung heran, zumal sich der nieselige Juli und August sowieso schon herbstlich angefühlt hatten. Polly war zurück und brachte keinen einzigen Satz über die Lippen, in dem nicht irgendwo ihre kleine Tochter vorkam. Den lieben langen Tag ging es: Purzelchen dies, Purzelchen das. Sylvia war schleierhaft, wieso sie nicht den richtigen Namen ihres Babys benutzen konnte, Esme, der doch eigentlich ganz hübsch war.

Clementine sah überglücklich aus, und Sylvia war nicht eifersüchtig, denn das hätte vorausgesetzt, dass sie ihr das Glück missgönnte, was sie nicht tat. Ein bisschen neidisch war sie trotzdem. Die Verliebtheit machte Clementine nicht bloß hübscher, sondern verlieh ihr eine gelassene Ausstrahlung, als könnte ihr nichts auf der Welt etwas anhaben, solange sie bei dem Mann war, den sie liebte. Mit der dunklen Wolke, die sie früher umgab, war auch ihre Gereiztheit verschwunden. Kein Murren mehr, keine Verbitterung, kein Suhlen in Selbstmitleid.

Sylvia reservierte sich neuerdings jeden Sonntag einen Tisch zum Mittagessen im Polzanze. Früher wäre eine Reservierung völlig unnötig gewesen, aber in diesem Sommer war es ohne aussichtslos, dort einen Platz bekommen zu wollen. Und war sie zu spät dran und alles bereits ausgebucht, konnte sie Jake auf seinem Handy anrufen. Die Nummer gab er nur an besondere Gäste heraus, von denen Sylvia einer war. Der Hauskünstler war inzwischen abgereist, doch nun tummelte sich die Schickeria von Devon im Hotel, und die Zimmer waren durchgehend ausgebucht. Marina hatte eine Anzeige in die *Dawcomb-Devlish Gazette* gesetzt, dass sie einen neuen Künstler suchten, und William Shawcross hatte das erste Literaturdinner geleitet, das ein voller Erfolg gewesen war. Nicht bloß hatte er sich als wortgewandter, fesselnder Redner entpuppt, sondern er sah auch noch teuflisch gut aus. Sylvia war es gelungen, ihn ziemlich lange mit Beschlag zu belegen; und er hatte ihr höflich zugehört, als sie ihm erzählte, dass Geschichte ihr Lieblingsfach in der Schule gewesen wäre.

Sie kaute auf dem Ende ihres Kulis und dachte darüber nach, welche Verwandlung Clementines Leben durchgemacht hatte. Nach ihrer Südamerikareise wollten die beiden heiraten und sich in Italien niederlassen. Sie hatten lange überlegt, wo sie leben wollten, weil Rafa unbedingt nahe bei Maria Carmela sein wollte. Doch sein Vater Dante wünschte sich, dass er bei ihm in der Villa La Magdalena wohnte. Am Ende entschieden sie, zwischen Argentinien und Italien zu pendeln, und Rafas Mutter würden sie für die Sommer in die Toskana einfliegen. Es musste irre sein, dachte Sylvia, unerwartet herauszufinden, dass der leibliche Vater einer der reichsten Männer Italiens war. Sie sah zu Polly, die auf Mutter-und-Kind-Websites surfte, und runzelte die Stirn. Clementine hatte solch ein Glück. Hingegen hatte Sylvia nicht mal mehr Freddie, an den sie sich hin und wieder kuscheln konnte. Sie fühlte sich einsamer denn je.

In diesem Moment ging die Tür auf und Jake kam herein. Es war komisch, ihn außerhalb des Polzanze zu sehen, noch dazu in Jeans und T-Shirt. Erstmals fiel Sylvia auf, wie umwerfend er aussah. Das helle Haar fiel ihm in die Stirn, und seine blauen Augen waren klar wie eine Lagune.

»Ah, hallo, Jake!«, begrüßte sie ihn strahlend. »Was suchst du denn hier?«

Er schaute sich ein bisschen nervös um. »Genau genommen bin hier, um dich zu besuchen.«

Sylvia machte sich gerader. »Ach ja?«

»Ich wollte dich fragen, ob ich dich zum Tee einladen kann?«

Das kam unerwartet. »Jetzt?«

»Falls du nicht zu viel zu tun hast.«

Sie sah zu Polly. »Sei so lieb und übernimm mein Telefon. Ich mache Pause. Es ist nicht gesund, den ganzen Tag drinnen zu hocken.«

Jake grinste sie an. »Ist dir Devil's recht?«

»Mein Lieblings-Café.«

»Wie ich höre, machen sie einen sehr leckeren Cream-Tea.«

»Und ob. Sag bloß, du warst noch nie da?«

»Ich schäme mich, es zuzugeben, aber nein.«

»Oh, Jake, dann blüht dir eine Offenbarung.« Sie zog ihre Jacke über und schnappte sich ihre Handtasche.

Draußen sagte Jake: »Ich wollte dich schon lange mal bitten, mit mir auszugehen.«

»Wirklich?« Sylvia war hocherfreut.

»Ja, seit du zum ersten Mal im Polzanze warst. Ich fand, dass du die sinnlichste Frau bist, die ich je gesehen habe.«

»Du lieber Himmel, Jake, ich fühle mich geschmeichelt. Sinnlich hat mich noch keiner genannt.«

Ihr Lächeln ermunterte ihn, fortzufahren. »Es ist aber wahr. Ich musste nur den Mut aufbringen, dich anzusprechen.«

»Und das hat so lange gedauert?«

»Du bist eine schöne Frau, Sylvia. Ich war nicht sicher, dass du mir keinen Korb gibst.«

Sie lachte ungläubig. »In dem Fall, Jake, betrachten wir den Cream-Tea als unser erstes Date.«

Im Devil's war es warm und duftete nach frisch gebackenem Kuchen. Sie setzten sich an einen Fenstertisch und bestellten sich Scones und Tee. Jake stellte entzückt fest, dass sie sich reichlich Sahne und Marmelade auf ihr Scone strich. »Ich mag Frauen, die gutes Essen zu genießen wissen.«

»Oh, bei dem hier könnte ich mich nie bremsen«, sagte sie und leckte sich etwas Sahne vom Finger.

»Und es bekommt dir offenbar«, ergänzte er, wobei sein Blick unwillkürlich auf ihren vollen Busen fiel, über dem sich ihr Kleid spannte. »Wie kommt es, dass eine schöne Frau wie du nicht verheiratet ist?«

Sie sah mit einem Seufzer zu ihrem nackten Ringfinger. »Ich bin geschieden, genau genommen, und habe noch nicht den Richtigen gefunden. Außerdem muss ich gestehen, dass ich im Herzen altmodisch bin. Ich glaube an die große Liebe – die Sorte, die einen aus den Socken haut, so wie in den romantischen Geschichten. Kompromisse bringen's nicht. Ich bleibe lieber allein, als dass ich mich mit einem Mann einlasse, den ich nicht liebe.« Sie musste grinsen, denn sie dachte daran, was Clementine wohl sagen würde, wenn sie das hören könnte. »Ich will ein Märchen oder gar nichts.«

Grey fuhr mit dem kleinen Fischerboot in die abgeschiedene Bucht. Möwen plumpsten vom Himmel und schwammen um ihn herum, weil sie auf kleine Brocken von dem Picknick hofften, das Marina vorbereitet hatte. Die See war ruhig, der Himmel bewölkt mit wenigen Lücken, durch die blauer Himmel schien. Im herbstlichen Wind wickelte Marina fröstelnd ihre Jacke fester um sich und drückte Biscuit an sich, damit er sie wärmte.

Grey lenkte das Boot ein Stück auf den Sand und stellte den Motor aus. Dann sprang er heraus und zog das Boot weiter an Land, sodass es nicht abtreiben konnte. Marina reichte ihm die Decken und den Picknickkorb. Sie lachte, als Biscuit vorn aus dem Boot sprang und neugierig die Felsen zu beschnüffeln begann. Grey half ihr, über die Bootskante zu steigen. »Also, das ist sie«, sagte er stolz. »Die Stelle, die ich dir schon immer mal zeigen wollte.«

»Wunderbar«, sagte sie entzückt, griff sich eine der Decken und breitete sie auf dem Sand aus.

»Es sieht nicht aus, als würde hier jemals jemand hinkommen.«

»Dann wird es unser Geheimplatz.«

»Ja, gefällt mir.« Er hockte sich neben den Korb. »Was ist da drin?«

»All deine Lieblingsspeisen«, antwortete sie und setzte sich zu ihm auf die Decke.

»Ah, Brot, Pâté, Räucherlachs, Käse und Mousse au chocolat.« Er lachte. »Schatz, du hast wahrlich an alles gedacht!«

»Nicht zu vergessen den Wein.« In einem Kühlbehälter war eine Flasche Sauvignon Blanc.

Grey holte zwei Gläser heraus und schenkte ihnen ein. Dann erhob er sein Glas. »Auf ferne Freunde.«

»Auf ferne Freunde«, stimmte Marina ihm zu und trank einen Schluck. »Ich vermisse sie, aber auf eine gute Art.«

»Wie sie klingen, haben sie eine wundervolle Zeit auf ihrer Reise.«

»Das ist das Schöne an E-Mails. Zu meiner Zeit gab es nur Briefe, und die waren ewig unterwegs.«

»Du hattest mir übrigens nie gesagt, dass du noch sämtliche Liebesbriefe von mir hast.«

»Ja, ich kann mich von nichts trennen. Es liegt mir nun mal im Blut, mich an alle Zeugnisse meines Lebens zu klammern.«

Sie schmunzelte beschämt. »Wohl weil ich immer ein bisschen Angst hatte, es zu verlieren.«

»Clementine hat dank deines Hamstertriebs einen traumhaften Diamant-Verlobungsring.«

»Es war seltsam, den Schmuck wiederzusehen. Damals hat er mir so viel bedeutet; heute ist es nur noch Schmuck.«

»Und nun verknüpft Clementine ihn mit ihren eigenen Erlebnissen, sodass er für sie genauso bedeutsam wird, wie er es für dich einmal war.«

Sie nahm seine Hand. »Grey, Schatz, du hast die ganze Geschichte wunderbar verständnisvoll aufgenommen.«

»Vergiss nicht, wie viele Jahre ich schon gewartet hatte, dass du dich mir öffnest.«

»Also ist Geduld deine bewundernswerteste Eigenschaft.«

»Ich hätte ewig gewartet. Allerdings wäre vieles so viel einfacher gewesen, hättest du mich von Anfang an eingeweiht. Ich hätte dich niemals verurteilt.«

»Ich weiß. Nur war es zu schmerzlich, es auszusprechen. Heute kann ich offen über meinen Sohn reden.« Sie lächelte glücklich und atmete einmal tief ein. »Mein Sohn – was für herrliche Worte.«

»Wer hätte gedacht, dass Rafa und Clementine, dein Sohn und meine Tochter, sich finden?«

»Was leider auch bedeutet, dass ich deine Ex bei der Hochzeit im Mai ertragen darf.«

»Sie wird ertragen müssen, dass sie im Polzanze gefeiert wird, was um einiges schlimmer sein dürfte.«

»Und ich lerne Maria Carmela kennen.« Sie bebte vor Aufregung. »Sie bringt Fotos von Rafa mit. Was für ein Glück, dass er so ein schönes Zuhause hatte. Ich schulde Pater Ascanio so viel, wie auch Zazzetta, den ich immer für einen bösen Mann hielt.« Sie trank noch einen Schluck Wein. »Im Grunde ist mein Leben besonders reich, weil ich es zweimal lebe. Ohne die schreckliche Schicksalswendung damals wäre ich dir, Clementine und Jake nie begegnet – oder Biscuit«, fügte sie hinzu, als sich der Hund neben ihr auf die Decke fallen ließ und interessiert am Picknickkorb schnupperte.

»Wer weiß, was wir heute für Menschen wären, hätten wir uns nie kennengelernt?«

»Das ist eine schwierige Frage, über die man endlos nachdenken könnte.«

»Umso besser, dass wir den ganzen Nachmittag haben, sie zu erörtern.«

Als sie zum Polzanze zurückkehrten, wurde es schon dunkel. Die Tage wurden jetzt kürzer, das Sonnenlicht schwächer, und das Gras war mit knisterndem Laub und stachligen Kastanien gesprenkelt. Einzig die Tauben gurrten auf den Dächern, als wäre noch Sommer.

Marina blickte hinauf zu dem Haus, das sie so sehr liebte, und dachte an Dante, der all dies möglich gemacht hatte – und der wieder ein Teil ihres Lebens war. Nun konnte sie sich mit Freude zurückerinnern, und während sie es tat, tauchten lang vergrabene Bilder auf, ähnlich Blumen, die sich durch den Schutt von Ruinen ans Licht drängten. Marina konnte es endlich genießen, sie im Geiste zu betrachten.

Zwischen lauter wilden Blumen jedoch wuchs auch eine schöne Rose mit kräftigen Dornen, die anzusehen Marina schmerzte. Deshalb ignorierte sie diese Blüte, obwohl sie mit jedem Tag größer und verlockender wurde. Bis sie eines Winternachmittags im Dezember in die Hotelhalle kam, wo Jennifer am Telefon war.

»Ah, hier kommt sie gerade«, sagte sie, nachdem sie eine Grimasse gezogen hatte. »Es ist für Sie.« Sie hielt Marina den Hörer hin.

»Wer ist das?«

Jennifer hob die Schultern. »Keine Ahnung. Sie sagt, sie ist eine alte Freundin von Ihnen. Eine Costanza.«

Epilog

Rafa und Clementine schlenderten durch den Garten von La Magdalena. Seit ihrem Einzug waren erst zwei Monate vergangen, trotzdem fühlte es sich an, als würden sie schon ihr ganz Leben hier wohnen. Maria Carmela war über den Sommer gekommen und saß oft zum Lesen in dem Meerjungfrauengarten, den Violetta so gemocht hatte, und Dantes Töchter kamen häufig mit ihren Familien zu Besuch, sodass wieder einmal viel Kinderlachen vom Swimmingpool zu hören war. Biscuit hatten sie bei Marina im Polzanze gelassen, denn La Magdalena wimmelte von streunenden Hunden und Katzen, die Dante gerettet hatte, und Rafa und Clementine liebten sie alle.

Die Sonne hing tief im Westen, färbte den Himmel in ein durchsichtiges Pink und warf bläulichgraue Schatten über den Rasen. Grillen zirpten, Vögel begaben sich lauthals zur Nachtruhe. Der Duft von Pinien und Eukalyptus lag schwer in der feuchten Luft, und Clementine atmete ihn genüsslich ein. Sie kostete die Gerüche des fremden Landes aus, das sie sich als Heimat ausgesucht hatte. Es dauerte nicht lange, bis sie an die Stelle kamen, wo die Grundstücksmauer oben eingebrochen war und eine Lücke ließ, die niedrig genug war, um darüberzuklettern.

»Ich frage mich, warum Dante es nicht ausbessern lassen will«, sagte Rafa, während er auf die Mauer zuschritt. Er nahm einen kleinen Steinbrocken, warf ihn in die Luft und fing ihn wieder auf.

»Offensichtlich hat die Mauerlücke eine besondere Bedeutung für ihn. Hast du nicht seinen Gesichtsausdruck bemerkt, als er uns sagte, dass wir an Haus und Garten ändern dürfen, was immer wir wollen, die Mauer hier aber exakt so bleiben muss?«

»Ich tippe, dass es mit Floriana zu tun hat. Aber irgendwie hatte ich nicht das Gefühl, dass wir fragen sollten. Nein, ich glaube, das wäre keine gute Idee.«

Clementine kam zu ihm an die Mauer und blickte durch die Öffnung. Dahinter wellten sich die toskanischen Hügel sanft im orangenen Licht, und in der Ferne waren die roten Dächer von Herba zu sehen, überragt vom Kirchturm. Plötzlich überkam Clementine der Drang, auf die Mauer zu klettern. Oben hockte sie sich für eine Weile hin. Hier, mit der leichten Brise in ihrem Haar und der wärmenden Sonne auf der Haut, war es herrlich friedlich.

»Komm her zu mir«, forderte sie Rafa auf. »Das ist so schön.«

Rafa kletterte zu ihr und setzte sich neben sie. »Du hast Recht, es ist wirklich sehr schön.« Er legte einen Arm um sie und zog sie etwas näher. So beobachteten sie, wie die Sonne langsam tiefer sank und die Farben beständig wechselten, ehe sie der Dämmerung wichen.

In diesem Moment, angesichts dieser Pracht, wurde es Rafa klar. Seine Eltern hatten genauso auf dieser Mauer gesessen und den Sonnenuntergang bewundert. Ihre Geister aus der Vergangenheit waren noch hier.

»Erinnerst du dich an Veronica Leppley?«, fragte er Clementine nach einiger Zeit.

»Natürlich.«

»Sie hat mir einmal erzählt, dass ich mich nicht vollständig fühlen würde, ehe ich nicht meine Seelenverwandte gefunden habe. Damals suchte ich nach meiner Mutter, aber jetzt, da ich dich habe, erkenne ich, dass sie recht hatte. Marina gab mir ein Gefühl von Identität. Durch sie entdeckte ich, wer ich wirklich bin und woher ich komme. Aber dir verdanke ich, dass ich mich vollständig fühle, als hätte ich einen Kreis geschlossen. Wo ich ende, fängst du an, und wo du aufhörst, beginne ich, falls du verstehst, was ich meine.«

Clementine hob den Kopf und küsste ihn auf den Hals. »Oh ja, das verstehe ich.«

»Ich liebe dich, Clementine. Und ich bin überzeugt, dass wir hier sehr glücklich werden.«

Sie seufzte zufrieden.

Ihr fiel ein, dass sie sich bis vor wenigen Monaten nur danach gesehnt hatte, wegzurennen, und jetzt konnte sie sich nicht einmal mehr daran erinnern, wie sich diese Sehnsucht angefühlt hatte. »Ich liebe dich auch, Rafa«, erwiderte sie und schmiegte sich enger an ihn. »Es gibt keinen Flecken auf der Erde, an dem ich lieber wäre.«

Das »Baffles«-Drama geht in die zweite Runde

Neue verwirrende Entwicklungen bei mysteriösen Einbruchsfällen – Polizei (mal wieder) ratlos

Die Einbruchsserie im Bereich Dawcomb-Devlish, bei der Geld und wertvolle Gegenstände aus Privathäusern und Landgasthöfen gestohlen wurden und die in Anlehnung an den berühmten Gentleman-Dieb *Raffles* als »Baffles-Fall« in die Annalen einging, nimmt eine neue Wendung. Nun hat dieser Fall, der unter der Bevölkerung Devons sowohl Angst als auch Belustigung hervorrief, eine neue Wendung genommen, die abermals für einige Verwirrung unter unseren Gesetzeshütern sorgt.

Wer geglaubt hat, dieser Fall könnte nicht mysteriöser werden, wird zur Zeit eines Besseren belehrt. Gegenwärtig deuten alle Zeichen darauf hin, dass es sich tatsächlich um einen Gentleman-Gangster handelt, denn er fängt an, sein Diebesgut zurückzugeben.

Als Erstes erschien das Tafelsilber von Mr & Mrs Greville-Jones in Cherry Manor, Salcombe, wieder an seinem angestammten Platz. Letzten Donnerstag entdeckte das Ehepaar sein Silberservice im Wert von £20 000 auf dem Esszimmertisch, zusammen mit der Nachricht: *Verzeihen Sie, dass das Polieren des Silbers so viel Zeit in Anspruch nahm.* »Als hätte er es für eine unserer Dinnerpartys ausgelegt«, beschrieb Mrs Greville-Jones das Arrangement ihres Tafelsilbers.

Mrs Powell von Watertown Park, Thurlestone, fand ihren Diamantring auf der Fensterbank wieder: *Hier haben Sie das Funkeln an Ihrer Hand zurück. Mein Rat:*

Nehmen Sie den Ring nie wieder ab! Baffles, lautete das Begleitschreiben.

Die Polizei ist unterdes wenig amüsiert. »Der Täter mag es witzig finden«, sagte Detective Inspector Reginald Bud, »aber wir sprechen hier von gewaltsamem Eindringen, also Einbruch.«

Ein Opfer, das anonym bleiben möchte, bemerkte: »Ich lasse von jetzt ab meine Haustür offen, um es ihm leichter zu machen, und mein zehnjähriger Sohn stellt ihm Kekse und ein Glas Milch auf den Küchentisch, falls er Hunger hat. Er ist schon ein bisschen wie der Weihnachtsmann.«
